VERSO

un label dirigé par Glenn Tavennec

W0238167

ADDICTED TO YOU

LES AUTRICES

Autrices best-seller du *New York Times*, Krista et Becca Ritchie sont jumelles – l'une nerd et l'autre geek – et partagent une passion commune pour l'écriture. Elles combinent leurs pouvoirs mentaux depuis l'enfance et n'ont jamais arrêté de raconter des histoires depuis. Elles adorent les superhéros, les personnages avec des failles et l'amour entre deux âmes sœurs. *Addicted*, leur série de romance new adult, est devenue culte pour des millions de lectrices à travers le monde.

LA SÉRIE ADDICTED

Ordre de lecture recommandé :

ADDICTED TO YOU
Addicted, tome 1
Mai 2025

RICOCHET
Addicted, tome 2
Juin 2025

ADDICTED FOR NOW
Addicted, tome 3
Juillet 2025

KISS THE SKY
Spin-off : Calloway Sisters, tome 1
Novembre 2025

HOTHOUSE FLOWER
Calloway Sisters, tome 2
Décembre 2025

THRIVE
Addicted, tome 4
Janvier 2026

ADDICTED AFTER ALL
Addicted, tome 5
Avril 2026

FUEL THE FIRE
Calloway Sisters, tome 3
Mai 2026

LONG WAY DOWN
Calloway Sisters, tome 4
Juin 2026

SOME KIND OF PERFECT
Calloway Sisters, tome 5
Août 2026

Retrouvez le label VERSO
sur les réseaux sociaux :
@verso_romans

KRISTA & BECCA RITCHIE

ADDICTED TO YOU

TOME 1
SÉRIE ADDICTED

roman

Traduit de l'anglais (États-Unis)
par Lauriane Crettenand

VERSO

Un label des
ÉDITIONS DU SEUIL
57, rue Gaston-Tessier, Paris XIXe

Titre original : *Addicted To You*
Initialement paru en autopublication en 2013,
sous une forme différente, *Addicted to You* a été publié
pour la première fois en 2022 par Berkley, un département
de Penguin Random House LLC, États-Unis
Traduit de l'anglais (États-Unis) par Lauriane Crettenand
Design de couverture : Krista & Becca Ritchie
© K. B. Ritchie, 2013
Chapitre bonus, playlist bonus et fils de textos bonus :
© Krista & Becca Ritchie, 2022

© Éditions du Seuil, sous la marque Verso, 2025,
pour la présente édition

ISBN 978-2-38643-237-8

Le Code de la propriété intellectuelle interdit les copies ou reproductions destinées à une utilisation collective. Toute représentation ou reproduction intégrale ou partielle faite par quelque procédé que ce soit, sans le consentement de l'auteur ou de ses ayants cause, est illicite et constitue une contrefaçon sanctionnée par les articles L. 335-2 et suivants du Code de la propriété intellectuelle.

Avertissements

Ce livre aborde des thématiques sensibles, notamment l'agression sexuelle, les violences verbales, la maltraitance et la négligence infantiles, l'addiction au sexe ainsi que l'alcoolisme. Ces sujets pouvant heurter certaines sensibilités, nous recommandons aux lecteurs de faire preuve de discernement avant de poursuivre leur lecture.

Chapitre 1

Je me réveille. Tee-shirt sur un tapis à poils longs. Short jeté sur une commode. Et je crois bien que j'ai égaré ma culotte pour de bon. Quelque part entre les plis des draps, ou peut-être derrière la porte. Je ne me rappelle pas à quel moment je l'ai enlevée, ni même si c'est moi qui l'ai fait. C'est peut-être *lui* qui m'a déshabillée.

Je sens la chaleur me monter au cou quand je zieute l'apollon endormi, un blond avec une cicatrice le long du pelvis. Il se tourne légèrement, face à moi, et je me fige. Paupières toujours closes, il s'agrippe à l'oreiller, tout ensommeillé, embrassant presque le tissu blanc. Il laisse échapper des ronflements sonores, bouche ouverte, et la forte odeur d'alcool et de pizza pepperoni flotte tout droit jusqu'à moi.

Pu-naise, j'ai le don pour les choisir.

Je sors du lit avec maestria et fais le tour de sa chambre. J'enfile mon short noir – sans petite culotte, encore une de perdue pour un type qui restera anonyme. Quand je ramasse mon tee-shirt gris déchiré, presque en lambeaux, l'image floue de cette nuit s'éclaircit. J'ai passé le seuil de sa chambre et littéralement arraché mes vêtements, à la Hulk en colère. Était-ce sexy, au moins ? Je fais la grimace. Sûrement assez pour qu'il couche avec moi.

Désespérée, je pêche un marcel décoloré par terre et le passe sur mes cheveux châtains mi-longs, les mèches toutes emmêlées et grasses. C'est à ce moment-là que je retrouve mon bonnet en laine. Bingo. Je mets ce petit enfoiré et décampe en vitesse.

L'étroit couloir est jonché de canettes de bière vides, et je trébuche sur une bouteille de Jack Daniel's remplie de salive noire et ce qui ressemble à un bonbon Jolly Rancher. Un montage photo d'étudiantes ivres décore la porte sur ma gauche – heureusement, ce n'est pas celle de la chambre dont je viens de sortir. J'ai manifestement réussi à éviter ce queutard de fraternité et à trouver un mec qui n'affiche pas ses conquêtes.

Je le savais, pourtant. J'avais juré d'arrêter les fraternités après mon dernier passage à Alpha Omega Zeta. Le soir où je suis arrivée dans le quartier des fraternités, AOZ organisait une soirée à thème. Sans le savoir, j'ai passé le porche voûté du bâtiment à quatre étages pour me prendre des seaux d'eau sur la tête, avec des types qui me scandaient d'arracher mon soutif. On aurait dit un Spring Break parti en vrille. Non que j'aie grand-chose à montrer de ce côté-là. Avant de convulser de gêne, j'ai plongé sous leurs bras, me suis faufilée entre leurs torses, et j'ai trouvé du plaisir ailleurs avec d'autres personnes.

Des personnes qui ne m'ont pas donné l'impression d'être une vache qu'on juge.

Hier soir, j'ai enfreint une règle. Pourquoi ? J'ai un problème. Enfin, j'ai un tas de problèmes. Il se trouve que dire « non » est l'un d'entre eux. Quand Kappa Phi Delta a annoncé que Skrillex jouait dans son sous-sol, j'ai pensé que l'assistance serait un mélange de nanas de sororités et d'étudiants lambda. Je pourrais peut-être me dégoter un mec normal qui aimait la musique house. Au final, c'était majoritairement des gars de fraternités. *Beaucoup* de gars de fraternités. Qui s'attaquaient à quiconque avait deux seins et un vagin.

Et Skrillex n'est jamais venu. Il y avait juste un DJ naze et quelques amplis. Allez comprendre.

Des voix graves, *masculines*, résonnent contre les balustrades en marbre du balcon et de l'escalier, et mes pieds s'ancrent près du mur. Il y a des gens réveillés ? En bas ? Et merde.

Le *walk of shame* est une entreprise hasardeuse que j'aurais préféré éviter pendant mes quatre années d'université. Je rougis déjà. D'un rouge tomate intense. Je n'ai pas les joues roses toutes mignonnes. Juste des plaques d'éruption cutanée sur le cou et les bras comme si j'étais allergique à la gêne.

Les rires s'intensifient, et mon ventre se noue face à l'image cauchemardesque qui tourne dans mon esprit. Celle où je trébuche dans l'escalier et toutes les têtes se tournent vers moi. L'air surpris, ils se demandent lequel de leur « frère » a décidé de s'encanailler avec une nana émaciée et plate comme une planche à pain. Peut-être qu'ils me jetteront un os de poulet en me défiant de le manger.

Malheureusement, ça m'est arrivé en primaire.

Je bafouillerais certainement quelques mots inintelligibles jusqu'à ce que l'un d'eux ait pitié de mes taches léopard d'un rouge flamboyant et me fasse sortir par la porte comme un vieux déchet.

C'était une erreur (la fraternité, pas le sexe). Plus jamais je ne me laisserai embrigader à avaler des shots de tequila comme un aspirateur. La pression sociale. Ça existe vraiment.

Mes options sont limitées. Un escalier. Un destin. À moins qu'il ne me pousse des ailes et que je m'envole par la fenêtre du premier étage, je vais devoir affronter la marche de la honte. Je me faufile discrètement vers la coursive et envie soudain Voile, personnage d'un des comics que j'ai lus récemment. La jeune Avenger est capable de se vaporiser et de disparaître. Un pouvoir qui me serait bien utile, là maintenant.

Quand je pose le pied sur la marche du haut, on sonne à la porte. Je jette un coup d'œil par-dessus la rambarde. Une dizaine de mecs traînent sur des canapés en cuir, tous vêtus de différentes versions de la combinaison short chino-polo. Le plus lucide s'auto-désigne pour aller ouvrir. Il arrive à se mettre sur ses deux pieds, ses cheveux bruns tirés en arrière, sa mâchoire si carrée qu'elle en est intimidante. Quand il ouvre la porte, je retrouve une lueur d'espoir.

Yes ! C'est ma seule chance de filer sans être vue.

Je profite de cette distraction pour descendre discrètement les marches, canalisant ma Voile intérieure. Quand j'arrive à mi-chemin, Mâchoire carrée s'appuie contre le chambranle de la porte, bloquant l'entrée.

– La fête est finie, mec.

Les mots semblent cotonneux dans sa bouche. Il laisse la porte se refermer à la figure du visiteur.

Je saute deux marches de plus.

La sonnette retentit de nouveau. Étrangement, le son semble plus agressif.

Mâchoire carrée grogne et tire sur la poignée, fort.

– Quoi ?

Un autre mec de la fraternité ricane et lance :

– Donne-lui une bière et dis-lui de se tirer.

Quelques marches supplémentaires. Je peux le faire. Je n'ai jamais été particulièrement chanceuse, mais j'imagine que j'ai droit à ma part.

Mâchoire carrée laisse sa main plantée sur le cadre, bloquant toujours le passage.

– Parle.

– Tu crois que je ne sais pas lire l'heure ou que je ne sais pas à quoi ressemble *le jour* ? Sans déc', je suis au courant que la soirée est terminée.

Putain de… je connais cette voix.

Je reste plantée aux trois quarts de l'escalier. La lumière du soleil se déverse par un espace minuscule entre le chambranle de la porte et le polo orange de Mâchoire carrée. Il serre les dents, prêt à claquer de nouveau la porte au nez de l'autre type, mais l'intrus pose sa main sur le battant et dit :

– J'ai laissé quelque chose ici hier soir.

– Je ne me rappelle pas t'avoir vu.

– J'étais là. (Une pause.) Pas longtemps.

– On a une boîte d'objets trouvés, répond sèchement Mâchoire carrée. Qu'est-ce que c'est ?

Il s'écarte du châssis et fait un signe de tête à quelqu'un sur le canapé. Les autres regardent la scène comme si c'était une rediffusion de téléréalité sur MTV.

– Jason, va chercher la boîte.

Quand je regarde de nouveau vers la porte, je vois le mec dehors. Il a les yeux rivés sur moi.

– Pas besoin, dit-il.

Je détaille ses traits. Cheveux châtains, courts sur les côtés, plus longs sur le dessus. Un corps assez musclé dissimulé par un Dockers délavé et un tee-shirt noir ras-du-cou. Des pommettes saillantes et des yeux couleur whisky. Loren Hale est un alcool fort et il ne le sait même pas.

Il remplit l'encadrement de la porte de sa carrure d'un mètre quatre-vingt-huit.

Et il me regarde, avec un mélange d'amusement et d'agacement qui fait tiquer les muscles de sa mâchoire. Les mecs de la fraternité suivent son regard et se concentrent sur la cible.

Moi.

Comme si je m'étais matérialisée comme par magie.

– Trouvée, dit Lo avec un sourire crispé, amer.

La chaleur me monte au visage, je me sers de mes mains comme de stores humains pour masquer ma honte pendant que je cours presque jusqu'à la porte.

Mâchoire carrée s'esclaffe comme s'il avait gagné leur épreuve de force.

– Ta copine est une traînée, mec.

Je n'en entends pas plus. L'air frais du mois de septembre emplit mes poumons, et Lo ferme la porte avec plus de force que nécessaire. Je me recroqueville derrière mes mains, les presse contre mes joues brûlantes tandis que le film des événements défile dans mon esprit. Oh. Mon. Dieu.

Lo fond sur moi par-derrière, passe ses bras autour de ma taille. Il pose son menton sur mon épaule, se penchant un peu pour compenser ma petite taille.

– J'espère qu'il en valait la peine, murmure-t-il.

Son souffle chaud me chatouille le cou.

– La peine de quoi ?

Mon cœur me noue la gorge ; sa proximité me tente et me trouble. Je peine à faire avancer mes pieds, et plus encore à avoir les idées claires.

– Ton premier *walk of shame* dans une fraternité. Comment tu te sens ?

– Honteuse.

Il dépose un petit baiser sur mon crâne et se détache de moi pour avancer.

– Magne, Calloway. J'ai laissé ma boisson dans la voiture.

J'écarquille les yeux quand je comprends ce que ça veut dire, oubliant peu à peu les horreurs qui viennent de se produire.

– Tu n'as pas pris le volant, si ?

Il me lance un regard disant : *Sérieusement, Lily ?*

– Puisque ma Sam habituelle n'était pas dispo – il hausse les sourcils d'un air accusateur –, j'ai appelé Nola.

Il a appelé ma chauffeuse personnelle. Je ne demande pas pourquoi il a décidé de faire l'impasse sur son propre chauffeur, qui le trimballerait volontiers dans tout Philadelphie. Anderson a la langue bien pendue. Au collège, après une soirée chez Chloe Holbrook, Lo et moi avons peut-être parlé des drogues passées de main en main dans le manoir de sa mère. Les conversations de banquette arrière devraient être considérées comme privées entre les personnes présentes dans la voiture. Anderson ne devait pas avoir connaissance de cette règle tacite, car le lendemain, nos chambres ont été fouillées, en quête de produits illégaux. Heureusement, la femme de ménage a oublié de chercher dans la fausse cheminée où je cache ma boîte à jouets interdite aux moins de dix-huit ans.

On s'en est tirés sans encombre et en ayant appris une leçon importante. Ne jamais faire confiance à Anderson.

Je préfère ne pas faire appel au service voiturier familial pour ne pas m'enfoncer encore plus entre leurs griffes, mais parfois, Nola est une nécessité. Comme aujourd'hui. Quand je suis en petite gueule de bois et incapable de conduire l'éternellement ivre Loren Hale.

Il m'a adoubée conductrice sobre personnelle et refuse de donner sa thune à la moindre compagnie de taxis depuis que nous avons failli nous faire agresser dans l'un d'eux. On ne l'a jamais raconté à nos parents. On ne leur a jamais dit qu'on avait échappé à quelque chose d'horrible. Principalement parce qu'on avait passé cet après-midi-là dans un bar avec des fausses cartes d'identité. Lo s'est enquillé plus de whisky qu'un homme adulte. Et j'ai baisé dans des toilettes publiques pour la toute première fois. Nos indécences sont devenues nos rituels, et nos familles n'avaient pas besoin de le savoir.

Mon Escalade noire est garée au bord du trottoir de la rue des fraternités. Des maisons à plusieurs millions de dollars s'y alignent, chacune surpassant l'autre en taille de colonnes. Des verres en plastique rouge jonchent le jardin le plus proche, un fût renversé tristement étalé dans l'herbe. Lo marche devant moi.

– Je ne pensais pas que tu viendrais, je dis, contournant une flaque de vomi sur la route.

– J'ai dit que je viendrais.

Je pouffe.

– Ce n'est pas toujours vérifié.

Il s'arrête près de la portière de la voiture, les vitres trop teintées pour voir Nola qui attend sur le siège conducteur.

– Ouais, mais c'est Kappa Phi Delta. T'en baises un et ils veulent tous ton cul. J'en ai des cauchemars.

Je grimace.

– De moi qui me fais violer ?

– C'est pour ça qu'on appelle ça des *cauchemars*, Lily. C'est pas censé être agréable.

– Eh bien, c'est certainement ma dernière expédition dans une fraternité pour dix ans, ou au moins jusqu'à ce que j'oublie cette matinée.

La fenêtre conducteur descend. Les boucles noires de Nola caressent son visage en forme de cœur.

– Je dois aller chercher Mlle Calloway à l'aéroport dans une heure.

– On sera prêt dans une minute, je lui dis.

La vitre remonte, la faisant disparaître.

– Quelle Mlle Calloway ? demande Lo.

– Daisy. La Fashion Week vient de se terminer à Paris.

Ma petite sœur a poussé du jour au lendemain jusqu'à un ahurissant mètre quatre-vingts, et avec sa silhouette de rail de chemin de fer, elle rentre dans le moule de la haute couture. Ma mère a tout de suite exploité la beauté de Daisy. La semaine suivant son quatorzième anniversaire, elle avait signé avec l'agence de mannequins IMG.

Les doigts de Lo tressautent le long de son corps.

– Elle a quinze ans et est certainement entourée de top models plus âgées qui se tapent des lignes aux toilettes.

– Je suis sûre qu'ils ont envoyé quelqu'un avec elle.

Je hais ne pas connaître les détails. Depuis mon arrivée à l'université de Pennsylvanie, j'ai pris l'habitude impolie d'esquiver les appels et les visites. Me dissocier de la famille Calloway est devenu bien plus facile une fois entrée à la fac. J'imagine que c'était écrit d'avance pour moi. Je repoussais tout le temps les limites de mon couvre-feu et passais peu de temps en compagnie de ma mère et de mon père.

– Je suis content de ne pas avoir de frères et sœurs, dit Lo. Franchement, tu en as assez pour moi.

Je n'ai jamais considéré qu'avoir trois sœurs était une grosse couvée, mais une famille de six personnes attire effectivement une certaine attention.

Il se frotte les yeux avec lassitude.

– Bon, j'ai besoin d'un verre, on y va.

Je prends une profonde inspiration, sur le point de poser une question que nous avons tous les deux éludée jusqu'à présent.

– On fait semblant aujourd'hui ?

Avec Nola, c'est toujours à pile ou face. D'un côté, elle n'a jamais trahi notre confiance. Pas même en seconde quand j'ai mis la banquette arrière de la limousine à profit pour me taper un joueur de football américain de dernière année. L'écran de séparation était levé, Nola ne pouvait pas nous voir, mais il a grogné un peu trop bruyamment et j'ai tapé contre la portière un peu trop fort. Évidemment qu'elle a entendu, mais elle ne m'a jamais dénoncée.

Le risque qu'elle nous trahisse un jour est réel. L'argent délie les langues et, malheureusement, nos pères nagent dedans.

Cela ne devrait me faire ni chaud ni froid. J'ai vingt ans. Je suis libre d'avoir des relations sexuelles. Libre de faire la fête. Vous savez, toutes les choses attendues d'étudiants majeurs. Mais ma longue liste de secrets inavouables (genre *vraiment* inavouables) pourrait créer un scandale dans le cercle d'amis familial. L'entreprise de mon père n'apprécierait pas ce genre de publicité. Pas le moins du monde. Si ma mère avait vent de mon sérieux problème, elle m'enverrait en cure de désintox et chez le psy jusqu'à ce que je sois remise sur le droit chemin. Je ne veux pas être remise sur le droit chemin. Je veux juste vivre ma vie et nourrir mon appétit. Il se trouve juste que mon appétit est sexuel.

Et puis, les fonds qui me sont destinés disparaîtraient comme par magie à la vue de mon inconvenance. Je ne suis pas prête à renoncer à l'argent qui paie mon éducation. La famille de Lo est tout aussi implacable.

– On fait semblant, me répond-il. Viens, mon cœur. (Il me donne une tape sur les fesses.) En voiture.

Je m'arrête à peine sur son usage fréquent de *mon cœur*. Au collège, je lui ai dit que je trouvais ce terme affectif hyper sexy. Depuis, Lo se l'est approprié.

Je le dévisage, et il me fait un large sourire.

– Ta marche de la honte t'a paralysée ? demande-t-il. Il faut que je te porte pour monter dans l'Escalade ?

– Ce n'est pas nécessaire.

C'est difficile de ne pas répondre à son sourire en coin. Lo se penche délibérément vers moi pour me taquiner et glisse une main dans la poche arrière de mon jean.

– Si tu ne te sors pas de cet état, je vais te faire tourner sur toi-même. Fort.

Ma poitrine se comprime. Oh là là... Je me mords la lèvre, m'imaginant sous la couette avec Loren Hale. La première fois remonte à trop longtemps pour que je m'en souvienne correctement. Je secoue la tête. *Ne t'engage pas là-dedans*. Je me retourne pour ouvrir la portière et grimper dans la voiture, mais je suis frappée par une énorme prise de conscience tout à coup.

– Nola est venue dans le quartier des fraternités sur le campus... Je suis morte. OhMonDieu. Je suis morte.

Je me passe les deux mains dans les cheveux et me mets à haleter comme une baleine échouée. Je n'ai aucune raison valable d'être ici à part que je cherchais un mec avec qui coucher. Et c'est la réponse que j'essaie d'éviter. D'autant que nos parents pensent que Lo et moi sommes dans une relation sérieuse – une relation qui a réformé ses habitudes de soirées dangereuses et l'a transformé en jeune homme dont son père peut être fier.

Venir me chercher à une soirée étudiante avec une haleine de whisky n'est pas ce que son père veut pour son fils. Ce n'est *pas* une chose qu'il approuverait, ni même accepterait. D'ailleurs, il hurlerait certainement sur Lo et le menacerait de le priver de ses fonds, lui aussi. À moins que nous ne voulions dire adieu aux petits luxes de notre héritage, nous devons faire semblant d'être ensemble. Et faire semblant d'être deux êtres humains parfaitement fonctionnels et parfaitement sains.

Même si nous ne le sommes pas. Loin de là. Mes bras se mettent à trembler.

Lo pose ses mains sur mes épaules.

– Holà ! Détends-toi, Lil. J'ai dit à Nola que tu étais au brunch d'anniversaire d'un ami. Tout va bien.

J'ai toujours l'impression que ma tête va partir à la dérive, mais au moins, c'est mieux que la vérité. *Eh, Nola, on doit aller chercher Lily dans une fraternité parce qu'elle a eu un coup d'un soir avec un tocard.* Elle regarderait Lo, attendant une crise de jalousie. Il ajouterait : *Ah, ouais, non, je ne suis son petit ami que quand c'est nécessaire. On t'a bien eue !*

Lo sent mon angoisse. Il me serre les épaules.

– Elle ne le saura pas.

– Tu es sûr ?

– Oui, dit-il avec une certaine impatience.

Il se glisse dans la voiture, je le suis. Nola enclenche une vitesse.

– Je vous ramène au Drake, mademoiselle Calloway ?

Après des années à lui demander de m'appeler comme elle veut, même *petite fille* (bizarrement, je pensais que cela la pousserait à laisser tomber cette mascarade, mais je crois que je n'ai fait que l'offenser), j'ai arrêté d'essayer. Je jurerais que mon père la paie davantage pour cette formalité.

– Oui, je dis, et elle prend le chemin de la résidence.

Lo boit un thermos, et bien qu'il prenne de grandes goulées, je suis certaine qu'il ne contient pas de café. Je trouve une canette de soda dans le compartiment glacière central et l'ouvre. Le liquide gazeux apaise mon estomac agité.

Lo passe un bras autour de mon épaule, et je me laisse aller contre son torse musclé.

Nola lance un coup d'œil dans le rétroviseur.

– M. Hale n'était pas invité au brunch d'anniversaire ? me demande-t-elle.

Elle veut se montrer aimable, mais chaque fois qu'elle passe en mode interrogation, ça me fait stresser et ça me rend parano.

– Je ne suis pas aussi populaire que Lily, répond Lo pour moi.

Il a toujours été bien meilleur menteur que moi. Je mets ça sur le compte de son état d'ivresse permanent. Je serais une Lily bien plus sûre d'elle si je descendais du bourbon toute la journée.

Nola rit, son ventre dodu touchant le volant à chaque gloussement.

– Je suis sûr que vous êtes aussi populaire que Mlle Calloway.

N'importe qui (y compris Nola, apparemment) partirait du principe que Lo a des amis. Sur l'échelle de la beauté, il est entre chanteur star d'un groupe de rock qu'on a envie de baiser et mannequin défilant pour Burberry et Calvin Klein. Il n'a jamais fait partie d'un groupe de musique, mais une agence de mannequins l'a repéré un jour et lui a proposé une campagne Burberry. Ils ont retiré leur offre après l'avoir vu boire une bouteille de whisky déjà presque vide directement au goulot. L'industrie de la mode aussi a des principes.

Lo devrait avoir des tonnes d'amis. Surtout du genre féminin. En général, les filles accourent. Mais elles ne restent pas longtemps.

La voiture descend une autre rue, et je compte les minutes dans ma tête. Lo oriente son corps vers moi pendant que ses doigts effleurent mon épaule nue, presque amoureusement. Je croise brièvement son regard, mon cou brûlant quand ses yeux intenses se plantent dans les miens. Je déglutis péniblement et essaie de ne pas briser notre lien. Puisque nous sommes censés sortir ensemble, je ne devrais pas avoir peur de ses yeux ambre, comme une fille gênée et maladroite.

Lo dit :

– Charlie joue du saxo ce soir au Eight Ball. Il nous a invités à y aller.

– Je n'ai rien de prévu.

Mensonge. Une nouvelle boîte a ouvert au centre-ville, le Blue Room. Littéralement, il paraît que tout est bleu à l'intérieur. Même les boissons. Hors de question que je passe à côté d'une occasion de baiser dans des chiottes bleues. Sur une lunette de toilettes bleue, avec un peu de chance.

– Alors banco.

Le silence (du genre gênant) s'épaissit après que ses mots se dissipent dans l'air. En temps normal, je lui parlerais du Blue Room et de mes intentions sulfureuses pour la soirée, pour qu'on puisse s'organiser, comme je suis sa Sam. Mais dans cette voiture censurée, il est plus difficile de parler de ce genre de choses.

– Le frigo est rempli ? Je meurs de faim.

– Je viens d'aller faire les courses, me dit-il.

Je plisse les yeux, me demandant s'il ment pour jouer le rôle du bon petit ami ou s'il est vraiment allé chez Whole Foods. Mon ventre gargouille. Au moins, on sait tous que je n'ai pas menti.

Sa mâchoire se contracte, ça l'agace que je ne sache pas faire la différence entre la vérité et un bobard. D'habitude, j'y arrive, mais il est tellement nonchalant que les limites se brouillent.

– J'ai acheté de la tarte au citron meringuée. Ton dessert préféré.

J'ai un haut-le-cœur intérieur.

– Tu n'aurais pas dû.

Non, tu n'aurais vraiment pas dû. Je déteste la tarte au citron meringuée. Manifestement, il veut faire croire à Nola qu'il est un petit ami modèle, mais la seule petite copine que Loren Hale traitera bien dans sa vie est sa bouteille de bourbon.

Nous nous arrêtons à un feu rouge, à quelques rues seulement de la résidence. Je sens le goût de la liberté, et le bras de Lo me fait plus l'effet d'un poids que d'un membre réconfortant sur mes épaules.

– Était-ce un événement décontracté, mademoiselle Calloway ? demande Nola.

Quoi ? Oh… merde. Ses yeux se rivent sur le débardeur que j'ai ramassé par terre dans la chambre du mec. Taché de Dieu sait quoi.

– Euh, j-je, je bégaie.

Lo se raidit à côté de moi. Il attrape son thermos et le siphonne.

– J-j'ai renversé du jus d'orange sur mon haut. C'était très gênant.

Était-ce vraiment un mensonge ? Mon visage rougit de manière incontrôlable et, pour la première fois, j'accueille volontiers les plaques rouges. Nola m'adresse un regard compatissant. Elle me connaissait déjà quand j'étais trop timide pour réciter le serment d'allégeance en maternelle. Cinq ans et déjà timorée. Cela résume bien mes premières années d'existence.

– Je suis certaine que ce n'était pas si affreux, me rassure-t-elle.

Le feu passe au vert et elle reporte son attention sur la route.

Indemnes, nous arrivons au Drake, un imposant bâtiment en brique marron qui se dresse au cœur de la ville. L'immeuble de trente-trois étages héberge des milliers de personnes et s'étrécit en triangle au sommet. Avec des influences du baroque espagnol, on dirait un mix entre une cathédrale espagnole et un vieil hôtel classique de Philly.

Je l'aime assez pour l'appeler mon foyer.

Nola nous dit au revoir et je la remercie avant de descendre de l'Escalade. À peine mes pieds ont-ils touché le trottoir que Lo me prend par la main. De l'autre, il passe ses doigts sur la surface lisse de mon cou, ses yeux suivant la ligne de ma clavicule. Il pose ses mains sur les trous du marcel, touchant mes côtes dénudées et cachant mes seins aux passants.

Il m'observe attentivement. Et mon cœur accélère.

– Elle nous regarde ? je murmure, me demandant pourquoi il a soudain l'air de vouloir me dévorer.

Cela fait partie du mensonge, je me rappelle. *Ce n'est pas réel.*

Ça semble réel. Ses mains sur moi. Sa chaleur sur ma peau douce.

Il passe sa langue sur sa lèvre inférieure et se penche pour chuchoter :

– À cet instant, je suis à toi.

Il glisse ses mains à travers les trous des bras de mon haut et les pose sur mes omoplates.

Je retiens mon souffle et me fige. Je suis une véritable statue.

– Et en tant que petit ami, murmure-t-il, je déteste partager.

Puis il me mordille le cou avec espièglerie. Je lui donne une tape sur le bras mais succombe à ses taquineries.

– Lo ! je m'écrie, mon corps se tortillant sous ses dents qui pincent légèrement ma peau.

Soudain, ses lèvres se referment, elles embrassent, sucent le bas de mon cou, puis remontent. Les membres tremblants, je m'accroche à sa ceinture. Il sourit entre chaque baiser, sachant l'effet que cela me fait. Il presse ses lèvres contre ma mâchoire… le coin de ma bouche… marque une pause. Et je me retiens de le prendre dans mes bras pour finir le travail.

Puis il glisse sa langue dans ma bouche et j'oublie qu'il s'agit d'un simulacre et crois, juste pour cet instant, qu'il est vraiment à moi. Je lui rends son baiser, un gémissement dans la gorge. Ce son semble l'encourager et il se fait plus pressant, plus dur, plus brutal. *Oui.*

Puis j'ouvre les yeux et remarque l'absence de l'Escalade le long du trottoir. Nola est partie. Je ne veux pas que ça s'arrête, mais je sais qu'il le faut. Je mets donc fin au baiser la première, portant ma main à mes lèvres enflées.

Sa poitrine se soulève et s'abaisse lourdement, il me regarde un long moment, sans me lâcher.

Je dis :

– Elle est partie.

Je déteste ce que mon corps désire si ardemment. Je pourrais aisément passer une jambe autour de sa taille et le plaquer contre l'immeuble. Mon cœur palpite, tout excité à cette idée. Je ne suis pas indifférente à ces yeux ambrés si chauds, même s'ils appartiennent à un alcoolique fonctionnel comme Lo. Engageants, luisants, intenses. Qui semblent crier *baise-moi !* Qui me torturent pour l'éternité.

Quand je prononce ces mots, sa mâchoire se crispe. Lentement, il retire ses mains de mon corps et se frotte la bouche. La tension s'étire entre nous, et mon bas-ventre me dit de me jeter sur lui comme un petit tigre de Bengale. Je ne peux pas. Parce que c'est Loren Hale. Parce que nous avons un système qui ne doit pas être perturbé.

Au bout d'un long moment, il a un déclic, horrifié.

– Dis-moi que tu n'as pas sucé ce gars.

Oh mon Dieu.

– Je… euh…

– Bordel, Lily.

Il s'essuie la langue avec ses doigts, vide ce qui reste dans sa flasque d'un geste théâtral et se gargarise avec le liquide avant de le cracher au sol.

– J'ai oublié. (Je grimace.) Je t'aurais prévenu…

– Bien sûr.

– Je savais pas que t'allais m'embrasser ! j'essaie de me défendre.

Sinon j'aurais cherché du dentifrice dans la salle de bains de la fraternité. Ou du bain de bouche.

– On est ensemble, répond-il. Bien sûr que je vais t'embrasser, bordel.

Sur ce, il empoche sa flasque et rive son regard sur l'entrée du Drake. Puis il se retourne vers moi et marche vers l'immeuble à reculons.

– Je te retrouve à l'intérieur. Tu sais, dans *notre* appartement. Que *nous* partageons, en tant que *couple*. (Il me lance ce sourire amer.) Ne tarde pas trop, mon cœur.

Il me fait un clin d'œil. Et une part de moi fond complètement en guimauve. L'autre part est juste paumée.

Déchiffrer les intentions de Lo me donne la migraine. Je le suis, essayant de deviner ce qu'il ressent vraiment. Était-ce factice ? Ou réel ?

Je chasse mes doutes. Cela fait trois ans que nous entretenons une *fausse* relation. Nous vivons ensemble. Il m'a entendue jouir dans la chambre voisine. Je l'ai vu dormir dans son vomi. Et même si nos parents croient que nous ne sommes qu'à un pas des fiançailles, nous ne coucherons plus jamais ensemble. C'est arrivé une fois, et c'est suffisant.

Chapitre 2

J'inspecte le contenu du frigo. Des bouteilles de champagne et de rhum de grandes marques occupent la majeure partie de l'espace. J'ouvre un bac et découvre un pauvre sachet de bâtonnets de carottes. En tant que nana qui brûle régulièrement des milliers de calories en ondulant sur des pelvis, j'ai besoin de protéines. J'ai reçu suffisamment de commentaires mesquins sur ma silhouette émaciée pour avoir envie d'un peu de gras sur les côtes. Les filles peuvent être cruelles.

– J'arrive pas à croire que t'aies menti pour les courses, je dis, irritable.

Je claque la porte du frigo et me hisse sur le plan de travail. Bien que le Drake se revendique bâtiment historique, l'intérieur est très moderne. Appareils électroménagers blancs et alu. Plans de travail blancs. Plafonds et murs blancs. Sans nos meubles en tissu rouges et gris et notre déco à la Andy Warhol, on aurait l'impression de vivre dans un hôpital.

– Si j'avais su que je ferais un arrêt dans l'allée des Gros Glands, je t'aurais pris un bagel chez Lucky's.

Je le fusille du regard.

– Tu as mangé ce matin ?

Il m'adresse un regard semblant dire *à ton avis*.

– Un burrito de petit-déj.

Il me pince le menton, toujours bien plus grand que moi quoique je sois perchée sur le meuble.

– Ne sois pas si morose, ma chère. J'aurais pu y rester et te laisser te démerder pour rentrer. Tu veux qu'on revienne en arrière ?

– Oui, comme ça pendant que tu me laisses m'échapper de la fraternité, tu peux aller faire les courses comme tu as dit l'avoir fait à Nola.

Il pose ses mains de chaque côté de mes hanches. Je retiens mon souffle.

– J'ai changé d'avis. Je n'aime pas cette réalité-ci.

J'ai envie qu'il se penche… mais non, il recule et attrape des bouteilles d'alcool dans les placards.

– Il faut que Nola croie que je te nourris, Lil. Tu fais un peu squelettique. Quand tu respires, je vois presque tes côtes.

Les *garçons* peuvent être cruels. Il verse une lampée de whisky dans un verre carré posé à côté de moi.

Je retrousse les lèvres et ouvre un placard au-dessus de sa tête. Quand je claque la porte, il sursaute et se renverse du whisky sur les mains.

– *La vache*. (Il trouve un torchon pour éponger la mare d'alcool.) M. Kappa Phi Delta n'a pas fait son travail ?

– C'était correct.

– Correct, répète Lo, haussant les sourcils. Pile ce que tout mec rêve d'entendre.

Des plaques rouges apparaissent sur mes bras dénudés.

– Tes coudes rougissent, dit-il avec un sourire grandissant pendant qu'il se ressert. On dirait Violette chez Willy Wonka, sauf que toi c'est une cerise magique que tu as mangée.

Je ronchonne.

– Arrête de parler de bouffe.

Il se penche, et je me raidis. *Oh*… Non, au lieu de me prendre dans ses bras – ce que j'imagine dans un moment de faiblesse –, il effleure ma jambe nue pour récupérer son portable sur le chargeur sans fil. Je me fige de nouveau. Ce contact ne le décontenance pas le moins du monde, alors qu'excitation et envie tourneboulent mes entrailles. S'il était un inconnu au visage criblé d'acné, je ressentirais la même chose. Peut-être.

Peut-être pas.

Mon fantasme vacille : Lo laisse ses doigts sur mon genou. Il se penche brusquement au-dessus de moi, me prenant au piège de son corps. Mon dos se cambre contre les placards…

– Je commande une pizza si tu vas prendre une douche. Tu pues le sexe, et ma tolérance aux relents d'un inconnu arrive à bout.

Mon excitation dégringole, mon fantasme disparaît comme par magie pour laisser place à la réalité. Ça m'agace de nous avoir imaginés dans une situation impudique, Lo et moi, car quand je reviens à moi, il se tient à quelques centimètres à peine de mon visage, et je me demande s'il le voit.

Je l'observe pendant qu'il sirote son whisky. Après un moment de silence prolongé, il fronce les sourcils et me regarde de travers, l'air de dire *sérieux ?*

– Il faut que je me répète ?

– Quoi ?

Il lève les yeux au ciel et prend une grande gorgée de son breuvage, sans faire la moindre grimace quand l'âcreté de l'alcool lui glisse dans la gorge.

– Toi, douche. Moi, pizza. Tarzan mange Jane.

Il me mord l'épaule.

Je me recule.

– Tu veux dire Tarzan *aime* Jane ?

Je saute du comptoir pour aller me débarrasser des odeurs de fraternité qui me collent à la peau. Lo secoue la tête, l'air moqueur.

– Pas ce Tarzan.

– L'alcool te rend méchant, je lance avec désinvolture.

Il lève son verre pour acquiescer et je remonte le couloir à pas feutrés. Notre trois pièces spacieux fait office de « nid d'amour ». Faire semblant d'être ensemble depuis trois ans n'a pas toujours été simple, d'autant que nous avons amorcé cette ruse en dernière année de lycée. Quand nous avons décidé d'aller à la même université, ce sont nos parents qui ont proposé que nous nous installions ensemble. Ils ne sont pas du genre conservateur, mais quand bien même, je doute qu'ils comprendraient ou cautionneraient mon train de vie, à coucher avec plus de mecs qu'il ne convient pour une jeune femme.

Ma mère s'est appuyée sur l'expérience de ma sœur aînée à la fac comme bonne raison de cohabiter avec mon « petit ami ». La colocataire de Poppy faisait venir des amis à toute heure du jour et de la nuit, même pendant les semaines d'examens, et elle laissait ses fringues sales (y compris ses culottes) sur la chaise de bureau de ma sœur. Son attitude indélicate a suffi pour que ma mère me choisisse un logement hors campus et pousse pratiquement Lo dans ma chambre.

Ça s'est bien goupillé, dans l'ensemble. Je me rappelle avoir senti un poids se lever de ma poitrine une fois que les portes se sont refermées derrière ma famille. Qui me laissait seule. Tranquille.

Je me rends dans ma minuscule salle de bains et me dandine pour retirer mes vêtements. Une fois sous la douche brûlante, je soupire. L'eau chasse l'odeur et la crasse, mais mes péchés restent. Les souvenirs ne disparaissent pas, et j'essaie coûte que coûte de ne pas penser à ce matin. À mon réveil. J'adore le sexe. C'est tout ce qui suit que je n'ai pas encore vraiment réglé.

Je fais gicler du shampooing dans ma main et le fais mousser dans mes boucles châtains, coupées court. Parfois, j'imagine l'avenir. Loren Hale travaille pour l'entreprise de son père figurant au classement Fortune 500, vêtu d'un costume ajusté dont le col l'étouffe. Il est triste. Je ne le vois jamais sourire dans mes futurs imaginaires. Je ne saurais pas comment le rectifier. Qu'aime Loren Hale ? Le whisky, le bourbon, le rhum. Que pourrait-il bien faire après l'université ? Je ne vois rien.

Heureusement que je ne suis pas diseuse de bonne aventure.

Je m'en tiendrai à ce que je connais. Le passé – quand Jonathan Hale emmenait Lo à des parties de golf informelles avec mon père. Moi à ses côtés. Ils discutaient des mêmes sujets qui les occupent toujours. Actions, projets, placements de produits pour leurs marques déposées respectives. Lo et moi jouions à Star Wars avec nos clubs de golf, et ils nous rouspétaient quand je blessais Lo aux côtes, maniant mon sabre laser n'importe comment et frappant trop fort.

Lo et moi aurions pu être meilleurs amis ou ennemis. On se voyait tout le temps. Dans des salles d'attente de conférences barbantes. Dans des bureaux. À des bals de charité. À notre école privée. Et maintenant à la fac. Ce qui aurait pu devenir une simple relation d'enfants avec des taquineries constantes s'est transformé en quelque chose de plus clandestin. Nous partagions tous nos secrets, formant un club composé de deux membres. Ensemble, nous avons découvert les superhéros dans une petite boutique de comics de Philadelphie. Quelque chose dans les aventures galactiques de Havok et les voyages dans le temps de Nathaniel Grey ont résonné en nous. Parfois, même Cyclope et Emma Frost ne pouvaient résoudre nos problèmes, mais ils sont toujours là, à nous rappeler une époque plus innocente. Une époque où Lo ne picolait pas et où je ne couchais pas à droite à gauche. Ils nous permettent de repenser à ces moments doux et purs, et je m'y replonge volontiers.

Je finis de débarrasser mon corps de la débauche de cette nuit et glisse mes bras dans une robe de chambre en tissu-éponge. Je la noue autour de ma taille et retourne dans la cuisine.

– Pizza ? je demande en voyant les plans de travail vides.

Techniquement, ils sont tout sauf vides, mais je suis tellement désensibilisée aux bouteilles d'alcool de Lo qu'elles pourraient être invisibles ou faire partie des appareils électroménagers.

– Elle arrive. Arrête de me faire ces yeux de biche. On dirait que tu vas te mettre à pleurer.

Il s'appuie contre le frigo et je zieute inconsciemment la fermeture éclair de son jean. J'imagine son regard sur la ceinture de ma robe de chambre. Je ne lève pas les yeux, au risque de gâcher cette image.

– C'est quand, la dernière fois que tu as mangé ?

– Je ne sais pas trop.

Je n'ai qu'une seule idée en tête, et elle ne concerne pas l'alimentation.

– Ce n'est pas rassurant, Lil.

– Je mange, je me défends – médiocrement.

Je le vois m'enlever ma robe de chambre dans mon fantasme. Peut-être devrais-je la laisser tomber pour lui. *NON ! Ne fais pas ça, Lily*. Je finis par lever les yeux et il me regarde avec tant d'attention que mon visage se met aussitôt à chauffer.

Il sourit et boit. Puis il baisse son verre et se lèche les lèvres.

– Tu veux que je le déboutonne, mon cœur, ou j'attends que tu te mettes à genoux d'abord ?

Je reste bouche bée, mortifiée. Il a vu clair dans mon jeu. Je ne suis tellement pas discrète !

De sa main libre, il fait passer le bouton dans le trou et descend lentement la fermeture éclair, révélant l'élastique de son boxer noir. Il me regarde inspirer et expirer, ma respiration irrégulière et sporadique. Puis il retire ses mains de son jean et pose ses coudes sur le plan de travail.

– Tu t'es lavé les dents ?

– Arrête, je lui dis, la voix bien trop rauque. Tu me tues.

Sérieusement, *tout* mon corps, pas seulement mes poumons, est en hyperventilation.

Sa mâchoire se bloque. Il pose son verre puis remonte sa braguette et la reboutonne.

J'avale péniblement ma salive et grimpe sur le tabouret de bar, nerveuse. Je passe mes doigts tremblants dans mes cheveux mouillés, tout emmêlés. Pour arrêter de bloquer sur ce moment, je fais comme si ce n'était jamais arrivé et reprends notre conversation précédente.

– C'est un peu difficile de m'empiffrer alors qu'on n'a jamais de bouffe ici.

On mange dehors *beaucoup* trop souvent.

– Je crois que tu n'as aucun mal à t'empiffrer, dit-il, seulement c'est pas de la bouffe que tu t'enfiles.

Je me mords les lèvres et lui fais un doigt. Ces mots seraient plus blessants de la bouche de n'importe qui d'autre. Lo a son propre vice, au creux de sa main. Tout le monde peut le voir, et quand je regarde tour à tour son visage et son verre, son sourire narquois se durcit. Il le porte à ses lèvres et me tourne le dos.

Je ne parle jamais de *sentiments* avec Lo. De ce que ça lui fait de me voir rentrer tous les soirs avec un mec différent. Et lui ne me demande pas ce que ça me fait de le voir se noyer dans l'oubli. Il étouffe son jugement et je réprime le mien, mais notre silence instaure une tension entre nous, à laquelle on ne peut pas échapper. Elle est parfois si raide que j'ai envie de crier. Mais je garde ce cri en moi. Je prends sur moi. Chaque commentaire entamant nos addictions fracture le système mis en place. Celui où nous vivons tous deux libres de faire ce que bon nous semble. Moi, à coucher avec n'importe qui. Lui, à boire vingt-quatre heures sur vingt-quatre.

L'interphone sonne. Pizza ? J'affiche un grand sourire et me dirige vers le haut-parleur dans l'entrée. J'appuie sur le bouton.

– Oui ?

– Mademoiselle Calloway, vous avez de la visite. Je la fais monter ? demande l'agente de sécurité.

– Qui est-ce ?

– Votre sœur, Rose.

Je grogne intérieurement. Pas de pizza. C'est l'heure de recommencer à faire semblant – même si Lo aime jouer la comédie quand nous sommes seuls, juste pour m'emmerder.

– Faites-la monter.

Lo passe en mode bip-bip et s'agite dans la cuisine, rangeant les bouteilles d'alcool dans des placards qu'il ferme à clé, versant son breuvage dans un verre bleu teinté. J'appuie sur la télécommande et un film d'action apparaît à l'écran. Lo se laisse tomber sur le canapé gris et pose ses pieds sur la table basse, comme si nous avions passé ces trente dernières minutes plongés dans le film.

Il se tapote les cuisses.

– Viens ici.

L'espièglerie luit dans ses yeux ambrés.

– Je ne suis pas habillée, je rétorque.

Ça pulse déjà trop fort entre mes jambes pour que je me retrouve si près de lui. Cette simple pensée électrise mes nerfs.

– Tu portes une robe de chambre, contre Lo. Je t'ai vue toute nue des millions de fois.

– Quand on était gamins, je réplique.

– Et je suis sûr que tes seins n'ont pas grossi depuis.

Je reste bouche bée.

– Oh, tu es…

J'attrape un coussin sur un fauteuil et l'attaque. Je lui donne deux bons coups avant qu'il passe ses bras autour de ma taille pour me tirer sur ses genoux.

– Lo, j'avertis.

Comme il a passé la *journée* à me taquiner, c'est plus difficile de lui résister.

Il me fixe avec intensité ; sa main glisse au-dessus de mon genou, fait remonter ma robe de chambre, vient se poser à l'intérieur de ma cuisse. Il s'arrête là, il ne va pas plus loin. *Putain.* Je tremble sous sa main, j'ai besoin qu'il aille plus loin. Sans réfléchir, je pose ma main sur la sienne et rapproche ses doigts du point palpitant. Je les insère en moi. Il se raidit.

Putain de… Mes orteils s'enroulent, je pose mon front sur son épaule. Je tiens sa main dans un étau de fer, ne le laissant rien faire sans ma permission. Juste avant que je me mette à faire aller ses doigts en moi, on frappe à la porte.

Je reviens à moi dans un sursaut. Qu'est-ce que je fous ? ! Incapable de regarder Lo, je le laisse récupérer sa main et me carapate à l'autre bout du canapé.

Lo hésite.

– Lil ?

– N'en parlons pas, je dis, mortifiée.

Rose frappe plus fort.

Je me lève pour aller ouvrir, encore plus tendue qu'avant.

J'entends les pas de Lo derrière moi, puis le grincement du robinet qu'il ouvre. Je me retourne et le vois se rincer les doigts avec du savon.

Je suis une idiote. Je tourne la poignée en prenant une profonde inspiration, m'efforçant d'évacuer de mon cerveau ce mauvais combo : sexe et Loren Hale. L'avoir pour colocataire, c'est comme agiter un pochon de coke devant un camé. Ce serait plus facile si je cédais, mais je ne veux pas transformer notre relation en plan cul. Il représente plus pour moi que tous les mecs avec qui je couche.

La porte s'ouvre pour dévoiler Rose : deux ans de plus, cinq centimètres de plus, et dix fois plus jolie. Elle entre avec grâce, son sac Chanel pendant à son bras telle une arme. Rose fait peur aux enfants, aux animaux, et même aux hommes avec ses yeux noirs et ses regards assassins. Si quelqu'un pouvait découvrir notre duperie, ce serait ma despote de sœur.

Dans l'immédiat, le simple fait de croiser le regard de Lo me fait pâlir, alors faire semblant d'être en couple avec lui… Je ne demande pas à Rose pourquoi elle débarque à l'improviste. Elle est comme ça. À croire qu'elle a tous les droits partout où elle va. Surtout chez moi.

– Pourquoi tu ne réponds pas à mes appels ?

Sa voix est glaciale. Elle repousse ses grosses lunettes de soleil rondes sur sa tête.

– Euh…

Je fouille dans la panière de clés posée sur une table ronde de l'entrée. Elle contient généralement mon téléphone fuyard qui saute sur chaque occasion d'abandonner le navire que je suis, et le fait que je n'aie jamais de sac à main n'aide pas – une tare que Rose adore me rappeler. Il faut dire que je n'ai aucune utilité d'un objet que je perdrais dans l'appartement ou la chambre universitaire d'un mec. Il pourrait trouver un moyen de me le rendre, et je serais obligée d'interagir avec lui une deuxième fois.

Rose renifle.

– Tu l'as perdu ? *Encore* ?

Je renonce aux recherches, ne trouvant là que quelques billets, des épingles à cheveux et des clés de voiture.

– Apparemment. Désolée.

Rose dirige son regard de rapace sur Lo, qui s'essuie les mains sur un torchon qu'il jette sur le comptoir.

– Et toi ? Toi aussi tu as perdu ton téléphone ?

– Non. C'est juste que je n'aime pas te parler.

Aïe. Je grimace. Rose se mord les joues, qui s'empourprent. Ses talons claquent sur le parquet quand elle fond sur lui dans la cuisine.

Les doigts de Lo se resserrent autour du verre bleu masquant sa boisson alcoolisée.

– Je suis une *invitée* dans ton appartement, dit sèchement Rose. Tu dois me traiter avec respect, Loren.

– Le respect, ça se mérite. La prochaine fois, tu devrais appeler avant de te pointer, ou peut-être que tu pourrais commencer par *salut Lo, salut Lily, vous avez passé une bonne journée*, au lieu de balancer tes exigences comme une garce.

Rose tourne vivement la tête vers moi.

– Tu vas le laisser me parler comme ça ?

J'ouvre la bouche, mais mes mots se perdent dans l'incertitude. Rose et Lo se chamaillent tout le temps, c'est pénible, et je ne sais jamais lequel des deux soutenir : ma sœur, parfois si méchante qu'elle déverse sa haine jusqu'à toucher sa cible, même sur moi ; ou Lo, mon meilleur ami et *prétendu* petit ami, seule constante dans ma vie.

– Super mature, dit Lo avec dégoût, de demander à Lily de choisir son camp comme si c'était un chien qui doit choisir son maître préféré.

Les narines de Rose se dilatent en signe de protestation, mais ses yeux de chat vert-jaune tentent de s'adoucir.

– Je suis désolée, me dit-elle sur un ton étonnamment confus. C'est juste que je m'inquiète pour toi, parfois. On s'inquiète tous pour toi.

Les Calloway ne comprennent pas le mot *seul*, ni qu'on puisse vouloir de l'intimité vis-à-vis de sa famille. Au lieu d'être des parents riches négligents, les miens se trouvent être envahissants. On avait une nounou, petites, mais ça n'a pas empêché ma mère de s'immerger dans tous les aspects de nos vies – trop impliquée parfois, mais aussi incroyablement dévouée et aimante. J'adorerais ma famille et leur côté pot de colle si je n'étais pas si honteuse de mes activités journalières (et nocturnes).

Certaines choses doivent rester secrètes.

– Eh bien, tu vois. Je vais bien, je dis, refusant toujours de regarder Lo.

Il y a deux minutes, j'étais prête à lui faire tout et n'importe quoi. Ce désir d'être satisfaite ne s'est pas amoindri – seule ma stupidité de le faire avec lui.

Les yeux de Rose deviennent deux fentes, elle m'observe longuement. Je resserre ma robe de chambre, me demandant si elle peut voir d'un simple coup d'œil ce que je ressens physiquement. Vous pouvez être sûrs que Lo en est capable, lui.

Après un court instant, elle range ses griffes.

– Je ne suis pas venue pour me battre.

C'est ça...

– Comme tu le sais, demain, c'est dimanche, et Daisy sera là pour le déjeuner. Tu as *affirmé* avoir loupé les derniers à cause des exams, mais cela ferait très plaisir à notre sœur que tu prennes quelques heures pour son retour à la maison.

La culpabilité crispe mon ventre vide.

– Ouais, bien sûr, mais je crois que Lo a déjà quelque chose de prévu, je ne suis pas sûr qu'il puisse venir.

Si je peux au moins le tirer d'affaire…

Rose fait une moue de dégoût et redirige son agacement sur Lo.

– Qu'y a-t-il de plus important qu'accompagner ta petite amie à une réunion de famille ?

Tout, je l'imagine dire. Sa mâchoire se crispe comme il réprime une réplique bien sentie. Il doit mourir d'envie de faire remarquer que c'est un événement qui a lieu *tous* les dimanches, que Daisy soit là ou non.

– J'ai une session de racketball avec un ami, ment-il avec aisance. Je peux annuler si Greg et Samantha y tiennent à ce point.

Lo sait que si Rose fait tout un foin du déjeuner, mes parents auront de la fumée qui leur sortira des oreilles si je me pointe sans lui. Ils en tireront des conclusions déraisonnables – qu'il me trompe, ou qu'il a repris son train de vie passé de fête excessive. C'est le cas (peut-être encore plus qu'avant), mais il vaut mieux qu'ils ne le sachent pas.

– C'est très important pour eux, reprend Rose, comme si elle avait le pouvoir de parler au nom des autres. Je vous vois tous les deux demain.

Elle s'arrête à la porte et jauge le jean et le tee-shirt noir tout simple de Lo.

– Et Loren, efforce-toi de porter une tenue appropriée.

Elle sort, ses talons résonnant au loin.

Je pousse un long soupir et réoriente mes pensées. L'envie de terminer ce que j'ai commencé avec Lo me ronge, et je sais qu'il ne vaut mieux pas.

– Lily…

– Je vais dans ma chambre. N'entre pas, j'ordonne.

J'ai téléchargé une nouvelle vidéo hier, intitulée *Maître de toi.* Je comptais la regarder plus tard, mais je vais devoir chambouler mon planning.

– Et quand la pizza sera là ? demande-t-il, me bloquant l'entrée du couloir.

– Je ne serai pas longue.

J'essaie de passer, mais il tend la main contre le mur. Son biceps se contracte, et je fais un grand pas en arrière. *Non, non, non.*

– Tu es excitée, dit-il, ses yeux plantés dans les miens.

– Et si tu ne m'avais pas taquinée, je ne serais pas dans cette situation, je dis, dans tous mes états. Si je ne fais rien, je vais passer l'après-midi à écumer la ville à la recherche d'un gars partant pour un petit coup vite fait en plein aprèm'. Merci bien.

Lo grimace et laisse retomber ses mains le long de son corps.

– Et moi, je suis coincé à devoir aller à ton repas de famille, donc j'imagine qu'on est quitte.

Il pivote pour me laisser passer.

– N'entre pas, je le préviens en faisant les gros yeux.

J'ai peur de ce que je lui ferais, sinon.

– Je n'entre jamais, me rappelle-t-il.

Sur ce, il se dirige vers la cuisine en agitant la main, finissant son verre de whisky.

Après m'être soignée à renfort de stars du porno et vibro haut de gamme et avoir pris une deuxième douche, j'enfile des vrais vêtements – un jean et un haut bordeaux.

Lo est assis dans le salon, à manger la pizza en zappant, un autre verre de whisky en équilibre sur sa jambe.

– Je suis désolée, je débite à toute vitesse.

Ses yeux se posent brièvement sur moi avant de revenir à la télé.

– Pour quoi ?

Pour avoir mis tes doigts en moi.

– Pour t'avoir embarqué dans le déjeuner du dimanche.

Je m'assieds dans le fauteuil rouge en face du canapé, un peu fébrile. Il m'observe comme il le fait toujours, jaugeant mon état actuel. Il avale sa bouchée de pizza.

– Franchement, ça ne me dérange pas d'y aller.

Il s'essuie les doigts sur une serviette et prend son verre.

– Mieux vaut voir ton père que le mien.

Je hoche la tête. Tellement vrai.

– Alors… tout va bien entre nous ?

– Est-ce que *toi*, ça va ? demande-t-il en haussant les sourcils.

– Mmm-hmm, je marmonne.

J'attrape une part de pizza en évitant son regard avant de me blottir de nouveau en sécurité dans mon fauteuil. Distance de sécurité, *check*.

– Je prends ça pour un *tout petit* oui, puisque tu n'es même pas capable de me regarder.

– Ce n'est pas toi, c'est moi, je dis la bouche pleine, léchant de la sauce sur mon doigt.

– Encore une fois, pile ce que tout mec rêve d'entendre. (Je sens son regard sur moi.) Je ne suis même pas en train de te faire du rentre-dedans.

– Commence pas, je préviens en levant un doigt en l'air. Je te jure, Lo.

– D'accord, d'accord. (Il soupire.) Tu vas au Blue Room ce soir, n'est-ce pas ?

Je recule la tête, surprise.

– Comment tu le sais ?

Il me regarde, l'air de dire *sérieux*.

– Il est rare que tu ailles à la même boîte plus de trois ou quatre fois. À un moment donné, j'ai cru que tu allais devoir déménager dans la ville voisine pour trouver un endroit où… (Il marque une pause, cherche le bon mot.) Baiser.

Il m'adresse ce sourire amer.

J'arrache un bout de la pepperoni au fromage.

– Très drôle. Tu as besoin d'une Sam ce soir ? Je peux te déposer quelque part avant de partir.

Je n'ai aucun problème à faire une croix sur la bière et l'alcool fort.

– Non, je viens avec toi.

Je masque ma surprise. Il ne se risque à sortir avec moi qu'en de rares occasions, trop variables pour que j'y décèle une logique.

– Tu veux aller au Blue Room ? Tu sais que c'est une boîte et pas un bar caché enfumé ?

Il m'adresse un autre regard noir.

– J'en suis bien conscient. (Il fait tourner les glaçons dans son verre, les yeux rivés dessus.) Et puis, comme ça, on ne restera pas trop tard, au risque de louper le déjeuner de demain.

Il n'a pas tort.

– Ça ne te dérangera pas si je…

Je ne suis même pas capable d'aller au bout de ma pensée.

– Si tu m'abandonnes pour aller te taper un mec ? dit-il, posant ses pieds sur la table basse à côté de la pizza.

J'ouvre la bouche, mais perds de nouveau le fil de mes pensées.

– Non, Lil, fait-il. Je ne t'empêcherai pas de faire ce que tu veux.

Parfois, je m'interroge sur ce qu'il veut, lui. Peut-être veut-il être avec moi. Ou peut-être fait-il tout le temps semblant.

Chapitre 3

Je me souviens du moment où j'ai compris que je n'étais pas comme les autres enfants. Et cela n'avait rien à voir avec les garçons ou mes fantasmes sexuels, et tout à voir avec ma famille. J'étais assise au fond de la classe pendant un cours d'anglais au collège, à tirer sur ma chemise à carreaux imposée à tous les élèves de l'établissement privé. Quand le professeur est parti, quelques garçons ont rapproché leur bureau du mien, et avant que je puisse trouver une raison à leur proximité, ils ont sorti des canettes de soda. Du Fizz Light. Du Fizz Zéro. Du Fizz Rouge. Du Fizz normal.

Ils les ont vidées puis les ont laissées éparpillées sur mon bureau. Le dernier garçon a ouvert sa canette et plongé un doigt dedans.

– Tiens, je t'ai mis un doigt.

Les garçons ont ricané et ma peau a pris la même teinte que le Fizz Rouge qui formait un cercle de la même couleur sur mon cahier.

Avec le recul, j'aurais dû les remercier d'avoir acheté tous ces produits Fizzle. Chaque soda acheté au distributeur me remplirait les poches d'une manière ou d'une autre. C'étaient certainement les fils et filles de magnats du pétrole, ce qui n'était pas aussi excitant que de pouvoir dire que son père a créé l'entreprise qui avait fait mieux que Pepsi l'année précédente. Mais j'étais trop timide et mortifiée pour faire autre chose que m'enfoncer davantage sur ma chaise en souhaitant devenir invisible.

Lo vit la même chose, par certains côtés. Il n'est pas sans cesse confronté à la fortune familiale sur des panneaux d'affichage et au restaurant, mais toute future maman connaît les produits Hale Co. Talc, huiles, couches, l'entreprise crée tout ce qu'il faut pour les nouveau-nés. Les boissons Fizzle sont certes commercialisées dans le monde entier, mais au moins, le nom Calloway n'est pas inscrit sur l'étiquette.

Ce n'est que dans le cercle de mondains et d'investisseurs gravitant autour de ma famille que l'on doit se soucier des moqueries et questions de réputation. Ailleurs, nous ne sommes que deux gamins riches pourris gâtés.

Pendant tout le collège, Lo se faisait harceler par des mecs, qui l'appelaient *bébé* – et pas pour être mignons. Ils ont même vandalisé son casier de vestiaire, couvrant ses vêtements de talc Hale Co. Lo était une cible facile. Pas parce qu'il était maigre, petit ou timide comme moi. Il avait des muscles secs et, un jour, il avait même couru plus vite qu'un joueur de foot qu'il avait pourchassé dans les couloirs après avoir découvert qu'il avait rayé sa nouvelle Mustang. Non, c'était parce que Lo n'avait qu'*une* amie pendant son adolescence. Sans entourage masculin, il est devenu l'ennemi numéro un pour les autres garçons. Un bouc-émissaire.

Je regrette la plupart de mes actes, et la période du lycée est criblée de mauvaises décisions. Coucher avec quelqu'un qui harcelait Lo en était une. Ça ne m'a fait ni chaud ni froid sur le coup, mais après, j'étais on ne peut plus honteuse. Je le suis encore, et je porte ce souvenir comme une épaisse cicatrice.

La fac a tout changé, en mieux. Loin du petit établissement privé, je n'avais plus à craindre que les rumeurs reviennent aux oreilles de mes parents. Cette liberté m'offre plus d'opportunités. Soirées, boîtes et bars sont pour ainsi dire ma deuxième maison.

Ce soir, au Blue Room, le plafond luit de centaines d'ampoules. Du tissu bleu nuit est drapé au-dessus de nos têtes, tel un voile représentant le ciel nocturne. Fidèle à son nom, tout dans l'immense boîte de nuit est en nuance de bleu. La piste de danse étincelle d'un bleu sarcelle et l'étage est meublé de méridiennes et fauteuils capitonnés en velours bleu marine. Mon short noir colle à mes cuisses transpirantes et mon dos nu argenté largement décolleté dans le dos adhère à ma peau moite – c'est ce qui arrive quand deux corps s'agglutinent dans des toilettes. Lunette de toilettes bleue ? *Check*. Je pensais planer après avoir baisé, mais il a tout juste satisfait mes désirs. Et puis, avec cette chaleur, je me sens poisseuse.

Je repère Lo au bar, mâchoire serrée, en train de suivre des yeux le barman qui va d'un bout à l'autre du comptoir bondé de jeunes clients attendant d'être servis. Lo a l'air plus à cran que d'habitude. Je remarque une blonde en robe rouge moulante assise sur un tabouret sur sa gauche, ses longues jambes nues effleurant la cuisse de Lo. Il fait comme s'il ne calculait pas ses avances, le regard rivé sur les bouteilles d'alcool qui s'empilent derrière le barman.

– Allez, Lo, j'encourage dans mon souffle.

Puis un mec se faufile derrière moi et m'attrape par la taille en dansant. Je l'ignore, mais il essaie de me faire remuer les hanches en frottant son bassin contre moi.

La blonde à côté de Lo se mord la lèvre et se passe une main dans les cheveux dans un geste aguicheur. Elle se penche pour lui dire quelque chose à l'oreille. J'aimerais être assez près pour l'entendre.

Lo fronce les sourcils, et je sais déjà où va mener cette conversation. Il répond et la fille grimace avec mépris. Avec un regard incisif, elle rétorque quelque chose et s'en va, son Martini à la myrtille entre ses doigts pincés.

Je jure et me dépêtre de mon partenaire de danse. Je me rue vers le bar et prends la place de la blonde.

– C'était quoi, ça ? je demande.

– Va-t'en. Je suis occupé et il y a encore plein de corps ici que tu peux baiser.

Il s'envoie une grande gorgée de bière pour chasser sa déclaration.

Je prends une brusque inspiration, m'efforçant de laisser son commentaire glisser sur ma peau. D'ignorer son changement d'humeur soudain. Parfois, il peut être sexy. D'autres fois, il peut vous écraser de son regard noir. Je plisse les yeux sur la bouteille bleu royal dans sa main qui dit *Bière aux Baies*.

– Qu'est-ce que tu bois ?

Ça fait des mois que Lo n'a rien bu de moins fort que du porto.

– Tous leurs alcools sont *bleus*, putain, peste-t-il. Hors de question que je boive du whisky bleu. Ou de la vodka à la myrtille.

Au moins, j'ai trouvé la source de son agacement. Le barman approche et je secoue la tête puisque je compte encore rester sobre pour conduire. À la place, il prend la commande de deux filles à côté de moi.

Je pose un coude sur le comptoir, me mettant face à Lo.

– Je suis sûre que ce n'est pas si mauvais.

– Je te proposerais bien de goûter, mais je ne sais pas où ta bouche a traîné.

Je le fusille du regard.

– J'en veux pas de ta bière aux baies, de toute façon.

– Tant mieux.

Il se l'enfile cul sec et fait signe à une barmaid qu'il en veut une autre. Elle décapsule une bouteille et la fait glisser sur le bar.

Je jette un coup d'œil vers la piste de danse bleu électrique, et mon regard croise…

Oh non. Je me retourne et fixe les rangées d'alcools, puis enfouis ma tête entre mes mains. Peut-être qu'il ne m'a pas vue. Peut-être que nos regards ne se sont pas croisés. Peut-être que tout est dans ma tête !

– Salut, je peux t'offrir un verre ?

Il me touche l'épaule. Il me *touche* l'épaule. Je jette un coup d'œil à Lo derrière mes mains. Il semble parfaitement indifférent à la situation, la moitié de sa jambe glissant du tabouret comme s'il s'apprêtait à partir pour laisser sa place.

– Je n'ai pas saisi ton prénom, ajoute le mec.

Une rousse à côté de moi se lève pour partir, et j'ai envie de lui crier de revenir. *Repose ton cul sur ce tabouret !* Quand elle disparaît, le type s'installe à sa place, tout son corps tourné vers moi.

Ma veine est officiellement tombée au fond des chiottes.

Je relève la tête, évitant de regarder les sourcils blonds fournis et la barbe de trois jours. Ouaip, c'est le mec que j'ai emmené aux toilettes. Celui qui a verrouillé la porte, a baissé ma culotte, a grogné et m'a entendue gémir. Au moins, il a l'air d'avoir plus de vingt ans, même si je n'arrive pas à déterminer son âge exact. Je ne pose pas la question. D'ailleurs, je ne pose *aucune* question. Mon assurance m'a quittée avec mon orgasme ; tout ce que je ressens, c'est la chaleur de la honte explosant entre mes oreilles.

J'arrive à marmonner une réponse.

– Je m'appelle Rose.

Un mensonge, certes.

Lo laisse échapper un petit rire, et le type pose un bras sur le bar, envahissant mon espace personnel pour voir mon compagnon.

– Vous vous connaissez, tous les deux ?

– On peut dire ça, oui, dit Lo, finissant une autre bière.

Il refait signe à la barmaid.

– T'es pas son ex ou quoi, si ? demande le mec, reculant un peu.

Oh oui, vas-y, dégage.

Lo enroule sa main autour de sa nouvelle bière.

– Elle est tout à toi, mec. Fais-toi plais'.

Je meurs à petit feu.

Le type m'adresse un signe de tête.

– Moi c'est Dillon.

Je m'en tape. Dégage, s'il te plaît.

Il me tend la main avec un sourire exalté, s'attendant peut-être à un *bis repetita*. Le truc, c'est que je ne fais pas dans les reprises. Une fois que j'ai couché avec un mec, ça s'arrête là. Rien d'autre, plus jamais. C'est une règle personnelle que j'ai respectée jusqu'à présent. Je refuse de l'enfreindre, et surtout pas pour *lui*.

Je lui serre la main, ne sachant comment le faire partir sans être impolie. Certaines filles n'ont aucun mal à dire *non*. Moi, en revanche…

– Qu'est-ce que tu bois ?

Il essaie d'alpaguer le barman, occupé à servir un groupe de filles. L'une d'elles porte une tiare et une écharpe *J'ai 21 ans !*

– Rien, je dis au moment où une barmaid en short déchiré et crop top bleu s'arrête devant nous.

– Qu'est-ce que je vous sers ? demande-t-elle par-dessus la musique.

Avant que je puisse ajouter *Je ne bois pas*, Dillon lance :

– Un rhum Fizz et un blue lagoon.

– On a seulement du rhum myrtille, lui rappelle-t-elle.

Il hoche la tête.

– Pas de souci.

Elle entreprend de préparer nos cocktails, et je couine :

– Je bois pas, en fait.

Il se décompose.

– Tu ne bois pas ?

Son incrédulité me fait questionner ma normalité. J'imagine qu'on croise rarement des personnes sobres en boîte de nuit.

– Alors… (Il se gratte la barbe.) T'es sobre là ?

Je crois que je viens de mourir une deuxième fois. Il me prend pour une tordue parce que je baise sobre dans les toilettes d'une boîte de nuit. Mon cou est en train de virer au rouge, j'ai envie d'enfouir ma tête dans un trou. Ou dans un seau de glace.

– Je bois, je maugrée dans mon souffle. Mais pas ce soir. Je conduis.

La barmaid pose le cocktail bleu sur une serviette et Dillon le pousse vers moi.

– Bois. Tu peux toujours prendre un taxi.

Je vois luire ses arrière-pensées dans ses yeux. Il est en train d'imaginer ce que je ferais, ivre, puisque je n'étais déjà pas bien prude, sobre. Mais c'était avant. On est maintenant – un moment où ma faim de baise a considérablement baissé. Avec lui, du moins.

– Elle n'en veut pas, dit sèchement Lo, serrant sa cinquième bière si fort dans son poing que j'ai peur que la bouteille explose.

– Je croyais que tu m'avais dit de me « faire plais' » ? réplique Dillon en mimant des guillemets avec ses doigts pour en rajouter une couche.

– C'était avant que tu commences à foutre en l'air mon moyen de locomotion pour rentrer. J'ai besoin qu'elle soit sobre, alors va trouver une autre fille à qui offrir des blue volcanos.

– Blue lagoon, je le corrige.

– Si tu veux, dit Lo en prenant une autre gorgée de bière.

Les yeux de Dillon s'assombrissent.

– Elle a une bouche. Parle pas pour elle.

Holà, ça se gâte.

Lo se tourne vers Dillon pour la première fois.

– Je parie que tu la connais bien cette bouche, hein ?

– OhmonDieu, je marmonne de manière inintelligible.

– Eh, parle pas d'elle comme ça, lance Dillon, essayant de défendre mon honneur.

Que se passe-t-il ? !

Lo hausse les sourcils.

– Tu te transformes en chevalier servant tout à coup, à prendre sa défense ? Tu te l'es *tapée* dans les toilettes. Fais pas comme si t'étais le mec bien dans cette situation.

– Arrête, Lo.

Je lui lance un regard d'avertissement qui se perd peut-être sous mon fard. S'il déclenche une bagarre, je serai bannie de la boîte.

– Ouais, Lo… *arrête*, dit Dillon d'un air de défi.

Mon visage est si bouillant que j'ai l'impression d'avoir des brûlures au second degré. Lo fixe Dillon un long moment, sans ciller.

– Je suis pas assez bourré pour ces conneries, annonce Lo.

Il se lève et règle son ardoise en vitesse. Pendant ce temps, Dillon m'attrape le poignet et j'essaie de me dégager. Il demande :

– Je peux avoir ton numéro ?

Lo fourre son portefeuille dans sa poche arrière.

– Elle sait pas dire *non*. Alors je vais le faire pour elle.

Merci. Sauf qu'au lieu de le dire, Lo lui fait un doigt.

Je ne regarde pas Dillon. Ni Lo. Ni personne dans la boîte. Je sors de là en toute hâte, j'ai juste envie de m'évaporer dans l'air pour échapper à ce moment.

Je me glisse dans ma BMW et Lo me rejoint sans un mot. Le trajet jusqu'à la maison se fait dans un silence presque total, on n'entend que le bruit de la flasque de Lo quand il l'ouvre et la boit comme s'il avait passé une semaine perdu en plein désert du Sahara. Nous évitons de parler ou de mentionner cette soirée désastreuse jusqu'à notre retour dans l'appartement.

Je jette mes clés dans la panière près de la porte, et Lo file droit vers les placards à alcool. D'une main tremblante, je cale une mèche de cheveux rebelle derrière mon oreille. J'ai besoin d'être soulagée.

Le son familier des bouteilles qui s'entrechoquent résonne dans la cuisine.

– Tu veux quelque chose à boire ? demande Lo, concentré sur sa concoction.

– Non. Je vais faire venir quelqu'un. S'il est toujours là demain matin, tu peux faire comme d'hab ?

Il hésite, la bouteille de bourbon figée au-dessus de son verre.

– Je serai sûrement dans les vapes. J'ai bu de la bière de merde toute la soirée.

Oh. Il compte se pinter.

– On a le déjeuner demain, je lui rappelle d'une voix tendue.

Peu de choses provoquent de vraies disputes entre nous, mais j'en sens une pointer.

– Je sais. Je serai réveillé, mais peut-être pas en état de t'aider. C'est tout.

Ma poitrine se soulève. Je lâche :

– C'est toi qui m'as gâché la soirée. T'étais pas obligé de venir avec moi et de te prendre la tête avec ce gars. Et maintenant j'en fais les frais juste parce que tu ne voulais pas boire de vodka bleue.

– Très bien, retournes-y à ta boîte, te faire emmerder par ce connard. Je t'ai rendu service, Lily.

Une colère irrationnelle jaillit en moi et je pousse violemment un des tabourets. Il se renverse et un des barreaux se casse. Je me recroqueville dans ma carapace, me sentant instantanément mal d'avoir heurté un meuble.

– Waouh, fait sèchement Lo. Va pas tout écraser dans l'appart' à la Hulk.

Son addiction entrave mon addiction. L'alcool l'emporte sur le sexe ici, et ça me tue. Ou du moins, ça tue la partie de moi qui a *besoin* d'une bonne baise – de celles qui durent plus de cinq minutes, de préférence.

Je regarde le tabouret cassé. Je me sens tellement bête. Je m'accroupis pour le remettre droit. Sautes d'humeur. Lo comprend ce que c'est de se transformer en accro en manque, mais je reste incapable de le regarder dans les yeux.

Je l'entends remuer les glaçons dans son verre.

– T'es une grande fille, Lil, dit-il après un moment de silence. Si tu veux coucher avec quelqu'un, c'est à toi de le mettre dehors après. Je ne t'empêche pas d'avoir des relations sexuelles.

Je ne sais pas pourquoi je me sens comme ça ni pourquoi ses mots me contrarient autant. Je reste figée, jusqu'à ce que je le sente dérober mon nouveau téléphone dans ma poche. Je fronce les sourcils pendant qu'il fait défiler mes contacts et s'arrête sur le numéro d'un service d'escort boys. Il appelle et presse le téléphone contre mon oreille en sirotant son verre.

Je lui prends le portable et articule : *Merci.*

Il hausse les épaules, inexpressif, mais ses muscles se crispent. Sans décrocher un mot de plus, il se dirige vers sa chambre. Ma nervosité s'apaise et l'anticipation monte en moi.

La ligne se connecte.

– Bonsoir, en quoi puis-je vous aider ?

L'alarme de mon téléphone beugle pour la troisième fois, une agaçante mélodie à la harpe que je songe sérieusement à changer. Je me tortille pour me débarrasser des couvertures en prenant garde à ne pas toucher le corps masculin alangui de l'autre côté du lit. Je n'aurais pas dû le laisser dormir ici, mais j'ai perdu la notion du temps. Même si c'est leur métier, ces… *gigolos* ont l'œil qui brille quand ils découvrent une jeune cliente, ni d'âge mûr ni obèse. Parfois, ce sont *eux* qui réclament les heures supplémentaires ; en l'occurrence, c'était moi.

Voudra-t-il rester pour le petit-déjeuner ? Je ne suis pas si familière avec le protocole gigolo ni sur que faire ou dire après coup. D'habitude, je laisse Lo frapper comme un bourrin à ma porte et dire au mec de se tirer. C'est vachement plus facile. L'horloge digitale sur ma table de nuit blanche luit en rouge. Dix heures du matin. J'ai une heure pour me pomponner et me doucher en vue du déjeuner au manoir Villanova.

J'enfile en vitesse un tee-shirt qui m'arrive aux cuisses et considère mon obstacle : un trentenaire bien bâti avec des tatouages sur tout le torse. Ses membres sont enchevêtrés dans mes draps violets, décolorés par tous mes ébats. Ne devrait-il pas avoir l'habitude ? Je ne suis pas là à faire comme si j'avais descendu un flacon de somnifères, moi.

– Eh oh, je dis, timidement.

Il bouge à peine. *OK, Lily, reprends-toi.* Si Lo est convaincu que je peux le faire, je peux le faire. Non ?

Je prends une profonde respiration, luttant contre mon fard intense et la nervosité qui menace d'enfler. *Je t'en prie, n'essaie pas d'avoir une conversation avec moi.*

– Eh oh !

Je lui secoue les jambes et il pousse un grognement d'ours. Yes ! Le gigolo se frotte les yeux et se redresse sur son coude.

– Lestquelleheure ? marmonne-t-il.

– Tard. Il faut que tu t'en ailles.

Il se laisse retomber sur le matelas avec un long gémissement. C'était quoi ça ? Est-ce qu'il vient de décéder ?

– Laisse-moi me réveiller, tu veux ?

– Je dois y aller bientôt. Il faut que tu partes.

Il me regarde les yeux plissés, la lumière trop pénétrante pour ses yeux léthargiques. Il propose :

– Je nous prépare du café pendant que tu t'habilles. Qu'est-ce que t'en dis ?

– Je ne t'ai pas payé pour que tu restes, je réponds, trouvant enfin un peu d'assurance.

Pourquoi est-ce si difficile ? Mes demandes sont-elles déraisonnables ?

Il me lance un regard agacé, j'ai l'impression d'être une connasse. Je me recroqueville.

– C'est noté.

Il se lève pour ramasser son jean et sa chemise. *Oui, il s'en va.* Puis il s'immobilise et me regarde de la tête aux pieds. Je me raidis.

– Pour une nana qui était tout sauf réservée hier soir, tu as l'air sacrément mal à l'aise.

Il attend des explications.

J'ouvre la bouche et la ferme, ne sachant pas trop quoi dire.

– Le sexe n'était pas à la hauteur de tes attentes ?

Je tourne la tête.

– Tu peux partir ?

– Ça te gêne ? Je ne comprends pas…

Bien sûr que ça me gêne. J'ai appelé un gigolo dans un moment de désespoir, parce que ça avait l'air sympa, parce que je savais que ça soulagerait quelque chose en moi qui en mourait d'envie. J'aimerais être une de ces filles qui ont le cran de le faire parce qu'elles explorent leur sexualité, mais personnellement, j'avais juste besoin qu'il satisfasse un désir qui me tourmente. Il me rappelle tout ce que je déteste chez moi. Que je laisse mon cerveau du bas contrôler mes nuits. Que je ne peux pas être une fille normale et oublier le sexe une *seconde*. Pas une seule.

– Je t'ai fait mal ? demande-t-il, l'air inquiet.

– Non, je réponds du tac au tac. C'était super. Je suis juste… – *perdue* –… merci.

Mes paroles convoquent une certaine tristesse sur ses traits.

– Si je pars, tu ne vas rien faire de…

Il me croit suicidaire ? Je prends une profonde inspiration.

– J'ai besoin que tu partes pour pouvoir aller à un repas de famille.

Il hoche la tête, comprenant enfin.

– D'accord. (Il ferme le dernier bouton de sa chemise et ajoute :) T'es incroyable au lit, au passage.

– Merci, je maugrée en enlevant mes draps.

La porte se ferme derrière lui, mais mes muscles ne se détendent pas comme je l'avais anticipé. Je me repasse la conversation, et ça me fait tout drôle. Il m'a percée à jour. C'est rare.

Je n'ai pas le temps de m'apitoyer sur moi-même. Le déjeuner a lieu dans moins d'une heure. Je trébuche sur une paire de baskets sur le chemin de la douche. Pendant que je me lave de la nuit, je songe à réveiller Lo. Je préférerais le laisser dormir pour faire passer son ébriété plutôt que le forcer à interagir avec ma famille.

Quand je finis par sortir de la douche et enfiler une robe vert menthe, je décide d'aller voir si Lo va bien et dort sur le côté. Il vomit rarement quand il perd connaissance, mais ça ne veut pas dire que ça ne peut pas arriver. Avant de sortir de ma chambre, je fouille dans mon placard à la recherche d'un sac à main. Pour éviter les moqueries de ma mère, il vaut mieux être la plus normale possible. Je trouve un sac Chanel avec une chaîne dorée (un cadeau d'anniversaire de Rose), fourré à côté d'une paire d'escarpins cassés.

J'ouvre le loquet. Mon téléphone fuyard a réapparu, ce qui ne sert pas à grand-chose puisque j'ai déjà transféré mon numéro et mes contacts sur un nouvel iPhone.

Je parcours les appels manqués et les quelques SMS qui ont été envoyés avant que j'achète mon nouveau portable. Mon cœur s'arrête quand j'ouvre un message de Rose. Envoyé à peu près à l'heure où elle est partie hier.

Jonathan Hale sera là au déjeuner.
Préviens Loren. – Rose

Non, non, non. Lo, peut-être, probablement, aurait pu rester à la maison aujourd'hui. J'aurais pu leur refourguer la piètre excuse « il est malade ». Planter ma famille est une infraction mineure. Planter son père, c'est du suicide.

Je jette le téléphone sur mon lit et me précipite dans sa chambre. Il reste moins d'une demi-heure pour se préparer. On la joue serré.

Je frappe une fois et entre.

Contrairement à ma chambre, les murs et les étagères de Lo débordent de personnalité. Il y a des objets de Penn, l'université, dans tous les coins et recoins, comme cette horloge rouge et bleue et une figurine *bobblehead* des Quakers. Des photos de nous presque partout. Pour sauver les apparences, principalement. Sur la commode est posé un portrait de Lo qui m'embrasse sur la joue. J'ai l'impression que c'est forcé, et ces petites choses me nouent le ventre, me rappelant notre plus gros mensonge.

Mes sœurs croient que je range mes vêtements dans la chambre d'amis pour avoir plus de place. La vérité, c'est que j'aime vivre dans cette chambre minimaliste. Aucune photo. Juste des tableaux colorés de Paris de Leonid Afremov – même si, parfois, ils me donnent le tournis.

Lo est étalé sur sa couette couleur champagne, tout habillé. Il est lové sur le côté, ses cheveux châtain clair partant dans tous les sens. De la main droite, il câline une bouteille vide de Macallan, un whisky à dix mille dollars.

Cinq autres bouteilles d'alcool jonchent le sol. Certaines à moitié pleines, d'autres sèches. Elles doivent dater d'autres soirées. Il a un seuil de tolérance élevé, mais pas *si* élevé. Toutes ces bouteilles pourraient mettre toute une équipe de football américain K.O. et le tuer. J'essaie de ne pas y penser.

Je vais à la salle de bains et mouille un gant de toilette d'eau chaude. De retour dans sa chambre, je me faufile jusqu'à son lit, assez bas. Je me penche et pose le gant sur son front. Je dis à voix basse :

– Lo, c'est l'heure de se lever.

Aucune réaction. Ce n'est pas la première fois que j'essaie de réveiller Lo pour un événement important.

Je l'abandonne inconscient sur son lit et fais le tour de sa chambre, attrapant les bouteilles vides et rangeant les pleines. Une fois tout l'alcool disparu, je me reconcentre sur lui.

– Loren Hale ! je hurle.

Rien.

J'essaie de lui secouer les bras, les jambes, la taille – tout ce qui pourrait le faire revenir dans le monde des vivants.

Rien.

Il ne bouge pas d'un poil et, intérieurement, je le maudis d'avoir choisi ce jour précis pour se mettre dans cet état. Le temps passe, mon pouls accélère à chaque seconde. Je ne peux pas le laisser. Lo ne me ferait pas ça, et si on tombe, on tombe ensemble.

Je dézippe ma robe et la laisse choir au sol. Je ne suis plus qu'en shorty et soutien-gorge tout simple. Au moins, je sais quoi faire dans ces situations, grâce à ses expériences passées. Avec un peu de chance, ça fonctionnera.

Rassemblant le peu de force du haut de corps que je possède, je passe mes mains sous ses aisselles et le tire de son lit. Nous nous écroulons tous les deux au sol, et il lâche un grognement.

– Lo ? !

Il retombe dans l'inconscience ; je me remets debout en vitesse pour traîner son corps, lourd, vers la salle de bains.

– Tu. Me. Revaudras. Ça, je dis chaque fois que je tire.

Je n'en pense pas un mot. On a emmagasiné tellement de faveurs tous les deux qu'on a arrêté de compter.

J'ouvre la vitre de la douche d'un coup de pied et le tire dans une dernière traction. Sa tête est posée sur mes genoux, et bien que je porte des sous-vêtements beiges, je ne suis pas gênée. Comment pourrais-je l'être alors qu'il est si vulnérable entre mes bras ? Il ne se souviendra peut-être même pas de tout ça dans une heure. Et mieux vaut que mes sous-vêtements soient trempés que ma robe.

Je reste à genoux, haletante, et tends la main vers le mitigeur. Je mets l'eau au plus froid.

Elle nous asperge tous les deux ; en dix secondes, Lo se réveille, recrachant l'eau comme si j'étais en train de le noyer. Je remonte un peu la température et il essaie de se redresser, soulevant son torse de mes genoux. Il glisse en voulant s'appuyer contre le mur carrelé.

Ses yeux se ferment et s'ouvrent mollement. Il n'a toujours pas dit un seul mot.

– Il faut que tu te laves, je lui dis depuis mon coin de la douche. Tu pues l'alcool.

Il marmonne un truc incohérent, ferme les yeux. Nous n'avons pas le temps pour ça. Je me lève, attrape le shampooing et le savon, et reviens auprès de lui sous l'eau qui nous dégouline dessus.

– Allez, je souffle à voix basse.

Il déteste que je prenne ma voix « normale » les matins difficiles. Apparemment, on dirait des couteaux en train de trucider des bébés pandas. Ses mots, pas les miens.

Il me laisse lui retirer son tee-shirt, m'aidant à peine à faire passer ses bras dans les trous. De l'eau perle sur les crêtes de ses abdos, sa carrure de coureur restant habituellement cachée sous ses vêtements. Personne ne s'attendrait à ce qu'il soit si musclé. Ou qu'il aille à la salle de sport de temps en temps. C'est le meilleur – la surprise de découvrir un truc en plus sous quelque chose de déjà beau. J'envie les filles qui peuvent éprouver cette sensation la première fois avec lui. Je secoue la tête. *Concentre-toi.* Je détourne mon regard des courbes de ses biceps et me concentre sur son jean. Sans plus réfléchir, je le déboutonne et le baisse.

Le denim trempé reste collé à ses cuisses, et ses paupières s'ouvrent. Je rougis de manière incontrôlable, même si ce n'est pas la première fois que je le déshabille.

Il baisse les yeux vers moi.

– Lil… marmonne-t-il, léthargique.

D'accord, on n'a pas le temps pour *ça*. Je tire. Fort. Et son jean passe enfin ses foutues cuisses musclées et arrive à ses chevilles, où le denim est bien plus facile à manipuler. Lo est à présent trempé, en caleçon sous la douche, et je dois concentrer toute ma force sur la tâche à accomplir.

Je prends le savon et le fais mousser sur un loofa que je passe sur son torse sculpté, ses abdos… hum… on évite cette partie-là… et sur ses cuisses et ses jambes. Je n'ai pas le temps de lui laver le dos, mais je ne crois pas que ce sera un problème.

Le pire, c'est l'odeur. Un parfum de bourbon suinte de ses pores, et après avoir essayé différents savons et eaux de Cologne, nous avons fini par trouver ce qui marche le mieux pour masquer cette odeur répugnante.

Son addiction me fait peur, parfois. L'alcoolisme peut détruire le foie et les reins, et un jour, il pourrait ne pas se réveiller après une nuit de beuverie. Mais comment puis-je lui dire d'arrêter ? Comment puis-je le juger alors que je suis loin d'être prête à me débarrasser de ma propre béquille ? Dans l'immédiat, l'aider est le mieux que je puisse faire.

Je lui shampooine les cheveux pendant qu'il garde les yeux ouverts, rassemblant ses propres forces pour rester conscient. Il reprend ses esprits peu à peu, mais je ne suis pas sûre qu'il sache où nous sommes.

– Tu t'amuses bien ? je demande pendant que mes doigts lui massent le crâne.

Il hoche lentement la tête, et son regard tombe sur mon soutien-gorge – beige et désormais plutôt transparent. *Euh...*

Je lui pince le bras et il relève la tête vers moi. Ses yeux changent, leur couleur ambre semble flotter et s'intensifier dans la vapeur. Il me fixe d'un regard trop intense. Je déteste quand il me dévisage comme ça. Et il le sait. Sa main se lève et caresse ma nuque. *Quoooiii...* Je secoue la tête pour chasser ma confusion et m'écarte brusquement, lui faisant les gros yeux. Je n'ai pas le temps de gérer ses gestes délirants de gueule de bois.

Il m'adresse un sourire en coin.

– Je ne fais que m'entraîner.

– Tu sais quelle heure il est ?

J'attrape un verre en plastique, le remplis d'eau, et le renverse sur sa tête, et tant pis si le shampooing lui brûle les yeux. Il les plisse et grommelle un juron, mais il est trop épuisé pour s'essuyer le visage.

Quand la mousse du savon a complètement disparu, je passe son bras sur mon épaule et le traîne jusqu'à sa chambre. Cette fois-ci, il coopère et m'aide.

Il s'écroule sur la couette, et je passe les minutes suivantes à le sécher avec une serviette, comme un chien. Il fixe le plafond, captivé. J'essaie de lui parler, j'ai besoin qu'il soit réactif pour le déjeuner.

– On est restés debout très tard hier soir pour le concert de saxophone de Charlie au Eight Ball, je lui rappelle en cherchant une tenue appropriée dans ses tiroirs.

Il rit doucement.

– Qu'y a-t-il de si drôle ?

– Charlie ? s'amuse-t-il avec amertume. Mon *meilleur* ami.

J'avale péniblement ma salive et prends une profonde inspiration, m'efforçant de garder mon sang-froid. Je peux le faire. Je pioche un boxer, un pantalon et une chemise bleu pastel. Je me retourne vers lui, me demandant si je vais ou non être forcée de voir son paquet.

Son caleçon imbibé trempe sa couette, trop mouillé pour qu'il puisse le garder sous son pantalon.

– Tu peux te changer ? je demande. Je voudrais limiter le nombre de fois où je vois ton pénis.

Il essaie de soutenir son propre poids et y arrive, s'asseyant sur le lit. Je suis impressionnée. Et je commence à regretter d'avoir parlé de son pénis. Surtout avec sa façon de me regarder. Il cligne quelques fois des yeux avant de dire :

– Laisse-les sur le lit.

Je pose le tas de fringues à côté de lui et attrape ma robe, drapée sur sa chaise de bureau.

L'inquiétude palpite encore dans ma poitrine. Je retourne dans ma chambre et change mes sous-vêtements trempés avant d'enfiler ma robe. Sera-t-il assez cohérent pour tenir une conversation ?

En école privée, son père punissait Lo quand il rentrait titubant d'une soirée de soûlerie ou qu'il trouvait sa réserve d'alcool vidée. Quand les notes de Lo ont commencé à dégringoler, M. Hale a menacé d'envoyer son fils dans une académie militaire pour jeunes garçons, pensant que cette structure serait bénéfique pour un adolescent rebelle. Je ne suis même pas sûre qu'il ait fait le lien entre ces événements et compris que le vrai problème de Lo était l'alcool.

Avec le recul, il aurait eu besoin d'aller aux Alcooliques Anonymes ou en centre de désintox, pas dans un camp fabriquant des aristocrates. Au lieu de ça, je lui ai donné *moi* : un alibi pour ses beuveries constantes. Cet été-là, nous avons passé notre accord. Et dès qu'il a annoncé à Jonathan qu'il sortait avec la fille de Greg Calloway, son père a fait table rase du passé. Il lui a donné une tape dans le dos, a dit à Lo que je lui ferais du bien, et que, sinon, il trouverait un moyen de changer son attitude. Nous avons donc maquillé nos modes de vie pour pouvoir les conserver.

Même si Lo est loin d'avoir été un citoyen modèle dans ses années adolescentes, mes parents étaient ravis d'apprendre notre relation. L'idée d'une union Calloway-Hale surpassait la qualité de l'homme à mon bras. Comme si nous étions en 1794 et que notre mariage donnerait lieu à un certain pouvoir militaire et à des droits fonciers. Sérieux, nous ne sommes *pas* une famille royale.

Dans le cadre de notre nouvelle alliance, nous mentions l'un pour l'autre pour masquer nos incartades, jouant le rôle de petits amis épris. Plus nous nous enfonçons, plus il est difficile d'en sortir. Je crains le moment où nous ne pourrons plus respirer ni l'un ni l'autre – quand quelqu'un découvrira nos secrets. Tout peut s'écrouler à tout moment sous nos pieds. Ce jeu dangereux m'excite et me terrifie à la fois.

Je retourne dans la chambre de Lo et me détends en le trouvant tout habillé, appuyé contre le cadre de lit avec lassitude. Sa chemise n'est pas boutonnée ni rentrée dans son pantalon. Au moins, il en porte un.

– Tu peux m'aider ? demande-t-il – sans manger ses mots !

Je hoche la tête et avance vers lui à petits pas. J'effleure le bord de sa chemise, et son haleine alcoolisée fait fourmiller ma peau. Je note mentalement de prendre un sachet de pastilles à la menthe avant notre départ.

– Ça ira quand on arrivera là-bas, m'assure-t-il.

– Je sais.

J'évite son regard pendant que mes doigts galèrent avec un bouton sur ses abdos tendus.

– Je suis désolé, dit-il à voix basse avant de lâcher un petit rire. Au moins, je t'ai donné de quoi remplir ta boîte à fantasmes.

Je pousse un lourd soupir. Je ne fantasme pas *délibérément* sur Loren Hale. Ce serait trop gênant chaque fois que je croise son regard. C'est déjà suffisamment pénible quand ça arrive par accident.

– Tu n'es pas dans ma boîte à fantasmes, Lo.

Je m'attends à ce qu'il se plaigne ou rigole, mais il a l'air perplexe, presque vexé. Je n'ai pas le temps de me demander ce que ça veut dire.

– Désolé, alors, répond-il sèchement, avec impatience.

Il se sent mal, et je regrette soudain de ne pas être rentrée dans son jeu. Il perd l'équilibre dans son brouillard ivre et retombe sur le matelas. Pour ne pas valdinguer au sol, je m'agrippe à ses bras, mais cela me fait basculer avec lui. Et quand le temps commence à ralentir, je me rends compte que ma main est posée sur son torse, mes jambes collées aux siennes, et les seules choses qui nous séparent vraiment sont son pantalon et ma robe.

Il respire lourdement, ses muscles se contractent sous mon poids. Quelque chose de profond pulse en moi, quelque chose de mal. Ses mains restent posées dans le creux de mes reins, au-dessus de mes fesses. Et alors qu'il passe sa langue sur ses lèvres, me voyant admirer son corps avec envie, le regard dévorant, je fais appel à la partie raisonnable de mon cerveau. Je marmonne :

– Ton père sera là au déjeuner.

Il blêmit et me remet sur mes pieds comme si je ne pesais pas plus lourd qu'une plume.

– Il faut qu'on y aille, dit-il, laissant le dernier bouton défait, jetant un œil à l'horloge. *Tout de suite.*

Son inquiétude chasse en grande partie sa gueule de bois. J'espère qu'elle aura complètement disparu quand nous arriverons à Villanova.

Chapitre 4

Nous avons dix minutes de retard, mais nous ne sommes pas les seuls.

Mon père a loupé son vol depuis New York parce que son pilote avait la grippe. Il a dû trouver quelqu'un d'autre pour conduire son jet privé. Tout cela ne devrait pas prendre trop de temps, mais mon père exige toujours qu'on vérifie les antécédents de ses chauffeurs. Le nouveau pilote devra prouver ses aptitudes pendant au moins une heure de vol d'essai, certainement. Ma mère l'accueille systématiquement à l'atterrissage, elle est donc elle aussi aux abonnés absents de ce déjeuner *important*.

Je ne me plains pas. Ce sursis permettra à Lo d'être plus alerte. Nous sommes assis dans le patio, avec vue sur l'immense piscine à débordement et les rosiers jaunes. Le soleil du milieu de matinée étincelle sur les verres de champagne remplis de mimosas. Baies, fromages, crackers et mini-sandwichs sont alignés sur la nappe en lin blanc. Tout reste à sa place, bien comme il faut, sur des plateaux à étages ou des napperons.

Mon estomac gargouille, et, heureusement, personne n'attend nos parents pour commencer. Jonathan Hale n'est pas encore là non plus ; il affirme être coincé dans les bouchons, mais je pense qu'il attend dans sa voiture, ne voulant pas assister au déjeuner sans mon père.

Lo a le bras posé sur le dossier de ma chaise, honorant notre scénario factice. Sa proximité me tend ; je finis par avancer au bord de l'assise, le plus loin possible de *cette* main. J'espère que mon besoin de mettre de la distance entre nous n'est pas trop évident. J'ai envie d'être touchée de manière plus immorale, mais je sais que je ne devrais pas, le moment n'est pas approprié. Et je me rends compte que je *devrais* être proche de mon supposé petit ami. Tout est tellement compliqué.

– Fais passer le book, demande Poppy en tendant la main.

Comme toutes les filles Calloway, ma sœur aînée se démarque dans une foule. Le petit grain de beauté sur sa lèvre supérieure lui donne un sex-appeal à la Marilyn Monroe et sa peau semble plus hâlée que la nôtre, une brune au teint mat. Quand je retrouve Poppy au centre commercial ou dans des outlets, elle fait tourner les têtes. Moi aussi, parfois, mais je crois que c'est plus en lien avec mes pattes de poulet – si maigres qu'elles pourraient se briser comme l'os à vœux à Thanksgiving. Pas sexy, je sais, ma mère n'arrête pas de me le rappeler.

Daisy fait glisser son book de mannequin à Sam, qui le passe à son épouse. Poppy tourne les pages en souriant.

– Elles sont magnifiques, Dais'.

Le compliment ne décontenance aucunement ma petite sœur. Elle est trop occupée à engloutir des mini-sandwichs comme si ça faisait un mois qu'elle n'avait pas mangé.

– Comment s'est passée la Fashion Week ? Tu as rencontré des mecs mignons ?

Je bats des cils, me voulant drôle, mais je dois avoir l'air ridicule et niaise.

Daisy pouffe.

– Je crois que maman a ruiné toutes mes chances.

Elle attache ses cheveux châtains en queue de cheval, rendant sa peau parfaite et son visage fin encore plus saisissants.

– Attends, quoi ? Maman y est allée avec toi ?

Je ne devrais pas être surprise. Notre mère accompagnait Rose à toutes ses répétitions de danse classique, faisant même l'impasse sur les repas de famille pour la voir s'entraîner. Elle aurait aisément pu rejoindre le casting de *Dance Moms*.

– Euh, *oui*, dit Daisy. J'ai quinze ans, tu te rappelles ? Les poules auront des dents avant qu'elle me laisse faire la Fashion Week seule. Comment peux-tu ne pas le savoir ?

– Je ne suis plus vraiment dans le circuit.

– Alors *ça*, c'est l'euphémisme du siècle, dit Rose.

Poppy sourit.

– Ne sois pas méchante, Rose. Tu vas faire fuir Lily pour encore deux mois.

Tout le monde sait qui est la sœur gentille parmi nous. Malgré tout, je ne peux m'empêcher d'aimer Rose encore plus. Je la vois plus que le reste de ma famille, peut-être parce que nous sommes les plus proches en âge, ou parce qu'elle essaie activement de faire partie de ma vie.

Rose sirote son mimosa, lèvres pincées.

Daisy pointe un doigt accusateur sur moi.

– Ça fait *deux mois* que tu n'es pas venue au déjeuner dominical ? Comment peux-tu être encore en vie ? s'étonne-t-elle en m'observant comme si elle cherchait des blessures invisibles.

– Je me pose tout le temps la question, intervient Rose, puisque je me fais démolir si j'en loupe un seul.

– L'avantage de sortir avec un Hale, commente Poppy, l'air amère elle aussi sur ce coup.

Les doigts de Lo se resserrent sur le dossier de ma chaise quand il entend son nom.

Ma gorge se serre. Poppy a passé des années à essayer de convaincre nos parents d'accepter son petit ami et de l'accueillir dans le cercle Calloway. Le compte en banque de Sam ne s'élevant qu'à six chiffres, mes parents craignaient qu'il soit avec Poppy uniquement pour son héritage. Mon père l'a donc engagé chez Fizzle même si Sam n'avait qu'un diplôme d'études secondaires et un CV citant un poste chez Dairy Queen pour seule expérience professionnelle. Mon père a fini par être convaincu des intentions bienveillantes de Sam et a approuvé leur union. Ma mère aussi, par la suite.

Aujourd'hui, une mioche avec les cheveux foncés de Sam et des yeux d'un bleu vif court quelque part dans le coin. Poppy sourit souvent et a plus d'affection maternelle que notre propre mère, mais elle n'oubliera jamais le jugement qu'ils ont porté sur Sam ni tout le foin autour de leur relation, même si leur intention était louable.

Son ressentiment s'est reporté sur moi depuis qu'ils ont accueilli à bras ouverts ma relation avec Lo.

– Si je pouvais changer de nom, je le ferais, dit Lo, cette tension malaisante se renforçant autour de nous.

Poppy demande : « Lequel ? » et l'atmosphère se détend. Les filles rient aux dépens de Lo, mais la raillerie est préférable aux muscles tendus et aux regards furtifs. Lo n'a jamais apprécié son prénom. Raison pour laquelle Rose l'appelle immanquablement Loren.

– Depuis quand tu as de l'humour, Poppy ? demande Lo en lui jetant un grain de raisin sur les genoux.

Je suis surprise qu'il choisisse de ne pas rétorquer avec une insulte fleurie, puisque ma mère nous a donné à toutes les quatre des noms de plantes. Ce n'est gênant que lorsque nous sommes toutes ensemble en public ; ça va.

– Tu te replies déjà sur la bataille de bouffe, Loren ? intervient Rose. Le déjeuner n'a même pas encore officiellement commencé.

– Maintenant, tu sais pourquoi ça leur est égal qu'on ne vienne pas pendant des mois, lui dit-il. Mystère résolu.

– Je peux voir le book de Daisy ? je demande à Poppy.

Elle me le tend par-dessus la table et il cogne le pied de ma flûte à champagne. Je pousse un juron et me lève d'un bond avant que le jus d'orange ne tache ma robe.

Lo attrape une serviette en vitesse et se lève à son tour. Il pose une main sur mon bras et tamponne ce qui a été renversé sur ma poitrine sans se poser de question. J'imagine que personne ne s'en poserait, puisque nous sommes ensemble (pas vraiment), et mon cerveau a entamé une sacrée chute libre. Un serveur entre avec d'autres serviettes, et je brûle déjà trop pour bouger.

– Je suis désolée.

Auprès de qui je m'excuse ? De moi-même, pour ma maladresse ?

– Ohh, Lily se transforme en rose, se moque Poppy.

Rose la fusille du regard pour avoir mentionné son nom comme un affront, et je rougis de plus belle.

Lo pose la serviette sur la table et me murmure à l'oreille :

– Détends-toi, mon cœur. Ce n'est qu'une petite tache.

Il sourit, amusé, et son souffle me chatouille la peau. Je fonds presque dans ses bras. Il m'embrasse sur la bouche, si tendrement que, après que ses lèvres se sont séparées des miennes, je ne pense qu'à leur retour.

Le personnel entre et sort du patio, nettoyant le bazar autour de nous comme des petites abeilles ouvrières.

Quand tout le monde se calme et que ma tête se raccorde à mon corps, je me rassieds roidement et ouvre le book de Daisy. Lo se penche tout contre moi pour jeter un coup d'œil aux photos, sa cuisse plaquée contre la mienne. *Les photos*. Oui. Je cligne des yeux, me concentre. Sur la plupart, Daisy est debout devant un fond blanc, sans maquillage. Je crois qu'on appelle ça des *beauty shots*. Je tourne une page et ma mâchoire se décroche.

Elle est toute nue ! Ou presque. Elle se tient debout, perchée sur des talons de douze centimètres et portant une veste de costume d'homme. Rien d'autre. Le cliché focalise l'attention sur ses longues jambes nues et la courbure de ses seins. Ses cheveux sont lissés en queue de cheval haute et son maquillage lui donne vingt-sept ans, et non quinze. Les hanches de Daisy se plient maladroitement dans la pose, seule indication que c'est de la haute couture et non *Playboy*.

Lo siffle, l'air aussi choqué que moi.

– Qu'y a-t-il ? demande Daisy en tendant le cou pour essayer de voir la photo.

– Tu ne portes rien.

Je lève le book pour qu'elle voie de quel cliché nous parlons. Elle reste parfaitement calme, pas gênée pour un sou.

– Je porte des sous-vêtements. Couleur chair.

– Maman a vu ça ?

– Oui, c'est elle qui a suggéré que je fasse des shootings plus adultes. Ça augmentera ma valeur.

Sa valeur. Comme si c'était un porc mis aux enchères.

– Tu aimes le mannequinat ?

– Ça va. Je suis douée.

D'accooord. Ce n'est pas la réponse que je voulais entendre, mais je ne suis pas sa mère. Ce n'est pas pour rien que j'évite ces rendez-vous hebdomadaires, et me mêler de tout ça ne m'aidera pas à m'éloigner discrètement de la famille Calloway.

Lo se frotte la bouche, cherchant les bons mots.

– Tu as quinze ans, Daisy. Tu ne devrais pas te déshabiller devant l'objectif.

Ses doigts effleurent mon épaule, et il me murmure à l'oreille :

– Même toi, tu n'as pas fait ça.

Comme si c'était moi qui fixais la norme sexuelle. Je reste bouche bée et lui pince la cuisse. Il me prend la main, nouant mes doigts aux siens. Je devrais me retirer ; je n'en ai pas envie.

Rose intervient :

– Ne joue pas au grand frère avec elle alors que tu ne te rappelles même pas son anniversaire, Loren.

Lo serre les dents. Il tend la main vers son mimosa et attrape mon sac pour farfouiller dedans, à la recherche de sa flasque.

Mon esprit se vide tout à coup quand le personnel se met à s'agiter. Je tapote le bras de Lo, et il suit mon regard, se raidissant comme la pierre.

Nos parents sont arrivés.

Ces vingt dernières minutes, Lo et moi avons évité l'attention de nos parents. Ma mère fait une fixette sur la petite de Poppy, qui s'est cassé la dent de devant mercredi dernier en tombant sur le trottoir. Si je dois entendre les mots *chirurgien esthétique* encore une fois, je vais avoir besoin de quatre mimosas et d'un serveur canon.

Jonathan Hale et mon père font des messes basses en bout de table, plongés dans leur conversation privée. Si leur aparté agace ma mère, elle n'en laisse rien paraître. Elle tripote un collier de perles à la base de son maigre cou et écoute Poppy avec attention.

– Comment ça va, à Penn ?

La question me fait sursauter, me sortant instantanément de ma stupeur. Puisque Rose est à Princeton, on peut dire sans se tromper que mon père s'adresse à Lo et à moi.

– Pas facile, beaucoup de travail, dit succinctement Lo.

Il passe son bras autour de ma taille. Je suis trop nerveuse pour avoir envie de lui.

– Pareil, je murmure.

Dans ma famille, je suis « la discrète », c'est donc facile de m'en tirer avec des réponses quasi monosyllabiques.

Ma mère se redresse au lancement de cette nouvelle conversation.

– Lily, ma petite Pansy, comment vas-tu ces derniers temps ?

Je grimace, contente qu'elle ne m'ait pas donné ce prénom. Je n'arrive pas à croire que ça ait été une option. Ne savait-elle pas que ça veut dire à la fois pensée *et* chochotte ?

– Bien.

– Vous avez des cours en commun ce semestre, tous les deux ?

Elle joue avec son verre de champagne, dont le bord est taché de rouge à lèvres rouge.

– Un seul. Économie managériale et théorie des jeux.

Puisque nous sommes tous deux en spé affaires, il est forcé que Lo et moi ayons des cours en commun, mais nous essayons de les limiter au maximum. Faire une overdose de Loren Hale, c'est possible.

Jonathan pose son verre de whisky. L'ironie ne m'échappe pas.

– Comment tu t'en sors ? demande-t-il à son fils, les yeux braqués sur lui, allant droit au but.

Jonathan et mon père sont tous deux très élégants dans leurs costumes Armani, avec leurs cheveux pas encore gris et leurs mâchoires carrées rasées de près. Les différences tiennent à leurs traits : Jonathan semble capable de vous arracher le cœur. Mon père a l'air assez ouvert pour vous envelopper dans un câlin.

– J'ai un A dans cette matière, dit Lo.

Je hausse les sourcils, surprise. Un A ? Je m'en sors à peine, moi, mais Lo a une intelligence innée, il n'a presque jamais besoin de réviser.

Jonathan me regarde et je me tasse aussitôt sur ma chaise – comme si ses pupilles étaient trop puissantes pour que j'entre en contact avec.

– Tu as l'air choquée. Est-ce qu'il ment ?

– Quoi ? Non, j-je… je bafouille. On ne parle pas de notes entre nous…

– Tu ne me crois pas, papa ? (Lo porte une main à sa poitrine.) Je suis blessé.

Jonathan s'adosse à sa chaise.

– Hmm.

Hmm ? Qu'est-ce que ça veut dire ?

Mon père essaie de détendre l'atmosphère étouffante :

– Je suis sûre que Lily t'aide à te concentrer sur ce qui est important.

Lo sourit.

– Oh, ça oui.

– Dégueu, lance Rose d'un air neutre.

Si seulement elle savait qu'il parle d'alcool et *non* de sexe. Ma mère lance une tournée de regards réprobateurs, avec cet air glacial dont Rose a hérité.

– Des plans pour la remise des diplômes ? demande mon père.

Je repense à l'avenir de Lo, en costume serré, à travailler pour son père, ses lèvres formant une moue perpétuelle.

– On a encore un an pour se décider, répond Lo.

– Vous devez tous les deux commencer à réfléchir à la suite, dit mon père, l'air critique.

La suite. J'ai été si concentrée sur Lo que je n'ai même pas encore songé à ma vie après la fac. Où serai-je ? *Que* serai-je ? Un trou blanc comble le vide. Je ne sais pas trop quel tableau brosser.

– Nous voulons concentrer toute notre attention sur les cours. Les notes sont très importantes pour nous.

Ouais, c'est ça.

Mon père plie sa serviette sur la table, signe qu'il s'apprête à changer de sujet.

– Jonathan et moi discutions du gala de charité de Noël sponsorisé par Fizzle et Hale Co. La presse fait un sacré battage autour de l'événement depuis plusieurs semaines, il est important que tout le monde soit là pour montrer son soutien.

– Nous serons là, dit Lo en levant son verre.

– Toujours pas de bague ? demande Poppy avec un sourire taquin.

– Je n'ai encore que vingt ans, je lui rappelle, me ratatinant sur mon siège.

Ma mère a manqué l'occasion de m'appeler Violette.

– Tu n'as *aucune* nouvelle à annoncer ? demande Rose, ses traits s'aiguisant.

Je fronce les sourcils, perplexe, et secoue la tête. De quoi parle-t-elle ?

Elle pince les lèvres et chuchote quelque chose à Poppy, qui lui répond en vitesse à voix basse.

– Mesdemoiselles, réprimande ma mère. Ne soyez pas impolies.

Rose se redresse et pose son regard glacial sur moi.

– Je trouve ça étrange que tu boives du jus d'orange et de l'eau.

– Je conduis.

Qu'ont donc les gens avec ma sobriété ? Depuis quand est-ce *anormal* de refuser de l'alcool pendant un repas ?

Ma mère renifle.

– Nola est là pour ça, Lily.

– Anderson aussi, ajoute Jonathan.

Anderson le Mouchard. *Jamais.*

– Eh bien, j'ai une raison de croire que ton choix de boisson n'a rien à voir avec le fait de prendre le volant, assène Rose.

Quoi ? !

– Qu'est-ce que tu insinues ?

Mon cœur bat à tout rompre. S'il vous plaît, faites que ce ne soit pas ce que je pense. Je vous en prie. Lo m'enserre la hanche pour me rassurer, mais quoi qu'il arrive, ce sera moche.

Ma mère vole à mon secours :

– Oui, Rose, qu'est-ce que tu insinues ?

– J'ai une amie à Penn. Elle a vu Lily sortir du centre de grossesse le mois dernier.

Le mois dernier… oh punaise. Je me couvre les yeux d'une main et m'avachis tellement sur ma chaise que je suis presque à hauteur de la table.

Mon père s'étrangle sur son verre et Jonathan est devenu très, très pâle, prouesse que je pensais impossible pour son teint irlandais.

– C'est vrai ? demande ma mère.

Oui.

J'ouvre la bouche. Je ne peux pas dévoiler la vraie raison. *Ouais, j'y suis allée. Je vais au centre médical tous les deux jours pour faire un dépistage IST, OK ? Et je fais des tests de grossesse. Je fais attention. La plupart des gens ne peuvent pas en dire autant.*

Ni toute la vérité : *un après-midi, le petit plus rose est apparu sur le test. Ils m'ont envoyée faire une échographie au centre de grossesse. Fausse alerte, heureusement.*

– Lily, explique-toi, s'écrie presque ma mère.

Lo me regarde longuement avant de se rendre compte que je ne suis pas en capacité de former des mots, et encore moins des mensonges.

– Ce n'était qu'une petite frayeur, dit-il, puis il se tourne vers Rose. C'est drôle que tu choisisses d'aborder le sujet maintenant alors que ça fait un mois que tu le sais.

– J'attendais que Lily me le dise elle-même. Je pensais qu'on était plus proches que ça.

Mes poumons se compriment.

– Pourquoi ne pas me l'avoir dit, à *moi* ? demande ma mère.

Je déglutis péniblement.

– Ou à moi, renchérit Poppy.

Daisy lève la main et se montre du doigt.

– Et à moi aussi !

Je presse mes doigts sur mes yeux avant que les grandes eaux n'arrivent.

– Ce-ce n'était *rien.*

Les narines de ma mère s'évasent.

– Rien ? Une grossesse non planifiée, ce n'est pas *rien.*

Papa intervient :

– Tu as tout l'avenir devant toi, avoir des enfants changera ton mode de vie pour toujours. Tu ne peux pas revenir en arrière.

Ouais, je suis assez persuadée qu'un gamin entraverait nos modes de vie, raison pour laquelle j'ai été si prudente jusqu'à présent. Je n'ai ni le cœur ni la force de tout leur avouer. Que si le signe plus était resté, l'enfant ne serait même pas de Lo.

Je me lève en vitesse, la tête remplie d'hélium. Bien qu'elle flotte, j'arrive tout de même à dire :

– J'ai besoin d'air.

– Nous sommes dehors, fait remarquer Rose.

Lo se lève à son tour.

– D'air que tu ne respires pas, dit-il en posant sa main dans le bas de mon dos.

– Loren, grogne Jonathan.

– *Quoi ?* réplique-t-il, son regard tombant sur le whisky de son père, envie et amertume assombrissant ses iris ambre.

– Ça a été une longue journée, dit mon père. Lily est pâlotte. Ramène-la à l'intérieur, Loren.

Avant que quiconque puisse changer d'avis, Lo me fait passer la porte-fenêtre et me conduit à la salle de bains la plus proche. Je me laisse tomber sur la lunette des toilettes.

– Pourquoi ferait-elle une chose pareille ?

Ma poitrine se comprime à chaque respiration. Je tire sur le tissu moulant de ma robe qui me colle aux côtes. Et si son amie m'avait vue sortir du centre de dépistage à la place ? Comment expliquer que je me fasse tester ?

Lo s'agenouille devant moi et presse un gant de toilette chaud contre mon front. J'ai un flash-back soudain – moi en train de faire la même chose pour lui. En moins de quelques heures, les rôles se sont inversés.

– Rose peut être cruelle, me rappelle-t-il.

Je secoue la tête.

– Elle était vexée.

Et c'est comme ça que Rose Calloway se venge de ceux qui la blessent.

– Elle voulait que je lui en parle.

Je me frotte les yeux, tremblante. Comment Rose prendrait-elle le fait que je couche à droite à gauche ? Me détesterait-elle ? Je n'en ai aucune idée. Imaginer sa réaction m'a valu de nombreuses nuits blanches, c'est pourquoi j'ai décidé qu'il était plus sûr de garder mes activités nocturnes pour moi. Je pensais que ce serait plus simple pour tout le monde.

– Respire, Lily, murmure Lo.

Quand je finis par inspirer et expirer à un rythme régulier, il troque le gant de toilette contre sa flasque. Après quelques gorgées, il s'essuie la bouche et s'appuie contre le meuble du lavabo.

Je regarde mes mains, comme si elles contenaient mes mensonges intangibles et dis :

– C'est de plus en plus dur.

– Je sais, souffle-t-il.

J'attends qu'il prononce les mots : *J'en ai marre de faire semblant.*

Au lieu de cela, nous avalons le silence, le clapotis de son alcool et mes reniflements pour seule mélodie de notre détresse.

On frappe à la porte, et Lo remet en vitesse la flasque dans mon sac.

– Lily ? Je peux te parler ? demande la voix de Poppy.

Lo se tourne vers moi pour savoir ce qu'il doit faire. Je hoche la tête. Il va au lavabo, met sa bouche sous le robinet, crache l'eau dans la vasque puis ouvre la porte.

Poppy lui adresse un sourire chaleureux, maternel.

– Ton père veut te parler. Il t'attend dans le petit salon.

Lo claque presque la porte en sortant.

Poppy se tord les doigts pendant que je fixe le sol en marbre.

– Je ne savais pas que Rose allait aborder le sujet. Elle me l'a dit ce matin, et je pensais qu'on aurait le temps d'en discuter avant de l'annoncer à papa et maman.

Je défais mes chaussures et pose mes orteils sur le marbre froid, je n'ai pas la force de parler.

Poppy comble le vide :

– Rose traverse une sale période. Elle voit Daisy et sa carrière de mannequin, tu as Loren, et je suis occupée avec ma fille. (Elle marque une pause.) Tu sais que Saks vient juste de rompre le contrat avec Calloway Couture ?

Je fronce les sourcils. Je l'ignorais.

Rose a bâti Calloway Couture avec notre mère à ses quinze ans, comme petite activité secondaire. Quelques années plus tard, c'est devenu une collection de mode que Rose peut revendiquer comme sienne. Je ne pose jamais de questions sur sa vie. Elle, en revanche, trouve toujours le temps de m'interroger sur la mienne.

– J'ai essayé de t'appeler, poursuit Poppy. Pendant deux mois, et tu n'as pas répondu. Lo n'a pas répondu. Si Rose ne passait pas pour m'assurer que tu es en vie, parfois je me demande… (Sa voix devient grave.) Je ne peux pas m'empêcher de croire que tu nous as éliminées de ta vie.

Je n'ose pas la regarder. Des larmes me brûlent les yeux, mais je les retiens. *C'est plus facile comme ça*, je me rappelle. *C'est plus facile si elles ne savent rien. C'est plus facile de disparaître.*

– Moi aussi je suis allée à la fac, et je sais que ta vie sociale et tes études passent avant la famille, mais tu n'es pas obligée de nous supprimer complètement de ta vie. (Elle marque une autre pause.) Maria a trois ans. J'aimerais que tu fasses partie de sa vie. Tu es douée avec elle… quand tu es là.

Elle fait un pas hésitant vers moi et me tend la main.

– Je suis là pour toi. Il faut que tu le saches.

Je me lève sur deux jambes tremblantes et la laisse passer ses bras autour de mes épaules et me serrer fort.

– Je suis désolée, je murmure.

Elle renifle, ses larmes tombant dans mon dos. Après m'être écartée, j'inspire et ajoute :

– Merci, Poppy.

Ses mots m'ont vaincue, abattant toute once de résistance. Je n'ai plus rien à donner, plus de réconfort à accorder. J'ai l'impression d'être une coquille vide attendant que le bernard-l'hermite rentre à la maison.

Chapitre 5

Les jours passent lentement, dans un brouillard peuplé de corps inconnus et d'extases charnelles. J'essaie de tenir parole et de répondre aux appels de mes sœurs (je filtre toujours ceux de mes parents), mais parfois, mon téléphone se comporte comme un ado en crise qui passe son temps à fuguer. En général, je suis trop accaparée par mes activités corporelles pour m'en préoccuper.

J'ai aussi une excuse valable d'éteindre mon téléphone.

La fac.

Les cours d'économie et d'affaires me volent mon temps. Peut-être aurais-je dû choisir une spécialité plus facile, mais mes talents commencent et s'arrêtent à ma capacité à mettre un garçon dans mon lit. Et la plupart des filles peuvent aisément avoir la même réussite dans ce secteur.

La vie aurait plus de sens si j'étais un prodige d'art ou de musique. J'aurais un but, un objectif de vie. Alors peut-être l'avenir n'aurait-il pas l'air si vide.

Puisque le summum de mes talents artistiques est de dessiner des bonshommes bâtons et de savoir siffler, je m'en suis tenue aux statistiques. À midi, je m'assieds avec Lo tout au fond de l'amphi.

Économie managériale et théorie des jeux – ce cours existe vraiment. Et je comprends environ 1,111 % du cours magistral barbant du professeur.

Lo pose ses pieds sur la chaise vide en dessous de lui pendant que je prends fébrilement des notes sur mon ordinateur, mes doigts martelant les touches. Au bout de quelques minutes, je commence à fatiguer. Ça arrive. Alors j'ouvre une autre fenêtre pour surfer sur mes sites préférés.

Mes yeux s'écarquillent avec jubilation. Kinkyme.net vient de mettre en ligne une vidéo montrant un joueur de football américain (une star du porno) et une fan (une autre star du porno) dans des positions sensuelles. Je penche la tête alors qu'il lui caresse le cou et l'emmène sous les douches du vestiaire. Ouuh, torride.

La vidéo tourne sans le son, bien sûr, mais mon souffle se fait plus court quand ses bras musclés coincent la groupie dans un coin, la prenant au piège contre les carreaux chauds et humides de la douche.

Des rires retentissent et je lève brusquement la tête, le visage en feu.

Personne ne me regarde.

Non, les yeux sont rivés sur le prof. Il fait une autre blague sur Ke$ha et les paillettes, une digression humoristique. Je déglutis ; *OK*, mon esprit me joue des tours. Je réduis la fenêtre du porno et rouvre mes notes.

Lo mordille le bout de son stylo sans prêter attention aux étudiants ou au professeur. Il lit le dernier *X-Men* sur son iPad, un thermos dans l'autre main.

– Je te filerai pas mes notes, je lui rappelle dans un murmure.

– Je n'en veux pas.

Il prend une longue gorgée de sa boisson alcoolisée. Je crois l'avoir vu préparer un mélange d'orange, citron et whisky ce matin, un truc à gerber.

Je fronce les sourcils.

– Comment comptes-tu réviser ?

– J'improviserai.

C'est ce qu'il dit toujours. J'espère qu'il se plantera. *Non, je n'espère pas.* Si, j'espère. En quelque sorte. Parce que, pendant que je stresse, lui se la coule douce.

– Tu veux vraiment faire chier ton père ? je demande.

Daisy m'a rapporté que, au déjeuner de la semaine dernière, le père de Lo l'avait pris à part et remis à sa place concernant ses notes et le fait d'être en sécurité avec moi. Elle a dit que M. Hale en postillonnait, ce qui pourrait être tout à fait vrai. Je l'ai vu attraper Lo par la nuque comme un chiot et le pincer si fort que Lo se tordait de douleur jusqu'à ce que son père le relâche. Je ne crois pas qu'il se rendait compte de sa force ou de la souffrance dans les yeux de Lo.

– Il trouvera toujours quelque chose à redire, Lil, chuchote-t-il. Si ce n'est pas à propos de toi ou des cours, ce sera sur mon avenir et Hale Co. Il ne peut plus m'envoyer en centre de redressement si je me plante, maintenant que je suis adulte. Alors qu'est-ce qu'il va me faire ? Me priver de mes fonds ? Comment m'occuperais-je de ma future femme ?

Je ne visualise pas cet avenir. Celui où nos mensonges vont jusqu'au mariage. Et à en croire son ton amer, je doute qu'il arrive à l'imaginer, lui aussi. J'humecte mes lèvres sèches et me reconcentre sur le professeur. Cette conversation m'a fait louper une bonne dose d'informations, et je n'ai pas d'ami dans la classe à qui demander ses notes. Je me remets à taper à toute allure.

Au bout de quelques minutes, Lo soupire d'ennui et me donne un coup de coude.

– Tu as déjà couché avec quelqu'un dans cette salle ?

– Qu'est-ce que ça peut te faire ?

J'essaie d'être multitâches et de me concentrer sur le cours en même temps. Le petit onglet en bas de mon écran me distrait, aussi : *Footballeur pro fait jouir une fan, regardez la vidéo complète ICI.*

– Je vais m'endormir.

Hein ? Je me concentre sur le surlignage d'une ligne dans mes notes.

– Alors pourquoi t'es venu ?

– La présence compte pour dix pour cent de la note. Je peux au moins contrôler cette part-là.

Il pose son épaule contre la mienne, sa chaleur envahissant mon espace, son biceps dur contre ma chair tendre. Un souffle meurt dans ma poitrine.

– Tu n'as pas répondu à ma question.

Mes yeux parcourent la centaine de corps tassés dans l'amphi. Je m'arrête sur un mec pas très grand portant un Borsalino, ses cheveux châtains dépassant en dessous. Il y a deux ans. Chez lui. Missionnaire. J'en repère un autre, ses cheveux presque noirs attachés en mini queue de cheval. Il y a cinq mois. Sa Volkswagen défoncée. Cowgirl inversée. Ces souvenirs s'infiltrent dans mon cerveau. Mon cœur accélère quand ces images repassent dans mon esprit, mais mon ventre se serre quand je pense à la réponse à la question de Lo. Sur une classe de cent personnes, j'ai couché avec *au moins* deux mecs. Qu'est-ce que ça dit sur moi ? *Salope, traînée.* J'entends déjà les condamnations.

Malgré tout, je zieute de nouveau le petit onglet sur mon ordinateur, ma poitrine palpitant d'excitation.

– Alors ? insiste Lo.

– Je ne sais pas, je mens.

Il hausse un sourcil.

– Tu ne sais pas ?

Avant que je puisse déchiffrer son expression, il sourit avec cet amusement amer si familier.

– C'est hilarant.

– Faut que tu baises, je réplique.

Pense un peu à ta vie sexuelle inexistante pour changer.

– Et toi faut que tu boives un verre.

– Ha. Ha.

– C'est toi qui as commencé.

Je martèle les touches de mon clavier et il s'écarte enfin, le poids de son bras s'envole. La chaleur est remplacée par le froid. J'inspire profondément et essaie de ne pas penser au vide dans mon ventre, ni à l'endroit entre mes jambes.

Mon doigt ripe, appuyant sur un bouton au hasard.

– *Ahhh, bébé, oui, là, vas-y, VAS-Y !*

Le silence se fait dans la salle. Les têtes se tournent vers le fond, vers la source des bruits de cul, vers *moi.*

Oh mon Dieu. Mon porno reste dans son onglet, mais le bruit s'amplifie alors que l'athlète atteint l'orgasme. Ses gémissements à elle. Ses grognements à lui. Je clique sur des boutons aussi vite que mes doigts le permettent, mais mon ordinateur agrandit la fenêtre fautive et affiche *Ne répond pas* chaque fois que j'essaie d'en sortir.

Lo presse le revers de ses doigts contre ses lèvres, essayant de masquer son sourire tant bien que mal.

– *Prends-moi dans le cul. S'il te plaît, s'il te plaît !!! Ahhh !* s'écrie la fille.

RÉPONDS !!! je hurle intérieurement. Non, mon ordinateur a décidé de se rebeller contre l'intelligence humaine. Je claque le rabat et ferme les yeux, priant pour que mon pouvoir de téléportation se manifeste. Je sais qu'il existe.

– *AaaahhhhHHHH !*

J'enfouis ma tête dans mes bras. Le bruit finit par cesser, plongeant l'amphi dans un silence de mort. Protégée par l'enceinte de mes bras, je jette un coup d'œil à la salle et marmonne :

– J'ai un virus.

Je grimace, trop gênée pour reformuler et dire que *mon ordinateur* a un virus.

Les sourcils noirs du professeur forment une ligne sévère, il n'est pas content du tout.

– Vous viendrez me voir à la fin du cours.

Les élèves nous lancent des regards, et cette exposition me fait rougir de honte.

Lo se penche de nouveau vers moi, mais sa présence virile ne m'attire plus. J'ai l'impression d'avoir été électrocutée.

– Je savais pas que tu regardais du porno.

Il essaie de me remonter le moral, mais je suis même incapable de rire. Une armée de fourmis rouges me rampe sur le corps.

– Je suis morte, je grommelle, et une pensée terrifiante me frappe soudain. Et si mes parents le découvrent ?

– On n'est pas au lycée, Lil.

Ces paroles ne me rassurent nullement. Je contemple mes paumes et me retire en moi-même. Épaules enroulées vers l'avant, tête légèrement penchée.

– Eh.

Lo me tourne le menton pour que je croise son regard plein de compréhension, ses yeux plissés avec empathie. Je me détends un peu.

– Il ne va pas appeler tes parents. Tu es une adulte.

C'est difficile de me le rappeler alors que mes parents s'accrochent à mon futur avec autant de force et d'assiduité.

– Tu le fais souvent dans le cul ? plaisante Lo avec un sourire en coin.

Je grogne et enfouis de nouveau ma tête entre mes bras, mais mes lèvres forment un petit sourire. Je le dissimule aussi.

Après une demi-heure à craindre mon ordinateur et à prendre des notes sur papier avec autant de célérité qu'un escargot, le cours se termine. Quand ils se lèvent, les étudiants en profitent pour jeter un coup d'œil vers moi, comme s'ils voulaient une image mentale de La Fille Qui Regarde Du Porno (En Classe).

Je me lève à mon tour, mes mains tremblantes le long du corps. Lo me donne mon sac à dos, que je passe sur mon épaule. Sa main effleure ma taille une fraction de seconde et il dit :

– On se voit plus tard. On peut peut-être grignoter un truc pendant ta pause.

Je hoche la tête et il s'écarte. Je me demande si c'était vrai ou faux. S'il voulait vraiment me toucher la hanche ou si c'était un mouvement inconscient, un réflexe après toutes ces années de faux-semblants.

Le plus effrayant, c'est que j'espère presque que c'était réel.

Je le regarde disparaître avec son vieux sac à dos JanSport quasiment vide. Pas de cahier. Pas de stylo. Pas d'ordinateur. Juste un iPad, un téléphone et un thermos. Il avance sans se soucier de rien, tapant le haut du cadre de la porte en sortant. Quelque chose dans son assurance, sa nonchalance, me fascine.

– Nom ?

Je sors de ma transe. Le professeur est debout sur son estrade, à m'attendre.

– Votre nom ? demande-t-il à nouveau, tout aussi laconique.

Il glisse son ordinateur dans sa sacoche. Les étudiants du cours suivant entrent petit à petit, et leur professeur entreprend d'effacer le tableau blanc couvert de problèmes d'économie.

Je m'approche de l'estrade.

– Lily Calloway.

– Lily, dit-il sèchement, prenant sa sacoche sur la table. Si vous ne pouvez pas apporter un ordinateur non compromis en cours, alors vous devez prendre des notes avec un papier et un stylo. La prochaine fois que cela se produit, j'imposerai cette règle pour toute la classe. Vous ne voulez pas être la fille qui a privé tout le monde de ce privilège.

Non, je ne veux pas. Je n'ai qu'un seul ami, je suis suffisamment isolée, je n'ai pas envie de me faire des ennemis.

– Je suis désolée.

Il hoche la tête et s'en va sans un mot.

Chapitre 6

L'horloge a passé minuit quand je finis par me traîner dans le hall du Drake, mes talons claquant sur le sol en marbre. Mes muscles sont endoloris, après avoir été coincée dans une penderie du théâtre pendant le ballet. Je suis restée assise à côté de Rose et Poppy pendant dix minutes à tout casser, puis je suis partie à la recherche du gars qui me faisait de l'œil à la billetterie. Après nos ébats, j'ai regagné ma place et elles ont à peine remarqué que je m'étais éclipsée de notre sortie entre sœurs. J'ai passé le reste du spectacle à fantasmer sur les danseurs de sexe masculin – à imaginer que je les ramenais chez moi après la représentation. Et quand le rideau est tombé, je mourais d'envie d'aller en trouver un, mais j'étais avec mes sœurs. J'étais installée là avec elles, à penser au cul. Comme une idiote.

J'entre dans l'ascenseur doré et appuie sur le bouton du haut, le dos en compote. Était-il obligé de me plaquer contre les cintres ?

Avant que l'ascenseur ne se ferme, un homme se précipite, glissant ses doigts entre les portes. Elles se rouvrent.

Il respire lourdement, et je le regarde passer sa main dans ses épais cheveux bruns. Il appuie sur le bouton de l'étage en dessous du mien, et l'ascenseur s'élève.

Je regarde s'il porte une alliance. Non. Son costume gris a l'air onéreux, et sa montre en or confirme mes soupçons. Proche des trente ans, ou à peine dépassés. Avocat, certainement. Je m'en fiche un peu. Son corps semble dur, musclé, puissant.

C'est la partie facile. Ne pas le connaître. Laisser mes passions me consumer un seul instant. C'est là que j'excelle. Alors que mon assurance monte en flèche, je ferme les yeux et prends une inspiration profonde, calculée.

Il fait remonter son regard de braise sur mes jambes nues, qui se dévoilent sous ma robe dos nu blanche, élégante. Je retire lentement mon manteau noir et me meus de manière suggestive. Il a vue sur la chute de mes reins, qui est dénudée et ne demande qu'à être saisie.

Je pose une main contre la paroi de l'ascenseur, haletante, tendue. Son corps se coule contre moi, ses larges paumes sur mes hanches graciles. J'en baisse une sur ma cuisse, entre mes jambes. Il bande. Un bruit se coince dans ma gorge, je plaque mes mains contre le mur. Il s'insère en moi. *Oui.*

Ses doigts se resserrent autour de ma taille, empoignant ma robe pour la soulever. Il me tient l'épaule d'une main pour s'enfoncer plus loin. Et avec un dernier coup de reins…

Ding.

J'ouvre les yeux et le fantasme que j'ai créé de toutes pièces me fait virer au rouge écarlate. Ce mec ne se doute pas que je l'ai imaginé me faire des choses impudiques. Je reste près du mur, les mains plongées dans les poches de mon manteau, retenant mon souffle.

L'homme – il ne se retourne même pas, ne calcule pas mon existence – se faufile entre les portes de l'ascenseur qui se sont ouvertes d'un coup.

Mon fantasme a fait monter la tension sans jamais la satisfaire. Quand les portes se referment, je me tape l'arrière de la tête contre la paroi. *Ridicule, Lily.*

J'arrive à mon étage et remonte le couloir. Là tout de suite, j'aimerais pouvoir revenir à mon moi du lycée. Qui avait un rapport peut-être une fois par mois. J'occupais la plupart de mon temps par du porno et mon imagination. Aujourd'hui, peu de choses m'excitent, et quand je trouve un truc qui fonctionne, j'y pense en permanence. Je tiens à peine un jour entier sans être satisfaite par une paire de mains et un corps d'homme vibrant contre le mien.

Qu'est-ce qui cloche chez moi ?

Je jette mes clés dans la panière, pends mon manteau et jette mes escarpins, essayant de ne pas penser à ce qui vient de se passer. L'odeur du scotch flotte dans l'air. Me dirigeant vers ma porte, je passe devant celle de Lo et m'arrête net.

– Eh, glousse une fille. Arrête de…

Elle gémit. Elle *gémit.*

Qu'est-il en train de lui faire ? Cette pensée tordue m'obsède, et je me ronge les ongles, imaginant Lo.

Ses mains sur mes jambes, mes mains sur son torse, ses lèvres sur les miennes, les miennes sur les siennes. *Lily*, souffle-t-il, m'emmenant au bord de l'orgasme, sa poigne si ferme. Il me regarde avec ces yeux d'ambre, les paupières alourdies par la passion. Et il sait comment s'y prendre pour me faire…

– Oh… putain !

Elle se met à crier quand il trouve le bon endroit. Il doit être bon au lit, et soudain je voudrais qu'elle s'en aille. Mais qu'est-ce que ça peut me faire, qu'il ait une fille dans sa chambre ? Je lui ai dit qu'il fallait qu'il baise. Et c'est ce qu'il fait. Je devrais être contente qu'il s'envoie enfin en l'air.

Sauf que je suis tout sauf heureuse, là.

J'emmure mes sentiments qui commencent à bouillonner et à m'embrouiller. Je me faufile dans ma chambre, prête pour la douche. Mon téléphone sonne, et j'ouvre le SMS.

N'oublie pas, on va s'acheter des robes demain. Merci d'être venue ce soir. J't'aime. – Poppy

Des robes. Ah, oui. Pour le gala de charité de Noël. Ça a beau être dans plusieurs mois, mes sœurs veulent trouver la tenue parfaite pour l'occasion. Bijoux, chaussures et sac à main compris. Ce calvaire va durer des heures, mais je serai là.

Boum. Boum. Boum.

La tête de lit de Lo. Contre mon mur. Une boule se forme dans ma gorge et je fais défiler ma liste de contacts, hésitant sur le numéro du service d'escorts. Après que le dernier gigolo a transformé la séance physique en séquence émotion, j'ai évité toute interaction avec des hommes payés pour baiser.

Je jette mon portable sur ma couette violette.

Boum, boum.

Douche, j'essaie de me rappeler. Oui. Je me dirige vers la salle de bains.

Boum. Boum. Boum.

Bon sang.

Je règle le mitigeur sur chaud, entre dans la cabine et ferme les yeux – j'essaie de penser à autre chose qu'au sexe. Et à Loren Hale.

Chapitre 7

Je suis assise sur une méridienne victorienne dans les cabines d'essayage, entourée d'une quantité excessive de miroirs et de portants de robes, certaines plus chères que des robes de mariée. Pendant que mes sœurs essaient de magnifiques robes longues et vaporeuses aux riches couleurs hivernales, je garde des dizaines de sacs de bijoux et de chaussures. Après avoir validé une robe prune avec des manches en dentelle – mon premier choix –, je n'ai plus besoin de me torturer sur ce que je vais porter au gala. Je suis ravie de rester là, à zieuter un mec mignon assis sur une autre méridienne. Il fait tourner une bague à son doigt et regarde sa montre, attendant sa femme, dans la cabine à rideau à gauche de celle de Rose.

Je ne suis pas partisane de l'infidélité, de l'adultère, de la tromperie, tout ça. Je n'ai jamais couché intentionnellement avec un homme marié, et je ne compte pas commencer maintenant, mais mater… ce n'est pas interdit.

De toute façon, je suis incapable de m'en empêcher. Une barbe naissante couvre sa mâchoire, du genre qui donne envie de passer sa main dessus. Ses yeux vert clair observent les cabines. C'est pour le mieux, j'imagine, mais une part de moi veut qu'il me regarde. Qu'il se lève et vienne…

– C'est tellement laid.

Je sursaute quand Daisy sort de sa cabine. Elle s'approche des miroirs et fait un petit tour sur elle-même. Je grimace. Oui, le gros nœud sur ses fesses n'aide pas. Ni la couleur vert vomi.

– C'est hideux, confirme Rose en repoussant son rideau pour se joindre à nous.

– Oh, j'aime bien la tienne ! s'exclame Daisy.

Rose prend le temps d'observer sa robe en velours bleu dans le miroir. Le tissu est cintré à la taille et épouse sa silhouette élancée à la perfection.

– Qu'est-ce que tu en penses, Lily ?

On s'est rabibochées depuis la débâcle de la « grossesse » chez les parents. Rose s'est excusée pendant le petit-déjeuner un matin, chez moi. Elle a apporté des bagels, ma pâtisserie préférée, et j'ai fini par dire que moi aussi, j'étais désolée. De ne pas être plus présente. C'est comme ça que se passe notre relation. Je la déçois. Elle me pardonne – sans jamais oublier –, et nous passons à autre chose.

– Elle te va très bien, comme les quinze dernières.

La voix de Poppy nous parvient depuis sa cabine d'essayage :

– Mets ton bras là-dedans. Ne fais pas ta pénible.

Elle soupire, exaspérée. Après quelques secondes, elle sort avec une petite brune qui se dandine.

– Oh, Maria, tu es tellement mignonne, dit Daisy en touchant la robe en dentelle rose de Maria, en collants blancs.

Poppy colle Maria contre sa hanche, pour la calmer.

– Qu'est-ce qu'on dit ? dit Poppy à sa fille.

– Merci, tata.

Elle met son pouce dans sa bouche et Poppy l'enlève aussitôt.

– Tu es trop grande pour ça.

Elle a trois ans, et dans le programme Calloway, le pot, les premiers pas, savoir parler, épeler et lire, tout cela doit être maîtrisé avant l'âge moyen, de peur qu'on devienne des personnes normales.

Rose se rapproche de moi, s'éloignant de Maria, qui la fait grimacer. Son aversion pour les enfants est amusante et sa souffrance me fait sourire ; quand elle le remarque, je m'attends à une vague de vacheries à mon encontre.

– Tu viens avec qui ? demande-t-elle.

Oh. Pas si pire.

– Lo, bien sûr. (Mon sourire s'élargit.) La vraie question, c'est avec qui *toi*, tu viens.

Rose se bat sans cesse pour avoir le droit de venir seule, puisque aucun mec n'est jamais à la hauteur de ses critères impossibles. Mais notre mère insiste pour qu'on vienne accompagnées, pensant que, si on se pointe sans homme à son bras, on passe pour une fille facile dont personne ne veut. Un concept avec lequel je ne suis pas d'accord – Rose encore moins, et avec plus de véhémence que moi. Tenir tête à notre mère m'épuise, et pour que Rose cède, ma mère a dû avoir recours aux grandes eaux. Rose déteste les larmes presque autant que les enfants.

– J'y travaille.

Elle emmène Sebastian d'habitude, son homme trophée de prédilection, mais cette année, il la plante pour son petit ami. Je l'ai écoutée s'en plaindre toute la semaine dernière, et je crois qu'elle n'a plus l'énergie nécessaire pour raviver cette conversation.

Daisy intervient :

– Je vais certainement y aller avec Josh.

Je fronce les sourcils.

– C'est qui, Josh ?

Elle tire ses cheveux bruns en queue de cheval.

– Mon petit ami. Depuis *six mois*, souligne-t-elle, d'une voix qui reste légère.

– Désolée. Je...

Ne suis jamais à la maison pour la voir. Ni lui. Et je ne sais pas écouter.

– Ce n'est rien.

Je sais bien que ce n'est pas le cas.

Elle hausse les épaules et disparaît dans sa cabine pour enlever la monstruosité verte.

Rose me lance un regard glacial :

– À qui crois-tu qu'elle a passé la journée à envoyer des messages ?

Elle a passé la journée à envoyer des messages ?

– Papa ? je tente.

Rose lève les yeux au ciel avec exagération.

Maria me lance sa ballerine dessus. Purée !

– Maria ! s'exclame Poppy.

Rose s'esclaffe. Je crois que c'est la première fois qu'un enfant la fait sourire. Et c'est parce que l'enfant en question me martyrise avec sa chaussure !

– C'est nul !

Je reste bouche bée. Vient-elle de me traiter de nulle ? Tout le monde m'en veut à ce point ? Même un enfant ?

– On ne dit pas ce mot, gronde Poppy. Dis à Lily que tu es désolée.

– Je déteste les chaussures !

Bon, ça va. Au moins une personne m'aime encore un peu.

– Nulles, nulles, nulles !

– Et celles-là ?

Je montre une boîte de ballerines argentées qui brillent, avec des brides roses. Maria écarquille les yeux et se calme. Je souris.

– Tu es sûre que ce n'est pas la fille de Rose ? Un machin Prada et elle ne dit plus rien.

Le rire de Rose meurt.

– Très drôle.

– Je vais emmener Maria aux toilettes, dit Poppy.

Elle va lui mettre une fessée. Ma mère nous menaçait avec une cuillère en bois. Ça fait mal, vous savez. Ça fait peur, et j'ai appris à me faire discrète dans les lieux publics, craignant le courroux de ma mère et un coup d'ustensile.

– Tu peux surveiller ma cabine, Lil ? Il y a mon sac à l'intérieur.

– Oui, bien sûr.

Une fois qu'elle a disparu, Rose déplace quelques sacs pour s'asseoir à côté de moi.

– C'est Loren ?

Je fronce les sourcils.

– Quoi ?

Ses yeux vert-jaune croisent les miens.

– C'est lui qui t'empêche de nous voir ?

La bile tournoie dans mon ventre. Lo, m'empêchant de les voir ? J'ai envie de rire, de pleurer, de crier, n'importe quoi – peut-être, juste *peut-être*, de hurler la vérité. *Je ne trouve pas de temps pour vous parce que mon emploi du temps est trop rempli de sexe, et que vous ne comprendriez pas.*

– Ce n'est pas Lo. Je suis occupée, c'est tout. Parfois même trop occupée pour lui.

– Tu ne me mens pas, n'est-ce pas ?

Je regarde mes mains, un petit tic révélateur, mais je doute qu'elle sache l'interpréter. Je secoue la tête.

– Non.

Après un long silence, elle dit :

– J'ai dit à maman que ce serait trop dur à Penn pour toi. Elle n'a pas écouté, bien sûr. Tu n'étais pas une élève modèle à Dalton.

Je ris – c'est un euphémisme.

– Mes notes étaient pourries.

Dalton Academy m'a démontée, à bien des niveaux. Sans les réussites de ma famille, jamais je n'aurais été acceptée dans une université de l'Ivy League. C'est sûr.

– Je me rappelle quand j'ai rempli tes dossiers de candidature, dit Rose en faisant une moue de dédain, mais ses yeux scintillent, comme si ce moment était un joli souvenir pour elle.

Je m'en souviens à peine. Je devais être en train de surfer sur Internet, à regarder du porno. À penser au cul.

– Tu t'en es bien sortie, je dis. J'ai été prise.

– À quoi bon ? Tu as choisi Penn, pas Princeton.

Elle se lève et fait semblant de s'admirer dans le miroir, mais je sais qu'elle tente de camoufler ce qu'elle ressent vraiment. Nous nous sommes beaucoup disputées quand j'ai pris la décision d'aller à la fac avec Lo et pas avec elle. Elle n'a jamais parlé de se mettre en colocation avec moi, mais Poppy m'a raconté après coup que Rose avait déjà commencé à choisir notre vaisselle et nos meubles pour un appartement en dehors du campus qu'elle espérait partager avec moi.

À l'époque, j'ai rendu Lo responsable de mes choix, disant à tout le monde qu'il n'avait pas été accepté à Princeton. Évidemment, il avait été accepté, mais comment pourrais-je profiter de ma liberté en vivant avec Rose ? C'était impossible. Elle serait au courant pour tous les garçons. Je la dégoûterais et elle me ferait sortir de sa vie pour de bon. Je ne supporterais pas ce rejet. Pas venant d'elle. Pas venant de quelqu'un que j'adore.

Tout doucement, je dis :

– Je suis désolée.

J'ai l'impression de passer mon temps à m'excuser.

Rose a l'air impassible. Complètement fermée.

– Ce n'est rien. Je vais essayer la robe noire.

Elle se faufile dans sa cabine, me laissant seule. Enfin, pas tout à fait seule.

Je regarde l'autre méridienne.

Mon cœur se serre. Vide. Il est parti. Génial, voilà que je n'ai plus personne à mater.

Mon téléphone vibre dans mon jean. Je le sors de ma poche et regarde le numéro inconnu, sourcils froncés. Tiens. J'ouvre le SMS.

On se voit ? – 215-555-0177

Ce doit être un mec d'un soir à qui j'ai donné mon numéro, bourrée. D'habitude, je garde mes données personnelles pour moi, puisque cela provoque attachement et harcèlement.

Mes lèvres forment un sourire, je me demande qui ce pourrait être de l'autre côté. L'excitation me prend par surprise. Si j'étais bourrée quand on s'est rencontrés, je ne me souviens probablement pas de lui. Un anonyme. Techniquement, ce sera comme une première rencontre.

Je prends ma décision.

On se retrouve où ?

Chapitre 8

Le lendemain matin, je me réveille avec une affreuse migraine et la tête qui tourne. Au final, je me souvenais vaguement du mec du SMS, mais pas assez pour convoquer une image mentale digne de ce nom. Il aimait l'alcool et m'a forcée à boire des shots de tequila. Mais je me rappelle le tambourinement dans ma poitrine, mon pouls palpitant quand je suis arrivée à sa porte, quand j'ai frappé et attendu qu'il ouvre pour me laisser entrer et *le* faire de toutes les manières physiquement possibles et imaginables. Du sexe en tout anonymat – ne pas savoir à quoi ressemblera le mec de l'autre côté –, ça m'a titillée, *vraiment*.

Allongée là, immobile, redescendant d'une sacrée euphorie et héritant d'une gueule de bois de l'enfer, je m'interroge sur Lo. Je ne l'ai pas vu depuis que mon porno a retenti à plein volume dans l'amphi. J'ai passé mes pauses déjeuner à réviser pour un examen, ce qui m'a empêchée de le retrouver sur le campus, et mon samedi a été rempli de robes, de chaussures et de sœurs. Je ne sais même pas ce qu'il a fait ni où il était, ce qui n'est pas rare. Nous ne passons pas *tout* notre temps ensemble. Nous faisons les choses chacun de notre côté, parfois. Je crois.

Je me traîne hors du lit, enfile un tee-shirt lâche et un short en jean. Je veux le questionner sur la fille qu'il a ramenée à la maison. Peut-être me dira-t-il ce qu'il lui a fait. Est-ce que ce serait bizarre ?

Alors que je sors dans le couloir, je m'arrête en entendant un petit rire venant de la cuisine. Un rire de *fille*.

Je me renfrogne de plus belle. Est-ce la même fille ? Non, impossible. Mon ventre se noue. Si ? Non sans hésitation, je m'approche, puis me fige dans l'encadrement de la porte.

– Tu es bon cuisinier, dit-elle.

Sa voix m'est familière. Je ne sais pas pourquoi je suis partie du principe qu'il aurait une histoire sans lendemain, comme moi. Pourquoi je supposerais ça ? Elle a donc passé la nuit ici. Vendredi *et* samedi.

Lo s'affaire dans la cuisine, il prépare deux Bloody Mary et des œufs brouillés sur la cuisinière. Je scrute la fille assise jambes croisées sur le tabouret de bar, vêtue du débardeur des Clash de Lo. Ses gros seins dépassent des deux côtés, et j'aperçois sa culotte rouge sous le tissu gris anthracite.

Ses cheveux d'un blond naturel sont mouillés, comme si elle venait de se doucher. Même sans maquillage, elle est du genre *girl next door*, de celles qu'on baise et qu'on ramène chez ses parents.

Je me sens encore plus nauséeuse.

Lo met les œufs dans deux assiettes. Puis il lève la tête et me remarque enfin, plantée là comme une tordue.

– Salut, Lily. (Il montre la blonde.) Je te présente Cassie.

Cassie agite la main.

– Salut.

Je lui rends son sourire, mais me ratatine intérieurement, comme une fleur fanée. Et en plus, elle est sympa.

– Tu veux manger un truc ? demande Lo.

Il fait comme si c'était une routine habituelle. Lui, qui ramène une fille à la maison. Ils s'appellent par leurs prénoms. Depuis quand on connaît les prénoms de nos invités ? Jamais. D'accord, bon, c'est une autre de mes règles, mais je pensais qu'elle s'appliquerait aussi à Lo. C'est comme ça depuis qu'on est à la fac.

– Non, je marmonne, montrant le couloir derrière moi. Je vais aller… – *m'apitoyer sur mon propre sort* – prendre une douche.

Je plonge dans les profondeurs du couloir, me retirant dans la sécurité de ma chambre. OK, c'était bizarre. J'étais bizarre. Toute cette situation était extrêmement bizarre. C'est comme ça que Lo se sent quand je ramène des hommes à la maison ? Je chasse cette idée. Bien sûr que non. Je ne les exhibe pas et je ne les essaie pas pour voir s'ils feraient de bons petits amis. Je les dégage presque instantanément.

Une seule chose peut me sortir Lo de la tête. J'enfile rapidement une robe noire et me coiffe – heureusement, mes cheveux n'ont pas l'air trop gras. Après m'être aspergée de parfum et avoir enfilé une paire de compensées, j'attrape mon téléphone et laisse trois messages, tous à des numéros anonymes, guider mon destin.

Malheureusement, je dois passer par la cuisine pour regagner l'entrée et la porte. J'essaie de mettre des œillères lors de ma traversée, concentrée sur la sortie. *Go, go, go !*

– Tu vas où ? demande Lo, son froncement de sourcils perceptible dans sa voix.

– Je sors.

J'attrape un trousseau de clés dans la panière et les laisse retomber. Je n'ai besoin de l'emmener nulle part puisque Barbie Malibu est collée à lui. Je vais donc me bourrer la gueule aujourd'hui. Peut-être même que j'appellerai un taxi.

– J'ai fait quelque chose ? murmure Cassie dans la cuisine avant que je parte, assez fort pour que je l'entende.

Je suis en train d'attendre l'ascenseur quand Lo apparaît au coin du couloir. Je reste incapable de croiser son regard. Je ressens une colère injustifiée, qui ne fait qu'empirer les choses.

– Qu'est-ce que tu as ?

J'appuie trois fois de plus sur le bouton lumineux.

– Lily, regarde-moi.

Lo m'attrape par le bras et me tire vers lui. Je finis par contempler ses yeux ambrés, plein de confusion et de mépris.

– Qu'est-ce qui se passe, putain ? Tu te comportes bizarrement.

– Tu sors avec elle ?

Il fronce durement les sourcils. Pense-t-il que je suis jalouse ? Le *suis*-je ? Oh punaise.

– C'est ça le problème ? Ça fait deux jours que je la connais. C'est toi qui m'as dit que j'avais besoin de baiser, tu te rappelles ?

Ouais et sinon, je peux arracher les cordes vocales de cette fille ?

– Je me rappelle, mais je pensais que tu aurais un coup d'un soir et basta.

Holà, ça sonne mal.

– Je ne suis pas toi.

Ma poitrine se comprime. Tout me blesse plus qu'à l'ordinaire. Il m'a dit des choses bien plus vraies et bien plus méchantes. Je fuis de nouveau son regard, les yeux rivés sur mes pieds.

Il pose une main sur mon épaule.

– Eh, je suis désolé. Tu peux me parler, s'il te plaît ?

– J'ai peur, je dis.

C'est la première chose qui me passe par la tête. Je ne sais pas trop ce que j'ai. Je suis paumée, remontée, contrariée. Des excuses m'échappent, des excuses gravées dans ma tête comme une machine lisant un code.

– Il se passera quoi quand elle voudra rencontrer ton père ? Il se passera quoi si elle commence à raconter qu'elle sort avec Loren Hale, et que la personne à qui elle le dit est amie avec Rose ?

Je me tape de tout ça. Notre mascarade peut aller au diable. C'est juste que je n'aime pas le voir passer à autre chose sans moi.

– Je ne sors *pas* avec elle, affirme-t-il.

– Elle le sait ? Parce qu'elle a l'air bien à l'aise pour quelqu'un qui ne te connaît que depuis deux jours.

Elle porte son tee-shirt et est assise à moitié nue sur *mon* tabouret. J'ai envie de la mettre dehors, j'ai envie que *Rose* la mette dehors, parce qu'elle y arriverait bien mieux que moi.

Je me comporte de manière irrationnelle. Impolie. Et tellement, tellement hypocrite. Il faut que je me tire d'ici.

– Elle ne va pas s'installer, Lily. Elle a dormi là, c'est tout.

– Deux nuits ! je crie. Et elle prend le petit-déjeuner avec toi. Tu lui as préparé à manger.

D'habitude, c'est à *moi* qu'il prépare le petit-déjeuner. Pas à des inconnues.

– Tout le monde ne se comporte pas comme une petite souris effrayée après le sexe, dit-il, cruel.

Mon visage se tord sous le coup de la vexation, et il grimace.

– Attends, je ne voulais pas dire…

– Arrête, je dis en levant la main.

L'ascenseur tinte et les portes s'ouvrent, mais il a encore les doigts enroulés autour de mon poignet, je ne peux pas partir.

Il baisse la voix. Les portes se ferment.

– Tu es un point fixe dans ma vie. Tu ne vas nulle part.

Pourquoi faut-il qu'il le dise comme ça ? Comme si j'étais un lustre pendu là pendant qu'il glisse la bague au doigt d'une autre ?

Je le repousse.

– Je sais qu'on n'est pas ensemble, d'accord ?

– Lil…

– Elle va tout gâcher !

C'est douloureux de le voir avec elle, à jouer au papa et à la maman. C'est notre routine. J'appuie violemment sur le bouton. *Sortez-moi de là.*

– Dis-moi au moins où tu vas.

– Je sais pas.

– Comment ça ?

J'entre dans l'ascenseur, et il pose une main sur le cadre, les portes refusant de se refermer sur moi.

– Je veux dire : je sais pas. Je ne vais pas en boîte. Je vais retrouver quelqu'un de manière spontanée. Certainement dans un motel, ou chez lui.

– Quoi ? (Des plis lui rident le front.) Depuis quand tu fais ça ?

– Depuis hier.

Il serre les dents.

– Tu prends la voiture ?

L'ascenseur sonne, agacé qu'il retienne les portes aussi longtemps. Je pousse son bras et il fait un pas en arrière.

– Non. Elle est à toi. Je compte boire.

– Lily. Ne fais pas ça.

Les portes de l'ascenseur commencent à coulisser.

– Lily !

Il essaie de tendre la main, mais les portes se ferment avant qu'il arrive à les retenir, me laissant sur l'image de lui prenant une brusque inspiration, et je l'entends dire « Merde ».

Je devrais me réjouir de savoir que je lui fais aussi peur que lui me fait peur, mais j'en suis incapable.

Chapitre 9

J'ai pris la voiture. Peut-être que le plaidoyer de Lo s'est insinué dans mon cerveau, inconsciemment. Ou peut-être que je ne voulais pas vraiment boire. Quoi qu'il en soit, la BMW est garée devant un immeuble miteux. De la fumée flotte dans l'appartement d'un mec, me remplissant les poumons. Ses baisers sont brutaux, ses lèvres mouillées, sa bouche suce mon cou. Je veux être enivrée par ce moment. J'attends qu'il m'emporte loin. Le gars est pas mal, pas loin de la trentaine, je dirais. Pas canon, ni musclé. Mais il a des yeux mignons et des fossettes aux joues.

Le tapis à poil long seventies, les murs terre cuite et la lampe à lave me distraient. Mes genoux plantés dans le matelas dur, je regarde dans le vide, mon esprit s'égare, ses mains ne font pas le travail et ma tête ne reste pas concentrée.

Je pense à Lo. Je pense au passé. Je pense à lui avec Cassie et à pourquoi ça m'a fait si mal. Puis un souvenir me revient.

Lo me jette sur une couverture dans le petit salon de son père, et je m'enveloppe dans le tissu duveteux pendant qu'il met la première saison de *Battlestar Galactica* dans le lecteur DVD.

– Tu crois qu'on peut finir la saison avant lundi ? je demande.

– Oui, tu peux dormir ici si ça prend aussi longtemps. Il faut qu'on sache ce qui arrive à Starbuck.

J'avais quatorze ans, et mes parents croyaient encore que j'aimais Lo comme on aimerait le garçon d'à-côté plein de poux. J'étais bien loin de ça, mais je les ai laissés le croire.

Puis son père est arrivé, se plantant dans l'encadrement de la porte, un verre en cristal rempli de whisky à la main. L'atmosphère a changé. L'air s'est raréfié, j'entendais presque nos cœurs battre à l'unisson, paniqués.

– Il faut que je te parle.

Jonathan Hale est resté laconique, passant sa langue sur ses dents.

Lo, quatorze ans et dégingandé, s'est levé, l'air renfrogné.

– Quoi ?

Son père m'a regardée, son regard tranchant ratatinant mon corps sur l'énorme canapé en cuir.

– Pas ici.

Il a posé sa main sur l'épaule de Lo pour le conduire dans les ténèbres. Ça ne m'a pas empêchée d'entendre leurs voix tendues.

– Tu échoues en algèbre niveau *collège*.

Je n'ai pas envie de me souvenir de ça. J'essaie de me concentrer sur le mec devant moi. Il s'allonge sur le dos et me tire au-dessus de lui. Machinalement, je déboutonne son jean.

– Ce n'est pas mon bulletin de notes.

– Te fous pas de moi.

Je veux oublier, mais il y a quelque chose chez Jonathan Hale qui me hérisse, quelque chose qui cloche. Alors je revis la scène. Je me souviens. Dans leurs moments de silence, je les imagine se jauger du regard. Comme seuls les pères et leurs fils ayant une relation orageuse peuvent le faire. Les yeux pleins de haine et de vérités tues.

– D'accord, c'est le mien, a dit Lo, perdant son avantage.

– Ouais ? a dit son père avec mépris.

Leurs chaussures ont bruissé au sol, puis quelque chose a heurté le mur.

– Ne sois pas aussi ingrat, Loren ! Tu as *tout*, putain.

L'image est douloureuse, je ferme les yeux, marquant une pause. J'arrête même de baisser le pantalon du mec.

Jonathan a grogné :

– Dis quelque chose, c'est maintenant ou jamais.

– Qu'est-ce que ça change ? Rien n'est jamais assez bien pour toi.

– Tu sais ce que je veux, *moi* ? Pouvoir parler de toi à mes associés, me vanter, leur dire que mon fils est meilleur que leurs petites merdes. Mais je dois fermer ma gueule quand ils parlent de réussites, d'universités. Reprends-toi, ou je trouverai un endroit où on fera de toi l'homme que tu es censé être.

Le mec se redresse.

– Eh, ça va ? Tu veux changer de position ?

Je secoue la tête.

– Non, non. Ça va.

Je me mets à califourchon sur lui et fais courir mes doigts sur son torse, puis baisse son caleçon.

Les claquements des pas de Jonathan Hale se sont éloignés, et Lo n'est pas revenu dans le salon avant au moins dix minutes. Quand il a fini par me rejoindre, ses yeux étaient rouges et bouffis, et je me suis levée pour aller vers lui, laissant mes émotions me guider.

Dans le présent, je me redresse.

– Je suis désolée, je marmonne, me repliant sur moi-même.

J'attrape mes vêtements, les enfile le plus vite possible, et me tire. Ce n'est pas le bon mec. Il m'en faut un autre. Il me faut *plus*.

Il m'appelle, mais je ne l'écoute pas. Sa porte se ferme derrière moi et l'air frais pénètre mon corps, me réveillant et me ramenant en arrière à la fois. Ma voiture est au fond du parking de son immeuble. Je presse le pas, mais les souvenirs ne partent pas. Ils restent.

– Viens, on regarde la série.

Lo ne me regardait pas.

Je ne connaissais qu'un seul moyen de faire en sorte que quelqu'un se sente bien. Sans réfléchir, j'ai pris sa main. Je l'ai tenue, et il a froncé les sourcils, m'a regardée comme si des cornes m'avaient poussé sur la tête. En même temps, ses yeux rougis avaient l'air avides de saisir autre chose que la douleur qui l'accablait.

Le parking. J'ouvre vivement la porte de ma BM et bataille avec mon téléphone, à la recherche de numéros que je n'ai pas encore épuisés. Je réfléchis à des points de rendez-vous aléatoires. Oui. Oui. Oui. Non.

J'ai embrassé Lo sur la bouche. Doucement, tendrement. Puis je l'ai emmené vers le canapé, où nos mains sont devenues plus avides, où nos corps ont bougé avec plus de passion, mus par le besoin de nourrir notre tentation et de repousser tout le reste.

Nous avons baisé pour la première fois. La *seule* fois.

Ensuite, Lo a bu jusqu'à sombrer dans l'inconscience. Et je me suis affalée sur le canapé, me jurant de ne plus jamais coucher avec Loren Hale. De ne jamais franchir cette limite. Une fois, ça suffisait. Cela aurait pu gâcher notre amitié, mais nous avons fait comme s'il ne s'était rien passé, comme si ce moment était le fruit d'humeurs à vif et d'esprits ailleurs.

Je ne commettrai pas une erreur qui pourrait nous coûter ce que nous avons. Je rempoche mon téléphone, passe la marche arrière, et fais de nouveaux plans. Des plans qui impliquent des visages neutres et des toiles vierges. Des plans qui ne l'impliquent pas, *lui*.

Chapitre 10

Les jours suivants se confondent. J'arrive à éviter Lo chaque fois que j'arrive ou sors de l'appartement. Les fois où je dors au Drake, je porte des écouteurs pour assourdir les bruits des ébats de Lo et Cassie. Je passe souvent la nuit ailleurs, partout où je peux trouver des ébats anonymes et la surprise d'un homme mystère.

Ma nouvelle découverte occupe tout mon temps. Quand je ne suis pas en train de faire défiler la tonne de numéros inconnus sur mon téléphone, je cherche quiconque veut baiser sur Craigslist. Je n'ai pas encore activé cette ressource en ligne pour coucher, mais un certain attrait m'y ramène toujours. Avec seul un pseudonyme sur lequel me baser, je suis forcée d'imaginer l'homme de l'autre côté. À quoi il ressemble. Ce que je pourrais lui faire au lit.

Plus Lo s'éloigne, plus je me tourne vers le sexe, seule chose à ma portée. J'ai l'impression qu'il creuse un fossé entre nous. Il ne m'a pas demandé d'être sa conductrice de la semaine, et nous avons arrêté de parler de nos plans de soirées. Avant, je connaissais son emploi du temps aussi bien que le mien. Aujourd'hui, je serais incapable de dire s'il est arrivé jusqu'à son lit la veille sans tomber dans les vapes.

Je suis étendue sur mes draps violets, à songer à ma toute petite existence et à regarder le soleil. Haut dans le ciel, il envoie ses rayons brillants à travers mes stores. Un bras est passé en travers de mon dos nu. Je ne veux pas le réveiller. Avec un peu de chance, ses yeux s'ouvriront pendant que je fais semblant de dormir. Je suis réveillée depuis cinq heures du matin, à réfléchir et à regarder ce même point. Le soleil. La fenêtre. Ma vie.

Bam ! Le boucan à ma porte me fait sursauter.

– Lily !

Lo frappe de nouveau, tapant du poing contre le bois blanc.

Mon cœur me serre la gorge. Je me mets un oreiller sur la tête, tournoyant dans un raz-de-marée post-ivresse. La porte fait *clic* et je maudis le fait que Lo ait la clé.

Mon invité ensuqué se redresse.

– T'es qui ? demande-t-il en bâillant.

– Parle pas si fort, grogne une autre voix.

Quoi ? ! Je n'ai pas… Si ? Il y a *deux* mecs dans mon lit ! Je n'ai pas… Je n'ai pas pu coucher avec les deux. Je fouille ma mémoire, mais j'ai un trou après mes retrouvailles avec mon « date » anonyme dans un bar. L'alcool pardonne toutes les transgressions, mais il n'aide pas le lendemain matin.

Mes membres se sont pétrifiés.

– Vous deux, dégagez, ordonne Lo avec mépris. Allez !

À la hâte, les deux types attrapent leurs fringues et les enfilent pendant que je me recroqueville sous la couette et me désagrège entre les draps. Quand ils finissent par disparaître, le silence tombe sur la chambre.

D'habitude, quand Lo vire un mec le matin, il est blasé. Parfois, il propose même un café au pauvre type.

Ce n'est pas normal.

Pendant que je fuis son regard, Lo fait les cent pas, et j'entends le bruissement du plastique. Je jette un coup d'œil depuis ma grotte de draps.

Il fait le ménage ?

Je me couvre la poitrine avec la couette et me redresse.

– Qu'est-ce que tu fais ?

Ma voix est toute petite, étranglée. Il ne répond pas. Non, il reste concentré sur sa tâche, jetant des bouteilles de bière vides dans un sac-poubelle noir, ainsi qu'un tas d'habits. Des habits de *garçons*.

Pour la première fois depuis des jours, je considère ma chambre. Jonchée de couches de sous-vêtements, de bouteilles d'alcool renversées et de poudre blanche sur ma coiffeuse – dégoûtante. Mon parquet est invisible sous les piles de débauche et de péché. La moitié des draps est empilée au sol et des capotes usagées sont éparpillées sur mon tapis. J'ai l'impression de m'être réveillée dans le lit de quelqu'un d'autre.

– Arrête, je lui dis, la honte me mettant les larmes aux yeux. Tu n'as pas besoin de faire ça.

Il jette une boîte de préservatifs vide dans le sac avant de lever la tête vers moi. Son expression reste impénétrable, ce qui me fait encore plus peur.

– Va prendre une douche. Habille-toi, puis on y va.

– Où ?

– Dehors.

Il me tourne le dos et continue de jeter mes affaires. J'ai nettoyé sa chambre un nombre incalculable de fois, mais toujours quand il était dans les vapes.

J'enroule mon drap violet autour de moi et me dandine jusqu'à la salle de bains. Après m'être shampooiné les cheveux et avoir fait mousser du savon sur chaque centimètre carré de peau, je sors et enfile une robe de chambre éponge et des chaussons. Je reviens dans la chambre lentement. Un sac-poubelle plein est posé près de la porte ouverte, et, au-delà, j'entends l'eau couler au robinet de la cuisine.

Je me change dans mon dressing, enfilant une robe noire en coton confortable, ne sachant pas quelle serait la tenue appropriée pour l'endroit où nous nous rendons. Je suis incapable de deviner notre destination. Mon cerveau est aussi engourdi et froid que mon corps.

Quand je reviens dans ma chambre, Lo est debout près de la porte et le sac-poubelle a disparu. Il me regarde des pieds à la tête pendant que j'attache mes cheveux en queue de cheval, les doigts tremblants.

– Prête ? demande-t-il.

Je hoche la tête et le suis, attrapant mes clés. En marchant, je prends note de toutes les parties de mon corps qui me font mal. Mes coudes et mes cuisses sont couverts d'ecchymoses jaunes et noirâtres – j'ai dû me cogner contre des trucs hier soir sans m'en souvenir. J'ai mal au dos, aussi, comme si je m'étais pris une poignée de porte ou quelque chose dans le genre.

– On va où ? je redemande, prenant place au volant puisque Lo ne peut pas conduire.

– Au centre médical. Tu as besoin de te faire dépister.

Mon ventre se creuse. Oui. Un dépistage.

– Tu n'es pas obligé de venir.

Je l'observe pendant qu'il essaie de trouver une réponse appropriée, mais il finit par marmonner :

– Démarre.

Je passe la vitesse et m'engage dans les rues familières de la ville.

– C'est quand, la dernière fois que tu es allée en cours, Lil ? demande-t-il doucement, regardant les immeubles défiler par la fenêtre.

– Mercredi dernier.

Je crois.

– Hier ?

Le point entre ses sourcils se plisse.

– On est jeudi ? je dis, surprise.

Pourquoi me croyais-je samedi ? Mes mains se remettent à trembler. Je les resserre autour du volant. Des larmes chaudes coulent sur mes joues, me trahissant.

– Je me suis juste un peu emmêlé les pinceaux.

Comment en suis-je arrivée là ?

– Je sais.

J'inspire fébrilement et prends encore quelques virages avant de me garer le long du trottoir. Je me penche pour ouvrir la portière, mais Lo pose sa main sur mon épaule.

– On peut discuter une seconde ?

Je me tends sur mon siège. Mes yeux se rivent sur le tableau de bord éteint. Est-ce que j'ai touché le fond du fond ? Je pensais que la peur d'être enceinte était le moment le plus terrifiant de ma vie, mais me réveiller au lit avec deux mecs dont je ne me souviens pas – ça va me hanter. Comment peut-il me manquer *plusieurs jours* ? Comme si le sexe et l'alcool me les avaient volés… peut-être que la drogue a un peu participé au hold-up, aussi. Je ne me rappelle même pas.

J'aimerais être Lo. Je ne le pense pas souvent, mais dans l'immédiat, j'envie sa capacité à être un alcoolique « fonctionnel », qui ne devient ni agressif ni violent et ne perd pas la mémoire. Il boit toute la journée et toute la nuit, et ne subit de répercussions que lorsqu'il dépasse son seuil de tolérance et a un trou noir.

Il garde les yeux plissés, braqués sur moi, et pousse un lourd soupir.

– Tu te rappelles quand on est arrivés à Penn et qu'on est allés à la soirée pyjama de première année ?

Ah, oui, la Pyjama Party. Ce souvenir cuisant nous rembrunit tous les deux.

– Tu m'as retrouvé évanoui par terre le lendemain matin.

Il censure. Sa joue était couverte de vomi. Je l'ai soulevé dans mes bras et j'ai cru, l'espace d'une terrifiante seconde, que mon meilleur ami avait enfin succombé à son vice.

La voix de Lo s'aggrave.

– Tout ce dont je me souviens, c'est de m'être réveillé à l'hôpital avec l'impression de m'être pris un vingt tonnes dans la gueule.

– Tu venais de subir un lavage d'estomac, je lui rappelle.

Lo hoche la tête.

– Je t'entendais te disputer avec l'infirmière sur le fait d'appeler mon père ou non. Tu as insisté pour que ça reste confidentiel, puisque j'avais dix-huit ans.

J'avais dû prétendre que j'étais sa sœur juste pour entrer dans sa chambre d'hôpital. C'est tellement ridicule. Tout. Cette nuit-là. Le moment présent. Néanmoins, je n'ai pas le pouvoir de rectifier ce qui est fait, ce que nous avons consolidé. Une partie de moi restera persuadée que nous ne pouvons plus rien changer. Peut-être avons-nous déjà accepté que c'est ainsi que nous vivrons et que c'est ainsi que nous mourrons.

Mes yeux me brûlent quand je repense aux deux mecs dans mon lit. Je ne veux pas que ça se reproduise. Ça, je le sais.

– On a fait un pacte après ça, tu te rappelles ? poursuit-il, choisissant ses mots avec soin. On s'est dit que pour que ça fonctionne, toi et moi, pour que nous puissions faire ce que nous voulons, étant ce que nous sommes, je devrais connaître mes limites et ne jamais les dépasser. Je n'ai jamais cru… Je n'ai jamais cru que ce serait un problème pour toi aussi.

Il passe une main tremblante dans ses cheveux et prend une profonde inspiration.

– Je ne savais pas que les addicts au sexe pouvaient avoir des limites, Lily, mais quelque part… quelque part, tu en as franchi une. Et tu me fous la trouille. Ça fait plusieurs jours que je n'arrive pas à te joindre. Quand je m'endors, tu n'es pas à la maison. Quand je me réveille, tu es partie. C'était la première fois que je te voyais depuis un moment, et…

Il se frotte la bouche et détourne le regard.

Mon cœur bat tellement vite. Je ne sais pas quoi faire, quoi dire. La tension s'étire entre nous – pas du bon genre – et ça fait mal de la toucher.

Il baisse la voix pendant que je presse mes paumes contre mes larmes chaudes.

– Je n'ai aucun droit de te dire d'arrêter. Ce n'est pas ce que j'essaie de dire, mais pour que cet arrangement fonctionne, tu dois connaître tes limites. *Ça*, aller coucher avec des mecs dans des motels, ne pas répondre à *mes* appels, et… – il bute de nouveau sur les mots – baiser… *deux* mecs. Il faut que ça cesse. Et s'ils te faisaient du mal ?

Je ferme les yeux, et les larmes se déversent par les fentes.

– Je ne me souviens pas d'eux.

– Tu étais bourrée, comprend-il, grave. Et après, ce sera quoi ? Des orgies ? De l'humiliation sexuelle ?

– Arrête.

Je me frotte les yeux, ces images me font grimacer.

– À quoi tu penses ? murmure-t-il.

Je ne peux pas recommencer.

– Je vais arrêter, pas le cul, mais les motels, les SMS anonymes, Craigslist…

– Craigslist ? ! s'écrie-t-il. Sérieux, Lily ? Tu sais qui cherche du cul sur ces sites ? Des violeurs d'enfants et des pervers, sans parler du fait que c'est illégal, putain.

– Je ne m'en suis pas servie ! je hurle, les joues en feu. Je n'ai fait que regarder.

Il tend les mains, prend une profonde inspiration pour se calmer, et serre les poings.

– As-tu eu le sentiment que tu ne pouvais pas me parler ?

Je n'ai jamais eu de problème à me décharger sur Lo. On est doués pour ça, tous les deux, mais recourir au sexe anonyme m'a semblé être la suite logique une fois que notre dynamique a commencé à changer.

– Les choses n'étaient plus pareilles, je marmonne, si doucement que je ne suis pas sûre qu'il m'ait entendue.

Comme il ne me demande pas de répéter, j'en déduis qu'il a compris.

– Je sais que je peux être un vrai connard. Mais je t'aime. Tu es ma meilleure amie et la seule personne à qui j'aie jamais avoué avoir un problème. Ça ne change rien qu'on soit un faux couple. On est censés se parler, putain. Viens me voir avant de sombrer, d'accord ?

J'essuie mes dernières larmes et renifle.

– Comment va Cassie ?

– Ça fait plusieurs jours qu'elle n'a pas mis les pieds à l'appart', Lily, dit-il, me rappelant toutes les fois où j'étais perdue dans mon état brumeux.

– Que s'est-il passé ?

Ma poitrine s'allège, je déteste me réjouir de sa solitude.

– Il y a cette nana qui est sortie en courant de chez moi. (Il marque une pause.) Elle a filé comme une dératée. Elle s'était à peine coiffée, ce qui n'est pas inhabituel – il hausse les épaules –, mais elle avait l'air furax, et la seule différence dans notre relation était cette *nouvelle* fille sur un tabouret de bar. Alors je l'ai larguée, je me suis dit que ça résoudrait quelques problèmes.

Il attend, penche la tête pendant que j'assimile ce qu'il vient de dire. Ma poitrine se gonfle.

– Ça a marché ? demande-t-il.

Je devrais être une fille bien et dire *non*, je devrais le laisser avoir une vie normale avec la bombasse blonde. Mais la moralité n'a jamais été mon fort.

– Peut-être.

Il sourit et pose une main dans mon cou. Il m'embrasse sur le front avant que je puisse former des pensées ; quand il s'écarte, ses lèvres frôlent mon oreille.

– Je suis là pour toi. Toujours.

J'inspire profondément. Ses paroles suffisent à me faire entrer dans le centre médical la tête haute, les épaules en arrière. Ça va aller. Quoi qu'il se passe, au moins, Lo sera à mes côtés.

Une fois rentrés, Lo se prépare un verre sur le plan de travail pendant que j'organise mes révisions pour un examen, ouvrant mon ordinateur et étalant mes notes sur le bar. Quand je découvre les deux semaines d'examens blancs négligés du cours d'économie, je me rends compte de tout le retard accumulé.

Il y a un point positif. Je suis clean. Exempte de toute maladie ou décision compliquée. Style désintox ou clinique d'IVG. J'ai étranglé Lo quand les résultats sont tombés, le serrant dans un étau mortel en pleurant de soulagement. Je ne sais pas ce que j'aurais fait s'il ne connaissait pas mon secret – si j'étais seule face à mon problème.

Longtemps avant d'avoir entamé notre fausse relation, j'ai aidé Lo à cacher son addiction à maintes reprises. Je le faisais entrer en douce dans une des chambres d'amis de Villanova le temps qu'il se débarrasse de sa gueule de bois. Je fourrais des bouteilles de Jim Beam et de Maker's Mark sous son lit avant que la femme de ménage vienne fouiner et son père inspecter que les affaires de son fils étaient en ordre.

À l'époque, il mentait à mes sœurs sur mon programme du week-end. Je les passais généralement à des soirées chez des gamins qui allaient dans des établissements publics. Coucher avec des garçons d'écoles différentes permettait de réduire les rumeurs sur moi à Dalton. Je sélectionnais mes amants stratégiquement.

Puis, un soir d'octobre glacial, je me suis faufilée dans la chambre de Lo par la fenêtre. Jonathan Hale était à une conférence à New York, j'aurais pu passer par la porte d'entrée, mais depuis que j'avais regardé *Dawson*, j'étais persuadée qu'il existait un seul moyen de faire une vraie entrée.

J'avais dix-sept ans et les joues baignées de larmes, et je venais de coucher avec un garçon. Lo était assis sur le parquet, son téléphone dans une main, un verre de whisky Glencairn dans l'autre. Il s'est levé d'un bond quand il a vu mes cheveux emmêlés et mon mascara dégoulinant.

– C'était qui ? Il t'a fait mal ? !

Lo a examiné mon corps avec frénésie, à la recherche de blessures.

– Non, ai-je dit avec une grimace. Il ne m'a pas… ce n'est pas lui.

Laissant Lo perplexe, je suis allée à son bureau pour prendre la bouteille de Maker's Mark. Il me l'a arrachée des mains avant même que je l'aie débouchée.

– C'est à moi, a-t-il dit.

– Alors tu ne partages plus ?

– Je ne partage jamais.

Je me suis frotté les bras, je me sentais vide, j'avais froid. Il m'a fixée comme si ce regard intrusif allait me forcer à me confier. Il n'avait pas tort.

– La soirée était nulle, j'ai marmonné dans mon souffle.

– Assez pour te faire chialer, apparemment, a-t-il répliqué amèrement.

Le son de sa propre voix l'a fait grimacer, et il a pris une gorgée de whisky au goulot. Puis il a fait un pas en avant en se frottant la bouche, ses yeux s'adoucissant.

– Tu sais que tu peux tout me dire, Lil. Je ne vais nulle part.

Lo connaissait déjà presque tous mes secrets. Le sexe. Le porno. La masturbation constante. Mais lui parler de *ça* avait été le plus dur dans notre amitié. C'était comme admettre quelque chose qui était contre nature.

Je me suis laissée tomber sur le matelas pendant que Lo restait debout, tenant la bouteille par le goulot couvert de cire rouge, attendant que je me confie.

– Ça allait. Le sexe, ça allait.

Lo s'est frotté la tempe, désemparé.

– Lily. Crache le morceau, putain. Tu me rends dingue.

J'ai baissé les yeux sur le parquet, incapable de croiser son regard, et j'ai dit :

– Après, j'ai cru que ce serait pareil. Mais pendant que je récupérais mes habits, il m'a stoppée.

J'ai levé les yeux. Les pommettes de Lo ressemblaient à du verre tranchant. J'ai enchaîné en vitesse avant qu'il me coupe la parole avec une flopée de vulgarités.

– Il ne m'a pas fait de mal. Il m'a juste posé une question.

J'ai pris une inspiration superficielle et froissé le bas de mon tee-shirt entre mes mains. Puis j'ai ouvert la bouche sans arriver à exprimer le reste, je ne faisais que mâcher de l'air.

– Faut que je devine ? a demandé Lo.

Sa poitrine se levait et s'abaissait rapidement, trahissant son inquiétude. Avant que je puisse répondre, il s'est mis à faire les cent pas dans la chambre en débitant des questions.

– *Tu étais vierge ? Tu fais ça souvent ? Tu veux recommencer ?* (Il s'est arrêté et s'est passé la main dans les cheveux.) Qu'est-ce qu'il t'a demandé, putain ? !

– Tu veux baiser mon pote ? j'ai dit dans un murmure.

Lo a lâché la bouteille, qui a atterri dans un *boum !* sourd sur le parquet.

– Je me suis dit que ce serait marrant. Il est parti, et son copain est entré. Et voilà…

Ma lèvre inférieure s'est mise à trembler, la honte creusant un abîme dans mon cœur.

– Lo, ai-je dit d'une voix étranglée. Qu'est-ce qui cloche chez moi ?

Il s'est approché du lit et s'est penché à mon niveau. Il a posé sa main à l'arrière de ma tête, prudemment, ses doigts s'emmêlant dans mes boucles brunes. Ses yeux ambre ont envahi les miens.

– *Rien* ne cloche chez toi.

Il a tiré ma tête vers le creux de son épaule, son bras m'enserrant dans une étreinte confortable, et m'a tenue un moment contre lui.

Quand il s'est écarté, il a mis mes cheveux derrière mon oreille et m'a demandé :

– Tu as peur qu'on te fasse du mal ?

– Parfois. Mais ça ne m'arrête pas. (J'ai cligné des yeux pour chasser les larmes.) Tu crois… tu crois que je suis comme toi ?

Nous n'avions jamais reconnu ouvertement sa dépendance à l'alcool, ni le fait qu'il en abusait largement plus que tout adolescent lambda.

Il a passé son doigt sur les lignes de ma paume, lentement, avant de lever vers moi des yeux hagards. Il m'a embrassée sur le sommet de la tête puis s'est redressé. D'une voix tendue, il a dit :

– J'ai trouvé ma vieille édition de *The Amazing Spiderman* l'autre jour. On devrait se faire un marathon de lecture.

Je l'ai regardé se diriger d'un pas raide vers sa malle en cèdre et ouvrir les verrous cuivrés.

Ce soir-là, il ne m'a jamais répondu.

Mais j'ai compris.

C'était la première fois que je prenais conscience que je n'étais pas juste une simple fille aux mœurs légères. Je ne baisais pas seulement pour m'amuser ou parce que ça me conférait une sensation de pouvoir. J'aimais l'extase, l'excitation, et le fait que cela semble remplir un vide qui ne cessait de grandir en moi.

Chapitre 11

Le soir, je retourne aux boîtes et aux bars, mes spots habituels, sans prévoir d'autres rendez-vous anonymes. Étonnamment, Lo m'accompagne presque chaque fois, il boit au bar pendant que je m'éclipse dans l'arrière-salle ou aux toilettes pour baiser. Malgré tout, l'adrénaline et le frisson de l'anonymat en plein jour me manquent. J'ai peur que ces dernières semaines à pousser mon addiction vers un nouvel extrême m'aient un peu amochée.

Je fais des efforts, cela dit. J'ai supprimé tous les numéros inconnus de mon téléphone, et chaque fois que l'envie de me connecter sur Craigslist refait surface, je repense à ce matin effroyable où je me suis réveillée au lit avec deux hommes sans visage. Ça aide.

Je remonte la fermeture éclair de mon pyjama noir quand mon téléphone se met à vibrer. En temps normal, je le jetterais sur mon oreiller et le laisserais sonner, mais je suis la Lily 2.0.

J'appuie donc sur le bouton vert.

– Salut Daisy.

– Lily !

Elle a l'air aussi choquée que moi que j'aie répondu.

– Quoi de neuf ?

– J'ai besoin d'un service.

Elle hésite à enchaîner. Disons que je ne suis pas vraiment la sœur à qui on fait appel dans ces cas-là. Rose serait la première sur la liste, prête à littéralement tout laisser en plan si besoin. Puis Poppy, presque aussi sororale, si ce n'est qu'elle a une fille qui lui bouffe tout son temps. Je suis la sœur la moins fiable, la moins disponible, la moins *tout.*

– Voilà, commence-t-elle, maman et papa sont en pleine dispute. Ils se hurlent dessus concernant le budget de décoration pour le gala de charité de Noël. Je sais que maman va monter d'un moment à l'autre pour me rejouer leur discussion, et je préfère ne pas être impliquée. (Elle marque une pause.) Tu crois que je peux venir passer la nuit dans ta chambre d'amis ?

Je fronce les sourcils, me demandant si elle a déjà posé la question à Rose, ou à Poppy et Sam, qui ont plein de place. Serait-ce impoli de lui poser la question ? Je pense que oui, d'autant plus qu'elle m'a contactée. Je prends une inspiration maîtrisée.

– Bien sûr.

Elle couine.

– Mercimercimerci ! J'arrive dans une demi-heure.

Déjà ? La ligne coupe, et je jette un coup d'œil à ma chambre… la chambre d'amis. Où elle va dormir. Merde.

– LO ! LO ! je hurle, dans tous mes états.

Dix secondes plus tard, il déboule dans la chambre, le regard sobre tout à coup.

– Qu'y a-t-il ? demande-t-il, pris de panique.

– Daisy débarque.

Ses muscles se détendent un peu, et il passe ses doigts tremblants dans ses cheveux.

– Bon sang, Lil. J'ai cru que tu t'étais blessée. Ne m'appelle pas comme ça à moins de pisser le sang.

– Tu m'as entendue ? je dis. Daisy est en chemin. Et elle va *dormir ici.*

Ses yeux s'assombrissent.

– Pourquoi tu ne m'as pas demandé d'abord ?

Mes joues chauffent.

– Je-je n'ai pas réfléchi. Elle a posé la question et j'ai dit oui.

Oups, j'ai oublié Lo. J'ai *également* oublié que tout le monde pense que je dors avec lui, ce qui n'est pas le cas.

– C'était une réaction subconsciente, je ne voulais pas être impolie.

Il se frotte les yeux en poussant un soupir, puis observe ma chambre.

– Défais ton lit, fous les draps dans la machine, et cache tout ton porno. Je vais ranger l'alcool.

Nous nous séparons et nous concentrons chacun sur nos tâches. Vingt minutes plus tard, la chambre d'amis est propre et présentable pour Daisy. Essayer de récupérer les culottes sous le lit est ce qui m'a pris le plus de temps. On sonne à la porte ; je ferme la machine à laver et lance le cycle.

Quand j'arrive dans la cuisine, Lo et Daisy sont déjà en pleine conversation. Ma présence interrompt leur bavardage, et je souris.

– Salut, Dais'.

Je la serre dans mes bras.

– Merci encore de me laisser crécher ici, dit-elle, enlevant son sac fourre-tout de marque de son épaule pour le poser sur le tabouret.

– Pas de souci.

– Tu veux quelque chose à boire ? demande Lo, ses yeux luisant de malice.

Il propose toujours à boire à nos invités, pour que cela ne soit pas suspect qu'il se serve un verre d'alcool. Il me regarde avec un sourire en coin, sachant que je suis dans la confidence.

– De l'eau, ça ira très bien, dit-elle. C'est bizarre de ne pas avoir de personnel ?

– De se servir soi-même, tu veux dire ? demande Lo depuis le frigo. Ça casse les reins.

Il attrape un thermos sur l'étagère et fait glisser une bouteille d'eau vers Daisy.

– Joue pas au con, je lui dis.

Lo passe son bras autour de ma taille, me tirant contre lui. Ses lèvres me chatouillent l'oreille.

– Jamais, souffle-t-il, me dévorant des yeux.

Ma poitrine se comprime. *Ce n'est pas réel. Il joue un rôle. C'est tout.*

– Donc c'est votre appartement, dit Daisy.

Je me détache de Lo. Elle quitte le bar et observe le salon à gauche, le couloir à droite. Il n'y a pas grand-chose de plus. Elle inspecte des photos sur une étagère. J'avais oublié que Daisy n'était jamais venue. C'est celle à qui je parle le moins, principalement parce que c'est la plus jeune et qu'elle n'est pas tellement impliquée dans ma vie. J'imagine que la seule manière d'être proche de moi est de s'injecter dans mon monde, parce que je ne prendrai pas l'initiative d'entrer dans celui des autres. C'est horrible, non ?

– Si vous avez des enfants un jour, il faudra brûler celle-là, dit Daisy en riant.

Elle tient une photo de Lo qui fourre sa langue dans mon oreille pendant que je hurle de dégoût. De toutes les photos, elle a choisi une des seules qui n'a pas été mise en scène. Nous avions seize ans, avant de commencer notre fausse relation.

– Tu ne connais pas le truc du doigt mouillé dans l'oreille ? demande Lo, prenant une grande gorgée de son thermos.

Il le pose sur le comptoir et s'approche de Daisy pour lui prendre la photo des mains. Son sourire s'élargit, transformant son visage en quelque chose de magnifique.

– Tu es censé mouiller ton *doigt*, réplique Daisy comme si Lo était débile, pas mettre ta langue dans son oreille.

– Je suis d'accord, je dis, même si ce n'est pas vrai, pas tout à fait.

Cette image de Lo si proche de moi me donne chaud, ce calvaire est bien plus sexy que je ne voudrais bien l'admettre.

– Oh, vraiment ? dit Lo qui penche la tête en arquant un sourcil, sceptique. Si je me souviens bien, tu ne te plaignais pas ce jour-là. (Il s'approche de moi.) Tu étais toute rouge.

– Je suis toujours rouge, je rétorque.

Je retiens mon souffle tandis qu'il s'approche encore, un sourire joueur se dessinant sur ses lèvres. Je le menace du doigt.

– Non.

Je me retrouve le dos plaqué contre le meuble de la cuisine, acculée dans un coin, et je me demande si c'est réel ou si je suis perdue dans mes pensées et en train de fantasmer. Je n'ai aucune envie de lui échapper et j'oublie ma sœur, qui reste vers le salon et observe des années d'histoire – fausse et vraie – sur les étagères et les tables.

– Retire ce que tu as dit, exige Lo. T'as aimé ça.

– J'ai… pas aimé, je souffle.

Il pose ses mains de chaque côté du plan de travail, de chaque côté de mon corps, sa carrure me prenant au piège.

Je cligne des yeux. Je suis en train de rêver. Je le sais. Ce n'est pas réel. Lo me scrute, il me déshabille de son regard pénétrant, et quand ses yeux trouvent les miens, j'ai l'impression qu'il voit ma confusion quant à ses intentions. Ce qui rend ce jeu d'autant plus amusant pour lui. Du moins, il a l'air d'apprécier.

Puis, sans prévenir, il m'embrasse. Il m'embrasse fort, brutalement. Oh… *ça*, ça ne peut pas être juste dans ma tête.

Le bord du meuble me rentre dans le dos, mais Lo passe son bras autour de moi pour me tirer contre son torse. Son corps se plaque contre mes jambes et ma poitrine, et je succombe à sa langue qui trouve la mienne. Il me caresse le cou de sa large main, et alors qu'il s'approche encore, je m'abandonne à notre avidité, au feu qui nous embrase tous les deux.

Puis il s'écarte et glisse sa langue dans mon oreille. Je hurle, sors de ma transe, et le repousse.

Il rit, de bon cœur, et me tourne le dos pour aller récupérer son thermos. Ses lèvres sont rouges, les miennes me piquent et sont enflées à cause de ce baiser *intense*. Tout ça pour me faire mentir, j'imagine.

– Ce n'était pas nécessaire, je lui dis.

– Tu vas me dire que tu n'as pas aimé avoir ma langue dans ta bouche maintenant ? Je sais que tu aimerais plus que ça. Peut-être ma langue qui lèche ta...

– Arrête, je dis, crispée.

Je regarde Daisy, en train de feuilleter un album photo dans le salon. Quand je me retourne vers Lo, ma mâchoire s'est officiellement décrochée. Il s'essuie le front avec le bas de son tee-shirt noir, délibérément, juste pour que je puisse apercevoir ses abdos dessinés. Ma respiration devient plus lourde, je suis tout émoustillée, mais ce serait le cas quel que soit le mec qui me ferait ça... je crois.

Il se rapproche et passe son doigt dans la ceinture de mon pantalon pour me tirer vers lui.

– Détends-toi, mon cœur, murmure-t-il, à fond dans son rôle. Je te finirai plus tard.

Il me suce la peau du cou, et un gémissement se coince dans ma gorge.

OK, c'en est trop. Je le repousse, trop excitée pour ne serait-ce que l'avertir d'un regard noir qu'il va trop loin – pour qu'il arrête de me taquiner. Lo est doué pour toucher mes points sensibles. Puis je me rappelle Cassie, ses gémissements, comme si Lo était plus sensationnel qu'il ne veut bien l'admettre. Est-il si bon que ça au lit ? *Ne t'aventure pas sur ce terrain-là, Lily. Tu ne pourras pas en revenir.*

Mes nerfs bourdonnent encore. Lo passe inconsciemment sa langue sur sa lèvre inférieure en me regardant rougir de plus belle. Rien que ça, ça fait palpiter le point entre mes jambes, me donne envie de plus. Plus que des baisers et des caresses. Oh purée.

Daisy revient du salon, l'air mal à l'aise. J'espère qu'elle n'a rien vu de tout ça. Je suis une sœur ignoble. Vraiment ignoble.

– Je ne veux pas être dans vos pattes, dit-elle. Je vais aller dans la chambre regarder la télé, si ça vous va ?

– Pas de souci, Dais'.

Je lui montre la chambre d'amis, un doigt pressé contre mes lèvres. Elle disparaît à l'intérieur et jette son sac sur le lit. Quand je ressors, Lo est planté dans le couloir, un pied contre le mur. Il désigne sa chambre – celle que nous sommes censés partager chaque nuit.

Je l'y suis et il ferme à clé derrière nous.

J'installe mon iPod sur l'enceinte sur la commode et mets le son pas trop fort, mais assez pour avoir le sentiment de pouvoir parler librement. Les murs peuvent être fins – les *boum, boum, boum* des aventures sexuelles de Lo et Cassie l'ont parfaitement illustré.

Des vitrines en verre teinté occupent tout un pan de mur. Sur les vingt, sept possèdent des serrures secrètes qui s'ouvrent au moyen d'une clé magnétique. Je traiterais bien Lo de parano, mais l'hiver dernier, j'ai dû expliquer à Rose pourquoi il y avait une douzaine de bouteilles de tequila vidées aux trois quarts planquées sous l'évier. C'était une des pires semaines de Lo, et j'avais essayé de nettoyer derrière lui. Pas assez bien, manifestement.

Rose n'avait pas remis mon histoire en doute, elle s'était seulement plainte que je ne l'aie pas invitée à notre soirée mexicaine. Ce mensonge absurde – que nous avons des amis à inviter chez nous – devrait me faire rire, mais l'idée que Lo ait bu en une semaine autant d'alcool qu'il en fallait pour une grosse soirée me rend triste.

Il se sort un verre et une bouteille contenant un liquide ambré.

Je grimpe sur son lit, le cœur battant encore la chamade. Il ne devrait pas. C'est Lo. Nous sommes censés être ensemble. Nous sommes censés être affectueux l'un avec l'autre, et pourtant, je ne peux pas m'empêcher de me repasser la scène de la cuisine en boucle. Je n'arrête pas de rougir, j'ai chaud, j'aimerais qu'il me prenne, là, maintenant. *Non, non, non. Ne t'aventure pas sur ce terrain-là.*

Je m'adosse à sa tête de lit en chêne et demande :

– Tu peux me préparer un truc ? je demande, la voix rauque.

Je m'éclaircis la gorge. Punaise, qu'est-ce qui cloche chez moi ? Je ne suis pas aussi mal à l'aise avec Lo d'habitude, mais la situation fait enfler mon angoisse et mes désirs. Je croise les jambes et déglutis.

Il me jette un coup d'œil furtif et essaie de camoufler son sourire entendu. Il fait tinter un autre verre contre le sien et pose les deux sur son bureau. Je le regarde ouvrir un autre placard, celui où est caché son mini-frigo. Il en sort des glaçons puis verse tranquillement la liqueur, sans marquer de pause et sans en mettre une seule goutte à côté. Ensuite, il vient de mon côté du lit, sans pour autant s'asseoir. Non, il reste planté là, les deux verres à la main.

– Tu es sûre que c'est ce que tu veux ? demande-t-il d'une voix éraillée.

Une part de moi se demande s'il parle simplement du verre. *Oui, je veux tout.* Je cligne des yeux. Non, il doit parler de l'alcool. *Arrête de fantasmer, Lily.*

– Pourquoi je ne voudrais pas ?

Il s'humecte les lèvres. *Arrête de faire ça.* Je retiens mon souffle.

– C'est fort, dit-il, m'observant de près.

De trop près.

– Je peux encaisser.

Lo fourre le verre dans ma main et se dresse au-dessus de moi. Cette assurance est nouvelle, je n'y suis pas habituée. J'ai presque envie de me lever pour prendre le contrôle de la situation, mais Lo m'empêche de poser mes pieds au sol.

Il s'envoie la moitié de son verre d'un coup, le liquide glissant sans mal dans sa gorge. Il attend que je goûte au mien avant de terminer le sien.

– Qu'est-ce que tu attends ?

Que mon cœur arrête de tambouriner. Je prends une petite gorgée et tousse. Putain de merde. Je m'étouffe dans mon poing.

– Eh, vas-y doucement, me dit-il. Tu veux de l'eau ?

Je secoue la tête et prends bêtement une autre gorgée pour essayer de faire passer la brûlure. Au contraire, ça fait aussi mal.

Il me prend le verre des mains et le pose sur sa table de chevet.

– Fini pour toi.

Je continue de tousser dans mon poing et me maudis d'avoir essayé de me détendre à l'aide d'alcool. J'aurais dû savoir que Lo me concocterait quelque chose de semi-toxique, de trop fort pour tout être humain normal.

Quand je finis par me calmer, je prends une profonde inspiration et m'avachis.

– Tu vas t'asseoir ?

– Ça change quoi que je sois assis ou debout ? demande-t-il sans bouger d'un pouce.

– Tu me rends nerveuse.

– Tu as peur que je te saute dessus ? fait-il avec un sourire perfide.

Il continue de boire. Il a fini son verre et déjà entamé le mien.

Oui.

– Non.

– Alors je ne vois pas où est le problème si je reste debout là.

Ses yeux refont ce truc où ils me détaillent de la tête aux pieds, comme s'il imaginait à quoi je ressemble nue et consentante.

Pour m'efforcer de l'ignorer, j'observe les souvenirs accrochés aux murs et posés sur les étagères. Les seules fois où je m'aventure ici, c'est pour le réveiller ou m'assurer qu'il n'est pas évanoui dans son vomi. Je ne prête pas vraiment attention à la déco. Certains éléments ne sont là que pour appuyer notre montagne de mensonges.

Des comics encadrés ornent le mur en face de moi, suspendus au-dessus de son bureau. Que des Marvel : *Avengers*, *Spider-Man*,

X-Men, *Cable*, *Thor*. Les coins du bas sont dédicacés, souvenirs de nos nombreuses virées à Comic-Con à San Diego.

Nous avons arrêté d'aller à la convention l'an dernier, quand j'ai couché avec Chewbacca, ou du moins avec un fan portant le costume de ce personnage de *Star Wars* – une de mes conquêtes les plus honteuses. Lo n'a pas passé un super moment non plus. Il a bu un truc que lui a donné Captain America. Il s'avère qu'il n'était pas aussi noble que le vrai, puisqu'il avait mis de la drogue dans son verre. Les geeks aussi peuvent être des connards.

– Tu te rappelles quand tu as couché avec Chewbacca ?

Lo a dû suivre mon regard sur l'affiche. Il retourne à son bureau pour se servir un autre verre. Je lui jette un regard blasé.

– Au moins, je n'ai pas accepté de verres de tous les superhéros masqués qui m'ont abordée.

– Ah ouais ? Au moins, moi, je ne fais pas dans la zoophilie.

Je plisse les yeux et attrape un oreiller pour lui jeter dessus de toutes mes forces. *Jamais* ce ne sera mon truc. Beurk. Beurk. Beurk.

Lo esquive le coussin, qui heurte une bouteille de bourbon, la renversant comme une quille de bowling et la faisant tomber au sol. Le visage de Lo se rembrunit.

– Fais gaffe, Lily.

Il ramasse la bouteille, intacte, se comportant comme si j'avais frappé son gosse.

Je ne dis pas que je suis désolée. Ce n'est qu'une bouteille d'alcool. Il en a plein d'autres. Quand mes yeux se posent sur une étagère près de sa tête, mon cœur s'arrête.

– Depuis quand cette photo-*là* est ici ?

Je me lève d'un bond. Il aurait dû la brûler !

Il range ses bouteilles en lieu sûr et tend le cou pour voir ce qui m'a fait réagir de la sorte. Cette photo me gêne tellement que je pousse Lo et tends les bras, sans pour autant parvenir à lui bloquer la vue, puisque la photo est en hauteur et qu'il est bien plus grand que moi.

Ma piètre tentative le fait rire, et il attrape le cadre sur l'étagère sans mal. J'essaie de la subtiliser, mais il la lève dans les airs pour me faire encore plus enrager.

– Jette-la, je demande, plantant mes mains sur mes hanches pour qu'il sache que je suis sérieuse.

– Elle va avec les affiches.

Le souvenir encadré fait étinceler ses yeux.

– Lo, je geins.

Il a raison, la photo va avec le reste. C'était à Comic-Con. Lo et moi nous tenons à côté de découpes en carton grandeur nature de Cyclope et du Professeur X. Je porte un pantalon en latex, un soutien-gorge noir brillant et de longues lames en plastique jaillissent entre mes doigts. J'ai l'air bien plus sûre de moi que je ne le laisse paraître, surtout parce que Lo m'a suppliée d'arrêter de me cacher derrière lui. C'était sa faute si j'étais si légèrement vêtue. Il avait insisté pour que je me joigne à lui pour incarner son intrigue amoureuse préférée des X-Men. Il s'est donc déguisé en Hellion – le jeune Nouveau Mutant doté de télékinésie – en costume en Lycra rouge et noir, et en bonne amie, j'ai joué le rôle de X-23 pour la journée, clone féminin de Wolverine.

Ça ne me plaît pas du tout que la photo se retrouve dans une pièce remplie de dizaines de souvenirs creux. Quelques cadres plus loin, nous nous tenons la main sous la tour Eiffel pendant un voyage familial en France. Faux. Sur une autre photo, il m'embrasse sous un kiosque. Faux. Je suis assise sur ses genoux pendant un voyage en bateau en Grèce. Encore plus faux. Pourquoi doit-on ternir les vrais souvenirs de notre amitié en les plaçant à côté des souvenirs bidon de notre fausse relation de couple ?

– S'il te plaît, je supplie.

– Où vais-je trouver une meilleure preuve que nous sommes en couple ? proteste-t-il.

Il se rapproche de moi, juste pour rendre la situation encore plus gênante. Mon dos heurte son bureau, et je prie pour qu'on ne rejoue pas la scène de la cuisine. Enfin… j'espère un peu le contraire.

– Techniquement..., je dis, les yeux rivés sur son torse. C'est aussi *ma* chambre.

– Ah oui ?

Il repose la photo sur l'étagère au-dessus de moi et, avant que je puisse me retourner pour l'attraper, il me saisit fermement les mains. Tend mes bras dans mon dos.

Oh mon Dieu.

– Lo, je préviens.

– Si c'est ta chambre, alors convaincs-en moi.

– La ferme, je réplique aussitôt, sans savoir pourquoi.

– Ce n'est pas très convaincant.

Il est sérieux ?

– C'est *ma* chambre, je dis catégoriquement, me demandant si cela suffira.

– Vraiment ? dit-il, s'approchant encore. Tu n'as pas l'air si sûre.

J'essaie de récupérer mes mains, mais sa poigne se resserre et il écarte ses pieds pour me piéger contre le bureau. Oui, c'est comme dans la cuisine, mais en pire (ou en mieux) parce que je ne maîtrise rien sans mes bras. Rien du tout.

– Recule.

J'essaie d'adopter un ton déterminé, mais ma voix est trop éraillée, plaintive.

– Qu'est-ce qui te fait croire que c'est ta chambre ? demande-t-il. Tu ne dors pas ici. Tu ne baises pas ici. Tu ne manges pas, tu ne bois pas ici. Qu'est-ce qui fait que cette chambre est autant la tienne que la mienne ?

– Tu le sais, je souffle.

On fait semblant, n'est-ce pas ? Je suis perdue. Qu'est-il pour moi, en ce moment ? Ami ? Petit ami ? Complètement autre chose ?

– Quand tu as passé ce seuil, reprend Lo, tu es entrée chez *moi*. (Son haleine chaude au parfum de bourbon me chatouille le cou.) Tout ce qui est ici m'appartient.

J'ai la tête qui tourne, je suis tout étourdie. Je n'ai pas eu ma dose de sexe aujourd'hui et je déteste ça. Je déteste que mon corps veuille Loren Hale. Peut-être mon cerveau, aussi.

J'essaie de me concentrer. Il le faut.

– Enlève-la, je demande.

– Non, j'aime cette photo, elle reste là où elle est.

Pourquoi tient-il tant à cette fichue photo ?

Avant que je puisse poser la question, il me fait virevolter et colle mon ventre contre le bureau, gardant mes poignets prisonniers, me clouant les bras dans le dos. J'essaie de gigoter pour me libérer, mais il plaque son corps contre le mien, dans une position que j'ai fantasmée à maintes reprises. Comme ça (sans la partie soumission, peut-être), lui derrière moi, son pelvis frottant contre mes fesses. Je suis bouche bée, je meurs intérieurement. Heureusement, il ne voit pas mon expression pantoise.

Je prends une inspiration tendue.

– Tu es cruel, je lui dis.

Il sait que je n'ai pas baisé aujourd'hui. Quand on avait dix-huit ans, il m'a demandé comment c'était de passer une journée sans orgasme, et je lui ai dit que c'était comme si quelqu'un m'enfouissait la tête dans le sable et tirait si fort sur mes bras et mes jambes qu'ils devenaient comme des élastiques tendus, qui ne demandaient qu'à claquer. Être en manque, c'est comme se noyer et s'immoler en même temps.

Il a répondu qu'il comprenait le paradoxe.

– Je sais que tu aimes ça.

Oui, j'adore.

– Lo, je souffle. Si tu ne comptes pas coucher avec moi, il faut que tu arrêtes. *S'il te plaît.*

Parce que je ne crois pas être capable de dire non. Mon corps le veut tellement qu'il tremble sous son poids. Ma tête, elle, est devenue bien plus résistante. Il me taquine. C'est tout. Je ne veux pas me réveiller honteuse de ne pas avoir su m'arrêter. Il ne m'aime pas comme ça. Il ne peut pas vouloir quelqu'un comme moi.

Il me libère et fait trois pas en arrière. Je me masse les poignets et pose mes mains sur le bureau, pas encore prête à lui faire face. Je reprends mes marques – mon for intérieur bien trop tenté dans l'immédiat. Quand je trouve le courage, je me retourne, furax.

– Ça va pas la tête ?

Il ne peut pas se servir du sexe contre moi, pas comme ça.

Il serre les dents, et se sert un verre, prenant tout son temps. Il avale deux grandes gorgées et se ressert avant même de me répondre.

– Détends-toi, dit-il d'une voix traînante. Je ne faisais que plaisanter.

Ses mots me transpercent la poitrine. Ça fait mal. Je sais que ça ne devrait pas. J'aurais voulu qu'il dise : *C'est réel. Je le pensais. Soyons ensemble.* Je le sais maintenant, même si être ensemble apporterait son lot de complications. Au lieu de ça, il a renforcé notre simulacre. Tout ça n'est qu'un mensonge.

– Tu veux t'amuser ?

La colère fait vibrer mon corps. Je me rue vers son bar, prenant la clé magnétique pour ouvrir les placards.

– Eh, eh, eh ! s'écrie Lo.

J'ai à peine sorti deux bouteilles qu'il a sa main autour de mon poignet, sachant que je suis sur le point de les exploser au sol ou de les jeter par la fenêtre. Je n'ai pas encore décidé.

– *Lily.*

Il grogne mon prénom comme si c'était le mot le plus vulgaire du dictionnaire. Nous sommes tous les deux à cran, et ma colère est justifiée. Je le regarde sans ciller. Son visage s'affûte, et je vois presque les engrenages tourner dans sa tête.

– Dis-moi, Lo, je lance sèchement, sans bouger. En quoi est-ce différent de ce que tu viens de me faire ?

Il prend une profonde inspiration, plisse les yeux. Comme toujours, il soupèse chaque mot avant de parler.

– Je suis désolé, d'accord ? C'est ça que tu veux entendre ? Je suis désolé que tu ne supportes pas que je te touche. Je suis désolé que l'idée même de coucher avec moi te révulse. Je suis *désolé* que chaque fois que tu as envie, je sois là.

Je ne peux plus respirer. Je ne comprends pas ce qu'il essaie de me dire. Est-ce qu'il me veut ou est-ce qu'il est furieux que je sois une obsédée sexuelle ? Je me dégage de son emprise et pose précautionneusement les bouteilles sur le bureau. Puis je file me réfugier dans sa salle de bains, verrouillant la porte au moment où il arrive.

– Lily.

Je m'allonge sur le carrelage froid et ferme les yeux, je m'efforce de m'éclaircir les idées. Je commence à me demander ce que je suis encore capable de supporter – ne pas connaître la vérité derrière nos actes, notre relation. Ça me rend folle.

Mon corps tremble, petit effet du manque dû à l'absence de stimulation aujourd'hui. J'essaie de m'endormir pour chasser tout ça, mais la poignée s'agite et la serrure cliquette. La porte s'ouvre. Lo rempoche son passe.

Je ne bouge pas de là où je suis étendue, gardant les yeux rivés sur le plafond blanc.

Lo s'assied à côté de moi, appuyé contre la baignoire.

– Ne t'inquiète pas si Daisy nous a entendus. Les couples normaux se disputent.

Ah oui, les apparences. Le silence s'épaissit. Je suis fière de le faire souffrir un peu.

Il remue sur le sol et plie les genoux contre sa poitrine, passant lâchement ses bras autour.

– Quand j'avais sept ans, mon père m'a emmené dans son bureau et a sorti un petit pistolet argenté.

Il marque une pause, se frotte la bouche avec un petit rire sec. Je garde une expression neutre, bien que l'histoire m'intéresse. Lo poursuit :

– Il me l'a mis dans la main et m'a demandé ce que ça me faisait de le tenir. Tu sais ce que j'ai dit ? (Il se tourne vers moi.) Je lui ai dit que j'avais peur. Il m'a donné une tape à l'arrière de la tête et a dit : « Tu tiens un putain de flingue. Ce sont ceux qui se trouvent de l'autre côté du canon qui devraient avoir peur. » (Lo secoue la tête.) Je ne sais pas pourquoi ça me revient tout à coup, mais je n'arrête pas de penser à ça. La sensation du pistolet lourd et froid dans ma main, moi terrifié d'appuyer sur la gâchette ou de le faire tomber. Et mon père planté là… déçu.

Je me redresse et recule vers le mur opposé pour me mettre face à lui. Il a l'air contrarié, et ce sont les seules excuses dont j'ai besoin venant de lui.

– Tu ne m'as jamais raconté cette histoire.

– Ce n'est pas un souvenir que j'aime revisiter, avoue-t-il. Gamin, j'éprouvais un sentiment d'admiration accablant pour lui ; aujourd'hui, ça me fout la gerbe rien que d'y penser.

Je ne sais pas quoi dire, et je ne crois pas qu'il veuille que je réponde, de toute façon. Le silence se fait de nouveau. Un frisson me parcourt, alors même que j'essaie de le réprimer.

– Tu es en manque ? demande Lo, les yeux chargés d'inquiétude. Tu as besoin de quelque chose ? D'un vibro peut-être ? Ce n'est *pas* gênant…

Je secoue la tête et ferme les yeux, l'excitation non satisfaite intensifiant la douleur dans mes extrémités. Elles se tendent à l'extrême. Je suis un élastique qui ne peut pas claquer.

– Tu peux me parler ? demande-t-il, agacé.

– Un vibro ne va pas aider, je réponds, ouvrant les yeux.

– Pourquoi ? Tu n'as plus de batterie ?

Je lui rends son sourire, même si je ne suis pas d'humeur.

– C'est juste que… ça ne suffit pas. (Il me lance un drôle de regard.) Comme une bière pression.

Il plisse le nez.

– Compris.

Il détaille mon corps, et je détourne la tête pour éviter le caractère intrusif de son regard, qui me donne chaud.

– Je vais… prendre sur moi pour ce soir.

– Tu pourrais sortir, suggère Lo. Si Daisy se réveille et qu'elle te cherche, je peux lui dire que tu as eu… une urgence de groupe de révision puisque tu n'as pas la moyenne en éco.

– Même moi, je n'y crois pas. C'est bon, Lo.

– J'ai pas été cool, je veux t'aider, dit-il, essoufflé. Et il n'y a qu'une seule solution évidente.

J'ai mal au front à force de le plisser. S'aventure-t-il vraiment sur ce terrain-là ? Veut-il vraiment coucher avec moi ? Pour de vrai ?

– Te bourrer la gueule pour que tu arrêtes de penser au sexe. Tu t'effondreras de fatigue, et Daisy sera partie depuis longtemps quand tu te réveilleras demain.

Cette suggestion me prend de court, parce que ce n'est pas ce à quoi je m'attendais ni ce que je voulais entendre. J'aurais aimé qu'il dise : *Couche avec moi, je veux être avec toi, pour de vrai.* Oh oui, avec plaisir, j'aurais répondu. Même si la monogamie m'effraie plus que tout, j'essaierai. Pour avoir Loren Hale. Je crois que je l'ai toujours voulu. Avec lui. Mais je ne suis pas sûre qu'il ressente la même chose.

C'est une déception, mais au moins, c'est une solution.

– C'est une bonne idée.

– Ouais ?

A-t-il l'air déçu que j'accepte ? Je n'arrive pas à savoir.

– Eh bien, heureusement que je connais un expert en alcool. Il va te faire ça bien comme il faut.

– Dis juste à ce type de ne pas me bourrer la gueule au point de dégueuler, je le préviens.

– Vomir est inadmissible, compris.

Nous nous levons, retournons dans la chambre, et ma fébrilité laisse place à un soupçon d'excitation face à la nouveauté – surtout avec lui. Je ne passe jamais la nuit à boire, d'habitude. Lo ne me l'a jamais dit franchement, mais je sais qu'il me préfère sobre. Peut-être pour que je puisse le trimballer en voiture et l'aider à retrouver ses esprits, mais parfois, je crois qu'il y a plus que ça.

Je m'assieds sur le bord de son lit et croise les chevilles.

– Tu vas me préparer un truc que je peux boire ?

– Je dois avoir du rhum aromatisé quelque part. Ça passera plus facilement.

Il passe quelques minutes à me concocter un *énorme* cocktail, dans une gourde surdimensionnée.

– Beurk, je dis en prenant le mélange. Est-ce que je vais crever ?

– Il y a plus de Fizz Light que de rhum là-dedans, promis.

Je prends une petite gorgée pour goûter, puis, sentant que ça ne me brûle pas la gorge, j'en prends une plus grande. Son sourire s'élargit.

– C'est bon ?

– Ça a un goût de noix de coco.

– C'est le rhum.

Il se laisse tomber sur le lit à côté de moi, un verre de whisky plus raisonnable à la main, prenant des gorgées plus mesurées. En quelques minutes, je descends ma boisson, mais je ne sens pas grand-chose. Peut-être qu'il faut un peu de temps pour que ça monte.

Je regarde Lo. Sa façon de me dévisager, captivé, m'embrase tout entière. Je le veux sur moi. En moi. *Bordel.*

– Encore, je demande. Peut-être que je devrais prendre des shots.

– Je ne connais pas ta limite, dit-il en se levant. Et le but est de ne pas te rendre malade, je te rappelle.

Il me prépare un autre cocktail léger. Je peux à peine le regarder sans imaginer son corps sur le mien.

Je le rejoins au bureau et attrape un verre à shooter.

– J'ai besoin d'un truc un peu plus fort en alcool.

Avant qu'il puisse protester, je verse un peu de son whisky dans le verre.

– Un shot de whisky ? dit-il, haussant les sourcils. Vraiment ? Tu vas dégobiller, Lily.

Je plisse les yeux d'un air de défi, puis envoie la liqueur dans le fond de ma gorge.

J'ai un haut-le-cœur. Que j'arrive à réprimer sans tout recracher.

Il penche la tête sur le côté, genre *je te l'avais dit.*

Je porte une main à mon cou.

– C'était horrible. Je crois que mes entrailles sont en feu.

J'essaie de m'éclaircir la gorge.

– Tu exagères.

Il me sert un shot d'un alcool transparent puis un autre d'autre chose, puis brandit les deux bouteilles.

– Vodka. Jus de cranberry.

Je hoche la tête, bois le premier, et le chasse avec le second. Ah, beaucoup mieux.

Il me regarde en secouant la tête.

– Tu as fini ?

Je laisse courir mes yeux sur ses abdos, et le point entre mes jambes se contracte. *Non, non, non.*

– Un autre.

Je l'entends à peine marmonner :

– C'est stupide.

Dis donc, c'était son idée ! Mais je vois bien qu'il la remet en question. Sérieusement. Une heure plus tard, après un autre verre et quelques shots supplémentaires, je me dirige vers le lit et le monde tout entier tourne. Holà.

Je crois que ça monte, cette fois.

Je me laisse tomber sur le matelas sur le dos. Je ne vois pas mes pieds. Tout tourbillonne, et je ne pense… plus du tout… au sexe. Bordel, je ne crois pas que mon corps soit capable de bouger de son plein gré dans l'immédiat. Je suis allongée sur le lit et regarde Lo qui s'affaire au ralenti dans la chambre, nettoyant les taches et mettant les bouteilles sous clé.

– Lo… ren, je dis, et son prénom est étrange sur ma langue. Ren… lo.

Je souris bêtement.

– Je suis content que tu trouves mon prénom aussi amusant que tes sœurs, dit-il.

Il verrouille le dernier placard, puis s'assied à côté de moi. Je ferme les yeux.

– Comment tu te sens ?

– Ça tourne, je murmure.

– N'y pense pas. Tu crois pouvoir ramper sous la couette ?

– Hmm ?

Tout s'estompe peu à peu. Et je dérive dans l'obscurité.

Je ne sais pas quelle heure il est. Tout ce que je sais, c'est qu'un monstre grogne dans mon ventre et qu'il veut sortir. Je suis sous la couette de Lo. Je ne me rappelle même pas m'être glissée dessous ni avoir posé la tête sur l'oreiller. Lo dort de l'autre côté, face à moi, gardant ses mains pour lui.

Je détermine si je me sens mal ou non. L'effort de me traîner jusqu'à la salle de bains semble éprouvant, pénible, bien trop ardu pour ma tête et mon corps. Mais j'ai dépassé le simple stade de la nausée, là. Le contenu de mon estomac commence à remonter.

Il faut que je me lève.

Je me précipite dans la salle de bains et soulève la lunette des toilettes. Tout ce que j'ai bu apparaît dans la cuvette comme par magie.

– Lily ?

Lo allume la lumière de la salle de bains.

– Merde.

Il passe un gant de toilette sous le robinet et vient s'agenouiller derrière moi.

Je n'arrête pas de vomir, mais chaque fois, je me sens un peu mieux.

Il me frotte le dos et écarte mes cheveux de mon visage. Au bout de quelques minutes, je n'ai plus que des haut-le-cœur, plus rien à vomir. Il tire la chasse et m'essuie la bouche avec le gant de toilette.

– Je suis désolée, je marmonne.

Je m'apprête à poser ma joue sur l'assise des toilettes, mais il me fait doucement basculer contre lui. Je pose ma tête contre son torse.

– Ne t'excuse pas, dit-il, l'air attristé.

– Lo ? je murmure.

– Oui ?

– S'il te plaît… ne bouge pas, d'accord ?

L'idée de me lever ou de déplacer mon corps pourrait me faire replonger la tête dans la cuvette.

– Je ne bougerai pas.

Il enroule ses bras autour de moi, me tenant au chaud sur le carrelage froid. Nous restons longtemps dans cette position. Je commence à m'endormir, les paupières lourdes. Puis j'entends sa voix, si basse que je crois avoir inventé ses mots.

– J'aurais dû simplement coucher avec toi.

Chapitre 12

La lumière du soleil me brûle les yeux. Je les plisse et me redresse, essayant de remettre mon monde à l'endroit. *Où suis-je ?* est la première question angoissante que je traite. J'identifie l'édredon couleur champagne, mes deux jambes en dessous, mes cheveux tirés en queue de cheval, et des petits flashs de la nuit me reviennent.

Lo m'a portée depuis la salle de bains jusqu'au lit, m'a bordée et a écarté mes cheveux dégoûtants de ma bouche. Je crois qu'hier soir je lui ai arraché une bouteille de whisky des mains. Malgré ses protestations, j'ai sifflé l'alcool comme une idiote. Je suis *ce type* de bourrée.

Je pousse un grognement lourd de fatigue et de honte. Aucune voix hostile ne venant se moquer de mon râle d'ours, je fronce les sourcils et regarde du côté droit du lit. Vide, à l'exception d'une empreinte de fesses notable. *Il a un beau cul.* J'enfouis mon visage dans l'oreiller et grogne plus fort. Je m'en veux de penser ça.

J'essaie de ne pas m'attarder sur les trucs stupides que j'ai pu dire ou faire en état d'ébriété. Je me frotte les yeux et m'assieds, mais un morceau de papier épinglé à mon tee-shirt, qui est en fait *son* tee-shirt, me distrait. *Il m'a changée ?* je pense. J'ai dû dégobiller sur mes propres habits.

Mes joues s'empourprent quand je prends le papier et le lis en vitesse. Le mot a été griffonné si vite qu'il est presque illisible. J'écarquille les yeux, horrifiée.

– Putain, quoi ?

Les parents sont là. Lève-toi, bordel.

Que font mes parents ici ? Savent-ils que Lo et moi ne sommes pas vraiment ensemble ? Pensent-ils que Lo est un alcoolique ? Vont-ils l'envoyer en cure de désintox ?

Je me lève sur deux pieds tremblants et trouve un verre d'eau et quatre aspirines sur le bureau. Reconnaissante, je les avale et me mets en quête de vêtements potables. Son placard n'est pas très fourni, mais j'y garde quelques tenues en cas d'urgence vitale.

J'enfile à la hâte une robe lavande pour impressionner ma mère, puisque mes cheveux gras vont me coûter quelques points. Après m'être lavé les dents quatre fois, passé un stick de déo sous mes aisselles, et pincé les joues pour un fard naturel, je trouve le courage de quitter le sanctuaire de la chambre de Lo.

Je prends une inspiration brusque, les voix résonnant sur les murs du couloir depuis le salon.

– Où est-elle, Loren ? La matinée est presque finie, gémit ma mère.

J'aimerais qu'il puisse avoir recours à l'excuse d'une maladie quelconque, mais chez les Calloway, être malade, c'est avoir besoin d'un séjour prolongé à l'hôpital. Sinon, vous êtes tout à fait capable d'exister dans le monde des vivants.

– Je vais aller voir, dit Lo d'une voix tendue.

J'entre dans le salon au moment où il se lève du canapé.

– Ah, la voilà, s'exclame mon père avec un sourire éclatant.

Ma mère et Daisy sont assises sur le canapé, toutes deux en jolies robes à motif floral. Tout le monde se lève quand j'entre, comme si j'étais une reine. Puis je repère les valises et bagages

Hermès contre le mur. C'est un ensemble assorti. Qui appartient à Lo et moi.

Que se passe-t-il, bordel ? Ils savent, c'est ça ? Ils nous envoient loin d'ici ! Peut-être dans un centre de désintox reculé. Nous serons séparés. Seuls. Pour de vrai.

Alors que je porte une main tremblante à ma bouche, à deux doigts de me remettre à vomir, Lo se précipite à mes côtés et explique :

– C'est le week-end d'anniversaire de ton père.

J'essaie de respirer. Hausse les sourcils, surprise.

Ma mère tripote ses perles, qui enserrent son cou émacié.

– Bon sang, Lily, ça fait des mois que je te le rappelle. Nous allons sur le yacht aux Bahamas pour fêter ça.

Je n'ai jamais été douée pour les dates et le planning des autres. Je me tourne vers Daisy, qui semble regarder tout sauf moi.

– Pourquoi tu ne me l'as pas dit ?

La mâchoire de Lo se crispe, et je me rends compte que quelque chose m'échappe. Daisy s'éclaircit la gorge, gardant les yeux rivés sur le tapis.

– Je savais que tu inventerais une excuse… on s'est tous mis d'accord…

Elle ne finit pas sa phrase. Je comprends tout à coup. Elle a menti. Elle n'avait aucune envie de venir hier soir. Je n'étais pas vraiment sur sa liste de « sœurs à appeler à l'aide ». C'était un coup monté.

– Nous savions tous que tu allais oublier, clarifie ma mère. C'est un voyage important pour ton père. Il travaille dur en ce moment, et nous voulons que *toute* la famille soit présente. Si cela impliquait de faire passer la nuit ici à Daisy pour que tu ne puisses pas te défiler ce matin, eh bien tant pis. Maintenant, tu es réveillée, et nous devons y aller. Rose et Poppy attendent déjà à l'avion.

J'imagine que nous allons prendre l'avion pour la Floride pour embarquer sur le yacht pour les Bahamas.

J'ai la tête qui tourne, des excuses au bout de la langue, n'importe quoi pour esquiver cet événement familial. Anniversaire de mon père ou pas, ils n'auraient pas dû me piéger ainsi.

Lo passe sa main sur mon bras.

– Ça va ? murmure-t-il pour que moi seule l'entende.

Il pense peut-être que je vais encore dégobiller.

Je hoche la tête, même si la nouvelle a été une vraie gifle.

– Souris, Lily. Tu as l'air terrorisée.

Je suis son conseil, adressant un petit sourire à ma mère. Ses épaules restent tendues, mais ses lèvres tressautent en signe de reconnaissance. Ça suffira.

Ce n'est qu'une fois qu'ils sont partis de l'appartement que je prends conscience d'une chose. Ça fait plus de vingt-quatre heures que je n'ai pas baisé et que Lo n'a pas consommé sa dose d'alcool habituelle, puisqu'il m'a surveillée toute la nuit. Et nous sommes sur le point d'être séquestrés sur un bateau. Avec ma famille.

Tout ça ne me dit rien qui vaille.

Chapitre 13

Je tente des milliers d'excuses différentes avant de monter à bord du yacht. Lo et moi avions prévu une double date avec Charlie et Stacey. Je suis à la ramasse en cours d'éco (vrai) et je dois réviser pour le prochain examen (encore plus vrai). Rien ne prend.

Après avoir vomi par-dessus bord, j'admets être en gueule de bois et adopte la défense « j'ai bu trop de vin hier soir ». Ma mère est loin d'être ravie, mais cela me donne champ libre pour boire ouvertement le remède anti-gueule de bois de Lo. Je ne demande pas ce qui compose le breuvage marron, de peur de me remettre à gerber.

Lo, lui, a un verre de Fizz dans la main droite. J'étais avec lui tout à l'heure quand il a glissé cinq cents dollars en douce au barman pour qu'il remplisse son verre aux trois cinquièmes de bourbon chaque fois que Lo commande un soda. Cette somme couvre aussi les bouteilles d'alcool qu'il a demandé à faire livrer dans notre cabine. C'est un malin.

J'admire sa ténacité, mais ne me sens pas spécialement solidaire. Je suis allongée sur le pont, avec le ventre en vrac et une migraine lancinante, une serviette sur la tête pour protéger mes yeux sensibles des rayons du soleil, en soulevant un coin pour voir ce qui m'entoure. Le soleil tape sur ma peau claire. Je sais que je vais rôtir sous cette chaleur, malgré la crème solaire indice 15. J'espère en secret que je vais cramer. Ça me permettra peut-être de me sauver de ce foutu bateau.

– Tu te sens mieux ? demande Poppy en tirant une chaise longue près de celle de Lo.

Je prends sur moi pour *ne pas* lorgner ses abdos et son corps musclé en train de cuire au soleil. Lui ne bronzera certainement pas, avec son indice 90.

Poppy étale sa serviette Ralph Lauren et chausse une énorme paire de lunettes de soleil et un chapeau souple avant de s'asseoir.

– Non, je lui dis. Où sont les autres ?

– Encore à table à l'intérieur. Tu es sûre que tu ne veux rien ? Je peux t'apporter un sandwich.

Je grogne rien que de penser à des odeurs de nourriture.

– C'est un non, alors.

Je hoche la tête.

– C'est un non.

Rose et Daisy ont toutes deux mérité des badges de Brutus pour m'avoir piégée l'une et l'autre, et ma mère n'arrête pas de me lancer des regards pénétrants. Elle doit espérer que je me transformerai en pierre.

– Tu crois qu'ils le remarqueraient si je sautais par-dessus bord ?

Je me redresse et me pince le nez avant de prendre une grande gorgée de la boisson anti-gueule de bois. Je réprime un haut-le-cœur. Dégueu.

Lo ne dit pas un mot, il dort profondément, son bourbon-Fizz encore au creux de la main. Je me demande s'il a veillé toute la nuit pour s'occuper de moi. Je retire précautionneusement le verre de ses doigts serrés pour qu'il ne se le renverse pas dessus.

– Ce n'est pas si mal ici, dit Poppy en ouvrant un livre.

Elle se détend ; si j'étais elle, capable de profiter du soleil, de lire, de regarder dans le vide et de rêvasser de tout et n'importe quoi, moi aussi, je trouverais ça agréable. Mais les yeux rivés sur le vaste océan infini, j'imagine mon corps oscillant sur celui d'un autre. Je recrée dans ma tête le sentiment de béatitude de l'orgasme. L'ascenseur. L'homme en costume. Les coups de reins. Tout est implanté là, à m'intimer de ressentir une sensation familière encore et encore et encore.

Je ne peux pas. Pas ici. Je me retrouve à désirer une chose qui ne viendra jamais.

La porte coulissante s'ouvre dans un souffle et Rose sort, une tequila sunrise à la main. Elle passe un bon moment à traîner sa chaise longue devant les nôtres, les pieds raclant le sol. Une fois le transat pile comme elle veut, Rose étale une serviette bleu clair et s'assied, face à moi.

– Tu veux que j'aille t'en chercher un ? me lance-t-elle, taquine, en brandissant son cocktail.

– Très drôle.

Mon ventre gargouille, encore sensible.

Lo aurait pu descendre des cocktails fruités toute la journée sans éveiller les soupçons, mais il déteste les mélanges sucrés. Et il préfère ne pas attirer l'attention sur lui. Il descend ses verres si vite que les gens se douteraient forcément qu'il a repris ses vieilles habitudes de beuverie et de fête, avant qu'on se mette ensemble. Évidemment, elles n'ont jamais vraiment cessé – les soirées étudiantes, peut-être, mais pas l'alcool. Mais ça, personne ne le sait.

– Il t'a fait boire ? demande Rose en zieutant la silhouette endormie de Lo comme si elle pouvait le planter avec des aiguilles vaudoues.

– Non, je mens. Il a même essayé de me modérer.

Semi-vrai.

Rose, l'air sceptique, donne un coup de pied dans la chaise longue de Lo pour le réveiller de sa sieste. Il sursaute, surpris.

– Sérieusement ?

– Rose, je dis en secouant la tête. Il était fatigué.

– Vraiment ? Je n'avais pas remarqué.

Lo lisse ses cheveux en arrière et marmonne quelques insultes dans sa barbe. Puis il redresse sa chaise longue en position assise.

– Regardez ce que le bon vent nous amène.

– Quoi ? s'emporte Rose.

Lo hausse les sourcils, perplexe.

– Quoi *quoi* ?

– Qu'est-ce qu'il a amené, le bon vent ? Va au bout de ta pensée si t'as les couilles.

– T'as raison, j'ai perdu mes couilles. Tu as gagné.

Lo regarde autour de lui, à la recherche de son verre. Je lui tends ; il semble apprécier que je l'aie gardé en sécurité. Il en vide la moitié.

Il n'a pas besoin d'aller au bout de sa pensée. Je suis presque sûre qu'il voulait la traiter de garce, ou du moins le sous-entendre de la manière la plus vague possible.

Poppy dit :

– Je crois que tu es en train de prendre un coup de soleil, Lily.

Oh, gé-nial. L'inquiétude maternelle de Poppy va ruiner mon projet de brûler vive.

Elle me jette un flacon de crème solaire.

– Nan, ça va. Je prends des coups de soleil et après je bronze. Et puis, j'ai bien besoin de prendre des couleurs.

Je remonte mes lunettes aviateur sur mon nez.

Rose pouffe.

– Ça faisait longtemps que je n'avais pas entendu un truc aussi débile.

– C'est faux, je contre. Je suis presque sûre que Maria a dit que le ciel était en réalité orange. Tu étais là.

– Paroles d'enfants exceptées.

Lo sourit.

– Oh, Rose qui fait preuve de favoritisme envers les enfants. Que se passe-t-il ?

Elle *me* fusille du regard.

– Je t'en veux de l'avoir emmené. Poppy a eu la décence de laisser homme et enfant à la maison.

Lo finit son verre.

– Je suis là, tu sais.

Rose l'ignore, attendant que je réponde.

– Ce n'est pas comme si j'avais un enfant dont Lo doit s'occuper. Si Maria n'était pas née, Sam serait là, n'est-ce pas Poppy ?

Poppy demeure impassible.

– Je refuse de prendre part à votre débat.

Parfois, être la Suisse dans ces disputes familiales est super agaçant pour les autres.

Lo pose son verre et ramasse la crème solaire. Je crois qu'il va en remettre sur sa peau d'Irlandais, mais il se lève et repousse mes jambes contre ma poitrine. Il se met à califourchon sur mon transat, sans remarquer que ses gestes me serrent la poitrine, rendent ma respiration superficielle et font accélérer mon cœur.

Ne portant qu'un maillot de bain tout fin, je me sens prête pour *plus*. Le soleil imprègne ma peau, sa chaleur enivrante, étourdissant mes pensées. Je me laisse porter par cette exaltation. Mes orteils s'enroulent alors que j'essaie de réprimer mes émotions, qui vont certainement exploser tôt ou tard. J'ai besoin de lui. J'ai besoin de libérer tout ça, mais je ne sais pas comment poser la question sans que ce soit gênant. C'est tellement différent de lui procurer du scotch et du rhum. Je veux son *corps*. Ce n'est pas rien.

– Je peux le faire, je dis, ma respiration irrégulière alors qu'il ouvre le bouchon.

Rose ajoute :

– Je ne t'en apprécierai pas plus, *Loren*.

– Je sais, dit-il, lui tournant le dos. Et franchement, je m'en tape, *Rose*.

Oui, non, insister sur son prénom n'a pas l'effet voulu. Lo verse de la crème dans sa main, et je me recroqueville.

– Vraiment, je peux le faire moi-même.

Il écarquille les yeux, l'air de dire : *On est censés être ensemble, imbécile.* Ah, oui.

– Laisse-moi t'en mettre sur les épaules.

Il se rapproche et prend mon bras dans sa large main. Pétrit ma peau sensible de ses doigts.

Je ferme les yeux pendant qu'il applique la crème plus bas, sur mes côtes, soulevant un côté de mon haut de bikini noir pour en mettre en dessous. Il sent la façon dont ma poitrine se soulève et s'abaisse, ma respiration lourde et laborieuse.

Il me retourne, à plat ventre contre la chaise longue. Puis il se penche et étale de la crème sur mes omoplates et dans mon dos. Il déclipse mon bandeau, et je m'abandonne à ses caresses. *Putain de…*

La porte coulissante s'ouvre dans un autre *woosh.*

– L'un d'entre vous veut-il quelque chose ? demande un serveur.

Il porte une chemise blanche et un pantalon noir, l'uniforme de service sur le yacht. Approchant la trentaine, il a les cheveux dorés et un visage anguleux qui lui donne un air trop angélique, trop beau, trop désirable pour mon corps palpitant.

– Je veux bien un verre, pépie Poppy.

Non. Faites-le partir !

– Qu'est-ce que vous avez ?

Pendant qu'il liste le menu exhaustif, Lo continue de pétrir ma peau, me massant avec ses pouces. Oh… c'est bon.

J'agrippe la serviette sous ma tête, quelque chose de *mal* monte en moi. Je veux dire à Lo d'arrêter, mais je ne suis pas sûre de pouvoir le dire sans haleter.

Je serre les dents alors que ses doigts se plantent plus profond dans ma chair puis volettent avec légèreté sur ma peau, jouant avec mes désirs. Je le déteste. Je m'en veux de ne pas pouvoir résister.

Mon regard trouve le séduisant serveur, et je perds complètement pied. J'empêche mon dos de se cambrer, mon corps de ruer, je ferme les yeux avant qu'ils roulent dans leur orbite. Un grognement étouffé m'échappe alors que je sens l'orgasme arriver. Je pense que mes sœurs ne l'ont pas remarqué, mais quand je rouvre les yeux, affreusement gênée, le serveur croise brièvement mon regard, puis m'observe de la tête aux pieds. Il sait.

J'enfouis mon visage dans la serviette. *Disparais*, j'ordonne. Puis j'entends la voix de Lo.

– Hé, vous.

Les chaussures du serveur cliquettent sur le sol, venant vers nous. Quoi ? ! Que fabrique Lo ?

– Qu'est-ce qui vous ferait plaisir ?

– Que vous arrêtiez de reluquer ma copine, dit Lo avec un sourire amer. Ce serait super, merci.

– Lo ! s'écrie Poppy.

Rose est morte de rire. Le monde a perdu la boule. Et je refuse de le regarder, me cachant sous ma serviette, seins nus, la poitrine écrabouillée contre le transat.

– Je ne la reluquais pas, se défend le serveur d'une voix tendue, trahissant ses émotions. Si vous voulez quelque chose à boire, je serais ravi de vous l'apporter. Sinon, je vous laisse.

– Super, dit Lo. Je prendrai un Fizz.

– Vous voulez dire un bourbon avec du Fizz ? rétorque l'autre d'un air de défi.

Et *merde*.

– Non, je veux dire un Fizz normal.

Le serveur réplique :

– Mais vous avez bu du bourbon toute la journée, monsieur Hale. Vous êtes sûr de ne pas en vouloir un autre ?

– Tu as bu de l'alcool fort *toute la journée* ? répète Rose d'une voix soudain neutre.

– Non, je démens avant que Lo puisse le faire.

Je jette un regard noir au serveur par-dessous ma serviette, trouvant une once d'assurance, pour le bien de Lo.

– Vous devez vous tromper. J'ai goûté à son verre.

Le serveur m'observe longuement, essayant de déchiffrer mon expression, et je m'efforce d'adoucir mon regard, comme pour lui dire que je lui revaudrai ça. Ou quelque chose dans le genre. Tout ce qu'il voudra. Sérieux, j'ai gémi en le *regardant* énumérer la carte des boissons. Et il l'a vu. Je me raccroche à ça à défaut d'autre chose.

– D'accord, dit le serveur.

Il se concentre de nouveau sur Lo avec une expression entendue, satisfaite, pensant qu'il me mettra dans son lit plus tard et ridiculisera ce connard de riche. Je n'ai pas envie qu'il le fasse, mais je crains le contraire. Et je le laisserai faire.

– Je vais vous chercher votre verre...

– Non, dit Lo en rattachant mon haut de maillot. Je préfère ne pas boire un soda dans lequel vous aurez craché, et on sait tous que c'est ce qu'il va se passer. Disparaissez.

– Vous pouvez annuler ma commande, renchérit Poppy. Je pense qu'il vaut mieux que vous restiez à l'intérieur.

Le serveur hoche la tête et disparaît.

Je me lève instantanément.

– Je vais aux toilettes, puis peut-être que j'irai faire un tour à la piscine.

Les mots semblent précipités, mais personne ne les remet en question, à part Lo. Il récupère ses affaires et me suit jusqu'à notre cabine.

Je ne le regarde pas. Je file dans la minuscule salle de bains et fais couler l'eau de la douche, réglée au plus froid.

J'entends des bruits de verre, et je me retourne : il boit du whisky directement au goulot. Il se lèche les lèvres et s'essuie la bouche du revers de la main, l'air en rogne. Quand ses yeux croisent les miens, il demande :

– Tu as eu un orgasme ?

Mon corps tout entier rougit. Je marmonne :

– Pas vraiment.

Il hoche la tête pour lui-même, regardant le sol.

– C'est moi ou lui qui t'a excitée ?

Je fronce les sourcils.

– Ça change quelque chose ?

Cette situation me met déjà bien assez mal à l'aise.

– Tu n'aurais pas dû me chauffer comme ça, Lo. Je suis déjà assez tendue.

– J'essayais de t'aider, crache-t-il.

– En me donnant envie de baiser sur le solarium ? ! je crie. Ça ne m'aide *pas*. Tu as empiré les choses.

Son visage se tord, vexé, en colère. Il se laisse tomber sur le bord du lit double et porte de nouveau la bouteille à ses lèvres. Puis il dit :

– Si tu couches avec ce connard, c'est fini entre nous.

Dans l'encadrement de la porte de la salle de bains, j'hésite.

– Quoi ?

J'ai une toute petite voix. Il parle de notre amitié. Je le devine à ses yeux vitreux, rougis.

Il laisse ses mots planer dans l'air pendant que je flippe intérieurement, imaginant un monde sans lui. Si seule.

– Qu'est-ce que tu veux dire, Lo ?

Mon cœur bat à tout rompre.

– C'est fini, dit-il. Tu crois que ta famille acceptera que tu m'aies trompé avec un employé ? Non, il faudra qu'on rompe.

Notre fausse relation, c'est de ça qu'il parle. Je soupire.

– Je ferai attention.

Il plisse les yeux, remonté.

– Alors tu vas coucher avec lui ?

Je hausse les épaules.

– Je n'ai pas tellement le choix.

Il secoue la tête.

– J'en reviens pas, putain.

Il se lève, la bouteille à la main, et me tourne le dos.

– Tu ne comprends pas, je dis, essayant de défendre ce que mon corps désire coûte que coûte. Je ne peux pas m'empêcher d'y penser, Lo. J'ai les jambes qui tremblent. Les mains qui tremblent. J'ai l'impression d'être dans un blender. J'ai juste besoin que quelqu'un…

– Arrête, me coupe-t-il, abattu. Juste… arrête.

Je suis paumée.

– Qu'est-ce que tu veux que je fasse ? Je ne peux pas m'en passer. Tu es en train de boire ! Pourquoi je ne peux pas baiser, moi ?

C'est tellement injuste.

– Parce qu'on est censés être ensemble ! hurle-t-il. Tu es censée être *ma* petite amie.

Avant que je lui demande de développer, il se rue vers la porte, fuyant délibérément mes questions.

– Je serai à la piscine.

Chapitre 14

Je passe la majeure partie de la journée à trembler sous la douche, à me forcer à oublier Lo, le serveur et autres parties du corps. La masturbation ne fait que me frustrer ; je me laisse tomber sur le carrelage froid, sanglotant pour chasser la douleur.

Lo m'embrouille complètement. Veut-il être avec moi ? Ou a-t-il seulement peur que je ruine notre mensonge ? J'ai beau me les répéter, je ne trouve pas de sens à ses paroles.

Je saute le dîner, mais Rose débarque dans ma chambre et frappe à la porte de la salle de bains.

– Qu'est-ce que tu fais là-dedans ?

Je ferme le robinet et enroule une serviette autour de ma peau mouillée et toute ridée. Quand je sors de la salle de bains, elle jauge mon état. Je marmonne :

– On s'est disputés.

– Lo et toi ? (Ses yeux deviennent plus sévères.) Qu'est-ce qu'il a fait ?

Je secoue la tête.

– Je ne sais même pas.

J'ai de nouveau les larmes aux yeux.

– Quel enfoiré, dit-elle en allant vers ma valise. Je savais que quelque chose n'allait pas au dîner.

Est-ce qu'il avait l'air ivre ? Mon cœur se serre à l'idée que Lo boive pour oublier à cause de moi.

– Comment ça ? je demande.

Elle trouve mon maillot de bain anthracite et me le tend.

– Il était très silencieux, dit-elle, sans faire de commentaire méprisant. Il est sorti de table tôt et je l'ai aperçu assis sur le ponton à regarder le coucher de soleil.

– Oh, je souffle, jouant avec le maillot. C'est pour quoi, ça ?

– Poppy, Daisy et moi allons dans le jacuzzi. Je me disais que tu pourrais te joindre à nous.

– Je ne me sens pas très bien…

– Je sais, mais peut-être qu'être entourée de gens qui t'aiment te fera du bien.

Je ne parle pas de mon cœur brisé. Mes mains tremblent alors que je tiens le bikini, je ne sais pas combien de temps je peux encore tenir sans baiser. Il faut que j'aille trouver le serveur, mais l'expression de Lo m'empêche de passer à l'acte. Je ne veux pas le trahir, et s'il y a quelque chose entre nous – ou ne serait-ce qu'une chance que quelque chose existe – je ne veux pas tout gâcher. Pour rien au monde. J'ai peur de le faire d'une manière ou d'une autre.

Je n'ai pas la force de me disputer avec Rose. Je laisse donc tomber la serviette pour enfiler le maillot.

– La dispute était sérieuse ? demande-t-elle en s'asseyant sur le lit, jambes croisées.

Je lui jette un regard blasé.

– Tu pourrais au moins cacher ta joie.

– Quoi ? Je ne me réjouis pas de ta tristesse, mais je ne vais pas faire comme si une éventuelle séparation me contrariait.

Je noue les bretelles autour de mon cou.

– Pourquoi tu le détestes à ce point ?

– Je ne le déteste pas. Il m'énerve, mais je ne le *déteste* pas. Peut-être juste que je ne l'apprécie pas. (Elle passe ses doigts sur le couvre-lit nautique.) Je ne suis pas sûre qu'il soit bien pour toi. Est-ce si mal de penser que tu mérites mieux ?

– Non, je murmure. Mais Lo et moi… (Je cherche les bons mots.) Peut-être qu'on n'est pas bien l'un pour l'autre, mais parfois, j'ai l'impression que c'est le seul homme qui pourrait jamais m'aimer.

Et c'est la vérité. Parce que qui pourrait aimer ça ? Une fille qui couche à droite à gauche. Une pute. Une salope. Une ordure à mettre à la rue. C'est ce que tout le monde voit.

– Tu as une piètre opinion de toi-même, dit Rose en se levant. Si tu ne t'aimes pas, Lily, comment quelqu'un peut-il t'aimer ? (Elle passe un bras autour de mes épaules.) Et tu n'as pas besoin d'un mec pour te satisfaire. J'aimerais que tu t'en souviennes.

Et moi, j'aimerais que ce soit vrai.

Les étoiles étincellent au-dessus de nos têtes tandis que mes sœurs et moi faisons trempette dans le jacuzzi bouillonnant à la proue du bateau. À cette heure tranquille, nous avons l'impression d'être seules au monde.

Cela fait trente minutes que j'y suis et je sais déjà que c'est une mauvaise idée. Le jet dans mon dos ne fait qu'entraîner mes fantasmes en des lieux sombres et sensuels. Mon esprit a dérivé tant de fois que je suis surprise de ne pas m'être endormie, aux prises d'un rêve érotique torride.

Les seules choses qui me gardent présente sont les jeux de mes sœurs, comme « Je n'ai jamais » – au cours duquel on apprend que Rose et Daisy sont encore vierges. Tant mieux pour elles. Heureusement, Rose tient la discussion loin de Lo et des relations. Grosso modo, j'écoute Daisy parler de sa semaine à Paris et des beaux mannequins, ce qui n'aide pas ma cause.

Puis j'entends le claquement de chaussures sur les planches en bois. Je regarde par-dessus mon épaule et m'efforce de ne pas soupirer, gémir, ou faire quoi que ce soit d'autre en voyant s'approcher le serveur canon. Il dépose quatre serviettes pour nous et croise mon regard, un signal clair, avant de repartir.

Nous y voilà. J'ai envie de dire non, mais j'ai peur de ce qu'il se passera si je n'ai pas de relation sexuelle. Et Lo n'a pas proposé. Donc...

Voilà. Je fais semblant de bâiller.

– Je vais aller me coucher, les filles.

Rose me regarde sortir.

– Ça va aller ?

Je hoche la tête.

– Ouais. Il faut que j'aille parler à Lo, de toute façon.

– Si tu as besoin de renfort, je serais ravie de te prêter mes ongles, dit-elle avec un sourire, que je lui rends sans mal.

– Je t'appelle si besoin.

Il n'en faut pas plus. Je me faufile à l'intérieur du yacht ; le serveur traîne près du bar, parlant à voix basse au barman, plus âgé. Il me regarde de la tête aux pieds, puis je descends vers les cabines, jetant un coup d'œil derrière moi pour vérifier qu'il me suit.

C'est le cas.

À chaque pas, je sens mon destin se profiler. Vais-je ruiner notre fausse relation ? La paranoïa de Lo subsiste dans mon esprit. Et si tout ça ruinait notre amitié ? Ou tout avenir ensemble, la possibilité de plus entre nous ? Je chasse cette idée. C'est un jour comme un autre. Lo sera heureux que je me sente mieux, et il sera content que je me sois satisfaite en toute discrétion. Ça ne changera rien. *Ça ne changera rien*, je me répète.

Puis je me fige en bas de l'escalier. Lo est assis devant notre chambre, les mains vides, tête baissée. Il se lève d'un bond en me voyant. Je m'immobilise et sens la chaleur corporelle du serveur dans mon dos.

Lo ne lui accorde pas le moindre regard. Il garde les yeux rivés sur moi.

– Il faut que je te parle.

Parler. Je n'ai pas besoin de parler. J'ai besoin d'autre chose.

– Je suis occupée.

Dis-lui ! Dis à Lo que tu le veux, mets un terme à tout ça.

Je suis une lâche.

Ses narines se dilatent.

– S'il te plaît.

Je me retourne vers le serveur, qui semble essayer de comprendre notre relation, de savoir de quel genre elle relève. C'est une relation très, très peu conventionnelle, voilà ce que c'est.

Je ne sais pas dire non. Alors, bien que mon corps proteste de toutes ses forces, je hoche la tête et me coule dans la cabine. Lo ferme la porte derrière nous, laissant le serveur dehors.

J'ai l'impression de devoir encore justifier mes actes.

– Lo, j'en ai vraiment besoin. Je suis désolée. Vraiment. (Je prends une inspiration lasse.) Je ne sais pas quoi faire d'autre.

Craignant ce qu'il a à dire, j'enchaîne, presque malgré moi.

– Je n'arrête pas d'y penser, et je sais que ça ne s'arrêtera pas avant de l'avoir fait.

– Tu veux coucher, ou coucher avec *lui* ? demande-t-il en montrant la porte du doigt. Si tu le désires vraiment, Lily, alors vas-y. Fais-toi plaisir. Fais-le jouir, fais-le crier, si c'est ce qui te fait du bien, alors fais-le.

– Arrête, je dis, étourdie. Ce n'est pas ça. Non… (Je déglutis.) Ce n'est pas lui. C'est juste le sexe.

Je me tords les doigts, plus nerveuse que je l'aie jamais été avec lui. Nous ne faisons pas semblant. Ce que nous nous disons – c'est très réel.

– Je vais me mettre à trembler comme une feuille si je ne trouve pas un moyen de satisfaire cette envie. C'est comme… comme s'il y avait quelque chose qui n'allait pas dans ma tête, et la seule manière d'aller bien, c'est de le faire. Tu comprends… non ?

Il se frotte les lèvres.

– Ouais, ouais, je comprends.

J'inspire, pensant qu'il va me laisser partir, exempte de toute culpabilité.

– Alors tout va bien entre nous ?

– Quoi ?

Il cligne des yeux, perplexe. Puis il comprend ce que je demande.

– Putain, non, Lily. Je ne suis pas en train de dire que tu as le droit de coucher avec lui.

Mes yeux se voilent.

– Pourquoi tu me fais ça ? ! je crie. Je ne t'ai jamais arraché un verre des mains. Je suis désolée que tu haïsses ce type, mais il n'y a personne d'autre. Tu veux que je couche avec le vieux barman ? Il a l'âge de mon père !

J'ai des principes.

Lo se renfrogne et se touche le torse.

– Je suis clairement une option, et pourtant tu es incapable de me demander. Je pige pas, putain. Je te dégoûte à ce point ? Tu préfères être en manque et te taper un enfoiré au pif plutôt que coucher avec moi ?

Je reste bouche bée, incapable de répondre. Il veut coucher avec *moi* ?

– Je ne vais pas me servir de toi comme de tous ces types, je murmure.

– Putain de merde, Lily. Je suis là à te dire que je veux avoir une relation sexuelle avec toi et tu ne peux toujours pas l'accepter. C'était si nul que ça la première fois, c'est ça ?

– Quoi ? Non…

La première fois, c'était mal, impulsif et hâtif. À l'époque, nous étions juste deux gamins qui essayaient de se faire du bien. S'il y a une deuxième fois, je ne veux pas que ce soit pareil.

– Tu ne devrais pas coucher avec moi juste parce que je suis en manque. On est amis, je lui dis. Tu ne seras pas un autre mec sur ma liste de la semaine. D'accord ?

Ses narines se dilatent, il respire fort. Et se rapproche de moi.

– Lo, je l'avertis.

– Tu n'y as jamais pensé ?

Je le regarde avancer, le cœur battant à tout rompre.

– Tu n'as jamais pensé à moi en toi ?

Je manque de tomber en arrière, mais il passe un bras autour de ma taille.

– Tu n'as jamais pensé à nous, ensemble ?

Je peine à respirer.

– Ensemble ?

– Où je ne te partage avec aucun autre homme.

Tout le temps.

– Si.

Je m'attends encore à me réveiller.

– Si je suffisais à te combler, tu me laisserais faire ?

Je le dévisage.

– Oui.

– Alors laisse-moi essayer, dit-il, prenant mon visage au creux de sa main. Laisse-moi essayer de te suffire.

– C'est un sacré engagement, je murmure.

Mon corps enfle. Ses lèvres effleurent les miennes quand il souffle :

– Je suis assez grand pour y arriver.

Oh…

– Laisse-moi t'aider.

Il pose ma main sur son short de bain, pile sur son entrejambe.

Oui.

– Je ne savais pas que tu voulais… tu n'as jamais rien dit, je bredouille.

Mes poumons cherchent de l'air, trois ans de tension explosent en moi. Il se rapproche encore, lentement, me faisant reculer vers le lit.

– Comment pouvais-tu ne *pas* savoir, putain ?

– Je suis sale, je contre, les larmes aux yeux. Tu ne veux pas de moi.

Son visage se tord de douleur.

– Ce n'est pas ce que je pense. Et tu ne devrais pas le penser non plus. (Ses lèvres effleurent mon cou, puis trouvent mon oreille.) Lil, je veux que tu me le demandes. J'ai *besoin* que tu le fasses.

Il presse son front contre ma tempe, me rapprochant peu à peu du matelas, ses mains fermes sur mes hanches. Je peine toujours à respirer. Je sais ce qu'il veut, maintenant.

Il veut que ce soit réel.

Moi aussi.

– Aide-moi, je dis, à bout de souffle.

Il m'agrippe la nuque, fort, et plonge sa langue dans ma bouche. Mes jambes heurtent le matelas, mon dos se renverse sur le lit. Il me redresse, sans jamais détacher ses lèvres avides des miennes.

Des bouteilles s'entrechoquent au sol ; Lo ne s'écarte pas de moi pour les ramasser. Il me pétrit le sein, m'enlève mon haut de bikini. J'agrippe son dos nu, cherchant un point d'ancrage. J'essaie de le renverser pour être au-dessus, mais il refuse, coinçant mon corps sous son poids.

Je succombe à sa dureté et à ses mouvements brutaux qui dominent mon corps. Il enroule une de mes jambes autour de son bassin, maintenant l'autre contre le matelas.

D'habitude, c'est moi qui prends le contrôle, je bondis sur ma proie ; là, chaque acte a une intensité égale. Mes doigts glissent dans ses cheveux soyeux, sa bouche suce mon téton, sa langue tourne autour pendant que je me cambre contre lui. Hmm…

– Lo, je gémis.

Je ne peux pas continuer comme ça. Il est trop loin. Il y a trop de distance.

– Plus près.

Il lève mes bras au-dessus de ma tête, m'étire, et je crie, mes orteils se recroquevillent.

– J'ai besoin de toi. S'il te plaît… ahh…

Je suis dans mon élément.

Il enlève son short et j'essaie de nouveau de lui grimper dessus, mais il m'attrape de nouveau les bras, les tend au-dessus de ma tête. Il me regarde droit dans les yeux, son corps se moulant parfaitement contre le mien.

– Je ne suis pas une de tes conquêtes, dit-il d'une voix rauque. Je sais ce que tu veux, et tu n'as pas besoin de le prendre. Je peux te le donner.

Il glisse ses doigts sous la culotte de mon maillot, trouvant mon point sensible. Ils vont et viennent rapidement en moi. Je tremble, gémis, essaie de parler, mais les mots ne sortent pas. Je suis comme une femme des cavernes, je m'exprime par des grognements, des gémissements et des cris.

– Ne bouge pas, ordonne-t-il en descendant du lit.

Le matelas se soulève en l'absence de son poids. Il traverse la pièce, complètement nu, et sort quelques préservatifs de sa valise. J'admire son corps tout entier. Même son sexe… waouh. Il a bien grandi depuis la dernière fois que je l'ai vu.

Il déchire l'emballage de la capote et remonte sur le lit. Des secondes insoutenables s'écoulent et je me tortille, impatiente.

Il sourit et m'embrasse encore, puissamment, langoureusement. *Ah…* j'ai un frisson. Puis il me remplit. Ses hanches bougent contre les miennes, il se plaque un peu plus contre moi à chaque coup de reins, au plus près. Je ferme les yeux et tourne la tête, réaction naturelle alors que je me laisse porter par le déferlement de sensations.

Lo m'attrape le menton, sans cesser d'onduler contre moi, et oriente mon visage vers lui.

– Regarde-moi.

J'ouvre les yeux, et ses mots me font basculer. Je crie.

– Lo… (Je m'agrippe fermement à son dos.) Encore.

Il accélère, ses yeux d'ambre plantés dans les miens pendant qu'il va et vient. Encore et encore. De plus en plus loin. Je me perds dans ses iris couleur whisky. Dans sa façon de me regarder. Personne ne m'a jamais regardée comme ça.

Tout explose.

Je m'envole au septième ciel dans le sentiment le plus merveilleux qui soit.

Je ne veux plus jamais redescendre.

Chapitre 15

En général, je m'endors direct après le sexe, me servant du sommeil comme un moyen d'éviter toute communication avec mon amant. Mais lorsque la béatitude passe, je suis incapable de fermer les yeux. J'ai la tête qui tourne, essayant désespérément de mettre des mots sur ce qui vient de se passer.

Lo descend du lit en silence et tire un boxer noir sur ses fesses nues. Il récupère une bouteille de bourbon tombée au sol et attrape un verre sur le comptoir. Je tends les draps marine sur ma poitrine et il saute sur le matelas, qui se creuse sous moi. Avec plus de délicatesse, il s'assied au pied du lit.

Il veut parler. Moi aussi, j'imagine. Je crois que c'est là que ça a péché la première fois.

Je me lance :

– Merci.

Il lève les yeux de la liqueur sombre vers moi.

– Je n'ai pas fait tout ça pour toi, tu sais ?

– Je sais.

Il se passe la langue sur les lèvres.

– À quoi tu penses ?

– Je suis un peu perdue, je réponds en toute honnêteté. Je crois que ça fait un moment déjà. Je ne savais pas si tu jouais ton rôle ou si tu voulais vraiment me toucher comme tu le fais.

Ça fait du bien de l'exprimer à haute voix.

Il me regarde avec intensité.

– J'ai eu envie de recoucher avec toi depuis la première fois, avoue-t-il. Mais tu avais toutes ces règles, et je ne voulais pas être le mec en chien qui essaie de profiter de ton addiction. Alors j'attendais que tu me le demandes.

Je fronce les sourcils. Pourquoi ne l'ai-je pas fait ?

– Je pensais que ça faisait partie du mensonge. Je pensais que tu faisais semblant.

Comment aurais-je pu savoir qu'il en voulait plus ?

Il serre les dents et secoue la tête.

– Je n'ai jamais fait semblant, Lil. On a toujours été ensemble, même si tu pensais que c'était un mensonge. Juste, on ne couchait pas ensemble. (Il fixe son verre.) Les mauvais jours, je te touchais plus que je n'aurais dû, j'avoue. Comme la fois où Daisy a dormi à la maison. J'espérais que tu finirais par ouvrir les yeux et que tu te rendrais compte que j'étais là. Tu n'avais pas besoin de souffrir ou d'aller ailleurs pour être comblée par un autre. J'étais juste là.

– Je pensais que tu faisais ça pour m'embêter.

Il hoche la tête.

– Je sais. Ça n'a pas fonctionné comme je voulais. (Il fait tourner l'alcool dans son verre sans le quitter des yeux.) Je comprends ton addiction, et les autres mecs ne me dérangent que quand c'est moi qui t'excite. Je m'en veux de t'avoir mise dans cet état, et je voudrais être celui que te satisfait. Mais tu ne me le demandes jamais, et à la place, c'est un connard bien chanceux qui obtient ce que je veux. J'avais tout avec toi, tout ce qu'il y a de bon et de mauvais dans une relation, sauf le sexe. (Il inspire profondément.) Je le voulais, mais pas selon tes conditions.

– Ça fait six ans que tu attends, je dis, les yeux dans le vide.

Six ans de malentendus. L'un de nous aurait pu s'ouvrir à l'autre. Au lieu de cela, nous avons laissé la tension enfler, devenir un mensonge.

Il secoue la tête.

– Le pire, c'était de t'entendre. Tu sais, je restais éveillé, à t'écouter, à me demander si tes cris vireraient à l'horreur, si un mec décidait de profiter de toi ou de te faire du mal. Mais je ne peux pas...

Il marque une pause.

Mais je sais.

– Tu ne peux pas me dire de m'arrêter.

Parce que c'est hypocrite. Il n'arrêtera pas de boire, ni pour moi ni pour rien au monde.

– Oui.

Il m'observe de loin, scrutant mon langage corporel post-coïtal.

– Tu as trouvé ça comment ?

Génial.

– Tu veux une note ? je dis, essayant de détendre l'atmosphère.

Son visage se durcit, tout en angles, tout en glace, tout Loren Hale.

– Je suis ouvert aux critiques, dit-il en terminant son verre.

Je ne peux pas le noter. Il n'est quantifiable sur aucun plan. Jamais je n'ai eu assez confiance en quelqu'un pour le laisser prendre le contrôle, et qu'il le fasse avec autant de passion.

– Tu me suffis, je dis d'une petite voix, mais je ne peux pas te mentir. J'ai peur qu'à l'avenir cela change. Et alors quoi ? Je ne me suis jamais engagée auprès d'un seul mec, Lo. Pour toi, je veux essayer, mais... si je n'y arrive pas ?

– Tu baiseras toujours, dit-il. Seulement, c'est avec moi que tu baiseras jusqu'à perdre la raison. Tous les jours. Selon tes conditions. Et si tu dérapes, ce n'est pas grave.

– Non, je réponds aussitôt. Non, ça l'est. Si nous sommes ensemble pour de vrai, je ne peux pas te tromper. Ce n'est pas bien.

Je sais que je dois essayer. Quoi qu'il arrive, je dois faire en sorte que ça marche et trouver en lui tout ce dont j'ai besoin. Je pense que c'est possible, même s'il se peut que ce soit difficile, parfois.

– Je vais avoir besoin de toi, tu comprends ?

Lo hoche la tête.

– Bien sûr, Lil.

– Et les jours où tu sombres avant 20 heures à cause de l'alcool, je suis censée faire quoi ?

– Tu fais un compromis, c'est normal que je fasse pareil. On trouvera un arrangement.

Il pose sa main sur ma cheville, envoyant des frissons dans ma colonne vertébrale.

– Je veux t'aimer plus que je n'aime ça, dit-il en secouant la bouteille, et je ne sais pas comment y arriver à moins qu'il y ait quelque chose à perdre.

Les enjeux sont devenus bien plus importants. Si j'échoue, cela veut dire que je le trompe. S'il échoue, cela veut dire qu'il pourrait me pousser à le tromper. Dans tous les cas, nous nous retrouverons seuls et vides. Nous n'avons jamais envisagé l'idée d'être ensemble, en partie parce que nous n'étions jamais disposés à faire de petits sacrifices – comme réduire sa consommation d'alcool ou renoncer aux histoires sans lendemain. Il me faudra trouver le frisson ailleurs.

Trois ans plus tard et noyés dans le mensonge, nous sommes prêts soudain à tout perdre pour tenter de partager quelque chose de réel.

– Alors ça y est.

Je détaille ses traits, la fermeté de son torse, la noirceur de son expression et le désir dans ses yeux.

– Demain on se réveille et on devient un vrai couple. Plus de faux-semblants. Je reste monogame pour toi, et tu limites ta consommation d'alcool pour moi. Tu es sûr de vouloir faire ça ? Il n'y a pas de retour en arrière. Si on rompt…

Tout changera.

– Lily.

Il pose son verre et se rapproche de moi. Il prend mon visage entre ses mains. Sa proximité fait battre mon cœur comme s'il ne m'avait jamais touchée. C'est bon signe.

– On est nuls pour plein de choses : retenir les dates importantes, la fac, se faire des amis. Mais il y a un truc où on a été plutôt bons jusqu'à présent : être ensemble. On se doit d'essayer.

– D'accord, je dis dans mon souffle.

Son sourire s'élargit et il m'embrasse fougueusement, scellant notre accord – ou annihilant l'ancien. Il m'allonge sur la couette nautique, et je passe volontiers mes bras autour de lui pour le serrer fort et ne jamais le lâcher.

Chapitre 16

Pendant le reste du séjour, je ne questionne plus la sincérité de ses gestes quand Lo m'attrape la main ou passe son bras autour de ma taille. Je suis désormais sûre à cent pour cent que c'est de l'affection réelle, que je peux apprécier sans me torturer l'esprit.

À Philadelphie, les nuages ont remplacé le soleil des Bahamas et les seules touches tropicales sont les ombrelles dans les cocktails. La réalité s'installe avec l'arrivée de l'automne, les examens se profilant, tout comme le gala de Noël. Maintenant que je suis de retour sur la terre des hommes, je m'efforce de rester focalisée sur Lo et personne d'autre. Ni le vendeur de hot-dogs canon dans la rue ni les avocats qui entrent et sortent de l'immeuble.

Je ne peux pas tromper Lo, mais parfois, les *ne peux pas* se transforment en *peut-être* qui deviennent des *d'accord*. Et je ne sais pas comment contrôler l'effet cascade une fois qu'il s'est déclenché. Heureusement, les cours d'éco détournent mes pensées de Lo et du sexe.

Je laisse tomber ma tête contre l'énorme manuel.

– Les chiffres m'ont tuée.

Les bouteilles d'alcool s'entrechoquent dans la cuisine, un son familier qui me rend désormais dingue. C'est la faute de la fac.

– Lo ! je crie depuis le salon. Tu as déjà fait ces exercices ? Tu peux m'aider ?

Je dois être désespérée si je l'appelle à l'aide.

Il rit mais ne prend pas la peine de me répondre. Charmant. Je vais me planter. Comme si j'avais besoin d'une autre raison pour que mes parents me harcèlent. Le monde nous ment. On nous dit qu'on devient une créature indépendante et autonome à nos dix-huit ans, qu'on coupe les liens familiaux une fois qu'on entre à la fac. Mais dans notre système économique, neuf fois sur dix, on n'est indépendants financièrement que lorsqu'on rentre dans le monde du travail. Même moi – fille d'un magnat multimilliardaire –, je dois me reposer sur le soutien de ma famille. Il y a quelque chose qui cloche dans ce système, et pas besoin d'être un prodige de l'économie pour le savoir.

Je me ronge les ongles jusqu'au sang et referme violemment mon livre. Je regarde Lo poser ses deux mains sur le comptoir de la cuisine, son tee-shirt se soulevant. Il clique sur sa souris, les yeux intensément fixés sur son écran d'ordinateur.

Je commence à l'imaginer en train de s'avancer vers moi, me regardant comme il l'a fait sur le bateau. Il me connaît assez bien pour prendre les devants. Et c'est ce qu'il fait, volontiers : il m'écarte les jambes…

Lo se redresse et ferme son portable, ce geste brusque me sortant de mon fantasme. Super, impossible de me concentrer sur les marges de profit maintenant que je suis traversée de pensées plus perverses.

Je vais à pas feutrés dans la cuisine, où Lo est en train de se préparer un verre. Il a réduit la quantité, pas la qualité. Bourbon et whisky, ses alcools favoris, sont alignés sur le plan de travail en troupeaux.

Je m'attarde près de la corbeille à fruits et fais comme si j'examinais les pommes. Depuis deux semaines que nous sommes revenus, je ne sais toujours pas comment approcher Lo sans me sentir toute chose. Je ne suis pas du genre à aller le voir en disant : *Dis, Lo, tu peux coucher avec moi s'il te plaît ?* La simple idée de prononcer ces mots couvre ma peau de plaques rouges. Le faire avec des inconnus, c'est différent. Je n'ai souvent pas besoin de demander. Il suffit que je leur adresse un regard pénétrant et sensuel, et ils me suivent partout. Utiliser cette technique de plante carnivore avec Lo me semble un peu bizarre. Au lieu de ça, je reste gauchement plantée là.

Je ne veux pas réclamer du sexe comme si je passais commande au bar. Pourquoi ça ne peut pas être plus facile ?

Je contourne cette conversation inconfortable en posant une question :

– Tu sais qu'on a un exam dans une semaine ? Tu vas réviser ?

– J'improviserai.

Détendu, il sirote son verre et pose ses coudes sur le plan de travail. Il penche la tête, m'observant de près.

Peut-être n'était-ce pas la bonne question à poser. Maintenant, je stresse pour nous deux.

À cette heure-là, je serais d'ordinaire en petit haut à paillettes et en route pour un club, même si ce n'est que le début de soirée. Maintenant que je suis monogame, je n'ai qu'une seule option, et il est en train de satisfaire sa propre obsession en vidant une bouteille de bourbon.

Dois-je l'en éloigner ? Est-ce que ça fait de moi la personne égoïste et exigeante de notre relation ?

– Lily.

Sa voix interrompt mes pensées. J'arrête de faire les cent pas. Putain de merde, quand est-ce que j'ai *commencé* à faire les cent pas ?

– Ça va ?

– Très bien.

Je retourne à la corbeille de fruits.

– Ces pommes ont l'air de sacrément te fasciner.

– Ouaip.

– Bon, ça suffit. (Il pose son verre et s'approche de moi.) Depuis qu'on est revenus des Bahamas, tu es à cran et tu ne tiens pas en place dès qu'il est *évident* que tu as besoin de sexe. Tu te rends bien compte qu'avant tu me disais quand et où tu aurais des rapports tous les soirs ?

– C'était avant d'être avec *toi*, je me défends.

– Alors ça devrait être plus facile, contre-t-il, perplexe.

– Ça ne l'est pas. Je n'aime pas réclamer. Les mecs avec qui je couche veulent coucher avec moi.

Je grimace. Ce n'est pas sorti comme je voulais. Les bras couverts de plaques rouges, j'enchaîne à toute vitesse :

– Ce que je veux dire, c'est qu'ils cherchent activement à baiser, eux aussi. Ils ne sont pas en train de se détendre sur le canapé ou de surfer sur Internet. Je ne veux pas que ce soit une corvée pour toi, ou que mes problèmes envahissent ta vie personnelle.

– Je t'assure que baiser n'est pas une corvée, surtout pas avec toi. Quant à tes problèmes, eh bien, c'est ça, être en couple, Lil. Ton problème est désormais le mien. D'ailleurs, ça a presque toujours été le mien. C'est juste qu'aujourd'hui, c'est moi qui ai la récompense au lieu de voir un abruti en profiter.

– Mais toi, tu n'as pas besoin que je boive. Tu n'as pas besoin de me demander de te préparer un whisky sour. Ton addiction n'empiète pas sur ma vie comme la mienne empiète sur la tienne.

– Bien sûr que si, d'une autre manière. Et tu crois vraiment que je me suis lancé là-dedans aveuglément ? (Il fait tourner une mèche de mes cheveux autour de son doigt.) Je connais la fréquence à laquelle tu baises. Je sais que, quand tu ne le fais pas, tu regardes du porno. Je ne suis pas idiot, Lil. Je suis ton meilleur ami depuis des années, et ce n'est pas parce que je suis ton petit ami maintenant que j'ai oublié tout ça.

Il n'a pas tort.

– D'accord, mais ça me fait quand même bizarre de te le demander.

Lo passe ses doigts dans la ceinture de mon jean, zieutant le bout de peau qui apparaît sous mon chemisier.

– Alors ne le fais pas, me dit-il, passant sa main dans le bas de mon dos. Si tu veux que ce soit moi qui choisisse quand on le fait, je peux. Mais je ne voulais pas t'ôter ce pouvoir.

Il fait remonter sa main le long de ma colonne vertébrale et défait mon soutien-gorge d'une main experte. Je recule, surprise, la chaleur explosant partout en moi. Il passe son bras sous le mien, le bloquant pour que je ne puisse pas m'échapper. Nos corps se touchent de la tête aux pieds, son torse puissant collé au mien. J'arrive à peine à respirer.

Lo presse ses lèvres contre ma tempe, puis il murmure :

– Tu me fais confiance ?

Je déglutis, essaie de me concentrer. *Est-ce que je lui fais confiance ?*

– Oui. Mais… n'attends pas trop longtemps.

Mes mots m'échappent, plus effrénés que je ne l'avais anticipé.

– Ça doit être plus que deux fois et espacé dans la journée. Quand je suis stressée, je peux avoir besoin de plus, et…

Ses lèvres trouvent les miennes, me faisant taire. Mes épaules s'affaissent et je fonds presque instantanément. Il relâche son emprise pour que je puisse passer mes bras autour de son cou. Nous dansons. Nos pieds ne bougent pas, pourtant, mais je me sens plus légère que l'air, suspendue au-dessus des nuages, valsant avec lui comme la Belle avec la Bête.

Tout doucement, il rompt le baiser, puis pose son front contre le mien. Les répercussions me laissent chancelante. Mes lèvres sur les siennes. La surprise de tout cela.

– Tu ne perds rien, essaie de m'assurer Lo. Tu gagnes en spontanéité. C'était comment ?

J'ouvre la bouche mais suis incapable de parler.

Son sourire s'élargit, satisfait.

– Tant que ça, hein ?

– Mmm-hmm.

J'en suis rendue à marmonner.

– Tu pourrais être en train de faire la vaisselle, dit-il, ses lèvres me chatouillant l'oreille, et j'arriverais par-derrière et…

Sa main descend dans mon dos et dans mon jean, entre mes cuisses…

Adjugé, vendu.

Je retire mon tee-shirt, mon soutien-gorge déjà défait. Il me soulève sans effort et me pose sur le plan de travail. Je vois quelque chose dans ses yeux – un désir que je n'avais jamais remarqué avant. Il est plein de détermination, comme pour me convaincre qu'il suffit.

J'espère et prie que ce soit le cas. Seul l'avenir nous le dira.

Chapitre 17

Une odeur de pain à l'ail et de sauce tomate éveille ma faim. Je me trémousse sur mon siège et tire sur le bas de ma robe de cocktail noire qui remonte sur mes cuisses. Depuis mon entrée à la fac, l'endroit le plus chic où j'ai mangé est un pub qui sert du fromage et des pistaches hors de prix. Les seules fois où je lis des cartes avec des menus dégustation à cent dollars au minimum, c'est lors des dîners de famille, où ma mère me force à porter des talons hauts et me pince le bras pour me faire sourire.

Les regards sceptiques ne m'aident pas à me sentir bienvenue. Des aristocrates d'un certain âge nous jugent du regard, s'attendant à nous voir partir en courant à tout moment. Lo doit lui aussi sentir les spéculations désobligeantes sur notre âge.

Il a réservé la semaine dernière, avançant qu'il était primordial que nous ayons notre premier « vrai » rendez-vous. Je sirote tranquillement mon vin. Quand il a commandé le merlot de la maison pour nous deux, j'ai masqué ma surprise. Il n'a pas bu de vin – qu'il décrit comme un alcool « subalterne » – depuis des mois. Et même si c'est Nola qui nous a conduits jusqu'à La Rosetta, Lo commande rarement de l'alcool pour moi. Quel qu'il soit.

Désormais officiellement en couple, je pensais que j'arrêterais de suranalyser ses gestes, mais je réfléchis toujours beaucoup trop, notamment aux déséquilibres dans notre relation. Parfois, j'aimerais pouvoir mettre mon cerveau en pause. Juste pour avoir un moment de paix.

Le serveur revient avec une panière de pain « de premier choix ». C'étaient ses mots pour le désigner, et avec un air sacrément snob par là-dessus. Peut-être s'attendait-il que nous écarquillions les yeux en comprenant que nous étions dans un restaurant *cher* – avec du pain *de premier choix* et des raviolis hors de prix, un établissement peu approprié à de jeunes adultes dont l'âge débute par un 1 ou un 2.

– Êtes-vous prêts à commander ? demande-t-il en se mordant les joues, me rappelant un peu trop ma mère.

J'hésite entre les *Capellini alla Checca* et le *Filetto di Branzino*. Pâtes ou bar ? Lo remarque mon indécision et répond :

– Laissez-nous encore quelques minutes.

Le serveur passe son poids d'un pied sur l'autre. Oh-oh. Je connais cette expression. Il va lancer une vacherie.

– Ce n'est pas un restaurant mexicain où vous pouvez manger des chips gratuites et partir, ici. Le pain est payant.

Oh, le pain de premier choix *est payant ! Qui l'eût cru ?*

– Vous allez devoir commander à un moment ou à un autre.

Lo fait claquer son menu et agrippe les bords de la table, doigts largement écartés. Prêt à la renverser. *Son père le ferait.* Cette pensée m'ébranle. Je ne veux pas les comparer. Jamais.

– J'ai dit « laissez-nous encore quelques minutes ». Ai-je insinué que je ne paierai pas ?

– Lo, je l'avertis, voyant ses doigts blanchir.

Ne retourne pas la table, s'il te plaît.

Le serveur regarde les mains de Lo, et le gérant apparaît à notre table. Depuis les autres banquettes en lin et tables ornées de bougies, les regards ont dérivé vers nous, profitant du spectacle.

– Il y a un problème ? demande le gérant, un peu plus âgé que le serveur, tous deux vêtus d'un uniforme noir.

– Non, répond Lo le premier, retirant ses doigts du bord de la table pour sortir son portefeuille. Nous voudrions une bouteille de votre champagne le plus cher, à emporter. Puis nous partirons.

Il tend au gérant sa carte American Express noire.

Le serveur se redresse, bouche bée.

– C'est le Perrier-Jouët de Pernod-Ricard. Il coûte plus de quatre mille dollars.

– C'est tout ? dit Lo en penchant la tête, feignant d'être choqué.

Le gérant pose une main ferme sur l'épaule du serveur.

– Je vous apporte ça tout de suite, monsieur Hale.

Ouah, il s'est même servi de son nom sur la carte de crédit. Des points bonus pour lui. Il emmène le serveur hors de vue. Lo semble prêt à tordre le cou à un poulet – ou à l'homme qui vient de partir la queue entre les jambes.

– Alors, on ne mange pas ici ? je dis, tirant les conclusions de ce qu'il vient de se passer.

– Tu veux manger ici ? crie-t-il presque, déboutonnant le bouton du haut de sa chemise noire.

– Pas vraiment.

Plus les gens nous regardent, plus mes joues prennent une vilaine teinte rouge. Lo remonte ses manches.

– Je ne savais pas que le respect se méritait dans un putain de restaurant.

– Tu peux arrêter de défaire ta chemise ?

– Pourquoi ? demande-t-il.

Il se calme un peu et observe mon langage corporel.

– Ça t'excite ?

Je le fusille du regard.

– Non. Mais on dirait que tu vas te ruer dans la cuisine et tabasser notre serveur.

Ce qui est comique. Lo évite le conflit, en général, il est plus du genre à vous crier au visage et vous attaquer verbalement, qu'à vous donner un coup.

Il lève les yeux au ciel, mais arrête de tripoter ses manches.

À peine quelques minutes plus tard, le gérant revient avec une bouteille dorée et la carte American Express de Lo. Ce dernier se lève et me fait signe de l'imiter. Il récupère le champagne et sa carte, et sort en jetant un regard assassin autour de lui, même au gérant qui n'a fait que s'excuser et le remercier.

Je glisse mes mains dans mon long manteau en laine.

– Nola n'est pas censée revenir avant encore une heure, je lui dis.

– On marchera un peu. Le stand de tacos est à dix pâtés de maisons. Tu crois que tu peux tenir ?

Je hoche la tête. Mes talons se plantent dans les mottes d'herbe sortant du trottoir fissuré, mais j'essaie de ne pas en faire toute une histoire.

– Ça va ? je lui demande.

La bouteille se balance dans une de ses mains, mais il attrape la mienne de l'autre, la serrant fort, réchauffant ma paume froide.

– Je déteste ça, dit-il en s'essuyant le front. Je déteste qu'on nous traite encore comme des enfants alors que nous avons plus de vingt ans. Je déteste avoir été obligé de sortir mon portefeuille pour acheter leur respect.

Nous nous arrêtons à un passage piéton, une grande main rouge luisant devant nous, nous ordonnant de ne pas bouger.

– J'ai l'impression d'être mon père.

Sa confession me prend de court. Ses pommettes s'affûtent, me retournant l'estomac. Il ressemble bien plus à Jonathan Hale que je ne l'avouerais jamais.

– Tu n'es pas ton père, je murmure. Il aurait retourné cette table et laissé les serveurs nettoyer son bazar.

Cette image le fait rire.

– Tu crois ?

Le signal lumineux passe au vert et nous traversons la circulation à l'arrêt, les voitures alignées dans la rue que leurs phares illuminent de tous côtés. L'évocation de son père s'évapore dans l'air, perdue derrière nous.

Je repère le stand de tacos au loin, éclairé par une guirlande lumineuse multicolore. Il y a un petit parc de l'autre côté de la rue bondée, quelques jeunes traînent autour d'une fontaine, mangeant des burritos. Je suppose que Lo et moi faisons partie de cette démographie, mais où que nous allions, j'ai l'impression d'être une paria. Certaines choses ne changent jamais après le lycée.

– Tu as froid ? demande Lo.

– Hein ? Non, ça va. Mon manteau est doublé de fourrure.

– Il est joli.

J'essaie de masquer mon sourire.

– Regarde l'étiquette.

Il ralentit, plisse les sourcils, et vérifie.

– Calloway Couture ? (Il revient à mon niveau.) C'est Rose qui l'a créé, conclut-il. Je retire. Il est hideux.

Je ris.

– Je peux lui demander de te faire un pull sans manches.

– Arrête, dit-il avec une grimace.

– Ou une chemise brodée. Elle mettra ton nom pile sur le cœur, *L-O-R-E-N*…

Il me pince les hanches et je pousse un cri et ris en même temps. Il me guide vers le stand de tacos, ses lèvres près de mon oreille tout du long, à me murmurer les choses obscènes qu'il voudrait me faire pour avoir été si vilaine.

J'ai chaud soudain.

– On peut sauter les tacos ? je demande.

Son sourire illumine son visage. Il se tourne vers le vendeur, ne cédant pas à mes désirs. Pas encore.

– Je vais prendre trois tacos poulet. Elle prendra bœuf avec supplément laitue.

Il connaît ma commande par cœur, ce qui n'a rien de surprenant, nous mangeons souvent ici ; seulement, maintenant que nous sommes ensemble, c'est vachement sexy.

– Tu veux de la sauce piquante sur ton poulet aussi, non ?

– Non, pas aujourd'hui.

Je fronce les sourcils.

– Tu prends toujours de la sauce piquante.

– Et toi tu détestes quand ça pique.

Je comprends soudain. Il compte m'embrasser bientôt. *Ça*, ça me plaît. Nous récupérons notre commande, payons et nous installons de l'autre côté de la rue, au bord de la fontaine.

Il remue doucement le bouchon de champagne dans la bouteille, qui pousse un soupir quand il sort. Il nous sert à chacun un verre en polystyrène bien rempli.

À peu près au même moment, je prends une grosse bouchée de mon taco, et de la sauce dégouline sur mon menton. Je me dépêche de prendre quelques-unes des serviettes qui ne se sont pas envolées, mais je crains que Lo n'ait été témoin de cette scène gênante.

Il prend sur lui pour ne pas sourire.

– Je me rappelle de toi au bal des débutantes. Ou est-ce que j'ai rêvé ?

Je pouffe, n'aidant pas ma cause.

– Oh non. J'ai dû danser avec Jeremy Adams toute la soirée, il faisait une tête de moins que moi. Puisque *quelqu'un* avait choisi d'y aller avec Juliana Bancroft.

Il croque dans son taco au poulet pour réprimer son rire.

– Je ne comprends toujours pas pourquoi tu m'as fait ça. Elle était affreuse.

Je prends une grande gorgée de champagne, les bulles me chatouillant le nez. Je me sens déjà plus détendue. Du courage en bouteille, une chose dont Lo sait quelque chose – mais je sais qu'il serait tout aussi effronté sans alcool.

– Elle n'était pas si mauvaise, dit-il, ramassant du poulet tombé sur le plateau pour le remettre dans sa tortilla.

– Elle a rempli mon casier de préservatifs.

– Tu n'as aucun moyen de savoir que c'était elle.

– J'ai couché avec son copain. Si j'avais su qu'elle sortait avec un mec de l'école publique à trente kilomètres de là, jamais je ne l'aurais touché.

J'évitais de coucher avec des gars de la Dalton Academy. Je ne voulais pas avoir une réputation de salope, raison pour laquelle je choisissais mes conquêtes très minutieusement. Mais pas assez sagement, manifestement, sinon j'aurais su qu'il mentait quand il a affirmé être célibataire. Madame Chance était de mon côté, cela dit. Juliana n'a jamais dit à personne ce qu'il s'était passé, elle ne voulait pas que les gens sachent qu'elle sortait avec quelqu'un de rang « inférieur ». Un petit point positif dans tout ce calvaire.

– Ça aurait pu être une autre fille, contre quand même Lo, en partie pour m'enquiquiner.

Il lève son verre de champagne.

Je reste bouche bée.

– Les capotes étaient couvertes d'autocollants brillants. Qui d'autre à l'école était obsédé par Lisa Frank ? Elle se trimballait même un classeur avec une licorne arc-en-ciel, à *quinze ans*. Alors non seulement elle était cruelle, mais elle a eu la vanité de signer son crime. (Je marque une pause.) Tu sais le plus triste dans cette histoire ? Je m'en suis servi, de ces capotes.

Il pouffe et s'étrangle avec son champagne. Je lui donne une tape dans le dos.

– Vas-y doucement. Tu devrais peut-être passer à un truc que tu es capable d'encaisser. Je suis une passionnée d'alcool. Tu devrais m'écouter, je dis avec un sourire.

– Ah oui ?

Tout rouge d'avoir craché un poumon, il prend une autre gorgée pour s'éclaircir la gorge.

– Alors, pourquoi tu as emmené Juliana ? je demande. Tu n'as pas répondu.

Il hausse les épaules.

– Je ne me rappelle pas.

– Et moi je ne te crois pas, Loren Hale.

– Tu auras beau utiliser mon nom au complet, Lily Calloway, son autorité ne fonctionne pas sur moi.

Il m'adresse un sourire suffisant.

– Tu m'as accompagnée à plein de bals avant celui-là, je lui rappelle. Qu'est-ce qui était différent cette fois-ci ?

Je ne devrais pas creuser, mais ma curiosité a pris le dessus sur ma raison.

Il pose son plateau vide à côté de lui et serre la bouteille de champagne entre ses jambes. Je patiente pendant qu'il cherche les bons mots, réfléchit à comment formuler sa réponse. Il gratte la peinture dorée au motif fleuri.

– Le soir avant que Juliana me demande d'y aller avec elle, je suis rentré complètement bourré. J'avais payé un mec pour qu'il m'achète une bouteille de Jim Beam. J'ai passé cet après-midi-là à boire derrière l'école. (Il lève les yeux au ciel.) Je devais ressembler à un putain de délinquant. Je m'ennuyais. J'imagine que ce n'est même plus une bonne excuse. Mon père m'a vu entrer en titubant, et il s'est lancé dans une diatribe sur mon ingratitude. (Lo fixe le mur de briques, les yeux plissés.) Aujourd'hui encore, je me rappelle ce qu'il a dit. « Tu ne mesures pas tout ce que je t'ai donné, Loren, *putain*. Et c'est comme ça que tu me remercies ? »

J'ai peur de toucher Lo. Il est dans un genre de transe, et si je passe mon bras autour de lui, il pourrait se retirer brusquement, d'un air maussade et agacé.

Il poursuit, renfrogné :

– Je l'ai écouté râler pendant une heure. Puis il s'est mis à parler de toi.

– De moi ?

Je porte une main à ma poitrine, ayant du mal à croire que je puisse apparaître dans ce genre de conversation.

Il hoche la tête.

– Ouais, il a dit que tu étais trop bien pour moi, qu'il était impossible que je grandisse et sois avec une fille comme toi. J'étais jeune, rebelle, et quand il a dit *va*, j'ai hurlé *stop*. Quand il a dit *Lily*, j'ai crié *Juliana*.

– Oh.

Je ne m'étais pas attendu à la gravité de sa réponse.

– Sache que j'ai passé une soirée affreuse à l'écouter me soûler avec ses chevaux, dit-il, la voix plus légère. Et si je me souviens bien, tu t'es servie de la petite taille de Jeremy à ton avantage.

Mes oreilles chauffent et rougissent à ce souvenir. Je me mets mes mains en œillères pour masquer ma mortification.

– Tu n'es pas censé trouver mes anciennes conquêtes amusantes, je murmure d'une voix forte, bloquant toujours ma vision périphérique.

Ses lèvres tiquent.

– Je t'aime tout entière.

Il me soulève le menton d'un doigt et m'embrasse si délicatement que je me demande qui est l'homme à côté de moi. Sa tendresse m'aspire, me coupant le souffle.

Je me détache la première, ne sachant si je peux tenir, l'embrasser ainsi sans la promesse d'une partie de jambes en l'air folle et passionnée. Il hausse les sourcils, portant son verre à ses lèvres en souriant. Oui, il sait exactement ce que je ressens. Je suis tellement transparente.

Je change le sujet pour éviter de couler dans la fontaine.

– Poppy n'arrête pas de me poser des questions sur ton anniversaire. Elle veut rencontrer nos amis à la soirée qu'ils « organisent » pour nous. Surtout Charlie et Stacey.

Il reste calme.

– Tu lui as dit quoi ?

– Je lui ai dit qu'elle détesterait la soirée. Trop d'étudiants bourrés. Et qu'elle devra les rencontrer une autre fois. Elle y a cru. Et puis, elle n'a aucune raison de penser qu'on inventerait des amis fictifs.

– J'aurais aimé que tu choisisses un meilleur prénom que Stacey. Je ne connais aucune Stacey avec qui je voudrais être ami.

– C'est un préjugé nominal et immature.

– Ça n'existe pas, le préjugé nominal, mais je ne doute pas que ce soit un peu immature. J'ai beaucoup de défauts.

– À propos de ton anniversaire – je reste focus –, puisque tu ne seras pas dans les vapes à midi, est-ce que je peux t'emmener quelque part pour fêter ça ?

Il arrache ce qui reste de l'étiquette du champagne.

– Je ne crois pas, non.

– Allez. On pourrait se déguiser et aller à une soirée.

– Pourquoi ne peut-on pas rester à la maison, boire et baiser ?

– On fait ça tous les jours, Lo, je dis, irascible.

Depuis que nous sommes ensemble, mes habitudes de sorties nocturnes ont disparu. Contrairement à Lo, je n'ai pas l'habitude de passer ma vie enfermée dans l'appartement.

– Il doit bien y avoir un avantage à fêter son anniversaire à Halloween.

Il prend une gorgée directement au goulot de la bouteille, songeur. Puis il s'essuie la bouche du revers de la main.

– C'est vrai qu'on a déjà les costumes parfaits.

Je souris, puis fronce les sourcils.

– Attends, quels costumes ?

Mon ventre se serre, et une fois que la gêne s'installe, le visage de Lo s'illumine. Oh, je le hais.

– Non, pas ceux qu'on a portés à Comic-Con.

Mon costume frivole de X-23 ! Et son costume moulant d'Hellion tout aussi révélateur. La photo encadrée dans sa chambre.

– Si tu veux sortir à tout prix, c'est ma condition.

Il veut voir à quel point j'en ai envie. Je prends une profonde inspiration. Je porterai une cape ou autre chose pour me couvrir.

– OK. Marché conclu.

– On aime en passer, des marchés, hein ?

Apparemment.

Chapitre 18

– Prends ces nombres en compte, pas ceux-là, dit mon tuteur en me lançant un regard inquiet. Tu suis ?

Mes yeux s'agrandissent.

– Je vais me planter. Encore.

Il tape la gomme de son crayon sur l'épais manuel d'économie et regarde les chiffres. Ses lèvres forment une ligne fine, il doit se demander comment expliquer ces concepts à la fille la plus stupide de Penn. Je suis un cas désespéré. Il a fallu trois jours de torture de plus en solo avant que je ravale ma fierté et envoie un mail à Connor pour qu'il me donne des cours particuliers.

Au moins, il me tient compagnie en enfer.

– Essaie celui-là, Lily.

Il fait glisser le manuel vers moi et désigne un long paragraphe. Des mots. Trop de mots pour un truc qui implique des nombres. Pourquoi l'économie ne peut pas choisir entre les deux ? Avoir à la fois des chiffres *et* des mots dans une équation me donne la migraine.

Je galère pendant encore cinq minutes avant de jeter mon stylo en soupirant.

– Je te jure que je ne fais pas exprès, je dis. Et je sais que tu aurais préféré que je choisisse quelqu'un d'autre.

Il s'adosse à la vieille chaise branlante de la bibliothèque. Nous sommes terrés dans une minuscule salle d'étude avec un tableau blanc, une longue table, un luminaire et un mur en verre pour nous rappeler que d'autres gens existent. L'avantage : je peux hurler mon odieuse frustration et à part Connor, personne n'entendra mes cris.

Le temps passe, le soleil nous a déjà abandonnés. J'empêche certainement mon professeur particulier d'honorer une invitation à dîner ou tout autre plan de soirée. Je zieute de temps en temps ses épaisses boucles brunes et ses yeux d'un bleu foncé, qui lui donnent un score élevé sur mon tableau des Mecs-Que-J'aimerais-Baiser – ou le tableau que je tenais avant d'être dans une relation monogame.

Le col de son caban marine est relevé, premier signe de son statut BCBG. Franchement, j'espérais un blaireau avec des lunettes et de l'acné. Quelqu'un qui ne m'attirerait pas autant.

– Comment tu as entendu parler de moi ? demande-t-il, intrigué. Quelqu'un m'a recommandé ?

– Tu étais inscrit comme tuteur sur le site Internet du département d'éco. J'ai juste choisi le nom le plus cool. C'était entre toi et Henry Everclear.

Il n'y avait aucune fille sur la liste, sinon ça aurait été mon premier choix.

– Tu as donc opté pour Connor Cobalt. (Il sourit, amusé.) Connor n'est pas mon vrai prénom. C'est Richard.

– Oh. (Mes bras chauffent.) J'imagine que ce n'est pas aussi cool.

Je pourrais me frapper le crâne ; quelle réponse nulle. Je voulais dire un truc concis ou drôle ; au lieu de ça, j'ai dit un truc *débile*.

– C'est quoi ton nom de famille, à toi ?

Je regarde prudemment l'horloge sur son téléphone, posé sur la table à côté de mon livre. Il suit mon regard.

– Je ne te ferai pas payer le temps supplémentaire.

Je rougis de plus belle. *Ça*, ce n'est pas la première fois qu'on me le dit.

– Je ne veux pas te retenir si tu as des choses de prévu.

– Oh t'inquiète, proteste-t-il en riant, posant son café Starbucks. Je n'ai rien de particulier. Je suis même plutôt content que tu sois un peu lente. Je donne des cours particuliers à des étudiants de première année qui sont des vrais bourreaux de travail depuis le début de l'année, et ils résolvent mes problèmes en moins de vingt minutes. J'ai besoin d'heures de tutorat pour mon CV. Le programme de MBA de Wharton est très compétitif et toute activité extrascolaire est un plus.

Je devrais être offensée, mais je ne peux pas réfuter la vérité. Je galère.

– Eh bien, je suis peut-être une cause perdue.

– Je suis le meilleur tuteur de Penn. Je te parie mille dollars que tu obtiendras ton prochain exam grâce à moi.

Je reste bouche bée, incrédule.

– C'est dans deux jours.

Il ne cille même pas.

– Alors on va devoir bûcher pendant les prochaines quarante-huit heures. (Il regarde sa montre et reprend une gorgée de café.) Tu ne m'as toujours pas dit ton nom, au fait. Ça ne peut pas être pire que Connor Cobalt.

Il me lance un sourire éclatant – comme ceux qui m'entouraient en école privée.

– Lily Calloway.

Il a un mouvement de recul sous le coup de la surprise.

– Tu n'es pas de la famille de Rose Calloway, par hasard ?

– C'est ma sœur.

Il sourit de nouveau. J'aimerais lui dire d'arrêter. Après des années de faux-semblants et de mensonges, j'ai appris à me méfier des sourires trop enthousiastes.

– Elle est dans l'équipe de quizz académique de Princeton,

n'est-ce pas ? On les affronte tout le temps en tournoi. Elle est diablement intelligente. Je suis surpris que tu ne lui aies pas demandé de t'aider.

Je ris sèchement.

– Je crois qu'il faudrait avoir une sacrée cuirasse pour apprendre quoi que ce soit de Rose. Elle est sans pitié.

Il hausse les sourcils et finit son café.

– Vraiment ?

Il est trop curieux pour son propre bien.

Je décide de le sauver en retournant à mes manuels.

– Alors, prêt à perdre mille dollars ?

Il a peut-être envie d'engranger des heures pour son CV, mais moi, j'ai vraiment besoin de réussir mon exam.

– Ma fierté est en jeu. Elle vaut plus de mille dollars. (Il consulte de nouveau sa Rolex.) Tu as du Red Bull chez toi ?

Une seconde. Il est en train de s'inviter chez moi pour me donner des cours ?

Il voit ma confusion et commence à empiler les manuels.

– La bibliothèque ferme dans dix minutes. Je ne plaisantais pas en disant qu'on allait devoir bûcher pendant les prochaines quarante-huit heures. C'est soit chez toi, soit chez moi. Mais je te préviens, mon chat déteste les filles, et ça fait plusieurs semaines que je ne lui ai pas coupé les griffes. Alors à moins que tu veuilles te faire agresser par une Sadie jalouse, je suggère qu'on aille chez toi.

Je préfère aller au Drake, de toute façon. Avec Lo dans les parages, j'ai moins de chances de faire une bêtise. Genre écouter mon cerveau d'en bas.

– Chez moi, ça me va. (Je passe mon sac à dos sur mon épaule et nous partons.) Mais je vis avec mon copain, donc faudra qu'on soit discrets.

Il siffle.

– En première année et déjà en ménage. Ça explique beaucoup de choses.

Il m'ouvre la porte en verre, mais je me fige avant de sortir dans la cour.

– Comment ça ?

Suis-je si transparente ? Ou Connor Cobalt est-il si arrogant qu'il croit m'avoir comprise après une seule session de révisions ?

– Beaucoup de filles ici sont issues de fortunes familiales…

– Attends, je le coupe. Comment tu sais que je suis riche ?

Je regarde ma tenue. On ne peut pas dire que ma richesse saute aux yeux. Je porte une paire de Nike, un jogging, et un sweat de la fac. Si Rose voyait mon style, elle ferait une syncope.

– Calloway, dit-il en riant. Ton père est un magnat du soda.

– Ouais, mais la plupart des gens…

– Je ne suis pas la plupart des gens, et je m'efforce de connaître tous les noms, surtout ceux qui comptent.

Sa prétention me laisse pantoise.

Il me précède à l'extérieur, dans la nuit fraîche.

– Comme je le disais, la plupart des filles friquées ont tendance à faire la même chose. Trouver un mec d'Ivy League promis à beaucoup de réussite, se marier jeune, et avoir un avenir tout tracé sans avoir à faire quoi que ce soit d'autre. Genre avoir des A, des recommandations exemplaires, des CV complets. Je ne juge pas. Si j'étais une fille, je ferais la même chose. Bordel, je finirais sûrement par épouser un de ces types.

Quelle généralisation abjecte. Toutes les femmes ne bazarderaient pas leur carrière pour qu'un homme s'occupe d'elles. Je pourrais lui mettre un pain ou dégobiller. Les deux semblent être des réactions appropriées. Je parie qu'il pense aussi que les femmes ne sont là que pour faire des bébés. Bon sang, Rose lui arracherait les yeux si elle l'entendait.

Mais je ne suis pas aussi courageuse qu'elle, et il est trop tard pour trouver un autre tuteur. Alors je garde mes objections pour moi et emboîte le pas à ce connard.

– Lo ! je crie, passant la porte, Connor sur les talons. Lo !

Quand il ne répond pas au troisième appel, je présume qu'il n'est pas là. Je lui envoie un SMS et espère qu'il n'est pas trop beurré pour sentir son téléphone vibrer.

Nous nous installons sur le bar. Je planche sur trois manuels différents, fais quelques progrès mais pas assez pour appeler ça un franc succès. Sur tous les problèmes que me balance Connor, j'ai vingt-cinq pour cent de réponses justes. Ce chiffre refuse toujours de fluctuer.

Deux caisses de Red Bull et une pizza pepperoni plus tard, il est 23 heures et Lo n'est toujours pas rentré. Je regarde mon téléphone piteusement posé sur le plan de travail, m'attendant à voir un appel en absence. J'ai prévenu Lo que j'avais ma première session de tutorat, et on s'en est donné à cœur joie lui et moi, cet après-midi. Peut-être s'est-il dit que j'avais été suffisamment rassasiée et m'a donc plantée ce soir pour aller faire son truc de son côté.

Je me mords la lèvre. L'inquiétude me gagne quelques minutes plus tard, et il devient presque impossible de me concentrer sur les problèmes d'éco.

– Il a peut-être juste perdu la notion du temps, dit Connor, qui me voit regarder mon téléphone toutes les trois secondes. Je crois qu'il y a une soirée flûo sur le campus ce soir. Beaucoup d'étudiants de premier cycle à qui je donne des cours en parlaient.

– Les étudiants des autres années n'y vont pas ?

– Non, c'est rare. On est plus concentrés sur les études.

J'essaie de ne pas lever les yeux au ciel. Une autre généralisation. Lo détesterait ce mec. Je dois avoir l'air angoissée, parce que Connor referme les manuels.

– Je suis désolée. On peut annuler le pari. Ce n'est pas la peine que tu perdes de l'argent parce que je n'arrive pas à me concentrer.

– Je tiens toujours mes promesses de tutorat. Le pari tient encore. Tu auras ton examen, Lily. J'en suis persuadé.

Il est bien le seul.

– Bon, il est clair que tu t'inquiètes pour ton mec. Tu n'apprendras plus rien jusqu'à ce qu'on le retrouve. Où peut-il être, selon toi ?

Hein ? Il propose de m'aider à trouver mon mec ? Je cligne des yeux, surprise par la singularité de Connor Cobalt, et essaie de me concentrer sur Lo. Où pourrait-il être ? C'est une bonne question. Il allait à toutes les soirées pendant nos deux premières années de fac, et il s'en tient aux bars depuis peu. En général, il rentre à la maison pas trop tard pour boire de l'alcool fort ici jusqu'à sombrer.

Puisque je ne l'ai conduit nulle part, il doit être resté dans le coin. Je demande :

– Tu as dit que la soirée fluo était sur le campus ?

– Oui, en extérieur.

– On va commencer par là.

Des lumières stroboscopiques clignotent sur un plant d'herbe. Des corps s'agitent d'un même mouvement au rythme hypnotique de la musique house. Nous restons à distance. La plupart des gens portent des vêtements blancs avec des traits de peinture ou de marqueurs brillant sous la lumière noire. Ils courent dans tous les sens et dansent, presque bestiaux dans la nuit froide.

Comment vais-je trouver Lo dans ce bazar ?

Avant de me perdre dans la foule agitée et transpirante, une petite rousse m'attrape le coude.

– Tiens, t'auras besoin de ça.

Elle me donne un tee-shirt blanc. Je fronce les sourcils pendant qu'elle tend le même en plus grand à Connor, pris dans un carton à ses pieds. Nullement décontenancé, il déboutonne sa chemise et enfile le tee-shirt, donnant son habit à la fille.

– Je ne vais pas la revoir, n'est-ce pas ? lui demande-t-il avec un sourire séducteur – ou peut-être juste gentil.

C'est difficile à dire avec les mondains dans son genre.

Les yeux de la rousse luisent avec malice, et elle lui attrape le poignet. Avec un feutre noir, elle inscrit son numéro dans la paume de sa main.

– Je vais garder un œil dessus pour toi.

Elle passe ses bras dans les manches pour porter la chemise comme une veste légère.

Putain de merde. Je dois le reconnaître. C'était sexy.

Connor se contente de sourire – calme et maître de lui-même, comme si c'était complètement normal de chercher le mec de son élève et de se faire draguer par une jolie rousse à une soirée.

Je garde mon haut et passe le tee-shirt par-dessus mes vêtements, sortant mes cheveux du col. Puis nous plongeons dans le chaos.

Un mec avec une perruque vert fluo se rue sur moi en criant comme une banshee. Il brandit un surligneur rose fluo géant et le passe en travers de mes seins. Charmant.

Connor me prend par la main et me tire dans une autre direction.

– À quoi il ressemble ? ! crie-t-il par-dessus la musique assourdissante qui fait vibrer mes pieds.

J'esquive un surligneur violet qui vise mon bras nu et affiche une photo de Lo sur mon téléphone.

– Je le connais ! fait Connor en montrant l'écran. Il est dans mon cours de Relations internationales !

J'imagine que ce n'est pas tant une coïncidence. Les spé Business doivent tous suivre les mêmes options.

– Super ! On se sépare ? !

Une fille à côté de moi pousse un cri perçant et trace un trait jaune en travers de mes fesses. Sérieusement ? Je ne porte même pas de pantalon blanc. Le feutre fait une affreuse tache marron sur mon jean.

Il balaie la foule des yeux et hoche la tête.

– Je vais voir du côté où il y a les toiles et la peinture !

Il y a de la peinture ici ? ! Je lui laisse ce coin-là, merci bien.

– Va voir côté fûts.

Parfait, il m'envoie pile là où se trouvera Lo s'il est à cette soirée démente, même s'il considère la bière en fût comme de la pisse de chat. Autour des fûts, il y a moins de gens armés de marqueurs, ce qui laisse les étudiants venus pour la bière gratos.

Un mec dégingandé couvert de peinture bleu fluo fait le poirier au-dessus du fût, son tee-shirt pendant par-dessus sa tête, révélant des touffes de poils frisés sur son torse. Il boit la boisson amère à grandes goulées, et il ne me faut que quelques minutes pour déduire que Lo n'est pas là.

J'aurais dû le savoir. L'alcool bas de gamme et la musique qui casse les oreilles ne font plus partie de son rituel depuis ses dix-neuf ans. S'il n'est pas encore tout à fait mature, ses péchés mignons le sont, eux.

J'essaie de le rappeler, mais tombe directement sur la messagerie.

– Lily ?

Je fronce les sourcils et me retourne face à la voix masculine. Je ne le reconnais pas, jusqu'à voir son tee-shirt de fraternité couvert de surligneur fluo : Kappa Phi Delta. La fraternité dans laquelle Lo est venu me chercher.

Ses cheveux blonds flottent dans le vent, et mon corps tout entier brûle sous l'effet de la honte. J'imagine que c'est moi la vilaine dans ce scénario, puisque j'ai disparu fissa après notre coup d'un soir.

Ma confusion ne lui échappe pas. Il pointe un doigt sur son torse.

– Kevin.

Il montre le fût de bière.

– Tu veux boire un truc ?

Traduction : *Tu veux recommencer ?*

Avant que je puisse décliner, Connor déboule, le visage rouge d'avoir dû se frayer un chemin entre les corps enchevêtrés. Son tee-shirt blanc est couvert de tout un tas de peintures fluo et de traits de surligneurs. Quelqu'un a loupé le tee-shirt, et du rose vif luit sur son coude.

– Je ne l'ai pas trouvé, me dit-il.

– Connor Cobalt ! s'exclame Kevin.

Oh mon Dieu. Ils se connaissent. Où suis-je tombée ?

Connor se tourne et son sourire s'élargit quand il voit Kevin.

– Salut, mec !

Ils se font une accolade de mecs : ils se serrent la main, tirent, et se tapent dans le dos. Je n'ai jamais compris le concept.

– Je suis surpris de te voir ici, dit Kevin en souriant. Je croyais que Connor Cobalt était trop bien pour les beuveries dans le genre.

Je suis contente de savoir que je ne suis pas la seule à trouver son nom fascinant.

– En réalité, je bosse, là.

– Tu appelles ça du tutorat ?

Les yeux de Kevin tombent sur le numéro écrit dans la main de Connor.

– Mince, mec, je devrais peut-être adopter tes méthodes. Tout ce que j'obtiens en échange de mes heures de tutorat, c'est des maux de tête.

Il me jette un coup d'œil, voyant que je suis toujours là.

– Ah, je te présente Lily.

Manifestement, Kevin a eu un moment d'absence quand Connor m'a parlé il y a une minute.

Connor fronce les sourcils et penche la tête. J'ai envie de sourire. *Ouais, non, tu ne m'as pas percée à jour.*

– Oui, je sais, dit-il. Je lui donne des cours. Éco.

Kevin presse deux doigts sur ses lèvres, essayant de réprimer son amusement.

– Tu veux dire que tu lui donnes des « cours », c'est ça ?

Ce trouduc mime même des guillemets avec ses doigts et donne un coup d'épaule entendu à Connor.

Mes narines se dilatent et mon nez chauffe. Je suis juste là !

Étonnamment, le visage de Connor se tord de dégoût. Il repousse l'épaule de Kevin comme s'il l'avait contaminé.

– Non, je veux dire que je lui donne vraiment des cours, Kevin. On est ici pour trouver son copain. Elle n'arrive pas à le joindre.

Il se détourne légèrement, éconduisant son… ami ? Je ne sais plus. Connor est une énigme. Il dit des trucs offensants puis s'offense quand quelqu'un d'autre le fait – bien que moins subtilement.

Kevin n'a pas saisi le message.

– Ouais, mes frères m'en ont parlé. Il est venu la chercher le lendemain à la maison.

Je vois Connor ouvrir la bouche, mais je lui coupe la parole.

– J'étais célibataire, à ce moment-là, je me défends, bien que ma mortification se répande comme une éruption cutanée.

Entre ça et les traits des surligneurs fluo, je dois avoir l'air d'une tarée.

– Et pour info, t'étais nul au lit.

Je me détourne pour partir, puis réflexion faite, je me retourne et donne une tape dans son verre en plastique rouge. La bière mousseuse se déverse sur l'herbe et Kevin lève les yeux au ciel, comme si ce n'était pas la première fois qu'une nana renversait sa bière.

J'inspire fébrilement et m'éloigne d'un pas décidé, bousculant les fêtards, et tant pis si on m'étale du vert sur la joue. Je m'en tape. Cette soirée ne peut pas plus mal tourner.

Connor me rattrape et nous parvenons à nous frayer un chemin parmi la foule, mais je maintiens ma cadence rapide en direction du parking.

– J'allais lui dire que c'était un crétin, dit-il, mais je crois que ta méthode était bien plus efficace.

Je ris et essuie les larmes qui se sont échappées entre-temps. À quel moment me suis-je mise à pleurer ? J'ai le ventre noué, et par-dessus le marché, je n'ai pas trouvé Lo.

Et s'il avait perdu connaissance dans un bar ? Et s'il titubait dans les rues ou était en train de subir un lavage d'estomac à l'hôpital ?

– Je ne sais pas où il peut être, je dis d'une petite voix.

– Je suis sûr qu'il va bien, Lily.

Je secoue la tête, sentant monter des larmes de désarroi.

– Tu ne le connais pas.

Je me mords la lèvre pour l'empêcher de trembler.

Connor grimace, compatissant.

– Et si on rentrait chez toi ? J'attendrai avec toi jusqu'à ce qu'il rentre.

– Tu n'es pas obligé de faire ça, je dis en reniflant. Je t'ai déjà suffisamment fait perdre ton temps. Ça n'a plus rien à voir avec le tutorat.

– En effet, dit-il en hochant la tête. Mais c'est le truc le plus intéressant qui me soit arrivé depuis six mois, depuis que Sadie a griffé la nana que j'avais ramenée chez moi. Et – il baisse les yeux au sol – je crois que je sais pourquoi tu t'inquiètes pour un mec comme Lo. Il sent presque systématiquement l'alcool, les rares fois où il vient en cours.

Je fronce les sourcils. Il ne va pas souvent en cours ? Je sais que ce n'est pas un élève modèle, mais à en croire Connor, Lo saute plus les cours qu'il n'y va. Quant à l'odeur, Lo prend plus de précaution avec nos familles – pastilles à la menthe, douches, parfum. Les jours de classe, il s'en fiche un peu.

Personne ne m'a jamais mise face aux problèmes de Lo auparavant. Je cherche mes mots avant d'énoncer une semi-vérité.

– Il répond à son téléphone, d'habitude.

C'est bon de ne pas mentir pour une fois, même si c'est face à un inconnu comme Connor.

Nous marchons vers ma BM.

– Tu dois sacrément regretter que je n'aie pas choisi Henry Everclear.

– Non, à vrai dire.

Nous montons tous les deux en voiture, moi au volant.

– J'aime le challenge. Je fais partie des meilleurs élèves de ma classe. Je suis le meilleur dans ma spécialité. Tout ce qu'il me faut, c'est ce petit truc en plus, et Wharton ne pourra pas me résister.

Je passe une vitesse et sors du parking.

– Laisse-moi deviner. Faire réussir son exam à la fille nulle en éco est ton petit truc en plus ?

– Je ne l'aurais pas dit aussi franchement, mais oui.

J'essaie de me retenir de rire. Connor ne sait pas à quel point je peux être franche. Je change de file.

– À propos de Kevin…

J'ai l'impression de devoir me défendre. Je ne sais pas pourquoi.

– Tu n'as pas à t'expliquer, me dit Connor. Les gens s'amusent. Je comprends.

Il tapote la poignée de la portière au rythme de la chanson rock à la radio.

– Punaise, t'habites loin.

Je m'arrête à un feu rouge.

– C'est juste une impression, à cause de la circulation.

Après quelques autres arrêts, nous arrivons enfin à l'immeuble. Je marche d'un pas raide jusqu'à l'ascenseur, Connor sur les talons, croisant les bras pour tenter de masquer ma nervosité.

Nous montons les nombreux étages, les numéros clignotant au-dessus de nos têtes. Je regarde Connor.

– Tu as…

Je montre mon oreille. Il y a de la peinture orange fluo sur la sienne. Il ne lève pas la main pour l'enlever, il se contente de sourire.

– Je suis couvert de peinture. T'inquiète pas pour mon oreille.

– Tu étais déjà allé à une soirée fluo ?

Sinon, comment expliquer son sang-froid pendant toute cette épreuve ? Il n'a pas sourcillé quand des filles lui ont mis la main aux fesses. Il a l'empreinte de deux paires de mains sur le cul pour le prouver.

– Non. J'en avais entendu parler, cela dit. C'était intéressant.

Le *ding* retentit, et j'essaie de déterminer ce qui pourrait faire tomber le masque stoïque de Connor. Peut-être de ne *pas* être accepté à Wharton. Oui, j'imagine que là, ça ne se passerait pas très bien.

Je galère avec mes clés et déverrouille la porte.

– Lo ! je crie dans le salon.

Connor ferme la porte derrière moi et je traverse l'appartement en trombe, espérant trouver Lo dans la cuisine en train de se préparer un verre.

Vide.

J'essaie sa chambre, ne prenant même pas la peine de frapper par politesse. J'ouvre la porte et mon ventre se serre.

– Dieu Merci.

Lo est allongé sur le lit à plat ventre, tout habillé et en compagnie de trois bouteilles d'alcool. Je ne sais pas et je me fiche de savoir à quelle heure il est rentré. Le fait qu'il soit là et non mort dans la rue est un immense soulagement.

Je m'approche de lui et répète son prénom plusieurs fois pour me faire une idée de son niveau de conscience. Un peu frustrée par la situation, je lui secoue l'épaule. Il ne bouge toujours pas. Je le fais prudemment rouler sur le côté et presse ma main sur son front moite. Il est chaud, mais pas assez pour avoir de la fièvre. Coma éthylique. Mon autre crainte.

– Il va bien ?

La voix me fait sursauter. J'avais oublié Connor. Il appuie sa hanche contre l'embrasure de la porte, me regardant m'occuper de Lo, l'air impassible.

– Ça va aller, je dis. Merci pour ton aide.

Il hausse les épaules.

– Ça ne me fait pas de mal. J'ai passé tellement de temps enfermé à la bibliothèque ces quatre dernières années que j'ai oublié à quoi ça ressemblait, les vrais problèmes.

Ouaaiiis. Je chasse le centième commentaire offensant de la soirée.

– On se voit demain, alors ? Si tu veux toujours être mon tuteur ?

– Pour la quinzième fois, *oui*, dit-il. Il faut que tu travailles sur tes capacités d'écoute. Je te retrouve à 6 heures.

Je fronce les sourcils.

– Ce n'est pas un peu tard ?

Il me lance un de ces sourires de mec d'école privée.

– Six heures du matin.

Oh. Je regarde l'horloge digitale sur le bureau.

– C'est dans cinq heures.

– Alors tu ferais mieux d'aller te coucher.

Avec une expression impénétrable, il jette un dernier coup d'œil vers Lo, puis s'en va, quittant l'appartement.

Lo est profondément endormi. Je décide d'aller dans la chambre d'amis. Une fois lovée dans mes draps violets, je me rends compte que je me suis tellement inquiétée pour Lo que je n'ai pas pensé au sexe de toute la soirée.

Chapitre 19

Connor arrive à 6 heures pile avec du café fumant et une boîte de croissants. Contrairement à moi, il n'a pas de cernes sous les yeux, il est même bien trop guilleret. Il doit n'avoir besoin que de cinq heures de sommeil par nuit.

– Tu tournes à l'Aderall ? je demande.

Beaucoup d'étudiants abusent d'amphétamines pendant leurs études, grosso modo des produits dopants pour l'élite intellectuelle.

– Absolument pas. On ne doit pas polluer le génie naturel. (Il marque une pause.) Tu as essayé, toi ? Ça pourrait t'aider.

– Tu te rends compte que tu viens de m'insulter ?

Je dénonce enfin son manque de tact.

Il déchire un croissant en deux et sourit.

– Je suis désolé, dit-il – *pas du tout* désolé. J'essayais seulement d'aider. Certaines personnes ont plus de facilité à se concentrer sous Adderall. Ce n'est pas pour moi, mais pour toi, qui sait ?

Étrangement, la reformulation adoucit l'insulte. C'est peut-être une des subtilités de Connor. Ou juste un don.

– Pas de drogues, je lui dis.

Je n'ai jamais aimé les stimulants, les tranquillisants, ni tout autre narcotique. Je souffre déjà d'une addiction – je n'ai pas besoin d'une autre.

– Je veux faire ça comme il faut, même si je ne suis pas un génie né.

– Alors on s'y remet.

Nous travaillons quelques heures sans s'arrêter, et je retiens les enseignements cette fois-ci, bûchant sur des problèmes pendant que Connor me prépare des fiches de révision. Son écriture est plus nette que la mienne, et je suis certaine qu'il en tire une certaine satisfaction.

Quand il a fini le dernier tas, il regarde l'horloge au-dessus du four. Réviser bouffe le temps, je ne suis donc pas surprise qu'il soit déjà midi.

– Il dort encore ? demande Connor, l'air surpris.

Il me faut un moment pour comprendre qu'il parle de Lo. Nous avons évité le sujet depuis que Connor a passé la porte avec le café au si doux parfum et les viennoiseries. Il a demandé si Lo allait bien, et nous en sommes restés là.

– Il est dans les vapes, je corrige. Il se réveillera sûrement bientôt.

– Ça lui arrive souvent ?

Je hausse les épaules, évasive, ne voulant pas parler de Lo. Heureusement, Connor comprend et ouvre mon cahier pour vérifier mon travail.

Vingt minutes plus tard, nous commandons des plats chinois pour le déjeuner. Au moment où je raccroche, j'entends la chasse d'eau. Je me concentre sur les bruits de pas lourds, lents. Je n'ai aucune envie de discuter avec Lo si c'est pour l'entendre manger ses mots et me lancer des piques irritables.

Je me tourne vers les manuels, faisant comme s'il ne s'était pas levé, et demande à Connor de me réexpliquer le chapitre quatre. Lo doit entendre la voix d'un autre homme, car quelques secondes seulement s'écoulent avant qu'il affronte les rayons du soleil filtrant à travers les fenêtres de la cuisine.

Les mots de Connor s'étiolent quand Lo entre d'un pas pesant. Ses cheveux emmêlés partent dans tous les sens, il a le teint pâle et le visage moite, et l'odeur âcre du scotch flotte autour de lui. Si c'était un personnage de cartoon, ce serait Pépé le Putois entouré d'un nuage brumeux. J'aurais dû l'aider à prendre une douche ou au moins lui enlever ses vêtements hier soir. Il l'aurait fait pour moi.

Lo se passe une main dans les cheveux et se dirige vers la cafetière. Ses yeux se posent brièvement sur Connor et moi, assis au bar.

– Je te connais, dit Lo en se servant une tasse de café.

– Relations internationales. Tu es tout au fond. Je suis tout devant.

Lo tourne légèrement la tête pour croiser mon regard, haussant les sourcils l'air de dire *il est sérieux, ce type ?* Ouaip, j'ai eu la même réaction.

– C'est ça.

Lo ouvre un placard et en sort une bouteille de Bailey's pour en mettre dans son café.

– T'es l'intello qui a toujours la meilleure note.

Il le dit comme si c'était une mauvaise chose, mais il ne voit pas Connor sourire de toutes ses dents à côté de moi.

– J'aide Lily à préparer son exam d'éco de demain.

Lo ferme le placard, et je vois son cou virer au rouge. Il hésite avant de se tourner complètement vers nous, s'appuyant contre l'évier.

– Tu sais qu'on a un examen, hein ? je lui demande.

Je vois bien qu'il a oublié.

– Ouais, répond-il dans sa tasse, prenant une longue gorgée.

– Vous êtes dans la même classe ? (Connor a l'air bien trop excité.) Je donne des cours collectifs, aussi.

– J'ai atteint mon quota de révisions. Aide Lily.

Lo termine son café bien trop vite. Puis il ouvre le frigo et prend une boîte d'œufs pour se préparer son remède anti-gueule de bois.

Connor me donne un coup dans l'épaule.

– On se remet au travail. Tu es à soixante, minimum. Il faut que tu arrives à une moyenne de quatre-vingts sur ces problèmes.

– Je croyais qu'il fallait juste que j'aie la moyenne.

– Je déduis toujours dix points pour le stress.

Le blender démarre, Lo penché dessus, tenant le couvercle d'un bras, l'autre posé sur le plan de travail pour supporter son poids. Il semble prêt à s'écrouler au sol ou à se rendormir.

Il me calcule à peine. Peut-être pense-t-il que je l'ai trompé. Je ne sais pas jusqu'où il me fait confiance avec d'autres mecs. Nous quittons rarement l'appartement pour tester ces limites.

Ou peut-être que c'est simplement la culpabilité – de ne pas avoir été en mesure de répondre à mes appels. C'est plus logique, peut-être.

Une fois sa concoction prête, Lo disparaît de nouveau dans sa chambre. J'essaie de me concentrer sur les révisions, puis le repas arrive. Je soupire à l'idée d'une pause déjeuner.

– Ça fait longtemps que tu sors avec lui ? demande Connor.

Il attrape une nouille dans la boîte avec ses baguettes, qu'il manie à la perfection. Je ne serais pas surprise s'il parlait sept langues, aussi.

Je plante une fourchette dans mon poulet à l'orange, gagnant du temps pendant que je décide quelle réponse lui donner. La fausse : *trois ans*. La vraie : *trois semaines*.

Je n'ai pas encore menti à Connor, et je ne préfère pas commencer.

– On est amis depuis l'enfance, et on a emménagé ensemble quand on a commencé la fac. Mais on s'est mis ensemble il n'y a que quelques semaines.

– Waouh, tes parents doivent être sacrément cools pour te laisser vivre avec un ami mec. Les miens ont des prérequis relation-sérieuse-uniquement. Genre assez sérieux pour se marier. Ils ne veulent pas qu'une fille vive à mes crochets avant que je lui passe la bague au doigt. Sadie est donc ma seule compagne.

– Tu es célibataire, donc ?

Je sirote mon Fizz Light.

– Et heureux de l'être, confirme-t-il en hochant la tête.

J'essaie d'imaginer le genre de fille qui intéresserait Connor, mais elle semble mystérieuse – une image brumeuse ne laissant apparaître que son cerveau. Quoi qu'il en soit, il a l'embarras du choix. Des filles canon l'ont tripoté à la soirée fluo. Comme quoi être séduisant, accessible, bien habillé et amical, ça réussit. Malgré tout, il n'a pas répondu à leurs avances.

– Tu es gay ? je demande sans réfléchir.

Qu'est-ce qui va pas chez moi ? Je prends une grosse bouchée de poulet à l'orange, me remplissant la bouche pour combler la gêne.

Il secoue la tête, nullement insulté. Rien ne peut le froisser.

– Les filles. Assurément les filles. Mais tu n'es pas mon genre. J'aime les gens qui peuvent me challenger intellectuellement.

Il faut que j'invente un jeu à boire. Un shot chaque fois que Connor trouve une manière créative de me traiter de neuneu. Après réflexion, je tomberais certainement dans un coma éthylique.

Une fois le repas terminé, je nettoie et Connor m'oblige à taper et retaper mes notes jusqu'à ce que ça rentre. Être sur l'ordinateur est dangereux. Pendant que les minutes passent en silence, j'oublie parfois que Connor est dans les parages. L'envie inconsciente de me connecter à des sites porno fait fourmiller mes doigts.

Ma spirale infernale a commencé quand j'étais plus jeune, par de petites compulsions, comme trouver le cran de cliquer sur un site classé X. J'ai progressé petit à petit. Les sites porno se sont transformés en pages de chats cochons, cinq minutes se sont transformées en une heure, et je suis devenue obsédée par ma prochaine occasion de surfer sur Internet – comme un jeune garçon accro à *Halo* ou *Call of Duty*. Le porno est un truand de temps, il me vole des journées entières, me met en retard pour des événements familiaux ou en cours. Malgré ma peur que mes sœurs le découvrent – ou, pire encore, ma mère –, j'y retournais sans cesse.

Ces comportements m'empêchent même de dormir parfois, mais je ne peux toujours pas les réfréner.

– Je ne t'entends pas taper, réprimande Connor d'un ton léger.

Je frappe bruyamment sur les touches, espérant le provoquer. Il se remet à « noter » mes résolutions de problèmes, ce qui signifie simplement qu'il griffonne des marques rouges sur toute la page.

La dernière vidéo que j'ai regardée avait pour vedettes mon couple favori : Evan Evernight et Lana Love. Ils faisaient un jeu de rôle : Evan était flic, Lana une chauffarde. Il sortait de sa voiture en uniforme bleu de la police, les pouces passés dans les pans de sa ceinture. Puis il posait sa grosse main sur la Lexus argentée de Lana, se penchant vers elle pendant qu'elle baissait sa vitre.

– Lily, appelle Connor.

Je sursaute.

– Oui ? je couine, incapable de croiser son regard.

Il ne peut pas lire dans mes pensées. Il ne sait pas où je suis partie. Je m'enfonce sur le tabouret de bar.

– Tu as encore arrêté de taper, et tu respirais bizarrement. Tout va bien ?

Non. Le sexe envahit littéralement mon esprit comme des troupes ennemies. Je me lève d'un bond.

– Il-il faut que j'aille parler à Lo. Tu m'accordes dix minutes ?

Je m'attends à ce qu'il soit en colère, mais il hoche tranquillement la tête.

– Prends ton temps. Tu es inutile tant que tu ne peux pas te concentrer.

Mon cerveau enregistre l'insulte pendant que je file vers la chambre de Lo. Je ne frappe pas. J'entre en trombe et ferme la porte derrière moi. Je garde ma main sur la poignée en cuivre, encore à moitié indécise quant à ma présence ici. Ma lâcheté me dit de retourner à la cuisine et d'attendre que Lo vienne me parler, s'excuser, qu'il fasse n'importe quoi avant que ce soit moi qui le mette face à ses actes, une chaleur bouillonnant dans mes entrailles.

Mais maintenant je suis là. Incapable d'aller jusqu'au bout. Incapable de fuir. Lo croise mon regard, frotte ses cheveux mouillés avec une serviette. Il a moins l'air d'un mort-vivant, avec son jean propre, son tee-shirt ras-du-cou, ses joues qui ont retrouvé des couleurs et ses yeux qui ne sont plus si vitreux.

Ses iris ambrés me prennent au piège, et j'oublie pourquoi j'ai déboulé dans sa chambre. Était-ce pour du cul ? Non, pas tant que nous n'avons pas parlé de sa disparition hier soir.

– Tu as fini de réviser ? demande-t-il.

Il jette sa serviette sur sa chaise de bureau en cuir. Ses muscles restent bandés.

– Non. Je fais une pause.

Je suis incapable de détacher mes yeux des siens. Je ne peux pas non plus poser la question qui me taraude.

Lo se contente de me fixer. Il serre les dents et des veines saillent dans son cou – mais pas parce qu'il est colère. Je vois qu'il se retient de ne pas laisser échapper une série de mots sans filtre. Il déglutit et jette un coup d'œil vers le mur de placards dissimulant sa béquille. Je le vois presque compter dans sa tête avant de reporter son attention sur moi.

– Dis quelque chose, souffle-t-il.

Je lâche :

– Je n'ai pas couché avec lui. Ni avec personne d'autre.

Son visage se brise en mille morceaux et sa poitrine se soulève. Affligé, il pose une main sur sa chaise de bureau pour accuser le coup. J'ai mal jugé – ce n'est pas ce dont il est question.

Il se pince l'arête du nez, grimaçant.

– Tu croyais que je me tracassais pour ça ? Que je me demandais si tu t'es tapé ton tuteur ?

– Je n'étais pas sûre. (Je me ronge les ongles.) Alors… tu n'as pas cru que j'avais couché avec lui ?

Il baisse les yeux au sol, puis, très doucement, dit :

– Je ne t'en aurais pas voulu si tu l'avais fait.

Mes poumons suffoquent sous un poids invisible. Mes yeux me piquent. Ça ne lui ferait rien si je couchais avec quelqu'un d'autre ? On dirait presque qu'il s'y attend.

– J'aurais dû être là, explique Lo, plus pour lui-même.

Il n'arrête pas de secouer la tête, il doit se dire qu'il aimerait pouvoir remonter dans le temps et étrangler le mec qui s'est évanoui trop tôt, celui qui ne répondait pas à mes appels.

– S'il s'était passé quelque chose, ça aurait été ma faute, pas la tienne.

– S'il te plaît, ne fais pas ça, je supplie, m'appuyant contre la porte, qui me maintient autant que la chaise le soutient. Ne me donne pas le droit de te tromper. Si je te trompe, c'est réel. Si tu n'es pas là, c'est réel. Tu veux empêcher que je me sente coupable si je couche avec un autre ? Eh bien, tu ne peux pas.

Il a les yeux rouges.

– Je ne suis pas doué pour ça.

Pas doué pour être en couple ? Pour être avec moi ? Pour essayer de moins boire ? Il n'explique pas ce que *ça* veut dire. Je dois deviner. Il trouve une bière dans son tiroir et dévisse le bouchon, choix surprenant vu que ce n'est pas très alcoolisé. Bizarrement, c'est presque comme un gage de paix, un « je suis désolé », venant de Loren Hale. Lui seul peut s'excuser avec de l'alcool.

– Pourquoi tu n'as pas répondu à mes appels ?

– Mon téléphone est mort à un moment donné dans la soirée. Je ne m'en suis rendu compte qu'à mon réveil.

Il montre son bureau, où son téléphone est posé sur le chargeur. Puis il s'approche de moi et retire mes mains de la porte, entrelaçant ses doigts aux miens. Il passe un long moment à regarder la manière dont ils s'imbriquent.

– Où étais-tu ? je souffle.

Il lèche de la bière sur ses lèvres.

– Dans un bar, un peu plus bas dans la rue. J'y suis allé à pied.

Il me tire jusqu'au centre de la pièce, mes pieds glissant avec les siens. Quelque chose ne va pas. Je vois la douleur froide et hachée dans ses yeux, si profonde que ça ne peut pas être simplement de la culpabilité – pas simplement vis-à-vis de moi.

Il met une ballade pop sur son enceinte puis me tire contre lui. Il lève mes bras autour de ses épaules et glisse ses mains sur mes hanches. Lo se balance en rythme, lentement, mais pendant qu'il essaie d'oublier, je reste plantée droite dans la réalité.

– Que s'est-il passé ?

Il me fixe et dit :

– Rien.

Je le crois presque. Ses sourcils se froncent même un peu, l'air confus. Je murmure :

– Peut-être que tu te sentiras mieux si tu m'en parles.

Il arrête de bouger, et ses yeux se voilent. Il les lève vers le plafond un moment, secoue la tête, puis laisse les mots glisser entre ses lèvres.

– J'ai appelé ma mère.

Avant que je puisse poser la question, il ajoute :

– Je ne sais pas pourquoi. Je ne sais pas…

Ses narines se dilatent, retenant une avalanche d'émotions.

J'attends qu'il poursuive, même si un poids me pèse et que mon souffle est perdu dans le passé. Il connaît la question que je veux poser. À voix basse, il explique :

– Tu étais à la bibliothèque, et mon esprit s'est mis à brasser. Je… je ne sais pas. J'ai cherché Sara Hale sur Internet et j'ai trouvé son numéro.

Même après leur discret divorce, elle a gardé le nom de famille de Jonathan Hale pour conserver une partie de sa fortune. Il s'en plaint à longueur de temps, mais il ne peut plus rien y faire. Elle s'en est tirée avec des milliards de dollars d'actifs et une part de l'entreprise en tant qu'actionnaire.

– Tu es sûr que c'était le bon numéro ?

À en croire sa respiration irrégulière, l'appel s'est mal passé.

Il hoche la tête, son regard balayant la pièce. Il a l'air perdu. Je garde ma main dans la sienne, mais il est loin, très loin.

– Je ne sais pas ce que je comptais dire. J'aurais peut-être dû commencer par « Coucou, merci de t'être fait engrosser juste pour épouser mon père et lui prendre son pognon » ou « Coucou, merci pour rien ».

– Lo…

– Tu sais ce que j'ai dit ? demande-t-il en riant, les larmes aux yeux. *Coucou, maman.* Comme si elle représentait quoi que ce soit pour moi. (Il se frotte la bouche, pensif, et pousse un autre rire bref.) Après toutes ces années à me satisfaire de ne rien savoir d'elle, je l'appelle enfin. Et elle dit : « Qui est-ce ? Loren ? N'appelle plus *jamais* ce numéro. » Elle m'a raccroché au nez.

Je suis bouche bée.

– Lo, je suis…

Désolée – de quoi ? Que sa mère soit une croqueuse de diamants profiteuse qui a volontiers abandonné son enfant après avoir passé un accord d'un milliard de dollars ?

– Tout ira bien. Elle n'en vaut pas la peine. C'est une femme détestable.

Lo hoche la tête.

– Ouais… ouais, t'as raison. (Il prend une profonde inspiration.) Je n'aurais pas dû l'appeler. Je ne me serais pas autant pinté la tronche. Je voulais juste arrêter d'y penser.

Je lui serre la main.

– Je sais.

– Viens ici.

Il me tire contre lui et m'embrasse sur le front.

– Je vais m'améliorer. Je vais faire des efforts pour toi.

Il me frotte le dos, me maintenant un moment dans son étreinte chaude. Je veux vivre ici. Dans ses bras. Où je sais que je suis en sécurité.

– Tout va bien entre nous ? demande-t-il doucement.

– Je crois.

Je jette un coup d'œil à son horloge. Connor doit m'attendre, chaque seconde est un point en moins sur mon futur examen.

Lo pose ses mains dans mon cou et m'observe de près.

– Tu trembles.

– Ça va.

Je jette un coup d'œil hésitant vers la porte ; j'ai envie de faire des trucs avec lui, mais je n'ai pas le temps. Pas alors que mon tuteur m'attend dans la cuisine.

Lo comprend soudain mes réserves.

– Je vais le distraire pendant vingt minutes, que tu puisses rester ici et regarder quelque chose. Je vais t'apporter une vidéo de ta chambre.

– Vraiment ?

Mon visage s'illumine.

Il m'adresse un petit sourire pour la première fois de la journée, sincèrement heureux de m'aider.

– Vraiment vraiment. Des préférences ? Jeu de rôle, oral, BDSM ?

Il se dirige vers la porte, pour aller fouiller dans mes vidéos porno.

– Surprends-moi.

Son sourire s'élargit. Quelques instants plus tard, il revient avec trois DVD. Ses yeux dansent avec malice quand il me les tend. Je passe les titres en revue et comprends ce qui l'amuse.

– Anal ? je dis en lui donnant une tape sur le bras.

Il dépose un petit baiser sur ma joue et me tapote les fesses.

– Ne t'amuse pas trop sans moi. (Il s'arrête près de la porte.) Quelque chose à savoir sur ton prof avant que je lui tienne la jambe ?

Je ris malgré moi.

– Il dit des trucs un peu offensants. Il se croit plus intelligent que tout le monde sur cette planète. Je n'exagère pas. Et il connaît Rose.

Cela le surprend.

– Comment ?

– Apparemment, ils se sont rencontrés à une compétition de culture générale. Je ne crois pas qu'ils se parlent ou quoi que ce soit, donc tu es hors de danger.

– Bon à savoir.

Il sort de la chambre, me laissant livrée à moi-même.

Je laisse tous mes problèmes s'envoler, même l'histoire de Lo, les événements d'hier soir et ma mauvaise note imminente. Pendant ce court interlude, je me sens juste bien.

Vingt minutes plus tard et après être redescendue de mon euphorie, je me sens stupide. Pour avoir pris une pause porno pendant une session de révisions avec mon tuteur. Mon seul moyen de justifier mes actes et de ne pas virer au rouge tomate cerise est de me rappeler que je n'aurais pas été capable de retenir le moindre truc sans satisfaire mon obsession.

Je me lave les mains, prends un Fizz Light dans le frigo de Lo, et ferme doucement la porte derrière moi. Dans le couloir, entendant les voix de Lo et Connor, je m'arrête.

– B, c'est sûr, dit Lo. A, C et D, ça n'a pas de sens.

Est-il en train de travailler ou de parler de taille de bonnet ?

– Tout à fait.

Connor a l'air fier, réaction que je serais incapable de lui soutirer. *Il révise.*

– Bien vu. Tu n'es pas mauvais, tu sais. Si tu n'étais pas si paresseux, tu atteindrais certainement la moyenne de la classe.

Atteindre la moyenne de la classe ? Même si Lo parle rarement de ses notes, je pensais qu'il s'en sortait mieux que ça. Qu'il avait des notes tout à fait honorables.

– Tu crois que je suis trop débile pour ne pas remarquer que tu viens de me traiter d'idiot, ou c'est juste que tu t'en fiches ? demande Lo.

– Honnêtement, répond Connor, je m'en fiche.

– Ha… marmonne Lo.

J'imagine son front se creuser tandis qu'il essaie de comprendre Connor Cobalt et son honnêteté directe (et parfois incorrecte).

– Lily était inquiète hier soir. On a perdu pas mal d'heures de révisions à te chercher. Où t'étais, au final ?

– Une seconde, dit Lo, incrédule. Tu l'as aidée à me chercher, *toi* ?

J'ai eu la même réaction quand Connor me l'a proposé. Cela ne semble pas le déconcerter, comme si accompagner une nana qu'il connaît à peine à la recherche de son mec bourré était tout à fait commun.

– Oui, dit Connor. On est passés à la soirée fluo sur le campus, mais tu n'y étais pas. J'y ai perdu un pantalon. Les filles visent mon cul direct. Je ne comprends pas.

– Lily n'a dragué personne, si ?

Je devrais être vexée qu'il ne me fasse pas complètement confiance. Mais je suis contente qu'il se préoccupe de ma fidélité. Cela veut dire qu'il tient à moi. Et je ferai plus d'efforts pour ne pas le tromper.

– Pourquoi ferait-elle ça ? demande Connor. Vous êtes ensemble tous les deux, non ?

– Depuis pas longtemps. On a des trucs à régler.

Ouah, Lo ne ment pas. Connor Cobalt a-t-il de la poussière de vérité magique dont il asperge les gens ? Ou peut-être que c'est trop difficile de mentir face à son honnêteté désarmante.

– Alors, tu étais où ? insiste Connor.

– Dans un bar au bout de la rue.

J'aimerais pouvoir les écouter pendant encore vingt minutes, mais il faut que je réussisse mon examen. J'avance dans le couloir et manifeste ma présence.

Lo pivote sur le tabouret de bar, tenant sa bière par le goulot. Quand Connor se tourne, je remarque une bouteille Fat

Tire identique dans sa main. Il peut boire et travailler ? C'est un superhéros ou quoi ?

– Tu te sens mieux ? demande Lo avec un air inquiet, me faisant comprendre qu'il a menti à Connor pour moi.

– Ça doit être à cause de toute cette caféine, me dit Connor. Si tu n'as pas l'habitude de boire du Red Bull et du café en même temps, ça peut te chambouler l'estomac. J'aurais dû apporter des médicaments contre les brûlures d'estomac.

Le haut de mes oreilles chauffe, je n'ai aucune envie qu'on parle de mon indigestion – factice ou non. Et le fait que les méthodes de tutorat de Connor comprennent des cycles alternant caféine et médocs est un peu déconcertant.

– Tu rougis bizarrement. Tu as de la fièvre ? demande Connor, que rien n'embarrasse.

Peut-être pense-t-il que les autres aussi sont immunisés à ce sentiment. Pas tant, me concernant. Mes épaules s'enroulent vers l'avant, comme une tortue rentrant dans sa carapace.

– Elle fait souvent ça. Tu l'as mise mal à l'aise, dit Lo avec un sourire en coin.

L'attention qu'ils portent à ma honte ne fait qu'assombrir ma teinte de rouge.

– On peut juste… reprendre les révisions ?

J'ouvre mon Fizz Light et m'assieds sur l'autre tabouret, à côté de Connor.

– Voilà un plan qui me plaît, dit Connor, avant de se tourner vers Lo. Tu veux te joindre à nous ? Tu en aurais certainement besoin. Tu peux espérer te retrouver dans la fourchette haute des soixante pour cent. Mais fourchette haute ou pas, un F reste un F.

Soixante pour cent ? Je fronce les sourcils. J'aurais dû savoir que Lo était à la ramasse en cours et qu'il en loupait régulièrement. Les signes sont là, mais je suis trop préoccupée par mes propres histoires pour le remarquer. Maintenant que je le sais, je ne sais pas comment aider. Je ne suis même pas certaine qu'il voudrait que je m'en mêle.

– J'imagine que je n'ai rien de mieux à faire, dit Lo.

Je masque ma surprise, qui se transforme rapidement en fierté. Je veux que Lo réussisse, et cela veut dire qu'il doit essayer selon ses propres termes. Pas à pas.

Le soir, mes nouvelles compétences m'assurent un C, et Lo est dans les B. Connor a l'air satisfait et, maintenant, il sourit quand il note mes résolutions de problèmes. Lo décapsule sa douzième bière, ne prenant pas la peine de cacher qu'il boit un peu trop d'alcool. Quand il passe au bourbon, il délaisse son thermos, versant la liqueur dans un verre transparent. Je pensais que Connor ferait un commentaire sur la consommation de Lo, mais il ne dit pas un mot. La seule fois où il parle d'alcool, c'est pour demander une deuxième bière.

Vingt minutes plus tard, Connor ramasse les manuels dans ses bras et pose sa grosse calculatrice dessus, en équilibre.

– Je te dois combien ? je demande en fouillant dans la panière de l'entrée à la recherche de mon chéquier.

– Garde ton argent. Je préfère noter ces heures comme bénévoles. Ça rapporte plus de crédits d'intérêt général.

Lo sourit dans son verre de bourbon, plus amusé qu'agacé. Au final, il a plutôt bien pris les commentaires impolis. Peut-être trouve-t-il Connor attachant, comme moi. Du moins, aussi attachant qu'un intello prétentieux peut l'être.

– C'est Halloween demain, dit Lo à Connor. Tu sais s'il y a de bonnes soirées déguisées ? Lily voudrait y aller.

Il envisage de sortir ? Je suis si excitée que je sautille presque sur place.

– C'est l'anniversaire de Lo, j'ajoute à toute vitesse, trop excitée pour le garder pour moi.

Lo me lance un regard noir, mais je souris. Rien ne pourra me saper le moral. On va *enfin* à une soirée en tant que couple. Connor nous fait un sourire Colgate.

– Ton anniversaire tombe à Halloween ? C'est génial. Pour les soirées, je connais au moins cinq personnes qui en organisent.

Peu surprenant – Connor a bien fait comprendre qu'il avait *beaucoup* de contacts, il s'en met dans la poche partout où il va.

– Je ne comptais pas y aller puisque la plupart des organisateurs sont des connards riches, mais je ferai une exception pour vous emmener à la moins merdique du lot.

– Pourquoi faire une exception pour nous ? je demande, puis mon visage s'illumine. Je suis ton élève préférée ?

Il secoue la tête.

– Oh que non. Mais tu as bien étoffé mon CV, alors ne va pas te trouver un autre tuteur. Et franchement… – son regard alterne entre Lo et moi avec mon sourire grandissant – Fizzle et Hale Co., vous ne savez toujours pas qui je suis. Et j'ai le sentiment que vous vous en taperiez, si vous le saviez.

Il s'éloigne, les livres dans les bras, vers la porte.

– Bonne chance pour demain. Lily, je t'appellerai pour la soirée.

Lo se tourne vers moi, penche la tête sur le côté et demande :

– Putain, c'est qui, Connor Cobalt ?

J'ai la désagréable sensation que je devrais le savoir.

Chapitre 20

Une recherche Google plus tard, nous disposons de plus d'informations concernant notre nouvel ami.

Richard Connor Cobalt est l'héritier d'une société multimilliardaire qui possède de plus petites entreprises dans la peinture, l'encre et les aimants. Contrairement à Hale Co., Cobalt Inc. estampille ses produits de noms de filiales, comme MagNetic et Peintures Smith & Keller. Je me sens donc un peu moins stupide de ne pas avoir saisi plus tôt le prestige de sa famille.

Et Connor a raison. Sa richesse ne change rien à ma perception de lui. Il se sert peut-être de nous pour s'assurer une place à Wharton, mais il le fait en donnant des cours, pas en me tannant pour obtenir une référence de mon père. Au contraire, ça le fait remonter dans mon estime. Il pourrait se servir de son nom pour se hisser au sommet. Je suis certaine qu'il profite de ses contacts, mais il y a chez lui un vrai sens du travail et une sincère volonté à être le meilleur.

Et puis, si Connor veut passer quarante-huit heures à travailler d'arrache-pied pour une fille qu'il ne connaît pas, sans compensation monétaire, je me demande combien il a d'amis proches. Peut-être aucun.

Après mon examen, je m'installe dans un fauteuil un peu défoncé mais confortable de la bruyante salle d'étude. Je compose le numéro de ma sœur.

Une sonnerie retentit avant qu'elle décroche.

– Quoi de neuf ?

J'entends des bruits de fond dans le haut-parleur.

– Eh, fais gaffe ! crie Rose à quelqu'un.

Elle remet le téléphone contre son oreille.

– Désolée, je marche sur le campus, et un enfoiré vient de me lancer un frisbee dessus. Je porte des talons et un manteau de fourrure. Ça me paraît évident que je n'ai aucune envie de jouer.

– Il a dû te trouver mignonne, je dis en souriant.

– Ouais, eh ben, je suis pas un chien qui va bondir en voyant un jouet. (Elle pousse un lourd soupir.) Pourquoi tu m'appelles ? Ça doit être important.

– Ça ne l'est pas, je dis.

– Je pensais, puisque c'est toi qui as appelé.

Elle a l'air un peu distraite.

– Si je tombe mal, je peux te rappeler plus tard.

– Non, non, non. C'est juste que je suis en train de traverser la rue. Les voitures renversent les piétons même sur les passages cloutés. Tu sais comment c'est.

En effet. Conduite imprudente et trop de personnes essayant d'atteindre l'autre côté de la rue – c'est une combinaison dangereuse.

– J'ai décidé d'engager un tuteur pour mon cours d'éco.

– Oh, c'est super. Comment s'est passé ton exam ?

– Hum, je ne sais pas trop. J'espère que je l'aurai. (Je pose mes pieds sur le coussin de l'assise.) Mais tu connais le mec.

– Quoi, dit-elle, impassible. Qui ?

– Connor Cobalt.

Elle pousse un cri perçant. J'aurais dû écarter le téléphone de mon oreille.

– Cet enfoi…

Elle continue son chapelet d'insultes, terminant par :

– … connard, il te donne des cours ?

– Ouaip.

– Tu sais, mon équipe l'a battu au dernier tournoi de culture G, mais il faisait une fixette sur le fait qu'il connaissait un philosophe anglais du XVIIIe siècle qui a influencé Freud. Il était en boucle là-dessus. (Elle écume de rage.) Il est super agaçant, mais tu dois déjà le savoir.

– Mmm-hmm.

Il vaut mieux ne pas prendre parti sur ce coup.

– Tu devrais le lâcher et trouver quelqu'un d'autre. (Elle marque une pause.) Ça va certainement gonfler son ego à mort. Tu sais, je suis toujours disponible si tu as besoin.

Un appel entrant fait biper mon téléphone, interrompant ma discussion avec Rose. Je baisse les yeux et vois CONNOR COBALT inscrit en majuscules. Euh…

– Dis, Rose, je vais devoir te rappeler. On discutera plus tard. J'ai un double appel.

– Lo ? Tu vas vraiment me raccrocher au nez pour lui, là.

– Non, en fait c'est…

Elle pousse une exclamation.

– Non. Tu ne me raccroches pas au nez pour Richard.

Je ris en l'entendant l'appeler par son vrai prénom.

– Je te rappelle plus tard. Il veut certainement savoir comment je m'en suis sortie.

– *Lily*, m'avertit-elle.

– Au revoir, Rose, je dis en vitesse avant d'accepter l'autre appel. Salut, Connor.

– Estimation de note ?

Je soupire. L'examen était difficile, et je ne sais pas du tout si j'ai réussi ou foiré.

– A, je plaisante.

On dirait qu'il marche d'un pas pressé sur le campus – des gens à voir, des choses à faire. Un peu comme Rose, tiens. Je souris intérieurement.

– Tu auras un A en éco quand je pisserai des paillettes, mais si tu es confiante, c'est tout ce qui compte.

– Merci, Connor.

– À propos de ce soir, je passe chez toi vers 22 heures, et mon chauffeur pourra nous emmener à la soirée de ton appart'... (Il se tait, distrait.) Dis, Lily, y'a ta sœur qui m'appelle.

Oh non, c'est une blague.

– Je lui ai raccroché au nez avant de te répondre. Comment ça se fait qu'elle a ton numéro ?

– Elle a dû appeler quelqu'un qui l'a, dit-il, pas surpris le moins du monde. Je ferais mieux de décrocher.

– Bonne chance.

– Je n'ai pas peur d'elle, dit-il en riant. À ce soir, Lily.

Mon téléphone bipe, puis c'est le silence.

Lo sort de la salle de classe de l'autre côté du couloir et me fait signe. Je me lève et le suis à l'extérieur. Nous faisons un effort délibéré de ne pas parler de notes ou de l'examen, de peur de saper l'humeur et l'anniversaire de Lo.

Quand nous arrivons au Drake, je me cache dans la chambre d'amis pour enfiler gauchement mon vieux costume de superhéroïne. J'évite tous les miroirs. Le cuir est plus serré que dans mes souvenirs et la totalité de mon ventre est à nu.

Je m'assieds sur le lit, penchée en avant pour cacher ma peau.

La porte grince et Lo passe la tête par l'entrebâillement.

– Coucou.

Il entre, arborant fièrement son costume en Lycra rouge flanqué de noir, avec une large ceinture autour de la taille et un X géant sur le torse. Il déchire, surtout avec les manches coupées au niveau du biceps, dévoilant ses muscles dessinés.

– On dirait une fleur fanée, me dit-il.

Avant que je puisse protester, il me soulève du lit par les hanches puis m'attrape les poignets, qui couvrent mon ventre nu.

– Tu es canon, Lil, me murmure-t-il à l'oreille, avant de m'embrasser sur la tempe.

– Où est ma cape ?

Malgré ses doux baisers dans ma nuque, je ne pense qu'à ma tenue.

– X-23 n'a pas de cape.

Il me suce le lobe de l'oreille, et sa main glisse sur le cuir, jusqu'à ma cuisse, puis…

Je retiens mon souffle.

– Lo…

J'agrippe ses bras, fort, et me mords la lèvre.

Il me fait pivoter et me met face à mon miroir en pied. Sournois.

– Si tu n'es pas à l'aise, tu peux te changer. Je ne te force pas à le porter. Mais tu es très belle. Regarde.

Je fixe les longs « couteaux » en plastique qui me sortent entre les doigts. Je ne vois pas mes côtes, ce qui est un point positif. Je n'ai pas besoin qu'on me traite de squelette à Halloween. Mes seins ont l'air plus gros avec ce costume, certes. Mais je n'aime toujours pas la manière dont le cuir me remonte jusqu'à l'entrejambe. Je ne peux plus rien y faire maintenant, et je veux essayer de me sentir bien dans ma peau pour Lo. C'est son anniversaire, après tout.

– J'imagine qu'une cape serait un sacrilège, je dis.

Il me refait tourner et m'embrasse avidement, ses doigts traçant un chemin de feu sur mon ventre nu. Je m'écarte quand ils passent de nouveau sur mon pantalon en latex.

– Lo, je dis, essoufflée. Il t'a fallu une heure pour enfiler ton costume.

Lo a pris de la masse musculaire ces dernières années, et pendant que je considérais mon costume d'un œil noir sur le cintre, il m'a demandé si j'avais de l'huile pour enfiler son costume plus facilement. Il a fini par s'enduire d'huile pour bébé Hale Co., avec succès.

Un autre changement depuis la dernière fois – son entrecuisse semble plus proéminent. Ou peut-être que j'ai refusé de regarder cet endroit précis, la dernière fois. J'essaie de détourner les yeux, mais je ne peux m'empêcher de lorgner de temps en temps.

Comme maintenant.

Il sourit d'un air suffisant.

– Tu as peur qu'il disparaisse ?

Mes bras rougissent.

– Euh… non, je bégaie. Je me demandais juste si ton costume allait se déchirer si tu te mets à… hum… tu sais.

– Bander.

Oh bordel.

Son sourire s'élargit quand je tourne la tête, m'efforçant désespérément de réprimer le désir palpitant en moi. Je veux lui sauter dessus. J'en ai envie. Vraiment. J'aimerais lui arracher son costume, mais Connor est censé arriver dans moins d'une heure et cela me laisserait peu de temps pour aider Lo à renfiler son costume derrière.

– Je vais essayer de me maîtriser, dit-il avec un petit sourire. Mais il y a une chose que je peux faire sans retirer *mes* vêtements.

Hein ? Mes sourcils se soulèvent quand il tombe à genoux. Il fait glisser ses mains sur mes hanches. Putain de merde.

Il lève ses yeux de braise vers moi, passe sa langue sur sa lèvre inférieure et son regard grisant électrifie mon corps. Il pose ses mains sur mes fesses puis fait rouler mon pantalon en latex, toujours plus bas. Oh… mon…

Il me pousse pour que je tombe sur le matelas et m'écarte les jambes. Il est toujours agenouillé au pied de mon lit, et j'empoigne ses cheveux pour tirer sa tête en arrière. Ses mains fermes restent posées sur mes genoux. Aucun de nous ne bouge.

Je sais ce qu'il s'apprête à faire. Il refuse de détourner le regard, me défiant presque d'être celle qui se défilera. Je ne le fais pas. C'est ce que je préfère dans mes interactions sexuelles avec Lo : l'échange de regards, sans ciller, l'impression d'être connectés au-delà de nos membres entremêlés. Je n'ai jamais connu ça avant.

Avec personne, sauf lui.

– Respire, me dit-il.

Alors que je me concentre sur ma respiration, il fait remonter ses mains sur mes cuisses, mes hanches, et je me cambre à son contact.

– Lo…

Je frissonne, et il détourne le regard pour embrasser mon point palpitant.

Je serre ses cheveux plus fort, les sensations me coupant le souffle.

Je ne vois pas comment je pourrais m'en lasser.

Chapitre 21

Le chauffeur de Connor, Gilligan, ne ressemble en rien au fameux personnage de *L'Île aux naufragés*. Bien charpenté, chauve, davantage bâti pour être garde du corps que chauffeur personnel, il nous balade passivement dans Philly, sans dire grand-chose.

Connor débouche la deuxième bouteille de champagne et remplit mon verre. À chaque gorgée, je me prends une lame en plastique dans le nez. Lo s'en tire à meilleur compte, sa flasque au creux de la main, remplie d'un alcool moins pétillant.

Le cadeau d'anniversaire que je lui ai offert dénote avec son costume d'Hellion. Malgré tout, Lo a gardé le collier qui ressemble à un rosaire, sauf que c'est une pointe de flèche et non une croix qui pend au bout. Un petit quelque chose trouvé lors d'un voyage en Irlande quand nous avions douze ans.

Lo porte inconsciemment sa main au pendentif pendant que nous cahotons sur la route. Je souris, contente qu'il représente autant pour lui que pour moi.

Je me tourne vers Connor, passant mes mains sur le siège en cuir noir ciré.

– Tu te balades toujours en limousine ?

– Pas toi ?

Lo, une main sur ma hanche dénudée, m'attire à lui tout en répondant à ma place :

– Oh, si, on fait des tours de limousine sur le parking de Walmart juste pour montrer aux gens normaux ce que c'est d'avoir de l'argent. N'est-ce pas, ma chérie ?

Le sarcasme de Lo me fait écarquiller les yeux.

– On a des Escalade, je dis, essayant de me reprendre, me défaisant de la main de Lo sur ma hanche, même si ça me tue.

Ses provocations – quoique follement sexy – vont certainement mettre Connor mal à l'aise. C'est notre premier vrai ami, et Lo va déjà nous faire mettre à la rue.

Connor pose son bras sur le dossier de la banquette. Il porte une cape, un masque de tissu en travers des yeux et une épée en plastique – Zorro.

– La plupart des gens n'approuvent pas la limousine, mais ce ne sont pas ceux-là que j'essaie d'impressionner. Vous avez vu combien on peut faire rentrer de personnes dans ce machin ? Et puis, je suis face à vous. Je n'ai pas besoin de me tordre le cou pour parler. Ce sont des choses qui comptent pour moi.

– Je pourrais m'y faire. (Lo pose son regard espiègle sur moi.) Et toi, mon cœur ?

Je pensais que ces taquineries cesseraient une fois qu'on aurait officialisé notre relation. Je n'aime que trop son côté provocateur, et il le sait. Il glisse sa main sur mon genou, la fait remonter sur ma jambe, de manière trop désinvolte pour être considéré comme un geste ouvertement sexuel. Pourtant, à mes yeux, c'est comme s'il s'était de nouveau mis à genoux devant moi.

J'articule en silence : *arrête.*

Il répond : *pourquoi ?* et me fait un sourire sublime. Puis il se tourne vers Connor, mais resserre ses doigts sur ma cuisse.

– Tu veux que je te raconte une histoire ?

Qu'est-ce qu'il va encore sortir ?

Connor lève son verre.

– Je suis tout ouïe.

Lo croise mon regard, trop brièvement pour que je comprenne ses intentions.

– Fizzle fait tout le temps visiter la fabrique, tu sais, ils te racontent l'histoire du soda et te font goûter tous les parfums.

– Oui, j'ai visité l'usine quand j'étais au collège.

– Cet endroit n'est pas réel. Ce n'est pas vraiment là qu'ils fabriquent le soda.

Connor hoche la tête.

– Je m'en doutais.

– Quand on avait douze ans, avec Lily, son père nous a laissés tous seuls dans la partie musée.

Ce souvenir me revient en mémoire. Je souris et ajoute :

– Il pensait qu'on serait occupés à goûter tous les sodas.

– Mais Lily a eu une meilleure idée, raconte Lo. Elle m'a dit que la vraie usine était à une rue de là.

Connor hausse les sourcils.

– Vous êtes allés seuls dans la vraie usine ? Comment vous êtes rentrés ?

Lo me regarde en penchant la tête.

– Tu veux répondre à cette question, mon cœur ?

Sa main plonge vers l'intérieur de ma cuisse.

Je retiens mon souffle, incapable de parler.

– Non ? (Il sourit et explique à Connor :) Elle leur a donné son nom de famille et a dit que son père tenait à ce qu'elle fasse une petite visite. Dès qu'on est entrés, on est partis en courant.

Il courait tellement vite. C'est toujours vrai aujourd'hui. J'avais galéré à le suivre, il ralentissait ou me tournait autour. Quand les agents de sécurité avaient commencé à nous rattraper, Lo m'avait prise sur son dos. Je m'étais agrippée fermement à son cou, et il avait foncé vers une cuve tournante gigantesque remplie de liquide foncé. On s'était cachés un moment, et quand les bruits de pas s'étaient estompés au loin, il avait fomenté un plan magistral.

– Vous avez eu des ennuis ?

Lo secoue la tête.

– Non, son père a un cœur en or. Il était même flatté qu'on veuille voir l'usine. S'il savait ce qu'on a fait, peut-être qu'il n'aurait pas été si clément. J'ai trouvé de l'alcool sur place. (Correction : *Il a sorti sa flasque.*) J'en ai mis dans le sirop.

– Arrête, dit Connor. Tu as mis de l'alcool dans le soda ?

– Ça ne devait pas se sentir. C'était vraiment peu par rapport à la quantité de boisson, mais je suis fier de savoir qu'une poignée de gens a eu un petit truc en plus grâce à nous ce jour-là.

Il se tourne vers moi et je pense que, peut-être, il va m'embrasser. Il a cette lueur dans ses yeux, celle qui suit la courbe de mes lèvres, celle qui pourrait me renverser sur le siège pour qu'il s'abandonne à moi. Puis son téléphone bipe, brisant le lien entre nous.

Je soupire, un peu démoralisée. Ce n'est pas une coïncidence si son téléphone sonne tout à coup. Mes parents et mes sœurs essaient de lui souhaiter un joyeux anniversaire depuis ce matin, mais Lo préfère subir ces bips incessants plutôt que les affronter – ou avoir une conversation prolongée avec Rose.

– Réponds-leur, j'encourage.

Lo regarde l'écran, et je jette un coup d'œil par-dessus son épaule – une photo de son père s'affiche.

Son visage se crispe. Contrairement à ceux de ma famille, il n'ignore jamais les appels de son père. Parfois, je crois que c'est plus par peur de la colère de Jonathan Hale. Je sais qu'au fond il aime son père. Seulement, il ne sait pas de quel genre d'amour il s'agit, ni comment le gérer. Il porte le téléphone à son oreille.

– Salut.

Dans le silence de la limousine, j'entends la voix rauque de Jonathan à travers le haut-parleur.

– Joyeux anniversaire. As-tu reçu mon cadeau ? Anderson a dit qu'il l'avait laissé au personnel d'accueil du Drake.

– Ouais. Je voulais t'appeler. (Lo me lance un regard circonspect et retire sa main de ma jambe.) Je me rappelle t'avoir vu le boire quand j'étais plus jeune. C'est super.

Son père lui a offert une bouteille de scotch cinquante ans d'âge, Decanter, ou Dalmore, ou un truc dans le genre. Lo a essayé de m'expliquer sa valeur, mais ça m'est passé au-dessus de la tête. Je n'arrêtais pas de me dire que c'était un cadeau à la fois parfait et parfaitement déplacé, et je me demandais si son père le savait.

– On pourra l'ouvrir la prochaine fois que tu viens, lui dit-il. J'ai quelques bons cigares, aussi.

– Très bien.

Lo bouge son épaule, me tournant le dos.

– Comment s'est passée ta journée jusqu'à présent ?

– Bien. J'ai cartonné à mon examen d'éco.

Connor hausse un sourcil, sceptique.

– Vraiment ?

Son père n'a pas l'air convaincu non plus. Je dois être la seule à avoir foi en Lo.

– Je ne peux pas vraiment parler, là, lui dit Lo. Je suis avec Lily. Nous allons à une soirée d'Halloween.

– D'accord. Soyez prudents…

Il marque une pause, comme s'il avait autre chose à dire. Après un long moment, il ajoute :

– Passe un bon vingt et unième anniversaire, fils.

– Merci.

Son père raccroche et Lo met le téléphone dans sa poche, puis passe son bras autour de mon épaule pour me rapprocher de lui, faisant le mec décontracté. Mais ses muscles restent tendus, une différence subtile qui dégonfle l'amusement dans sa voix.

– Peut-être que tu devrais juste dire à tes sœurs que je les remercie. Envoyer un message groupé ou quelque chose dans le genre.

– Pourquoi tu ne peux pas le faire avec ton propre téléphone ?

– Parce qu'elles vont répondre et que je devrai leur répondre, et ça a l'air épuisant.

– Il n'a pas tort, fait remarquer Connor.

Euh, il ne devrait pas être de mon côté ? C'est *mon* tuteur.

– Ne me dis pas que *toi* tu trouves ça exténuant de faire la conversation. C'est clairement ton truc.

Connor fait tourner son verre de champagne dans sa main.

– Ça a l'air épuisant pour *lui*. J'aimerais beaucoup discuter avec tes sœurs.

– En parlant de ça, comment s'est passée ta conversation avec Rose ? Tu es encore en un seul morceau, donc j'imagine que ça a été.

Lo s'étrangle sur une gorgée de ce que contient sa flasque, et je lui donne une tape dans le dos.

– Pardon ? ! dit Lo. Tu as parlé avec Rose ? Genre, une vraie conversation ?

Connor hoche la tête.

– Je l'ai même invitée ce soir.

Lo grogne.

– Me dis pas que tu as invité la reine des glaces.

– Eh, je réplique. C'est *ma* sœur. Elle a un bon cœur. (Je marque une pause.) Il faut juste rentrer dans ses bonnes grâces d'abord.

– Ou être de sa famille, réplique-t-il.

Pas faux.

– Et donc, elle vient ? je demande, un peu nerveuse.

Je n'ai aucune envie d'expliquer l'ébriété de Lo à Rose, alors qu'il est censé être sorti depuis longtemps de son ère de beuverie et d'imprudence. C'est son anniversaire, et elle ajoutera ça à la liste de ses attributs négatifs et de raisons pour lesquelles il n'est pas bien pour moi.

– Elle ne vient pas, répond Connor – avec de la déception dans sa voix ? Elle a dit qu'elle préférerait écorcher mon chat.

Il sourit. Ça le fait *vraiment* sourire. Oh mon Dieu, est-ce qu'ils ont flirté par téléphone ?

Lo se détend et maugrée :

– Dieu merci.

Connor m'adresse un signe de tête.

– Au fait, tu es censée être qui ?

Va-t-on me poser cette question toute la soirée ? J'imagine qu'il vaut mieux que je m'y prépare. Je montre mes griffes en plastique.

– X-23.

Il plisse les yeux, perplexe.

– La version féminine de Wolverine, enfin, son clone, techniquement.

– Oh. OK, cool. Tu ressembles un peu à une prostituée avec des couteaux.

Quoi ? ! Voilà qui ne va pas aider ma confiance en moi.

– Lo, faut que tu te prépares. Elle va se faire draguer par tous les mecs.

Et moi qui pensais avoir éliminé tous mes complexes.

Lo me serre l'épaule pour m'encourager. Avant, l'idée de me retrouver au milieu d'une nuée de mecs était excitante – un terrain de jeu pour mes compulsions. Aujourd'hui, je suis terrifiée. Peut-être qu'aller en soirée était une mauvaise idée.

– Bien, ça l'entraînera à dire *non*, répond Lo à Connor.

C'était plutôt vache, ça. Je le repousse, dégageant mes bras des siens. Il s'en fiche, concentré sur le bourbon qu'il verse dans le minuscule goulot de sa flasque. Ça n'aurait pas été le cas avant qu'il parle à son père. Il m'aurait sans doute taquinée et m'aurait murmuré un truc coquin à l'oreille. Mais son humeur a changé.

– Je sais dire non, je marmonne pour me défendre, peu convaincante.

Je n'ai pas testé cette théorie depuis que nous sommes en couple.

Lo referme sa flasque et se tourne vers Connor.

– Si tu la vois flirter avec quelqu'un, tu l'arraches de ses pattes.

– Lo, je proteste, affolée.

Que va penser Connor ? Que je suis vraiment une pute avec des griffes ? J'ai chaud dans tout le corps, je me retiens d'enfouir mon visage entre mes mains.

– Vous êtes trop bizarres tous les deux, lance Connor avec désinvolture.

Connor qui dit qu'on est bizarres, c'est comme une licorne qui dit à un cheval qu'il est magique. Ça n'a aucun sens. Lo et moi sourions, malgré l'humeur plus maussade de Lo depuis son coup de fil.

Tout à coup, la voiture s'arrête. Gilligan marmonne un « nous sommes arrivés » et déverrouille les portières. Je presse mon nez contre la vitre, la banlieue glamour en ligne de mire. Un manoir illuminé est planté en haut de la colline, éclairant le ciel sombre. De toutes les soirées, Connor a dit qu'il avait choisi celle où il y aurait la meilleure bouffe. Dans la même phrase, il a placé que j'aurais bien besoin d'un bon repas.

D'autres voitures arrivent dans l'allée circulaire, et nous sortons affronter le chaos. Une fontaine se dresse au centre, de l'eau rouge sang jaillissant de la pierre. Des zombies sont plantés sur la pelouse verte, si réalistes que je croyais que les membres sanglants et les bouches pendantes appartenaient à des mannequins rémunérés pour la soirée. À bien y regarder, ce n'est que du silicone, des prothèses et de la peinture.

Nous montons les marches en pierre à la suite de Connor, qui frappe le heurtoir en bronze. Pendant que nous attendons qu'on vienne ouvrir, d'autres fêtards s'attroupent derrière nous.

La porte s'ouvre à la volée, de la musique retentissant à l'intérieur. George Washington, ou Mozart, peut-être, se dresse sous le porche voûté, un verre de champagne à la main. Une pastille blanche pétille au fond du liquide doré.

– Connor Cobalt !

Il sourit et se balance d'un pied sur l'autre, la perruque blanche un peu de travers.

– Salut. (Ils se font cette fameuse accolade de mecs.) T'es censé être qui ?

– Ce putain de Thomas Jefferson.

– Bien sûr, dit Connor avec un sourire sarcastique.

Thomas Jefferson ne relève pas et, avant de traîner avec Connor, je me demande si je l'aurais remarqué. Connor nous désigne, Lo et moi, et je m'agrippe aux hanches de Lo, me servant de lui comme bouclier pour cacher mon ventre dénudé.

– Voici mes amis. Lily et Lo.

Thomas Jefferson regarde Lo d'un air sceptique et je me tapis un peu plus derrière lui. Notre hôte demande :

– T'es qui ? Monsieur Lycra ?

– Très malin, dit Lo avec un regard noir.

– Ce sont des X-Men, explique Connor.

Pour l'illustrer, Lo m'attrape le poignet et me tire à la vue de tous. Il plante fermement une main sur ma taille, comme si ce mec allait reconnaître le couple des Nouveaux Mutants.

Thomas Jefferson regarde mes longues griffes et tape dans ses mains.

– Mais oui ! La nana Wolverine.

– Ça n'existe pas, je réplique.

Il m'adresse un drôle de regard et Connor soupire, une légère impatience fissurant sa façade maîtrisée.

– On ne peut être invités à entrer que si tu devines nos costumes ? demande Connor en tendant le cou pour regarder pardessus son épaule. Parce que je crois voir un Sweeney Todd là-dedans, et je sais de source sûre que tu n'as jamais entendu parler de lui.

– Hmm. Connor Cobalt. Il faut toujours qu'il ait raison.

Il ouvre la porte en grand et nous fait signe d'entrer d'un air moqueur. Son personnel a dû déguerpir pour sa soirée étudiante, ne voulant pas être emporté par un ouragan de bonbons et de vomi.

Indifférent à l'affront, Connor entre dans le grand hall où des lustres en cristal scintillants pendent du plafond. Des fêtards montent et descendent l'escalier en marbre et disparaissent dans des pièces illuminées, des toiles d'araignée étirées en travers des portes. Des gens titubent et se balancent sur de la musique hypnotique.

Je passe le seuil, puis Thomas Jefferson bloque l'entrée avant que quelqu'un d'autre puisse entrer.

– Je ne te connais pas, dit-il aux gens derrière nous. Toi non plus.

La porte claque. Il revient à l'intérieur et dépasse Connor.

– Profiteurs, je l'entends dire, comme si Connor allait hocher la tête pour acquiescer, mais il se contente de prendre une tasse citrouille fumante sur le plateau d'un gobelin.

Ces monstres-là *sont* des mannequins qui se dandinent dans les pièces avec des verrues plein la face.

Contrairement à la soirée fluo, nul verre en plastique rouge ici, mais des flûtes de champagne et des tasses citrouilles. Des petits sachets de cachets et de poudre passent clandestinement de main en main. J'ai grandi dans ces soirées – avec des ados riches qui ont besoin de drogues pour combler l'étendue infinie du temps. Comme tout droit sortis de *Moins que zéro*, de Bret Easton Ellis.

La drogue n'a jamais été un problème pour moi, et peut-être devrais-je être reconnaissante que mon obsession soit moins dangereuse que m'injecter du feu liquide dans les veines. Le sexe fait partie de la vie de tout le monde, qu'on y soit accro ou non.

Pas la drogue.

Pas l'alcool.

On peut passer des années sans l'un ni l'autre, mais peu de gens restent chastes toute leur vie. Chaque fois que je vois une fille glisser un pochon dans son soutien-gorge, les yeux vitreux, lointains, je ressens une pointe de jalousie. Pourquoi ne puis-je pas avoir une addiction que les gens comprennent ? C'est une pensée abominable – vouloir une addiction qui tue tant de gens. Je préférerais ne pas en avoir du tout, mais pour une raison ou une autre, je ne m'autorise jamais cette possibilité.

Avant de comprendre mes compulsions, je passais des heures allongée dans mon lit, émotionnellement vidée par mes pensées changeantes. Un instant, je défendais mentalement mes actes avec véhémence. C'était mon corps. Le sexe me faisait du bien, et arrêter causerait plus de problèmes que poursuivre ce chemin destructeur. L'instant d'après, je pleurais pendant des heures et me convainquais d'arrêter. Je me disais que je n'avais pas de problème. Je n'étais qu'une salope qui cherchait un moyen de justifier ses pensées sexuelles incessantes. Parfois, j'essayais d'arrêter. Je jetais mon porno et refusais à mon corps le luxe de l'orgasme.

Mais je ne supportais pas le manque, et ces objectifs stériles mouraient vite. Je trouvais toujours une raison de recommencer. Peut-être est-ce ma plus grande peur – trouver une excuse d'oublier Lo. Et d'être contrainte de m'en servir.

Lo file devant moi ; je cours pour le suivre et me cacher derrière lui. Un troupeau de hippies en minirobes fleuries assaille Connor. Il hoche la tête et sourit machinalement, ce qui déclenche une flopée de gloussements.

Il devra se débrouiller seul. Je suis Lo dans la cuisine, où des corps s'amassent près de la cuisinière. Ils mettent le gaz pour s'allumer des cigarettes avec les flammes. La porte coulissante est entrouverte, de la fumée sortant dans la nuit fraîche. Deux filles en bikini crient et rient fort en entrant en courant dans la maison, mouillées, la peau couverte de chair de poule.

Lo secoue les poignées d'une vitrine. Des bouteilles en cristal s'alignent sur sept étagères, remplies d'un liquide ambré. C'est toujours pareil, dans ce genre de soirées luxueuses : Lo file droit sur l'alcool le plus cher de la maison et cède à l'impulsion de goûter à toutes les marques.

– C'est fermé à clé, je lui dis. Tu ne peux pas t'en tenir à ton propre bourbon ce soir ?

Sa flasque est passée dans sa ceinture, assortie à son costume rouge et noir.

– Bouge pas.

Il part une seconde, disparaissant au coin du mur, et je fais semblant de m'intéresser à une nature morte accrochée au mur. Il vaut mieux avoir l'air fascinée par des pommes et des poires que ressembler à une tocarde sans amis.

Lo revient quelques instants plus tard avec une épingle à nourrice.

– Lo, je l'avertis alors qu'il l'agite dans la serrure. On vient d'arriver. Je ne veux pas qu'on nous mette dehors.

– Tu me distrais.

Des images de soirées du lycée me reviennent. Lo qui descend dans le cellier chez un gamin – qui avait invité *toute* sa classe. Ces soirées étaient beaucoup trop fréquentes. Lo buvait des vieux vins et des scotchs importés, et l'hôte, furax, le traînait dehors par le col. Lo tenait à peine debout. Moi, je sortais de la salle de bains les joues rouges et me précipitais à la suite de mon ami.

Je n'aime pas répéter mes erreurs, mais parfois, je crois qu'on est coincés pour toujours sur une plaque tournante, lui et moi.

Malgré les bavardages des fumeurs près de la cuisinière, j'entends le *clic* de la serrure. Les portes en verre s'ouvrent, et les yeux de Lo s'illuminent. Le voir toucher délicatement les bouteilles avec une anticipation avide me ramène à mes propres désirs.

C'est pourquoi je lance :

– Tu veux le faire dans la salle de bains ?

Ma voix reste faible et timide – loin de la femme sexy et sûre d'elle qui doit peupler les rêves de Lo. C'est difficile d'être cette femme alors qu'il n'est pas une conquête éphémère.

– Hein ?

Distrait, il prend les meilleures bouteilles dans ses bras et les pose sur le plan de travail en granit à côté de moi.

– Après avoir bu, tu veux aller à la salle de bains pour…

Je ne finis pas ma phrase, de peur du coup fatal du rejet.

Il retire le bouchon en cristal d'une bouteille et verse le liquide dans un verre.

– Je croyais t'avoir déjà fait grimper au rideau. À moins que je t'aie imaginée le dire. Tu faisais toutes sortes de bruit, c'était pas facile à comprendre.

Je rougis quand je repense aux actes scandaleux auxquels nous nous sommes livrés avant notre départ.

– Tu as mal entendu. Je ne crois pas que j'étais capable de former des vrais mots.

Il sourit et prend une gorgée de sa liqueur, indolent.

– Mais on ne l'a fait qu'à l'appartement et sur le yacht.

Il contemple les profondeurs de son verre.

– C'est important ? demande-t-il. Merde, je ne savais pas que l'endroit comptait autant.

Son ton acerbe le fait grimacer et il renverse ce qu'il reste d'alcool dans sa gorge. Il remplit le verre aussitôt.

J'ouvre la bouche mais finis par ressembler à un poisson qui essaie de respirer. L'endroit où nous baisons ne devrait pas compter, mais il y a un certain attrait à faire quelque chose de déviant. Ça a toujours été comme ça.

– D'accord.

Cela ne répond ni à sa question ni à son manque de tact.

Sa mâchoire se crispe, ses doigts se resserrent autour du verre.

– Je suis coincé dans ce costume de toute façon. À moins que tu veuilles faire un trou pour ma…

– Non. (Je lève les deux mains.) Tu as raison.

– Et au cas où tu l'aurais oublié, *Laura*, dit-il, insistant sur le vrai nom de X-23. C'est mon putain d'anniversaire. (Il lève son verre.) Ce qui veut dire que ceci l'emporte sur *cela*.

Il regarde mon entrejambe.

– Tu ressembles tellement à Julian, c'est flippant.

J'emploie le vrai prénom de *son* superhéros. Ils peuvent être tous les deux des sales cons irritables puis changer du tout au tout et être les mecs les plus gentils qui soient. Ça dépend des jours.

– Faux. J'ai mes deux bras.

Hellion perd ses bras en combattant des Sentinelles dans *X-Men : Second Coming*. Madison Jeffries crée des mains en métal pour lui, qui sont maintenant une signature caractéristique, mais Lo ne les a pas mises ce soir, parce qu'elles l'empêchent de tenir sa flasque correctement.

Je jette des coups d'œil nerveux autour de moi, m'attendant presque à ce que Thomas Jefferson se pointe et engueule Lo.

– Si tu ne veux pas rester là, va traîner avec Connor.

– Tu me fais confiance ?

– Je pense sincèrement que Connor est une amibe. Il ne le remarquerait même pas si tu le draguais.

J'ai envie de partager avec lui ma théorie comme quoi Connor aurait un *crush* sur Rose, mais Lo fera certainement une remarque sarcastique sur elle. Je préfère ne pas lancer une dispute en devant défendre ma sœur en son absence.

– Et les autres ? Tu me fais confiance avec eux ?

Il me lance un regard perçant.

– Je ne sais pas. Maintenant, tu me fais penser que je devrais m'inquiéter, putain.

Il est de mauvais poil. Peut-être que cette atmosphère familière lui rappelle de mauvais souvenirs et qu'il regrette qu'on ne soit pas restés à la maison. Ou peut-être qu'il aurait préféré boire avec son père et fumer un cigare qu'être ici, à faire la fête dans une maison inconnue avec des étrangers qui ne sont rien pour lui.

– Je suis en train de flipper pour rien, je dis. De la même manière que toi, tu te comportes un peu comme un connard.

Lo renverse son verre, vidant sa liqueur d'une seule gorgée. Il s'essuie la bouche du revers du bras, masquant toute expression avec ses doigts. J'hésite, puis me faufile à ses côtés. Avant que je puisse l'atteindre, il dépose un baiser sur le bout de mon nez. Puis ma joue. Mon cou.

Ces petits bisous tendres me font sourire. Il passe ses bras autour de moi, me tire tout contre lui, ses mouvements plus légers que l'air, nous fait balancer d'un pied sur l'autre, comme si nous n'avions plus vraiment d'équilibre. Ses lèvres finissent par trouver les miennes, et ce baiser est plus long, plus doux. Après un long moment étourdissant, il recule et pose son pouce sur ma lèvre inférieure.

– Qu'est-ce que tu dis de ça ?

Son murmure rauque me coupe le souffle.

– Répète cette phrase chaque fois que tu as envie de te taper un autre mec. (Ses lèvres effleurent mon oreille.) *Loren Hale est un meilleur coup.*

Je reste bouche bée.

– Pas mal, hein ?

Il me fait un clin d'œil et s'écarte. J'ai aussitôt envie de le rattraper, de lui prendre la main et de le tirer contre moi. Au lieu de ça, il prend son verre.

Je n'arrive pas à croire que de la vaisselle me rend jalouse. Je m'éclaircis la gorge, reprends mes esprits.

– Ça fonctionnera, mais je vais trouver un autre mantra.

– Lequel ?

Ses lèvres tiquent, mais les bouteilles l'appellent et il détourne les yeux de moi.

– Je ne tromperai pas Loren Hale.

– Je préfère le mien, dit-il, distrait, inspectant les étagères.

Il prend une bouteille triangulaire, et malgré mon désir pour lui et mon inquiétude concernant son état mental, je le laisse à sa beuverie.

Je m'enfonce petit à petit dans le salon bondé aux lumières tamisées, où les couleurs d'Halloween pulsent. Je repère Connor à côté d'une cheminée allumée, noyé dans un groupe de personnes parlant toutes en même temps, comme s'il était le centre de la soirée. Il s'exprime de temps en temps, mais la plupart des gens s'adressent à *lui* sans qu'il ait vraiment besoin de répondre. Tous mes plans me sortent de la tête, et la seule idée de me battre pour l'attention de quelqu'un me semble à la fois épuisante et terrifiante.

Avant que je puisse détourner les yeux, Connor croise mon regard et me fait signe de le rejoindre. Je regarde les hippies qui titubent, pieds nus, et secoue la tête. Ma place est dans l'ombre et les toiles d'araignée. Connor vit clairement sous le feu des projecteurs.

Son front se plisse, et il marmonne quelque chose à ses amis avant de se détacher de la horde pour se diriger vers moi. Sa cape se gonfle derrière lui, mais il a relevé son masque sur ses épais cheveux bruns ondulés.

– Tu sais, dit-il, ils ne mordent pas. Leur compagnie est épouvantable, mais plutôt inoffensive.

– Je sais. C'est juste que je n'aime pas les grands groupes. D'habitude je me contente de… danser quand je vais en soirée.

Un bon gros mensonge, mais je préfère ne pas ajouter *et baiser* à cette déclaration.

– On ne sait jamais, un de ces pirates pourrait être un futur investisseur que tu as besoin d'avoir dans la poche.

– Ne te gêne pas pour moi, je dis en montrant les groupes en pleine discussion. Va te trouver un futur millionnaire.

Ses pieds restent plantés au sol.

– Où est Lo ? Tu l'as encore perdu ?

– Il est dans la cuisine, certainement en train de nous faire mettre dehors. Je me suis dit que j'allais faire un tour de la maison avant que ça n'arrive.

J'espère que ma voix reflète bien mon amertume.

– Pourquoi nous ferait-il mettre dehors ?

Je secoue la tête pour chasser mes pensées pleines de jugement.

– Pour rien. Tout va bien.

Un pompier torse nu nous dépasse, de la sueur luisant sur sa peau comme s'il avait sauvé quelqu'un d'un bâtiment en flammes. *Je ne tromperai pas Loren Hale.* Non, pas même avec un pompier sexy.

– Salut, Connor.

Batman se joint à nous, avec une bière à la main, denrée rare par ici.

– Je ne pensais pas que tu viendrais. Apparemment, Darren Greenberg propose des tours d'hélicoptère à sa soirée.

– Voler dans le vomi, ça ne fait pas si envie, et puis je me suis dit que la nourriture serait meilleure ici.

– Ouais, Michael n'a pas mis les moyens cette année. Je pensais qu'il allait recréer une scène d'*Evil Dead* dans le jardin de devant. Au lieu de ça, on se retrouve avec des zombies de seconde zone. (Batman se tourne vers moi.) Ta tête me dit quelque chose. On se connaît ?

Je le dévisage attentivement, sans que ça fasse tilt. D'habitude, les seuls gars qui me reconnaissent et pas moi sont ceux avec qui j'ai couché.

– Non, je ne crois pas qu'on se soit rencontrés.

– Je te présente Lily, intervient Connor. Une amie.

Batman donne une tape sur l'épaule de Connor.

– Bien joué, mec.

Qu'est-ce que ça veut dire ? Il regarde mon ventre dénudé d'un air affamé. Oh. Je croise les bras. Puis il remarque mon costume.

– Eh, Wolverine !

Je n'essaie même pas de le corriger.

– On devrait rassembler tous les superhéros de la soirée et combattre le mal ensemble.

– Son petit copain est quelque part dans le coin. Il fait aussi partie des X-Men.

Batman a l'air un peu déçu.

– Petit copain, hein ? (Il plisse les yeux.) Je crois… je crois que je te connais. Ça t'arrive d'aller au Cloud ? C'est une boîte en ville.

Avant que je puisse dire quoi que ce soit, je vois qu'il a déjà sa réponse. Un air amusé passe sur ses traits. Aussitôt, mon instinct prend le relais et je m'éclipse, espérant que Connor va me suivre. Un mec qui me reconnaît et affirme qu'on a couché ensemble, c'est une drôle de coïncidence. Deux mecs – Connor va croire qu'il y a quelque chose qui cloche chez moi.

Je m'arrête dans l'entrée, bloquée par une meute de gens en train de regarder Fred Pierrafeu glisser sur la rambarde courbée.

Connor me touche l'épaule et je me retourne face à lui, contente de ne pas trouver Batman à ses côtés.

– J'adopterais bien tes méthodes pour éviter les abrutis, mais la fuite ne doit pas aider à se faire beaucoup d'amis.

Je me détends. Il croit que je déguerpis pour éviter les enflures comme Batman et Kevin, le mec de la fraternité. La vérité, c'est que je ne suis pas sûre que ce soient ces mecs les enflures dans cette histoire. J'ai couché avec eux, me comportant telle qu'ils me percevaient. Comme une salope.

– Je ne cherche pas à me faire des amis.

– J'avais compris. Tu veux qu'on trouve ton mec ? Pour s'assurer qu'il ne dégueule sur personne.

– Il vomit rarement.

– Tant mieux. Il te laisse souvent tomber en soirée ?

– Il ne m'a pas laissée tomber. C'est moi qui l'ai abandonné dans la cuisine.

Il lève les deux mains en signe de paix. Puis nous prenons la direction de la cuisine, moi en tête ; quand nous arrivons à la vitrine d'alcool, un type portant uniquement une chemise blanche et des chaussettes est en train de ranger les bouteilles d'un air renfrogné.

Oh-oh.

– Que s'est-il passé ? demande Connor, même si je suis persuadée qu'il a déjà compris.

Tom Cruise dans *Risky Business* sort un passe-partout.

– J'ai trouvé un connard en train de boire l'alcool de mon oncle. Ces bouteilles valent plus cher qu'une voiture.

Son oncle. Il doit être le cousin de Thomas Jefferson.

– Tu l'as mis à la porte ?

Connor reste calme, tandis que mon pouls accélère. Et s'ils ont emmené Lo pour le tabasser, l'humilier… ou pire ?

– Nan, mes frères voulaient d'abord son nom. Ils sont dehors, à l'arrière.

Tom Cruise soulève une bouteille dans laquelle il reste un peu de liquide ambré.

– Il est étonnamment cohérent. Je serais K.O. si j'avais bu tout ce qu'il a avalé.

Je ne perds pas une seconde de plus. Je fonce vers la porte de derrière, priant pour que Lo n'envenime pas les choses. Il a le don pour dire pile ce qu'il faut pour provoquer une bagarre. La plupart du temps, il le fait exprès.

Je n'aurais pas dû insister pour qu'on aille à une soirée. Quand j'ai remarqué son changement d'humeur, j'aurais dû proposer qu'on rentre à la maison. Il n'avait aucune envie d'être ici.

Mes chaussures s'enfonçant dans l'herbe mouillée, je dépasse la piscine qui luit d'une lumière orangée. Des filles à moitié nues flottent dans l'eau. Lo n'est pas parmi les petits groupes qui sont rassemblés çà et là, tous avec des verres à la main.

Connor me touche l'épaule et me montre le côté de la maison d'un signe de tête.

– Par ici.

L'a-t-il aperçu ? Ou sait-il où on interroge les invités indisciplinés ? Je repousse des toiles d'araignée et des serpentins noirs pour m'approcher du côté est du manoir.

Il y a moins de monde ici, le ciel nocturne siffle sous les cris retentissant au-dessus du bourdonnement de la musique.

– Pour la centième fois, le placard était ouvert, putain ! Faut peut-être vérifier les serrures avant d'organiser une fête.

Lo. On l'a trouvé. Mais ses mots provocants emplissent mon cœur de terreur.

– On s'en tape de tes excuses !

– T'es qui, putain ? demande un autre mec. Et c'est qui l'enfoiré qui t'a invité ?

– C'est moi, l'enfoiré, dit Connor quand nous arrivons.

Une pierre se coince en travers de ma gorge. Lo est acculé contre le mur en pierre de la maison. Quatre mecs vêtus de hauts à manches longues vert foncé Under Armour et de shorts de surfeurs vert clair arborent des airs renfrognés sur leurs visages indignés – ainsi que des carapaces sur leurs dos, ils sont déguisés en Tortues Ninja.

Même dans la lueur orangée, je vois le rouge qui fleurit sur la joue de Lo.

Quelqu'un l'a frappé.

Je me précipite vers lui, toute raison envolée.

Une des Tortues Ninja de Thomas Jefferson m'attrape par la taille avant que je puisse l'atteindre.

– Eh ! s'écrient Lo et Connor à l'unisson.

– Pourquoi ramener cette raclure chez notre oncle ? demande Donatello, au bandana violet, alors que je me débats pour lui échapper.

Je donne des coups de pied, mes jambes s'agitent dans les airs, mais il serre fort, comme si j'étais un sac d'os.

Connor fait un pas en avant.

– Vous êtes quoi, des petits malfrats à deux balles ? Lâche-la, Matt. Là, qu'on discute.

Les groupes dans le jardin commencent à s'intéresser la scène. Je repère une Clochette, un Peter Pan, un superhéros en vert et Dobby, l'elfe de maison. Le superhéros en vert s'approche, et au moment où je crois qu'il va venir à mon secours, Matt me libère et je me précipite vers Lo.

Il pose ses deux mains sur mes joues et m'examine d'un rapide coup d'œil.

– Ça va, je lui dis, plus inquiète pour lui. Arrête de les provoquer.

Ses yeux se durcissent, ses lèvres se retroussent.

– Mets-toi derrière moi.

– Lo.

Je panique, ma poitrine se comprime.

– S'il se passe quoi que ce soit, souffle-t-il en me poussant derrière lui, tu cours jusqu'à la limousine de Connor. Tu ne m'attends pas, d'accord ?

– Non. (Mes yeux sortent de leurs orbites.) Lo, s'il te plaît…

– Il nous doit quarante mille dollars, dit Matt, mauvais, en se reconcentrant sur Lo, délaissant Connor.

Pourquoi Connor prendrait le risque de nous aider ? Cela pourrait entacher sa réputation irrémédiablement.

– Je vous donnerai pas un centime, crache Lo. Comment j'étais censé savoir qu'on n'avait pas le droit de toucher à ces bouteilles-là ? Il n'y avait pas de panneau.

– C'était *verrouillé*, répète le cousin au bandana bleu.

Lo ouvre de nouveau la bouche et je lui pince le bras en faisant les gros yeux. Il faut qu'on parte. Ensemble, de préférence. Il serre les dents et se tait – Dieu merci.

Matt redirige son regard assassin sur Connor.

– Tu crois qu'on va laisser passer parce que tu es Connor Cobalt ? Tu sais que n'importe qui d'autre serait blacklisté après ça.

Oooh, blacklisté. Lo et moi sommes déjà sans doute rayés de toutes les listes du cercle nanti de Philadelphie. Sans Connor, nous n'aurions même pas passé le seuil de cette maison.

– Alors blacklistez-moi. Cette fête est naze. Vous n'avez même pas servi à manger.

Matt a un mouvement de recul, surpris.

– Tu les choisis eux, plutôt que nous ?

Connor hoche la tête, muscles crispés.

– Oui. Voyons ce qu'on a. Valeur nette de, quoi… – il observe la demeure derrière moi –, vingt-cinq millions de dollars cumulés.

Puis il nous pointe du doigt, Lo et moi, disant :

– Hale et Calloway. Ça représente toutes les canettes de soda dans votre baraque et toutes les couches sur les fesses de vos neveux et nièces. Des *milliards*. Donc oui, je vais me ranger du côté des deux personnes à côté de qui vos héritages ressemblent à de la petite monnaie.

Je reste bouche bée, je ne m'attendais pas à ça – et encore moins à ce que Connor devienne notre ami en seulement quelques jours. Il collectionne les gens, et Lo et moi sommes des pépites d'or dans son bocal. Cela fait tellement longtemps que personne n'a pas pris notre défense que je passe outre la superficialité de ses motivations. C'est agréable d'avoir un allié. Prêt à tout, certes, mais personne n'a dit que Lo et moi étions parfaits non plus.

Matt et les autres Tortues Ninja sont sidérés, ils essaient d'encaisser les infos sur notre fortune et nos noms de famille. Puis Matt lâche un rire cruel et dit à Lo :

– Du coup, vu tes *moyens*, tu n'auras aucun problème à retirer cette tétine de ton trou de balle et à nous rembourser tout ce que tu as bu.

L'expression de Lo s'assombrit. Je glisse ma main dans la sienne, espérant qu'il ne va pas devenir agressif et débattre. J'ai foi en Lo, il peut redescendre si je suis là ; si je pars, tout peut arriver.

– Va te faire, lance-t-il.

Connor intervient avant qu'un des cousins lève le poing pour le *faire* payer.

– Est-ce que ça va vraiment déranger votre oncle ? Quarante mille, c'est rien.

– Il a bu l'équivalent d'une voiture, Connor, répond Matt, incrédule. C'est plus que ce que certains gagnent en un an, bordel ! Oui, il sera en colère, et Monsieur Couche-Culotte ici présent peut aisément se le permettre. Tu paies, ou on va trouver une *caution* jusqu'à ce que tu sortes ton chéquier.

Ils me lorgnent, et je recule contre la pierre froide de la bâtisse.

Lo me regarde par-dessus son épaule, tout en lignes dures ; quand il est certain que je suis en sécurité, il fait un pas en avant.

Non ! Je plonge et lui attrape le poignet.

– Lily…

– Il ne peut pas payer, j'affirme.

– *Lily*, me prévient Lo. Tais-toi.

Je scelle mes lèvres – je ne vais pas déballer la vie personnelle de Lo à des étrangers. Son père l'a soumis à une allocation stricte, il a verrouillé son compte en banque, n'en débloquant qu'une partie chaque mois. Il supervise chaque transaction, appelle Lo pour chaque dépense notable. Le champagne à quatre mille dollars au restaurant italien et ses autres dépenses lui ont fait atteindre son plafond mensuel.

S'il se met à découvert, Jonathan piquera une crise.

– Tu penses vraiment que je vais croire ça, ma belle ? dit Matt.

Non – pourquoi y croirait-il ?

Connor, pour la première fois, semble inquiet. Il n'arrête pas de reculer, regardant autour de lui à la recherche de renforts si jamais ça dégénère. Je lance :

– Moi, je peux. Je peux vous rembourser. Mais mon chéquier est dans mon sac à main dans la voiture.

Si je dois en prendre pour mon grade parce que j'ai dépensé quarante mille dollars, tant pis. Je peux toujours arguer que c'était pour une robe pour le gala de Noël, prétendre que j'ai taché celle que j'avais achetée. Il n'y a qu'un petit problème : je n'ai pas pris d'argent. Sans poche et avec une fâcheuse tendance à perdre mes sacs, j'ai quitté la maison uniquement armée de mes lames en plastique et de mes cuissardes en cuir.

– Matt !

Un grand type bronzé vient vers nous en courant. Il porte une veste en cuir verte et un arc avec un carquois de flèches dans le dos – c'est le superhéros en vert qui restait en retrait. Il a de la peinture vert foncé en travers des yeux, comme un masque, et ses cheveux châtains en bataille accentuent les lignes nettes de sa mâchoire. Il a l'air viril, puissant et en colère. Son costume y contribue certainement, mais j'ai le sentiment que l'assurance qu'il dégage lui appartient à cent pour cent.

Il s'arrête à quelques mètres de notre duel avec les Tortues Ninja et se concentre sur le cousin au bandana violet. Je m'attends à ce qu'il agite les poings vers Matt, qu'il le menace de son imposante carrure – ce que Lo s'est gardé de faire. Mais il lance :

– Une nana vient de me dire que Michael a besoin de vous dans la maison, pour arrêter une bagarre au sous-sol. Ils renversent des trucs.

Ma bouche s'ouvre lentement. Ah… il n'est pas là pour nous aider. Je suis une idiote.

Matt se frotte la nuque, nous considère un instant, puis fait un signe de tête aux autres tortues.

– Allez-y. Je m'occupe de ça.

Les cousins partent en courant vers la piscine.

– La fille a dit que Michael vous voulait tous les quatre.

Matt souffle.

– Tu peux me rendre un service, Ryke ? Ces deux-là doivent quarante mille dollars à mon oncle. (Il me pointe du doigt.) Cette nana dit que son chéquier est dans la voiture. Suis-les et récupère la thune.

– Ouais, aucun problème.

Mon ventre se noue. Voilà qu'on va être escortés par l'ami superhéros de Matt, assez costaud pour me tacler et me plaquer au sol. Peut-être pas Lo. Mais moi, oui. Possiblement Connor, aussi… Super.

La méchante Tortue disparaît au coin de la maison et Ryke se retourne vers nous.

– Où est la voiture ?

Il tourne la tête, et je contemple son profil : barbe de trois jours, nez fin, yeux marron tirant sur le miel. Tout à fait mon genre. Je chasse cette pensée, d'autant qu'il est ami avec les cousins de Thomas Jefferson.

– Par ici.

Connor nous guide jusqu'à sa limousine.

Lo passa sa main autour de ma taille, me tirant contre lui. Ryke marche devant avec Connor, et Lo fixe le dos du superhéros. Au-delà du fait que Ryke fait office de garçon de course de Matt, je me demande si Lo se sent menacé. M'a-t-il vue le reluquer ? Je ne suis pas sûre. Ryke doit mesurer un mètre quatre-vingt-dix, soit trois centimètres de plus que Lo, et il a cette assurance en plus, il dégage une puissante virilité. Lo aussi, mais il y a une petite différence, sans que j'arrive à mettre le doigt dessus. Là où Lo est tranchant, ce mec n'est que dureté. Comme de la glace opposée à de la pierre.

Je cligne des yeux, essayant de ne pas faire une fixette sur la beauté de Ryke. Pas dans un moment pareil.

On n'a pas fait cinq pas que Lo tire sa flasque de sa ceinture pour boire.

– C'est ton alcool au moins ? je demande, agacée qu'il noie une autre situation dans la picole.

Il faut dire que moi-même, j'étais à deux doigts d'imaginer les abdos de Ryke. Je ne peux pas trop critiquer.

Lo s'essuie la bouche.

– Peut-être.

Ryke nous regarde par-dessus son épaule de temps en temps. Ses yeux passent de Lo à moi, son expression trop énigmatique pour que je la comprenne. Si Matt lui fait confiance, il ne doit pas valoir mieux que les Tortues Ninja.

Peut-être que je peux chialer au lieu de payer. Ça ne met pas les mecs super mal à l'aise quand les filles se mettent à pleurer ?

– T'es censé être qui ? demande Connor. Robin des Bois ?

– Green Arrow, je corrige avant que Ryke puisse le faire.

Il se retourne pour examiner mon costume, et son regard intrusif me donne chaud.

– Tu connais Green Arrow ? finit-il par demander en croisant mon regard.

– Un peu, je marmonne. C'est pas trop mon truc, DC comics.

J'aime les histoires d'outsiders, celles où une personne normale peut être un superhéros. Peter Parker, les mutants – ils en savent quelque chose.

– Y'a que les tocards qui lisent DC, ajoute Lo.

Bon. Je n'irais peut-être pas jusque-là.

– Je ne lis pas de comics, confesse Ryke. J'ai juste vu *Smallville* à la télé. Qu'est-ce que ça fait de moi ?

– Un blaireau.

Ryke hausse les sourcils, surpris par cette hostilité.

– Je vois.

– Pour info, je ne suis pas d'accord avec Lo. Je ne suis pas une élitiste des comics, moi.

Ceux qui n'aiment pas lire des comics ont le droit d'apprécier les personnages par d'autres biais.

Lo lève les yeux au ciel avec exagération.

Ryke ignore mon commentaire et se tourne vers Connor, qui s'est tu.

– Qu'est-ce que tu fous avec ces deux-là ? Tu n'es pas entouré de gens qui essaient de te lécher le cul d'habitude ?

– J'élargis mon cercle social.

Alors que nous approchons de la voiture, je prends conscience que je dois trouver un plan. Mais mon cerveau court-circuite à chaque respiration paniquée. Nous arrivons dans la rue ; le vent souffle, balayant mes cheveux. La limousine de Connor est garée au bord du trottoir.

– Où est votre bagnole ? demande Ryke en jetant un coup d'œil prudent vers la maison.

– Juste là.

Connor frappe à la portière et Gilligan, son chauffeur, la déverrouille.

Je fais signe à Lo de monter avant moi. Il tient à peine debout, il n'a pas besoin qu'on lui dise deux fois. Quand il est en sécurité sur la banquette en cuir, je me détends. Un peu.

– Où est ton sac à main ? demande Connor, puis ses yeux s'écarquillent. Attends, tu n'as pas emporté de sac, si ?

– J-je…

J'évite de regarder Ryke. Va-t-il me racketter ? Me frapper ? Ses larges muscles se contractent, et je me recroqueville, terrifiée.

– Qu'est-ce que tu as fait ? demande Connor, horrifié.

J'ouvre la bouche pour répondre, mais quand je lève les yeux, je me rends compte que ce n'est pas à moi qu'il parle. Il regarde Ryke, puis la pelouse, où les Tortues Ninja accourent, évitant des zombies immobiles pour venir droit sur… nous.

Chapitre 22

– Montez dans la voiture, ordonne Ryke.

Je m'y précipite trop vite et me cogne la tête contre le cadre métallique. Je jure à voix basse et me frotte le crâne, plongeant à l'intérieur. Lo est allongé sur la banquette, les yeux fermés, serrant sa flasque comme un nounours. Je m'assieds à côté de lui et pose ma main sur ses chevilles.

Connor entre à son tour et, étonnamment, Ryke le suit. Il claque la portière et la verrouille.

– Démarrez ! hurle-t-il.

Gilligan part en trombe dans la rue de banlieue, et les Tortues Ninja s'élancent après notre limousine en fuite, leurs silhouettes visibles dans la lumière des phares arrière. Nous prenons de plus en plus d'avance sur eux, et ils ralentissent, s'arrêtent et disparaissent dans la nuit.

Je me retourne, face à Connor et Ryke.

– Laisse-moi deviner, dit le premier. Il n'y avait pas de bagarre au sous-sol de la maison.

Ryke regarde Lo respirer bruyamment, plongé dans un sommeil inconscient.

– J'ai improvisé, admet-il, l'air détaché. Il va bien ?

– Une seconde, je fais, levant les mains. Que se passe-t-il ? Pourquoi nous as-tu aidés ?

Il se tenait en retrait, à regarder le drame se dérouler. Il aurait pu y rester, ne pas bouger, ne pas intervenir. Au lieu de ça, il a élaboré un mensonge pour faire rentrer les Tortues Ninja et nous mettre en sécurité. La gentillesse gratuite, ça n'existe pas dans mon monde. La seule réponse logique serait qu'il veut être ami avec nous, qu'il choisit une fortune d'un milliard de dollars plutôt que vingt-cinq millions, comme l'a si justement dit Connor.

Pour la première fois, Ryke détache son regard de Lo.

– Tu crois que je pouvais rester là à regarder Matt malmener une fille comme un ivrogne sans rien faire ?

– C'est ce qu'auraient fait beaucoup de gens.

Il fronce les sourcils, l'air sombre, dur ; je deviens d'autant plus réservée, sur mes gardes.

– Ah ouais ? Eh bien les gens sont des cons.

Il se retourne vers Lo, qui serre sa flasque contre lui. Tout à coup, Ryke se penche et la lui arrache des doigts. Il dévisse le capuchon et ouvre la vitre.

– Qu'est-ce que tu fais ? je demande, dans tous mes états. (Je saute sur l'autre banquette et essaie de lui reprendre la flasque.) C'est pas à toi !

Je peine à l'attraper pour qu'il ne déverse pas le liquide sur la route. Ryke tient sans mal la flasque loin de moi, mais je me mets devant la fenêtre ouverte pour l'empêcher d'y passer le bras. Il me regarde comme si je m'étais soudain transformée en lézard.

– C'est quoi ton problème ?

– T'as pas le droit de la vider !

– Ah ouais ? J'imagine que c'est ton mec ?

Je le fusille du regard, sans le contredire.

Connor se contente de nous observer avec curiosité.

Ryke agite le liquide dans la flasque et dit :

– C'est *ça* qui a causé tout ce drame. Je lui rends service, là, je *te* rends service, je rends service à tout le monde dans cette putain de limousine en la vidant.

Il tend de nouveau la main vers la fenêtre et je me plaque contre la porte, les bras tendus pour l'en empêcher. Il pose une main sur la mienne – son corps si proche que je sens ses côtes se soulever et s'abaisser contre ma poitrine. Oh merde…

Il essaie de me contourner en tendant le bras vers la fenêtre, mais je le retiens de force. Du liquide ambré nous éclabousse tous les deux. Je me bats de nouveau pour lui piquer la flasque, mais je finis par encore nous asperger. Pour mettre fin à la bagarre, il cloue mes bras contre le coussin.

– Arrête, ordonne-t-il.

Je regarde ses mains d'un œil assassin.

– En quoi c'est différent de ce que m'a fait Matt ?

Sa mâchoire se durcit, comme de la pierre.

– J'essaie d'aider ton copain.

Sur ce, il recule et s'adosse au siège.

Mon ventre est luisant d'alcool et mon visage chauffe. Je ramasse la flasque vide de Lo et me glisse sur mon siège, plissant toujours les yeux avec dégoût à l'encontre de Ryke.

– T'es qui, d'abord ?

– Tu ne le connais pas ? s'étonne Connor.

Je lui lance un regard noir.

– Je devrais ?

– C'est Ryke Meadows, le capitaine de l'équipe d'athlé. Michael et Matt en font partie aussi.

Je prends une inspiration lasse et reporte mon regard houleux sur Ryke.

– Alors comme ça, ce sont tes potes d'athlétisme ?

– Ouais.

Il regarde de nouveau Lo et quitte sa place pour s'asseoir de l'autre côté de mon petit ami par rapport à moi.

– Il va bien, je crie presque.

Je sais m'occuper de Lo. C'est loin d'être la première fois que je me retrouve dans cette situation, et je sais quand il a besoin d'un hôpital et quand il a juste besoin d'eau et d'un lit.

Ryke ne me prend pas au mot. Il pose deux doigts sur le cou de Lo pour prendre son pouls.

Connor m'adresse un signe de tête.

– Tu savais qu'il buvait leurs bonnes bouteilles depuis le début, n'est-ce pas ?

Ryke fronce les sourcils, et avec la peinture en travers de ses yeux, son expression est encore plus sombre et furieuse.

– Tu ne l'en as pas empêché ?

Il secoue la tête d'un air réprobateur.

Une bouffée de culpabilité m'assaille, et je déteste ça. Je le déteste de provoquer ce sentiment en moi. J'ai fait tout ce que je pouvais pour protéger Lo de lui-même sans être une hypocrite.

– J'ai essayé.

J'ai prévenu Lo de ne pas le faire, mais je ne pouvais pas le forcer à arrêter. Pas alors que j'avais autant besoin de sexe que lui d'alcool.

– Il boit toujours autant ?

C'est quoi cet interrogatoire ? Je me mords la lèvre, incapable d'exprimer ces mots qui bouillent en moi.

– C'est son vingt et unième anniversaire.

La plupart des gens finissent leur vingt et unième anniversaire en coma éthylique, mais Ryke a l'air aussi suspicieux qu'avant. Il voit clair en moi, comme le gigolo.

– C'est des conneries, dit Connor. Lo n'a pas essayé de me cacher son problème. Je ne l'ai *jamais* vu sans un verre à la main.

Je détourne la tête pour fuir leur jugement et resserre ma main sur la cheville de Lo.

– Il faut juste que je le ramène à la maison.

Réveille-toi, j'ai envie de lui crier. Il m'a laissée seule pour nettoyer son bordel. Encore une fois.

Connor lâche l'affaire. La limousine avance lentement sur les rues mal pavées de la ville. Je sens les émotions accablantes de Ryke, sa respiration lourde alors qu'il essaie de comprendre la situation. Chaque fois que je jette un coup d'œil vers lui, il semble à deux doigts de donner un coup de poing dans un mur – ou d'aller courir, plutôt.

Quand la limousine s'arrête devant le Drake, je me glisse à côté de Lo et passe mes bras sous les siens pour soulever son corps lourd contre le mien.

– Lo, je murmure.

Réveille-toi ! Je peux à peine le porter jusqu'à la douche, d'ordinaire. Comment je suis censée le traîner jusqu'à l'ascenseur ? Demander de l'aide m'est complètement étranger ; je passe donc les deux minutes qui suivent à galérer à le mettre droit pour le tirer vers la porte.

Connor et Ryke sortent de la limousine, puis ma portière s'ouvre. Connor y passe la tête.

– Lily, bouge. On va le porter.

– Non, Lo ne voudrait pas.

Ryke baisse la tête dans l'encadrement.

– Et la plupart des mecs ne voudraient pas être portés par leur copine non plus.

Je prends ça comme une insulte personnelle, même si ce n'était pas son intention.

– Il n'est pas en état de s'en préoccuper, dit Connor, comme si cela réglait le débat.

Je vois bien que je ne vais pas l'emporter, sur ce coup.

Je sors de la banquette, affrontant l'air froid de Philly. Connor plonge dans la limousine.

– Prends ses pieds.

Ryke se poste devant la portière, et ils s'échangent des instructions jusqu'à ce que Ryke prenne Lo dans ses bras, sans aucun mal. J'aurais préféré que ce soit Connor qui le porte. Ryke a un je ne sais quoi qui me met sur les nerfs.

Quoi qu'il en soit, il porte Lo comme un bébé. Cette image

devrait être comique, Lo en Lycra rouge et noir, ressemblant à un X-Man blessé. Mais je l'imagine se réveiller et voir Green Arrow le porter dans ses bras avec assurance. Il piquerait une crise. Et pas dans le bon sens du terme.

– Fais attention à sa tête, je dis quand nous passons la porte tambour.

– Je le tiens.

Ryke entre dans le hall sans avoir versé une seule goutte de sueur.

Même dans l'ascenseur, je surveille Lo de près, contrariée par la tournure des événements. Je n'ai jamais laissé personne d'autre le porter ou l'aider. Cette mission me revient d'aussi loin que je me souvienne. Et j'étais peut-être pas très douée, mais au moins, il est toujours en vie, il respire. Il est là. Avec moi.

Arrivée à la porte, je trouve mes clés et les fais entrer. Mon stress revient en force quand je me rends compte que c'est la première fois qu'autant de testostérone passe le seuil de mon appartement. Peut-être pas, cela dit. Il y a eu ce moment où j'ai ramené deux mecs à la maison.

– Tu peux le mettre sur le lit.

Je guide Ryke jusqu'à la chambre de Lo et désigne la couette couleur champagne. Il l'y pose. Pendant que je délace ses chaussures, Ryke observe la déco, l'affiche de Comic-Con, les photos et les placards au verre teinté. Son regard, pensif, est étrange – comme si c'était la première fois qu'il mettait les pieds dans la chambre d'un mec.

– Vous vivez ensemble ?

Il prend un cadre sur le bureau.

– C'est une Calloway, lance Connor depuis le palier, appuyé d'une hanche contre l'encadrement de la porte, les bras croisés.

– Je ne vois pas ce que ça veut dire, répond Ryke.

– Mon père a créé Fizzle.

– Je sais. Ça explique pourquoi Connor traîne avec vous, mais ça n'a rien à voir avec le fait que vous êtes ensemble, tous les deux.

Il repose le cadre photo. Connor lève la main.

– Juste pour être clair : je les aime bien, ces deux-là. On ne s'ennuie jamais avec eux.

Ryke retire sa veste en cuir imbibée d'alcool.

– Alors tu es en couple avec Lo ?

– Qu'est-ce que ça peut te faire ?

Son visage se tord, agacé.

– Tu es toujours autant sur la défensive avec les gens qui te sauvent la mise ?

Oui. Au lieu d'admettre mes torts, je réponds à sa question précédente.

– C'est un ami d'enfance. On vient de se mettre en couple, mais on habite ensemble depuis notre entrée à la fac. Satisfait ?

– Ça fera l'affaire, ouais, dit-il en prenant un autre cadre.

Connor demande :

– À quelle heure tu penses que Lo sera réveillé demain ? Il m'a promis qu'on irait à la salle de sport.

Je soupire.

– Les promesses de Lo sont comme les bars à 2 heures du matin : vides.

J'ouvre le tiroir du bureau et trouve trois flacons d'Advil. Je jette le vide à la poubelle et fais tomber quatre pilules du deuxième dans ma main. Je file remplir un verre d'eau dans la salle de bains et le pose à côté du lit avec les capsules.

– Tu fais ça souvent, constate Ryke.

J'éteins les lumières sans croiser son regard et les pousse tous les deux vers le salon. Je m'emmitoufle dans une couverture en coton crème, cachant mes mains qui se sont mises à trembler. Les garçons choisissent le canapé tandis que je me love sur le siège inclinable en daim rouge.

Ryke s'imprègne de l'atmosphère de l'appartement, inspectant les luminaires, la cheminée dont on ne se sert pas, et les impressions d'ours polaires à la Warhol. C'est comme s'il essayait de nous percer à jour à partir de nos possessions. Ça ne me plaît pas.

– Vous devriez partir. Je suis fatiguée, je dis à voix basse.

Connor se lève et annonce :

– D'accord, mais je passe prendre Lo demain après-midi pour aller à la salle. Il ne tient peut-être pas ses promesses, mais je réclame toutes celles qui m'ont été faites.

Ryke se lève au moment où Connor passe la porte. Il continue de regarder autour de lui, ses yeux balayant la cuisine, les tabourets de bar, les étagères…

– Tu comptes voler un truc ? je demande. Nous n'avons pas tellement d'objets de valeur ici. Tu devrais essayer chez mes parents.

Le visage de Ryke se tord.

– T'es un sacré numéro, tu sais ? (Il plisse les yeux.) Ce n'est pas parce que je regarde ta lampe que ça veut dire que je vais la voler.

– Si tu ne prends pas des photos mentales pour revenir plus tard, alors qu'est-ce que tu fous ?

Il penche la tête sur le côté et me regarde comme si j'étais débile.

– J'essaie de comprendre qui vous êtes.

Il montre le manteau de cheminée où est posé un vase en cristal, cadeau de crémaillère de Poppy.

– Riches. (Il désigne les bouteilles d'alcool qui jonchent le plan de travail.) Alcooliques.

Comment peut-il tirer cette conclusion de quelques bouteilles ? Mes narines se dilatent.

– Dégage.

Ses yeux deviennent deux fentes.

– Ça fait mal ? D'entendre la vérité ? Personne ne t'a jamais mise face à elle ?

Je suis rarement aussi énervée, mais soudain quelque chose d'étranger et de furieux soulève ma poitrine.

– Tu ne peux pas observer des *objets* et nous comprendre !

– Ah ouais ? J'ai touché un point sensible, on dirait. Et je suis quasi sûr que c'est parce que j'ai raison.

– C'est quoi ton problème ? je crache. On ne t'a pas demandé ton aide. Si je savais que tu serais un vrai…

Je grogne, incapable de trouver mes mots.

– Serpent ? plaisante-t-il. Une vipère ?

Il fait un pas vers moi. Je pourrais lui mettre une droite. Je n'ai *jamais* ressenti autant d'hostilité envers quelqu'un.

– Laisse-moi tranquille ! je crie, geignant presque.

Je déteste *aussi* le ton de ma voix.

– Non, dit-il, catégorique.

Je serre les dents, réprimant l'envie folle de taper du pied comme une tarée.

– Pourquoi ?

– Parce que si tu pensais que Lo était vraiment en danger, je crois que tu ne ferais rien. Et ça me les brise. (Il me regarde de la tête aux pieds.) Alors tu vas devoir me supporter.

Il marche à reculons vers la porte. Je suis en – grande – partie d'accord avec Ryke. Je ne sais pas comment aider Lo sans me porter préjudice. Et je suis trop égoïste pour trouver une solution à ses problèmes.

– Je ne veux plus jamais te revoir, je dis, honnête et sincère.

– Eh ben c'est con pour toi, me dit Ryke en tournant la poignée. C'est impossible de se débarrasser de moi.

Il me laisse sur ces mots. Et j'ai envie de hurler. Il est si inquiet pour le bien-être de Lo qu'il est prêt à nous revoir ?

La porte se ferme et j'essaie de ne pas penser à lui. Peut-être a-t-il lancé des menaces en l'air uniquement pour que je me sente coupable. Personne ne se mêlerait comme ça de la vie des autres.

Cela dit, il a mis fin à une dispute qui ne le concernait pas. Manifestement, c'est le genre de type qui se mêle de ce qui ne le regarde pas.

Chapitre 23

Ryke hantant toujours mes pensées, je gâche le reste de ma nuit à renfort de porno et de jouets, noyée dans la sueur et l'extase. On aurait dû rester à la maison pour l'anniversaire de Lo, comme il le voulait. Je regrette qu'on ne l'ait pas fait ; je ne referai pas l'erreur l'année prochaine.

Chaque fois que je m'emmitoufle dans mes draps, cherchant le sommeil, les larmes montent et coulent de manière incontrôlable. Être dans une *vraie* relation de couple était censé résoudre nos travers. Cela aurait dû alléger nos problèmes. Nous n'avons plus besoin de faire semblant. Nous pouvons être nous-mêmes. Nous sommes libérés d'un mensonge. N'est-ce pas le moment où notre amour prend le dessus sur nos addictions ? Où nos problèmes se résolvent comme par magie par un baiser et une promesse ?

Au lieu de ça, tout a fini dans le caniveau. Lo boit. Je baise. Et nos plannings se chevauchent et se court-circuitent trop souvent, devenant plus destructeurs que sains.

Personne ne m'a dit qu'on pouvait aimer quelqu'un et quand même être malheureux. Comment est-ce possible ? Et pourtant, l'idée de quitter Loren Hale me déchire la poitrine. Nous sommes amis et alliés depuis si longtemps que je ne sais pas qui je suis sans lui. Nos vies s'entrecroisent à tous les carrefours possibles, et nous séparer serait une coupure fatale, irréparable.

Mais quelque chose ne va pas. Du tout.

J'ai mal au poignet à la fin de la matinée, mais cela ne m'empêche pas de lancer un autre DVD. L'interphone sonne au moment où je me laisse retomber sur le matelas. *Non.* Je ne suis pas d'humeur à recevoir Connor. Et puis, je pourrais me le taper. Mon corps est à cran, j'ai désespérément besoin de Lo. Mais son comportement d'hier soir ne mérite pas de récompense. Même si me refuser à Lo me fait plus de mal qu'à lui, il peut se la mettre derrière l'oreille jusqu'à nouvel ordre.

L'interphone pousse une autre plainte agacée. Génial. Lo est dans les vapes.

Je sors du lit en rampant, enfile un tee-shirt et un jogging, puis vais dans l'entrée et enfonce le bouton avec mon pouce pour parler.

– Oui ?

– Mademoiselle Calloway, j'ai un M. Cobalt ici.

– Faites-le monter.

Je prépare du café, espérant que la caféine fera ressembler Connor à un vilain hobbit trop laid pour que je lui saute dessus. Même si Frodon est un peu mignon.

– C'était l'interphone ?

Je manque de faire tomber la crème.

Lo se frotte les yeux et s'approche des placards d'un pas las, à la recherche de crackers et de quoi se préparer un Bloody Mary. Ses cheveux sont mouillés, comme s'il avait pris une douche, et il ne porte qu'un pantalon de running, très bas sur ses hanches.

Mon corps se tend, et je me détourne au moment où ses yeux croisent les miens.

– Salut.

Il pose une main dans mon cou, effleurant mes cheveux.

– Arrête, je m'étrangle.

Je mets de la distance entre nous.

Je vois le remords familier assombrir ses traits. Il me regarde des pieds à la tête, mes jambes transpirantes, mes vêtements qui me collent à la peau, et mes cheveux emmêlés et trempés.

Je dois avoir l'air de sortir d'une partie de jambes en l'air.

Il pose une main sur le plan de travail pour se tenir droit, sous le choc.

– Lily…

On donne des coups de poing à la porte.

– Loren Hale ! appelle Connor. Tu ferais mieux de te réveiller. Tu m'as promis du sport. Je veux du sport.

Lo me quitte à contrecœur pour le faire entrer.

– Tu es à l'heure, dit-il d'une voix monotone, revenant dans la cuisine.

– Toujours.

Connor regarde Lo attraper une bouteille de vodka dans le congélateur.

– Il est à peine midi, tu sais. Les neurones ne réagissent pas bien à l'alcool aussi tôt. Le Gatorade est préférable.

– Il se prépare un Bloody Mary pour sa gueule de bois.

Ma défense jaillit avant que je puisse la retenir.

– Comme elle a dit, lance Lo.

Ça ne me réconforte pas d'avoir couvert son addiction. *N'y pense pas.* Il s'ouvre un jus de tomate et se prépare son cocktail. Connor dit quelque chose à propos d'électrolytes.

Je regarde dans le vide et imagine des mains posées sur le plan de travail de chaque côté de mon corps, me prenant au piège. L'homme sans visage, sans nom, pose ses lèvres chaudes dans mon cou et aspire ma peau. Il glisse ses doigts sous mon tee-shirt, puis les fait descendre vers la ceinture de mon pantalon, il se rapproche, ma peau fourmille…

– Lily, ça te va ? demande Lo, le front plissé, l'air l'inquiet.

Je cligne des yeux.

– Hein ?

Je me frotte la nuque, j'essaie de me calmer, mais mes pensées m'ont embrasée.

Lo se sert un Gatorade bleu. Qu'est-il arrivé à son Bloody Mary ? Connor l'a-t-il vraiment convaincu de switcher ? Il pose la bouteille et vient vers moi, remarquant que mes mains tremblent.

– Ça va ?

Il tend la main pour toucher mon visage, mais je tourne la tête et m'éloigne. Son corps tout entier se crispe face à mon rejet.

– Très bien. Je vais prendre une douche.

– Tu viens à la salle avec nous ? demande-t-il, soucieux.

– Je n'en avais pas l'intention.

Chaque pas que je fais pour m'éloigner de Lo fait pulser mon corps. Ma volonté est en train de s'éteindre. J'ai besoin de lui. J'ai envie de lui. Je suis à deux doigts de craquer.

Rapide comme l'éclair, il m'attrape les flancs des deux mains et se penche à mon oreille.

– Viens, s'il te plaît.

Sa voix rauque m'emmène vers des pensées malsaines. Je réprime un gémissement.

– Je te revaudrai ça une fois là-bas.

Il me souffle tout ce qu'il veut me faire à la salle de sport. Je ne peux pas dire non. Je ne *sais pas* dire non. Il achète son pardon grâce à ma faiblesse. C'est l'équivalent d'un panier garni de whisky haut de gamme si c'était moi qui avais merdé.

Je hoche la tête et marmonne que je veux d'abord me doucher. Mes pieds me portent jusqu'à ma salle de bains, où je me lave les cheveux et mon corps transpirant.

Lo frappe à la porte.

– Tu as besoin de moi ?

Oui. Mais je pense pouvoir tenir jusqu'à la salle. J'espère.

– Non.

Je le sens qui s'attarde devant la porte. Il ne s'excusera pas pour hier soir, même s'il doit se douter qu'il a fait de la merde. J'attends qu'il demande si j'ai couché avec un autre, mais il ne le fait pas. Puis j'entends ses pas s'éloigner. Après la douche, j'enfile un pantalon en nylon et un tee-shirt large.

Quand nous arrivons à la salle de sport, Connor choisit de travailler le bas du corps sur les machines proches des écrans plats. Il pousse des poids avec ses pieds, se servant de la force de ses cuisses.

De l'autre côté de la salle, je me laisse tomber au sol à côté de la machine à pec'. Lo attrape les deux poignées rattachées à des poids et les tire vers son torse avant de relâcher.

J'en ai assez d'essayer de fuir son contact. Dans la voiture, j'ai passé mon temps collée à la portière pour faire passer le message – alors que les nids-de-poule faisaient quasiment vibrer les sièges, c'était une torture.

– On peut le faire maintenant ? je demande, roulant mes chaussettes hautes.

– L'anticipation ne fait pas partie de l'attrait ?

– Parfois.

Je tire mes genoux contre ma poitrine et vois Connor s'arrêter un instant pour se disputer la télécommande avec un mec.

– On devrait le planter là.

C'est la solution la plus simple à nos soucis. Il est l'intrus, celui qui nous force à affronter nos problèmes, à les regarder vraiment, à les voir pour ce qu'ils sont. Je ne veux pas y penser. J'en veux aussi à Ryke d'avoir semé ces graines de culpabilité dans ma tête.

– Il est cool, dit Lo, tirant de nouveau les poignées vers sa poitrine, puis il souffle longuement et relâche. C'est certainement le plus gros connard que j'aie jamais rencontré, mais il n'est pas parfait, même s'il pense l'être.

Je prends des haltères, évitant le regard noir de deux filles sur des StairMasters. À croire qu'accompagner son mec à la salle et le regarder faire de la muscu, ça craint. Je soulève les poids à la force de mes bras, qui se trouvent être mes membres les plus faibles. Les minutes passent… Je les laisse retomber et me rassieds.

– Est-ce qu'on va parler d'hier soir ?

Il grimace en ramenant une nouvelle fois le poids vers sa poitrine. Puis il retire ses doigts des poignées et s'essuie le front avec une serviette. Je vois les rouages tourner dans sa tête.

– Qu'est-ce qu'il y a à dire ?

– Tu as bu l'alcool de ce mec.

Lo lève les yeux au ciel dans un geste exagéré, puis se lève pour ajouter du poids à la machine.

– Ce n'était pas la première fois. Qu'est-ce qui était si différent ce coup-ci, Lil ?

– Tu n'es plus au lycée, je dis. Et puis… tu es avec moi.

Le poids tinte quand il se rassied.

– Tu veux que j'arrête de boire ? demande-t-il, la mine grave.

Oui. Pourquoi voudrais-je qu'il poursuive sa descente aux enfers ? Il pourrait en crever. Il pourrait s'évanouir et ne jamais se réveiller. Avant que je trouve le courage de l'exprimer, il ajoute :

– Tu veux arrêter de baiser, toi ?

Non. Pourquoi faut-il que ce soit une modalité ? Sans doute parce que ce n'est pas juste que je consacre mes pensées, mon énergie et mon temps au sexe si lui doit arrêter l'alcool.

– Écoute, dit-il, comprenant que je ne peux pas répondre. J'ai beaucoup bu. Tu t'es masturbée toute la nuit. Enfin, je pars du principe que tu ne m'as pas trompé ?

Il attend que je confirme, et je secoue la tête. Il hoche la sienne, soulagé.

– C'était un mauvais soir. On en a eu des tas. D'accord ?

Il reprend les poignées.

Je fixe le sol, abasourdie.

– Parfois, je me dis qu'on est mieux en faux couple.

Il se raidit.

– Pourquoi tu dis ça ? Ce n'est pas bien au lit ?

– Non… c'est juste que je trouvais ça plus facile.

On devrait revenir à comme c'était avant. On ne se disputait pas autant. On s'autorisait des plannings différents et on se croisait de temps en temps. Presque toujours, on séparait nos addictions ; aujourd'hui, elles sont trop enchevêtrées pour qu'on arrive à jongler.

– Personne n'a dit que c'était facile d'être en couple.

Il ne reprend pas les poignées.

Mon corps est en manque. J'aimerais avoir le cran de me lever, d'aller vers lui. De poser mes mains sur son torse et d'enrouler une jambe autour de sa taille, de me mettre à califourchon sur lui. Haletant, il demande :

– Lily ?

Mais il ne m'arrête pas. Il me laisse me pencher, mes hanches se moulant aux siennes. Je l'embrasse dans le bas du cou, sa retenue disparaît peu à peu, il grogne. Je sens son excitation monter sous moi, et il me dit d'une voix rauque de le retrouver dans le vestiaire.

Une serviette mouillée me frappe en pleine figure et je reviens à la réalité. Lo me lance un regard accusateur.

– Tu es en train de fantasmer sur moi ?

Mes bras rougissent.

– Peut-être.

Avec un peu de chance, seul Lo voit clair en moi.

– Tu es censée dire *oui*.

L'amusement scintille dans ses yeux.

– Oui, je dis avec un sourire. On peut le faire maintenant ?

Il passe ses jambes par-dessus le banc et attrape sa bouteille de Gatorade. L'excitation monte en moi et s'éteint aussitôt quand je vois qu'il reste assis.

– Ce sera encore meilleur si c'est spontané, Lil.

Je fronce les sourcils.

– Tu… tu as peur de le faire dans un lieu public ? On ne se fera pas prendre. Je te jure, et…

– Je n'ai pas peur, m'assure-t-il.

Pour le prouver, il passe une main dans mes cheveux et m'embrasse fougueusement, dans un baiser avide et avec la promesse de plus. Il glisse sa langue dans ma bouche et un petit bruit m'échappe.

Il s'écarte avec un sourire satisfait.

– Bientôt.

Oui.

Il se dirige vers les machines consacrées au bas du corps, près de Connor, mais s'arrête en remarquant que je suis toujours figée au sol. Son baiser m'a transformée en pierre.

– Tu viens ?

Bientôt, apparemment.

– Je ne devrais pas te laisser un moment entre mecs ?

C'est moi l'intruse, la petite amie pot de colle. Il est difficile de connaître le protocole pour ce genre de moments – nous avons toujours été le seul ami de l'autre.

Lo y réfléchit deux secondes, puis il grimace et dit :

– On s'en tape. Viens.

Il me fait un signe avec deux doigts. Je ne pense pas qu'il fasse exprès de faire un geste si sexuel, mais *pu-naise*, il ne peut pas me faire ça, là.

Je lève les yeux au moment où il se retourne, et j'aperçois un éclat de sourire.

Lo s'installe à une machine à côté de Connor, et j'attrape un tapis de yoga que j'étends au sol près d'eux, mais assez loin pour ne pas étouffer Lo.

Je ne suis pas une idiote. J'ai bien remarqué qu'il retardait le moment où il couchera avec moi ; je me demande si c'est pour amplifier la tension ou pour me restreindre, voir si je suis capable de moins baiser dans la journée, m'aider à combattre mon addiction.

Je ne sais pas avec certitude, mais je penche pour la seconde option.

Les mecs dans la salle sont captivés par un match de foot sur les écrans télé. J'y prête vaguement attention, mais l'ennui s'installe bientôt. Mon regard dérive vers un homme à la peau dorée sur un banc à quarante-cinq degrés. Il tient une barre au-dessus de sa tête et ramène ses jambes pour faire ses abdos.

Je m'allonge sur le tapis de yoga, fixe le plafond, puis ferme les yeux. Il pose une main à côté de ma tête, tout proche. Le poids de son corps suspendu au-dessus de moi. Il fait descendre mon pantalon *et* ma culotte, et s'agenouille entre mes jambes. Une main remonte vers ma cuisse et il la pose pile entre…

Mon corps frémit et mes yeux s'ouvrent. Oh mon Dieu.

– OUIIII !

Les cris et acclamations autour de moi font flamber mon visage, même si c'est parce qu'une équipe de foot a mis un autre but.

Connor, lui, est captivé par Bloomberg Television, une chaîne d'affaires. Au moins, il ne m'a pas vue déconnecter comme une tarée. Mais Lo a les yeux braqués sur mon corps. Depuis quand m'observe-t-il ? Sait-il que ce n'est plus sur lui que je fantasme ?

Je me lève d'un bond, incapable d'attendre plus longtemps. Soit il me suit dans les vestiaires, soit je trouverais un moyen de me satisfaire *sans* le tromper.

– Je reviens, dit Lo à Connor.

Il s'élance derrière moi.

Je me détends. Ce ne sera peut-être pas facile, mais il faudra qu'on fasse en sorte que ça marche.

Chapitre 24

Ce n'est pas humain d'exiger un crédit de biologie pour toutes les spécialités. De toute façon, dans deux ans, j'aurai oublié tout ce que j'ai appris, et je ne compte pas travailler pour une entreprise pharmaceutique. À quoi ça va me servir, de savoir ce qu'est la mitose ? Et si je dois encore lire une étude de cas sur la drosophile – le nom scientifique de la mouche du vinaigre –, je pourrai sérieusement songer à opter pour le cours *Les Champis, amis-ennemis*.

Cependant, ce cours au nom ingénieux est très mal noté sur RateMyProfessors.com. Dans son avis, un étudiant a traité le professeur de « vieux schnock » pour avoir forcé ses élèves à mémoriser les noms scientifiques de *tous* les champignons évoqués. Me voilà donc coincée dans un autre cercle de l'enfer : biologie pour les non-spé bio, alias les handicapés de la science. Ce qui ne veut pas dire que le cours est facile ; juste que plus d'étudiants partagent cette torture.

Les lumières de la bibliothèque s'atténuent à mesure que le temps passe, alourdissant de plus en plus mes paupières. Je bâille, sur le point d'adopter la technique de révision de Connor et d'acheter un Red Bull. Peut-être que je devrais faire des fiches de révision.

Jusqu'à présent, je n'ai été distraite qu'une seule fois, et ce n'était même pas pour fantasmer sur le mec mignon à lunettes à deux tables de moi. Non : un étudiant a tabassé à mort une machine Fizzle qui refusait de lui donner son Fizz à la cerise. Il a abandonné après s'être rendu compte que la grosse boîte en plastique était indestructible – du moins face à une paire de Vans.

Lo m'a envoyé deux SMS. Le premier pour demander à quelle heure je rentre, pour l'emmener au magasin de spiritueux. Le second pour me dire de prendre des capotes. J'ai failli m'étouffer sur mon Fizz Light en le lisant, n'en revenant pas que nous soyons si intimes et à l'aise avec ça.

Au bout de ma longue table, une fille en sweat-shirt bleu marine de l'université se penche pour murmurer à son amie :

– Tu le vois ? Il vient par ici. Oh mon Dieu.

La petite blonde musclée avec un sweat à capuche de l'équipe de gym tend le cou pour essayer de voir derrière les étagères de deux mètres cinquante de haut.

– Sois discrète, Katie, peste l'autre, en hyperventilation.

Qui est ce canon, pour provoquer tout ce foin ? Je suis curieuse. Je mordille le bout de mon crayon et regarde autour de moi, ne voyant pas ce qu'elles voient. Zut. Moins subtile, je lève mes fesses de la chaise en bois inconfortable pour regarder *derrière* le rayon. À moins que ce type ne soit un fantôme, il a hérité de mon superpouvoir préféré et s'est littéralement volatilisé dans les airs.

– Tu cherches quelqu'un ?

Je sursaute, ma colonne vertébrale cognant violemment les lattes en bois. Euh… je me penche en arrière et lève les yeux vers l'homme qui se dresse au-dessus de moi. Non, elles ne pouvaient pas parler de *lui*.

Ryke, alias Green Arrow, a une main posée sur ma table et une expression suffisante sur le visage. Il doit savoir que j'essayais de l'espionner – mais ça, c'était avant que je sache que l'avion de chasse mystère était celui qui a porté mon mec jusque dans mon appartement.

Les deux sportives plongent le nez dans leurs cahiers, lui jetant des coups d'œil peu discrets. Il suit mon regard puis se retourne vers moi, dos à elles. Elles me lancent des regards assassins.

– Je crois que tu es demandé, je lui dis, les yeux braqués sur mon manuel.

Pour m'apaiser, il se tourne vers elles.

– Katie, Heather.

Katie feint la surprise.

– Oh. Salut, Ryke ! Je ne t'avais pas vu.

– Vous avez entraînement aujourd'hui ?

– Oui, préparation physique. Tu seras au gymnase ?

Oui, bien sûr, ils se connaissent via l'athlétisme ; je comprends maintenant. Puisque je n'appartiens à aucun groupe à Penn – surtout s'ils impliquent des ballons rebondissants ou des pirouettes dans les airs –, je ne comprends pas vraiment l'attrait de Ryke. Peut-être qu'il les éblouit en étirant ses quadriceps.

Je zieute ses mollets, malheureusement dissimulés par son jean. *Je ne tromperai pas Loren Hale, surtout pas avec Ryke.* Il faut vraiment que j'arrête de penser à d'autres mecs. Ce n'est pas comme si Lo ne me suffisait pas. Il me suffit, largement, mais quand quelqu'un d'autre est là, mon esprit se met à dévier vers des pensées immorales.

– Je cours au stade aujourd'hui.

– Dommage. Si jamais tu veux qu'on s'entraîne ensemble, tu sais où nous trouver.

Il hoche la tête puis se retourne vers moi. *Non. Va-t'en.* Il fait le tour de la table, et, étrangement, je pense qu'il va obéir à mon ordre mental. Au lieu de ça, il tire une chaise et s'assied. Il se penche, pose ses coudes sur la surface en bois.

Et je relève mon manuel pour qu'il ne me voie pas.

Quelques secondes passent ; il pose une main sur le livre et l'abaisse, la tranche heurtant la table.

– Il faut que je te parle.

– Et moi j'ai pas envie de te parler.

Je commence à remonter mon bouquin pour faire office d'écran de séparation, mais il le fait glisser vers lui, le prenant en otage.

– Il faut que je révise, je dis sur un ton criard.

– Tu t'exprimes toujours en geignant ?

Je le fusille du regard.

– Tu insultes toujours les gens quand tu veux leur demander quelque chose ?

J'aimerais que Lo soit là. Il pourrait chasser ce type en moins de deux. Pourquoi mes paroles n'ont-elles pas le même effet ?

– Juste toi, répond-il en feuilletant mon manuel avant de le refermer. Biologie ? T'es en première année ou quoi ?

Je pique un fard.

– J'ai repoussé quelques crédits de base.

Je tends la main pour récupérer le bouquin, mais il l'écarte encore plus.

– Je te le rendrai une fois que tu m'auras écouté.

– Tu veux parler d'alcool ?

– Non.

– Tu veux parler de Lo ?

– Pas seulement.

– Tu vas être méchant ?

Il se penche en arrière, faisant craquer sa chaise, et pousse un petit rire.

– Je ne sais pas. Possiblement, selon la direction que prendra la conversation. Ça te va ?

On va dire que oui.

– OK.

Je lui fais signe de poursuivre puis croise les bras.

Ce mouvement hautain ne lui échappe pas ; il réprime un commentaire impertinent pour aller droit au but :

– Quand j'étais chez toi, j'ai vu vos affiches du Comic-Con. Je fais des piges pour le *Philadelphia Chronicle*, qui me paie pour aller à la convention. Le truc, c'est que je ne sais pas du tout à quoi m'attendre, ni ce que ça représente, ni même quoi faire.

Je comprends où il veut en venir.

– Et tu t'es dit qu'on saurait ?

Je ne m'attendais pas à ce qu'il me parle de *ça*.

– J'espérais pouvoir en parler avec Lo.

Je hausse les sourcils.

– Tu veux parler à mon mec ? De Comic-Con ? (*Non, ça n'a rien de bizarre.*) Est-il vraiment question de comics, Ryke ?

– Tu me traites de menteur ?

– Un peu, oui.

Il lève les yeux au ciel.

– Écoute, je suis en master journalisme. Je préfère parler à une source primaire que citer Wikipédia et des blogs.

– Je croyais que tu avais besoin d'aide pour comprendre ce qu'est le Comic-Con, pas d'une citation.

Ha ! Pris en flagrant délit de mensonge.

Ryke ne sourcille pas.

– Oui, ça aussi. (Il se frotte la bouche, pensif.) Écoute, peut-être que je peux au moins emprunter quelques-uns de ses comics et qu'il peut me donner quelques infos essentielles sur des personnages, des intrigues.

Je le dévisage, toujours sceptique.

– Tu as dit que ça n'avait rien à voir avec le problème de Lo, n'est-ce pas ?

– Tu veux parler de son addiction à l'alcool ?

Je lui fais les gros yeux. Il pousse un peu, là. Je commence à me lever pour partir. Tant pis pour le bouquin de biologie – il peut le garder. Il tend ses deux mains en toute hâte pour m'arrêter.

– Je suis désolé. Je peux manquer de tact, parfois.

Je reste plantée sur ma chaise. J'attends.

– Ce n'est pas à propos de l'alcool.

– Tu as un faible pour lui, ou un truc dans le genre ?

Ryke a un mouvement de recul, surpris, et grimace.

– Quoi ? Pourquoi tu penserais un truc pareil ?

– Je ne sais pas, je dis, feignant la confusion. Tu n'arrêtes pas de poser des questions sur *ses* comics. *Ses* conseils sur Comic-Con. Tu sais que moi aussi, j'en ai, des comics, et que moi aussi je suis allée à Comic-Con.

Il grogne.

– Pourquoi faut-il que tu compliques les choses ? Je te demande de l'aide. De toi, de Lo, de n'importe qui capable de différencier le costume que tu portais à Halloween de celui de Wolverine.

– Il y a beaucoup de gens qui peuvent t'aider.

Je vais rester sur mes gardes. Sa manière de faire me tape littéralement sur les nerfs. Impossible d'être attirée par un type qui me flétrit les entrailles.

– Je ne veux pas de leur aide. Je veux la vôtre.

Avant que je puisse trouver une logique à son raisonnement, mon téléphone vibre sur la table. Ryke regarde le nom qui s'affiche dans la fenêtre SMS.

– Lo. Tu peux en profiter pour lui demander s'il est d'accord.

– Il dira non, je rétorque.

– Tu n'en sais rien.

– Et toi, tu ne sais rien de lui.

Je clique sur le message.

> Je peux regarder du porno avec toi ce soir ? Tu passes plus de temps avec ta télécommande qu'avec moi. Jaloux. – Lo

Je plaque mon téléphone contre ma poitrine, espérant que Ryke n'a rien vu. Ça n'empêche pas mes bras de rougir.

– Tu vires au rouge.

– Il fait chaud, je marmonne, puis m'éclaircis la gorge. Je ne sais pas quoi te dire d'autre.

– Dis « oui, Ryke, je vais t'aider puisque tu as empêché Matt de tabasser mon mec ».

Je le fusille du regard.

– Combien de temps tu vas te servir de ça ?

– Toute la vie.

Je pousse un lourd soupir, consciente que je n'obtiendrai pas gain de cause.

– Lo pourrait te hurler dessus. Il pourrait te traiter de tous les noms jusqu'à ce que tu t'en ailles.

Ryke lâche un autre rire bref.

– Je crois que je peux encaisser. (Il penche la tête.) Et toi, tu crois que tu peux m'encaisser ?

– Tu te rends compte du sous-entendu sexuel ?

J'écarquille les yeux, regrettant aussitôt mes paroles. Pourquoi j'ai dit ça ?

– Peut-être que tu as l'esprit mal placé.

Je ne peux pas contester, mais j'ai officiellement adopté une nouvelle teinte de rouge. Pour chasser ma gêne, je reviens au sujet qui nous occupe.

– Interdit de mentionner l'alcool. Sinon, tu dégages.

Il hoche la tête.

– Très bien.

Peut-être que Lo trouvera un moyen de décourager Ryke. S'il y a quelqu'un qui sait mettre les gens à la porte de notre appartement, c'est bien lui.

Je parcours le calendrier sur mon téléphone.

– Quel jour t'arrangerait ?

Il se lève et range *mon* livre de biologie dans *son* sac à dos.

– Maintenant.

Ma mâchoire se décroche.

– Je suis en train de *travailler*, Ryke.

– Ah bon ? Tu es sûre ? (Il se frotte la mâchoire.) J'aurais juré que tu étais en train d'observer les gens en mâchouillant ton crayon.

Je lui lance un regard noir.

– Tu m'épiais ?

Il passe son sac à dos sur son épaule.

– Je t'observais. M'en veux pas. J'avais juste besoin de savoir si tu étais d'assez bonne humeur pour écouter ma demande. (Il montre la sortie d'un signe de tête.) On y va ?

Je me lève en soufflant, ramasse mes cahiers et les fourre dans mon sac.

– Je ne comprends pas pourquoi il faut qu'on fasse ça maintenant.

Il remet sa chaise sous la table.

– Parce que, Lily Calloway, tu as l'air d'être le genre de fille qui ne me rappellerait *jamais*. (Il me fait signe de le suivre, comme si j'étais son chien.) Allons-y.

Je prends une inspiration agacée, jetant mentalement des fléchettes au visage de Ryke Meadows. Son assurance arrogante me prend à rebrousse-poil. Au moins, Lo saura quoi faire de lui. Je me raccroche à ça, à défaut d'autre chose.

Chapitre 25

Nous nous sommes donné rendez-vous dans le hall du Drake, puisque nous avons pris chacun notre voiture. En entrant, je ne suis pas surprise de le voir en train d'attendre près des ascenseurs dorés. Il a mon manuel de biologie sous le bras, et, pour la première fois, je m'autorise à le regarder *vraiment*. Il fait un peu plus âgé sans son costume de Green Arrow, avec sa barbe de trois jours et sa peau bronzée. Je suis sûre qu'il y a des muscles parfaitement dessinés sous son tee-shirt d'athlétisme blanc. Il a un visage qui pourrait mettre les filles à genoux – mais Lo aussi.

Je ne les imagine pas s'affronter. Glace *versus* Pierre. Tranchant *versus* Dureté. Froid *versus* Chaud. Ils sont différents, et pourtant, quelque part, ils sont similaires.

Ryke appuie sur le bouton en me voyant approcher.

– On dirait que tu vas gerber.

– Ce n'est pas le cas, je maugrée.

Je suis reconnaissante quand les portes de l'ascenseur s'ouvrent, coupant court à la gêne. Je me faufile à l'intérieur et appuie sur le bouton du dernier étage. Quand les portes se referment, Ryke se tourne face à moi, bloquant le passage, comme pour s'assurer que je ne déguerpirai pas dès qu'elles se rouvriront.

– J'ai menti, commence-t-il.

– Qu'est-ce que…

C'était une mauvaise idée.

– Je ne vais pas vraiment à Comic-Con.

– Je le savais ! (J'aurais dû écouter mon instinct.) Sors d'ici.

C'est stupide de dire ça ; il penche la tête, sourcils froncés.

– On est dans un putain d'ascenseur. D'ailleurs…

Il appuie sur le bouton d'arrêt d'urgence et l'ascenseur s'arrête dans un soubresaut. Oh non. Il va me trucider ! Je bondis sur les boutons pour relancer la machine, mais il me bloque le passage, tendant les bras, puis me repousse légèrement.

– Laisse-moi sortir !

– J'ai besoin que tu m'écoutes. Je suis en journalisme. Je fais bel et bien des articles pour le *Philadelphia Chronicle*. Mais je n'ai aucune intention d'aller à Comic-Con.

– Alors pourquoi…

– Parce que je veux aider ton copain, et que j'avais besoin que tu m'amènes au moins jusqu'ici pour que je puisse t'expliquer le reste.

Mes barrières de défense se dressent et se multiplient.

– On n'a pas besoin de ton aide ! Je peux m'occuper de lui. (Je pointe un doigt vers ma poitrine.) *Je* me suis occupée de lui toute ma vie.

– Ah ouais ? (Ryke plisse les yeux, l'air véhément.) Combien de fois tu l'as regardé tomber dans les vapes ? Lui donner quelques aspirines, ce n'est pas l'aider, Lily. Il a un problème, putain.

Les joues en feu, je prends ses mots avec la plus grande précaution. C'est douloureux de voir Lo boire de manière aussi excessive. C'est douloureux de le voir dépendre de chaque verre, l'un après l'autre, et je crains sans cesse le jour où ça deviendra trop. Mais j'ai toujours enfoui ces inquiétudes sous les plaisirs charnels. Ma voix s'adoucit.

– Pourquoi tu tiens autant à l'aider ?

Ryke me regarde avec plus d'empathie que je ne l'en croyais capable.

– Mon père est un alcoolique, et je ne veux pas que Lo devienne comme lui. Je ne le souhaite à personne.

Je pose une question qui me taraude depuis un moment :

– Comment sais-tu que Lo est un alcoolique ? Tu ne le connais pas. Tu l'as vu une fois, le jour de son anniversaire, et il était plus dans les vapes que conscient.

Ryke hausse les épaules.

– Je l'ai senti, c'est tout, surtout à ta façon de devenir possessive avec sa flasque. Il serait vraiment furax si quelqu'un gâchait son alcool haut de gamme, n'est-ce pas ?

En effet. Je me ronge les ongles.

– Je ne sais pas ce que tu veux que je fasse.

Ryke avance vers moi.

– Laisse-moi essayer de l'aider.

Je secoue la tête.

– Il ne te laissera pas faire.

– Je m'en doutais, c'est pour ça que je veux commencer par passer du temps avec vous, apprendre à le connaître.

Je commence à comprendre.

– Comic-Con. Tu veux entretenir le mensonge pour te rapprocher de lui, pour pouvoir l'influencer. Et tu veux que *moi aussi* je lui mente ?

Je ne suis pas certaine que ça fonctionnera. Nous avons déjà accepté Connor dans nos vies ; une personne supplémentaire pourrait faire basculer cet équilibre déjà précaire.

– Oui, dit Ryke. Je veux que tu mentes à ton mec pour qu'il ait une chance d'aller mieux. Tu crois pouvoir faire ça, Lily ? Ou tu vas être une sale égoïste et le laisser poursuivre cette habitude destructrice ? Un jour, il pourrait ne pas se réveiller. Un jour, son corps pourrait cesser de fonctionner. Et tu repenseras à ce moment, tu te demanderas pourquoi tu n'as pas accepté cette proposition. Pourquoi tu n'as pas essayé *autre chose* pour l'aider.

Je chancelle en arrière, comme si j'avais pris un coup dans le ventre.

– Je ne veux pas qu'il meure, je murmure.

– Alors fais quelque chose.

Je hoche la tête par instinct, mais je n'ai pas encore réellement assimilé ce que cela représentera sur le long terme. Je vais devoir mentir à Lo. En suis-je capable ? Je fronce les sourcils, soucieuse. Je crois que oui. Lo a plus à perdre si je n'essaie pas. Survivre à une autre débâcle comme Halloween semble de moins en moins probable, et j'ai du mal à aider Lo à cause de notre relation et de mon propre vice. Personne n'avait jamais proposé son aide. Si on présentait cette même offre à Lo pour m'aider, accepterait-il ?

Je sais que oui.

Je relève les yeux vers Ryke.

– Je ne t'apprécie toujours pas.

– Je ne suis pas très fan de toi non plus, admet-il.

Il me tend mon manuel.

– Qu'est-ce que je t'ai fait ?

Je fronce les sourcils.

Il appuie sur un bouton et l'ascenseur se réveille en grognant. Nous montons.

– Tu es trop maigre. Tu te plains trop. Et tu laisses un alcoolique boire.

Je retrousse les lèvres.

– Je suis déjà en train de regretter.

Mais je supporterai les commentaires vicieux de Ryke si cela donne une chance à Lo d'aller mieux.

– Je t'ai prévenue : ce n'est pas facile de se débarrasser de moi.

Je pensais que c'était une façon de parler. Les portes de l'ascenseur s'ouvrent ; je le guide jusqu'à l'appartement, même s'il connaît le chemin. Cette notion est aussi dérangeante que la situation qui nous attend. La dernière fois qu'il est venu, Lo était inconscient. Il y a quelques minutes à peine, j'espérais que Lo trouverait un moyen de le mettre dehors, et voilà que je dois défendre Ryke, devenu une présence agaçante dans ma vie.

Je déverrouille la porte et jette mes clés dans la panière.

Lo m'interpelle depuis la chambre.

– Lil, on va regarder *Bite de cristal*, et je vais mieux te baiser que…

Il marque une pause pour lire l'étiquette à l'arrière du DVD pendant que j'écarquille les yeux, me retenant de jeter un coup d'œil à Ryke.

– … un groupe de malfrats pleins de piercings. Euh…

– Lo ! je crie.

– Je ne l'aime pas non plus celui-là, dit-il.

J'entends le bruit de boîtes de DVD qui s'entrechoquent.

Ryke s'éclaircit la gorge à côté de moi ; je me tourne vers lui une fraction de seconde pour le trouver en train de m'observer, sourcils haussés. Est-ce qu'on peut faire plus gênant ?

– Ou tu préfères que je suce chaque centimètre carré de ton corps, mon cœur ?

Oh mon Dieu.

Si Ryke est mal à l'aise, il n'en laisse rien paraître. De nous deux, c'est *moi* qui me recroqueville. Après une seconde, Lo sort de la chambre. Il ne porte qu'un jean, sous lequel on aperçoit l'élastique de son boxer. En temps normal, j'admirerais les crêtes de ses abdos, la courbure de ses muscles qui semblent mener vers quelque chose, plus bas, de plus immoral. Il me lancerait ce regard langoureux et me tourmenterait pendant une demi-heure. Puis il me prendrait dans ses bras et me porterait jusqu'à son lit. Il ferait durer chaque mouvement, chaque regard, chaque seconde pour exciter mon corps et électrifier mes nerfs.

Au lieu de ça, il se fige entre le couloir et la cuisine. Son visage se crispe, ses muscles dessinent des lignes rigides.

J'ouvre la bouche pour présenter Ryke, mais Lo m'ignore et dirige son regard noir glacial sur lui.

– T'es qui, toi ?

Ryke reste serein.

– Green Arrow.

Le visage de Lo se tord, confus. Il ne se rappelle pas ce qu'il s'est passé. Je fais un pas vers lui.

– De la soirée d'Halloween, je dis. Il a aidé à mettre fin à l'altercation.

Et il t'a porté jusqu'à ton lit.

Lo hoche la tête.

– Merci.

Il se tourne vers moi, se mettant dos à Ryke. Il baisse la voix pour ne pas qu'il l'entende.

– On avait des plans, Lil. Tu n'aurais pas dû le faire venir.

Je fronce les sourcils.

– Tu ne me demandes pas ce qu'il fait là ?

Il jette un coup d'œil hésitant à Ryke. Murmure :

– Dans l'immédiat, je m'inquiète plus de te satisfaire.

– Ça va, je lui dis. Ce matin, ça a suffi.

– Tu es sûre ? (Il fronce les sourcils.) Je n'ai joui que deux fois en toi.

Je déglutis, mon entrejambe palpite. Je ne suis plus si sûre maintenant ! Mais je vais devoir prendre sur moi.

– Je peux attendre.

Il met deux doigts sous mon menton et me relève la tête.

– Je ne suis pas sûr de te croire.

Il fait un pas en avant, me forçant à reculer, et nous répétons ce mouvement jusqu'à ce que ma colonne vertébrale heurte un tabouret de bar. Je l'agrippe derrière moi, et il me plaque contre le meuble, les deux mains posées sur le plan de travail.

– On a de la compagnie, je lui rappelle.

– Je m'en tape, souffle-t-il.

Il m'embrasse fougueusement, me coupant le souffle, et mon dos se cambre pour trouver son pelvis. Il glisse sa main dans la poche de mon jean.

– Lily, dit Ryke.

Je détache aussitôt mes lèvres de celles de Lo et recule contre le tabouret pour éviter son contact.

Lo serre les dents et tourne vivement la tête vers Ryke.

– Il est évident que j'essaie de coucher avec ma meuf. Alors dégage.

– Écoute, tu pourras lui faire tout ce que tu veux plus tard.

Il redirige son regard inflexible sur moi, à la recherche de soutien. Je devrais aller dans son sens et m'écarter de Lo, mais Lo glisse ses doigts sous la ceinture de mon jean et fourre sa main dans ma culotte, fermement plantée sur ma fesse.

– Lo, je le préviens. Il nous a demandé un service, et on lui est redevable…

Il serre, et mes genoux cèdent presque. Il me maintient debout en plaquant son poids contre moi.

– Tu veux vraiment que ce gars reste là ?

Bien sûr que non, mais c'est la meilleure chose à faire. Avant, nous l'aurions mis à la porte, nous mettant à distance de tous. Être seuls, ensemble, c'est notre truc. Impliquer une nouvelle personne – nous ne maîtrisons pas encore.

De l'autre main, il déboutonne mon jean.

– Lo ! je crie.

Il essaie de mettre Ryke mal à l'aise pour le faire fuir, mais d'après ce que j'ai appris sur Ryke, il est imperméable à tout outrage. Je me dépêtre de Lo comme je peux et reboutonne mon jean, mon cou chauffant alors que je mets de la distance entre nous.

Je me tiens entre Lo dans la cuisine et Ryke dans l'entrée, me demandant ce que je suis censée faire.

Lo se décale pour mieux voir Ryke.

– T'es encore là.

Ce dernier dévisage Lo.

– Lily m'a dit que vous m'aideriez dans mes recherches sur Comic-Con.

Lo enregistre l'information.

– Elle a accepté ça ? (Il baisse les yeux vers moi.) Ça ne te ressemble pas.

– Je lui suis redevable, je répète.

Lo se concentre de nouveau sur Ryke, mâchoire crispée.

– Et tu ne peux pas revenir plus tard ?

– Je suis là maintenant. C'est quoi le problème ?

Lo lui jette un regard noir, comme s'il était débile.

– Tu m'empêches de baiser, c'est ça le *putain* de problème.

J'ai envie de disparaître. Genre, tout de suite.

Ryke me regarde, puis Lo, tête penchée, l'air serein.

– Tu coucheras avec elle plus tard. Je ne t'en empêche pas. (Il se rapproche.) Lily, tu veux bien me montrer vos comics ou je dois aller les chercher moi-même ?

Lo intervient.

– Eh, je ne te connais pas. Hors de question que tu restes seul avec elle.

– Lo, c'est bon, je lui dis.

Franchement, je n'ai *aucune* envie de faire quoi que ce soit de sexuel avec Ryke, et je suis certaine que le sentiment est partagé.

Ryke observe de nouveau Lo, puis hoche la tête.

– Si j'étais toi, je serais sûrement pareil. Un inconnu se pointe avec ta copine… je comprends. C'est bizarre.

– C'est un euphémisme, dit Lo d'un ton monocorde. Je galoche ma copine, tu restes là. Je mets ma main dans son pantalon, tu restes là. Je te dis que je vais la baiser, tu restes là. Qu'est-ce que je suis censé penser ?

Mon cœur bat à tout rompre, j'ai perdu la capacité de respirer. Je dois être en train de rêver. Oui, c'est un rêve. Je vais me réveiller bientôt – pas assez vite à mon goût.

– Que je suis un mec sûr de lui qui aime avoir ce qu'il veut. Ce qui, dans l'immédiat, est un coup de pouce concernant Comic-Con. Plutôt simple, non ?

Lo digère ses mots. Je prends les devants.

– Je vais chercher quelques *X-Men*. Bougez pas.

Je ne donne pas à Lo la possibilité de se désengager. Je disparais dans sa chambre, cours dans tous les sens pour rassembler quelques numéros. Après en avoir pris une poignée, je sors en courant dans le couloir.

Lo s'est réfugié dans la cuisine, où il ouvre un placard pour prendre un verre. Quand je passe devant Ryke près de l'évier, il m'adresse un regard, l'air de dire *aide-moi.*

J'essaie, j'articule.

Essaie mieux, répond-il.

Je lui fais un doigt d'honneur sans réfléchir et il lève les yeux au ciel. Je pose les comics sur le plan de travail à côté de Ryke, puis me place entre Lo et lui.

Lo ferme le frigo, laisse tomber un glaçon dans son whisky. Il pose un coude sur le comptoir et me regarde comme pour dire *viens ici.* Il va certainement passer un bras autour de ma taille et me laisser mouler mon corps contre le sien.

Non, Lily. Je secoue la tête et reste au milieu en dansant d'un pied sur l'autre, incertaine et mal à l'aise.

Ce rejet durcit ses traits ; il redirige sa haine sur Ryke.

– Qu'est-ce que tu as besoin de savoir ?

Il hausse les épaules.

– N'importe quoi.

– T'as jamais entendu parler de Google ?

– Tu veux dire ce petit moteur de recherche sur ce machin qu'on appelle Internet ? Non, jamais entendu parler. Tu peux m'expliquer aussi ? fait-il avec un sourire cynique.

Lo serre les dents et se tourne vers moi.

– Qu'est-ce qu'il fait là déjà ?

– Il écrit un article sur Comic-Con, et on lui doit un service.

Lo inspire brusquement.

– D'accord.

Il se met à débiter des personnages des X-Men, leurs pouvoirs de mutants et leur place sur la Terre-616, bien trop vite pour que *quiconque* puisse comprendre.

– Attends, attends, le coupe Ryke en levant les deux mains. C'est quoi, la Terre-616 ?

Lo a déjà l'air frustré. Il vide la moitié de son verre et Ryke se crispe, comme si chaque gorgée que Lo prend était une balle dans sa poitrine. Sa réaction m'incite à me faufiler jusqu'à Lo pour tenter autre chose.

Je me dresse sur la pointe des pieds et lui murmure à l'oreille :

– Serre-moi.

Obligeamment, Lo pose son verre et enroule ses deux bras autour de ma taille, calant mon dos contre son torse. Ce geste d'affection publique devrait me gêner, mais Ryke fait comme s'il n'avait rien remarqué.

J'explique :

– La Terre-616 est l'univers Marvel.

– Ce n'est pas trop compliqué à comprendre, dit Ryke.

Lo glisse une main sous mon tee-shirt et la laisse posée sur mon ventre. Je suis ignoble. Je devrais le repousser et rester concentrée sur la conversation, mais si cela l'empêche de boire, alors ce n'est peut-être pas si grave.

Lo reprend :

– Tous les comics Marvel ne se passent pas sur la Terre-616.

– Je ne suis plus, dit Ryke en penchant la tête.

J'essaie d'expliquer :

– Elle sert à signifier la continuité primaire de Marvel. Il y a une série de comics qui vont tous ensemble dans un temps séquentiel…

Je sens quelque chose de froid dans le bas de mon dos et réprime un cri de surprise.

Lo passe un glaçon sur ma peau, taquin… espérant certainement que Ryke comprendra le message et partira. *Concentre-toi, Lily.*

Je m'éclaircis la gorge.

– Il y a d'autres comics qui reprennent les personnages et s'amusent avec. Ceux-là n'ont *pas* leur place sur la Terre-616.

Lo fait glisser le glaçon le long de ma colonne vertébrale, faisant fourmiller ma peau froide. Oh la vache.

– Comme *Ultimate X-Men*… c'est…

Le glaçon fond et les doigts de Lo suivent sur le même chemin. Je repousse une mèche de cheveux sur mon épaule.

– Ces comics ne vont pas avec les autres séries *X-Men.* Tout comme les *Ultimates* ne rentrent pas dans la lignée *Avengers*, même si ça parle des Avengers.

Lo prend une petite gorgée de son verre, et je me dis que mes efforts sont vains ; mais il sort un glaçon de sa bouche, sans cacher ses intentions à Ryke. Je me mets une main devant les yeux, créant une barrière de protection contre tout jugement ou gêne. Lo explique à notre hôte :

– Ce sont des univers alternatifs.

– C'est quoi, le mieux, l'histoire principale ou les univers alternatifs ?

– C'est juste différent.

Le glaçon me fait un choc et je tressaille, me détache de Lo, et me retourne pour poser mes mains sur son torse. *Arrête*, j'articule, muette.

Ses lèvres trouvent mon oreille, et j'ai la sensation qu'il considère Ryke d'un œil noir pendant qu'il me chuchote :

– Je vais te prendre si fort que tu vas jouir à chaque coup de reins. Et quand tu seras tout enflée et mouillée, tout ce qu'il te faudra, c'est moi en toi. Je n'aurais même pas besoin de bouger pour que tu cries.

Oui.

Non ! J'essaie de me concentrer, bien que mes jambes tremblent de désir. Je garde mes mains sur son torse et le pousse contre le meuble, loin de moi.

Il m'attrape les poignets et me dévore des yeux. J'aurais déjà posé une main sur son épaule pour le mettre à genoux, en temps normal. Et lui s'agripperait à mes cuisses pour m'écarter les jambes. *Concentre-toi.*

Ryke se dirige vers le frigo.

– Lesquels vous lisez, vous ?

Lo me dit : *Ignore-le.*

Je secoue la tête et libère mes poignets de ses mains.

– Nous lisons tous les deux la Terre-616.

Quand Ryke revient avec un Fizz Light, Lo reprend son verre. J'imagine que, maintenant que j'ai quitté ses bras, il est libre de boire. Super. Si je lui disais d'arrêter, il me lancerait un de ces regards disant *et toi tu devrais arrêter de baiser.* Dans l'immédiat, ça ressemble fort à de la torture.

– Tu peux emporter les comics, je dis à Ryke. Tu pourras venir nous les rendre quand tu auras fini.

Ryke a l'air impressionné que j'aie trouvé un mensonge crédible pour le faire revenir.

Lo, lui, me fusille du regard. Ses doigts se resserrent autour du verre.

– Je crois qu'il n'est pas nécessaire qu'il prenne nos comics. Il peut prendre un abonnement en ligne.

Le plan de Ryke repose sur le fait de devenir ami avec Lo. Selon lui, leur relation aidera Lo à arrêter de boire, d'une manière ou d'une autre. Je ne comprends pas tout à fait, mais s'il a vécu avec un alcoolique, je me fie au fait qu'il en sait plus que moi sur les solutions à adopter.

– Ne sois pas impoli, Lo, je dis.

Il vide le reste de son verre. *Non, non, non.* Avant qu'il puisse s'en servir un autre, je lui attrape les poignets.

Il fronce les sourcils.

– Lily…

Je ne lui ai jamais dit ce que je ressentais vis-à-vis de son addiction, et je vois les rouages tourner dans sa tête : il se demande si je vais faire dérailler notre système bien huilé.

Mais non : je place ses mains sur mes seins, et ses lèvres se soulèvent. Il les change de position, en glisse une sous mon haut et passe l'autre autour de mes épaules, me tirant vers lui. Je reste dos à Ryke, et pendant que Lo me pétrit les seins, ma volonté s'évanouit dans le néant.

– Je vous les ramène demain, dit Ryke. Bonne baise.

Oh. Mon. Dieu !

– Tu peux les garder, dit Lo. Prends ça comme un cadeau pour nous avoir aidés à la soirée.

Traduction : *On est quitte.*

– Je me sentirais mieux de vous les rapporter. Merci pour l'invitation, Lily.

Merci de me jeter sous le bus. La porte se ferme, il est parti.

L'espace d'une seconde, je me dis que Lo m'a peut-être chauffée devant Ryke *uniquement* pour le mettre dehors. Maintenant qu'il est parti, Lo pourrait retourner à son vice et cesser d'entretenir le mien. Ma crainte ne dure qu'un instant. Lo tient sa promesse et me plaque contre le frigo. Il va me prendre, brutalement.

Il me cloue les poignets au-dessus de la tête. J'essaie de bouger pour que mon corps trouve le sien, mais il met une distance considérable entre nous.

– Lo, je geins, le souffle court.

– Tu veux que je te baise ?

– Oui, je gémis.

J'essaie de libérer mes mains. *Touche-moi !*

Il se rapproche, son corps se moule au mien, mais il étend encore plus mes bras au-dessus de ma tête.

– Lo.

J'ai envie de déboutonner son pantalon. J'ai envie qu'il m'arrache mon haut. Au lieu de ça, il continue de me torturer dans cette position de laquelle je ne peux pas m'échapper.

– Je comprends que tu aies eu le sentiment de devoir quelque chose à ce mec ; mais après ça, on ne lui doit plus rien, d'accord ?

J'essaie de trouver les mots pour le contredire, comme *il est sympa*. C'est faux. *Il se sent seul*. Pas vrai non plus.

Je finis par trouver une vérité :

– Ça partait d'une bonne intention. (Je me tortille.) Lo, s'il te plaît.

J'ai besoin de lui. Maintenant.

– Tu as fantasmé sur lui ?

Je grimace.

– Quoi ? Non.

Il a peur qu'il me plaise ?

– Je crois que chaque mot qui sortait de sa bouche m'asséchait un peu plus.

Ça lui va, niveau aversion ?

– Alors qu'est-ce que c'était que ça, Lily ?

D'une main, il maintient mes poignets au-dessus de ma tête, et, de l'autre, déboutonne mon jean.

– Il… euh… (*Impossible de me concentrer !*) Il m'a posé des questions sur les comics… et…

Lo me baisse mon pantalon. Le froid envahit ma chair et je meurs d'envie de trouver la chaleur de Lo.

– Est-ce vraiment à propos des comics ? demande-t-il, sceptique.

– J'ai… euh… oublié… les capotes, je dis, mon esprit revenant au sexe.

– Si tu prends la pilule et que tu n'as couché avec personne d'autre, ça devrait aller.

Je hoche aussitôt la tête.

– Je peux récupérer mes mains ?

– Non.

Il frotte ses doigts sur l'extérieur de ma culotte. Je frémis sous ses caresses.

– Alors, la prochaine fois qu'il vient, dit Lo, tu le mettras dehors ?

– Quoi ?

Il arrête son mouvement de friction entre mes jambes. *Non, non, non.* Lo…

– Je veux savoir s'il était vraiment là pour les comics, Lily. Est-ce la dernière fois qu'on le verra ?

Je me mords la lèvre. Il voit clair en moi.

– Qu'est-ce que tu as fait ? souffle-t-il, ses mains se resserrant autour de mes poignets.

La pression est plus agréable qu'elle ne devrait.

Avouer la vérité est une défaite que je ne suis pas encore prête à affronter. J'improvise.

– Il veut écrire un article sur nous… sur ce que c'est d'être les enfants de magnats de la consommation. Et j'ai dit oui parce que je lui étais redevable, et je savais… je savais que tu n'accepterais pas, parce qu'il doit nous suivre partout. Alors je me suis dit que cette histoire de Comic-Con m'aiderait à te le présenter…

Lo me lance un regard glacial, les yeux plissés ; il laisse retomber mes mains et fait quatre pas en arrière.

– Il doit nous suivre partout ?

Je hoche la tête.

– Je suis désolée. J'aurais dû te demander…

– Tu sais pourquoi j'aurais dit non ? (Il pointe un doigt sur sa poitrine.) Je déteste devoir cacher que je bois. Tu ne comprends pas, parce que le sexe est une chose qu'on fait en privé.

Je fronce les sourcils.

– Comme quand tu m'as torturée devant Ryke ? C'était en privé ?

Lo secoue la tête.

– Tout ce qu'il va croire, c'est que je suis un chaud lapin, Lil. Il n'en déduira pas que tu es accro au sexe. Et j'ai pas besoin qu'il parle de nos problèmes dans un article publié que mon père pourra lire, putain.

– C'est seulement un projet pour un cours, je mens.

L'article n'existe même pas ! Mais c'est la meilleure excuse que je trouve pour justifier la présence de Ryke dans nos vies.

– Il ne le publiera pas.

– Et tu l'as cru quand il t'a dit ça ? C'est des conneries.

– Non ! je rétorque, les yeux remplis de larmes.

Je n'ai jamais autant essayé de le sortir de cette mauvaise passe, et ça me déchire intérieurement.

– Jesuisdésoléedésoléedésolée, je bredouille.

Il se décompose et réduit l'espace entre nous à néant.

– Eh...

Sa voix s'adoucit. Il prend mes joues au creux de ses mains et essuie mes larmes.

– On peut lui dire que ça ne nous intéresse plus.

Je secoue la tête et m'étrangle sur un sanglot.

– Non...

Pourquoi est-ce si difficile ? Je voudrais être capable de dire à Lo d'arrêter, mais il ne le fera pas. Quoi que je dise, il continuera à boire. J'ai l'impression que c'est ma seule option.

– Pourquoi pas ?

– J'ai fait une promesse. S'il te plaît... laisse-moi la tenir.

Il faut que ces émotions cessent, je commence à m'y noyer. Je me concentre donc sur les choses qui me font toujours me sentir mieux. Je l'embrasse doucement sur les lèvres.

Il me rend mon baiser. Puis sa bouche quitte la mienne. Il pose une main à l'arrière de ma tête et me regarde comme s'il fallait que nous parlions encore ; moi, j'ai autre chose en tête.

Je déboutonne son jean.

– Lily... dit-il, très doucement.

Je descends la fermeture éclair et lui baisse son pantalon.

– Tais-toi.

Je suis sur le point de me mettre à genoux, mais il m'attrape par le coude.

– Lily…

Ses yeux ambrés deviennent vitreux. Est-il sur le point de me dire d'arrêter ?

Je fronce les sourcils, perplexe.

– Quoi ?

Au bout d'un long moment, il murmure :

– Rien.

Il me lâche, et son visage se transforme en glace. Mes genoux heurtent le parquet et je baisse son caleçon machinalement. Il garde sa main à l'arrière de ma tête et j'essaie d'oublier la tristesse dans ses yeux – de celles qui peuvent convoquer des larmes silencieuses.

J'essaie de me rappeler la passion, le feu, et dans cet instant, je fais en sorte de le noyer dans le plaisir.

Chapitre 26

Notre relation tient à des fils ténus qui menacent de lâcher. Je le sens. Je suis sûre que lui aussi. Sa plus grande inquiétude est de ne pas être capable de me satisfaire, mais ce n'est pas le vrai problème. Notre égoïsme s'interpose. Aucun de nous n'est prêt à abandonner ce qu'il aime pour l'autre. Pas encore. Et je ne sais pas ce qu'il faudra pour que l'on renonce à nos addictions.

Le dimanche, un orage nous confine à l'intérieur, et Connor passe à l'improviste – sans raison sinon boire une bière avec Lo. Je commence à croire qu'il aime traîner avec nous. Après s'être disputés pour savoir qui gagnera leur partie d'échecs, Lo et Connor sortent le plateau et se mettent à jouer entre bavardage et gorgées de bière.

Je feuillette un magazine *Cosmo* dans le fauteuil, lisant un article sur de nouvelles positions sexuelles. Je me rends compte que ce qui est important pour moi ne l'est peut-être pas pour les autres filles. Ça ne me dérange pas. J'aime sincèrement le sexe. Peut-être un peu trop.

La pluie tambourine contre les vitres, et j'ignore les messages de mes sœurs concernant notre absence au déjeuner. Je cherche Ryke sur Facebook et lui envoie un message pour le mettre au courant du nouveau mensonge. Il répond rapidement.

Et il y a cru ? – Ryke

Je dis :

Ouais. Je crois.

– Tu ne devrais pas faire ce coup-là, dit Connor à Lo en montrant sa tour. Il y en a clairement des meilleurs.

Lo lâche la pièce d'échecs et examine le plateau sur la table basse. Un autre message s'affiche sur mon téléphone.

Il boit, là ? – Ryke

De la bière.

Connor s'avance sur sa chaise, en face du canapé, se penchant au-dessus des pièces. Il désigne le fou de Lo.

– Ça, c'est un meilleur coup.

– Et si tu jouais ta partie et que je jouais la mienne ?

Lo bouge la tour.

Je regarde la bulle de discussion de Ryke.

J'arrive. – Ryke

Mon ventre se noue. Lo n'a jamais vraiment accepté l'idée que Ryke nous suive, mais j'ai fondu en larmes, donc il n'a pas non plus complètement refusé, pour mon bien. Tout semble tendu, anarchique.

J'envoie :

Maintenant ?

Là dans vingt. – Ryke

Je grogne intérieurement.

Connor fait avancer un simple pion.

– Échec.

– Quoi ? fait Lo, estomaqué. Mais c'est… Oh. (Il lève les yeux au ciel.) Il n'y a aucun moyen que je gagne, n'est-ce pas ?

Connor prend sa bière en souriant.

– Je te dirais bien que tu pourrais gagner la prochaine, mais non.

Lo déclare forfait en renversant son roi.

Puis l'interphone sonne. Je me crispe. Est-il possible qu'il soit déjà là ? Non. Il a dit qu'il lui fallait vingt minutes, pas vingt *secondes*. Non ? Je consulte de nouveau les messages et me rends compte qu'il n'a pas précisé. Oh, je ne suis pas prête pour ça.

Je chasse ma nervosité et vais dans l'entrée. Je sens les yeux de Lo me suivre.

– Tu veux une autre bière ? demande-t-il à Connor.

– Allez.

Lo se lève et ouvre le frigo, adoptant une attitude désinvolte.

J'appuie sur le bouton de l'interphone.

– Oui ?

– Mademoiselle Calloway, Rose est ici pour vous voir.

Je me détends et appuie sur le bouton.

– Vous pouvez la faire monter.

– Rose ?

Connor a entendu l'agent de sécurité.

J'écarquille les yeux. J'avais oublié que Rose n'aimait pas Connor.

– Euh… ouais.

L'amusement luit dans les yeux bleu clair de Connor.

– Elle ne va pas être contente de me voir.

Lo lui donne une bière et reprend sa place sur le canapé.

– Bienvenue au club. Elle me déteste, et elle s'inflige quand même la torture de venir ici, putain.

– Ne soyez pas méchants, je les préviens.

Au bout du compte, elle reste ma sœur, et je l'aime quoi qu'en disent les garçons.

Lo marmonne quelque chose dans son... whisky. Il doit avoir switché à l'instant. J'ai peur de ne pas faire assez d'efforts, comme Ryke l'a suggéré, mais la seule manière de lui faire arrêter de boire est de devenir une petite amie en manque et le forcer à se concentrer sur mon addiction. Même si, jusqu'à présent, cela n'a fait que créer de la tension entre nous. J'ai peur qu'à force il m'en veuille de le tenir éloigné d'une chose qu'il aime.

Je le laisse donc boire son whisky jusqu'à ce qu'on frappe à la porte de manière agressive. Après deux respirations profondes pour me ressaisir, je tourne la poignée.

– Salut.

Rose se tient là avec un parapluie dégoulinant. Elle retire son manteau de fourrure, révélant une robe noire et blanche à col haut qui épouse sa silhouette élancée. Ses cheveux d'ordinaire raides frisent sur les côtés et partent dans tous les sens.

– Il grêle, dit-elle avec mépris.

– Vraiment ? Je croyais qu'il pleuvait juste.

– Jusqu'à ce que je sorte de la voiture.

Elle entre, pose le parapluie dans un coin et pend son manteau à un crochet. Je me demande combien de temps je peux la retenir dans l'entrée pour différer l'inévitable moment où elle verra Connor.

Elle se passe les doigts dans les cheveux.

– Tu as du café ?

– Ouais, je vais te faire une tasse.

Je la précède dans la cuisine, mais elle change de direction à mi-chemin, tournant la tête vers le salon.

– Quoi ? ! s'écrit-elle. Lily Calloway, tu n'as pas invité *ce type* ici sans me le dire d'abord.

– Aux dernières nouvelles, Rose, intervient Lo, tu n'es pas sur le bail. Tu n'as pas ton mot à dire sur les personnes qui viennent chez *nous*.

Rose tourne le dos aux mecs et siffle :

– Que fait *Richard* ici ?

– Il a débarqué sans prévenir.

Je lui tends une tasse de café fumante et pose une main dans son dos pour la guider vers le salon.

Lo lui adresse un sourire pincé.

– Ça te rappelle quelqu'un ?

– La ferme, dit-elle d'un ton sec. Je t'interdis de me comparer à *lui*.

Connor se lève comme un bon petit garçon d'école privée, et Rose campe sur ses positions pendant que j'attrape mon magazine et m'installe à côté de Lo. J'ai entouré des positions que je veux essayer avec un marqueur rouge, comme le Spank Me Maybe, la Tour de Contrôle et la Folle Chevauchée. Lo montre la moins soumise des trois – une image où un mec tire la queue de cheval de la fille, à califourchon sur lui en lui tournant le dos – et murmure :

– Plus tard.

Si seulement Ryke ne se pointait *pas* aujourd'hui.

Lo sirote son whisky.

Après réflexion, peut-être que c'est une bonne chose que Ryke vienne.

Je me retourne vers Connor et Rose et me rends compte qu'ils n'ont pas prononcé un mot. Ils se contentent de se regarder en chiens de faïence pendant très, *très* longtemps, comme s'ils avaient une conversation silencieuse.

– C'est ce que font les gens intelligents ? je murmure à Lo.

– Ils doivent avoir un pouvoir de télépathie surhumain qu'on ne possède pas.

Il change de position pour que ma tête repose sur son torse musclé, sa chaleur m'enveloppant davantage. J'ai un peu beaucoup envie qu'ils partent pour que Lo puisse me prendre par surprise.

– C'est encore à cause de l'année dernière ? demande Connor avec un sourire de plus en plus large. Ce n'est pas parce que tu ne savais pas que Williams a écrit *L'Éthique et les limites de la philosophie* et *La Fortune morale* que tu es stupide. Beaucoup de gens ne le connaissent pas.

La poitrine de Rose se gonfle, elle a l'air plus froissée que quand c'est Lo qui la cherche.

– Je connais Freud, *Connor*. Je savais que Williams était une de ses influences. Si quelqu'un dans mon équipe n'avait pas éternué, je n'aurais pas été si distraite.

– Un éternuement ? Tu vas rejeter ta défaite sur un problème d'allergie ?

Rose lève une main vers lui, comme si elle mettait la dispute en pause, et dirige son regard glacial sur nous.

– Vous ne pouvez pas être amis avec ce connard. À vrai dire, je crois que *toi* – elle montre Lo du doigt – tu peux, mais toi, Lily, vraiment ?

Lo sourit d'un air suffisant.

– Continue comme ça, Rose. Plus tu y vas, plus j'aime ce gars.

Oh, punaise. Et pour ne rien arranger, tout ce merdier semble amuser Connor. Il plonge ses mains dans ses poches, complètement à son aise.

– Qu'est-il arrivé à Charlie et Stacey ? demande-t-elle.

Ils n'ont jamais existé.

– Ils ont déménagé, ment Lo avec aisance. Ils ont été transférés à l'université de Brown il y a un mois. Je leur dirais bien que tu leur dis au revoir, mais ils s'en taperaient. Ils ne t'aimaient pas tellement.

Et bye-bye notre bouc émissaire grâce à ce nouveau mensonge.

Rose le fusille du regard.

– C’est adorable, Loren, puisqu’ils ne me connaissaient même pas.

– Attends, Charlie comment ? demande Connor.

– Tu ne connaîtrais pas, je dis.

Il a l’air vexé. *Sérieusement ?*

– Je connais tout le monde.

J’ouvre la bouche, ne sachant que répondre à *ça*.

Rose pouffe.

– Toujours le même, Connor, à te mettre plus haut que tout le monde. Je parie que ton plus grand rêve est de lécher le cul de Bill Gates.

Alors que je pense que le commentaire de Rose a percé la façade imperméable de ce je-sais-tout de Connor, son sourire à mille dollars s’élargit. Il fait un pas en avant, menaçant de pénétrer dans l’espace personnel de Rose.

Lo murmure :

– Attention à tes bourses, Connor.

J’aurais pu dire pareil, mais Connor nous a prouvé qu’il savait se défendre. Il la dévisage, tête penchée.

– *Dixit* la fille dont la collection de vêtements vient tout juste de sortir chez Saks. (Il examine sa robe bien taillée.) Est-ce que cette pièce est déjà en rupture ? Ou est-ce que tes *deux* clients peuvent aller l’acheter en seconde main ?

Lo éclate de rire, et je m’enfonce un peu plus entre ses bras. Ce n’est pas bon. Du tout. Mais Rose a des griffes plus longues et plus acérées que moi, elle est capable de se défendre.

– La ferme, *Loren*, lance-t-elle, puis elle pose une main sur sa hanche. Tu as donc lu le journal, Connor. Félicitations, voilà un citoyen pennsylvanien bien informé. Viens, on va lancer des confettis et faire un défilé.

– Ou tu pourrais sortir avec moi ce soir.

Quoi ?! Lo s’étrangle avec son whisky et je reste bouche bée. Rose. Connor vient de demander à Rose, ma sœur, de sortir avec lui. Je l’avais vu venir, pas vrai ?

– Ha ! je fais en donnant un coup dans le bras de Lo.

Il me mord l'épaule et murmure :

– Elle n'a pas encore dit oui.

Oh. J'aimerais que Rose laisse une chance à Connor. Si quelqu'un peut la suivre, verbalement, c'est bien lui. Mais elle repousse les hommes autant que je les attirais.

Son langage corporel reste fermé – son visage toujours aussi glacial.

– Très drôle. Excellente blague.

Oh, non, Rose, il ne plaisante pas. J'ai envie de lui dire que ce n'est pas un tour cruel pour se moquer d'elle. Elle se protège pour ne pas souffrir. C'est plus facile d'être froide que de ressentir la piqûre de la déception.

– Ce n'en est pas une, lui dit-il, faisant un autre pas vers elle.

Elle garde les pieds ancrés au sol. Un bon signe.

– J'ai des places pour *La Tempête.*

– Rose, tu adores Shakespeare, je dis.

Elle me lance un regard pour me conseiller de rester en dehors de ça. Je presse mes lèvres l'une contre l'autre, mais je vois qu'elle réfléchit à la proposition. Elle dévisage Connor.

– Tu as deux places pour *ce soir* ? Je suis ton bouche-trou, donc.

– Comment peux-tu penser ça ? réplique-t-il. Tu n'es pas un bouche-trou. Je t'invite parce qu'il se trouve que j'ai pour ce soir deux billets qui ne serviront pas à moins que tu viennes avec moi. Je les ai achetés pour ma mère, mais elle a un truc de boulot de dernière minute et elle ne peut pas venir.

– Pourquoi y aller avec moi ? demande-t-elle. Tu connais *la terre entière.* Je suis certaine que tu pourrais trouver un richou à emmener pour lui faire de la lèche.

– C'est juste, mais ce n'est pas la compagnie que j'ai envie d'avoir ce soir. Je préférerais y aller avec toi, une étudiante de Princeton belle et intelligente.

Rose scrute Connor d'un œil perçant.

– Ce n'est pas par pitié ?

– Je t'ai déjà dit que non. Peut-être que tu devrais aller chez l'ORL. Je ne voudrais pas te battre injustement au prochain tournoi de culture G.

Elle lève les yeux au ciel.

– Je t'en prie, tu serais incapable de battre Princeton même avec une antisèche.

– Dit celle qui a été distraite par les sensibilités nasales d'un camarade.

– T'es trop bizarre, dit-elle.

Elle laisse tomber sa main de sa hanche et sa posture se détend enfin. *Yes !* Il fait un autre pas en avant, à quelques centimètres d'elle à peine. Cela fait très, très longtemps que je ne l'avais pas vue aussi près d'un homme – ou même d'un enfant.

Lo me chuchote :

– On est dans un univers alternatif ?

Je hoche la tête.

– Ouaip, on a bel et bien quitté la Terre-616.

Et j'adore ça.

– Super, poursuit Connor, tant pis pour les deux sièges de premier rang…

– Attends, on ne voit rien depuis le premier rang. La scène bloque la vue. Tout le monde le sait.

– J'ai dit premier rang ? Je ne crois pas. (Il penche la tête.) Il faut vraiment aller faire vérifier ces oreilles, mademoiselle Calloway.

Oh, c'était sexy. Je serai la première à l'admettre. Il sort son portefeuille et lui tend les billets, qui doivent être non au premier, mais au troisième ou quatrième rang.

Rose les regarde à peine, Connor a infiltré son espace personnel. Elle respire fort, ses joues se mettent à rougir. Oooh, ma sœur est vraiment troublée par ce garçon. C'est un truc qui n'arrive qu'une fois dans une vie.

Elle lui rend un des billets.

– Passe me prendre à 19 heures. Ne sois pas en retard.

– Je ne le suis jamais.

Rose lève les yeux au ciel puis se tourne vers moi.

– Je dois passer chez Poppy, mais je voulais voir comment tu allais.

– Ça va, je lui dis. Je n'ai pas encore eu ma note d'éco, alors je ne sais pas encore trop comment ça va côté cours.

Elle sirote son café et le pose sur la table.

– Avec mon aide, tu feras mieux au prochain.

– Je suis encore son tuteur, dit Connor.

– Non, lui dit Rose. J'ai des droits familiaux sur elle. Tu peux prendre ce rat, dit-elle en montrant Lo, qui lui fait un doigt d'honneur. Très mature, fait-elle, blasée, puis elle consulte sa montre. Il faut que j'y aille. Je dirai à maman et papa qu'ils te manquent, mais le mieux serait encore que tu viennes au déjeuner de dimanche prochain. Ils vont commencer à poser des questions auxquelles je ne peux pas répondre. (Elle me fait la bise et, étonnamment, cherche le regard de Lo.) Sois là, toi aussi.

Sur ce, elle sort très dignement, à la Rose.

On ne peut pas ne pas l'aimer.

– Tu es dingue, dit Lo à Connor. Je pensais que tu étais un peu fou de vouloir traîner avec Lily et moi, mais là, tu es complètement frappé.

L'interphone sonne.

Le silence qui suit est lourd, insupportable. Si Rose est partie, il ne peut s'agir que d'une autre personne.

– Elle a oublié quelque chose ? demande Connor.

J'en doute. Je vais à l'interphone et fais entrer Ryke. Puis je déverrouille la porte et lui envoie un message pour lui dire d'entrer directement. Quand je me laisse tomber à côté de Lo, quelque chose nous sépare. Quelque chose de non identifiable et d'intangible. Pour la première fois, nous ne sommes pas sur la même longueur d'onde.

Je sais que faire entrer Ryke dans nos vies compliquera les choses. Il me sera plus difficile de m'éclipser sans que cela soulève des questions. Il sera plus difficile pour Lo de boire sans se faire réprimander comme un enfant. Mais il est trop tard pour revenir en arrière, et je n'en ai pas envie.

– C'est qui ? demande Connor.

– Ryke.

J'explique cette histoire d'article avec le moins de détails possible, et quand la porte s'ouvre, je me tais. Ryke entre, posant son regard sur chacun d'entre nous. Il a mis les comics dans des sacs transparents étanches pour éviter qu'ils soient éclaboussés par la pluie, mais *lui* aurait bien eu besoin de se protéger de l'orage. Il dégouline sur le tapis comme un chien mouillé, son tee-shirt blanc plaqué sur son torse, son jean lui collant aux cuisses. Il passe une main dans ses cheveux trempés, repoussant les mèches châtains.

– Je peux utiliser votre sèche-linge ? demande-t-il, retirant déjà son tee-shirt.

Oh mon Dieu. Lo ferme le magazine *Cosmo* et me le jette à la figure pour que j'arrête de le fixer bêtement, et je détourne les yeux.

– Je vais te montrer où est la machine, dit-il à Ryke en se levant.

Tandis que Lo se dirige vers la buanderie, Ryke me regarde en haussant les sourcils, l'air de dire : *tu vois, il a été sympa, on avance.* Ouais, je ne suis pas aussi optimiste. Ryke salue Connor d'un signe de tête.

– Ça va ?

– Ça va.

Sur ce, Ryke disparaît à la suite de Lo.

Connor est concentré sur son iPhone, et mon esprit revient à ce qu'il s'est passé avec ma sœur.

– À propos de Rose…

– Oui ?

– Je t'apprécie, Connor. Vraiment. Mais je sais aussi que tu es un arriviste. J'ai peut-être l'air petite et je ne bronche pas trop, mais je trouverai un moyen de te le faire payer si tu lui fais du mal. Elle devrait représenter plus pour un mec qu'un gros chèque et un nom de famille.

Connor range son portable dans sa poche.

– Lily, dit-il. Si je voulais sortir avec quelqu'un pour son nom de famille, j'aurais une fille à mon bras tous les jours. Je ne serais jamais célibataire. (Il se penche en avant.) Je te promets que mes intentions sont louables. Et je trouve ça adorable que tu veilles sur Rose, mais elle est plus que capable de se défendre, ce qui est une des nombreuses raisons pour lesquelles je veux la fréquenter.

– Donne-moi une autre raison, je demande pour le tester.

Il sourit.

– Je n'aurai pas besoin de lui traduire les plats dans un vrai restaurant français.

Il sait qu'elle le parle couramment ?

– Je n'aurai pas besoin de lui expliquer les dividendes ou les déclarations financières. Je pourrai parler de tout et de rien, elle saura toujours répondre.

– Et ta philosophie concernant les filles riches ? On est toutes les mêmes ? On veut trouver un mec sorti d'une université prestigieuse et ne rien faire de nos vies ?

Les lèvres de Connor tiquent, il réprime un sourire.

– J'ai aussi dit que j'en épouserai probablement une.

Je ne vois pas où il veut en venir.

– Rose n'est pas ce genre de fille. Elle est talentueuse, motivée, déterminée…

– J'ai dit que j'en épouserai *probablement* une, pas que j'en avais envie.

Oh. Je me rends compte que Connor Cobalt passera haut la main tous les tests auxquels je le soumettrai – c'est le problème quand on interroge un intello.

Ryke et Lo reviennent ; étonnamment, Ryke porte un tee-shirt noir de Lo, qui lui va parfaitement. Il porte également un jean à lui, un peu serré au niveau des cuisses, mais à part ça, il est aussi à sa taille. Aucun d'eux ne dit mot, leurs postures rigides dégageant une certaine tension. Lo se réinstalle à côté de moi tandis que Connor propose sa chaise à Ryke.

Ryke hoche la tête pour le remercier et s'assied. Connor tire le relax rouge plus près de notre petit groupe, et le grondement du sèche-linge emplit le silence passager.

Connor se tourne vers Ryke.

– Alors comme ça, tu écris un article sur les enfants de magnats. J'imagine que tu as oublié de me proposer.

Ryke se balance sur les pieds arrière de la chaise.

– Ça a dû me sortir de l'esprit.

Il affiche un sourire pincé, évitant mon regard.

– Eh bien j'accepte.

Ryke hausse les sourcils.

– Tu acceptes ?

– Ça m'a l'air parfait, intervient Lo. Tu devrais consacrer l'article à Connor. Il s'est porté volontaire, et ton histoire aura une fin heureuse. Tout le monde est gagnant.

Il me serre l'épaule et je me raidis. Je ne sais pas comment Ryke va pouvoir s'en tirer.

– Non, ça ne me plaît pas.

C'est *ça*, son mensonge ? Je lève les yeux au ciel. Je n'aurais pas dû m'attendre à mieux.

Lo se frotte les lèvres.

– Alors tu ne veux pas aussi suivre Connor ?

Ryke lance un coup d'œil rapide vers Connor, qui est assis avec une cheville posée sur le genou opposé, si BCBG qu'il semble tout droit sorti d'un catalogue J. Crew.

– Sans vouloir t'offenser, Connor, je préférerais ne pas traîner avec des lèche-culs toute la journée. Si tu passes du temps avec Lo et Lily, j'écrirai sur toi. C'est tout ce que je peux te proposer.

– J'ai déjà dit oui, lui rappelle Connor.

Pas Lo. Il entrelace ses doigts aux miens.

– Tu vas me poser des questions ?

– Tu as quelque chose contre ça ? demande Ryke. Tu as peur ?

Lo le fusille du regard.

– Disons seulement que je ne porte pas les gens indiscrets dans mon cœur.

– Ah oui ? Ça va un peu à l'encontre de ma profession. (Il pointe un doigt sur sa poitrine.) Master journalisme. Poser des questions gênantes est mon point fort.

Je n'ai aucun mal à le croire.

Lo lève son regard noir vers le plafond et riposte :

– Dans ce cas, j'ai le droit de te poser toutes les questions personnelles que je veux. Qu'est-ce que tu dis de cette stipulation ?

– Ça me paraît légitime.

Lo n'a pas besoin de me dire qu'il hait cette situation. Sa posture glaciale est suffisamment explicite. Je comprends sa réticence. Il y a toujours un jugement sous-jacent quand nous nous entourons d'autres personnes. Nous nous sommes coupés des regards méprisants et des mots haineux comme *salope*, *ivrogne*, *raté* depuis si longtemps qu'il a peur d'y revenir. Au monde où son père le frappe à l'arrière de la tête en se demandant pourquoi son fils a fait le con et passé sa nuit à boire. Au monde où une élève me calomnie, me traitant de malade, de cruche, de débile.

Je suis incapable de jauger ma force. J'espère seulement être assez résistante face aux moqueries pour aider Lo.

– Ce n'est que pour deux mois, je lui souffle. Le semestre est presque terminé.

– Ouais, c'est bon.

Il termine son verre de whisky et se lève pour s'en servir un autre.

Ryke m'adresse un regard dur auquel je ne peux pas répondre, avec Connor assis juste à côté. Au moins, il est occupé à taper un message sur son portable. Soudain, il se lève et glisse le téléphone dans la poche de son manteau.

– À plus tard.
– Tu vas où ? demande Lo depuis la cuisine.
– Faut que je trouve ma tenue pour ce soir.
– T'es sérieux ? dit Lo sèchement. Tu as rendez-vous avec le diable. Tu as besoin uniquement de spray lacrymogène et d'un extincteur.
Ryke m'adresse un signe de tête.
– De qui il parle ?
– Ma sœur Rose.
– Ah.
Il regarde Connor partir dans l'entrée.
– Elle est styliste, dit Connor. Elle va me juger sur ma tenue.
Sur ces mots, il nous adresse un signe de la main et sort.
J'entends le tintement de bouteilles, et je ne sais pas trop quoi faire. Ryke me souffle :
– Alors tu l'as distrait avec du sexe ?
Je rougis.
– C'est mal ?
– Non, mais ça n'a pas l'air de trop marcher, vu qu'il est en train de se préparer – il se penche en arrière sur la chaise pour regarder dans la cuisine – un whisky, pur.
J'espère un peu que Ryke va tomber.
Et *paf !* les pieds glissent et il s'écroule, son dos heurtant le sol.
Je ris si fort que j'en ai mal à la poitrine.
– C'est pas drôle, putain, me dit-il en se relevant, étirant ses bras.
– Bien sûr que si.
Lo revient avec un bon verre de whisky.
– Quoi donc ?
Il s'assied à l'autre bout du canapé, un coussin entier entre nous.
– Il est tombé de la chaise.
Ryke se rassied, sur le fauteuil cette fois-ci, un choix bien plus sage. Puis il fait un signe de tête en direction de Lo.
– C'est quoi ce whisky ?

Je sens que Lo a envie de *me* fusiller du regard pour l'avoir mis dans cette position, mais il résiste.

– Je ne vois pas ce que cette question a à voir avec ton article.

Il sirote le liquide ambré.

– Contexte, dit Ryke, évasif. Tu ne m'as pas répondu.

– Je ne comptais pas le faire.

Il prend une autre longue gorgée, sans grimacer quand l'alcool âpre glisse dans sa gorge.

Ryke se frotte les lèvres.

– Comment est ton père ?

– Tu veux vraiment faire ça maintenant ? lance sèchement Lo.

– Y'a rien de tel que le présent.

Lo termine son verre bien trop vite et se lève.

– Tu veux une bière ou autre ?

– Je veux bien une bière, moi, je dis alors que Lo disparaît dans la cuisine.

Ryke me regarde en secouant la tête, comme si c'était une mauvaise idée.

– En fait non, oublie, je lance à Lo.

– Ryke ? demande-t-il. Dernière chance.

– Ça va.

Je murmure tout doucement à Ryke :

– Tu l'énerves tellement qu'il boit *plus*.

– Je vois bien. Laisse-moi gérer.

Je veux lui faire confiance, mais il n'arrive pas à percer la carapace de Lo. Quand il revient dans le salon, nous regardons tous les deux le verre dans la main de Lo, de nouveau rempli d'un liquide presque noir.

Lo s'assied. Loin de moi. Je n'aime pas du tout ça.

Il sirote son verre en fixant Ryke. Puis il se lèche les lèvres et dit :

– Mon whisky a l'air de sacrément t'intéresser. Tu es sûr que tu n'en veux pas un ?

– Non, je ne bois pas.

Les muscles de la mâchoire de Lo tiquent.

– Tu ne bois pas ? Pas même de la bière ?

– Non. J'ai eu une mauvaise passe au lycée. J'ai conduit en état d'ébriété, ce qui a donné lieu à une voiture bonne pour la casse, une boîte aux lettres cassée et des voisins furieux. Je n'ai pas bu une goutte d'alcool depuis.

– C'était de conduire, ton erreur, lui dit Lo.

– Je ne suis pas d'accord. C'était ça, affirme Ryke en désignant la liqueur dans la main de Lo.

– Eh bien, je ne suis pas toi, si ? contre Lo, acerbe. Si tu t'attends à ce que je me transforme en *toi*, tu risques d'être déçu. Ce que tu crois savoir de moi est certainement vrai. Je suis un connard de riche qui a *tout*. Et j'aime ça.

J'entends son père dans sa voix, et ça me terrifie.

Le visage de Ryke se transforme en pierre. Et ses yeux se plissent avec empathie – je ne suis pas sûre que Lo apprécie.

– Commençons par une question plus facile, dans ce cas. Comment vous vous êtes rencontrés, tous les deux ?

– Amis d'enfance, lui dit Lo. Tu veux aussi savoir si j'ai pris sa virginité ? Ce n'est pas le cas. Un connard l'a eue avant moi.

– Lo !

J'attrape un coussin pour me cacher derrière.

Ryke garde les yeux rivés sur Lo, d'un air de défi.

– C'est intéressant.

Il trouve la perte de ma virginité intéressante – génial.

– Toi, tu as perdu ta virginité avec elle ?

Lo boit pour toute réponse.

Ryke lève les yeux au ciel.

– Je vais prendre ça pour un oui. C'est la seule fille avec qui tu as été dans ta vie ?

– Je ne vois pas ce que ça a à voir avec quoi que ce soit, je coupe.

– Non, dit Lo, ignorant ma remarque. J'ai couché avec d'autres filles.

– Je ne parlais pas de sexe.

Lo soutient le regard de Ryke.

– Sur le long terme, oui. Pareil pour elle.

Je me demande si Ryke fait le compte de toutes les années où j'ai laissé Lo faire, où j'ai facilité son addiction. Quand il pose les yeux sur moi avec une once de mépris, je sais que c'est probablement le cas. Je peux changer les choses, maintenant. J'ai trouvé un moyen de le faire, même si cela peut affecter notre relation.

Je rampe vers Lo sur le canapé et appose mon épaule contre la sienne. Il termine son verre et, avant qu'il se lève, je passe un bras autour de sa taille pour qu'il reste.

Ses yeux froids se posent sur moi, et il marmonne à voix basse :

– Je suis pas d'humeur.

Il écarte mes mains de son corps et enjambe mes pieds pour aller dans la cuisine. Je reste assise là, comme s'il m'avait donné un coup de poing dans le ventre.

– Ça va ? me souffle Ryke.

Les larmes me montent aux yeux.

– Je ne sais pas quoi faire.

– Si je me rapproche, il va m'étrangler ou pas ?

Mes yeux me brûlent.

– Je ne sais même plus.

Ryke tente, il pose ses fesses sur le coussin à côté de moi.

– Tu t'en sors bien, Lily. Je ne comprends pas pourquoi tu n'as pas essayé plus tôt.

Parce que nous avions un système qui ne doit pas être altéré.

– Il ne fait de mal à personne, j'affirme d'une petite voix. Il n'a *jamais* fait de mal à personne, Ryke.

– Il me semble qu'il t'en fait, à toi.

Je secoue la tête.

– À *moi* ? Non, ça va.

– Alors pourquoi tu pleures, Lily ?

J'essuie mes larmes traîtresses. Lo revient, sans verre mais avec les vêtements secs de Ryke. Il les jette sur ses genoux.

– C'est l'heure de partir.

Lo refuse même de me regarder.

Ryke se lève, tendu, tenant ses vêtements contre lui. Il s'approche de Lo et lui murmure :

– Ta copine est contrariée, Lo. Tu ne le vois pas ?

Il essaie de le faire culpabiliser pour qu'il arrête de boire. Je doute que cela fonctionne.

– Ne fais pas comme si tu la connaissais.

– Je la connais suffisamment.

– Tu sais *que dalle*. Tu aurais la tête qui tourne si tu savais. (Il montre le tee-shirt sur le dos de Ryke.) Garde mes fringues. J'en ai pas besoin.

– D'accord. On se voit bientôt.

Sur ce, il part, claquant la porte derrière lui.

Lo s'essuie la bouche et dit :

– Je serai dans ma chambre.

Ma poitrine se comprime. Il faudrait qu'on parle, mais que pourrais-je dire ? *Lo, j'aimerais que tu arrêtes de boire.* Il répondrait : *Lily, j'aimerais que tu arrêtes d'avoir autant de rapports sexuels.* Puis on se regarderait l'un l'autre, chacun attendrait que l'autre dise : *d'accord, je vais changer pour toi.* Mais il y aurait un silence si profond et tranchant que j'aurais la sensation qu'on m'ouvre en deux. Il n'y a plus de retour en arrière possible après ça.

Je réponds de la seule manière qui me semble sensée.

– Je suis désolée de t'avoir mis dans cette situation. Je suis vraiment, vraiment désolée, Lo.

Ses muscles se tendent et il se passe une main dans les cheveux.

– J'ai envie d'être seul. On pourra baiser demain matin, d'accord ?

Il m'abandonne. Je m'enfonce dans le canapé et écoute le *tic-tac* d'une vieille horloge posée sur une étagère.

Je m'emmitoufle dans une couverture. Je me sens si vide.

Plusieurs minutes s'écoulent avant que je me mette à chialer pour de bon, le visage grimaçant et la morve au nez.

Au moins, personne ne me voit ; pour autant, je sais que je ne suis pas seule dans mon malheur.

La baise du matin est rude, brutale et tellement chargée en émotions que j'en ai des vertiges. Je suis si étourdie à la fin que je me précipite dans la salle de bains pour vomir dans les toilettes.

– Lily, appelle Lo, s'y précipitant à son tour en enfilant son caleçon.

Il s'agenouille derrière moi et me frotte le dos.

– Tout va bien, tout va bien.

Il dit ça comme s'il essayait de se convaincre lui-même.

J'ai des haut-le-cœur pendant une bonne minute avant de me calmer, agrippant le bord de la cuvette, les mains tremblantes.

– Que s'est-il passé ?

Je reste dos à lui.

– J'avais la tête qui tournait.

– Pourquoi tu n'as rien dit ?

– Je ne sais pas, je murmure, la voix rauque, à vif.

Je me lève pour me laver les dents. Ma main tremble encore quand je prends ma brosse à dents et mon dentifrice.

– Lily, parle-moi, souffle-t-il dans mon dos.

Il pose tendrement une main sur ma hanche pendant que je crache dans le lavabo.

Quand j'ai fini, je me retourne et m'appuie contre le meuble.

– Tu veux qu'on se sépare ? je demande de but en blanc.

Il inspire brusquement.

– Non. Je t'aime, Lil. (Il me prend la main.) Écoute, je vais faire plus d'efforts. On en fera plus, tous les deux.

Je ne suis pas surprise par sa proclamation soudaine. On se dispute et la seconde d'après on se réconcilie. C'est pour ça qu'on a tenu si longtemps. J'imagine que la peur de se perdre est plus forte que la douleur qu'on cause.

– Plus d'efforts pour faire quoi ?

Je veux qu'il clarifie où nous en sommes.

– Je boirai plus de bière. Ryke me tapait sur les nerfs hier, c'est pour ça que j'ai opté pour de l'alcool fort.

Il marque une pause et me regarde avec hésitation, sur le point de retourner la situation.

– Lily… j'adore coucher avec toi, mais ces deux dernières semaines, tu étais dans tous tes états. J'arrive à peine à réfléchir.

– Je sais. Je suis désolée.

J'ai fait ça pour l'empêcher de boire. J'imagine que nous devons nous efforcer d'honorer nos compromis, ce qui veut dire que je dois arrêter de le forcer à être sobre en détournant son attention.

Ryke sera déçu, mais c'est le mieux que je puisse faire sans aliéner Lo. J'ai besoin de lui plus qu'il n'a besoin de moi. Son vice est une bouteille de whisky. Le mien est son corps. Quand nous nous disputons, c'est moi qui suis perdante.

– Est-ce que *toi*, tu veux qu'on se sépare ? demande-t-il, m'offrant la même porte de sortie.

Ce serait plus facile de le laisser partir, de reprendre nos rituels habituels, mais maintenant que je l'ai eu pour moi, je ne peux imaginer ne pas être emportée dans ses bras et comblée au plus haut degré. Il est ma drogue, que je consomme sans modération, et je crois que c'est ce qui lui fait le plus peur. Il facilite mon addiction. Il l'a toujours fait. Si nous restons ensemble, il continuera.

– Non, je souffle. Non, je veux être avec toi.

Il me tire à lui et m'embrasse sur le front.

– On va s'améliorer. (Ses lèvres effleurent mon oreille.) La prochaine fois que tu te sens mal, dis-le-moi, s'il te plaît.

– Promis.

Il me relève le menton et m'embrasse sur les lèvres, me forçant à ouvrir la bouche. Il y glisse sa langue un instant, puis murmure :

– Faisons les choses bien, cette fois-ci.

Il me soulève dans ses bras, et j'enroule les miens autour de son cou, heureuse d'effacer tous les mauvais moments pour les remplacer par des bons.

Chapitre 27

– Tu peux remonter ma fermeture éclair ?

Lo ajuste sa cravate puis pose une main sur ma hanche. J'essaie de ne pas me concentrer sur la façon dont ses doigts se plantent dans mes flancs. On vient *juste* de baiser et de prendre une douche. Je n'ai pas envie de me pointer au défilé de Rose avec les cheveux en bataille et les joues roses.

Il remonte la fermeture de ma robe jusqu'au col, et son contact fait onduler ma peau.

– Ça va ? demande-t-il.

– Oui.

Je lisse mes cheveux, qui tombent sur mes épaules, essayant de calmer la nervosité au creux de mon ventre. J'ai du mal à me remémorer une occasion où j'ai présenté délibérément des amis à ma famille. Certainement en partie parce que Lo est mon seul compagnon depuis longtemps.

Une part de moi enfouie et mesquine regrette presque que Rose et Connor se soient rencontrés. Ou que je n'ai pas été l'amie de Connor plus tôt. Cela aurait évité que mes deux mondes entrent en collision – ma famille et ma vie étudiante. Connor sait des choses. Il en sait plus que Rose, et j'ai peur qu'on ait fait une erreur en n'omettant pas la vérité à notre nouvel ami. Mais comment étais-je censée savoir que Rose serait séduite par la personnalité de Connor ? Je suis maudite, de toute évidence.

Au moins, je n'ai pas eu l'égoïsme de détruire leur relation dans l'œuf.

Ryke nous suivant à tous nos événements, cela fait redoubler le stress. À tout moment, Connor ou Ryke pourrait laisser échapper quelque chose devant ma famille, et tout gâcher. Pire encore, je me sens accablée à l'idée de laisser ma famille découvrir une autre facette de ma vie. Ce n'est pas pour rien que je compartimente ; à présent, tout semble compliqué. Si Lo ressent la même chose, il n'en laisse rien paraître. Je le regarde vérifier tranquillement les cartes dans son portefeuille avant de le glisser dans sa poche.

On frappe à la porte.

– Vous êtes habillés ? demande la voix étouffée de Connor de l'autre côté.

Lo ouvre ; Connor est planté là, avec son costume à mille dollars et un sourire tout aussi coûteux.

– Il faut qu'on y aille. Je ne veux pas être en retard.

– On aura une heure d'avance, se plaint Lo. On peut bien prendre quelques minutes.

Je les suis dans la cuisine, où Ryke est assis au bar, en train de pianoter sur son téléphone.

– Je veux voir Rose avant le début du défilé, confesse Connor. Elle avait l'air stressé ce matin.

– Elle l'est, je confirme. Elle a surtout peur que personne ne vienne.

Je l'ai même appelée. Surtout pour parler de Connor, mais elle ne m'a pas vraiment donné de détails sur leur sortie au théâtre, à part pour dire qu'il s'était comporté pile comme elle s'y attendait. Quoi que cela veuille dire. Ils se voient encore, donc j'imagine que ça s'est bien passé. J'espère qu'ils n'ont pas trop parlé de Lo et moi. Il faut que je trouve un moment pour dire à Connor que Rose n'a pas connaissance de certains aspects de notre vie. Comme le fait que Lo boit tout le temps.

– Je lui ai dit que je gérais, mais elle a choisi de ne pas me croire, dit Connor.

Des petites rides d'agacement plissent ses yeux, une émotion que je n'avais encore jamais vue chez l'imperturbable Connor Cobalt.

– Tu as appelé qui ? demande Lo en zieutant Ryke au bar.

Même les jours où Ryke pose des questions à Lo, il le garde à distance, lui répondant avec sarcasme ou dédain. Et maintenant que je ne suis plus une force motrice pour détourner l'attention de Lo de l'alcool, Ryke ne perd plus une occasion de me fusiller du regard. Je ne fais jamais rien de bien à ses yeux.

– Les propriétaires de Macy's, de Nordstrom, de H&M, et d'autres grands magasins moins connus seront là. La salle sera comble. (Connor se tourne vers moi.) Ne lui dis pas tout ça. Pas la peine de la faire encore plus stresser.

– Je ne dirai rien.

Ryke se lève, glissant son téléphone dans la poche de son costume, sa tenue tout aussi onéreuse que celles de Connor et Lo. Pour une raison ou une autre, j'ai été surprise qu'il porte ce costume bien taillé. J'étais partie du principe qu'il était à la fac grâce à une bourse sportive, mais à en croire la coupe et le tissu fin, c'est un costume de marque. Certainement Armani, ou Gucci. Ce qui veut dire qu'il a de l'argent. Beaucoup d'argent.

Je me rends compte que je n'ai pas demandé grand-chose à Ryke sur sa vie personnelle. Lo voulait le faire, mais il est tellement énervé qu'il le fuit, en général.

Avant que Ryke puisse me jeter un regard assassin, je trouve une bonne question :

– Que font tes parents ?

Connor pose une main sur mon épaule.

– Parlons en marchant. On est en retard.

On ne l'est pas, mais la définition de Connor Cobalt du *retard* est différente de la mienne. Nous quittons l'appartement, Connor fermant la marche, nous poussant presque dehors.

Ryke se glisse à côté de moi, mais Lo reste près, de l'autre côté.

– Ma mère ne travaille pas. Je viens d'une famille riche.

Connor regarde sa montre comme un névrosé. J'appuie sur le bouton du rez-de-chaussée dans l'ascenseur.

– Du côté de ton père ?

– Ouaip, confirme Ryke. Je n'habite pas avec lui. Je n'ai toujours vécu qu'avec ma mère.

Cette révélation me gonfle la poitrine, et je ne sais dire si elle affecte Lo. Il a l'air complètement indifférent.

– Divorce ? je demande.

Lo passe ses mains autour de ma taille et je me laisse aller contre lui. Mes yeux se ferment alors que je sens le battement de son cœur et la chaleur de sa présence. J'aimerais qu'il me penche en avant et… *non, Lily.*

– Ouais, dit Ryke. C'était assez moche. Ils étaient censés avoir la garde partagée, mais ma mère a obtenu la garde exclusive.

– Tu l'as déjà rencontré ?

– Oui, admet Ryke, un peu détaché, comme si tout ce drame était derrière lui et qu'il s'était fait à la situation. Il m'envoyait tout le temps des cadeaux, mais ma mère les balançait. Elle m'autorisait à le voir tous les lundis, d'aussi loin que je me souvienne. Il avait l'air d'être un type décent, mais pendant des années, ma mère m'a raconté des trucs… horribles sur lui. Des choses qu'elle n'aurait pas dû me dire si jeune. Au bout d'un moment, j'ai arrêté de le voir, et de l'aimer aussi. (Ryke se tourne vers Lo.) Et toi ?

– Quoi, moi ?

– Tes parents ne sont pas divorcés ?

– Je vis avec mon père, dit Lo d'une voix monotone. C'est le meilleur père qui soit. Désolé que le tien n'ait pas été un meilleur père.

Le visage de Ryke se durcit.

– Tu as une bonne relation avec lui ?

– On peut pas rêver mieux.

Je baisse les yeux au sol, son ton mordant me retournant l'estomac.

– Ta copine n'a pas l'air d'accord.

– Arrête d'analyser ses moindres gestes, réplique Lo.

Oui, arrête, s'il te plaît. D'autant que je dois croiser mes chevilles pour me concentrer sur autre chose que le sexe.

L'ascenseur tinte. Dès que mon esprit se remet dans le droit chemin, une vague d'angoisse me submerge. J'ai l'impression qu'emmener Connor et Ryke au défilé va causer notre perte. Je vais finir par troquer ces émotions accablantes contre des fantasmes et des extases charnelles. Cela me semble préférable à cette angoisse insidieuse.

Nous nous dirigeons vers la limousine, et quand nous arrivons au lieu de l'événement, j'ai inventé dix scénarios différents avec Lo sur la banquette arrière et décroché environ cinq fois. Lo remarque mes absences, mais je suis certaine qu'il est le seul.

Le point entre mes jambes pulse, impatient d'être soulagé, et j'endure la torture de ces images. Lo sur moi. Lo en moi. Lo qui me murmure qu'il va me prendre. C'est tellement stupide.

Je suis là pour Rose.

Et pourtant, je ne peux pas m'en empêcher.

Je serre les poings, me forçant à me concentrer sur le moment présent.

Je suis ici.

Nulle part ailleurs.

Un podium surélevé se dresse au milieu de la salle, des chaises en plastique blanches alignées de chaque côté. Les invités ne sont pas encore arrivés, il n'y a que des photographes, des agents, des mannequins et des stylistes. La plupart filent vers les coulisses, où Rose doit être occupée à habiller les mannequins. On est certainement en train de passer à Daisy une robe en soie élégante mais simple. Je devrais aller les voir, mais j'ai envie de faire autre chose, même si c'est mal, là tout de suite.

– Lo, je murmure, agrippant son biceps.

Je le regarde, le souffle court, l'air libidineux. *Viens avec moi, s'il te plaît. S'il te plaît...*

– Tu peux attendre qu'on soit rentrés à la maison ?

Ryke entend ces mots au moment où Connor compose le numéro de Rose et s'éloigne.

– Que se passe-t-il ? me demande-t-il.

– Rien. (Je lance un regard d'avertissement à Lo.) Je reviens tout de suite.

Je pars vers les toilettes, mais Lo m'attrape le poignet.

– Il faut que tu essaies, me dit-il.

– Comme toi ?

– *Oui*, me souffle-t-il à l'oreille. Je n'ai bu que de la bière aujourd'hui. Tu le sais.

Je ne peux pas imaginer ne pas satisfaire ce besoin. C'est trop douloureux. Je ne pense qu'à ça. Et si Lo refuse de m'aider, alors je vais m'en occuper moi-même. Sans le tromper. Je me détache de lui.

– Je ne veux pas passer le défilé dans cet état. On a le temps.

– Qu'est-ce que tu as besoin de faire ? me demande Ryke.

Je déteste la dureté de sa voix, comme si j'étais à deux doigts de tuer Lo en lui causant du stress, en lui tendant un verre d'alcool, en le regardant boire sans lui faire de reproche.

Je lui lance un regard noir.

– Ça ne te regarde pas.

– Eh, dit-il. J'allais seulement demander si je peux t'aider.

Mes joues chauffent.

– *Toi*, non.

– Dis donc, y'en a une qui s'est levée du pied gauche.

– Ne me parle pas de prendre son pied, je réplique.

Mes propos n'ont aucun sens.

Lo m'attrape le poignet.

– Lily, arrête.

– Tu le défends, *lui* ? je m'exclame, incrédule. Franchement, Lo !

– Non mais tu t'entends ? me souffle-t-il avec véhémence. Tu n'as pas les idées claires.

Je le repousse.

– Vous êtes des connards tous les deux.

Je les fixe, debout l'un à côté de l'autre, élégants, beaux, glace et pierre. Je les déteste. Je *me* déteste.

– Je ne sais même pas pourquoi j'ai accepté tout ça.

D'être avec Lo. De laisser Ryke nous suivre partout. Si je m'arrête et réfléchis deux secondes, peut-être que je comprendrai que je projette toute mon angoisse du défilé sur eux. Et ce n'est pas juste. C'est immature et cruel. Mais je n'ai pas envie de réfléchir. J'ai juste envie de *baiser.*

J'inspire, le souffle court, irrégulier. Il faut que j'y aille. Maintenant. Je cours aux toilettes, bien plus vite que Lo, et me dirige vers celles des hommes plutôt que celles des femmes. Un mec d'une trentaine d'années me voit dans le miroir pendant qu'il se soulage. Il jure et remonte sa braguette. L'assurance prend le relais – le besoin de le faire surpasse tout le reste.

Je choisis une cabine sans lui adresser un mot.

Lo entre à ma suite, sans même lancer un regard au type. Il jette son dévolu sur moi et moi seule, il me regarde comme s'il voulait me dévorer tout entière ou m'étrangler. *Oui.*

Il ferme la porte des toilettes derrière nous et m'attrape violemment les poignets. Il me retourne pour que mes fesses frottent contre son bassin et place mes paumes sur le mur carrelé. Mon dos se cambre.

– C'est ça que tu veux ? grogne Lo, glissant sa main sous ma robe, ses doigts trouvant l'endroit le plus mouillé.

J'ai un hoquet de surprise, mes yeux roulent dans leurs orbites. *S'il te plaît.*

Il plaque une main sur ma bouche, étouffant mes gémissements alors qu'il fait aller et venir ses doigts en moi. Mes paumes glissent sur le carrelage, et je manque de me cogner la tête contre le mur ; mais Lo me tient fermement, me maintenant bien droite.

Il me pénètre, et je m'abandonne au plaisir, au bonheur, à sa dureté. Mon souffle se fait plus rugueux dans ma gorge. Lo ne ralentit jamais. Il donne un puissant coup de reins, comme pour me punir. Et j'encaisse en retenant mon souffle, enivrée.

Quand on a fini, il remonte son pantalon et le boutonne pendant que j'essaie de récupérer ma culotte autour de mes chevilles.

– Ça va ? demande Lo, écartant mes cheveux trempés de sueur de mon visage.

– Je crois.

Pourquoi ai-je baisé ici ? Tout ce que je viens de faire me monte à la tête et au cœur, ma respiration s'alourdit. Pourquoi j'ai fait ça ? Qu'est-ce qui cloche chez moi ? !

Quand nous sortons, il se lave les mains, puis me précède à l'extérieur. Heureusement, le défilé n'a pas encore commencé, mais la salle est pleine à craquer.

Je me glisse sur un siège au premier rang à côté de Connor, évitant Ryke.

– Je devrais aller voir Rose, je dis.

– Il n'y a plus le temps. (Connor regarde sa Rolex.) Le défilé commence dans quinze minutes.

– Oh.

J'essaie de chasser la culpabilité qui me noue le ventre. J'ai les mains qui tremblent, Lo tente de m'apaiser en posant la sienne dessus. Je vois l'inquiétude dans ses yeux, mais j'essaie de ne pas m'y arrêter. Je vais bien. Tout ira bien.

Je lève les yeux et vois Poppy remonter l'allée avec un grand sourire, Sam à son bras. Mon estomac fait un saut périlleux. Ils viennent vers nous et elle m'embrasse sur la joue.

– Il y a tellement de monde ! s'exclame-t-elle. Rose doit être fière.

– Où est maman ? je demande, le cœur battant au rythme rapide de la musique.

– Elle arrive. Papa était au téléphone, ils se sont arrêtés dehors une seconde. (Elle regarde Connor et Ryke.) Qui sont tes amis ? Oh, c'est Charlie ?

Elle parle de Ryke, qui a l'air confus.

– Non, Charlie a déménagé, je mens. Voici Ryke, un ami de la fac, et je te présente Connor Cobalt.

Poppy oublie Ryke un instant alors que Connor se lève pour lui serrer la main puis celle de Sam.

– C'est un plaisir de vous rencontrer.

Sa belle gueule et son charme ont officiellement hypnotisé Poppy. Elle hoche la tête pendant qu'il parle de Fizzle à Sam, avec la facilité de quelqu'un qui sait mettre les gens à l'aise. Je ne sais pas si c'est son mode opératoire habituel pour faire de la lèche, ou s'il donne tout pour s'attirer les bonnes grâces de Rose.

Quand Poppy se défait de l'emprise magnétique de Connor Cobalt, elle me chuchote :

– C'est le garçon que Rose fréquente ?

– Ouaip.

Poppy sourit.

– Pas mal du tout.

– Oui, mais elle doit penser qu'elle peut mieux faire.

Poppy rit et me touche le bras.

– Nous sommes un peu plus loin. Je te retrouve après le défilé. (Elle hésite.) Et Lily, je suis contente de rencontrer enfin tes amis.

Je souris, mais ça fait mal. Parce qu'au fond ces amis auraient aussi bien pu être achetés.

Poppy et Sam vont trouver leurs places, et je m'installe sur ma chaise, sentant un poids peser sur ma poitrine. La seule chose qui peut me le faire oublier est le sexe. Et une fois que je me concentre sur les photographes, surtout celui qui a un air un peu débraillé, dans le coin, mon corps bascule de nouveau.

Cela fait si longtemps que je me soigne par le sexe qu'il me semble impossible d'arrêter – c'est comme essayer d'arrêter un train lancé à pleine vitesse avant qu'il s'écrase contre un mur de ciment. Je vais donc m'écraser. Je vais voler en éclats et me briser en mille morceaux. Mais la poussée d'adrénaline avant le choc m'excite tellement.

Je ne me concentre que sur ça. Le frisson, l'extase, les endorphines qui se libèrent quand j'ondule contre un autre corps. N'importe lequel. Celui de Lo, de préférence. Aucune autre pensée ne pénètre mon esprit et mes genoux tressautent presque d'avidité.

Les gens prennent place alors que les secondes passent, et j'entends vaguement Ryke interroger Lo sur la carrière de mannequin de Daisy. Je n'entends pas la réponse, trop concentrée sur la façon dont le photographe tient son appareil. Ses muscles se contractent et je l'imagine me saisissant, moi, à la place. *Arrête.*

Je grogne intérieurement et frotte mes paumes moites sur ma robe. Je suis une toxico qui a besoin d'une autre dose, et je hais que le petit coup vite fait dans les toilettes ne m'ait pas satisfaite. J'ai déjà dérapé. Rose m'en voudra-t-elle de ne pas être allée la voir en coulisses ? *Arrête.*

Je n'ai pas envie de penser à ça.

Les lumières baissent.

– Lo, je souffle. Lo, j'ai besoin de…

Je suis incapable de l'exprimer, mais le ton de ma voix suffit.

– Le défilé est sur le point de commencer, Lil, murmure-t-il. Tu vas devoir attendre.

Je ne sais pas si je peux. Je gigote sur mon siège, luttant contre ma soif d'extase.

Puis mes parents arrivent. Ryke se lève et s'étire les bras.

– Je vais faire un saut aux toilettes avant que le défilé commence.

Il va aux toilettes, là où *moi*, je veux aller. Lo fronce les sourcils, le fixant du regard jusqu'à ce qu'il disparaisse.

Je croise les jambes, la peau couverte de sueur. Je ne peux pas faire ça. J'ai besoin de quelqu'un… j'ai besoin de soulager cette envie… je me lève.

– Lily, proteste Lo, se levant d'un bond. Lily, *ta sœur*. Pense à Rose.

– Je ne peux pas, je murmure, me précipitant vers la sortie, laissant Connor au milieu de trois sièges vides.

Son éternelle expression satisfaite s'est fissurée. Il a l'air remonté.

Lo supplie :

– Pense à l'après, Lily. *Je t'en prie.*

Je me sentirai mal. Oui. Mais je ne peux empêcher mes pieds d'avancer, ou mon souffle de se coincer dans ma gorge. C'est un désir profond, une compulsion qui doit être satisfaite. J'en ai besoin. J'en ai plus besoin que de respirer, plus que de l'air, plus que la vie elle-même.

C'est une pensée stupide. Insensée. Mais elle me stimule.

Je dépasse mes parents, qui me suivent des yeux, l'air confus. Lo s'attarde pour leur servir une excuse bidon pendant que je sors. Dans la liberté de la ville. Sur le parking où les voitures s'alignent comme des points noirs.

Je déverrouille l'Escalade de Nola que mes parents ont dû prendre pour venir. Heureusement, elle n'est pas à l'intérieur. Je me faufile sur la banquette arrière et remonte ma robe. Avant que je puisse faire quoi que ce soit, la portière s'ouvre, et Lo grimpe. Il m'attrape par la cheville sans ménagement et me tire vers lui. Je m'abandonne à ces sensations.

Je m'abandonne à lui.

Quand je redescends de mon orgasme, une fois les hormones de l'excitation dissipées, tout revient en force et les larmes me montent aux yeux.

– Qu'est-ce qui ne va pas chez moi ? je m'étrangle.

Je m'habille en vitesse, trouvant mon soutien-gorge abandonné sur le sol de la voiture. Lo se meut bien plus lentement, l'air écœuré.

– Lil, dit-il doucement, tendant la main pour toucher la mienne.

Je la retire aussitôt, trop tourneboulée et honteuse pour accepter son réconfort.

– Non, nous devons y aller avant que ce soit fini. Peut-être qu'elle n'aura pas remarqué…

J'ouvre la portière de la voiture ; les gens commencent déjà à sortir sur le parking sombre, des sacs cadeaux pendant à leurs mains. Quoi ? C'est fini ? J'ai tout loupé ?

– Lily…

Sa veste de costume drapée sur le bras, il hésite un moment avant de poser une main sur mon épaule.

– Tu savais quelle heure il était ? je demande. Pourquoi tu ne m'as pas arrêtée ?

– J'ai essayé, souffle Lo, puis il déglutit, affligé. Lil, j'ai essayé au moins cinq fois.

– Quoi ? (Je secoue la tête.) Je ne m'en souviens pas. Je ne…

– Eh, eh, ce n'est pas grave…

Il me serre contre lui, passe ses bras autour de moi comme un cocon.

– Chut, Lil, tout va bien.

Non, tout ne va pas *bien*.

J'aurais dû arrêter la première fois. Pourquoi me suis-je convaincue que ça en vaudrait la peine ? Je le repousse, la culpabilité me faisant presque suffoquer.

– Non, non, il faut que je m'excuse.

J'enfile mes escarpins, essaie de me concentrer. Tout ira bien. Je vais inventer un mensonge, dire que j'ai fait une intoxication alimentaire, lâcher quelques *désolée* et tout arranger.

Ça ira.

Mon cœur bat aussi fort que la foule qui passe les doubles portes en verre. Je n'ai pas besoin d'aller bien loin pour trouver mes parents. Ils sont déjà en chemin pour la voiture, Poppy et Sam sur les talons.

Ils sont en train de rire, Poppy montre une photo à ma mère sur son Blackberry. Quand ma sœur me voit approcher, son visage se décompose, comme les autres. Ma présence a drainé toute joie de leurs traits.

– Je-je… je bredouille. Je ne me sentais pas bien. J'avais des crampes d'estomac et des vertiges. Je crois que je n'ai pas assez mangé. On s'est dit qu'il y aurait un truc à grignoter dans la voiture.

Mon père se tourne vers Sam, m'ignorant complètement.

– J'ai un rapport Fizzle que tu devrais voir.

Il s'éloigne avec le mari de Poppy, adressant un regard noir insistant à Lo au passage.

J'esquive ma mère, qui doit probablement me lancer un regard capable de faire geler la Floride, pour me concentrer sur Poppy.

– Honnêtement, je ne me sentais pas bien. Jamais je n'aurais manqué le défilé de Rose.

Ce mensonge me brûle la gorge.

Poppy lève les yeux sur mes cheveux en bataille, que je lisse inconsciemment. Lo pose une main dans le bas de mon dos et je fuis son contact.

– Ta robe est froissée, me dit froidement ma mère avant de poser les yeux sur Lo. Tu devrais peut-être contrôler tes hormones pendant nos événements familiaux.

Quoi ? Non.

– Lo n'est pas…

– Non, vous avez raison, me coupe Lo.

Je le regarde bêtement.

– Je suis désolé. Ce n'était pas le moment. Ça ne se reproduira pas, Samantha.

Ma mère assimile ses mots, puis hoche la tête. Avec une moue répugnée, elle nous dépasse pour regagner la voiture. Poppy reste, un voile de déception sur les yeux.

– Rose est à l'intérieur, mais je ne crois pas qu'elle ait envie de te parler, dans l'immédiat. Laisse-lui un peu de temps pour se calmer.

Poppy s'en va avant que je puisse dire autre chose. Non que j'aie quoi que ce soit à ajouter, à part une nouvelle excuse pathétique.

Je ne peux pas attendre demain. Je dois au moins la voir. Je m'avance vers le bâtiment, mais Lo m'attrape le poignet.

– Tu vas où ?

– Il faut que je lui parle.

– Tu n'as pas entendu Poppy ? dit-il, les yeux écarquillés. Laisse-la se calmer. À moins que tu veuilles qu'elle ne t'arrache le cœur.

Peut-être que c'est le cas, oui. Peut-être que je le mérite.

Connor pousse les portes en verre d'un coup d'épaule, les mains occupées à taper un message. Je me précipite vers lui ; quand il lève les yeux, son visage s'assombrit.

– Comment va-t-elle ?

Je regarde derrière lui pour essayer d'apercevoir ma sœur.

Il se plante devant moi, me bloquant la vue et le passage.

– Elle n'est pas contente, dit-il d'une voix tendue.

– Où est Ryke ? demande Lo, sourcils froncés.

– Il est parti. Il était malade.

– Je crois que c'est un truc qu'on a mangé, je dis.

Connor a l'air de ne pas en croire ses oreilles.

– C'était avant ou après que vous partiez baiser dans la voiture ?

Ce nouveau coup dans le ventre me fait vaciller. Je bascule en arrière contre le torse de Lo et, cette fois-ci, je le laisse enrouler un bras autour de ma taille.

– Eh, lâche l'affaire, Connor, conseille-t-il, mauvais.

Connor sourcille à peine.

– J'ai passé assez de temps avec vous pour savoir que les pauses toilettes ne sont pas des crises de vessie synchronisées. Ce n'est pas grave. Votre vie sexuelle ne me regarde pas, franchement. (Il se retourne vers le bâtiment, puis braque son regard sur moi.) Tu devrais filer, suggère-t-il.

– Je veux d'abord m'excuser.

– Pourquoi ?

Le ton de Connor reste froid, incisif. Je l'ai insulté ou écœuré d'une manière ou d'une autre. Le seul que je croyais incapable d'être dégoûté par moi.

– Il faut qu'elle sache que je suis désolée.

– Elle a vendu sa collection à Macy's et a reçu une offre de H&M, m'apprend Connor. Ne gâche pas tout en essayant de soulager ta conscience. Pars, Lily.

Je ne sais pas quoi faire d'autre. Je suis son conseil ; je disparais.

Le lendemain, j'essaie d'appeler Rose sur son portable presque toutes les heures, sans succès. Au bout de la dixième tentative de réconciliation, je jette le téléphone par terre et hurle dans mon oreiller. C'est pour ça que je ne vais jamais aux événements familiaux. C'est pour ça que je n'ai pas d'amis. Je déçois *tout le monde*.

Ma porte s'ouvre et je tourne le dos à Lo qui se faufile dans ma chambre.

– Elle te pardonnera, Lil. Peut-être pas moi… mais toi, si.

Je grimace. Ma mère a cru que c'étaient ses pics d'hormones qui ont gâché la soirée, mais c'était moi, et moi seule. Je m'en veux de lui faire porter le chapeau.

Lo s'assied au pied du lit et pose une main hésitante sur ma cheville. Je m'écarte aussitôt et me redresse contre la tête de lit.

– Je ne… je marmonne.

Il fronce les sourcils, inquiet.

– Tu veux arrêter ?

Et quoi ? Faire vœu de chasteté ? Je ne sais même pas ce qu'arrêter le sexe veut dire. Comment arrêter une chose qui est enracinée dans la nature humaine ?

– Peut-être. Non. Je ne sais pas.

Devrais-je me débarrasser de mon porno ? Mais que se passera-t-il dans une semaine, quand je me rendrai compte que ça ne fonctionne pas ? Je devrais racheter tous mes DVD. Ça n'en vaut pas la peine.

– Je te soutiendrai, quoi que tu décides, me dit Lo.

La culpabilité m'empêche d'avoir recours au sexe. Elle pousse littéralement toutes mes hormones dans un état de chasteté perpétuelle. J'enfouis ma tête contre mes genoux. Il faut que je prenne une décision, mais je n'ai pas arrêté de faire la girouette. C'était une erreur, qui a pris de l'ampleur parce que ma famille était là. Il faut juste que je reprenne mes distances. Que je reste loin. Une fois que je me serai excusée auprès de Rose, je me retirerai et tout reviendra à la normale. Net et compartimenté.

– Je vais parler à Rose. Ensuite, on baise.

Il m'embrasse sur la tempe.

– Je serai là, mon cœur.

Il me mordille l'oreille.

J'attrape un oreiller et lui donne un coup dans le torse. Il sourit mais respecte ma décision et arrête d'essayer de me l'arracher. Il a l'air un peu soulagé. Je sais que je n'ai pas été de bonne compagnie, toute mélancolique et égocentrée que j'étais.

Je sors du lit. Je vais aller la voir tout de suite, tant que je peux encore. Demain, elle retournera à Princeton et je serai trop concentrée sur mes cours pour prendre la voiture pour y aller.

– Tu penses qu'elle me laissera entrer ?

– Difficile à dire. Ça dépend si elle a enfin baisé ou pas.

Je lui lance un regard noir et il lève les deux mains en signe de paix. Je suis fière que ma sœur n'ait pas donné sa virginité à n'importe qui.

Je me brosse les cheveux en vitesse, attrape mon manteau et abandonne Lo dans la cuisine, où il se prépare un verre de milieu d'après-midi. En chemin pour Villanova, j'essaie de peaufiner un discours, mais quand j'arrive à la maison, tout s'évapore.

J'esquive le personnel qui s'affaire dans le manoir et gravis le grand escalier qui mène à l'ancienne chambre de Rose, où elle loge à chacune de ses visites. Je frappe deux fois, et la porte s'ouvre. Dès que ses yeux jaune-vert me voient, ses lèvres se pincent et son corps se raidit, comme si elle s'entraînait pour être un garde royal de la reine d'Angleterre.

– Il faut qu'on parle, je dis, contente que cette porte ne m'ait pas encore claqué au nez – c'est déjà un bon point.

Elle continue de me bloquer l'entrée de sa chambre. Il est clair que je ne suis pas la bienvenue dans son sanctuaire. J'ai vraiment merdé sur ce coup.

– Il n'y a rien à dire. Tu as couché avec Loren pendant mon défilé de mode. Je ne suis même plus surprise, ni blessée ou choquée, Lily, dit-elle, détachée.

– Je suis *désolée*, je dis, une main sur la poitrine. Tu ne sais pas à quel point. Je te promets d'être une meilleure sœur.

Rose secoue la tête, fronçant les sourcils.

– Arrête, Lily. J'en ai assez de tes promesses. Tu choisiras toujours Lo. Et vous vous moquez de tous les autres, tous les deux. Tu es égoïste, et à moins de passer ma vie à être déçue, j'ai appris à accepter ce défaut. Tu devrais faire de même.

Son téléphone sonne dans son dos et elle jette un coup d'œil derrière elle, ne proposant toujours pas de me laisser entrer.

– Il faut que j'y aille. C'est Macy's.

Elle ferme la porte avant même que je puisse prononcer le mot *félicitations*. J'aurais peut-être dû commencer par là.

Je réfléchis à ses mots sur le chemin du retour et me demande si elle a raison. Si accepter le fait que je suis égoïste et incapable de changer soulage ma culpabilité.

Sinon… peut-être que le sexe le fera.

Chapitre 28

Je fais l'effort d'appeler Rose plus souvent. La plupart du temps, elle répond et me donne des nouvelles de Calloway Couture. Parfois, elle est un peu sèche avec moi, mais c'est toujours mieux que des portes qui claquent. Pendant que j'essaie de réparer ma relation avec elle et d'ignorer le reste de ma famille, Lo passe du temps avec Connor à la salle de sport.

Ryke continue de nous suivre partout, et depuis le défilé, où, l'espace d'un instant, Lo et Ryke ont semblé s'unir, ils ont une relation bien plus cordiale. Ryke fait semblant de prendre des notes pour son article inexistant, mais essaie sincèrement de comprendre Lo. Hier soir, ils se sont mis à parler de leurs expériences avec leurs nounous. Une des nounous de Lo buvait des margaritas à la fraise et était souvent bourrée avant midi. Apparemment, Ryke a connu la même situation, sauf que sa nounou le laissait boire ses mimosas et ses Bloody Mary. Il n'avait que neuf ans.

Je passe un peigne sur mes cheveux mouillés pendant que Lo frotte les siens avec une serviette. Sexe sous la douche. Classe.

Je ne me rappelle presque plus pourquoi je m'inquiétais autant pour mon mode de vie. Je suis largement capable de tout cumuler.

Aujourd'hui, le prof d'économie a posté nos notes en ligne. Comme d'habitude, Lo refuse de révéler sa note, mais j'ai eu un C+, ce qui est presque un A+ dans l'esprit de Connor. Il a insisté pour fêter ça. Il n'y a que pour Connor que les succès peuvent remettre les compteurs à zéro. Après le coup au défilé de mode, je pensais qu'on serait *blacklistés* de tout événement futur avec lui. Mais je crois que tout revient à Rose. La seule faiblesse de Connor se trouve être ma sœur. Et si elle m'a pardonnée, elle lui a certainement ordonné de faire de même.

J'essaie encore de me démêler les cheveux quand Connor débarque avec Ryke. Lo part ouvrir la porte et je casse une des dents du peigne. *Sérieusement ?* Comment c'est possible ? J'ai enfin un superpouvoir : une chevelure indestructible. Super naze.

Ma porte reste ouverte pendant que je cherche un autre peigne. Ou encore mieux, une vraie brosse pour défaire ces nœuds. J'entends les mecs dans le salon, mais ils ne doivent pas s'en rendre compte, parce que leur conversation glisse de la meilleure pizza de Philadelphie à *moi*.

– C'était l'idée de qui de partir du défilé ? demande Ryke.

– C'est pour ton article ? demande Lo.

– Non, je suis juste curieux.

– J'avais envie de me la taper. Alors je l'ai fait. Et tu ne t'es pas éclipsé, toi aussi ? C'est quoi ton excuse ?

– J'ai une meuf canon que je voulais baiser dans les toilettes, plaisante-t-il. Non, en vrai, j'ai fait une intoxication alimentaire à cause des tacos au coin de la rue.

– On y bouffe tout le temps, dit Lo. Je n'ai jamais été malade.

Pense-t-il que Ryke ment ? Il n'a aucune raison de le faire. Il doit même *regretter* de ne pas avoir pu rester pour être témoin de ma déchéance.

– Alors c'était peut-être du lait périmé dans mes céréales. J'en sais rien, bordel, dit-il, exaspéré.

– C'était vraiment ton idée, Lo ? intervient Connor.

Je ferme les yeux, espérant que Lo rejette en partie la faute sur moi.

– Elle n'a pas dit non.

Bon. Je pensais que je me sentirais mieux.

– Il faut être deux pour faire l'amour mais une seule personne suffit pour commettre une erreur. (Connor doit se tourner vers Ryke quand il dit :) Note ça pour ton article.

– C'est tout là-dedans.

Je l'imagine pointant sa tête du doigt.

– Tu n'as pas d'amis ? demande Lo avec décontraction. On doit sérieusement te taper sur les nerfs, non ?

– Lily, oui. Connor, un peu. Toi, ça va.

– Eh bien, je n'apprécie pas non plus trop ta compagnie, Meadows, dit Connor avec désinvolture, nullement offensé.

– Ça, je vais le noter pour l'article.

– Tu devrais citer tout ce que je dis, et je veux mon nom dans le titre. Genre : « Enfants de Magnats, avec Connor Cobalt, futur entrepreneur à surveiller ».

– Je vais y réfléchir. Mais mon prof n'aime pas terminer sur une proposition. Je pense plutôt à : « avec Connor Cobalt : vous ne demanderez qu'à lui faire de la lèche ».

– Parfait ! s'exclame Connor.

Je trouve finalement une brosse dans mon tiroir à chaussettes et finis de batailler avec les nœuds. Quand j'affronte enfin la cuisine, Lo est en train de se servir un verre de scotch. Je me glisse à ses côtés et il passe un bras autour de ma taille.

Ryke articule : *Distrais-le.*

Je secoue la tête. J'en ai assez d'essayer de forcer Lo à faire quoi que ce soit. Pas aux dépens de notre relation.

Ryke me fait un doigt d'honneur, et Connor est trop captivé par son téléphone pour le remarquer. Je lui tire la langue – très mature, je sais.

Lo m'attrape le menton et me fait tourner la tête vers lui.

– Est-ce que tu viens de lui tirer la langue ?

Il affiche un sourire amusé. Je secoue la tête.

– Non.

– Si, me balance Ryke.

– Il m'a fait un doigt d'honneur ! je proteste.

Lo m'embrasse sur la bouche, me faisant taire. Oh… Quand il s'écarte, son souffle chaud me caresse l'oreille.

– Je t'aime.

Mon cœur palpite quand j'entends ces mots. Avant que je puisse le dire en retour, son téléphone vibre sur le plan de travail.

Je jette un coup d'œil à l'écran et mon estomac se noue.

– Tu ne devrais peut-être pas répondre.

Lo prend le téléphone et le porte à son oreille.

– Salut papa.

Il va dans la chambre pour lui parler en privé.

Pour m'occuper l'esprit, je vais prendre un Fizz à la cerise dans le frigo et ouvre la canette. Je me rappelle que je dois mille dollars à Connor pour avoir réussi mon examen d'économie. Je ne suis pas d'humeur à aller chercher mon chéquier dans l'immédiat, mais je me note de le chercher plus tard. Il pourrait tout à fait être caché sous mon lit. Ou dans un sac à main.

– Connor, je peux te payer plus tard pour notre pari ?

Ryke arque un sourcil.

– Quel pari ?

Connor répond distraitement, en train d'envoyer un SMS.

– Mille dollars si elle réussissait son examen. Et Lily, je ne veux pas de ton argent.

– Oh…

– En revanche, je veux bien que tu me rendes un service.

Il n'a toujours pas levé les yeux vers moi.

Ryke pousse un rire sec.

– Tu es bien du genre à préférer un service à du fric.

Connor ne dément pas.

– Quel genre de service ? je demande.

– Quand tu te sentiras prête, je pense que tu devrais travailler pour ta sœur. Pas forcément tout de suite. Peut-être au printemps. Elle veut engager une assistante pour Calloway Couture, et je sais que cela lui ferait très plaisir que tu sois impliquée dans son entreprise.

Mon ventre se serre.

– J'aimerais beaucoup travailler avec ma sœur, mais je n'y connais rien à la mode.

– C'est pour ça que tu es une *assistante* et que tu ne diriges pas l'entreprise.

– Ça n'a pas l'air très marrant.

Et comment je pourrai faire des pauses cul ? Je n'arrive pas à croire que c'est la première chose à laquelle je pense : comment caler du porno dans mon planning, comment faire rentrer Lo dans les bureaux, comment trouver du temps pour nourrir mes désirs.

– Eh bien, tu as perdu le pari, alors tu m'es redevable.

– Je ne peux pas juste te payer ?

– Non, ce serait trop facile.

Je soupire, je me demande si je pourrai me défiler le moment venu. Probablement pas, mais quand cela arrivera, dans un avenir plus ou moins proche, peut-être que je serai en accord avec ma décision. Je hoche la tête.

– D'accord. Je serai son assistante dans le futur.

– Dans un futur *proche.* (Il tape quelque chose sur son téléphone, puis se lève.) Je dois prendre cet appel.

Il presse le téléphone contre son oreille et se dirige dans le salon. Me laissant seule avec Ryke.

Je me hisse sur le plan de travail et me poste face à lui.

Ryke regarde le couloir dans lequel Lo a disparu par-dessus son épaule.

– Est-ce qu'il apprécie son père ? Je n'arrive pas à savoir.

Je hausse les épaules.

– Ça dépend des jours.

Il me tourne le dos.

– Comment est-il ?

– Jonathan Hale ?

Ryke hoche la tête.

– Lo ne parle pas de lui avec toi ?

J'ai réussi à esquiver leurs sorties entre mecs cette semaine en prenant le petit-déjeuner avec Rose. Ça me plaît plus que je ne le laisse croire.

– Pas trop, répond Ryke. Parfois, il le maudit à voix haute, puis d'autres fois, il parle de lui comme si c'était un dieu.

Ça ne m'étonne pas.

– C'est compliqué.

– Comment ça ?

– Écoute, je dis, baissant la voix. Je sais que tu n'écris pas vraiment d'article, alors tu n'as pas besoin de poser toutes ces questions.

Ryke lève les yeux au ciel.

– Je sais, Lily. Je pose la question parce que je suis sincèrement curieux. Sans vouloir t'offenser, je me soucie de ton copain plus que je ne me soucie de toi.

Je plisse les yeux.

– Tu es sûr que tu n'as pas un faible pour lui ?

Il grogne.

– Sérieusement, Lily ?

– Quoi ? C'est une question légitime. Tu es obsédé par Lo.

– Je ne suis pas *obsédé*. N'utilise pas ce mot. Je suis curieux, c'est tout. Je veux apprendre à le connaître. Pourquoi faut-il que je sois *amoureux* de lui pour vouloir une telle chose ?

Je hausse les épaules.

– Je sais pas. C'est bizarre.

Je n'arrive pas à m'expliquer cette étrangeté.

– Tu es sûr qu'il n'y a rien d'autre ?

– Non. Il n'y a rien. Réponds à ma première question. En quoi Jonathan Hale est compliqué ?

Je me concentre là-dessus et ouvre la bouche, essayant de trouver les mots pour décrire cet homme énigmatique. Il ne frappe pas Lo physiquement, mais il ne va pas remporter le prix de Père de l'Année non plus. Jonathan peut passer un bras autour de lui et le traiter de bon fils, et la seconde suivante, lui cracher des mots haineux. L'humeur de Lo fluctue avec l'humeur de son père, et chaque fois qu'il interagit avec lui, le changement est tangible. J'imagine que c'est de là que vient l'inquiétude de Ryke.

– Tu lui parles souvent ?

Je secoue la tête.

– Il fait tout pour m'ignorer, sauf quand il a besoin que quelqu'un soit responsable des mauvaises notes de Lo. Sinon, je garde mes distances.

– Il s'est remarié ?

– Non. Il fait venir pas mal de filles le soir.

Après le départ de la mère de Lo quand il était bébé, Jonathan a engagé une nounou et s'est remis à sortir. Le nombre de femmes qui quittent sa maison en titubant le matin, portant la même robe que la veille, a augmenté de manière exponentielle au fil des années.

Je me rappelle un jour, quand j'avais seize ans, où j'enfournais des œufs brouillés dans ma bouche pendant que Lo essayait de déverrouiller le bar de son père. Jonathan a fait la grasse matinée après une nuit de débauche. Une femme en robe noire moulante a traversé la cuisine, ses escarpins rouges à la main. Elle a refusé de nous regarder, les yeux rivés sur la porte comme si c'était la ligne d'arrivée d'une course de cinq kilomètres. Et j'ai été prise d'une envie soudaine de me lever pour la prendre à part. Pour lui demander si elle aimait autant que moi le frisson des coups d'un soir. Pour papoter et évoquer le fait que nous étions deux femmes complètement en contrôle de leur corps. À l'époque, je n'assumais pas encore, j'avais l'impression d'être une salope qui avait un secret. Je suis restée sur mon siège, la laissant partir, et j'ai imaginé ce qu'elle aurait pu me dire.

Je ne sais pas si Lo a conscience que j'ai appris ce qu'était un coup d'un soir grâce aux nombreuses conquêtes de son père. J'espère que non. Et je ne lui avouerai jamais.

Je me reconcentre sur Ryke, qui m'observe de trop près, comme s'il essayait de trouver des réponses dans mon expression.

Lo déboule dans la cuisine, les dents serrées, le téléphone dans sa poche. Oh non.

– Tout va bien ? demande Ryke.

– Super, dit Lo, peu convaincant.

Il attrape sa veste sur une chaise et une bouteille de bourbon sur le comptoir.

– Allons-y.

Ryke et moi échangeons un regard inquiet, puis lui emboîtons le pas.

Le collier que j'ai offert à Lo se balance sur son torse pendant qu'il danse avec moi. Je touche la pointe de flèche et il prend ma main dans la sienne. Il dépose un petit baiser sur ma joue avant de s'écarter. Je tends la main, mais il est déjà parti, s'autoproclamant roi du tabouret de bar.

Il commande une flopée de verres pendant que la sueur s'amasse à la base de mon cou et je danse seule sur la piste, me débarrassant de mes doutes sur la musique hypnotique. Je n'arrête pas de jeter des coups d'œil vers le bar. Chaque fois, Lo a un nouveau verre à la main. J'ai évité de parler du coup de fil, parce que Connor et Ryke lui tournent toujours autour, et je préférerais ne pas aborder le sujet devant eux.

Après trois shots de tequila, Connor et Ryke vont aux toilettes, et je saisis l'occasion de parler à Lo seule.

– Coucou.

Je lui donne un petit coup d'épaule et m'installe sur le tabouret à côté du sien. Distrait, il regarde son verre rempli de liquide ambré – il a l'esprit ailleurs.

– Que voulait ton père ?

Lo secoue la tête et serre le verre plus fort.

– Rien.

Je fronce les sourcils et essaie de chasser ma vexation. Sa réticence à m'en parler est blessante, mais ce n'est peut-être juste pas le bon moment. Il remarque mon abattement et se retourne vers les toilettes pour vérifier que Ryke et Connor ne sont pas en train de revenir. Puis il oriente son corps vers moi. Nos genoux se touchent, et j'ai soudain envie de me pencher en avant, d'entrelacer nos jambes, de sentir ses muscles dessinés contre mon corps. *C'est sérieux*, je me rappelle, repoussant ces pensées égoïstes.

– C'était à propos de ma mère, avoue Lo.

Toute image coquine est remplacée par de l'inquiétude.

– Il a découvert que je l'avais contactée.

Lo marque une pause et se frotte les lèvres, perdu dans ses pensées.

– Il m'a dit qu'elle ne voulait rien avoir à faire avec moi.

Ma poitrine se comprime.

– Il m'a dit qu'elle ne mérite pas de penser à moi, ni même d'entendre ma voix. (Il lâche un rire amer.) Il a dit que c'était une sacrée connasse.

Je grimace.

Il se passe une main dans les cheveux.

– Lil, je crois… je crois que je suis d'accord avec lui.

Des rides creusent son front alors qu'il peine à comprendre ses émotions contradictoires.

– Ta mère t'a abandonné, je dis. C'est normal d'être en colère contre elle. Ça ne veut pas dire que tu es comme ton père.

Il pince les lèvres en réfléchissant à mes mots. J'aimerais avoir plus à lui offrir. Il se penche et m'embrasse tendrement sur la tempe, un petit *merci*, avant de se retourner vers la serveuse pour commander un autre verre.

Elle lui sert un bourbon dans un verre Riedel et le fait glisser dans sa main.

– Combien de temps avant que tu aies envie d'aller aux toilettes ? je demande.

– Je ne sais pas. J'ai une grande vessie. Je pourrais tenir encore au moins deux heures.

Il sourit dans son verre, et je le fusille du regard.

Il coince son pied sous le barreau de mon tabouret pour le tirer vers lui. Oh, waouh. Ma hanche cogne la sienne, et il passe son bras autour de ma taille, me collant à son flanc. C'est agréable. Je sens sa main passer sous mon haut et caresser la peau sensible de mon dos.

Je me mets à rêvasser que je couche avec lui, *ici*. Qu'il me prend sur le bar. C'est torride.

Ce serait comme si nos addictions faisaient l'amour.

Ses lèvres me chatouillent l'oreille. Je reviens à la réalité.

– À quoi tu penses ?

Je pense qu'il le sait, car il sourit et me mordille l'oreille.

– Prenez une chambre, s'exclame Connor, se coulant à mes côtés pendant que Ryke s'assied à côté de Lo.

– Ou encore mieux, dit Ryke, une voiture.

– Pourquoi pas la limousine de Connor ? demande Lo en souriant. Tu crois que ça dérangerait ton chauffeur ?

– Moi, ça me dérangerait, lui dit Connor. Tu es charmant, Lo, mais pas assez pour que j'aie envie de m'asseoir dans ton…

– Stop.

Je grimace et me couvre les oreilles. Dégueu. Discussions de garçons. **Non**.

Ils éclatent de rire tous les trois, et je fais signe à la barmaid.

– Qu'est-ce que tu veux ? demande Lo.

– Juste une bière.

Il hoche la tête et me laisse commander. Je glisse ma fausse carte d'identité à la serveuse, qui me tend une Blue Moon.

– Tu ne peux pas aller dans ces toilettes, dit Connor à Lo. Elles sont dégueu. Je crois que je vais appeler le service d'hygiène quand on partira. Il faut une combinaison de protection rien que pour y aller.

Lo me sourit et hausse un sourcil. Non ! Connor exagère.

– Tu t'aventures rarement en boîte, je dis à Connor. Je suis sûre que c'est juste que tu n'es pas habitué aux endroits qui n'ont pas de préposé aux toilettes et des pastilles à la menthe quand tu as fini.

– Je me suis déjà abaissé à ça, mais il y a des endroits où aucun être humain ne devrait mettre les pieds.

Lo sourit et prend une autre grande gorgée de son bourbon. Je lâche l'affaire mais compte bien me faufiler aux toilettes plus tard pour tirer mes propres conclusions.

Après quelques verres de plus, Lo se met à poser des questions à Ryke que je peine à entendre au-dessus de la cacophonie de sons – étudiants bourrés, musique assourdissante, et Connor qui hurle presque au téléphone avec ma sœur.

– Ouais ! Je mettrais un caban si j'étais toi !

Quoi ? Rose est-elle en train de lui demander des conseils de mode ? Le monde est vraiment devenu fou.

Il grimace.

– Je ne t'entends pas ! Attends !

Il met sa paume contre le haut-parleur.

– Lily, tu peux me garder ma place ?

Avant que je puisse dire oui, il saute de son tabouret et file vers la porte. Connor Cobalt ne bouscule pas ; il avance dans la foule et attend, l'air impatient, que les gens s'écartent et créent un chemin rien que pour lui. Je souris, amusée, et me retourne pour mettre mon manteau sur son siège.

Mais une blonde se précipite pour s'y asseoir avant que je puisse le réserver. Oups.

– Je n'ai pas de frères et sœurs, j'entends dire Ryke. Je suis seul avec ma mère depuis que je suis gamin.

Lo ne tient pas en place, mal à l'aise sur le sujet, surtout après son appel avec son père. Il redirige donc la conversation.

– Comment tu t'es mis à la course ?

Je suis surpris que Lo choisisse de poser une question au lieu d'être évasif, comme à son habitude.

– Quand j'étais petit, ma mère m'inscrivait à plein de trucs. Elle m'a dit que c'était soit le tennis, soit l'athlétisme, et j'ai choisi la course. (Il rit pour lui-même.) Je ne sais pas pourquoi, j'ai un truc avec le fait de courir vers une ligne d'arrivée.

Je le crois.

– C'est drôle, dit Lo avec amertume, mon père me répète tout le temps que je cours toujours dans la direction opposée quand je dois prendre mes responsabilités.

– Et c'est vrai ?

Les joues de Lo se crispent, ses lèvres se retroussent.

– Oublie, s'empresse de dire Ryke. Tu n'es pas obligé de répondre.

– Quelle proportion de ce que je te dis tu vas utiliser ?

Ryke fronce les sourcils.

– De quoi tu parles ?

– L'article, lui rappelle Lo. Je m'attends à être dans tous les tabloïds d'ici la fin du semestre.

– Je ne vais pas te balancer.

– N'est-ce pas ce qu'ils disent tous ?

Lo se retourne vers le bar et commande un autre verre. Il me demande :

– Tu veux une autre bière ?

Je secoue la tête. Ce que je veux vraiment ne se trouve pas dans un bar, mais Lo a plongé dans une spirale infernale de soûlerie égocentrique. Je ne peux pas lui enlever son verre de whisky des mains, et il a assez bu pour oublier mes problèmes.

– Il faut qu'on trinque, nous dit-il, levant son verre pour porter un toast. À Sara Hale. Une sacrée connasse.

Il s'envoie son shot et je jette un coup d'œil à Ryke.

Il plisse les yeux, les traits durs comme la pierre.

– Tu devrais peut-être passer à l'eau.

– Si je te dérange, tu peux toujours courir *vers* la porte.

Il se saisit de son verre suivant.

Ryke se penche en arrière, tendu, et me lance un regard, les yeux grands ouverts, l'air de dire *fais quelque chose*.

Non, j'articule. Je ne peux rien faire. Je visualise déjà la fin de la soirée. Lo veut sombrer dans l'inconscient. Il veut atteindre ce stade où il peut se noyer dans ses sentiments. Quoi que je dise, il continuera. Même si je le supplie, crie et l'implore d'arrêter, il ne le fera pas.

Je ne le ferai pas.

Il faut qu'il ait le déclic lui-même, et le chercher ne fera que l'éloigner de moi. Ce n'est pas ce que je veux. Ni ce qu'il me faut.

Ryke secoue la tête d'un air réprobateur et se tourne de nouveau vers Lo, qui insulte sa mère dans un toast plus cruel encore.

– Tu pourrais arrêter ? crache Ryke.

– Qu'est-ce que ça peut te foutre ?

Lo regarde la serveuse, qui sert quelqu'un à l'autre bout du bar, attendant qu'elle revienne de notre côté.

– Je n'aime pas spécialement porter des toasts à des *salopes* et des *putes*.

– Personne ne t'y force, rétorque Lo.

Ryke se passe une main dans les cheveux, l'air ébranlé.

– Je sais que tu détestes ta mère…

– Vraiment ? crache Lo en se tournant vers lui.

– Allons danser, je dis à Lo en lui tirant le bras.

Mais il se libère et fusille Ryke du regard.

– Tu ne me connais pas, dit Lo avec mépris. J'en ai ma claque que tu fasses comme si tu comprenais ce que je traverse. Tu vivais sous le même toit que moi ?

– Non.

– Tu as vu les flics emporter mon lit parce que ma mère affirmait qu'il lui appartenait ?

Ryke se frotte la mâchoire.

– Lo…

– Est-ce que mon père t'a attrapé par le cou – Lo pose une main sur la nuque de Ryke pour le tirer vers lui – et t'a dit : « Fils… »

Il marque une pause, seuls quelques centimètres séparant leurs visages, et quelque chose d'intangible passe dans l'air, une tension si épaisse que j'arrive à peine à respirer.

– « *Fils*, grandis un peu, bordel. »

Ryke refuse de céder. Il soutient le regard incisif de Lo. Il va même plus loin et pose doucement sa main sur sa nuque.

– Je suis désolé, souffle-t-il avec tant de peine que cela me prend de court. Je suis désolé, Lo, putain, tellement. Je suis là pour toi maintenant. Quoi que tu traverses, je ne l'ai peut-être pas vécu, mais je suis là.

Et d'un coup, Lo enlève sa main de Ryke. À quel genre de réaction s'attendait-il ? À une bagarre ? Une confrontation verbale ? À tout sauf à de la compassion, en tout cas.

Lo appelle la serveuse et fait comme si de rien n'était. Comme si Ryke n'avait pas proposé de l'aider.

– Allons danser, je retente.

Il évite mon regard.

– Je suis occupé. Danse avec Connor.

La barmaid fait glisser un autre petit verre dans sa main. Devrais-je le laisser tranquille ? Ryke sirote sa bouteille d'eau, le surveillant de près. Il va rester là, avec Lo. Je vais juste… y aller. Peut-être qu'il finira par se souvenir de moi et viendra me trouver.

Quand Connor revient de son coup de fil, je le convaincs de danser avec moi – le genre de danse amicale et chaste avec une distance de plus de cinquante centimètres entre nous. Je jette un coup d'œil vers Lo de temps en temps, mais il boit en silence, le regard perdu sur les rangées de bouteilles derrière le bar. La seule différence est le burger dans sa main, ce qui me soulage un peu. Au moins, la nourriture épongera un peu tout cet alcool.

J'essaie de me détendre et de me concentrer sur la musique qui pulse, oubliant Lo et ses soucis. Le *boum boum boum* des basses me porte.

Dans la fosse avec d'autres corps mouvant, je croise des yeux errants, et, l'espace d'un instant, je connecte avec un autre mec. Ces regards clandestins embrasent mon sang et je dois prendre sur moi pour ne pas les suivre inconsciemment.

Après la sixième chanson, Connor se retourne vers le bar et quelqu'un s'invite contre mes fesses pour danser. Ses mains s'attardent sur mes hanches. Je ne vois pas son visage, et dans ma tête j'imagine que c'est Lo, ou peut-être le Prince charmant. Quelqu'un d'autre que Monsieur Réalité.

Je ferme les yeux et me laisse emporter par l'idée. La main passe sur mon ventre puis remonte sous mon haut, effleure la chair tendre de mes abdos et mon soutien-gorge rembourré. Mon souffle devient court et je me laisse tomber en arrière contre lui.

Je sens une main m'agripper fermement le poignet et me tirer en avant. Je chancelle contre un homme qui enroule un bras fraternel autour de mes épaules.

– Va tripoter quelqu'un d'autre, lance Connor au mec.

Sa voix est calme, mais sa main se resserre autour de moi.

C'était réel ? Ce n'était pas un fantasme ?

Mon corps est en feu, je refuse de lever les yeux vers mon partenaire aux mains baladeuses. Il marmonne quelque chose dans son souffle et se tire. Je jette un coup d'œil furtif vers le bar, mais Lo est en pleine conversation houleuse avec Ryke, agitant son burger dans les airs, ses gestes si brusques que de la laitue tombe du pain.

Connor pose ses mains sur mes épaules et me fait pivoter face à lui.

– Lily, dit-il, avec une rare pointe d'inquiétude dans la voix. Qu'est-ce qui se passe, putain ?

J'ai envie de me ratatiner sur place. Ce n'était pas censé se produire. Pas alors que Lo est en chute libre. Ma gorge se gonfle et, au moment où je m'apprête à marmonner le mensonge le plus débile de la terre, Ryke me sauve.

Il déboule avec une bouteille d'eau à la main et un air renfrogné, les yeux plissés.

– Lily, j'ai besoin de ton aide dit-il sèchement en désignant le bar. Lo va être complètement beurré d'ici cinq minutes. Il faut que tu lui dises de passer à l'eau. Chaque fois que je lui parle, il s'envoie un autre shot de whisky juste pour m'emmerder.

– Il mange un burger.

Est-ce que défendre Lo est incrusté dans mon ADN ?

Ryke me dévisage, incrédule.

– Ne fais pas ça. Il a besoin de sa putain de meuf. On rejoue pas la soirée d'Halloween, d'accord ? Je ne vais pas le porter jusque chez vous parce qu'il est dans les vapes.

Il se frotte la nuque d'une main tremblante.

Je prends une brève inspiration.

– Je vais essayer.

Je bouscule les danseurs et me glisse sur le tabouret de bar libre à côté de Lo.

Il me calcule à peine, mais dit :

– Juste au moment où je commençais à apprécier ce connard.

– Qu'est-ce qu'il a fait ?

– Il comprend pas le message. Je ne veux pas parler de mes parents. Je ne veux pas parler de sa mère alors que moi, je n'en ai pas. Je ne veux pas qu'il me tanne parce que je bois. (Il prend un autre shot.) Et puis de quoi il parle, son putain d'article ? De deux gamins riches nés avec des cuillères en argent dans la bouche ? Ou de deux gosses pourris gâtés qui sont devenus des ratés autodestructeurs ?

Lo parle de manière claire et cohérente. Il mange rarement ses mots, mais il a dans la voix un tranchant qui vient avec l'alcool, et je l'entends au décuple.

– Je ne crois pas qu'il pose ces questions pour l'article, je dis doucement. Peut-être qu'il veut seulement apprendre à te connaître.

– Pourquoi ? demande Lo en fronçant les sourcils, comme si c'était totalement insensé qu'on puisse vouloir être son ami.

– Il tient à toi.

– Bah il ne devrait pas.

Lo se commande un autre verre en fourrant une frite dans sa bouche.

– On devrait peut-être y aller.

– Non. Ici, il y a du bon alcool et de la bouffe.

J'attends un sourire sexy ou une blague charmeuse, mais il est obnubilé par ce qui est devant lui. Moi, je reste sur la touche. Même si j'enlevais mon tee-shirt et mon soutien-gorge, il garderait ce verre à la main. Il boirait jusqu'à ce que tout s'efface autour de lui. Alors je garde mes habits. La seule tactique de mon arsenal est complètement inutile.

– Ryke t'a porté jusqu'à la maison, je lui avoue. À la soirée d'Halloween, tu es tombé dans les pommes, et il a dû te porter jusque chez nous.

Son visage se tord, traversé de centaines d'émotions, et il s'arrête sur une expression vide, étrangère.

– Tu veux vraiment qu'il te porte encore ?

– Je ne suis pas bourré, proteste Lo en me regardant, et ses yeux se couvrent d'un voile glacial. Loin de là. Je suis même trop sobre pour cette conversation.

Je me sens enracinée sur ce tabouret. Comme s'il allait imploser si je m'en vais.

– Tu me fais peur, je murmure.

Son regard s'adoucit un peu.

– Ça va, Lily. Vraiment.

Ses mains restent autour de son verre et sur ses frites, il ne me touche pas pour me rassurer.

– Je te préviendrai quand je serai prêt à partir, et ce sera avant que je perde connaissance.

Ma poitrine se serre.

– Je vais aller danser avec Connor.

Lo hoche la tête et n'essaie pas de me retenir quand je me lève du tabouret.

Je trouve Connor et Ryke traînant à une table près de la piste de danse.

– Alors ? demande aussitôt Ryke.

– Il dit qu'il n'est pas bourré.

Ryke m'adresse un regard dégoûté.

– Ah ouais ? Sans déconner, Lily. Il a un problème ! Évidemment qu'il va te dire qu'il est sobre, putain.

– Qu'est-ce qui fait de toi un expert ? je crie. T'as arrêté de boire, ça ne veut pas dire que tu sais comment réparer Lo !

– Tu as raison, admet Ryke. Ça dépasse mes compétences. Il a besoin de l'aide d'un professionnel.

Les larmes me montent aux yeux.

– Arrête.

Je veux que Lo reçoive de l'aide. Je le veux, mais je ne peux pas imaginer un monde où on l'arrache à ma vie. Que m'arriverait-il ?

– N'importe qui avec un cœur se ferait du souci, Lily, dit Ryke. Alors la vraie question, c'est : pourquoi pas toi ?

Ce coup bas me fait vaciller en arrière. Je n'arrive plus à respirer, et le plus difficile est de me défendre vis-à-vis de *moi-même*. Je me fais du souci. J'ai empêché Lo de prendre le volant. J'ai fait en sorte qu'il rentre à la maison en un seul morceau. Je l'ai protégé. De tout le monde sauf de lui-même.

Je me creuse la tête pour trouver les mots justes, me tournant vers Connor, mais pour la première fois il se tait. Il évite mon regard, examinant l'étiquette de sa bière. Il est d'accord avec Ryke ?

Je pousse un rire bref qui ressemble plus à un étranglement.

– Il faut croire que je suis une petite amie indigne.

Et je le crois. À plusieurs égards.

Je traverse l'océan de corps, je ne supporte pas de voir les réactions de Ryke et Connor. J'ai la main qui tremble, comme une toxico en manque, et les lumières me font tourner la tête. Je trébuche sur les verres en plastique et frôle quelqu'un par inadvertance en allant aux toilettes.

Les cabinets s'alignent sur une seule rangée, les portes ouvertes, vides. Je me penche au-dessus d'un lavabo, des trucs écrits au marqueur indélébile recouvrant toute la vasque. *Lave-toi. Tina était là ! Mets du savon, grosse cochonne ! Va te faire.*

La porte grince et je me retourne. Un mec anonyme avec un visage de loup, menton mal rasé et yeux noirs, entre. Est-ce celui que j'ai frôlé sans faire exprès ? Je soutiens son regard, et il accepte l'invitation.

Ses mains se posent sur mes hanches, interrogatrices, et je m'agrippe à la vasque en porcelaine pour toute réponse. Il m'embrasse avec force dans le cou, et, l'espace d'un instant, je me sens mieux. J'ai l'impression que les choses pourraient s'arranger. Quand mon jean se baisse et que l'air frais me donne la chair de poule, je me réveille en sursaut.

– Non.

Je ne tromperai pas Loren Hale. Même si on me dit que je suis une mauvaise personne.

Il ne m'entend pas, ou ne comprend pas le message. Ses mains me saisissent les fesses, il n'y a qu'une fine couche de tissu entre lui et moi et la possibilité de conclure. Merde.

– Non, je répète plus fort, employant *le* mot que j'ai toujours évité.

Il glisse ses mains sous ma culotte et j'essaie de me tourner pour me dégager. Mais il se plaque contre moi avec force, et mon ventre heurte le meuble, me coupant presque le souffle.

– Arrête !

Je me débats et essaie de lui donner des coups pour lui échapper, mais je n'ai que la peau sur les os, et lui n'est que muscle et avidité.

Les larmes roulent sur mes joues alors que j'essaie de crier, mais la musique sourde pulse dans les toilettes, noyant mes supplications.

Je fais quoi ? Je fais quoi, putain ?

Je devrais peut-être encaisser. Laisser passer. Faire comme si j'en avais envie. Convaincre mon corps que c'est une conquête comme une autre. Faire en sorte que ce ne soit pas grave. Me persuader que c'est un fantasme.

Mes larmes sèchent et j'essaie de me débattre une dernière fois, mais il me plaque contre le lavabo. Je tousse, la voix rauque.

C'est le moment de faire semblant, Lily. D'imaginer. Tu es douée pour ça.

Au moment où je ferme les yeux, la porte s'ouvre à la volée.

– Lâche-la, putain !

Des cris. Des cris ignobles. Et la pression derrière moi disparaît. Je suis engourdie, mais je remonte inconsciemment mon pantalon, couvrant mon corps comme si c'était une soirée comme une autre.

Je regarde à ma gauche : Ryke attrape l'homme par les deux bras, entravant ses gestes hostiles de mec bourré. Il donne un coup. Ryke se baisse, puis le pousse dans une des toilettes. Le mec tombe contre la cuvette, son front heurte le bord en porcelaine et ses jambes s'affalent au sol.

Ryke l'attrape par le col et le soulève.

– T'es malade ou quoi ? hurle-t-il.

J'ai l'impression que c'est à moi que la question devrait s'adresser.

Connor se plante devant moi, mais j'ai les yeux dans le vide, le regard pétrifié.

– Où est Lo ?

Ma voix est minuscule, ce n'est pas la mienne.

– Il est encore au bar, souffle Connor. Lily, dit-il en agitant une main devant mon visage. Lily, regarde-moi.

Je le fais, sans le faire. Je n'ai jamais changé d'avis après avoir invité quelqu'un à coucher avec moi. Jamais mon addiction ne m'a attiré d'ennuis. Pas comme ça.

Ryke donne un coup dans l'entrejambe du mec puis lui referme la porte dessus.

Tout va de travers. Lo devrait être là, pas Connor et Ryke.

– Je veux rentrer, je murmure.

Ryke pose une main sur mon épaule et me fait sortir des toilettes, loin de mon agresseur – ou du moins du mec qui ne comprend pas le mot *non.* Il a la mine grave.

– Il faut que je trouve Lo. Connor, tu veux bien…

– Je m'occupe d'elle.

La main de Ryke me quitte pour être remplacée par celle de Connor, qui me guide à travers le bar, dehors, jusqu'à sa limousine, dans laquelle je m'installe, le tout dans un étrange flottement. Connor prend une bouteille d'eau dans la glacière et la place dans ma main.

– Pourquoi vous êtes venus aux toilettes ? je demande.

Mon départ en trombe aurait dû sceller mon destin.

– Tu t'es comportée bizarrement toute la soirée, Lily. J'étais inquiet, alors j'ai dit à Ryke qu'on devrait aller voir comment tu allais.

La porte de la voiture s'ouvre et Ryke entre, avec un Lo chancelant. Il titube mais arrive à baisser la tête pour ne pas se cogner en montant dans la voiture. Il s'effondre sur la banquette à côté de moi et ferme aussitôt les yeux, se noyant dans un océan d'obscurité, silencieux et dénué de toute pensée tourmentée.

Ryke monte à côté de lui, ferme la portière et ordonne au chauffeur de Connor de démarrer. J'envie tellement Lo, pour son sommeil paisible, de ceux qui vous protègent de la discorde du monde, ne serait-ce que pour une nuit.

Ryke prend son pouls, puis m'adresse un signe de la tête.

– Tu vas bien ?

Une marque apparaît sur sa joue, là où le mec lui a donné un coup de coude.

Je cligne des yeux pour chasser mes larmes.

– Je l'ai cherché.

Le visage de Ryke se tord, comme si je l'avais empalé.

– Quoi ? Pourquoi tu dis un truc pareil, putain ?

Connor se couvre les yeux d'une main pour que je ne voie pas sa réaction. À voir l'expression blessée de Ryke, ce ne doit pas être mieux.

– Je l'ai laissé me toucher, je dis. Mais ensuite… ensuite, j'ai changé d'avis. Trop tard.

J'ai les mains qui tremblent. J'aimerais que Lo les prenne. Mes genoux tressautent. J'aimerais qu'il soit réveillé. J'aimerais ne pas avoir autant besoin de lui, mais je l'aime. Je renifle alors que les larmes coulent.

– C'est ma faute. Je lui ai donné de fausses idées.

Ryke est estomaqué.

– Non, ça veut dire non. Peu importe le moment où tu le dis, Lily. Une fois que tu as prononcé le mot, c'est fini. Tout mec un tant soit peu décent aurait arrêté.

Mon cœur se serre. Si Lo découvre ce qu'il s'est passé pendant qu'il était au bar, ça l'anéantira. Je refuse de lui infliger ce genre de peine.

– Ne lui dites rien.

– Il faut qu'il le sache, dit Ryke.

J'ai envie de lui crier qu'il a tort, que cette nouvelle le détruira. Mais une voix plus raisonnable pulse dans ma tête, m'exhortant à l'écouter.

Je l'ignore.

– Ça le tuera, je m'étrangle. Tu ne l'aides pas !

– Tu ne peux pas lui cacher, Lily. Pense à la douleur qu'il ressentira s'il le découvre et que *tout le monde* le savait à part lui ? Et il l'apprendra. Ne te fais pas d'illusions.

Il a peut-être raison. Je me désagrège sur le fauteuil, cédant sous le regard intransigeant de Ryke. J'essuie mes larmes et regarde par la fenêtre. Le reste du trajet se fait dans le silence. Personne ne parle. Pas même lorsque Ryke porte Lo, inconscient, jusqu'à l'appartement. Ni quand je ferme la porte de sa chambre, l'enfermant pour la nuit.

Quand il ne reste plus que nous trois, Connor est le premier à briser le silence.

– Je vais faire du café. Si tu veux aller te coucher, je comprends, mais j'aimerais te parler.

Je ne mérite pas d'avoir des amis, mais j'essaie de m'agripper à eux parce que je crains le noir et le vide qui m'attendent si je les laisse partir.

– Tu peux me faire un chocolat chaud ? je demande.

– Encore mieux. Les calories ne te feront pas de mal.

Je me laisse tomber dans le fauteuil, m'emmitoufle dans une couverture chaude, et regarde Connor s'affairer dans la cuisine comme s'il était chez lui. Si j'avais un frère, Connor serait le modèle parfait. Un peu arrogant, mais au fond, sous ses airs intéressés, il a bon cœur.

Ryke s'affale sur le canapé.

– Tu veux que j'appelle tes sœurs ?

– Non. Ça ne fera que les inquiéter.

Connor revient avec le café et me donne ma tasse de chocolat chaud.

– Trop tard. J'ai déjà envoyé un message à Rose.

– Quoi ? ! je couine.

– Elle est en route.

Chapitre 29

Rose arrive.

Ces mots ne se sont pas encore tout à fait imprimés dans mon esprit. Ils demeurent en suspens, comme le reste de mes pensées parties à la dérive, mais se traduisent en une sensation étrangère, engourdie. Je serre la tasse de chocolat chaud au creux de mes mains, prenant de petites gorgées dans le silence qui s'est installé.

Connor ne dit rien. Ryke ne dit rien. Ils sont telles deux statues sur le canapé face à moi, lovée dans le fauteuil.

Une part abjecte en moi se demande comment mentir à Rose. Comment concocter une nouvelle supercherie pour cacher l'inconscience de Lo et ma potentielle agression. Mais avec deux témoins qui attesteront de la soirée, je n'ai pas de fil pour tisser un mensonge. La réalité, froide et cinglante, prend racine, et je ne ressens aucun effroi, aucun sentiment de perte, comme je m'y attendais après des années passées à mentir à Rose.

Je suis juste vide.

L'interphone sonne, et Connor se lève pour faire entrer ma sœur. Son mouvement me fait lever les yeux et j'aperçois Ryke, sa cheville perchée sur son genou opposé. Il regarde distraitement une lampe, ses doigts contre ses lèvres. La lumière se réfléchit sur ses cheveux châtains et dans les taches de ses yeux marron qui luisent d'or. Il est charmant ; mais dans l'immédiat, aucun homme ne peut m'envoûter.

Puis il tourne légèrement la tête et me surprend en train de le regarder.

– À quoi tu penses ? je demande.

– À comment ce serait – il marque une pause – d'être lui.

Je détourne la tête, mes yeux me brûlent.

– Et ?

Ma voix tremble. J'essuie une larme, réprimant celles qui menacent de tomber en prenant une profonde inspiration.

Comme il ne répond pas, je lève de nouveau les yeux vers lui. Il fixe le sol, l'air hagard, comme s'il imaginait une réalité alternative. Est-ce donc si affreux ? La porte se ferme et nous tressaillons tous les deux, sortant de notre rêverie.

Je resserre la couverture en laine autour de moi, me cachant sous le doux tissu. Je perds tout courage de croiser le regard de ma sœur, je me contente d'écouter le claquement familier de ses talons sur le parquet. Le bruit meurt quand elle arrive sur le tapis du salon.

– Pourquoi vous ne l'avez pas emmenée à l'hôpital ? demande Rose sur un ton accusateur.

– C'est compliqué, dit Connor.

– Ce n'est pas compliqué, *Richard*, crache-t-elle. Ma petite sœur vient d'être attaquée. Il faut qu'elle voie un médecin.

Je prends une petite inspiration et me risque à jeter un coup d'œil vers elle. Portant un manteau de fourrure, les lèvres gercées à cause du froid dehors, l'attitude glaciale qui la caractérise habituellement s'est fissurée pour laisser place à quelque chose de plus humain. Ça la touche. J'ai toujours su qu'elle était sensible, mais les autres ne le voient pas toujours.

– Je vais bien, je lui dis, convaincue. Il n'est pas allé très loin.

Elle serre les dents pour contrer un déferlement d'émotions et me regarde comme si j'avais craqué, soudain. Mais je ne ressens pas ce qu'elle semble voir en moi. Je vais bien. Vraiment.

– Je vais bien, je répète, juste pour qu'elle comprenne.

Rose lève un doigt pour mettre la conversation en pause. Elle se tourne vers Connor.

– Où est Lo ?

Elle s'éclaircit la gorge, retournée.

Je réponds, en réglage automatique.

– Il dort.

– Il est inconscient, corrige Connor.

Ryke se lève.

– C'est Connor et moi qui avons trouvé Lily. Lo était…

En train de se torcher pour oublier. Il secoue la tête, plus affecté que je ne l'aurais cru possible.

– Je vais aller voir comment il va.

Ryke s'éloigne à pas feutrés. Il n'en resta plus que trois.

Rose se tourne de nouveau vers Connor.

– Que faisait Lo ?

– Rien, je m'empresse de répondre. Honnêtement, ça va. Je vais bien. Il va bien. Vous n'avez pas besoin d'être ici.

On gère. On l'a déjà fait plein de fois. En quoi est-ce différent aujourd'hui ?

Rose m'ignore et attend que Connor réponde.

– Il était en train de boire au bar, il se mettait une mine.

Rose secoue la tête presque aussitôt, incrédule.

– Non. Il ne boit plus autant qu'avant, et jamais il ne laisserait Lily. Ils sont *tout le temps* ensemble.

Connor fronce les sourcils.

– On parle du même Loren Hale ?

Je retiens mon souffle et dis :

– Arrêtez. S'il vous plaît ! Tout va bien.

Mais c'est comme s'ils avaient mis ma voix en silencieux. J'ai la tête qui tourne. C'est ça, être en chute libre ?

– Je crois que je le connais mieux que toi, dit Rose. Ça fait trois ans qu'il sort avec ma sœur.

Je me recroqueville dans le fauteuil, je vois la boule de démolition qui détruit ma vie avant même qu'elle frappe.

– Alors l'un de nous deux a reçu de fausses informations. Le Lo et la Lily que je connais ne sont ensemble que depuis deux mois.

Je me tapis un peu plus sous ma couverture alors que leurs regards accusateurs me transpercent le corps.

– Lily, dit Rose d'une voix perçante – elle a peur. Explique.

Ne pleure pas. J'avale ma salive.

– Je suis désolée, je murmure. Je suis désolée.

Je serre mes genoux contre ma poitrine et y appuie mon front, dissimulant les larmes qui me montent aux yeux. Je sens sa condamnation, sa haine et son ressentiment envers le monde que j'ai construit pour qu'elle y croie. Ma sœur, qui n'a rien fait d'autre que me porter un amour inconditionnel.

– Lily, souffle-t-elle, sa voix douce, proche.

Elle pose une main sur ma joue, lissant mes cheveux en arrière. Je lève les yeux et elle s'agenouille devant moi ; elle n'a pas l'air de se sentir aussi trahie que je l'imaginais.

– Que se passe-t-il ?

J'ai envie de brosser un tableau pour elle – qui couvrirait trois longues années –, mais déballer la vérité fait plus de mal que bâtir des mensonges. Je me concentre sur les faits. En tant qu'intellectuelle, peut-être Rose les acceptera-t-elle plus facilement.

Je pose mon menton sur mes genoux et regarde dans le vide. C'est plus facile.

– Il y a trois ans, Lo et moi avons passé un marché : faire semblant d'être en couple. Nous voulions que tout le monde croie que nous étions des gens bien, mais c'est faux. (Je détourne le regard.) On a commencé à sortir ensemble pendant la croisière aux Bahamas.

Rose se crispe et choisit ses mots avec soin.

– Lily, que veux-tu dire, vous n'êtes pas des gens bien ?

Je pousse un rire bref, dément. Qu'y a-t-il de si drôle ? Ce n'est pas marrant. Rien de tout cela n'est normal.

– On est égoïstes, pitoyables.

Je renverse la tête en arrière. Être dans une vraie relation de couple était censé tout arranger. Notre amour aurait dû réparer la douleur et la peine. Au lieu de ça, nous devons affronter plus de complications, plus de conséquences, plus de regards noirs et de sourcils froncés.

– Alors tu as repoussé tout le monde ? demande-t-elle. Tu as construit une fausse relation pour te cacher de nous ?

Son ton se durcit, mais quand je la regarde, je vois la peur, la souffrance et la compassion. Des sentiments que je ne mérite pas.

– C'est incompréhensible, Lily. Tu n'es pas une mauvaise personne, pas assez pour nous écarter de ta vie et faire semblant d'être avec ton ami d'enfance.

Tout cela me fait grimacer.

– Tu ne sais pas ce que je suis.

Rose jette un coup d'œil par-dessus son épaule.

– Laisse-nous, ordonne-t-elle à Connor.

Sans hésiter une seconde, il disparaît dans le couloir. Promptement, Rose se retourne vers moi et prend mes mains dans les siennes. J'essaie de me dégager.

– Arrête, je dis.

Elle serre plus fort.

– Je suis là. Je ne vais nulle part.

Les larmes montent. Elle ferait mieux de partir. Je l'ai suffisamment torturée.

– Regarde-moi, demande-t-elle.

Je pleure à chaudes larmes, elles me brûlent, coulent sur mes joues en lignes de feu. Je suis incapable de croiser son regard.

– Tu ne peux pas te débarrasser de moi, Lily. Rien de ce que tu dis ou fais ne pourra me faire partir. Si tu ne me le dis pas tout de suite, alors je le saurai dans un an…

– Arrête, je sanglote.

– … trois ans, cinq ans, dix ans. J'attendrai que tu me le dises.

Elle pleure. Cette fille qui ne pleure jamais, qui est mal à l'aise face aux larmes des autres ou même d'un bébé qui pleure.

– Je t'aime. Tu es ma sœur. Ça ne changera *jamais*. (Elle me serre la main.) D'accord ?

Tout remonte à la surface. Je fonds en sanglots et elle se jette dans mes bras, elle me serre étroitement. Je ne dis pas que je suis désolée. J'ai proféré assez d'excuses vides de sens pour toute une vie. Ça, là, ça doit avoir du sens.

Je suis la première à rompre notre étreinte, mais nous partageons le fauteuil, assises l'une contre l'autre. Elle garde sa main dans la mienne, attendant que j'exprime des mots qui semblent impalpables.

– Je… j'ai toujours pensé qu'il y avait quelque chose qui clochait chez moi. (Je déglutis, la bouche sèche.) Je fais des efforts pour arrêter, mais je ne peux pas. Et je pensais qu'être avec Lo résoudrait tout. Je pensais qu'il n'y aurait plus de mauvaises nuits, mais mon vice a juste changé de forme.

Elle retient son souffle.

– Tu te drogues, c'est ça ?

Je pousse un autre rire bref, les larmes coulant sur mes joues.

– J'aimerais mieux ; ça aurait plus de sens. (J'inspire.) Ne te moque pas, d'accord ?

– Lil, dit-elle. Jamais.

– Beaucoup de filles se moqueraient. (Je la regarde dans les yeux.) J'ai commencé à avoir des relations sexuelles quand j'avais treize ans. (Je cale une mèche de cheveux derrière mon oreille, je me sens toute petite tout à coup.) J'ai eu plus de coups d'un soir que d'anniversaires…

J'ouvre la bouche, prête pour la vague suivante de vérités… mais je m'en tiens à ça.

– Tu crois être une fille facile ? demande-t-elle, sourcils froncés.

Je ne te jugerai pas parce que tu as perdu ta virginité si jeune. (Elle me redresse le menton.) Avoir des coups d'un soir ne fait pas de toi une salope. La sexualité fait partie de la nature humaine. On ne devrait pas critiquer les femmes pour ça.

J'aurais bien eu besoin de ces paroles de légitimation il y a des années, quand je me tournais et me retournais dans mon lit, pensant qu'il vaudrait mieux que je disparaisse plutôt que de me toucher, que la masturbation, c'était pour les garçons. Toutes les filles le disaient. Elles évitaient le mot, fuyaient celles qui le mentionnaient, comme si seuls les mecs pouvaient toucher les filles.

Ça paraît si ridicule aujourd'hui.

– C'est plus que ça, Rose.

– Explique-moi, dit-elle.

– J'ai fait passer le sexe avant les événements en famille des centaines de fois. Même quand je sais que ce n'est pas bien, je continue. Avant d'être avec Lo, je me convainquais tout le temps que j'allais arrêter. Le lendemain matin, j'ouvrais un autre site porno. Et je recommençais. (Mes bras tremblent.) Ça ressemble à quoi, selon toi ?

Elle écarquille les yeux, perplexe.

– Tu es accro.

J'attends qu'elle éclate de rire ou me persuade que j'ai tout inventé.

Mais ses joues se creusent, et elle dit, très doucement :

– Lily… Sais-tu comment ça a commencé, pourquoi tu es comme ça ?

Je lis dans ses pensées. *A-t-on abusé de toi quand tu étais petite ? As-tu été agressée sexuellement ? Tripotée par un oncle éloigné ?* Je suis restée assise pendant des heures à me demander si j'ai refoulé un événement traumatisant, sans que rien me vienne.

– Il ne m'est rien arrivé. J'ai juste commencé parce que ça me faisait du bien. Et je ne pouvais pas m'arrêter.

N'est-ce pas ainsi que débutent la plupart des addictions ?

Les larmes lui montent de nouveau aux yeux.

– Oh, Lily. Ton agression, ce soir… est-ce que ça fait partie de ton addiction, d'une manière ou d'une autre ? C'est déjà arrivé ?

– Non, non, je m'empresse de dire pour essayer de chasser ses larmes, car les miennes reviennent en force. C'était la première fois, et c'est en partie ma faute. J'ai… j'ai envoyé les mauvais signaux au type. Je n'ai jamais été monogame avant, et c'était la première fois que je dérapais.

– Non, insiste-t-elle, pressant mes mains dans les siennes. Tu te trompes, Lily.

– Tu ne comprends pas…

– Tu as raison. Je ne comprends pas ton addiction, pas encore. C'est nouveau pour moi, et j'essaie encore d'encaisser l'info, mais si tu lui as dit ou fait comprendre qu'il fallait qu'il arrête, il aurait dû écouter.

Ryke a dit la même chose.

– Ça devrait me contrarier, je dis. Ça devrait m'impacter durablement, non ?

Alors pourquoi je me sens si insensible ?

– Je crois que tu es en état de choc, dit Rose. Tu as besoin de parler à quelqu'un ? J'ai un bon psy si tu veux.

Elle balaie le salon des yeux à la recherche de son sac à main.

– Non, je ne veux pas aller chez le psy.

– Alors tu veux vivre comme ça ? Tu ne veux pas essayer de maîtriser ton addiction ?

Je hausse les épaules.

– Ça va.

C'est du moins ce dont je me suis convaincue.

– Lo est là. Du moment que j'ai Lo…

Ses yeux s'assombrissent soudain et je vois les rouages tourner dans sa tête. Elle est bien trop intelligente pour laisser passer un truc aussi monumental.

– Tu as dit que vous étiez tous les deux de mauvaises personnes. Vous vous aidez mutuellement à garder des secrets, c'est ça ?

Puis elle percute.

– Oh mon Dieu, Lily. Il n'a *jamais* arrêté de boire, c'est ça ?

Comme je ne réponds pas, elle s'adosse au fauteuil, se touchant les lèvres.

– Comment j'ai pu ne pas le remarquer ? Il a dit qu'il avait arrêté de faire la fête parce que tu n'aimais pas ça. C'était un tissu de mensonges.

– Ça va, je dis pour la énième fois.

– Non, ça ne va pas ! s'écrie-t-elle. Ça ne va pas. Il s'est miné dans un bar et s'est évanoui pendant qu'un mec t'agressait !

Mon visage se fissure.

– Ça va, je vais bien, je murmure.

Les larmes coulent à flots à présent. Je pleure comme une Madeleine, les yeux rivés sur mes mains.

– Notre système fonctionne. Je sais que tu ne le vois pas, mais il fonctionne.

Je m'essuie les yeux, mais les larmes n'arrêtent pas de tomber.

– Et... c'est mieux pour tout le monde. Lo et moi... l'addiction de l'un n'affecte que l'autre. Nous avons appris à faire avec.

Sa mâchoire se décroche.

– Tu crois que repousser ta famille est la meilleure solution ? Cela nous affecte. Quoi que tu choisisses, Lily. Tu sais pourquoi ? Parce que nous t'*aimons* tous. Papa a demandé de tes nouvelles toute la journée parce qu'il sait que tu ne répondras pas à ses appels. Maman a une pile de livres de développement personnel sur sa commode. Tu veux savoir de quoi ils parlent ?

Je secoue la tête. Pas vraiment. Ça va faire mal.

– Comment renouer le lien avec votre fille. Comment bâtir une relation avec votre enfant. Tu les affectes. Ton addiction les affecte. T'extraire de nos vies n'est pas une solution, c'est un problème.

Je comprends ce qu'elle dit. J'entends les mots, et ils ont du sens. Mais quelle est l'alternative ? Me faire aider ? M'en débarrasser ? Comment éliminer une chose qui fait partie de la vie ? Je peux comprendre la sobriété, mais s'abstenir du sexe ? Ce n'est pas naturel.

Rose doit me voir réfléchir, car elle ajoute :

– Tu commences par un soutien psychologique et par en parler avec quelqu'un qui a déjà vécu ça.

– Je veux attendre d'en discuter avec Lo.

Je ne suis pas sûre d'être prête à abandonner ma béquille, même si je sais que cela rendra tout le monde heureux. Je m'en veux de réagir comme ça, mais arrêter semble au-delà de mes capacités.

– Je vais me coucher.

Je me lève machinalement. Elle m'imite.

– Je reste. Je vais dormir sur le canapé pour te laisser respirer.

– Tu n'es pas obligée de rester. Vraiment, ça v…

Elle me fusille du regard et je reformule ma réponse automatique.

– … Ça ira.

Elle hoche la tête et cale une mèche rebelle derrière mon oreille.

– Je sais bien. À demain matin, Lily.

Avant que je m'éloigne, elle me prend dans ses bras et me serre fort contre elle.

– Je t'aime.

Je me remets presque à pleurer, mais je réprime mes émotions. *Je t'aime aussi.*

– Ça ira, je murmure.

Sur ce, je me détache d'elle et vais dans ma chambre. Ma tête s'est enfin séparée de mon corps.

Chapitre 30

Il me faut des heures pour débrancher mon cerveau et m'endormir, pour arrêter de tourner en boucle entre justifier mes actes et les condamner. Parfois, je me dis que Rose a raison, que peut-être qu'une thérapie me ferait du bien. Mais certains médecins ne considèrent pas l'addiction au sexe comme un vrai problème. Et si je me retrouvais à la merci d'un psy qui me méprise et me fait me sentir encore plus inutile ?

Beaucoup d'autres raisons m'assaillent, me maintenant dans une boucle destructrice. Quand je finis par me réveiller, je regarde les chiffres rouges changer sur mon réveil. Alourdie par une force puissante, il me semble impossible de soulever mon corps engourdi du matelas.

J'entends Rose entrouvrir la porte de ma chambre de temps en temps pour jeter un coup d'œil, mais je fais semblant de dormir et elle repart tout aussi rapidement. Tant de choses ont changé en vingt-quatre heures que je peine à me raccrocher à quoi que ce soit de familier. Lo, ma seule constante, entendra sans doute parler des événements d'hier soir. J'aimerais que cela vienne de moi, mais c'est déjà le milieu d'après-midi et je n'arrive toujours pas à m'extraire de mes draps.

Les rideaux tirés plongent ma chambre dans le noir total, refusant de laisser entrer le moindre rayon de soleil. La seule source de lumière est mon téléphone qui brille pendant que je cherche des images cochonnes sur Tumblr, mais cela ne fait que me retourner le ventre. Je n'arrête pas pour autant. Jusqu'à ce que la porte se rouvre. J'éteins l'écran en vitesse et ferme les yeux, faisant semblant de dormir.

Concentrée sur les bruits de pas, j'attends que Rose s'en aille. La porte se ferme ; je pousse un soupir et retourne aux photos.

– Tu ne sais pas mentir.

La voix grave me fait sursauter. Je tire sur le cordon de la lampe ; la chambre s'illumine et Lo plisse les yeux dans l'obscurité. Ils sont rouges et enflés, et il a les cheveux en bataille, comme s'il avait tiré dessus avec désarroi. Ils ont dû lui raconter ce qu'il s'est passé. Comme je m'y attendais.

Il reste plaqué contre le mur à côté de ma commode, mettant de la distance entre nous. J'essaie de ne pas surinterpréter, mais il n'empêche que ça fait mal.

– J'ai réussi à duper tout le monde jusqu'à maintenant, je dis dans mon souffle. Qu'est-ce qui m'a trahie ?

Il se lèche la lèvre inférieure avant de dire :

– J'ai demandé à Rose si ta télé était allumée. Elle a dit que tu étais dans le noir complet. Donc je savais que tu avais dû te réveiller et éteindre ton porno.

Je m'endors presque tous les soirs avec des vidéos qui tournent en fond. Sans le son, en général.

– Ça ne fait pas de moi une fille qui ne sait pas mentir. Ça veut juste dire que tu me connais trop bien.

Je me redresse, m'adosse à la tête de lit en chêne et ramène mes genoux contre mon torse.

– J'ai dû tout raconter à Rose.

– Je sais.

Son expression reste insondable, impossible de savoir si cela le dérange. Je prends les devants pour synthétiser :

– Je pense que ça va aller. Je ne crois pas qu'elle le dira à quelqu'un d'autre. Et elle a dit qu'elle me donnerait tout le temps dont j'ai besoin.

C'est là où elle voulait en venir, non ?

– Avec Rose, ça peut vouloir dire l'éternité. On va oublier la soirée d'hier et tout reviendra à la normale.

Je hoche la tête d'un air satisfait pour sceller cette proclamation.

Lo n'affiche pas la même assurance. Il serre les dents et les larmes lui montent aux yeux, tout bouffis.

– Tu crois vraiment que je peux oublier ? s'étrangle-t-il. Que je peux passer à autre chose, comme si de rien n'était ?

Oh…

– Il faut qu'on essaie, je dis d'une petite voix.

Il part d'un rire triste qui se brise et meurt. Il s'essuie la bouche et pousse un soupir.

– Demande-moi.

– Quoi ?

Il pose les yeux sur moi, froids et intransigeants.

– Demande-moi pourquoi je bois.

Une boule se forme dans ma gorge. Nous ne parlons pas de nos addictions. Pas de front. Nous les enfouissons sous l'alcool et le sexe, et quand nous nous sentons perdus, nous retournons à la nostalgie des comics.

La peur m'empêche de parler. Je crois connaître la réponse, mais j'ai tellement peur de changer la structure de ce que nous avons mis en place. Ma constante. Mon Lo. Égoïstement, je n'ai pas envie que ça s'arrête.

– Bordel, Lily, dit-il, les dents serrées. Pose-moi la question, putain !

– Pourquoi ?

Le mot me déchire.

Une larme s'échappe quand il dit :

– Parce que je peux. Parce que quand j'ai goûté à ma première goutte de whisky, à onze ans, j'ai cru que ça me rapprocherait de mon père. Parce que je me sentais plus fort. (Il se touche la poitrine.) Parce que je n'ai jamais frappé personne. Je n'ai jamais conduit. Je n'ai jamais perdu un putain de job ou des amis qui comptaient. Parce que chaque fois que je buvais, je ne pensais faire de mal à personne d'autre qu'à moi-même.

Il prend une inspiration fébrile et se passe une main tremblante dans les cheveux.

– Jusqu'à hier soir. Ou depuis deux mois peut-être. Voire depuis toujours. Je ne sais plus.

Je serre mes draps dans mes poings et essaie de me souvenir de respirer.

– Ça va. (Je grimace.) Ça ira, Lo. Tu ne m'as pas fait de mal. C'était juste une erreur. Une mauvaise soirée.

Il s'écarte du mur, trouvant de l'assurance, et se laisse tomber sur le bord du lit. Loin de moi. Ses yeux transpercent les miens quand il dit :

– Tu oublies que je connais tous tes trucs, Lil. Combien de fois tu t'es répété ces mots, espérant qu'ils deviendraient vrais ? Je fais la même chose pour justifier chaque soirée de merde.

Il s'approche ; je me suis pétrifiée, immobile comme une statue. Ses doigts effleurent mes genoux et son visage se fissure, comme si c'était douloureux de me toucher.

– Je ne veux plus de mauvaises soirées avec toi.

– C'est Rose qui t'a poussé à faire ça ?

– Non.

Il secoue la tête. Pose doucement sa main sur ma jambe sans avoir l'air si torturé, et je pousse un autre soupir tendu.

– J'aurais dû être là. J'aurais dû arrêter ce mec. J'aurais dû te prendre dans mes bras et te dire que tout irait bien, même si ce n'était pas vrai. C'était à moi de le faire, et à personne d'autre.

– Qu'est-ce que ça veut dire pour la suite ? je demande.

Ne me quitte pas, s'il te plaît, je pense, égoïste. C'est peut-être une de mes pensées les plus abjectes jusqu'à présent. J'enfouis ma tête dans mes bras alors que les larmes coulent à flots. Je le sens me quitter, s'éloigner comme une brise.

– Eh, regarde-moi.

Il me touche le bras et essaie de démêler l'écheveau confus de mon âme. Je relève le menton. Il croise mes bras et garde ses mains sur mes coudes, sa poitrine toute proche de la mienne.

Ses yeux redeviennent humides et j'ai soudain très peur de ce qu'il va dire.

– Je suis un alcoolique.

Il ne l'a jamais dit à voix haute, il ne l'a jamais admis de cette manière.

– Mon père est un alcoolique, poursuit-il, les larmes roulant sur ses joues, tombant sur mes bras. Je ne peux pas souhaiter que ça disparaisse comme dans un conte de fées. Ça fait partie de moi. (Il essuie mes larmes de son pouce.) Je t'aime, mais je veux t'aimer assez pour ne *jamais* faire passer l'alcool avant toi. Pas un seul instant. Je veux être quelqu'un que tu mérites. Qui t'aide au lieu de te laisser faire, et je ne peux pas tant que je ne me ferai pas aider.

Je n'entends qu'une seule chose. *Désintox*. Il va en cure de désintox. Loin de moi. Je suis fière. Quelque part, au fond, je sais que je suis fière de lui. Mais la fierté se cache derrière la peur. Il va me quitter. Deux choses m'ont fait tenir jusqu'à présent. Le sexe et Lo. Ils ne s'étaient jamais mélangés, mais perdre les deux en même temps, c'est comme si on m'arrachait un organe vital et qu'on refusait de me brancher à une machine.

– Lily !

Lo me secoue, dans tous ses états. Je ne comprends pas pourquoi avant que ses lèvres touchent les miennes. Il m'embrasse et me dit de « respirer », encore et encore.

J'inspire une grande goulée d'air, j'ai la tête qui tourne comme si je me noyais.

– Respire, me souffle-t-il.

Il pose sa main sur mon diaphragme, et je ne sais comment, je me retrouve sur ses genoux.

J'agrippe son tee-shirt, me demandant en silence si je peux le faire rester par culpabilité. Non, ce ne serait pas bien. Je sais que ce n'est pas bien. J'avale péniblement ma salive.

– Parle-moi, Lil. À quoi tu penses ?

– Quand est-ce que tu pars ?

Il secoue la tête.

– Je ne pars pas.

Les larmes explosent.

– Quoi ? Je-je…

Ça n'a aucun sens. Il vient de le dire.

– Je vais en cure de désintox ici.

Je secoue la tête.

– Non, Lo. Ne reste pas pour moi… s'il te plaît.

Je le pousse. Il m'attrape les mains.

– Arrête, dit-il. Je me suis déjà disputé avec ta sœur à ce propos. Je reste. Je vais essayer, et si ça ne marche pas, je partirai. Mais si je peux être ici pour nous deux, alors je dois essayer.

– Ce n'est pas dangereux, de faire ta désintox ici ?

Il pose son menton sur ma tête.

– Connor a engagé une infirmière. Ça ira.

J'entends la peur dans sa voix. Il est sur le point de supprimer l'alcool de sa vie. Il a touché le fond.

Est-ce que moi aussi ?

Aider Lo dans sa désintoxication tout en me sevrant me semble infaisable. Je vais me concentrer sur lui, et quand il ira mieux, je me préoccuperai de moi.

Cela me semble être la meilleure solution.

Chapitre 31

Cela fait une semaine que Lo est sobre. Les deux premiers jours ont été les plus difficiles. L'infirmière lui a mis une intraveineuse pour que les fluides réhydratent son corps. Il doit prendre des vitamines pour remplacer les nutriments perdus par l'alcool et suivre un régime particulier pour éliminer les toxines. J'ai caché la machine à café pour qu'il ne devienne pas accro à la caféine, au passage. Malgré tout, il a eu des accès de nausée, a sué, tremblé et poussé des cris de colère jusqu'à ce que Ryke menace de lui mettre du Scotch sur la bouche. Ça l'a fait rire.

Aujourd'hui, Lo demande à conduire ma BMW pour aller au Lucky's pour Thanksgiving. Chaque année, je passe la journée avec mes parents et Lo va chez son père, mais avant, nous mangeons ensemble dans ce petit *diner*. Ce n'est pas aussi sophistiqué, mais les plats maison sont bien meilleurs que les minuscules portions et les étranges mousses que les chefs de nos parents préparent.

Il me tient la main sur l'accoudoir central tout en conduisant dans les rues bondées de Philly, une paume sur le volant. Ses doigts tremblent ; il les secoue et serre le poing avant de les replacer sur le volant.

– C’est comme le vélo ? je demande.

– Plus facile, dit-il. Il n’y a pas besoin de changer de vitesse dans ta voiture. Tout ce que j’ai besoin de savoir, c’est comment mettre le clignotant.

Il le met pour rigoler et le bruit du clignotant retentit. Il enlève sa main de la mienne et la fait glisser sur ma cuisse.

Il m’a consacré tout son temps, se servant de mon addiction comme moyen d’oublier la sienne. Ça a marché, dans l’ensemble, mais parfois, je vois l’envie dans ses yeux, le besoin de reprendre sa routine habituelle, d’autant que moi je profite de la mienne.

Lo fait un créneau, puis je paie au parcmètre. La sonnette tinte quand nous entrons chez Lucky’s. Lo m’ouvre la porte, restant derrière moi, tendant son long bras par-dessus ma tête.

Tout est tel que dans mes souvenirs d’il y a un an. Des banderoles orange et jaunes tombent du plafond, un ventilateur tourne lentement au centre du petit restaurant. Des banquettes avec des dossiers en vinyle rouge craquelé s’alignent côté gauche, le long des fenêtres. Quelqu’un a dessiné une dinde avec de la peinture effaçable sur la vitre et ajouté un *Happy Thanksgiving* en lettres multicolores. L’odeur familière de la canneberge et de la purée à l’ail flotte dans l’air, et aux tables, de vieux couples boivent du café, un sourire aux lèvres.

J’en observe un pendant un long moment, leurs cheveux gris coupés court et presque identiques. Ils se prennent le bec concernant une tache sur la chemise du monsieur, et la dame se penche pour l’aider à l’essuyer. Je veux que ce soit nous. Je veux vieillir et crier sur Lo parce qu’il s’est bavé dessus. Je veux qu’il soit mon « pour toujours ». Pour la première fois, il est peut-être sur le bon chemin. Je ne peux qu’espérer l’y rejoindre.

Il y a une différence notable dans notre tradition annuelle – ces gens qui nous font signe depuis une table près de la fenêtre.

Nous nous glissons sur la banquette de droite, celle de gauche occupée par Connor, Rose et Ryke. Ma sœur est belle comme un cœur dans sa jupe taille haute et sa blouse en mousseline de soie crème, un collier avec un diamant en forme de goutte au ras du cou.

– C'est nouveau ? je demande.

Elle touche le bijou, et ses joues rougissent autant que les miennes le feraient. Je ne peux pas m'empêcher de sourire.

– C'est moi qui lui ai offert, indique Connor, un bras posé sur le dossier de la banquette derrière elle.

Je plisse les yeux.

– Pourquoi ?

– Sans raison, dit-il. Je l'ai vu et je me suis dit qu'il lui plairait.

Rose s'efforce de ne pas sourire, mais elle n'arrive pas à le cacher. Lo grogne.

– De quoi j'ai l'air, moi, à côté.

Il pose sa main sur ma jambe et la fait glisser à l'intérieur de ma cuisse. Lo m'offre des choses que j'aime bien plus que les diamants ou les fleurs.

Ryke triture sa paille en papier.

– Tu n'as jamais fait de cadeau comme ça à Lily ?

– Non, elle préfère autre chose que des colliers.

– Comme quoi, Loren ?

Rose a l'air de vouloir lui sauter à la gorge.

Lo ne se laisse pas démonter.

– Comme ma langue sur sa…

– Oh mon Dieu ! je m'écrie, m'écartant de Lo pour me plaquer contre la banquette.

J'attrape un menu et cache mon visage aux autres. Ryke rit dans sa barbe, mais je crois que ma sœur est sur le point de se jeter sur les mecs toutes griffes dehors.

Connor lui murmure à l'oreille :

– Il fait ça pour t'embêter.

– C'est une accro au sexe, chuchote-t-elle avec la même intensité. Il ne devrait pas plaisanter sur le sujet.

– Je t'entends, dit Lo d'un ton neutre.

Je jette un coup d'œil à Ryke, le seul que je n'ai pas encore affronté depuis que la nouvelle de mon addiction s'est répandue, de Rose à Connor et de Lo à Ryke. Oui, il lui a dit. Je ne sais pas comment c'est venu sur le tapis. Peut-être lors de son confessionnal sur son besoin de sobriété. Nos addictions sont si entremêlées que ce devait être trop difficile pour Lo de parler de sa dépendance sans mentionner la mienne.

Ryke ne me regarde même pas. Il articule quelque chose à l'attention de Lo. Je lis sur ses lèvres. *Je vais leur dire.*

Je regarde Lo, qui hoche la tête avec approbation.

Je fronce les sourcils.

– Leur dire quoi ? je lui demande.

– Rien, ment-il, me faisant signe de revenir contre lui.

Je pose le menu et me glisse de nouveau dans ses bras. La serveuse arrive, mettant fin à la bataille de murmures entre Connor et ma sœur.

Nous commandons le menu spécial Thanksgiving et de l'eau, et je me demande quel est le secret que Lo et Ryke partagent. Ce pourrait être n'importe quoi. La serveuse repartie dans la cuisine, Rose se tourne vers Ryke et sort une enveloppe blanche.

– Je n'ai trouvé ton adresse nulle part, alors je n'ai pas pu t'envoyer ça.

Elle lui tend une invitation au gala de charité de Noël.

– Est-ce que Ryke est un surnom ? Je ne l'ai trouvé dans aucun annuaire.

– C'est mon deuxième prénom, dit-il, l'air distant, sortant la carte couleur crème aux caractères cursifs dorés. Je ne peux pas y aller.

Il n'y réfléchit même pas.

– Pourquoi ? demande Lo, manifestement vexé.

Ryke a été un véritable roc pour Lo depuis qu'il a décidé d'arrêter de boire. Il est presque son parrain non officiel. Je sais que Lo tient à ce que Ryke soit là, d'autant que son père sera présent.

– C'est à cause de l'article ? Tu es censé avoir fini bientôt, non ?

– Non, je l'ai soumis il y a quelques semaines.

Il se déleste enfin de ce mensonge.

– Mon prof m'a donné un A.

– Envoie-le-moi, dit Connor. J'aimerais le lire.

– Bien sûr.

Il va certainement « oublier » de lui envoyer l'article pendant plusieurs semaines, jusqu'à ce que Connor arrête de lui demander.

– Tu as quelque chose de prévu ? demande Lo. C'est la veille du réveillon de Noël. Tu auras encore tout le temps de voir ta mère si tu viens.

Je ne l'ai jamais vu comme ça – à supplier quelqu'un.

Ryke hoche la tête.

– D'accord. Oui, je vais m'arranger. Merci, Rose.

Il plie l'enveloppe en quatre et la fourre dans sa poche.

Lo se détend et jette un coup d'œil vers les toilettes. A-t-il envie de le faire ? Il se tourne vers moi, comme s'il lisait dans mes pensées, et murmure :

– Il faut vraiment que j'aille aux toilettes. Ne laisse pas Ryke manger mon plat s'il arrive avant que je revienne.

Sur ce, il m'embrasse sur la joue et disparaît derrière les portes bleues.

Je m'enfonce dans mon siège, me sentant brûler sous les trois paires d'yeux qui pèsent sur moi.

– Lily, commence Rose, s'avançant sur l'assise, les mains nouées. Lily, j'ai beaucoup réfléchi, et je veux que tu viennes vivre avec moi à la fin du semestre. Il y a largement assez de place chez moi, et…

– Et Lo ? (Je me renfrogne et secoue la tête.) Je ne peux pas le laisser comme ça. Et je vais à Penn à la fac.

– Tu peux toujours demander à être transférée.

– Lo a les choses en main, dit Ryke, se tournant vers elle.

Rose le transperce de ses yeux jaune-vert.

– Il est malade, Ryke. Il a besoin de se concentrer sur lui-même, et il ne pourra pas le faire s'il s'inquiète pour le bien-être de Lily. Je veux qu'il aille mieux, mais je veux plus encore qu'*elle* aille mieux. Alors pardonne-moi si je veille aux intérêts de ma sœur.

– Et je veille à ceux de Lo. Il veut d'abord essayer de cette manière. Et ça fonctionne plutôt bien depuis trois semaines…

– Oui, il est sobre, mais Lily a-t-elle changé ? A-t-elle commencé à aller chez le psy, ou arrêté le sexe ?

– S'il vous plaît, arrêtez, je dis, ma voix perdue sous les leurs, échauffées.

Sont-ils obligés de discuter de ma vie sexuelle chez Lucky's ? Je pourrais ne pas trouver le courage de revenir ici.

– Il a un plan, rétorque Ryke. Il faut que tu te fies à l'amour qu'il porte à Lily.

Il a un plan ? Était-ce ce dont ils parlaient ?

– Quel genre de plan ? demande Rose.

Ouais, quel genre de plan ? Et pourquoi personne ne m'en a parlé ? !

– Il va la limiter peu à peu et diminuer sa consommation de porno.

Je reste bouche bée pendant que ma sœur hoche la tête avec approbation.

– Quoi ? ! je m'écrie.

Ce qui me perturbe le plus est le fait que Lo a parlé de notre vie sexuelle avec Ryke.

– Dis-moi que tu n'as pas parlé de ça avec Lo.

Je connais déjà la réponse. Le jour où Ryke s'est immiscé dans ma vie à la bibliothèque, avec la volonté d'aider Lo, j'ai saisi l'opportunité. S'il a fait la même proposition à Lo, je sais qu'il a dû la saisir, lui aussi.

Ryke croise mon regard, nullement déconcerté.

– Il m'a confié la plupart de tes petits secrets.

– Oh mince, je marmonne, regardant Rose avec désespoir, l'air de dire : *qu'est-ce que je fais ?*

Elle fusille Ryke du regard de ma part et affirme :

– C'est personnel.

– Ah oui ? Eh bien, les mecs parlent entre eux, comme les filles. Peut-être que tu devrais t'en souvenir avant de faire une pipe à un gars.

Connor intervient.

– Très bien, tout le monde a besoin de se calmer un peu. On commence à nous regarder. Viens, Rose, dit-il en la tirant pour la mettre debout. Sortons un instant.

Elle se lève, tendue, mais pointe un doigt sur Ryke.

– Je suis contente que tu sois là pour Lo, mais je te jure, si tu fais du mal à ma sœur…

– Rose.

Connor la fait sortir de la banquette. Ryke répond :

– Je ne ferai de mal à personne intentionnellement.

Connor lui lance un regard dur.

– Tais-toi, va.

Rose se met à ergoter, et Connor trouve chaque fois la bonne repartie pour préserver la santé mentale de ma sœur. Au moins, cette année, elle a trouvé un mec avec qui aller au gala qui ne soit pas gay.

À peu près au même moment, les plats arrivent. Il n'y a plus que Ryke et moi à table. Aucun de nous deux ne touche à son assiette.

– Je ne veux pas être limitée, je lui dis. Il n'est pas question de moi pour l'instant.

– Il a toujours été question de toi, contre Ryke. Si tu m'avais parlé dès le début du marché que vous aviez passé et du genre de vie qui était le vôtre, je n'aurais pas été aussi contrarié quand tu as arrêté d'aider Lo. Je suis désolé pour ça.

– Il a besoin de se concentrer sur lui-même.

– Lily… (Il pose ses coudes sur la table et se penche en avant.) Vous avez tout fait ensemble, tous les deux. Vous avez traversé chaque étape de vos vies avec l'autre à vos côtés. Pour que ça fonctionne, tu ne peux pas reculer pendant qu'il avance.

Je me renfrogne de plus belle. À l'entendre, on croirait que Lo va devenir une autre personne. Qu'il pourrait devenir quelqu'un de nouveau, quelqu'un qui n'a plus sa place dans ma vie. Peut-être qu'il se lassera de mes rituels et trouvera une personne pour s'accorder à ses nouvelles routines. Cet avenir ne me plaît pas, mais j'en veux un où il va mieux.

– Tu comprends ce que je veux dire ? demande-t-il.

– D'accord. (Je hoche la tête.) D'accord, je vais essayer.

Il reste crispé. Je fronce les sourcils.

– Tu ne me crois pas, n'est-ce pas ?

– Non, mais cet aveu fait plaisir à entendre.

Je le fusille du regard.

– Je peux me battre.

– On verra jusqu'où. (Il s'adosse à la banquette.) Et Lily… bordel, j'espère sincèrement que tu me surprendras.

Moi aussi.

Lo a la gentillesse de me limiter de manière progressive. Pas de sexe hardcore depuis une semaine. J'ai jeté la *moitié* de mes vidéos porno hier, mais le désir est encore là. Au lieu de le satisfaire de manière compulsive, je prends des somnifères pour m'évanouir avant de penser au cul. La nuit, c'est le pire. Mes endorphines augmentent et je n'ai qu'une envie : chevaucher Lo et faire des choses infâmes.

Mais j'essaie. Il le faut.

J'ai peur d'être seule. J'ai peur de me toucher ou d'appeler un gigolo sur un coup de tête. J'ai été si parano que j'ai sauté la plupart de mes cours. Je crois que je vais devoir rattraper trois matières sur cinq. C'est mieux que tromper Lo et de me tromper moi-même.

Lo dort peu. Il se tourne et se retourne au milieu de la nuit, me réveillant de mon sommeil médicamenteux. J'attends que son manque s'affaiblisse, qu'il soit plus facile à vivre, mais ça n'est jamais le cas. Parfois, je me demande s'il va devoir se battre pour toujours.

Puis je me rends compte que moi aussi, je vais probablement devoir me battre longtemps.

J'accompagne Lo et Ryke à la piste d'athlétisme. Principalement parce que je déteste être seule, et Rose a des exams cette semaine. J'ai terminé les miens hier. Enfin, plus ou moins. Je ne suis pas allée à mes cours de biologie et d'économie managériale. Je m'attends à avoir un F, mais au moins, j'ai la possibilité d'aller aux rattrapages. C'est juste qu'il est possible que je doive faire un semestre de plus.

Je m'affale dans les gradins et joue avec le nouvel appareil photo que Rose m'a offert. Je n'ai jamais eu d'autre passe-temps que le sexe, mais prendre des photos a comblé un petit vide. J'en prends quelques-unes des mecs qui s'étirent dans l'herbe. Ils portent tous les deux des tee-shirts à manches longues et des pantalons de running, et pendant qu'ils rient et se chambrent, je fais une photo d'eux en train de sourire au même moment.

Ils se ressemblent. Ils ont tous les deux les cheveux châtains, même si ceux de Ryke sont un peu plus foncés. Ils ont tous les deux les yeux marron, même si ceux de Lo sont un peu plus ambrés. Le bronzage de Ryke a commencé à disparaître avec l'arrivée de l'hiver, et sa peau commence à ressembler au teint irlandais de Lo. Ils pourraient être frères, même si Ryke a les épaules plus larges, la mâchoire plus carrée et les lèvres plus fines.

Quand ils se mettent à courir, Ryke tape un sprint et Lo lui court après, le rattrapant en quelques secondes. Ils courent vite, à grandes foulées, leurs baskets frappent la piste noire. Ryke reste devant Lo, plus entraîné, mais Lo se défend.

Ils courent comme si rien ne pouvait les arrêter. Je regarde Lo, et je commence à voir un nouvel avenir. Il est là, encore flou, mais il est de plus en plus brillant.

Je me demande juste s'il m'inclut encore.

Chapitre 32

Certains jours sont compliqués. Quelques heures avant notre arrivée à l'hôtel pour le gala de charité de Noël, je sens que cela va en être un très mauvais.

Lo a dormi trente minutes à tout casser cette nuit. Il fait les cent pas dans la chambre puis appelle Ryke et passe deux heures au téléphone avec lui. Rien ne semble pouvoir le calmer, et je crois que c'est à cause de la conversation qu'il veut avoir avec son père – celle où il avouera qu'il veut arrêter de boire. Mais je crains qu'il y ait autre chose.

Avant d'aller dans la cuisine, il me parle mal à deux reprises quand j'évoque la fac. Je lui demande quelle note il a eue en éco managériale. Il me dit de me préoccuper de mes rattrapages au printemps et d'arrêter de fourrer mon nez partout. Il ne serait pas aussi méchant si tout allait bien.

Rose me maquille à ma coiffeuse. J'ai déjà enfilé ma robe prune à manches longues, en dentelle. Rose a finalement acheté la robe saphir, même si elle en a essayé dix autres après. Le gala se déroule en deux temps. D'abord, le dîner où nous sommes tous assis à des tables rondes et où on nous sert cinq plats, puis les businessmans monteront sur scène pour remercier les invités pour leur générosité. Après quoi se tiendra la réception, où les gens boiront des cocktails et feront le tour de la salle de bal pour parler et socialiser.

Quand j'y vais avec Lo, nous restons en général près du bar et essayons de poser au serveur les questions les plus gênantes possible pour voir sa réaction. C'est odieux et grossier, mais ça fait passer le temps. Cette année, je compte errer sans but. Ce qui n'a pas l'air plus réjouissant.

Suivant l'exemple de Connor Cobalt, nous arrivons avec une bonne heure d'avance. Ryke redresse sa cravate et jette des coups d'œil nerveux dans la salle vide, où des serveurs ajustent les centres de table de roses rouges et finissent d'accrocher les guirlandes lumineuses.

– Tu es déjà allé à ce genre d'événement ? je demande.

– Oui, admet-il. Mais pas dans ce cercle social.

Lo s'agite plus que d'ordinaire. Il passe une main tremblante dans ses cheveux.

– J'ai besoin d'un verre.

Il se frotte les yeux et grogne.

– Tout va bien, lui assure Ryke. Eh, quel est le problème ?

– Rien, répond Lo avec agacement. Je n'ai pas envie d'en parler, là. Sans vouloir t'offenser, ça n'a pas aidé de toute la journée. C'est juste que j'ai un mal de tête carabiné.

Je lui prends la main, et son regard trouve le mien. Quelque chose de malsain s'éveille en moi.

– Tu veux… ?

– Non, nous dit Ryke à tous les deux. Non.

Je le fusille du regard.

– Non pas que ça te regarde, mais j'ai tenu toute la journée sans regarder de porno.

Je passe sous silence la partie où j'ai passé tout l'après-midi au lit avec Lo. Et pas à dormir.

– Félicitations, dit sèchement Ryke, puis il adresse un regard glacial à Lo. Tu fuis.

– Je l'aide.

– Tu sais que non.

Je l'aide, j'ai envie de riposter moi aussi. Mais Lo a déjà pris sa décision. Il passe sa main dans le bas de mon dos et me fait sortir de la salle pour regagner le hall d'entrée de l'hôtel.

Il sort son portefeuille de sa poche.

– Une chambre, dit-il à la réceptionniste.

Je me balance sur la plante des pieds. *Yes.*

Une fois l'extase passée, mon corps tout entier est courbaturé. Lo m'a prise par-derrière, plus fort que d'habitude, et j'ai aimé ça. Sur le moment. Je regrette la position, l'intensité de Lo, et de lui avoir soufflé l'idée de venir là.

– Quelle heure il est ? demande Lo, attrapant le réveil sur la table de chevet. Merde.

Il sort du lit en vitesse, la couette au sol, les draps enroulés.

– Lève-toi, Lil.

Je suis allongée, la tête sur l'oreiller, incapable de bouger. Je peux peut-être me désintégrer entre les draps. Lo se penche sur le lit et me regarde, la tête inclinée sur le côté.

– Debout.

Il me jette ma robe au visage.

J'attrape le tissu et me redresse en position assise. J'essaie d'enfiler le vêtement par le haut, mais mes bras endoloris m'en laissent à peine la force.

Lo saute dans son pantalon puis trouve sa chemise blanche.

J'aimerais qu'on reste ici, mais ça, c'est le Lo et la Lily d'avant. On s'est améliorés. Je galère avec ma robe et finis par réussir à passer la tête par le trou. Puis je vois le mini-frigo ouvert. *Peut-être pas tant améliorés que ça.*

– Lo…

Ma voix me semble toute petite.

Il empoche une mignonnette de tequila. Pourquoi il fait ça ? Tout allait bien. Non ? À part ce matin, cet après-midi, et maintenant…

– Lo, est-ce que tu as bu ?

Il ne croise pas mon regard.

– C'est bon. Je ne boirai pas du tout demain. J'ai juste besoin de quelque chose…

– Lo ! je hurle, bondissant du lit sans culotte.

Je tente de voler la bouteille dans sa poche, et il serre mes poignets, fort.

– Lily, arrête !

– Toi, arrête !

Nous nous battons, debout, jusqu'à basculer sur le lit. Il plaque mes bras des deux côtés de mon corps.

– Lo ! je crie. Tu ne peux pas abandonner comme ça !

C'est ma faute. Au fond de mon cœur, je sais que c'est à cause de moi qu'il en est là. À cause de moi, et moi seule. J'éclate en sanglots, ajoutant au drame de la soirée. Il s'écarte doucement de moi.

– Je t'en prie, arrête, s'étrangle-t-il. Lily…

Il m'embrasse délicatement sur la bouche, la joue, le nez, l'œil, le menton.

– S'il te plaît, ça va. Je vais bien.

– C'est ma faute, je dis en pleurant.

Ses lèvres reviennent sur les miennes, et il essaie de me forcer à me concentrer sur le baiser plutôt que sur mes pensées désespérées. Si j'étais saine d'esprit, je le repousserais. Je lui dirais d'arrêter. Je ferais quelque chose qui nous profiterait à tous les deux au lieu de continuer dans notre cycle destructeur.

Il enfonce ses doigts en moi et j'agrippe le drap, passant un bras en travers de mes yeux. Je me sens bien et mal à la fois.

Il remplace ses doigts par sa queue et je retiens mon souffle, d'être soudain si remplie. Ses lèvres trouvent de nouveau les miennes, et il m'embrasse en allant et venant lentement, comme pour me dire que tout va bien. Il est là. Je suis là.

C'est tout ce dont nous avons besoin.

C'est notre plus grand mensonge.

Je suis dans l'ascenseur qui descend vers le rez-de-chaussée et la salle de bal, hébétée. Nous avons loupé le dîner, et j'ai presque envie de sauter la réception pour rentrer au Drake, me lover dans mon lit et m'apitoyer sur mon sort. Je préfère aller trouver Rose. J'ai besoin d'elle.

Lo noue sa cravate autour de son cou, les yeux rivés sur les chiffres. Un vaste espace nous sépare, comme le sexe émotionnel et le fait qu'il a bu. Je n'ai pas pu l'empêcher de descendre cette mini-bouteille de tequila, ni d'en glisser une autre dans sa poche. Si l'alcool l'a détendu, ça ne se voit pas. Ses muscles sont crispés et son cou est raide, regardant droit devant lui.

– Tu vas faire quoi quand on arrivera en bas ? je demande.

– Il faut que je parle à mon père.

Il regarde les numéros lumineux en plissant les yeux.

– Tu devrais peut-être d'abord aller trouver Ryke.

– Ce n'est pas nécessaire.

J'avale péniblement ma salive ; l'ascenseur sonne, les portes s'ouvrent. Lo avance d'un bon pas vers la salle de bal, et je peine à suivre ses longues enjambées. Je m'arrête un instant près de la porte, choquée par les lustres éclatants et la pièce bondée, remplie de gens *partout*. Un sapin de Noël trône au centre, drapé de guirlandes dorées et orné de pommes décoratives. Deux écrans de chaque côté de la scène rappellent à tous les noms des bienfaiteurs de l'événement. *Hale Co.* et *Fizzle*. Un serveur passe avec un plateau de champagne rosé.

Lo en prend une flûte, la vide d'un trait, et la repose. Je ne peux pas le laisser. Pas dans cet état. Je me faufile entre les corps et marmonne « pardon » des centaines de fois, essayant de suivre

Lo. Il avance vers un but précis, avec détermination, de la glace cristallisant ses yeux ambrés.

– Lo, je dis, attrapant sa main, mais elle m'échappe.

J'ai peur de chercher Rose et Ryke dans la foule, je pourrais perdre Lo de vue. J'ai à peine jeté un coup d'œil par-dessus mon épaule qu'il a pris une avance considérable sur moi. Quand je finis par le rattraper, il est debout devant son père, qui porte un smoking et a une expression sévère.

Je reste à distance, mais assez près pour entendre chaque mot.

– Tu m'évites ? demande Jonathan. Tu passes à la maison d'habitude le mercredi.

– J'ai eu une mauvaise passe.

Jonathan dévisage son fils.

– Tu as l'air d'aller bien.

– Je ne vais pas bien, confesse Lo. (Il secoue la tête, ses yeux deviennent vitreux.) Je ne vais pas bien, papa.

Jonathan regarde autour de lui.

– Ce n'est pas le moment, Loren. Nous parlerons plus tard.

– J'ai un problème, lui dit Lo. Tu m'entends ? Je te dis que je ne vais pas bien.

Jonathan descend le reste de son whisky et pose le verre sur un mange-debout, tout près. Après s'être frotté les lèvres, il se rapproche de son fils. Je retiens mon souffle et reste figée sur place.

– Tu essaies de me faire honte ?

Les mains de Lo tremblent ; il serre les poings.

– Tu sais que je bois, et tu t'en tapes.

– C'est ça, le souci ? (Jonathan grimace.) Lo, tu es un jeune homme de vingt et un ans. Évidemment que tu bois.

– Je perds connaissance, dit Lo.

Pourquoi est-ce si difficile pour Jonathan de comprendre que Lo a un problème ? Puis je comprends. Peut-être que Jonathan n'a pas accepté le sien.

– Comme beaucoup d'autres avant toi. C'est normal pour les gamins de ton âge d'abuser de l'alcool.

– Je suis incapable de passer un jour sans boire.

Jonathan a une moue de dégoût.

– Arrête d'essayer de trouver une excuse à tes erreurs et assume-les comme un homme, putain.

Il y a une différence entre abuser de l'alcool et en être dépendant. S'il le comprenait, il se rendrait compte que Lo rentre dans la seconde catégorie.

Je fais un pas en avant et tends la main vers celle de Lo, mais il m'esquive.

Jonathan s'est dégoté un autre verre de whisky sur le plateau d'un serveur. Il en prend une gorgée et fait un signe de tête dans ma direction.

– C'est toi qui as mis ces idées dans la tête de mon fils ?

Je me recroqueville sous son regard noir cinglant.

– Je le sais depuis que je suis enfant, lui dit Lo. Elle n'a rien eu besoin de me dire.

– J'en doute fort.

Un bras s'enroule autour de ma taille. Je sursaute et croise le regard inquiet de Rose. Je me laisse aller contre elle et essaie de ne pas pleurer sur son épaule.

Ryke, essoufflé comme s'il était venu en courant, se place à côté de Lo et pose une main sur son bras. Il n'accorde pas un seul regard à Jonathan.

– Viens, Lo.

Rose essaie de m'emmener à son tour, mais je secoue la tête et reste fermement plantée là. Il y a un truc qui cloche. Je le vois sur le visage de Jonathan. Il est pâle, plus pâle que d'ordinaire, et manque de lâcher son verre de whisky.

– Qu'est-ce que tu fais là ? demande-t-il à Ryke.

Lo fronce les sourcils.

– Vous vous connaissez ?

Jonathan souffle, puis demande à Ryke :

– Tu ne lui as pas dit ?

Il considère la salle de bal, où les gens commencent à nous observer. Il secoue la tête, agacé, et finit son whisky.

Lo fait passer son poids d'un pied à l'autre.

– Me dire quoi ?

– Rien, dit Jonathan avec un sourire amer, avant de croiser de nouveau le regard de Lo. Alors, c'est tout ce que tu avais à me dire ? Tu voulais m'accuser de tous tes problèmes et taper du pied comme un gosse ?

Ryke garde une main ferme sur l'épaule de Lo, le soutenant comme je ne peux pas le faire.

– Non, dit Lo à voix basse. Peut-être que dans mon adolescence, j'aurais fait quelque chose dans le genre. Mais je voulais juste te dire que je vais arrêter de boire.

Ses yeux se voilent, et une larme solitaire coule sur sa joue.

– Je vais en cure de désintox. Quand je reviendrai, je ne te verrai peut-être plus autant.

Il part en cure de désintox. Il sait que ça ne peut pas marcher – notre relation, pendant qu'il essaie d'arrêter l'alcool pour de bon. Je n'arrive plus à respirer. Il s'en va. Combien de temps ?

Jonathan prend une brusque inspiration et fusille Ryke du regard.

– C'est toi qui lui as mis cette idée dans la tête ?

– Non, dit-il. Je n'étais pas au courant.

Jonathan se retourne vers Lo.

– Tu n'as pas besoin d'aller en cure. C'est ridicule, putain, marmonne-t-il, secouant la tête. Je t'appelle demain, d'accord ?

– Non, tu ne m'appelleras pas, lui dit Lo, d'autres larmes tombant sur ses joues. Je ne répondrai pas, et je serai déjà parti.

– Tu vas bien ! hurle Jonathan, faisant taire la moitié de la salle.

Il regarde par-dessus son épaule, comme s'il prenait conscience de son accès de colère soudain. Il s'avance et dit à voix basse :

– Tu vas bien, Loren. Arrête ça tout de suite.

– Il ne va pas bien, intervient Ryke. Il te dit qu'il ne va pas bien.

Toute ma poitrine est en feu, j'ai la tête qui tourne. Si je tiens encore debout, c'est uniquement parce que Rose a la main accrochée à la mienne, et que, si je tombe, je ne veux pas qu'elle tombe avec moi.

Jonathan ignore Ryke.

– Pourquoi tu pleures ? demande-t-il à Lo.

Il semble à moitié dégoûté, à moitié saisi d'un sentiment plus humain.

– Je ne sais pas, dit Lo, son nez se dilatant alors qu'il essaie de réprimer les larmes silencieuses.

Jonathan attrape Lo par la nuque et tire son visage tout près du sien.

– Réfléchis-y, dit-il avec un rictus suffisant.

Les gens nous observent pour de bon à présent. Lo essaie de se libérer de son emprise, posant son bras sur celui de son père, mais Jonathan serre trop fort, ses doigts s'enfonçant dans la peau de Lo.

– Arrêtez, je dis, essayant de m'élancer vers eux, mais Rose me retient.

Ryke attrape le bras de Jonathan pour qu'il lâche Lo, qui chancelle, hagard.

– Qu'est-ce qui va pas chez toi ? crie Ryke à Jonathan. Non, tu sais quoi ? Je sais très bien ce qui ne va pas chez toi. Tu ne changeras jamais, putain. Continue de croire que t'es un mec génial, mais je ne te laisserai pas gâcher la vie de Lo.

Pourquoi a-t-il l'air de si bien le connaître ?

– C'est Sara qui est à l'origine de tout ça, c'est ça ? Où est-elle ?

Il parcourt la salle de bal des yeux, à la recherche de la mère absente de Lo.

Lo se détache de Jonathan et de Ryke, les regardant tour à tour pour essayer de comprendre leur relation. Manifestement, cela va au-delà de tout ce qu'on aurait pu imaginer.

– Elle n'est pas là. Elle ne sait même pas que je suis en contact avec Lo, s'exclame Ryke.

Le visage de Jonathan se tord de douleur.

– Alors tu as décidé de déchirer ma famille de ton propre chef ? Après tout ce que j'ai essayé de faire pour toi ? (Ses yeux deviennent incendiaires.) J'aurais pu t'abandonner, mais je t'ai laissé avoir un père.

Holà, holà, holà.

– Je n'en voulais pas, rétorque Ryke.

Jonathan serre les dents.

– Tu ne retourneras *pas* mon fils contre moi, tu m'entends ?

– Qu'est-ce qui se passe ? demande Lo. Qu'est-ce qui se passe, putain ?

Connor apparaît derrière Jonathan et lui murmure quelque chose à l'oreille. Jonathan hoche la tête et dit à Lo :

– Ce n'est pas le moment. Nous discuterons de tout ça plus tard.

Sur ces brefs adieux, Connor éloigne Jonathan.

– Retrouve-moi dans le hall, dit Lo à Ryke sans lui adresser un regard.

Je le suis avec Rose. Trop de choses tournent dans ma tête pour que je me parvienne à me concentrer. Les larmes commencent à couler, sans que je sache pourquoi. Peut-être à cause des mots acerbes de Jonathan. Peut-être à cause de l'annonce du départ de Lo en cure de désintox. Peut-être à cause de l'étrange familiarité entre Ryke et Jonathan.

Nous nous arrêtons dans le hall de l'hôtel, avec sa moquette au motif diamant kitsch et son papier peint doré, qui me font tourner la tête.

– Qui es-tu ? hurle Lo à Ryke. Et ne mens pas, putain !

– Calme-toi, dit Ryke. Laisse-moi une chance d'expliquer, s'il te plaît. Tu mérites des réponses.

– Comment tu connais mon père ? Comment te connaît-il ?

Ryke tend la main, paume vers le bas, comme pour tenter de l'apaiser.

– Sara Hale est ma mère.

Oh mon… Jonathan a dit avoir été un père pour Ryke. Est-ce ce qui a causé le divorce ? Sara l'a trompé et est tombée enceinte de Ryke ?

Ce qui voudrait dire que Lo et Ryke sont demi-frères.

Lo chancelle et lève une main pour mettre la dispute en pause, le temps d'organiser ses pensées. Puis il lève les yeux, sourcils froncés, et dit :

– Tu es un bâtard ?

Ryke grimace, blessé, et secoue la tête, de manière un peu brusque, si touché qu'une larme s'envole de son œil.

Lo pointe sa propre poitrine d'une main tremblante.

– C'est moi, le bâtard ?

Ryke hoche la tête.

Lo laisse échapper un son étranglé ; j'essaie de m'avancer vers lui, mais Rose me retient à nouveau. Lo s'essuie les yeux du revers du bras et inspire brusquement.

– Donne-moi ton permis, demande-t-il.

Ryke sort son portefeuille de sa poche arrière et lui tend le document. Avant de le donner à Lo, il dit :

– Tu restes mon frère. Peu importe les circonstances.

– Donne-le-moi.

Ryke le lui passe, et Lo regarde son nom. Sa mâchoire se contracte, transformant son visage en bloc de glace. Sa main tremble pendant qu'il lit :

– *Jonathan Ryke Meadows.*

Il pousse un rire dément et jette le permis à Ryke, qui le laisse tomber sur la moquette.

– Tu as dit que ta mère faisait quoi, déjà ? demande Lo, feignant la confusion. Ah oui, elle vit aux crochets de ton père.

Lo se mord la lèvre et hoche la tête.

– Lo…, fait Ryke.

Il pose ses mains sur sa tête.

– Va te faire foutre, dit-il avec mépris. Pourquoi personne ne me l'a dit ? Tu es le *fils* de Jonathan. Sara Hale est ta mère, mais pas la mienne, c'est ça ?

– Ma mère a demandé le divorce quand Jonathan a mis une autre femme enceinte, de toi. Je venais à peine de naître.

Tout ce que son père lui a dit est un mensonge. Pas étonnant que Sara déteste Lo et l'insulte au téléphone. Il est le fruit d'un adultère et la preuve de son mariage raté. J'essaie une nouvelle fois d'avancer vers lui, mais Rose m'en empêche.

Lo pleure tout son soûl.

– Sara a pris mon lit pour te le donner, n'est-ce pas ?

– Je ne savais pas que c'était le tien.

– Ma commode, mes putains de fringues, elle les a obtenus dans l'accord du divorce et te les a donnés, à *toi*. (Lo presse ses doigts sur ses yeux.) Pourquoi me le cacher ?

– Il y a des questions légales… (Il s'approche de Lo.) Je ne savais même pas que tu existais avant mes quinze ans. Ça a échappé à ma mère pendant un de ses coups de gueule. J'avais des rendez-vous réguliers avec Jonathan au country club. Je n'ai pas menti quand j'ai dit que j'avais arrêté de voir mon père. Je me sentais mal vis-à-vis de lui, surtout quand j'ai décidé d'arrêter de boire. J'avais l'impression de le voir enfin pour qui il était.

Il renifle, essayant d'endiguer ses émotions, ce qui est difficile, car Lo est à ramasser à la petite cuillère. Les yeux de Ryke deviennent rouges, bouffis.

– Ça fait *sept* ans que tu sais que j'existe ? Et tu n'as pas essayé de me rencontrer ? (Lo fronce les sourcils, blessé.) Je suis ton frère.

– Tu étais aussi ce qui avait séparé mes parents, dit Ryke d'une voix tremblante. J'ai passé des années à éprouver du ressentiment du fait que tu existes. Ma mère te détestait, et je l'aimais, alors qu'est-ce que j'étais censé croire, putain ? Puis je suis allé à la fac, et j'ai pris un peu de distance vis-à-vis d'elle. J'ai commencé à y réfléchir sérieusement, et j'ai fait la paix avec tout ça. Je te laisserais tranquille. J'étais certain que tu deviendrais un genre de connard riche comme Jonathan Hale. Puis je t'ai vu.

Ryke hoche la tête pour lui-même, ses yeux se remplissent de larmes.

– Je t'ai vu à la soirée d'Halloween et j'ai su qui tu étais. Après que j'ai appris ton existence, Jonathan me montrait des photos de toi, demandant si je voulais te rencontrer. J'ai toujours dit non.

Lo a l'air affligé.

– Pourquoi l'as-tu fait, cette fois-ci ?

– J'ai vu ce que je serais devenu si c'était lui qui m'avait élevé. Et j'ai *tout* regretté. Je t'en voulais alors que tu n'étais qu'un gosse qui n'avait que des cartes de merde en main. Je voulais t'aider… pour toutes les années où je n'avais rien fait. Je savais comment il était. J'ai écouté ma *mère* parler de ce qu'il lui faisait ; des choses horribles, répugnantes, qui allaient parfois jusqu'à des coups au visage. Je savais que tu grandissais avec ce monstre. Et je n'ai rien fait, putain.

La voix de Ryke se brise. Il secoue la tête.

Lo s'étrangle sur un rire sec.

– Pourquoi tout le monde me l'a caché ? (Il fait un pas en arrière et la main de Ryke glisse de son épaule.) C'est quoi, ces questions légales ?

Ryke déglutit.

– L'accord stipule que ma mère doit taire le nom de ta mère et doit garder Hale pour nom de famille, sinon elle perd tout ce qu'elle a obtenu dans le divorce.

Ryke a dû prendre le nom de jeune fille de Sara : Meadows.

– Pourquoi ?

– Pour que ton père n'aille pas en prison. Ta mère n'avait

pas encore dix-sept ans. Elle était mineure, et ma mère aurait pu le dénoncer, mais elle a signé ces papiers pour que la vérité ne s'ébruite pas. Si elle changeait d'avis, tout l'argent irait à une œuvre de bienfaisance, elle perdrait tout.

Le visage de Lo se tord.

– Est-ce qu'il l'a violée ?

– Non, répond Ryke aussitôt. Non. Sara a dit beaucoup d'horreurs sur Jonathan, mais elle n'a jamais dit ça. Je ne crois pas qu'il aimait ta mère, sinon il aurait trouvé un moyen pour qu'elle fasse partie de ta vie. Je crois que c'était… une histoire sans lendemain. Je crois qu'elle…

Il se passe une main dans les cheveux. Il a du mal à dévoiler ce qui va suivre.

– Je crois qu'elle t'a abandonné. Je ne sais pas pourquoi elle a choisi de t'avoir, mais elle l'a fait. Et je sais qu'elle ne voulait pas te garder ensuite.

Jonathan a élevé Lo car personne d'autre ne voulait de lui.

Alors que ces mots font leur chemin, les mains de Lo tremblent et sa poitrine se soulève pour y faire entrer un peu d'air.

– C'était juste plus simple pour tout le monde que je ne le sache pas, c'est ça ?

– Je ne savais pas si Jonathan t'avait raconté la vérité, jure Ryke. Mais quand tu m'as rencontré, j'ai su que ce n'était pas le cas. Tu n'avais aucune idée de qui j'étais.

– Pourquoi tu ne me l'as pas dit tout de suite ? demande Lo en pointant un doigt sur sa poitrine. Je méritais de le savoir.

– En effet. Tu as raison. Mais tu ne vas pas bien, Lo. Je voulais t'aider. Alors j'ai inventé quelques mensonges pour me rapprocher de toi. J'ai même dû quitter le défilé de Rose parce que le père de Lily est arrivé. Je l'ai déjà rencontré. Il me connaît, et je pensais que tu n'étais pas prêt à apprendre la vérité.

Mon père est au courant ? Il avait les réponses depuis le début. J'ai du mal à y croire.

Ryke se rapproche.

– J'avais peur que tu sombres si tu le découvrais. Tu comprends ? (Il se tourne vers moi.) Je crois que toi, tu comprends.

Lo se frotte de nouveau les yeux. Il est incapable d'arrêter ses larmes. Je vois la douleur le secouer comme des vagues saccadées, s'abattre sur lui encore et encore jusqu'à ce qu'il soit à bout de souffle et se noie sous les rapides. Il crie dans sa main – en colère, blessé, à bout.

Il se laisse tomber à genoux et pose une main au sol.

– Lo, dit Ryke en se penchant vers lui.

Il essaie de l'aider, mais Lo le chasse, les yeux fous.

– Où est Lily ? demande-t-il, dans tous ses états. Lily ! Lily !

Il tourne la tête, crie, me cherche.

Rose me laisse enfin partir, et je me précipite dans ses bras. Il me serre fort contre lui et pleure contre mon épaule, le corps secoué de sanglots.

– Je suis là, je souffle. Tout va bien.

Quand je lève les yeux, je vois Ryke et Rose échanger un regard hésitant.

Je comprends. Ils craignent notre proximité. Nous ne sommes pas bons l'un pour l'autre.

Pas encore, du moins.

Il s'agrippe à ma robe et pleure jusqu'à ne plus avoir de larmes à verser. J'essaie de ravaler les miennes, d'être forte pour lui. Il me chuchote, d'une voix brisée :

– J'ai l'impression d'être en train de crever.

– Tu n'es pas en train de crever. (Je l'embrasse sur la joue.) Je t'aime.

Au bout de quelques minutes, nous nous levons et marchons en silence jusqu'au stand du voiturier, Rose et Ryke sur les talons. Je les convaincs de nous laisser seuls dans une des voitures et de nous retrouver au Drake.

Lo monte le premier dans l'Escalade. Je le suis.

– Le Drake, je dis, sans même regarder à l'avant.

La voiture se met en branle et je me tourne vers Lo, qui couvre ses yeux d'une main.

– Je ne sais pas quoi faire.

– Tu vas en cure de désintox, je dis avec assurance, malgré la douleur qui pèse sur ma poitrine.

Je sais que c'est la meilleure chose à faire. Pour nous deux.

– Je ne peux pas te quitter. (Il laisse retomber sa main.) Ça pourrait durer des mois, Lily. Je ne veux pas que tu couches avec un autre mec…

– Je serai forte, je lui dis, prenant ses mains dans les miennes et les serrant. Je vais entamer une thérapie.

– Lily…

Sa voix affligée me fend le cœur.

– Je vais emménager avec Rose.

Il ferme les yeux et d'autres larmes coulent.

Je me retiens de pleurer. Déglutis.

– Je vais aller à Princeton et je t'attendrai jusqu'à ce que tu reviennes.

Lo hoche frénétiquement la tête.

– Si c'est ce que tu veux…

– C'est ce que je veux.

Lo s'humecte les lèvres et pose une épaule contre la mienne.

– Je suis désolé pour aujourd'hui. Je n'aurais pas dû faire ça dans la chambre d'hôtel. Je… J'étais contrarié, et ça n'avait rien à voir avec toi. Je…

– Qu'y a-t-il ?

Je fronce les sourcils. Qu'est-ce qui pourrait être si terrible qu'il a besoin de s'envoyer des mignonnettes d'alcool, de briser sa sobriété, qui compte tant pour lui, pour moi, pour nos amis… son frère.

– La fac m'a envoyé une lettre ce matin. (Il marque une pause.) Ils m'ont exclu.

– Quoi ? Ils n'ont pas le droit. Tu n'as rien fait de mal. On ira voir le doyen…

– Lily, je ne suis pas allé à la moitié de mes cours. J'ai échoué dans presque toutes les matières. J'ai une moyenne à un chiffre. Ils peuvent exclure les gens qui ne sont pas à la hauteur de leurs critères académiques. Ils m'ont mis en garde l'an dernier, et j'en ai rien eu à battre.

– Quoi ? je couine.

Je savais que quelque chose clochait, mais je pensais qu'il avait de meilleures notes que *moi*, au moins.

– Alors… tu viendras à Princeton avec moi. Tu peux demander un transfert. Ils t'accepteront, avec ton nom de famille.

Il secoue la tête.

– Non. Non, je ne retourne pas à l'université. Ce n'est pas pour moi, Lil.

J'encaisse l'information.

– Qu'est-ce que tu vas faire, alors ?

– Je ne sais pas. Et si je m'occupais de ma santé d'abord ?

– D'accord, je murmure. Et ton père ? Lo, s'il le découvre, il va te couper les vivres.

– Il ne le saura pas. J'ai déjà dit à l'administration de ne pas le contacter.

Je soupire de soulagement.

La voiture s'arrête le long du trottoir.

– Nous sommes arrivés, monsieur Hale.

Je me raidis. Cette voix – elle n'appartient pas à Nola.

Le conducteur se retourne légèrement ; je vois la moustache grise, les cheveux effilés, les lunettes perchées sur le nez en forme de bec.

– Anderson, dit Lo d'une voix tendue.

Anderson, le chauffeur de Jonathan Hale, qui nous a déjà dénoncés par le passé.

– S'il vous plaît, ne le dites pas à mon père…

– Passez une bonne soirée, répond Anderson avec un sourire hypocrite.

Il se retourne vers l'avant, attendant que nous sortions.

Nous quittons la voiture, et, dans mon cœur, je sais que tout va changer.

Chapitre 33

Après une brève conversation, nous nous mettons d'accord pour dormir séparément. Je reste avec Rose au Drake, et Ryke emmène Lo chez lui, sur le campus. J'apprends que son père l'a appelé seulement le lendemain matin, quand Rose me relaie l'information.

Il lui a donné l'ultimatum que nous avons évité et craint toute notre vie. Retourne à l'université, reprends ta vie en main, ou ton compte en banque disparaît. Il y a quelques mois, Lo aurait peut-être pris une autre décision. Il aurait peut-être opté pour la fac, demandé un transfert à Princeton ou Penn State, repris une routine familière dans un nouvel endroit. Mais je crois que nous avons tous les deux conscience que certaines choses valent plus qu'un mode de vie huppé et un portefeuille bien rempli.

Au petit-déjeuner, pendant que je picore un bol de porridge dans le salon, je ne suis pas surprise quand Rose m'annonce que Lo a refusé l'argent. Elle dit que c'est le truc le plus héroïque qu'il a fait de sa vie. L'ironie, c'est qu'il ne sauve pas une demoiselle en détresse dans un château, il ne sauve pas un bébé d'un immeuble en flammes – il s'aide lui-même. Peut-être un peu pour sauver notre relation, mais surtout pour lui. Et c'est la meilleure raison qui soit. Malgré la peur, je suis tellement, tellement fière de lui.

Dans quelques jours, je vais devoir trouver le même courage.

Ma sœur pose une main sur mon épaule.

– Il va passer prendre quelques affaires. Ils partent à midi.

Je sens un poids peser sur ma poitrine, mais je hoche quand même la tête. Nous avons aussi décidé qu'il devait partir en cure dès que possible. Nous avons peur de changer d'avis, de nous convaincre que ce n'est pas la bonne solution et que nous pouvons nous débrouiller seuls. Nous ne pouvons pas. Nous avons essayé, et ça a fini avec Lo buvant de la tequila dans une chambre d'hôtel et moi le tirant contre moi.

Rose s'approche ; je lui fais de la place sur le canapé.

– Comment tu te sens ? demande-t-elle, ramassant mes cheveux courts entre ses mains pour les tresser.

Je secoue la tête. Je n'ai pas les mots. En une soirée, Lo a perdu ses fonds, appris que son père lui a menti, et découvert qu'il a un frère. Nous sommes si liés que je ressens la douleur de la tromperie comme si c'était la mienne.

Comment Jonathan a-t-il pu mentir à Lo pendant si longtemps ? Je veux le mépriser d'avoir caché la vérité, et pourtant, je ne peux pas. Il aime Lo. Plus que quiconque ne l'admettra. Il l'aime tellement qu'il a décidé de l'élever plutôt que de l'abandonner. Il craint l'idée que Lo aille en désintox, d'apprendre qu'il a échoué en tant que père et que son fils puisse avancer sans lui. Je crois que, quelque part, Jonathan pense que Lo reviendra à la maison pour l'argent, qu'il reviendra vers lui quand il se rendra compte que faire partie de la classe ouvrière n'est pas si facile. Peut-être que c'est ce que Lo fera. Ou peut-être qu'il dira enfin au revoir à son père et ne reviendra jamais en arrière.

– Ce sera difficile au début, me dit Rose, attachant ma tresse. C'est quoi, la période la plus longue que tu as passée sans lui ?

Je secoue de nouveau la tête.

– Je ne sais pas… une semaine, peut-être.

Cela semble complètement absurde, mais c'est vrai. C'est comme si on avait été mariés toute notre vie, et voilà qu'on doit se séparer. Je sais que c'est pour le mieux, mais il n'empêche que la douleur suppure comme une blessure toute fraîche.

Rose me frotte le dos et je me tourne vers elle. Elle me regarde avec plus d'inquiétude que je ne le pensais possible. Au final, ce n'est pas un garçon qui m'a aidée.

C'est ma sœur.

Je lui prends la main et dis :

– Merci. (Les larmes me montent aux yeux.) Je ne sais pas si je peux y arriver sans toi.

Rose et moi avons décidé de cacher mon addiction à nos parents et à nos sœurs. Ce n'est pas une chose que les gens peuvent accepter ou comprendre facilement, et je ne veux pas passer mes journées à justifier ces compulsions. Si Rose pense elle aussi que c'est mieux ainsi, alors c'est la bonne décision.

– Tu pourras. Pas tout de suite, mais tu y arriveras.

– J'ai peur.

J'ai mal à la gorge. J'inspire, fébrile.

– Et si je le trompe ? Si je ne peux pas attendre ?

Elle me serre la main.

– Tu attendras. Tu vas y arriver, et je serai à tes côtés tout du long.

Je m'essuie les joues et passe mes bras autour d'elle, l'étreignant longuement. Pour dire merci, je suis désolée, et…

– Je t'aime, je murmure.

Elle me caresse les cheveux.

– Moi aussi, je t'aime.

Je suis debout sur le trottoir devant le Drake. Des bourrasques de neige me caressent les joues pendant que j'attends Lo. Les gens portent de beaux habits du dimanche pour se rendre à la messe du réveillon de Noël. De petites lumières sont enroulées autour des lampadaires, et des couronnes avec des rubans en velours rouge sont pendues devant notre immeuble. La ville garde un esprit de fête alors que mon cœur se serre un peu plus à chaque battement.

L'Infiniti noire de Ryke est garée le long du trottoir. Il y jette le duvet de Lo et ferme le coffre.

Lo a des cernes sous ses yeux las, il a l'air abattu et épuisé. Un mètre nous sépare, et je me demande lequel de nous deux va réduire cette distance à néant – le cas échéant.

– Qu'est-ce qu'on doit se dire ? je souffle. Au revoir ?

– Non. (Il secoue la tête.) Ce n'est pas un au revoir, Lil. On se retrouve vite.

Je ne sais même pas dans quel centre il va. Ryke refuse de me donner l'adresse, mais je préfère croire que c'est un lieu sûr, et peut-être imaginer qu'il n'est pas trop loin.

J'adresse un petit sourire à Lo, prenant sur moi pour ne pas pleurer. Mais une fois que je vois une larme glisser sur sa joue, c'en est fini pour moi. Je renifle.

– Ne change pas trop, je lui dis.

J'ai peur qu'il revienne et n'ait plus sa place dans ma vie. Qu'il passe à autre chose pendant que je stagne.

– Seulement le mauvais, dit-il.

C'est lui qui fait le premier pas. Puis il en fait un autre. Et un autre. Jusqu'à ce que nos pieds se touchent, jusqu'à ce que son pouce caresse ma joue.

– Je serai toujours à toi. Peu importe le temps ou la distance qui nous sépare, Lily. Il faut que tu y croies.

Je pose mes mains sur son torse ferme et passe mes doigts sur la pointe de flèche de son collier.

– Je ne voulais pas te laisser ici – sa poitrine se comprime sous mes paumes – et te faire souffrir, Lil. Il faut que tu le saches… c'est le truc le plus dur que j'aie jamais eu à faire. (Il s'humecte les lèvres.) C'est plus difficile que dire non à mon père, que renoncer à l'argent, ça, là, ça me *tue*.

– Ça va aller, je murmure, m'efforçant d'y croire.

– Vraiment ? demande-t-il, sceptique. Parce que je te vois pleurer et t'agiter dans le lit. Je te vois appeler quelqu'un en criant et prier Dieu que la douleur cesse. Et c'est moi qui en suis responsable.

– Arrête, je souffle, incapable de le regarder dans les yeux. Je t'en prie, ne pense pas comme ça.

Il ouvre la bouche, et je pense qu'il va m'affranchir. Me dire que je peux le tromper en toute impunité. Au lieu de cela, il pleure de plus belle et dit :

– Attends-moi.

Ses paroles sont étranglées, désespérées.

– J'ai besoin que tu m'attendes.

C'est forcément quelqu'un qui lui a mis cette idée dans la tête. Je regarde par-dessus mon épaule : Rose a une main en travers de la bouche, les yeux écarquillés. Je me tourne vers Ryke, mais son regard dur ne trahit rien.

C'était l'idée de Lo.

Il savait que le seul moyen pour que je me batte, c'était que j'aie quelque chose à perdre.

J'essaie de formuler une réponse, mais ma gorge se referme autour des mots.

Lo me tire contre lui et passe ses bras autour de mes épaules.

– Je t'aime.

Il m'embrasse sur le front et se détache de moi, me laissant sans voix et brisée sur le trottoir. Il fait un signe de tête à Rose.

– Prends soin d'elle.

– Prends soin de toi, répond-elle.

Il hoche de nouveau la tête, et j'attends qu'il se retourne vers moi une dernière fois.

Il ne le fait pas.

– Lo.

Une main sur la portière de la voiture, il hésite avant de me regarder.

J'ouvre la bouche, je veux exprimer tous mes sentiments en même temps. *Je t'aime. Je t'attendrai ! Tu es mon meilleur ami, mon âme sœur et mon amant. Je suis si fière de toi. S'il te plaît. Reviens-moi.*

Ses lèvres se soulèvent sur un sourire optimiste.

– Je sais.

Sur ce, il monte dans la voiture et ferme la portière. L'Infiniti s'engage dans la rue.

Et disparaît au loin.

CHAPITRE BONUS

– *Réécriture du chapitre 32*

Loren Hale

Lily semble aussi engourdie que je voudrais l'être. L'ascenseur descend jusqu'à la salle de bal pour nous ramener au gala de charité de Noël. Je suis incapable de la regarder pour savoir si elle va bien.

J'ai des flashs de nous deux dans la chambre d'hôtel, et je sais que je l'ai blessée, d'une manière ou d'une autre. Je sais qu'elle ne va pas bien. Je n'aurais pas dû nourrir son addiction. Je n'aurais pas dû être si brutal. *Je ne peux pas revenir en arrière.* Je ne peux pas rembobiner le temps. J'ai juste essayé de l'effacer un instant.

La mini-bouteille de tequila que j'ai vidée reste au fond de ma gorge comme de l'acide. Tout monte en moi. S'amasse.

M'accable.

Je garde les yeux fixés droit devant moi. Les muscles lourds.

Elle mérite mieux.

Elle ne devrait pas être avec moi – pas ce moi-*là*. Le moi qui a laissé une sale journée devenir sa pire. Le moi qui l'a entraînée aussi bas. Mais je ne sais pas ce qu'est la vie sans Lily. Elle est… elle est ma meilleure amie.

Elle est mon monde, mon âme.

Elle est la chose enfouie à l'intérieur de moi qui mérite d'être choyée. Qui mérite de voir la lumière. Je le sais.

Je le sais.

– Tu vas faire quoi quand on arrivera en bas ? demande-t-elle à voix basse.

– Il faut que je parle à mon père.

Ma voix est plus dure que je ne le voudrais, surtout envers elle, et je regarde les numéros qui brillent sans ciller, les yeux brûlants.

L'espace d'un instant, j'ai cru que je pourrais devenir sobre sans passer par la case désintox. Sans abandonner Lily. Mais *peux pas peux pas peux pas* semble être ma devise. Je ne *peux pas* rembobiner le temps.

Je ne *peux pas* avoir mon diplôme universitaire.

Je ne *peux pas* être l'homme dont Lily a besoin.

Je ne *peux pas* être l'homme que je devrais être. Que j'espère être. Pas encore.

Et peut-être suis-je un imbécile – de vouloir essayer, de penser que ça pourrait *peut-être* marcher. Je suis un mec qui ne *peut pas.* Un mec qui n'a peut-être jamais pu. Mais je refuse d'être un gars qui ne le pourra jamais. Je vais essayer. Je dois essayer.

Pour elle. Pour moi.

Pour nous.

Une fois les portes de l'ascenseur ouvertes, je n'ai qu'une pensée en tête : le trouver. Trouver mon père. Il y a de la lâcheté en moi. Merdique et inconvenante, une lâcheté qui pourrait dévorer la détermination fragile que je viens de bâtir. Une détermination née du fait d'avoir blessé celle qui est tout pour moi. Depuis combien de temps lui fais-je du mal ? Et pour combien de temps encore ?

Cela doit cesser.

Il faut que j'arrête. Que je sorte de ce schéma. Nous avons besoin d'un nouveau départ – et ce pourrait être le seul moyen.

Rien ne me distrait ni ne m'arrête. Ni les beaux lustres. Ni les connards en costards. Ni le gigantesque sapin de Noël décoré d'une quantité obscène de guirlandes dorées. Ni la scène avec les écrans géants disant *Hale Co.* et *Fizzle*.

La seule chose qui me stoppe momentanément est l'alcool. Je prends une flûte de champagne rosé sur un plateau. La vide en une gorgée. En mal de bourbon, je grimace mais continue d'avancer. Lily me suit pendant que je slalome entre les grappes de mondains.

J'ai envie de lui tenir la main.

J'ai envie de la tirer contre moi.

J'ai envie de tourner les talons et de partir avec elle. *Je ne peux pas.*

Je dois rassembler toutes mes misérables forces pour l'éviter. Alors qu'elle est tout ce que je veux à ce moment.

Dans ce monde.

Il faut que j'aille au bout. Alors que je m'accroche à cette persévérance balbutiante, mes foulées s'allongent et je repère mon père, en smoking impeccable, au milieu d'autres hommes plus âgés. Tous un verre de whisky à la main.

– Lo.

J'entends à peine Lily, qui se laisse un peu distancer. *Je suis désolé, mon cœur.* Ça fait mal. Tout fait mal, putain.

Dès que mon père me voit arriver, il congédie les autres hommes. J'ai l'impression que mon visage est figé, soudain. Comme si j'allais me briser si je bouge la mâchoire ou mes yeux plissés. Comme s'il pouvait me briser.

Je n'ai connu que cette expression sévère qu'il affiche en ce moment même. Je ne recule pas quand il demande :

– Tu m'évites ? Tu viens à la maison d'habitude le mercredi.

– J'ai eu une mauvaise passe.

Il me jauge de la tête aux pieds.

– Tu as l'air d'aller bien.

Mes yeux brûlent plus fort. Le croit-il vraiment ? Comment peut-il me regarder et croire que je vais bien ? J'ai envie de crier, mais les mots sortent sur un ton neutre :

– Je ne vais pas bien. (Je secoue la tête, les émotions montent en moi.) Je ne vais pas bien, papa.

Il jette un coup d'œil rapide vers la gauche, la droite. Repère les quelques curieux. Oui, nous sommes dans un lieu public qui représente *son* entreprise. Hale Co.

Mon avenir.

– Ce n'est pas le moment, Loren. Nous parlerons plus tard.

Il n'y a pas de plus tard.

– J'ai un problème.

Je dis ça comme si c'était une question de vie ou de mort. J'ai l'impression que c'est le cas : si je ne le fais pas maintenant, c'est terminé.

– Tu m'entends ? Je te dis que je ne vais pas bien.

Je ne l'imagine pas me prendre dans ses bras.

Je ne l'imagine pas hocher la tête et dire : *Tu vas te faire aider. C'est ce que tu veux, et j'en ai les moyens. Viens, fils. Je t'aime, fils.*

Je n'imagine pas l'impossible.

L'apathie coule dans mes veines. Je n'ai jamais cru qu'une discussion à cœur ouvert pourrait altérer son caractère lunatique, ou le faire changer d'avis.

Il vide son whisky. Je le regarde poser le verre sur une table haute. Mes muscles sont si raides qu'ils tremblent, ils exigent un soulagement. Que je me retourne et fuie.

Je reste.

Il se frotte la bouche, puis s'approche de moi.

– Tu essaies de me faire honte ?

Je serre les poings. Juste pour que mes mains arrêtent de trembler.

– Tu sais que je bois, et tu t'en tapes.

– C'est ça, le souci ? (Son visage se tord.) Lo, tu es un jeune homme de vingt et un ans. Évidemment que tu bois.

– Je perds connaissance.

– Comme beaucoup d'autres avant toi. C'est normal pour les gamins de ton âge d'abuser de l'alcool.

Je ne l'écoute pas. J'ai beau l'aimer, je ne l'écoute pas cette fois-ci.

– Je suis incapable de passer un jour sans boire.

Ses lèvres se retroussent sur une moue de dégoût.

– Arrête d'essayer de trouver une excuse à tes erreurs et assume-les comme un homme, putain.

Lily est derrière moi. Elle attrape ma main, mais je la retire. Cela me déchire la poitrine. Mais je ne peux pas m'agripper à elle pendant que j'affronte mon père.

Il a pris un autre verre de whisky sur le plateau d'un serveur et avale une gorgée, puis fait un signe de tête en direction de Lily. Mon pouls accélère à la seconde où il l'implique dans cette histoire, lui lançant un regard noir.

– C'est toi qui as mis ces idées dans la tête de mon fils ?

Elle se recroqueville.

Je hausse la voix.

– Je le sais depuis que je suis enfant. Elle n'a rien eu besoin de me dire.

Ne la mêle pas à ça.

– J'en doute fort.

Je serre les dents, mais les mots restent coincés dans ma gorge. Lorsque Rose vient passer un bras autour de la taille de Lily, mon pouls se calme un peu. *Rose est là.*

Ryke apparaît soudain à mes côtés. Il reprend son souffle, comme s'il avait couru jusqu'à moi, et je le sens poser une main sur mon bras. Le réconfort de son contact est une chose que je n'obtiendrai jamais de mon père. Ryke me souffle :

– Viens, Lo.

Les yeux rivés sur mon père, je suis incapable de bouger. Son visage a viré au blanc cendreux, sa main s'est relâchée autour de son whisky. Sa façon de regarder Ryke bouleverse toute certitude en moi.

Mais je sais que je ne suis pas dans *Sixième Sens*. Ryke n'est pas un fantôme. C'est une vraie personne.

Une vraie personne que mon père reconnaît.

Mes doutes se confirment quand mon père finit par dire :

– Qu'est-ce que tu fais là ?

Je fronce les sourcils.

– Vous vous connaissez ?

Mon père souffle.

– Tu ne lui as pas dit.

C'est à Ryke qu'il s'adresse, et quelque chose bout en moi. Quelque chose de sombre et liquide. Les gens nous regardent. Mon père le voit, et il termine son whisky en grimaçant.

Est-ce que quelqu'un va se décider à me dire ce qu'il se passe ?

Je danse d'un pied sur l'autre.

– Me dire quoi ?

– Rien, répond mon père avec un sourire amer, puis il pose son verre et reporte ses yeux perçants sur moi. Alors, c'est tout ce que tu avais à me dire ? Tu voulais m'accuser de tous tes problèmes et taper du pied comme un gosse ?

Je pourrais l'interroger sur sa relation avec Ryke. Je pourrais oublier mes projets. Je ne les ai pas encore formulés à voix haute. Je pourrais partir et laisser cette détermination fragile s'écrouler sous mes pieds.

Ryke ne retire pas sa main de mon épaule. Sa paume est tranquillement posée là. Elle n'est pas lourde. C'est une présence prudente, compréhensive.

Je sais qu'il est là pour moi.

Et alors que je regarde mon père dans les yeux, je ne le déteste pas autant que je déteste qui je suis.

– Non, je dis à voix basse. Peut-être que dans mon adolescence, j'aurais fait quelque chose dans le genre. Mais je voulais juste te dire que je vais arrêter de boire.

Je veux être quelqu'un que je peux aimer.

Je vais essayer.

BONUS : PLAYLIST

Chansons

« Wildest Moments » – Jessie Ware
« Habits (Stay High) » – Tove Lo
« Lost in My Mind » – The Head and the Heart
« On the Rocks » – Grieves
« Let It Go » – Fossil Collective
« Trembling Hands » – The Temper Trap
« Pasadena » – Modern Skirts
« Two Fingers » – Jake Bugg
« Worthy » – Jacob Banks
« Life Is Hard » – Edward Sharpe and the Magnetic Zeros
« Animal » – Miike Snow
« Lose Your Soul » – Dead Man's Bones
« Pleasant Street / You Keep Me Hanging On » – Tim Buckley

BONUS : CONVERSATION SMS

AOÛT
10:04

LILY : SOS ! On a besoin d'une BONNE excuse pour échapper au déjeuner de dimanche prochain. Genre une excuse en béton. Incontestable !

LILY : Rose n'arrête pas de m'envoyer des messages

LILY : Sérieux elle arrête pas !! 😱 Lo, t'es là ?

LILY : Tu n'avais pas cours à 9 heures toi aussi ? Je te retrouve sur le campus

LO : Je viens de me réveiller

LILY : Seulement ?

LO : Me suis couché tard. Tu te rappelles ? Ou monsieur calculette t'a baisée trop fort ?

LILY : C'est méchant, Lo

LO : Comment je suis censé l'appeler ?

LILY : Par son prénom

LO : Qui est ??

LILY : Je sais pas... j'ai pas demandé. On a baisé après la soirée dans la résidence universitaire et on s'est quittés. Mais il y a des surnoms plus SYMPAS que monsieur calculette. Il avait juste de l'acné. Beaucoup de gens ont de l'acné.

LO : Ou bien de l'herpès. Tu ferais mieux de te faire dépister

LO : Je viendrai avec toi

LO : On se retrouve bientôt, mon cœur

LO : Mon cœur ? 🥺

LILY : D'accord, mais plus tard. J'ai un autre cours bientôt.

LILY : ET ROSE ARRÊTE PAS DE M'ÉCRIRE ! Je sais pas quoi lui dire

LO : On a fait une intoxication alimentaire et on ne peut pas venir demain. Problème réglé.

LILY : Le repas est dimanche

LO : Je sais. C'est toujours le dimanche

LILY : On est jeudi aujourd'hui, Lo.

LO : Ah

LO : Dis à Rose qu'on ne vient pas parce qu'on a des plans avec Charlie et Stacey. Et qu'ils sont bien plus marrants qu'elle.

LILY : Et si elle demande des détails ? Genre des dates, des lieux, et qu'elle se pointe ? Et qu'elle se rend compte que Charlie et Stacey n'existent pas ?

LO : OK, d'accord

LO : Faut qu'on se serve d'un truc qui parle à ta sœur.

LILY : La mode ? On doit aller faire du shopping

LO : Non, elle demandera pourquoi elle est pas invitée

LILY : J'ai ! La fac. Ça vient de reprendre. On est occupés à réviser. Pour des examens TRÈS importants. On essaie de faire mieux cette année.

LO : Parfait, mon cœur 🩶 Tu vois, tu n'avais même pas besoin de moi

LILY : Ce n'est pas vrai. J'ai toujours besoin de toi, Lo

LO : Je pars du Drake. Je te retrouve sur le campus

LILY : !!! 🎉

LO : Dis-moi quand tu sors de ton cours

LILY : Ça marche, j'y vais là 👋

LO : 👋

SEPTEMBRE
13:32

LILY : Nouveau téléphone ! Je vérifie si les SMS fonctionnent bien. C'est le cas ?

LO : Pareil que l'autre. Mais tes messages sont toujours les meilleurs.

LILY : On s'entraîne à flirter pour quand on fait semblant ?

LO : Tu as besoin de t'entraîner ?

LILY : Je sais pas. Tu veux qu'on s'envoie des sextos ?

LILY : Pour s'entraîner ! Pour notre fausse relation. Oublie, je retire. Je retire direct ! Ne réponds pas à ça s'il te plaît.

LO : Tu es sûre, mon cœur ?

LILY : Je suis sûre. Sûre.

LO : D'accord. J'aurais aimé venir avec toi à la boutique. J'ai l'impression que ça fait mille ans que tu es partie.

LILY : Je sais, j'ai horreur de ça. Tu veux retourner voir Thor au ciné ? Je crois que ça passe encore.

LO : À 1 000 % et on devrait se prendre en photo avec le pop-corn. Pour prouver qu'on y était.

LILY : Qu'on y était ensemble ? Pour pouvoir l'envoyer à Rose comme preuve de notre relation de couple ?

LO : Aussi, oui

OCTOBRE
9:24

LO : Tu te rappelles comment c'était ce matin ? De m'avoir en toi ? Tu veux recommencer ?

LILY : x3

LO : Pourquoi pas x5 ?

LILY : Ouioui peut-être que je devrais planter le nouveau tuteur aujourd'hui ?

LO : Non, va voir je sais plus son nom. Je dois d'abord faire un saut aux courses 🥛

LILY : Connor Cobalt. Meilleur nom du monde

LO : Pas au monde. Ça va

LILY : Donne-moi quelqu'un qui a un meilleur nom.

LO : Lily mon cœur Calloway

LILY : Arrête 🙂

LILY : Sérieux, Lo, donne-moi un meilleur nom que Connor Cobalt

LO : Je viens de le faire. Lily Calloway.

LO : Je t'aime, Lil

LILY : Je t'aime aussi, Lo

16:40

LILY : Trop de monde sur la route aujourd'hui

LO : Tu vas faire attendre le nouveau tuteur ?

LILY : J'espère pas. Il pourrait me virer en tant qu'élève avant même que j'arrive

LO : Il faudra me passer sur le corps

LILY : J'aimerais pouvoir transplaner.
Ou me téléporter.

LO : Moi aussi. Je me téléporterais jusqu'à toi.

LILY : Si on se concentre très, très fort, peut-être qu'on peut se connecter psychiquement et se téléporter jusqu'à l'autre.

LO : J'essaie

LILY : Moi aussi. Les superpouvoirs n'arrivent pas 😔

LO : Pense au sexe de cet après-midi, tu te sentiras mieux, mon cœur

LILY : Par mieux, tu veux dire plus mouillée ? Le sexe x5, c'est le meilleur

LO : 😈

20:33

LO : Appel manqué de Lily

20:34

LO : Appel manqué de Lily

20:36

LO : Appel manqué de Lily

20:37

LILY : Où es-tu ? Je viens de rentrer. Le tuteur est avec moi pour m'aider à réviser. Ça va ?

NOVEMBRE
13:12

LILY : Comment se porte Calloway Couture ?

ROSE : Ça va.

LILY : Je suis vraiment désolée. Tu le sais ?

ROSE : Ce n'est rien. Je suis juste occupée, Lily.

DÉCEMBRE
09:04

LILY : Je viens pas.

LO : tu ne viens pas en cours ?

LILY : Je n'ai aucune envie d'être là, Lo.

LO : Rentre à la maison, mon cœur

LO : Mais on vient de faire l'amour, donc peut-être qu'on ne devrait pas recommencer avant quelques heures.

LILY : Je sais. Je n'ai envie de rien.

LILY : Enfin, j’ai envie de sexe, mais ce n’est pas pour ça que je rentre. J’ai juste envie d’être avec toi.

LILY : Sans sexe.

LO : On pourra enfin se regarder les 7 Harry Potter d’un coup maintenant que Les Reliques de la Mort partie 2 est sorti. Qu’est-ce que tu en dis, mon cœur ?

LILY : OUI !

LILY : Une seconde. J’ai failli tomber en envoyant des SMS en marchant sur le campus

09:08

LILY : Comment tu te sens ?

LO : Mal, je dirais

LO : J’ai envie d’un verre certainement autant que t’as envie que je te baise.

LILY : Ouais

LO : Ça ira mieux quand tu seras à la maison. Tu es en route ?

LILY : Je suis dans la voiture.

LO : ❤

REMERCIEMENTS

Tout d'abord, nous voulons remercier toutes les personnes qui ont soutenu *Addicted to You* au cours de sa création. Famille, amis et plus particulièrement nos collègues blogueuses et notre communauté littéraire, vous êtes très chères à nos cœurs et nous vous devons nos plus grands remerciements et d'énormes câlins. Qu'ils soient réels ou virtuels, c'est la même chose pour nous.

Pour toutes celles qui souffrent d'une addiction ou pensent en avoir une, reconnaître le problème est la première étape, en parler à quelqu'un peut être la suivante. Il est important qu'en tant que lectrices, en tant que femmes, nous nous soutenions les unes et les autres. L'addiction sexuelle chez les femmes est un sujet délicat. Il y a une limite ténue entre être une accro au sexe destructrice (comme c'est le cas pour Lily) et simplement explorer sa sexualité. En étant conscientes de cette limite, nous pouvons soutenir d'autres femmes dans leur sexualité au lieu de les pointer du doigt. Nous sommes toutes des sœurs, et nous sommes excitées de célébrer ce lien que nous partageons toutes intrinsèquement. Et à tous les garçons lisant ce livre, nous vous aimons aussi ! Merci à tous !

LA SÉRIE ADDICTED

Ordre de lecture recommandé :

ADDICTED TO YOU
Addicted, tome 1
Mai 2025

RICOCHET
Addicted, tome 2
Juin 2025

ADDICTED FOR NOW
Addicted, tome 3
Juillet 2025

KISS THE SKY
Spin-off : Calloway Sisters, tome 1
Novembre 2025

HOTHOUSE FLOWER
Calloway Sisters, tome 2
Décembre 2025

THRIVE
Addicted, tome 4
Janvier 2026

ADDICTED AFTER ALL
Addicted, tome 5
Avril 2026

FUEL THE FIRE
Calloway Sisters, tome 3
Mai 2026

LONG WAY DOWN
Calloway Sisters, tome 4
Juin 2026

SOME KIND OF PERFECT
Calloway Sisters, tome 5
Août 2026

Retrouvez le label VERSO
sur les réseaux sociaux :
@verso_romans

RÉALISATION : NORD COMPO À VILLENEUVE-D'ASCQ
ACHEVÉ D'IMPRIMER SUR ROTO-PAGE
PAR L'IMPRIMERIE FLOCH À MAYENNE
DÉPÔT LÉGAL : MAI 2025. N° 159076 (106804)
IMPRIMÉ EN FRANCE

FABELHAFT
FRANZÖSISCH

CALLWEY

W0248972

Cathleen CLARITY
Kathrin KOSCHITZKI

FABELHAFT FRANZÖSISCH

KÖSTLICHKEITEN *für* JEDEN *Anlass*

CALLWEY

FÜR …

… meine süße Mutter, Pat.

… meine Schwester Ang – mein Engel.

… meine drei Musketiere: Cécilia, Bastien und Bianca.

Bereits als kleines Mädchen zog mich die französische Küche in ihren Bann. Und das, obwohl ich in Minnesota aufwuchs, wo es damals nur wenige Möglichkeiten gab, außer Haus zu essen – vorwiegend waren das Schnellrestaurants und Diners, in denen Hackbraten serviert wurde. Dass ich die französische Küche trotzdem schon so früh kennen und lieben lernte, lag an meiner Lieblings-Fernsehsendung: „The French Chef" (Die französische Köchin) von Julia Childs, die damit die Tradition der Kochsendungen überhaupt erst begründete. Während ich ihr dabei zusah, wie sie die scheinbar komplizierten und aufwendigen Rezepte zubereitete, war ich wie verzaubert. Manchmal ließ sie dabei das eine oder andere französische Wort fallen und machte mich damit so neugierig auf die Sprache, dass ich unbedingt mehr lernen wollte.

Später, während meines Studiums, verbrachte ich dann drei Semester in Paris. Das Essen, der Stil und die Schönheit dieser Stadt waren für mich eine absolute Offenbarung! Ich konnte es gar nicht erwarten zurückzukehren und zog gleich nach dem Abschluss meines Studiums in die Seine-Metropole. Eines meiner liebsten Rituale damals – und auch noch heute – war es, mir morgens ein frisches, warmes Baguette zu holen, was selten in meinem winzigen Apartment ankam, da ich schon auf dem Rückweg von der Bäckerei anfing, davon zu naschen … Ein derart befriedigendes Geschmackserlebnis gibt es einfach nirgendwo sonst.

Doch wie kam ich dazu, meinen Traum zu verwirklichen und als Köchin zu arbeiten? Meine Karriere begann in der PR- und Kommunikationsbranche, die große Leidenschaft, die ich schon so früh in meinem Leben entwickelt hatte, verließ mich jedoch nie. Nach der Geburt meines dritten Kindes bot sich mir dann die Gelegenheit, meine Berufung auch zu meinem Beruf zu machen: Ich bekam einen Platz zur Kochausbildung an der renommierten „École Ferrandi". Das Jahr dort war einfach unglaublich! Jeden Tag stand ich um acht Uhr morgens in der Küche. Ich wollte so viel lernen, wie ich nur konnte, denn mein Traum wurde endlich wahr!

Dies war der Beginn meiner Karriere als Köchin.
Nachdem ich die Ausbildung abgeschlossen hatte, arbeitete ich in einem mit zwei Michelin-Sternen ausgezeichneten Restaurant in Paris. Eine strapaziöse und zugleich sehr bereichernde Erfahrung. Doch schon bald gründete ich mein eigenes Catering-Unternehmen, machte mich also als Köchin selbstständig. Zu dieser Zeit entwickelte ich dann auch meinen eigenen Stil des Kochens: leichte Speisen aus marktfrischen und saisonalen Zutaten, verfeinert mit nur ein klein wenig Sahne

und Butter. Das Erzeugnis, die Hauptzutat, soll die Hauptrolle auf dem Teller spielen und nicht durch zu viele andere Aromen überlagert werden. Mir gefällt es, wenn meine Kreationen klar und zugänglich sind, dabei aber sauber ausgeführt, mit gut abgestimmten Gewürzen.

Aus meiner Liebe zum Kochen entwickelte sich mit der Zeit auch die Liebe zum Lehren. Ich gründete meine eigene Kochschule und habe nun das Glück, für den Koch Cyril Lignac in einer wunderschönen Küche in Paris unterrichten zu dürfen.

Die eher schüchternen Kochschüler mag ich besonders gerne. Am Anfang scheinen sie immer ein wenig überwältigt zu sein, doch wenn sie dann drei Stunden später am Tisch sitzen, um das, was sie zubereitet haben, zu verspeisen, und ihr Stolz darüber klar in ihrem Gesicht zu erkennen ist, bereitet mir das unheimlich große Freude.

Die Idee, dieses Buch zu schreiben, war nur die logische Konsequenz aus den Fragen meiner Schüler. Sie interessierten sich für Menüvorschläge oder Tipps, wie sie sich in der Küche besser organisieren könnten, um professioneller zu arbeiten. Und Tipps habe ich ihnen selbstverständlich gerne gegeben, war mir aber im Klaren, dass sie mehr bräuchten.

Es gibt so viele gute Anlässe, um zu einem schönen Essen zusammenzukommen, dass es nicht schwer war, Themen für die Menüs in diesem Buch zu finden. Jetzt fehlte nur noch jemand, der meine Liebe zum Essen gleichermaßen teilte, um meine Kreationen in den passenden Bildern einfangen zu können.

Kathrin, die ebenfalls an der „École Ferrandi" gelernt hat, war ein Geschenk des Himmels. Als ich die Bilder auf ihrem Blog das erste Mal sah, bekam ich buchstäblich eine Gänsehaut. Ich wusste sofort, dass sie die Richtige war. Kathrin ist eine wunderbare Pâtissière und Fotografin. Sie hat ein unglaublich gutes Auge für alles Kulinarische und kann es auf zauberhafte Art und Weise in ihren Bildern festhalten. Wir hatten eine tolle Zeit beim Zusammenstellen dieses Buches. Ich bereitete meine Speisen mit großer Sorgfalt getreu der feinen französischen Tradition zu, Kathrin probierte alles, bevor sie es fotografierte, und so gelang es ihr, meinen Rezepten auf den Bildern diesen menschlichen Touch zu geben, der Teil unseres Stils ist.

Ich kochte und kochte, Kathrin fotografierte und fotografierte und meine Kinder aßen und aßen!

Wir hoffen, Sie werden ebensolche Freude an diesem Buch haben, wie wir sie bei der Produktion hatten.

MENÜ 01

Amuse Gueule
Junges Gemüse in Tempura

Vorspeise
Grüner Spargel mit Parmesan
und
Pochierter weißer Spargel,
dazu Sauce Mousseline mit Kräutern

Hauptspeise
Geschmorte Kalbslende
mit Pfifferlingen mit Mandeln und Zitrone

Dessert
Beeren-Pavlova

FRÜHLINGSLUNCH MIT DER FAMILIE

Es gibt nichts Schöneres, als die ersten Anzeichen des Frühlings.

In dieser Jahreszeit bummle ich besonders gerne über die Pariser Märkte, denn die Marktstände scheinen sich plötzlich vor frischen, grünen Erzeugnissen nur so zu biegen: Das junge Gemüse mit seinen leuchtenden Farben hat bereits einen aromatischen Geschmack, die roten Beerenfrüchte locken mit ihrem süßen Aroma und die Metzger haben das besonders zarte Fleisch von Jungtieren im Angebot.

Der Gedanke hinter dem folgenden Mittagsmenü ist, die besten Erzeugnisse und Produkte, die sie auf dem Frühlingsmarkt finden können, mithilfe von ein paar professionellen Methoden in eine leckere Mahlzeit zu verwandeln, mit der Sie Freunde und Familie am Wochenende verwöhnen können. Wer kann bei diesem kulinarischen Frühlingsgruß schon widerstehen?

AMUSE GUEULE

JUNGES GEMÜSE IN TEMPURA

Für das junge Gemüse

z. B. Speiserübchen, Radieschen, grüne Bohnen, junge Karotten, kleine Rote Bete, kleine Zucchiniblüten und essbare Blüten von Veilchen, Stiefmütterchen etc.

Für den Tempurateig

100 g Mehl (Typ 405)

1 TL Natron

2 EL Maisstärke

1 Bio-Ei

200 ml eiskaltes Wasser

2 EL Mohnsamen

2 l Traubenkernöl, zum Frittieren

Fleur de Sel oder Maldon Meersalz

Das Gemüse sorgfältig putzen und abspülen. Da die Schale von jungem Gemüse im Frühling noch sehr dünn ist, muss es nicht geschält werden – mit Ausnahme der Roten Beten.

TEMPURATEIG Mehl, Natron und Maisstärke zusammen in eine Schüssel sieben. In einer separaten Schüssel das Ei mit dem eiskalten Wasser verquirlen. Die Mehlmischung in drei Etappen mithilfe einer Gabel unter die Ei-Wasser-Mischung rühren. (Die Masse darf nicht zu stark bearbeitet werden, da das Gluten aus dem Mehl sonst ein stabiles Teiggerüst entwickelt, und das würde dazu führen, dass die Masse zäh und schwer wird.) Es ist aber kein Problem, wenn noch ein paar Klümpchen in der Masse zu erkennen sind. Zum Schluss die Mohnsamen untermischen.

Die Teigmasse möglichst direkt nach der Zubereitung verwenden – das bringt die besten Ergebnisse. Das Traubenkernöl in einem großen Topf oder in der Fritteuse auf 180 °C erhitzen.

Die Tempuramasse noch einmal kurz mit dem Schneebesen durchrühren, dann das Gemüse in mehreren Etappen hineintauchen und mit einer Gabel oder Essstäbchen wieder herausnehmen, sodass überschüssige Masse abtropfen kann.

Das überzogene Gemüse im Anschluss portionsweise in das heiße Öl geben (jeweils 4–5 Stück auf einmal) und rundherum goldbraun frittieren. Dafür muss das Gemüse während des Frittierens vorsichtig mit dem Sieblöffel gewendet werden. Das goldbraun frittierte Gemüse mit dem Sieblöffel aus dem heißen Öl heben und auf Küchenpapier abtropfen lassen.

ZUM SERVIEREN Zum Servieren auf einer vorgewärmten Platte anrichten und mit etwas Fleur de Sel oder Maldon Meersalz bestreuen. Sofort servieren – Ihre Gäste werden dafür sorgen, dass es sich nicht lange hält.

—

Für 4 Portionen, Vorbereitung: 20 Minuten, Garzeit: 5 Minuten

VORSPEISE

GRÜNER SPARGEL MIT PARMESAN

18 Stangen junger grüner Spargel

50 g Parmesankäse

fruchtiges Olivenöl, nach Belieben

Salz und frisch gemahlener schwarzer Pfeffer

Grüner Spargel muss nicht geschält werden – es reicht, die holzigen Enden abzuschneiden. Ich schäle die Stangen unterhalb der Spitze aber gerne mit einem Sparschäler, da sich so ein schöner optischer Kontrast zwischen den hellgrünen Stangen und den dunkelgrünen Spitzen ergibt.

In einem Topf, der groß genug ist, um den Spargel hineinzulegen, Wasser zum Kochen bringen und pro Liter 10 g Salz hinzufügen. (Das Salz bewirkt, dass der Spargel seine leuchtend grüne Farbe nicht verliert.) Den Spargel etwa 6 Minuten im kochenden Wasser garen. Zur Garprobe mit einem spitzen Messer hineinstechen: Die Spargelstangen sollen ein klein wenig Widerstand bieten. Das Wasser abgießen und die Spargelstangen sofort in eine Schüssel mit eiskaltem Wasser tauchen, damit sie die schöne grüne Farbe behalten.

Den Spargel auf eine vorgewärmte Servierplatte legen, mithilfe eines Sparschälers den Parmesan darüberhobeln, etwas Olivenöl aufträufeln und mit Pfeffer würzen.

—

Zusammen mit dem weißen Spargel (S. 19) für 6 Portionen,
Vorbereitung (gesamt): 40 Minuten, Garzeit (gesamt): 20 Minuten

VORSPEISE

POCHIERTER WEISSER SPARGEL

dazu Sauce Mousseline mit Kräutern

18 Stangen weißer Spargel, am besten aus der französischen Region Landes

Für die Sauce Mousseline mit Kräutern

¼ Bund glatte Petersilie

¼ Bund Koriander

¼ Bund Schnittlauch

¼ Bund Estragon

1 Bio-Ei, Raumtemperatur

1 TL französischer Senf

250 ml Traubenkernöl

frisch gepresster Saft von ½ Zitrone

Fleur de Sel und frisch gemahlener schwarzer Pfeffer

Schnittlauchblüten, zum Garnieren

Den Spargel mit dem Sparschäler schälen. Die Enden großzügig abschneiden (weißer Spargel kann sehr holzig sein), sodass alle Spargelstangen die gleiche Länge haben. In einem Topf, der groß genug ist, um den Spargel hineinzulegen, Wasser zum Kochen bringen und pro Liter 10 g Salz hinzufügen. Den Spargel etwa 12 Minuten im kochenden Wasser garen. Zur Garprobe mit einem spitzen Messer hineinstechen: Die Spargelstangen sollen schön zart sein – deutlich zarter, als der grüne Spargel. Den Spargel, wenn er soweit ist, in eiskaltem Wasser abschrecken und dann auf einem sauberen Küchentuch oder Küchenpapier abtropfen lassen. Bis zum Servieren im Kühlschrank aufbewahren.

SAUCE MOUSSELINE MIT KRÄUTERN Die Kräuter waschen, trocknen und fein hacken.

Wie bei der Zubereitung einer klassischen Mayonnaise sollten alle Zutaten Raumtemperatur haben. Zuerst das Ei trennen und das Eiweiß in einer sauberen Schüssel beiseitestellen. Eigelb und Senf verquirlen und das Traubenkernöl unter kräftigem Rühren mit dem Schneebesen oder Handrührgerät in einem feinen Strahl langsam einlaufen lassen, sodass eine dickflüssige, cremige Mayonnaise entsteht. Mit Zitronensaft, Fleur de Sel und Pfeffer abschmecken. Das Eiweiß nun locker aufschlagen und vorsichtig unter die Mayonnaise heben, gefolgt von den gehackten Kräutern. Nach Belieben nochmals abschmecken.

Den weißen Spargel auf einer großen Servierplatte anrichten und mit der Sauce Mousseline servieren. Nach Wunsch mit Schnittlauchblüten garnieren.

—

Zusammen mit dem grünen Spargel (S. 16) für 6 Portionen,
Vorbereitung (gesamt): 40 Minuten, Garzeit (gesamt): 20 Minuten

HAUPTSPEISE

GESCHMORTE KALBSLENDE

mit Pfifferlingen mit Mandeln und Zitrone

Für die Kalbslende

1 Kalbslende à etwa 1,5 kg (bitten Sie Ihren Metzger, das Fleisch als Bratenstück zu binden)

Kalbsknochen (gibt Ihnen in der Regel der Metzger, wenn Sie ihn darum bitten)

2 milde weiße Zwiebeln

6 EL Olivenöl

½ Bund frischer Salbei

etwas Butter (optional)

150 ml trockener Weißwein

1 l Kalbsfond

Salz und frisch gemahlener schwarzer Pfeffer

KALBSLENDE Das Fleisch mindestens 1 Stunde vor der Zubereitung aus dem Kühlschrank nehmen.

Den Backofen auf 180 °C (Umluft) vorheizen.

Die Zwiebel schälen und in feine Scheiben schneiden. Den Salbei waschen, trocknen und die Blätter abzupfen.

Im Schmortopf 3 EL Olivenöl erhitzen und die Zwiebeln darin zusammen mit den Salbeistängeln glasig andünsten. Die angedünsteten Zwiebeln aus dem Schmortopf nehmen und in einer Schüssel beiseitestellen, die Salbeistängel entfernen.

Das Kalbsfleisch rundherum salzen. 3 weitere EL Olivenöl im Schmortopf erhitzen und das Fleisch darin von allen Seiten bräunen. Die Kalbsknochen hinzufügen und ebenfalls bräunen. Damit das Fleisch besser bräunt, kann nach Belieben etwas Butter hinzugefügt werden. Das Fleisch regelmäßig mit dem Fett begießen, das sich im Topf sammelt. Es soll gleichmäßig gebräunt sein, fast karamellisiert, darf aber keinesfalls anbrennen.

Das Fleisch beiseitelegen und überschüssiges Fett aus dem Schmortopf schöpfen. Die verbliebenen Bratensäfte im Topf erhitzen und mit dem Weißwein ablöschen. Das Kalbsfleisch zusammen mit den angedünsteten Zwiebeln und den frischen Salbeiblättern zurück in den Schmortopf geben, den Kalbsfond zugeben und zum Kochen bringen. Den Topf mit dem Deckel verschließen und das Fleisch 1 Stunde im vorgeheizten Ofen schmoren. Den Braten nach der Hälfte der Garzeit wenden.

Den fertigen Braten aus dem Schmortopf nehmen und vor dem Anschneiden mindestens 15 Minuten abgedeckt mit Alufolie auf einem Gitterrost ruhen lassen.

Für die Pfifferlinge mit Mandeln und Zitrone

800 g Pfifferlinge

3 Frühlingszwiebeln

3 EL Olivenöl

10 g Butter

1 in Salz eingelegte Zitrone

12 Mandelkerne

Abrieb von 1 Bio-Zitrone

Fleur de Sel und frisch gemahlener schwarzer Pfeffer

Den Topf inzwischen wieder auf den Herd stellen und den Bratensaft köcheln lassen, bis er reduziert ist. Die Reduktion durch ein feines Sieb in einen kleinen Topf umfüllen und mit dem Schneebesen 1 EL Butter untermischen, sodass eine sämige Sauce entsteht.

PFIFFERLINGE MIT MANDELN UND ZITRONE Das untere Ende des Stiels von den Pfifferlingen abschneiden und größere Exemplare längs halbieren. Die Pilze kurz in einer großen Schüssel mit Wasser abspülen und dann sofort in der Salatschleuder trocknen. Die Frühlingszwiebeln waschen, trocknen und schräg in feine Ringe schneiden.

Das Olivenöl in einer Pfanne mit dickem Boden erhitzen. Die Pilze zugeben, salzen und bei starker Hitze etwa 1 Minute anbraten, bis Flüssigkeit austritt. Die Flüssigkeit abgießen, die Pilze aus der Pfanne nehmen und kurz beiseitestellen. Dann die Butter in der Pfanne zerlassen, die Pfifferlinge erneut hinzufügen und zusammen mit den Frühlingszwiebeln goldbraun anbraten.

Die eingelegte Zitrone unter fließendem Wasser abspülen und in feine Streifen (Julienne) schneiden. Zusammen mit den Mandeln und dem Abrieb der frischen Zitrone unter die Pilze heben.

ZUM SERVIEREN Den Kalbsschmorbraten in Scheiben schneiden und auf einer vorgewärmten Servierplatte anrichten. Etwas Sauce darübergießen, den Rest in einer Sauciere dazu reichen. Außerdem die Pfifferlinge mit Mandeln und Zitrone daraufgeben oder separat servieren.

—

Für 6 Portionen, Vorbereitung: 30 Minuten, Garzeit: 1 Stunde, Ruhezeit: 15 Minuten
Pfifferlinge: Vorbereitung: 20 Minuten, Garzeit: 10 Minuten

DESSERT

BEEREN-PAVLOVA

Für die Baisermasse

200 g Eiweiß

200 g Zucker

200 g Puderzucker

Für die Füllung

330 g Schlagsahne

frische Erdbeeren, Himbeeren und Blaubeeren

—

Zum Backen der Baisermasse für die Pavlova ist ein Elektro-Umluftofen am besten geeignet. Wird die Masse in einem Gasofen gebacken, sollte das Backblech möglichst weit entfernt von der Hitzequelle (bei Gasöfen in der Regel unten) eingeschoben werden, damit der Boden nicht anbrennt.

BAISERMASSE Die Zutaten für die Baisermasse abwiegen und bereitstellen. Dann zunächst die Eiweiße mit der Standküchenmaschine oder dem Handrührgerät schaumig aufschlagen. Sobald sich eine schaumige Masse gebildet hat, den Zucker unter Rühren langsam hinzurieseln lassen. Wenn ein steifer, glänzender Eischnee entstanden ist, den Puderzucker mit einem Kunststoffteigschaber vorsichtig unterheben.

Den Backofen auf 90 °C (Umluft) vorheizen und ein Backblech mit Backpapier auslegen. Die Baisermasse in der Mitte des vorbereiteten Blechs in einem gleichmäßigen Kreis verteilen und eine Mulde in die Mitte drücken. (In diese Mulde werden nach dem Backen und Abkühlen des Baisers die geschlagene Sahne und die frischen Beeren gefüllt.) Das Backblech mit der Baisermasse auf ein zweites Backblech stellen (das verhindert, dass der Boden der Baisermasse anbrennt) und auf mittlerer Einschubleiste im vorgeheizten Ofen 70 Minuten backen (bzw. trocknen lassen), ohne dass sie Farbe bekommt.

Den fertigen Baiserboden mit dem Backpapier zum Abkühlen auf ein Kuchengitter gleiten lassen.

FÜLLUNG Schneebesen, Schüssel und Schlagsahne mindestens 30 Minuten vor dem Schlagen der Sahne in den Kühlschrank stellen. Die Sahne zunächst langsam aufschlagen, bis sie etwas andickt, dann bei höherer Geschwindigkeit vollständig aufschlagen. (Das dauert etwa 8 Minuten.)

ZUM SERVIEREN Zum Anrichten der Pavlova den abgekühlten Baiserboden auf eine Servierplatte legen und die geschlagene Sahne in die Mulde füllen. Die frischen Beeren darauf arrangieren und mit etwas Puderzucker bestäuben. Bis zum Servieren kann die Pavlova noch bis zu 1 Stunde im Kühlschrank aufbewahrt werden, sie sollte aber am Tag der Zubereitung verzehrt werden.

—

Für 6 Portionen, Vorbereitung: 25 Minuten, Garzeit: 1 Stunde 10 Minuten

M E N Ü   0 2

Amuse Gueule
Zweierlei Lachs
mit Zitrusvinaigrette und Borretschblüten

Vorspeise
Bunte Beten mit weich gekochtem Ei
und Ziegenkäseschaum

Hauptspeise
Hähnchenbrustrouladen mit frischen
Kräutern der Saison, Bohnen, Markerbsen und
Rucola-Pistazien-Pesto

Dessert
Kardamomcrème aus dem Ofen
mit karamellisierten grünen Weintrauben

LADIES' LUNCH

Was wäre ich nur ohne meine besten Freundinnen? Bei all meinen kulinarischen Abenteuern standen und stehen sie mir immer mit Rat und Tat zur Seite. In schlechten Zeiten sind sie für mich da und die guten Zeiten feiern sie mit mir. Wir sind schon seit vielen Jahren befreundet, unsere Kinder sind Freunde und ich glaube, sogar unsere Hunde verbringen gerne Zeit miteinander.

Mit diesem speziellen Lunch-Menü – zubereitet mit frischen, saisonalen und leichten Zutaten – wollte ich meine Freundinnen mal so richtig verwöhnen. Die Garmethoden sind ganz einfach: Es wird pochiert, gekocht und im Wasserbad gebacken. Die Saucen und Schäume sind ein klein wenig raffinierter und verleihen den Gerichten das besondere Etwas. Genau richtig für meine Lieben.

Zu diesem Menü tranken wir einen leichten Rosé – und nicht zu wenig, denn wir hatten uns viel zu erzählen … Später nahmen wir uns fest vor, den „Ladies' Lunch" bald zu wiederholen. Kurz kam die Frage auf, wer das nächste Mal als Gastgeberin an der Reihe wäre. Auf solche Fragen weiß ich nur eine Antwort: „Keine Sorge, Mädels, ich koche!"

AMUSE GUEULE

ZWEIERLEI LACHS

mit Zitrusvinaigrette und Borretschblüten

150 g Butter

4 Scheiben hochwertiges Weißbrot oder Toastbrot

500 g Wildlachsfilet

1 EL Sojasauce

Abrieb und Saft von 2 Bio-Zitronen

Abrieb und Saft von 2 Bio-Limetten

3 TL Sesamöl

3 EL Olivenöl

Salz und frisch gemahlener schwarzer Pfeffer

Borretschblüten, zum Garnieren

Die Butter in einer Schüssel über einem heißen Wasserbad zerlassen und weiter erhitzen, bis die Molke auf den Boden sinkt und sich leichtere Feststoffe als Schaum an der Oberfläche des reinen Butterfetts sammeln. Den Schaum abschöpfen und die Butter durch ein sauberes Mulltuch filtern. 50 g der geklärten Butter abwiegen.

Den Backofen auf 180 °C (Umluft) vorheizen. Die Kruste des Weißbrots abschneiden, die Scheiben von beiden Seiten mit geklärter Butter bestreichen und auf ein mit Backpapier ausgelegtes Backblech legen. Mit einer weiteren Lage Backpapier abdecken und mit einem zweiten Backblech beschweren. Im vorgeheizten Ofen etwa 20 Minuten backen. Das Brot wird von beiden Seiten bräunen und muss nicht gewendet werden, denn die geklärte Butter bewirkt, dass das Brot nicht zu stark bräunt oder gar anbrennt. Abkühlen lassen und die Scheiben in 3 cm große Quadrate schneiden.

Das Wildlachsfilet in insgesamt 24 etwa 2 cm große Würfel schneiden. Die Sojasauce mit der Hälfte des Zitronen- und Limettensaftes sowie dem Sesamöl verrühren. Die Hälfte der Lachswürfel in einem flachen Behälter mit dieser Marinade bedecken und abgedeckt mit Frischhaltefolie im Kühlschrank ziehen lassen.

Die übrigen zwölf Lachswürfel mit Salz und Pfeffer würzen. In einer Pfanne 1 EL Olivenöl erhitzen und die Lachswürfel darin von beiden Seiten je 3 Minuten anbraten. Auf Küchenpapier abtropfen lassen. Den restlichen Zitronen- und Limettensaft mit Salz, Pfeffer und 2 EL Olivenöl mischen, dann den Abrieb der Zitrusfrüchte unterrühren.

Auf den getoasteten Weißbrotquadraten jeweils einen Würfel des marinierten und einen Würfel des gebratenen Lachs arrangieren, ein klein wenig Vinaigrette darüberträufeln und mit einer Borretschblüte garnieren.

—

Für 4 Portionen, Vorbereitung: 15 Minuten, Garzeit: 25 Minuten

VORSPEISE

BUNTE BETEN MIT WEICH GEKOCHTEM EI UND ZIEGENKÄSESCHAUM

Für die bunten Beten

2 gelbe Beten

1 Rote Bete

1 orangefarbene Bete

ein paar Prisen Zucker

Olivenöl zum Backen

Für die Eier

4 Bio-Eier

Für den Ziegenkäseschaum

100 g Ziegenkäse

200 g Schlagsahne

50 ml kalte Vollmilch

Salz und frisch gemahlener schwarzer Pfeffer

Beten-Grün zum Garnieren

30 g geschälte Haselnusskerne, geröstet

Fleur de Sel

BETEN Eine der gelben Beten mit der Mandoline in hauchdünne Scheiben schneiden und mit einem runden Ausstecher perfekte Kreise ausstechen. Diese bis zum Anrichten in eine Schüssel mit Eiswasser legen, damit sie schön knackig bleiben.

Den Backofen auf 180 °C (Umluft) vorheizen. Die restlichen Beten sorgfältig abspülen und trocknen. Dann jeweils auf ein großes Stück Backpapier legen und mit einer Prise Zucker, einer Prise Salz und ein paar Spritzern Olivenöl würzen. Das Backpapier jeweils von zwei gegenüberliegenden Seiten über den Beten zusammenlegen, die beiden offenen Enden zusammenfalten, sodass ein Paket entsteht, und dann unter das Paket schieben, um es zu versiegeln. Die Päckchen auf ein Backblech legen und im vorgeheizten Ofen etwa 1 Stunde backen. Durch das Garen im Ofen wird der natürliche Zuckergehalt der Beten betont und sie schmecken besonders köstlich. Die gegarten Beten abkühlen lassen, mit dem Gemüsemesser schälen und vierteln.

EIER Die Eier vorsichtig in kochendes Wasser gleiten lassen und genau 5 Minuten kochen. Währenddessen eine Schüssel mit eiskaltem Wasser bereitstellen und die Eier vom kochenden Wasser direkt in das eiskalte Wasser tauchen, um den Kochprozess zu unterbrechen. Die vollständig abgekühlten Eier noch im kalten Wasser schälen – so löst sich die Schale besser, ohne dass das Eiweiß beschädigt wird. Dann auf Küchenpapier abtropfen lassen. Die weich gekochten Eier zum Servieren 30 Sekunden in einen Topf mit siedendem Wasser legen.

ZIEGENKÄSESCHAUM Ziegenkäse und Sahne in einem mittelgroßen Topf mäßig erhitzen, bis der Ziegenkäse geschmolzen ist. Mit Pfeffer abschmecken und beiseitestellen.

ZUM SERVIEREN Die Vorspeise in Suppentellern anrichten: Jeweils ein Viertel der im Ofen gegarten bunten Beten in jeden Teller legen. Die Sahne-Ziegenkäse-Mischung bis zum Siedepunkt erhitzen und dann kurz mit dem Pürierstab mischen. Die kalte Milch hinzufügen und die Mischung aufschäumen. (Die Zugabe der kalten Milch zur heißen Emulsion bewirkt, dass der Schaum stabiler wird.) Jeweils eines der warmen weich gekochten Eier auf die Beten legen und im Teller halbieren, sodass das flüssige Eigelb langsam auf die Beten fließt. Einen großzügigen Löffel des Ziegenkäseschaums auf jedes Ei geben und jede Portion mit ein paar Scheiben der rohen gelben Beten, ein paar Blättern Beten-Grün sowie einigen gerösteten Haselnusskernen garnieren. Abschließend eine Prise Fleur de Sel darüberstreuen.

—

Für 4 Portionen, Vorbereitung: 30 Minuten, Garzeit: 1 Stunde 10 Minuten

HAUPTSPEISE

HÄHNCHENBRUSTROULADEN MIT FRISCHEN KRÄUTERN DER SAISON

Bohnen, Markerbsen und Rucola-Pistazien-Pesto

Für die Jus

1 weiße Zwiebel

½ Karotte

Olivenöl zum Braten

500 g Hähnchenflügel (aus Bio-Freilandhaltung)

1 EL gesalzene Butter, plus etwas mehr nach Bedarf

150 ml Weißwein

1 l Rinderbrühe

Für das Gemüse

500 g grüne Bohnen

1 kg Markerbsen

1 kg frische weiße Bohnen (z. B. Cannellini- oder Borlotti-Bohnen)

2 EL Olivenöl

½ l Hühnerbrühe

JUS Zwiebel und Karotte schälen, dann in Würfel schneiden. Das Olivenöl in einem mittelgroßen Topf erhitzen und die Hähnchenflügel darin leicht bräunen. Die gesalzene Butter hinzufügen und die Hähnchenflügel weiter anbräunen. Mit Weißwein ablöschen und den Bratensatz mit dem Pfannenwender vom Boden des Topfes lösen. Den Weißwein etwa 2 Minuten köcheln lassen, bis die Flüssigkeit fast komplett reduziert ist. Dann die Zwiebel- und Karottenwürfel zugeben und ebenfalls bräunen, dabei nach Bedarf noch etwas Butter hinzufügen. Hähnchenflügel und Gemüse im Anschluss abseihen, um überschüssiges Fett zu entfernen. Fleisch und Gemüse dann zurück in den Topf geben, die warme Rinderbrühe angießen und bei mäßig starker Hitze zum Kochen bringen. Die Hitze reduzieren und etwa 40 Minuten sanft köcheln lassen, dabei an die Oberfläche steigenden Schaum nach Bedarf immer wieder abschöpfen.

Die reduzierte Brühe durch ein feines Sieb in einen kleinen Topf filtern und bei schwacher Hitze weiter sanft köcheln lassen, bis sie deutlich angedickt ist. Die Jus ist fertig, wenn die Flüssigkeit soweit angedickt ist, dass sie den Rücken des Kochlöffels bedeckt. Bis zum Servieren warm halten.

GEMÜSE Die Spitzen der grünen Bohnen abschneiden, die Erbsen und weißen Bohnen palen.

In einem großen Topf Wasser zum Kochen bringen und pro Liter 10 g Salz hinzufügen. Die grünen Bohnen und Erbsen in das kochende Wasser geben und 5–6 Minuten garen. Dann abgießen und sofort in eine Schüssel mit Eiswasser geben, damit sie ihre leuchtend grüne Farbe behalten. Abkühlen und auf Küchenpapier abtrocknen lassen.

In einer Pfanne das Olivenöl erhitzen und die frischen weißen Bohnen untermischen, sodass sie gleichmäßig mit dem Öl benetzt sind. Die Hühnerbrühe angießen und 20 Minuten sanft köcheln lassen, bis die Bohnen zart sind.

Für die Hähnchenbrustrouladen

4 Hähnchenbrustfilets (aus Bio-Freilandhaltung)

Salz und frisch gemahlener schwarzer Pfeffer

je ½ Bund frischer Koriander, Thai-Basilikum, Schnittlauch

Für das Rucola-Pistazien-Pesto

50 g geschälte Pistazienkerne, geröstet

200 g Rucola

1 Knoblauchzehe

50 g Parmesan, frisch gerieben

200 ml Olivenöl

Salz und frisch gemahlener schwarzer Pfeffer

Fleur de Sel

Schnittlauchblüten, zum Garnieren

—

Für die Zubereitung der Jus die Haut der Hähnchenflügel entfernen, bevor diese gebräunt werden. Dadurch wird die Jus nicht so fettig.

HÄHNCHENBRUSTROULADEN Die Hähnchenbrustfilets plattieren und überschüssiges Fett mit dem Fleischmesser entfernen.

Die Kräuter waschen, trocknen und sehr fein hacken. Auf der sauberen Arbeitsfläche ein rechteckiges Stück hitzeresistenter Frischhaltefolie ausbreiten, das zweimal länger ist als die plattierten Hähnchenbrustfilets. Ein Hähnchenbrustfilet mittig auf die Folie legen, kurz oberhalb des unteren Randes. Das Fleisch mit Salz und Pfeffer würzen, dann ein Viertel der Kräutermischung auf der Oberseite verteilen. Das Hähnchenbrustfilet nun mithilfe der Folie von unten nach oben fest einrollen, die Folie mehrmals um die entstandene Roulade wickeln und an beiden Seiten mit Bindfaden verschließen. Die drei übrigen Hähnchenbrustfilets ebenso vorbereiten.

In einem großen Topf Wasser zum Kochen bringen, die Hähnchenbrustrouladen hineingleiten lassen, den Topf mit dem Deckel verschließen und vom Herd nehmen. Die Rouladen 20 Minuten im heißen Wasser ziehen lassen, dann aus dem Topf nehmen und leicht abkühlen lassen, bevor die Frischhaltefolie entfernt wird. Die Rouladen abschließend in 1,5 cm dicke Scheiben schneiden und warm halten.

RUCOLA-PISTAZIEN-PESTO Die Pistazien in einer kleinen Pfanne ohne Fett rösten. Den Rucola waschen und in der Salatschleuder trocknen.

Die gerösteten Pistazien zusammen mit Rucola, geschältem Knoblauch und Parmesan im Standmixer oder der Küchenmaschine fein zerkleinern, bis eine glatte Masse entstanden ist. Das Olivenöl bei laufendem Mixer in einem feinen Strahl hinzufügen, bis es vollständig emulgiert ist. Das Pesto zum Servieren in eine kleine Schüssel füllen.

ZUM SERVIEREN Jeweils eine großzügige Portion des warmen Gemüses in die Mitte vorgewärmter Teller geben, pro Portion drei Scheiben der Hähnchenbrustroulade darauf arrangieren und etwas Fleur de Sel darüberstreuen. Mit Schnittlauchblüten garnieren. Pesto und Jus dazu reichen.

—

Für 4 Portionen, Vorbereitung: 50 Minuten, Garzeit: 1 Stunde 30 Minuten

DESSERT

KARDAMOMCRÈME AUS DEM OFEN

mit karamellisierten grünen Weintrauben

Für die Kardamomcrème

1 Vanilleschote, längs halbiert

500 ml Vollmilch

1 TL gemahlener Kardamom

6 Bio-Eigelb

100 g Zucker

Für die karamellisierten Weintrauben

250 g Zucker

frisch gepresster Saft von ½ Zitrone

30 grüne Weintrauben mit Stielansatz

—

Für dieses Rezept werden nur die Eigelbe benötigt. Die Eiweiße können in einem sauberen, luftdicht verschlossenen Behälter bis zu 3 Tage im Kühlschrank aufbewahrt und für eine andere Zubereitung verwendet werden. „Älteres" Eiweiß lässt sich übrigens viel besser zu Eischnee aufschlagen und ist daher perfekt für die Zubereitung von Baisers geeignet.

KARDAMOMCRÈME Das Mark mit dem Messerrücken aus der Vanilleschote kratzen und zusammen mit der Schote zur Milch in einen kleinen Topf geben. Die Milch zum Kochen bringen und den gemahlenen Kardamom hinzufügen. Den Topf vom Herd nehmen, abdecken und die Milch mit den Gewürzen 20 Minuten ziehen lassen. Inzwischen Eigelbe und Zucker in einer mittelgroßen Schüssel schaumig schlagen. Die warme aromatisierte Milch mit dem Schneebesen unterrühren und die Masse dann durch ein feines Sieb in eine saubere Schüssel gießen.

Den Backofen auf 170 °C (Umluft) vorheizen.

Die fertige Masse auf sechs kleine Keramikförmchen oder Tassen verteilen und diese in eine große Auflaufform stellen. Kochendes Wasser in die Form gießen, sodass die Förmchen etwa bis zur Hälfte im Wasser stehen. Mit Alufolie abdecken und vorsichtig auf einem Gitterrost in den vorgeheizten Ofen schieben. Die Crèmes im Wasserbad 40 Minuten backen. Vollständig abkühlen lassen und bis zum Servieren im Kühlschrank aufbewahren. Sie können bis zu 2 Tage im Voraus zubereitet werden.

KARAMELLISIERTE WEINTRAUBEN Den Zucker mit 100 ml Wasser und dem Zitronensaft in einem mittelgroßen Topf zum Kochen bringen. Die Flüssigkeit weiterkochen lassen, bis sie eine Temperatur von 150 °C erreicht hat (mit einem Zuckerthermometer prüfen) und dann sofort vom Herd nehmen.

Die Trauben nacheinander in den Karamell tauchen (dafür hält man sie am besten mit einer Pinzette am Stielansatz). Zum Abkühlen auf eine Silikonmatte legen.

Die karamellisierten Weintrauben zur kalten Crème servieren.

—

Für 6 Portionen, Vorbereitung: 40 Minuten, Garzeit: 40 Minuten plus Abkühlzeit

M E N Ü   0 3

Hauptspeise
Hähnchenköfte mit hausgemachter
Sauce Tatar in warmem Pitabrot

Beilage
Süßkartoffelspalten mit Kurkuma

Caesar Salad mit krossen Knoblauchcroûtons

Bio-Karottensalat mit gerösteten Hasel-
nüssen, Orangen und Haselnussvinaigrette

Dessert
Mango-Litschi-Smoothie
dazu
Jumbo Chocolate Cookies

LUNCH FÜR TEENAGER

Wenn die älteren meiner Kinder gegen Ende des Sommers ihre Freunde zum Mittagessen einladen, soll es etwas wirklich Leckeres und Unaufgeregtes geben, das außerdem ohne viel Aufwand zuzubereiten ist. Was passt zu dieser Gelegenheit besser als „Gourmet-Streetfood"? Diese Art von Essen ist heutzutage in aller Munde. Sogar in Paris – einer Stadt, die für ihre hervorragenden Restaurants und Cafés bekannt ist.

Die Rezepte dieses Menüs sind allesamt inspiriert von Streetfood-Klassikern und dabei besonders aromatisch und gesund. Ihre Kinder werden das Essen lieben – bei meinen kommt es auf jeden Fall immer richtig gut an!

2014 FUN RADIO

HAUPTSPEISE

HÄHNCHENKÖFTE

mit hausgemachter Sauce Tatar in warmem Pitabrot

Für die Hähnchenköfte

3 Hähnchenbrustfilets (aus Bio-Freilandhaltung)

2 Frühlingszwiebeln

2 Knoblauchzehen

8 Stängel frischer Koriander

4 Stängel frische Minze

1 EL gemahlene Kurkuma

1 EL Ras el Hanout (marokkanische Gewürzmischung)

3 EL Olivenöl, plus mehr zum Braten

8 Pitabrote

2 Rispentomaten, in dünne Scheiben geschnitten

4 Blätter Eisbergsalat, fein gehackt

Für die Sauce Tatar (ergibt etwa 300 g)

½ weiße Zwiebel

10 Cornichons

10 Stängel glatte Petersilie

1 EL süßer Senf

1 Bio-Eigelb

200 ml Traubenkernöl

1 kleine Handvoll Kapern

Saft von ½ Zitrone

Salz und frisch gemahlener schwarzer Pfeffer

HÄHNCHENKÖFTE Die Hähnchenbrustfilets in der Küchenmaschine fein hacken. Das zerkleinerte Hähnchenfleisch in eine saubere Schüssel geben und mit Salz und Pfeffer würzen. Die Frühlingszwiebeln waschen, trocknen und in feine Ringe schneiden. Die Knoblauchzehen schälen und fein hacken. Koriander und Minze waschen, trocknen, die Blätter abzupfen und ebenfalls fein hacken. Die Gewürze in einer kleinen Schüssel mischen und beiseitestellen. Dann Frühlingszwiebeln, Knoblauch und Kräuter unter das zerkleinerte Hähnchenfleisch heben. Die Gewürze untermischen, gefolgt vom Olivenöl. Aus der Masse zwölf Kugeln mit jeweils etwa 3 cm Durchmesser formen und dann flach drücken.

In einer Bratpfanne mit dickem Boden einen großzügigen Schuss Olivenöl erhitzen und die Köfte darin von beiden Seiten goldbraun anbraten (insgesamt dauert das etwa 6 Minuten). Auf Küchenpapier abtropfen lassen.

Den Backofen auf 180 °C (Umluft) vorheizen und die Pitabrote 5 Minuten darin anwärmen.

Die warmen Pitabrote mit jeweils drei Köfte, ein paar Tomatenscheiben, einer Handvoll gehacktem Eisbergsalat und einer großzügigen Portion Sauce Tatar füllen.

SAUCE TATAR Bei der Zubereitung sollten alle Zutaten Raumtemperatur haben.

Die Zwiebel schälen und fein hacken. Die Cornichons gut abtropfen lassen und in sehr feine Würfel schneiden. Die Petersilie waschen, trocknen, die Blätter abzupfen und fein hacken.

In einer großen Rührschüssel den Senf mithilfe des Handrührgeräts unter das Eigelb mischen und das Traubenkernöl unter Rühren in einem feinen Strahl langsam einlaufen lassen, sodass eine helle und cremige Mayonnaise entsteht. Zwiebeln, Cornichons, Petersilie und Kapern unterheben und mit Zitronensaft, etwas Salz sowie Pfeffer abschmecken. Bis zum Servieren abgedeckt im Kühlschrank aufbewahren.

—

Für 4 Portionen, Vorbereitung: 30 Minuten, Garzeit: 6 Minuten

BEILAGE

SÜSSKARTOFFELSPALTEN MIT KURKUMA

3 mittelgroße Süßkartoffeln

4 EL Olivenöl

2 EL Kurkuma

grobes Meersalz und frisch gemahlener schwarzer Pfeffer

Den Backofen auf 150 °C (Umluft) vorheizen und ein Backblech mit Backpapier auslegen.

Die Süßkartoffeln mit dem Sparschäler schälen, in 1 cm dicke Scheiben und diese dann in etwa 1 cm dicke Spalten schneiden. Diese mit dem Olivenöl, Kurkuma, etwas Salz und Pfeffer in eine große Schüssel geben und sorgfältig mischen, sodass die Spalten gleichmäßig mit Öl und Gewürzen überzogen sind. (Bis zum Backen können die Süßkartoffelspalten jetzt ein paar Stunden an einem kühlen, trockenen Ort aufbewahrt werden, da sie dank des Öl-Gewürz-Überzugs in der Umgebungsluft nicht oxidieren – sie lassen sich also gut vorbereiten.)

Die gewürzten Süßkartoffelspalten in einer Lage auf einem mit Backpapier ausgelegten Backblech verteilen und im vorgeheizten Ofen 15–20 Minuten backen, bis sie außen knusprig, innen aber noch weich sind. In kleinen Pommes-Boxen servieren.

—

Für 4 Portionen, Vorbereitung: 15 Minuten, Garzeit: 15–20 Minuten

BEILAGE

CAESAR SALAD

mit krossen Knoblauchcroûtons

Für die Croûtons

5 dicke Scheiben Sauerteigbrot

2 Knoblauchzehen

Olivenöl, zum Braten

Für den Salat

1 Kopf Romanasalat

Parmesan, nach Belieben

Für das Dressing

1 hart gekochtes Ei

1 Eigelb

1 Knoblauchzehe

4 Anchovis

50 g Parmesan, frisch gerieben

250 ml Olivenöl

frisch gepresster Saft von 1 Zitrone

Tabasco

1 EL Rotweinessig

Worcestershiresauce

Salz und frisch gemahlener schwarzer Pfeffer

CROÛTONS Das Sauerteigbrot in Würfel schneiden und die Knoblauchzehen schälen. In einer Pfanne mit dickem Boden etwas Olivenöl erhitzen. Knoblauchzehen und Brotwürfel im heißen Fett rundherum goldbraun anbraten. Die Croûtons auf Küchenpapier abtropfen lassen und abschließend mit Salz und Pfeffer würzen.

SALAT Die Salatblätter gründlich waschen, in der Salatschleuder trocknen und je nach Größe in zwei bis drei Stücke schneiden, bis zur Verwendung beiseitestellen.

DRESSING Das Ei schälen und in der Küchenmaschine grob zerkleinern. Dann Eigelb, geschälte Knoblauchzehe, Anchovis und Parmesan hinzufügen und alles vermischen. Die Maschine langsam weiterlaufen lassen und das Olivenöl schrittweise hinzufügen, bis eine dickflüssige, cremige Sauce entstanden ist. Diese abschließend mit Zitronensaft, Tabasco, Rotweinessig und Worcestershiresauce abschmecken.

ZUM SERVIEREN Salatblätter und Dressing vorsichtig mischen, sodass der Salat möglichst gleichmäßig benetzt ist. Auf einzelne Salatschüsseln verteilen, jeweils ein paar Croûtons und frische Parmesansplitter nach Belieben darüberstreuen. Abgeschmeckt mit etwas frisch gemahlenem schwarzem Pfeffer servieren.

—

Für 12 Portionen, Zubereitung: 30 Minuten, keine Garzeit

BEILAGE

BIO-KAROTTENSALAT

mit gerösteten Haselnüssen, Orangen und Haselnussvinaigrette

Für den Salat

4 Bio-Karotten

50 g geschälte Haselnusskerne

2 Orangen

Für die Vinaigrette

1 EL weißer Balsamessig

1 TL Honig

Saft von 1 Orange

2 EL Olivenöl

2 EL Haselnussöl

Salz und frisch gemahlener schwarzer Pfeffer

SALAT Die Karotten schälen und fein reiben. Die Haselnusskerne unter gelegentlichem Rühren in einer heißen Pfanne ohne Öl anrösten, damit sie rundherum gleichmäßig bräunen. (Das dauert etwa 4 Minuten.) Die gerösteten Haselnusskerne auf einem Schneidebrett mit einem großen Messer grob hacken.

Die Orangen schälen und dabei darauf achten, dass das weiße Mark vollständig vom Fruchtfleisch entfernt wird. Mit einem scharfen Messer die einzelnen Fruchtfleischsegmente aus den dünnen Zwischenhäutchen lösen (indem man die einzelnen Segmente auf beiden Seiten mit dem Messer von den Häutchen trennt), in jeweils drei gleichmäßige Stücke schneiden und unter die geriebenen Karotten mischen. Abschließend die gehackten Haselnusskerne unterheben.

VINAIGRETTE Den weißen Balsamessig und den Honig unter den Orangensaft mischen, dann mit Salz und Pfeffer abschmecken. Die beiden Sorten Öl mithilfe des Schneebesens unterrühren, sodass eine Emulsion entsteht. Die Vinaigrette erneut abschmecken und dann sorgfältig unter den Salat heben.

Den Salat in einzelnen Schüsselchen servieren.

—

Für 4 Portionen, Vorbereitung: 20 Minuten, keine Garzeit

DESSERT

MANGO-LITSCHI-SMOOTHIE

1 Dose (400 g) Litschis, eingelegt in leichtem Sirup

1 reife Mango, geschält und das Fruchtfleisch in dicke Streifen geschnitten

300 g Naturjoghurt

200 ml Milch

frische Minze, nach Belieben

Eiswürfel

Die Litschis in einem Sieb über einer Schüssel abtropfen lassen und den Sirup aufbewahren. Die abgetropften Litschis mit dem Fruchtfleisch der Mango, Joghurt, der Milch, frischer Minze sowie 5 Eiswürfeln im Standmixer bei hoher Geschwindigkeit mehrere Minuten pürieren. Wenn die Mischung zu dickflüssig ist, kann sie nach Belieben mit etwas Litschisirup verdünnt werden. In gekühlte Gläser füllen und bis zum Servieren im Kühlschrank aufbewahren.

—

Für 4 Portionen, Zubereitung: 10 Minuten, keine Garzeit

DESSERT

JUMBO CHOCOLATE COOKIES

250 g Mehl

1 Prise gemahlener Zimt

15 g Kakaopulver

180 g Butter

90 g Zucker

Da diese Cookies kein Ei enthalten, sind sie nach dem Backen wunderbar knusprig!

Den Backofen auf 180 °C (Umluft) vorheizen und ein Backblech mit Backpapier auslegen.

Mehl, Zimt und Kakaopulver in einer Schüssel vermischen und beiseitestellen. Butter und Zucker in der Standküchenmaschine oder mit dem Handrührgerät schaumig schlagen. Die trockenen Zutaten hinzufügen und sorgfältig unterrühren.

Den Teig in drei Portionen teilen und diese jeweils zu Rollen formen. Die Teigrollen in Frischhaltefolie wickeln und im Kühlschrank mindestens 20 Minuten ruhen lassen. Die gut gekühlten Teigrollen im Anschluss in etwa 1 cm dicke Scheiben schneiden und diese mit etwas Abstand auf dem vorbereiteten Backblech verteilen. Im vorgeheizten Ofen 15–20 Minuten backen, auf Wunsch ausstechen, und dann auf einem Kuchengitter abkühlen lassen. Zum Smoothie servieren.

—

Ergibt etwa 16 Cookies, Zubereitung: 15 Minuten, Ruhezeit: 20 Minuten, Garzeit: 15–20 Minuten

M E N Ü 0 4

Amuse Gueule

Meerbrassentatar mit Frühlingszwiebeln,
Wakame und geröstetem Sesam

Vorspeise

Frische Muscheln marinière
mit Dillspitzen und -blüten

Garnelenravioli mit jungen Saubohnen
in leichter Garnelenbrühe

Hauptspeise

Glattbuttfilet à la dugléré

Dessert

Frische Früchte der Saison,
pochiert in Eisenkrautsirup, mit Butterkeksen
und Süßweinsabayon

DINNER AM SAMSTAGABEND –

FRISCH VOM FISCHMARKT

Ich liebe diese besonderen Dinner am Samstagabend! Erst seit ich in Frankreich lebe, ist mir die Bedeutung dieser Mahlzeit bewusst geworden. Unter der Woche sind die Abende für Geschäftsessen oder einfache Abendessen in der Familie reserviert. Samstagabende dagegen sind anders – etwas ganz Besonderes. Die Mahlzeit wird gut geplant, Einladungen werden manchmal schon Wochen im Voraus ausgesprochen und die Gäste machen sich schick. Da man in Frankreich häufig zum Abendessen bei Freunden und Bekannten eingeladen wird, gibt es viele Anlässe, sich zu revanchieren. In den nächsten drei Kapiteln stelle ich eine schöne Auswahl an Menü-Ideen vor, mit denen Sie Ihre Gäste ganz sicher glücklich machen werden. Ganz wichtig dabei: genügend Zeit mit den Gästen verbringen und nicht nur in der Küche. Mit meinen Tipps ist das ganz leicht.

Mit einem liebevoll gedeckten Tisch, ein paar Kerzen und guter Laune wird es ein unvergesslicher Abend.

AMUSE GUEULE

MEERBRASSENTATAR

mit Frühlingszwiebeln, Wakame und geröstetem Sesam

4 Meerbrassenfilets ohne Haut

2 Frühlingszwiebeln

Abrieb und Saft von 2 Bio-Zitronen

Sesamsamen, geröstet

3 EL Sesamöl

2 Prisen Wakame-Pulver

Fleur de Sel

Dieser Gang lässt sich gut vorbereiten. Er muss allerdings bis zum Servieren im Kühlschrank aufbewahrt werden, würzen sollte man ihn erst kurz vor dem Servieren.

Den Bauchteil und Reste dunkler Stellen von den Meerbrassenfilets entfernen. Die gesäuberten Filets in gleichmäßige kleine Würfel schneiden. Die Frühlingszwiebeln waschen, trocknen und in feine Ringe schneiden.

Die Filetwürfel in einer kleinen Schüssel mit den Frühlingszwiebelringen, Abrieb und Saft der Zitronen sowie den Sesamsamen vermengen. Mit Sesamöl, Wakame-Pulver und Fleur de Sel abschmecken.

Bis zum Servieren im Kühlschrank aufbewahren und mithilfe eines rechteckigen Dessertrings anrichten.

—

Für 6 Portionen, Vorbereitung: 25 Minuten, keine Garzeit

VORSPEISE

FRISCHE MUSCHELN *MARINIÈRE*

mit Dillspitzen und -blüten

3 kg frische Miesmuscheln

2 milde Zwiebeln

1 großes Bund frische Kräuter, nach Belieben gemischt (Dill, Koriander, Petersilie, Schnittlauch etc.)

50 g gesalzene Butter

200 ml Weißwein

frisch gemahlener schwarzer Pfeffer

Dillblüten, zum Garnieren

Die Miesmuscheln putzen. Falls sie leicht geöffnet sind, mit einem Fingernagel auf ihre Schale klopfen. Wenn sie sich daraufhin wieder schließen, leben sie noch, sind also sehr frisch und können verzehrt werden. (Schließen sich die geöffneten Muscheln nicht, wenn man leicht dagegen klopft, müssen sie entsorgt werden.)

Die Zwiebeln schälen und in feine Würfel schneiden. Die Kräuter zupfen und hacken.

Die Butter in einem großen Topf zerlassen und erhitzen, bis sie aufschäumt. Dann Zwiebelwürfel und nur die Kräuterstängel zugeben. Mit dem Weißwein ablöschen und, sobald der Weißwein etwas reduziert und der Alkohol verdampft ist, die geputzten Muscheln zugeben. Dann die Temperatur leicht erhöhen und den Deckel auf den Topf setzen. Die Muscheln sollten sich im Dampf öffnen; dabei gelegentlich umrühren. Nach etwa 5–8 Minuten, sobald sich alle Muscheln geöffnet haben, die gehackten Kräuter vorsichtig untermischen und mit Pfeffer abschmecken (Salz ist nicht nötig, denn die Muscheln an sich sind salzig genug). Die Miesmuscheln portionsweise in kleinen Schüsseln mit jeweils einer Kelle Kochflüssigkeit und garniert mit Dillblüten servieren.

—

Für 6 Portionen, Vorbereitung: 15 Minuten, Garzeit: 8 Minuten

VORSPEISE

GARNELENRAVIOLI

mit jungen Saubohnen in leichter Garnelenbrühe

Für die Garnelenravioli

12 frische Garnelen

2 EL Olivenöl

100 ml trockener Weißwein

200 g frische Saubohnen

3 Frühlingszwiebeln

1 kleines Bund frischer Kerbel

50 g Schlagsahne

1 Packung (quadratische) Wantan-Teigblätter

1 Eiweiß

Reismehl

Salz und frisch gemahlener schwarzer Pfeffer

Die Ravioli können mehrere Stunden im Voraus vorbereitet und dann bis zum Kochen im Kühlschrank aufbewahrt werden.

GARNELENRAVIOLI Die Garnelen schälen; Schalen und Köpfe für die Brühe beiseitelegen. Die Körper in der Mitte des Rückens mit einem kleinen spitzen Messer leicht einschneiden und den schwarzen Darmfaden mit der Messerspitze entfernen. Das Olivenöl in einer Pfanne erhitzen. Die Garnelen hinzugeben und bei starker Hitze von beiden Seiten kurz anbraten, insgesamt etwa 3 Minuten. Dann mit Salz und Pfeffer abschmecken und mit dem Weißwein ablöschen. Die Flüssigkeit kurz reduzieren lassen.

Die Saubohnen in kochendem Salzwasser blanchieren und anschließend sofort in einem Eiswasserbad abschrecken, damit sie ihre leuchtend grüne Farbe behalten. Abseihen und auf Küchenpapier abtropfen lassen.

Die Frühlingszwiebeln waschen, trocknen und in feine Ringe schneiden. Den Kerbel waschen, trocknen, die Blätter abzupfen und fein hacken.

Die gegarten Garnelen in feine Streifen schneiden und in einer kleinen Schüssel mit den Saubohnen, Frühlingszwiebelringen, dem Kerbel und etwas Sahne vermengen. Mit Salz und Pfeffer abschmecken.

Die Wantan-Blätter auf der Arbeitsfläche auslegen und jeweils einen gehäuften Teelöffel der Garnelenfüllung in die Mitte geben. Mit einem Küchenpinsel etwas verquirltes Eiweiß auf den Rand der Teigblätter streichen und im Anschluss sofort zwei der gegenüberliegenden Ecken über der Füllung zusammendrücken, gefolgt von den anderen beiden Ecken, sodass die Teigtaschen aussehen wie kleine Beutel. Die Ränder dabei gut versiegeln. Die fertigen Teigtaschen auf ein Tablett setzen, mit Reismehl bestäuben und im Kühlschrank aufbewahren, bis sie gekocht werden sollen.

Dazu in einem großen Topf reichlich Salzwasser zum Kochen bringen. Je drei Teigtaschen in das kochende Wasser geben und warten, bis sie

Für die Garnelenbrühe

2 EL Olivenöl

Köpfe und Schalen der Garnelen (s.o.)

2 weiße Zwiebeln

ein paar Stängel Petersilie

250 ml Weißwein

1 l hochwertiger Meeresfrüchtefond (von einer guten Marke wie z. B. Ariake)

hochwertige Sojasauce

frischer Koriander

—

In der französischen Küche wird großer Wert auf Aromen gelegt und diese müssen sorgfältig entwickelt werden. Bereiten Sie deshalb die Garnelenbrühe für dieses Menü im Voraus zu und lassen Sie sie dabei sanft köcheln. Wenn Sie die Brühe dann am nächsten Tag aufwärmen, hat sie einen noch intensiveren Geschmack.

wieder an die Oberfläche steigen. Nach weiteren 45 Sekunden sind sie gar und müssen zügig mit dem Schaumlöffel aus dem Wasser genommen werden. Dann sofort anrichten.

Die Brühe kann bis zu drei Tage im Voraus zubereitet und bis zur Verwendung im Kühlschrank aufbewahrt werden. Sie lässt sich auch gut einfrieren.

GARNELENBRÜHE Das Olivenöl in einer großen Pfanne erhitzen und die Garnelenköpfe und -schalen darin bräunen, dabei leicht zerdrücken, damit sie möglichst viel Aroma abgeben.

Die Zwiebeln schälen, würfeln und zusammen mit den Petersilienstängeln zugeben und ein paar Minuten anschwitzen. Dann mit Weißwein ablöschen. Sobald der Wein etwas reduziert ist, den Meeresfrüchtefond sowie die Garflüssigkeit der Garnelen zugeben, kurz aufkochen und weitere 30 Minuten sanft köcheln lassen. Durch ein feines Sieb in einen sauberen Topf filtern und warm halten.

Mit ein paar Tropfen Sojasauce abschmecken und abschließend den Koriander hinzufügen.

ZUM SERVIEREN Pro Person drei Ravioli in vorgewärmte Suppenteller oder Schüsseln legen und etwas heiße Garnelenbrühe darüberschöpfen.

—

Garnelenravioli: Für 6 Portionen, Vorbereitung: 30 Minuten, Garzeit: 23 Minuten

Garnelenbrühe: Für 6 Portionen, Vorbereitung: 15 Minuten, Garzeit: 35 Minuten

Bild Seite 58

HAUPTSPEISE

GLATTBUTTFILET *À LA DUGLÉRÉ*

4 Glattbuttfilets mit Haut à etwa 150 g

3 Rispentomaten

2 Schalotten

½ Bund glatte Petersilie

20 g weiche gesalzene Butter

500 ml Fischfond, Raumtemperatur

Das Gemüse für die Sauce und damit die Grundlage zum Garen des Fischs kann im Voraus zubereitet werden. Die Fischfilets dürfen aber erst direkt vor dem Servieren und nur kurz gegart werden.

Die Glattbuttfilets putzen, die Haut entfernen und dunkle Stellen vom Bauch entfernen. Die Filets möglichst gleichmäßig zurechtschneiden.

Die Tomaten am Stielansatz kreuzweise einschneiden, 30 Sekunden in kochendes Wasser geben und anschließend in Eiswasser abschrecken; jetzt lässt sich die Haut leicht abschälen. Die geschälten Tomaten vierteln, die Samen entfernen und das Fruchtfleisch gleichmäßig in sehr kleine Würfel schneiden (man spricht hier von „Brunoise“).

Die Schalotten schälen und in kleine Würfel schneiden. Die Petersilie waschen, trocknen und fein hacken.

Den Boden einer Bratpfanne mit der Butter ausstreichen (sie darf nicht geschmolzen sein). Schalotten, Petersilie und Tomaten vermengen und gleichmäßig auf dem Pfannenboden verteilen.

Die Fischfilets auf das Gemüsebett in der Pfanne legen und den Fischfond darüber verteilen, sodass die Filets gerade eben damit bedeckt sind.

Mäßig erhitzen und ab dem Moment, an dem der Fond beginnt sanft zu köcheln, noch etwa 4 Minuten ziehen lassen. Die Filets dann aus dem Fond nehmen und auf einer vorgewärmten Servierplatte an einem warmen Ort aufbewahren.

Den Fond mit dem Gemüse köcheln und reduzieren lassen, bis er leicht angedickt ist. Die Sauce vor dem Servieren über die Fischfilets gießen.

—

Für 4 Portionen, Vorbereitung: 20 Minuten, Garzeit: 10 Minuten

DESSERT

FRISCHE FRÜCHTE DER SAISON

pochiert in Eisenkrautsirup, mit Butterkeksen und Süßweinsabayon

Für die pochierten Früchte

1 Vanilleschote

200 g Zucker

12 Blätter frisches Eisenkraut

3 frische Früchte (z. B. Birnen, Äpfel, Quitten, Pfirsiche, Nektarinen etc.)

—

Lassen Sie das frische Eisenkraut lange genug im Sirup ziehen, damit sich die Aromen entfalten können.

Für die Butterkekse

Ergibt 12 große Kekse

220 g Mehl (Typ 405)

11 g Backpulver

1 Vanilleschote

70 g Zucker

70 g Rohrohrzucker

160 g weiche gesalzene Butter

4 Bio-Eigelb, mit Raumtemperatur

50 g gemahlene Haselnusskerne

Eisenkrautsirup und Früchte können gut im Voraus zubereitet und im Kühlschrank aufbewahrt werden. Den Teig für die Butterkekse kann man ebenfalls etwa 3 Tage im Voraus zubereiten und im Kühlschrank lagern. Die Kekse selbst backt man am besten vormittags, lässt sie abkühlen und füllt sie bis zum Anrichten in einen luftdicht verschlossenen Behälter.

POCHIERTE FRÜCHTE Die Vanilleschote längs halbieren und das Mark mit einem Messerrücken herauskratzen. Den Zucker mit 200 ml Wasser, Vanilleschote und -mark in einem Topf mischen und zum Kochen bringen. Die Eisenkrautblätter hinzufügen und ein paar Minuten sanft köcheln lassen, bis der Zucker sich vollständig aufgelöst hat. Je länger Vanille und Eisenkraut im Sirup ziehen, desto stärker wird er aromatisiert.

Die Früchte schälen, halbieren und die Kerngehäuse entfernen. Dann in den aromatisierten Sirup einlegen und etwa 20 Minuten sanft darin köcheln lassen, bis sie gegart aber noch nicht ganz weich sind. Im Sirup abkühlen lassen.

BUTTERKEKSE Mehl und Backpulver zusammen in eine Schüssel sieben. Die Vanilleschote längs halbieren, das Mark mit einem Messerrücken herauskratzen und sorgfältig unter beide Zuckersorten mischen.

Butter und die Vanille-Zucker-Mischung in der Standküchenmaschine oder mit dem Handmixer schaumig schlagen. Die Eigelbe schrittweise unterziehen, gefolgt von den gemahlenen Haselnusskernen. Abschließend das Mehl auf einmal zugeben und kurz untermischen, sodass alle Zutaten gerade eben zu einer Masse zusammenkommen.

Den Teig zu einer Kugel formen, flach drücken und mindestens 30 Minuten in Frischhaltefolie gewickelt im Kühlschrank ruhen lassen.

Für das Sabayon

6 Bio-Eigelb

120 g Vanillezucker

250 ml weißer Süßwein (Marsala, Rivesaltes, Pineau des Charentes)

In der Zwischenzeit den Backofen auf 160 °C (Umluft) vorheizen.

Den geruhten Teig etwa 5 mm dick ausrollen und mit einem runden Ausstecher Kreise herstellen. Diese mit etwas Abstand auf einem mit Backpapier ausgelegten Backblech verteilen und im vorgeheizten Ofen 10–12 Minuten goldbraun backen.

SABAYON Alle Zutaten in einer Schüssel vermischen und diese über einen Topf mit siedendem Wasser stellen. Die Mischung mit dem Handmixer etwa 8 Minuten über dem Wasserbad aufschlagen, bis die Masse sehr schaumig ist und ihr Volumen in etwa verdoppelt hat. Dann nur noch 30 Sekunden weiterschlagen.

ZUM SERVIEREN Je einen Butterkeks auf dem Teller anrichten, daneben einige pochierte Früchte geben und diese mit dem warmen Sabayon übergießen. Nach Belieben mit frischen Kräuterblättchen garnieren.

—

Für 6 Portionen, Vorbereitung: 45 Minuten, Garzeit: 42 Minuten, Ruhezeit: 30 Minuten

M E N Ü   0 5

Amuse Gueule
Feine Rinderfiletscheiben
mit Rucola und Meerrettichcreme

Vorspeise
Klassisches Rindertatar
mit Kapern, Zwiebeln und Petersilie

Hauptspeise
Côte de bœuf – Hochrippe
mit gebratenen neuen Kartoffeln und Kräuterbutter

Dessert
Pflaumen-Feigen-Kompott
mit Ziegenkäse-Eis und Kakaobruch-Hippen

DINNER AM SAMSTAGABEND –
FÜR FLEISCHLIEBHABER

Bei diesem Menü spielt Fleisch die absolute Hauptrolle: Mal roh, mal gebraten, aber immer wunderbar saftig und schön rosa. Für Fleischfans gibt es nichts Befriedigenderes als ein gut abgehangenes, perfekt gegartes und fein gewürztes Stück Rindfleisch. Es ordentlich zu braten ist gar nicht so schwer, wenn man ein paar grundlegende Schritte beachtet:

1. Das Fleisch 30 Minuten vor der Zubereitung aus dem Kühlschrank nehmen, sodass es, wenn man mit dem Kochen beginnt, fast Raumtemperatur hat.

2. Das rohe Fleisch vor der Zubereitung mit feinem Salz würzen und nach dem Braten dann mit Meersalz (oder Fleur de Sel) und frisch gemahlenem schwarzen Pfeffer abschmecken.

3. Das Fleisch zunächst in heißem Öl (Olivenöl oder Traubenkernöl) von allen Seiten scharf anbraten, dann ein klein wenig Butter hinzufügen und das geschmolzene Fett mehrmals über das Fleisch gießen.

4. Das scharf angebratene Fleisch im mäßig heißen Ofen (um 180 °C Umluft) fertiggaren. Für rosa gegartes Rindfleisch rechnet man pro 500 g etwa 10 Minuten Garzeit im Ofen.

5. Das gebratene Fleisch vor dem Anschneiden mindestens die Hälfte der Garzeit an einem warmen Ort ruhen lassen.

Die folgenden Rezepte sind ein wahres Fest für alle Fleischliebhaber!

AMUSE GUEULE

FEINE RINDERFILETSCHEIBEN

mit Rucola und Meerrettichcreme

500 g Rinderfilet
80 g Meerrettichwurzel
1 Handvoll Rucola
30 g Crème fraîche
Fleur de Sel

Das Rinderfilet etwa 15 Minuten in den Gefrierschrank legen, damit es sich besser schneiden lässt. Die Meerrettichwurzel waschen, schälen und fein reiben. Den Rucola ebenfalls waschen, trocknen und längere Stiele abschneiden. Das gekühlte Fleisch mit einem scharfen Chefkochmesser in möglichst dünne Scheiben schneiden und auf der Arbeitsfläche auslegen. Den frisch geriebenen Meerrettich mit dem Schneebesen unter die Crème fraîche rühren. Jeweils eine dünne Schicht der Meerrettichcreme auf die Oberseite der Filetscheiben streichen, ein paar Blätter Rucola darauf verteilen und die Scheiben einzeln aufrollen. Abschließend nach Belieben etwas zusätzliche Creme auf die Röllchen geben und mit etwas Fleur de Sel bestreuen. Bis zum Servieren im Kühlschrank aufbewahren.

—

Für 4 Portionen, Zubereitung: 20 Minuten, keine Garzeit

VORSPEISE

KLASSISCHES RINDERTATAR

mit Kapern, Zwiebeln und Petersilie

Für das Rindertatar

500 g zartes Rindfleisch (aus der Oberschale)

1 Schalotte

2 Frühlingszwiebeln

1 in Salz eingelegte Zitrone

½ Bund glatte Petersilie

30 g kleine Kapern

Für die Vinaigrette

Tabasco

Worcestershiresauce

frisch gepresster Saft von 1 Zitrone

6 EL Olivenöl

2 Bio-Eier

Fleur de Sel oder grobes Meersalz und frisch gemahlener schwarzer Pfeffer

Für dieses Rezept muss es nicht unbedingt ein Filetstück sein – es gibt viele andere zarte Teilstücke vom Rind, die ebenfalls köstlich sind. Ich verwende für das Tatar zum Beispiel gerne Fleisch aus der Oberschale. Lassen Sie sich am besten von Ihrem Metzger beraten.

RINDERTATAR Das Fleisch wird mit einem scharfen Messer geschnitten und nicht durch den Fleischwolf gedreht, denn so schmeckt es noch besser. Vor der Zubereitung legt man es daher etwa 15 Minuten in den Gefrierschrank, damit es sich besser schneiden lässt.

Das kalte Fleisch zunächst mit der Faser in dünne Streifen schneiden. Die Streifen fein würfeln und bis zur Weiterverarbeitung im Kühlschrank aufbewahren.

Die Schalotte schälen und in feine Würfel schneiden. Die Frühlingszwiebeln waschen, trocknen und in feine Ringe schneiden. Die eingelegte Zitrone abspülen, trocknen und vierteln. Samen und Mark entfernen und die Zitronenschale in feine Würfel schneiden. Die Petersilie waschen, trocknen und sehr fein hacken.

VINAIGRETTE In einer kleinen Schüssel jeweils ein paar Tropfen Tabasco und Worcestershiresauce unter den Zitronensaft mischen und dann das Olivenöl unterrühren.

ZUM FERTIGSTELLEN Die feingewürfelte Schalotte, die Frühlingszwiebelringe, die Zitronenschale, die gehackte Petersilie sowie die Kapern unter das Rindfleisch mischen. Dann die Vinaigrette hinzufügen und vorsichtig darunterziehen.

ZUM SERVIEREN Die Eier trennen und die Eierschalen sorgfältig ab- und auswaschen. Die Eigelbe zurück in die sauberen Eierschalen geben. Das Tatar auf einer großen Servierplatte anrichten und die Eigelbe in den Eierschalen daraufsetzen. Abschließend mit Fleur de Sel oder grobem Meersalz und frisch gemahlenem schwarzen Pfeffer würzen.

—

Für 4 Portionen, Zubereitung: 20 Minuten, keine Garzeit

HAUPTSPEISE

CÔTE DE BŒUF – HOCHRIPPE

mit gebratenen neuen Kartoffeln und Kräuterbutter

Für die Kräuterbutter

½ Bund glatte Petersilie

½ Bund Koriander

½ Bund Schnittlauch

1 Knoblauchzehe

250 g weiche Butter

Für die gebratenen neuen Kartoffeln

1 kg neue Kartoffeln

20 g gesalzene Butter

2 TL Olivenöl

2 Frühlingszwiebeln

Fleur de Sel oder grobes Meersalz

Für die Côte de bœuf

1 gereifte Hochrippe, etwa 1,2 kg, vom Metzger als Braten vorbereitet und gebunden

2 EL Olivenöl

20 g gesalzene Butter

Salz und frisch gemahlener schwarzer Pfeffer

KRÄUTERBUTTER Die Kräuter waschen, trocknen und fein hacken. Den Knoblauch schälen, klein schneiden und beides mit einem stabilen Kunststoffteigschaber gleichmäßig unter die weiche Butter mischen. Die gewürzte Butter im Anschluss auf ein rechteckiges Stück Frischhaltefolie legen und darin einrollen, sodass eine Rolle von etwa 3 cm Durchmesser entsteht. Bis zum Anrichten im Kühlschrank aufbewahren.

GEBRATENE NEUE KARTOFFELN Die Kartoffeln sorgfältig waschen und wenn nötig abbürsten, aber nicht schälen. Die gesalzene Butter zusammen mit dem Olivenöl in einer Kasserolle mit dickem Boden erhitzen, bis die zerlassene Butter aufschäumt. Dann die Kartoffeln hinzufügen und gut umrühren, sodass sie rundherum mit Butter benetzt sind. Bei mäßiger Hitze etwa 10 Minuten anbraten. Inzwischen die Frühlingszwiebeln abspülen, trocknen und in dünne Ringe schneiden, anschließend unter die Kartoffeln mischen. Die Temperatur reduzieren, die Kartoffeln salzen und unter gelegentlichem Rühren weitere 10–15 Minuten braten, bis sie außen goldbraun und innen zart sind. Warm halten und kurz vor dem Servieren etwas Fleur de Sel oder grobes Meersalz darüber streuen.

CÔTE DE BŒUF Den Backofen auf 180 °C (Umluft) vorheizen.

Das Fleisch mindestens 30 Minuten vor der Zubereitung aus dem Kühlschrank nehmen, sodass es Raumtemperatur hat, wenn Sie mit dem Kochen beginnen.

In einer ofenfesten Bratpfanne 2 EL Olivenöl erhitzen. Die Hochrippe rundherum leicht salzen. Das Fleisch hineingeben und von einer Seite

Heutzutage geht der Trend eher in die Richtung, weniger Fleisch zu essen. Und wenn Sie Fleisch zubereiten möchten, dann sollten Sie nur das beste verwenden, das Sie bekommen können. Gehen Sie in eine gute Metzgerei und lassen Sie sich beraten – der Metzger Ihres Vertrauens weiß, wovon er spricht.

4–5 Minuten anbraten, dann mit der Grillzange wenden (nicht mit der Fleischgabel hineinstechen, damit kein Saft austritt) und von der anderen Seite noch etwa 2 Minuten bräunen. Die gesalzene Butter zugeben und das geschmolzene Fett mehrmals mit einem Löffel über das Fleisch gießen. Weitere 2 Minuten goldbraun braten. Das Bräunen des Fleisches vor dem Braten im Ofen bewirkt, dass es saftig bleibt. Das Fleisch in der Pfanne für 15 Minuten in den vorgeheizten Ofen schieben. Die Hochrippe schmeckt am besten, wenn das Fleisch noch rosa ist.

Den Braten aus dem Ofen nehmen und abgedeckt mit Alufolie auf einem Gitterrost mindestens 10 Minuten ruhen lassen, damit sich das Fleisch entspannt und zart und saftig wird.

ZUM SERVIEREN Den Knochen mit einem scharfen Messer entfernen, dann den Braten in 2 cm dicke Scheiben schneiden und mit der Kräuterbutter und den gebratenen Kartoffeln servieren.

—

Für 4 Portionen, Vorbereitung: 20 Minuten, Garzeit (gesamt): etwa 50 Minuten, Ruhezeit: 10 Minuten

DESSERT

PFLAUMEN-FEIGEN-KOMPOTT

mit Ziegenkäse-Eis und Kakaobruch-Hippen

Für das Ziegenkäse-Eis

2 Vanilleschoten

1 l Ziegenmilch

10 Eigelb

250 g Zucker

Für das Pflaumen-Feigen-Kompott

1 kg Pflaumen

500 g Feigen

75 g Rohrzucker

4 g gemahlener Zimt

4 g gemahlener Kardamom

Für die Kakaobruch-Hippen

frisch gepresster Saft von 2 Orangen

250 g Puderzucker

50 g Mehl

100 g Butter, zerlassen

20 g Kakaobruch

20 g Kakaopulver

ZIEGENKÄSE-EIS Die Vanilleschoten längs halbieren und das Mark mit dem Messerrücken herauskratzen. Die Schoten und das Mark zusammen mit der Ziegenmilch in einen Topf geben, zum Kochen bringen und sofort vom Herd nehmen. In einer mittelgroßen Schüssel die Eigelbe mit dem Zucker schaumig schlagen. Die warme Ziegenmilch durch ein feines Sieb zur Eier-Zucker-Masse gießen und mithilfe eines Schneebesens unterrühren. Die Mischung zurück in den Topf füllen und unter ständigem Rühren mit einem hitzebeständigen Kunststoffteigschaber mäßig stark erhitzen, bis die Masse leicht andickt. Zum Abkühlen in eine saubere Schüssel umfüllen. Im Anschluss die vollständig abgekühlte Mischung nach Herstellerangaben in der Eismaschine gefrieren und bis zum Anrichten im Gefrierschrank aufbewahren.

KOMPOTT Das Obst waschen. Die Pflaumen halbieren und die Steine entfernen. Pflaumen und Feigen vierteln und zusammen in einen großen Topf geben. Die Gewürze untermischen und bei mäßiger Hitze etwa 20 Minuten köcheln lassen, bis die Früchte ihre natürlichen Säfte abgegeben haben. In eine Servierschüssel umfüllen und abkühlen lassen.

KAKAOBRUCH-HIPPEN Den Backofen auf 210 °C (Umluft) vorheizen und ein Backblech mit Backpapier auslegen. 100 g des Orangensafts abwiegen und mit Puderzucker und Mehl zu einer glatten Masse vermischen. Die Butter, den Kakaobruch und das Kakaopulver unterheben. Dann kleine Portionen der Masse mit ausreichend Abstand auf das vorbereitete Backblech geben und kreisförmig verstreichen. Im vorgeheizten Ofen 10 Minuten backen und die Hippen auf dem Blech abkühlen lassen. Auf einem Kuchengitter vollständig abkühlen lassen.

ZUM SERVIEREN Jeweils eine Nocke des Eises in tiefen Tellern anrichten. Daneben etwas Fruchtkompott geben und mit den Kakaobruch-Hippen dekorieren.

—

Für 4 Portionen, Vorbereitung: 40 Minuten, Garzeit: 25 Minuten
Kakaobruch-Hippen: Für 30 Hippen, Vorbereitung: 20 Minuten, Garzeit: 10 Minuten

MENÜ 06

Amuse Gueule

Steckrübencremesuppe
mit weißem Trüffelöl, dazu Crostini mit Pilzen

Vorspeise

Chicoréesalat mit gerösteten Haselnüssen
und Orangen-Haselnuss-Vinaigrette

Hauptspeise

Entenbrust aus dem Ofen
mit Bitterorangenjus, dazu Kartoffelpüree
mit Rosmarinbutter

Dessert

Pekannusstartelettes
mit gewürzter Schlagsahne

Galette mit Feigen und roten Trauben

DINNER AM SAMSTAGABEND –
ERNTEDANK

Der Herbst ist eine ganz besondere Jahreszeit – auch kulinarisch. Noch ist eine große Auswahl an reifem Obst und Gemüse aus dem Spätsommer vorhanden, daneben gibt es aber auch schon die ersten Wurzelgemüse, orange leuchtende Kürbisse und frische, nach Wald duftende Pilze. Besonders lecker und intensiv schmecken die violetten und roten Früchte wie Feigen, Pflaumen und Muskattrauben. Das kühlere Wetter macht hungrig – und mit diesem Menü werden Sie Ihre Gäste mit Sicherheit satt und glücklich machen!

AMUSE GUEULE

STECKRÜBENCREMESUPPE

mit weißem Trüffelöl, dazu Crostini mit Pilzen

Für die Steckrübencremesuppe

300 g Steckrüben

1 Gemüsezwiebel

25 g gesalzene Butter

500 ml warme Gemüsebrühe

weißes Trüffelöl

Für die Crostini mit Pilzen

200 g frische, saisonale Pilze (Pfifferlinge, Herbsttrompete, Portabella)

1 Schalotte

1 frisches Baguette

Olivenöl

1 TL gesalzene Butter

Salz und frisch gemahlener schwarzer Pfeffer

—

Lassen Sie Pilze niemals in Wasser liegen, sonst saugen sie es auf wie Schwämme. Wenn Sie Pilze anbraten, salzen Sie sie erst, nachdem die natürlich in den Pilzen enthaltene Feuchtigkeit ausgetreten ist – so wird verhindert, dass die Pilze eine schwammige Konsistenz bekommen.

STECKRÜBENCREMESUPPE Steckrüben und Zwiebel schälen, dann in feine Scheiben schneiden. Die Butter in einem großen Topf zerlassen und erhitzen, bis sie aufschäumt. Die Zwiebeln hineingeben und glasig darin anschwitzen, anschließend mit Salz und Pfeffer würzen. Nun die Steckrüben hinzufügen und vorsichtig umrühren, sodass sie rundherum mit der zerlassenen Butter benetzt sind. Die Gemüsebrühe darübergießen, zum Kochen bringen und bei schwacher Hitze etwa 20 Minuten sanft köcheln lassen, bis die Steckrüben zart sind. Das zarte Gemüse mithilfe der Schaumkelle in den Standmixer geben, etwas Brühe hinzufügen und cremig pürieren. Die Suppe, wenn nötig, mit etwas zusätzlicher Brühe verdünnen und mit Salz und Pfeffer abschmecken. Bis zum Servieren warm halten.

CROSTINI Eine Schüssel mit kaltem Wasser füllen und die Pfifferlinge und Herbsttrompeten hineingeben, kurz umrühren und sofort mit den Händen herausheben. Die Portabella-Pilze nur mit einem sauberen, angefeuchteten Küchenpinsel reinigen. Die gesäuberten Pilze halbieren oder vierteln. Die Schalotte schälen und in kleine Würfel schneiden.

Das Baguette in Scheiben schneiden. Diese beidseitig mit Olivenöl bestreichen und bei 180 °C (Umluft) im Backofen etwa 10 Minuten anrösten.

Inzwischen etwas Olivenöl in einer Pfanne mit dickem Boden erhitzen und die Schalotte darin glasig andünsten. Die Pilze zugeben und erhitzen, bis die austretende Flüssigkeit verdampft ist. Mit der gesalzenen Butter sowie etwas Salz und Pfeffer abschmecken und weiter anbraten, bis die Pilze leicht gebräunt sind. Auf Küchenpapier abtropfen lassen und dann auf den gerösteten Baguettescheiben verteilen.

ZUM SERVIEREN Die Steckrübencremesuppe aufwärmen und in vorgewärmte Schälchen füllen. Ein paar Tropfen Trüffelöl auf jede Portion geben und je ein Crostini darauflegen. Warm servieren.

—

Für 4 Portionen, Vorbereitung: 20 Minuten, Garzeit: 35 Minuten

VORSPEISE

CHICORÉESALAT MIT GERÖSTETEN HASELNÜSSEN

und Orangen-Haselnuss-Vinaigrette

Für den Chicoréesalat

5 Chicoréestauden

20 g Butter

4 Orangen

1 kleiner Kopfsalat mit roten Sprenkeln (z. B. Sorte „Bunte Forelle")

50 g geschälte Haselnusskerne

Für die Vinaigrette

frisch gepresster Saft von ½ Orange

2 EL weißer Balsamessig

3 EL Olivenöl

3 EL Haselnussöl

Salz und frisch gemahlener schwarzer Pfeffer

Fleur de Sel

CHICORÉESALAT Den Chicorée abspülen und trockenschütteln. Die Stauden längs halbieren und den Strunk entfernen. Sechs Hälften in feine Streifen schneiden, die anderen vier Hälften beiseitelegen.

Die Butter in einer Bratpfanne zerlassen und die Chicoréestreifen darin andünsten, bis sie zusammenfallen. Inzwischen den Saft einer Orange auspressen. Den angedünsteten Chicorée mit Salz und Pfeffer abschmecken. Die Hälfte des frisch gepressten Orangensaftes hinzufügen und sanft köcheln lassen, bis die Flüssigkeit reduziert ist. Die Chicoréestreifen entnehmen und auf Küchenpapier abtropfen lassen.

Die vier übrigen Chicoréehälften schräg in 2 cm breite Streifen schneiden und im Kühlschrank aufbewahren. Den Kopfsalat in Blätter zupfen und waschen, auf Küchenpapier abtropfen lassen.

Die Haselnusskerne in einer Pfanne ohne Fett etwa 4 Minuten goldbraun anrösten. Die Pfanne dabei in regelmäßigen Abständen leicht schwenken, damit sie rundherum gleichmäßig bräunen. Die gerösteten Kerne entnehmen und fein hacken.

Die restlichen drei Orangen sorgfältig schälen. Mit einem Messer die einzelnen Fruchtfleischsegmente aus den Zwischenhäutchen lösen und diese halbieren.

VINAIGRETTE Orangensaft und Balsamessig in einer Schüssel mischen, dann beide Sorten Öl mit dem Schneebesen unterrühren, sodass eine Vinaigrette entsteht. Mit Salz und Pfeffer abschmecken.

ZUM SERVIEREN Etwas gedünsteten Chicorée in der Mitte der Teller verteilen und darauf einige Streifen des frischen Chicorée und etwas Blattsalat geben. Die Orangen auf den Salat setzen und mit Haselnusskernen garnieren. Vinaigrette auf den Salaten verteilen und je eine Prise Fleur de Sel aufstreuen.

—

Für 4 Portionen, Vorbereitung: 15 Minuten, Garzeit: 15 Minuten

HAUPTSPEISE

ENTENBRUST AUS DEM OFEN

mit Bitterorangenjus, dazu Kartoffelpüree mit Rosmarinbutter

Für die Entenbrustfilets

2 Entenbrustfilets (am besten „Magret", s.o.)

6 g Quatre-épices, im Mörser fein zerstoßen

12 rote und 12 grüne Trauben

Für die Bitterorangenjus

1 Zwiebel

1 Karotte

15 ml Traubenkernöl

200 g Entenfleisch (vom Schenkel)

25 g Butter, plus mehr nach Bedarf

frisch gepresster Saft von 1 Bitterorange

500 ml Rinderbrühe

Für das Kartoffelpüree mit Rosmarinbutter

600 g vorwiegend mehligkochende Kartoffeln

200 ml Vollmilch

200 g gesalzene Butter

3 frische Rosmarinzweige

Salz und frisch gemahlener schwarzer Pfeffer

Hinweis zu den Zutaten: Für dieses Rezept verwende ich Brustfilets von Mastenten, im Französischen nennt man diese „Magret". Dabei handelt es sich um das Brustfleisch von Enten, die extra für die Produktion von Stopfleber gezüchtet wurden. Daher ist das Fleisch besonders zart und aromatisch. Wenn Sie keine „Magret"-Brust bekommen können, ist das kein Problem – das Rezept funktioniert auch mit regulären Entenbrustfilets.

ENTENBRUSTFILETS Den Backofen auf 180 °C (Umluft) vorheizen. Überschüssiges Fett von den Brustfilets schneiden, sodass das Fleisch nur noch von einer sehr dünnen Schicht Fett bedeckt ist. Diese Fettschicht mit einem kleinen spitzen Messer von rechts und links schräg einschneiden, sodass ein rautenförmiges Muster entsteht. Dabei darauf achten, nicht in das Fleisch zu schneiden.

Eine ofenfeste Bratpfanne mit dickem Boden ohne Fett auf dem Herd erhitzen. Die Entenbrustfilets mit etwas Salz und Quatre-épices würzen, dann mit der Fettschicht nach unten in die heiße Pfanne legen und 4–5 Minuten anbraten. Das ausgelassene Fett aus der Pfanne gießen und etwa 1 EL für später aufbewahren. Die Brustfilets wenden (sodass die Fettseite nun oben ist) und in der Pfanne im vorgeheizten Ofen 12 Minuten braten. Das Fleisch wird dann noch schön rosa sein – und genau so sollte Ente auch genossen werden: Zu lange gegartes Entenfleisch ist zäh. Die gebratenen Entenbrustfilets sofort aus der Pfanne nehmen und in Alufolie gewickelt mindestens 5 Minuten an einem warmen Ort ruhen lassen. Schneidet man das Fleisch an, sobald es aus dem Ofen kommt, entweichen seine Säfte und das Fleisch würde schnell austrocknen. Das in Alufolie gewickelte Fleisch kann in der Nachwärme im Ofen ruhen, wenn dieser ausgeschaltet ist.

Inzwischen das aufbewahrte Fett in einer kleinen Pfanne zerlassen, die Trauben hineingeben, erhitzen und warm halten.

BITTERORANGENJUS Zwiebel und Karotte schälen und in Würfel schneiden. Das Traubenkernöl in einem mittelgroßen Topf erhitzen und das Entenfleisch etwa 5 Minuten darin anbraten. Dann die Butter

Dieses Gericht lässt sich gut vorbereiten und ist deshalb für Dinnerparties besonders zu empfehlen: Die Entenbrustfilets einfach schon anbraten, bevor die Gäste kommen. Dann stellt man sie beiseite und gart sie erst kurz vor dem Servieren im Backofen fertig.

hinzufügen und das Fleisch noch etwa 10 Minuten bräunen, bis es fast karamellisiert ist. Nun Zwiebel- und Karottenwürfel zugeben und weitere 6 Minuten braten. Nach Bedarf etwas zusätzliche Butter hinzufügen. Fleisch und Gemüse mit dem Schaumlöffel aus dem Topf nehmen und beiseitelegen. Den Bratensatz mit etwas kaltem Wasser ablöschen und währenddessen mithilfe des Schaumlöffels vom Topfboden lösen. Fleisch und Gemüse zurück in den Topf geben, gefolgt von Bitterorangensaft und Rinderbrühe. Die Flüssigkeit zum Kochen bringen und bei sanfter Hitze mindestens 1 Stunde köcheln lassen. Im Anschluss durch ein feines Sieb in einen kleineren Topf abseihen und darin weiter sanft köcheln lassen, bis die Flüssigkeit um ein Drittel reduziert ist. Abschließend einen zusätzlichen Teelöffel Butter mit dem Schneebesen untermischen und die Jus nach Belieben mit Salz und Pfeffer abschmecken. Warm halten.

KARTOFFELPÜREE MIT ROSMARINBUTTER Die Kartoffeln schälen, in einen großen Topf mit kaltem Wasser geben und zum Kochen bringen. Pro Liter Wasser 10 g Salz hinzufügen und die Kartoffeln etwa 20 Minuten garen. Inzwischen Milch, Butter und Rosmarin in einem kleinen Topf erhitzen, bis die Butter geschmolzen ist. Bei schwacher Hitze noch 15 Minuten ziehen lassen, dann die Rosmarinzweige entfernen.

Die Kartoffeln abgießen, in der Passiermühle pürieren und abschließend durch ein feines Sieb streichen.

Das Püree in einen Topf füllen und die Milch-Butter-Mischung mit dem Schneebesen vorsichtig unterrühren, bis sich alle Zutaten verbunden haben. Nach Belieben etwas zusätzliche Butter unterziehen. Das Püree abschmecken und bis zum Anrichten warm halten.

ZUM SERVIEREN Die Entenbrustfilets schräg in 2 cm dicke Scheiben schneiden.

Auf vorgewärmten Tellern jeweils einen Löffel Kartoffelpüree verstreichen, darauf je drei Scheiben Entenbrustfilet legen und etwas Bitterorangenjus darum verteilen. Ein wenig Fleur de Sel auf das Entenfleisch streuen und ein paar warme Trauben auf jedem Teller arrangieren.

—

Für 4 Portionen, Zubereitung: 30 Minuten, Garzeit: 1 Stunde 30 Minuten

DESSERT

PEKANNUSSTARTELETTES

mit gewürzter Schlagsahne

Für die Tarteletteböden

95 g weiche Butter

90 g Puderzucker

30 g gemahlene Mandeln

50 g Kartoffelstärke

1 Prise Salz

1 Bio-Ei (Gewichtsklasse M), verquirlt

180 g Mehl (Type 405)

Für die Pekannussfüllung

125 g Pekannusskerne

3 Bio-Eier

125 g Zucker

½ TL Salz

75 g Butter, zerlassen

125 g Ahornsirup

Für die gewürzte Schlagsahne

500 g Schlagsahne

35 g Puderzucker

8 g Lebkuchengewürz, plus mehr zum Garnieren

TARTELETTEBÖDEN Butter und Puderzucker zusammen schaumig schlagen. Die trockenen Zutaten bis auf das Mehl vermischen, über die Butter-Puderzucker-Masse sieben und gut unterrühren. Zunächst ein Drittel des verquirlten Eis sowie ein Drittel des Mehls hinzufügen und ebenfalls untermischen. Dann das zweite Drittel von Ei und Mehl untermengen, gefolgt vom restlichen Drittel, bis ein glatter Teig entstanden ist. Den Teig zu einer Scheibe formen und in Frischhaltefolie gewickelt über Nacht im Kühlschrank ruhen lassen.

Am folgenden Tag den Backofen auf 190 °C (Umluft) vorheizen und vier Tartelette-Förmchen à 10 cm Durchmesser leicht mit Butter fetten. Mindestens 10 Minuten in den Kühlschrank stellen.

Den geruhten Teig 5 mm dick ausrollen, vier Kreise à 12 cm Durchmesser ausstechen und die gefetteten Förmchen damit auslegen. Den Teig dabei sorgfältig an Rand und Boden der Förmchen drücken. Die ausgelegten Tartelette-Förmchen 15 Minuten im Kühlschrank ruhen lassen. Inzwischen vier etwas größere Kreise aus Backpapier ausschneiden. Den gekühlten Teig in den Förmchen damit bedecken und mit Backerbsen füllen. Im vorgeheizten Ofen 15 Minuten blindbacken. Die Backerbsen und das Backpapier entfernen und die Tarteletteböden in den Förmchen auf einem Kuchengitter abkühlen lassen.

PEKANNUSSFÜLLUNG Ein Backblech mit Backpapier auslegen. Die Pekannusskerne halbieren und auf den Böden der gebackenen Tartelettes verteilen. Alle anderen Zutaten mit dem Schneebesen glatt rühren. Die Böden auf das vorbereitete Backblech stellen und zu zwei Dritteln mit der Masse füllen.

Bei 190 °C (Umluft) etwa 20 Minuten backen, bis die Füllung eine goldbraune Farbe angenommen hat und nicht mehr flüssig ist. Auf einem Kuchengitter abkühlen lassen.

GEWÜRZTE SCHLAGSAHNE Schlagsahne, Schneebesen und Schüssel vor der Zubereitung mindestens 15 Minuten in den Kühlschrank stellen. Die Schlagsahne zunächst separat aufschlagen und sobald sie andickt, den Puderzucker hinzufügen, gefolgt vom Lebkuchengewürz. Die Würzsahne steif schlagen und in einen mit kleiner Lochtülle ausgestatteten Spritzbeutel füllen. Bis zum Anrichten im Kühlschrank aufbewahren.

ZUM SERVIEREN Die Sahne in kleinen Kuppeln auf die Pekannusstartelettes spritzen. Nach Belieben mit ein wenig Lebkuchengewürz bestäuben. Bis zum Servieren können die Tartelettes mehrere Stunden im Kühlschrank aufbewahrt werden.

—

Für 4 Tartelettes à 10 cm Durchmesser, Vorbereitung: 30 Minuten, Garzeit: 35 Minuten, Ruhezeit: über Nacht

DESSERT

GALETTE MIT FEIGEN UND ROTEN TRAUBEN

1 rundes Stück Blätterteig à 24 cm Durchmesser

10 frische Feigen

20 rote Trauben

Rohrohrzucker, zum Bestreuen

Den Backofen auf 190 °C (Umluft) vorheizen und ein Backblech mit Backpapier auslegen. Feigen und Trauben waschen und trocknen. Die Feigen vierteln. Den Blätterteig in die Mitte des vorbereiteten Blechs legen und rundherum von den Seiten etwa 2 cm nach innen einrollen, sodass ein kleiner Rand entsteht. Den Teigboden mehrmals mit einer Gabel einstechen, dann leicht mit Rohrzucker bestreuen und 15 Minuten im Kühlschrank ruhen lassen. Die geviertelten Feigen mit der Haut nach unten auf dem gekühlten Blätterteigboden arrangieren und die Trauben dazwischen verteilen. Etwas zusätzlichen Zucker darüberstreuen und im vorgeheizten Ofen etwa 30 Minuten backen, bis der Blätterteig goldbraun und kross ist. Warm servieren.

—

Für 6 Portionen, Vorbereitung: 15 Minuten, Garzeit: 30 Minuten

MENÜ 07

Amuse Gueule

Salat im Nudeltäschchen

Croque Messieurs mit Käsecreme

California Rolls mit Gurke, Lachs und Karotte

Bunte Tomatenspieße mit Feta

Dessert

Choux mit Knusperschicht,
Vanillecreme und rosa Zuckerguss

Cupcakes für kleine Prinzessinnen:
Vanille, Erdbeere, Rosenwasser

Mini-Zitronentartelettes mit Baiserhaube

PRINZESSINNEN-GEBURTSTAG

Dieses Menü zusammenzustellen hat mir besondere Freude gemacht. Sicher, wir alle wissen, dass es die Prinzessin aus dem Märchen nicht gibt – ebenso wenig wie den Traumprinzen. Und doch ist es einfach wunderbar, ab und an in Kindheitsträumen zu schwelgen.

Ihr kleines Mädchen hat Geburtstag? Das ist die beste Gelegenheit dazu: Lassen Sie Ihren Schatz ein wenig träumen und veranstalten ein rosarotes Fest für sie.

Auf einem Kindergeburtstag gibt es natürlich viele süße Sachen, mit ein paar herzhaften Happen können Sie aber leicht für Abwechslung sorgen und Fingerfood macht auch Achtjährigen Spaß.

Beim Gebäck schlage ich Ihnen im Grunde genommen das Beste aus den unterschiedlichen Backtraditionen der USA und Frankreichs vor – süße amerikanische Cupcakes und luftig-leichte französische Choux. Nicht zu vergessen die köstlichen Zitronentartelettes mit Baiserhaube, die eigentlich immer gut ankommen.

„Bon anniversaire, Princesse!“

make myself pretty box

AMUSE GUEULE

SALAT IM NUDELTÄSCHCHEN

18 große Muschelnudeln (z. B. Conchiglie oder Lumaconi)

3 EL Olivenöl, plus mehr zum Beträufeln der Nudeln

1 Zucchini

1 rote Paprika

1 gelbe Paprika

1 orangefarbene Paprika

1 Bund Basilikum

Salz und frisch gemahlener schwarzer Pfeffer

—

Die Amuse Gueules eignen sich sehr gut dazu, dass alle Kinder bei der Zubereitung mithelfen – das macht ihnen garantiert viel Spaß und sie werden das Essen dann noch mehr genießen.

Die Nudeln laut Packungsangabe in Salzwasser al dente kochen. Es ist wichtig, dass sie nicht zu weich werden, da sie als Schale für den Salat dienen sollen. Abseihen, die Nudeln abtropfen lassen, auf einem Teller verteilen und etwas Olivenöl darüberträufeln.

Das Gemüse waschen. Die Zucchini in feine Würfel schneiden. Die Paprikas halbieren, Scheidewände, Samen und Stielansätze entfernen und das Fruchtfleisch ebenso fein würfeln wie die Zucchini.

Das Olivenöl in einer Pfanne mit dickem Boden erhitzen, Zucchini- und Paprikawürfel darin zart dünsten. Mit Salz und frisch gemahlenem schwarzen Pfeffer abschmecken. Die Basilikumstängel zupfen und einige Blättchen untermischen.

Jede Nudel mit einem Löffel des Gemüses füllen, etwas zusätzliches Olivenöl darüberträufeln und abschließend mit frischem Basilikum garnieren. Auf einer hübschen Servierplatte oder kleinen Tellerchen anrichten.

—

Für 6 Portionen, Vorbereitung: 20 Minuten, Garzeit: 18 Minuten

AMUSE GUEULE

CROQUE MESSIEURS

mit Käsecreme

150 g Emmentaler (am Stück)

500 g Crème fraîche

1 Muskatnuss

12 Scheiben gutes Weißbrot

6 Scheiben Kochschinken

6 Scheiben Emmentaler

50 g Parmesan

Diese Version des Klassikers „Croque Monsieur" wird auch im Palace Hotel serviert. Statt der Béchamelsauce verwende ich eine Käsecreme – das geht etwas schneller, ist dafür reichhaltiger und einfach köstlich!

Den Backofen auf 200 °C (Umluft) vorheizen und ein Backblech mit Backpapier auslegen. Den Emmentaler reiben und unter die Crème fraîche mischen. Die Käsecreme mit etwas frisch geriebener Muskatnuss abschmecken. Die Weißbrotscheiben von beiden Seiten mit der Käsecreme bestreichen und nebeneinander auf das vorbereitete Backblech legen. Auf die Hälfte der Brotscheiben jeweils eine Scheibe Schinken und eine Scheibe Emmentaler legen. Mit einer zweiten Scheibe Brot abdecken. Den Parmesan reiben und auf den belegten Broten verteilen. Im vorgeheizten Ofen 8–10 Minuten goldbraun backen. Abkühlen lassen und in lange Streifen schneiden.

Stapeln Sie die Streifen zum Servieren ruhig in einem eher chaotischen Haufen aufeinander – die Mädchen werden ihre Freude daran haben, ihre Häppchen wie beim Mikado aus dem Haufen hervorzuziehen. Am besten Sie legen gleich eine Menge kleiner Papierservietten bereit … Messer und Gabel werden heute nicht gebraucht!

Für 6 Portionen, Vorbereitung: 20 Minuten, Garzeit: 10 Minuten

AMUSE GUEULE

CALIFORNIA ROLLS MIT GURKE, LACHS UND KAROTTE

Für den Sushi-Reis

400 g Klebreis

2 EL Reisessig

2 EL Zucker

1 EL Meersalz

Für die Füllung

2 Karotten

1 kleine Salatgurke

4 Scheiben Räucherlachs

4 Blatt Nori-Algen

300 g Frischkäse

½ Menge Sushi-Reis (s. o.)

50 g schwarze Sesamsamen, geröstet

Sojasauce und Wasabi, zum Servieren

SUSHI-REIS Vor dem Kochen muss der Reis in einer Schüssel mit Wasser gut abgespült werden. Das Wasser abgießen und den Reis noch 2–3-mal in frischem Wasser waschen, bis das abgegossene Wasser klar ist.

Den abgespülten Reis mit 400 ml kaltem Wasser in einen mittelgroßen Topf geben und bei starker Hitze (ohne Deckel) zum Kochen bringen. Sobald das Wasser kocht, die Temperatur auf die niedrigste Stufe reduzieren und den Deckel auf den Topf setzen. Den Reis 15 Minuten kochen, den Topf dann vom Herd nehmen und den Reis abgedeckt weitere 10 Minuten ziehen lassen.

Inzwischen Reisessig, Zucker und Salz in einem kleinen Topf vermischen und erhitzen, bis der Zucker sich aufgelöst hat. Den Reis in eine große Holzschüssel mit flachem Boden geben (der traditionell dafür verwendete Holzbottich heißt Hangiri). Die Reisessig-Mischung darübergießen und vorsichtig unterrühren, sodass jedes Reiskorn damit benetzt wird. Auf Raumtemperatur abkühlen lassen.

FÜLLUNG Eigentlich enthalten California-Rolls Avocado – ich glaube, das ist auch der Grund dafür, dass sie California-Rolls heißen. Da Avocados in den meisten Fällen aber nicht zu den Lieblingsspeisen kleiner Mädchen gehören, verwende ich in diesem Rezept lieber Karotten und Gurken.

Karotten und Gurke schälen. Die Gurke längs halbieren, die Samen entfernen und das Fruchtfleisch in dünne Streifen schneiden. Karotten und Räucherlachs in etwa gleich große Streifen schneiden.

FERTIGSTELLUNG Eine spezielle Sushi-Matte aus Bambus auf der Arbeitsfläche ausbreiten und mit Frischhaltefolie abdecken. Ein Nori-Blatt darauflegen und eine dünne Schicht Frischkäse auf die gesamte Oberfläche streichen. Die Finger leicht befeuchten und eine Lage Sushi-Reis auf der Frischkäseschicht verteilen. Das Nori-Blatt nun mithilfe der

Frischhaltefolie umdrehen, sodass die Reisschicht auf der Bambus-Matte liegt. Karotten-, Gurken- und Lachsstreifen nebeneinander auf das Nori-Blatt legen und es von unten her mithilfe der Matte fest aufrollen. Die Finger nach Bedarf leicht anfeuchten, damit der Reis nicht daran kleben bleibt. Die gerösteten Sesamsamen auf einem großen flachen Teller verteilen und die Sushi-Rolle darin wälzen, sodass der Reis rundherum mit Sesamsamen bedeckt ist. Die Rolle mit einem feuchten Küchentuch abdecken und bis zum Anrichten im Kühlschrank aufbewahren. Weitere California-Rolls wie oben beschrieben zubereiten, bis alle Zutaten aufgebraucht sind.

ZUM SERVIEREN Die California-Rolls in jeweils sechs gleichmäßige Scheiben schneiden. Sojasauce und ein klein wenig Wasabi dazu reichen. Aber Achtung, den scharfen Wasabi mögen nicht alle Kinder!

—

Für 6 Portionen, Vorbereitung: 30 Minuten, Garzeit: 15 Minuten (Reis), Ruhezeit: 10 Minuten (Reis)

AMUSE GUEULE

BUNTE TOMATENSPIESSE MIT FETA

18 rote Kirschtomaten

18 orangefarbene Kirschtomaten

18 gelbe Kirschtomaten

200 g Feta

eine kleine Handvoll Schnittlauch

Olivenöl und Fleur de Sel, zum Servieren

Die Tomaten waschen und trocknen. Den Feta in mittelgroße Würfel schneiden. Je drei Kirschtomaten unterschiedlicher Farben auf Bambusspieße stecken, gefolgt von einem Würfel Feta. Unter die Tomaten jeweils einen Halm Schnittlauch um die Spieße binden. Auf einer Servierplatte anrichten. Zum Servieren etwas Olivenöl darüberträufeln und eine Prise Fleur de Sel darüberstreuen.

—

Für 6 Portionen, Vorbereitung: 15 Minuten, keine Garzeit

DESSERT

CHOUX

mit Knusperschicht, Vanillecreme und rosa Zuckerguss

Für die Knusperschicht

40 g weiche gesalzene Butter

50 g brauner Zucker

50 g Mehl (Typ 405)

Für die Brandmasse (Pâte à Choux)

125 ml Vollmilch

100 g Butter

8 g Zucker

4 g Salz

125 g Mehl (Typ 405)

4 Bio-Eier

KNUSPERSCHICHT Alle Zutaten in der Standküchenmaschine mit dem Rührelement zu einem glatten Teig vermengen. Den Teig zu einer Scheibe formen und zwischen zwei Lagen Backpapier etwa 3 mm dick ausrollen. Mit einem runden Ausstecher (in der Größe der Choux) Kreise im Teig markieren, aber nicht ausstechen. Den Teig auf dem Backpapier auf ein Backblech gleiten lassen und für mindestens 2 Stunden im Gefrierschrank ruhen lassen, am besten aber über Nacht.

BRANDMASSE (PÂTE À CHOUX) Den Backofen auf 180 °C (Umluft) vorheizen und ein Backblech mit Backpapier auslegen.

Milch, Butter, Zucker und Salz zusammen mit 125 ml Wasser in einem mittelgroßen Topf zum Kochen bringen. Dann sofort vom Herd nehmen, das Mehl in einem Schwung hinzufügen und kräftig mit einem stabilen Kunststoffteigschaber untermischen. Den Topf zurück auf den Herd stellen und die Masse unter Rühren weiter erhitzen, bis sie eine Kugel bildet und sich von den Seiten des Topfes löst. Das dauert etwa 5 Minuten. Die glatte Masse nun in einer sauberen Schüssel leicht abkühlen lassen, bis sie sich nur noch warm anfühlt, nicht mehr heiß. Zum Schluss die verquirlten Eier in mehreren kleinen Portionen mit dem Teigschaber vollständig untermischen.

Einen Spritzbeutel mit kleiner Lochtülle vorbereiten und die Brandmasse hineinfüllen. Kuppeln vom Umfang einer kleinen Aprikose mit etwas Abstand auf das vorbereitete Backblech spritzen. Den Teig für die Knusperschicht aus dem Gefrierschrank nehmen und die Kreise nun vollständig ausstechen. Vorsichtig jeweils eine Knusperschichtscheibe auf die Brandmasse-Kuppeln legen. Im vorgeheizten Ofen 25–30 Minuten goldbraun backen. Die Choux sollten innen trocken sein und sich sehr leicht anfühlen. Wenn die Brandmasse im Inneren des Gebäcks noch feucht ist, fallen sie in sich zusammen. Auf einem Kuchengitter abkühlen lassen.

Für die Crème Pâtissier

1 Vanilleschote

4 Bio-Eigelb

100 g Zucker

40 g Maisstärke

250 ml Vollmilch

50 g weiche Butter

Für den Zuckerguss

150 g Puderzucker

1 Bio-Eiweiß

Saft von ½ Zitrone

rosa und rotes Speisefarbenpulver

bunte Zuckerstreusel, zum Dekorieren

kandierte Rosenblütenblätter, zum Dekorieren

—

Die Knusperschicht für die Choux bereiten Sie am besten am Vorabend vor und frieren den ausgerollten Teig über Nacht ein, denn dann ist es einfacher, perfekte Kreise auszustechen und auf den Choux zu platzieren.

CRÈME PÂTISSIER Die Vanilleschote längs halbieren und das Mark mit dem Messerrücken herauskratzen. Die Eigelbe zusammen mit Zucker und Vanillemark in eine mittelgroße Schüssel geben und mit dem Schneebesen aufschlagen, bis eine helle, schaumige Masse entstanden ist. Dann die Maisstärke sorgfältig untermischen. Die Milch in einem mittelgroßen Topf zum Kochen bringen und unter Rühren zur Eigelbmischung gießen. Diese Mischung zurück in den Topf geben und unter Rühren mit dem Schneebesen kurz aufkochen (das dauert etwa 2 Minuten). Die Crème Pâtissier in eine saubere Schüssel umfüllen und die weiche Butter mit dem Schneebesen unterrühren. Die Schüssel mit der Crème zum Abkühlen in ein Eiswasserbad stellen. Inzwischen einen Spritzbeutel mit kleiner Lochtülle ausstatten. Die abgekühlte Crème in den vorbereiteten Spritzbeutel füllen und bis zum Füllen der Choux im Kühlschrank aufbewahren. Crème Pâtissier lässt sich nicht gut einfrieren und sollte möglichst frisch verwendet werden.

ZUCKERGUSS Den Puderzucker in eine saubere Schüssel sieben. Das Eiweiß zusammen mit dem Zitronensaft in eine separate Schüssel geben und die Hälfte des gesiebten Puderzuckers hinzufügen. Mit dem Schneebesen glatt rühren, dann den restlichen Puderzucker untermischen, bis keine Klümpchen mehr in der Masse enthalten sind. Ist die Glasur noch zu dünnflüssig, etwas mehr gesiebten Puderzucker untermischen. Die Glasur auf drei Schüsselchen verteilen und mit der Speisefarbe in drei verschiedenen Schattierungen rosa bis rot einfärben.

ZUM SERVIEREN Mit einer kleinen Sterntülle jeweils ein Loch aus der Unterseite der vollständig abgekühlten Choux ausstechen und diese mit Crème Pâtissier füllen. Überschüssige Crème sorgfältig abstreifen. Die Oberfläche der Choux vorsichtig in den farbigen Zuckerguss tauchen und abschließend mit bunten Zuckerstreuseln oder kandierten Rosenblütenblättern garnieren. Die gefüllten Choux können vor dem Servieren noch ein paar Stunden im Kühlschrank aufbewahrt werden, müssen aber am Tag der Zubereitung verzehrt werden. Frisch sind sie einfach besonders köstlich – glauben Sie mir, Sie wollen die Choux gar nicht länger aufbewahren.

—

Ergibt etwa 24 kleine Choux, Vorbereitung: 20 Minuten, Ruhezeit: mindestens 2 Stunden, Garzeit: 35–40 Minuten

DESSERT

CUPCAKES FÜR KLEINE PRINZESSINNEN

Für die Grundmasse

110 g weiche Butter

225 g Zucker

2 Bio-Eier

275 g Mehl (Typ 405)

11 g Backpulver

120 ml Vollmilch

1 TL Aroma nach Belieben, z. B. hochwertiges Vanilleextrakt, Rosenwasser, Pistazienpaste etc.

Für die Buttercreme

1 Bio-Ei

125 g Zucker

250 g weiche Butter

Speisefarbenpulver, nach Belieben

GRUNDMASSE Den Backofen auf 160 °C (Umluft) vorheizen und ein (Mini-)Muffin- oder Cupcake-Blech mit Papierförmchen auslegen.

Butter und Zucker in der Standküchenmaschine mit dem Rührelement etwa 5 Minuten schaumig schlagen. Die Eier nacheinander vollständig untermischen. Mehl und Backpulver zusammen in eine kleine Schüssel sieben. Milch und die jeweilige Zutat zum Aromatisieren (Vanilleextrakt, Erdbeerpüree, Rosenwasser oder Pistazienpaste) in einer Kanne mischen. Ein Drittel der Mehl-Backpulver-Mischung unter die schaumige Masse rühren, gefolgt von einem Drittel der aromatisierten Milch. Sorgfältig vermengen und den Rest der trockenen Zutaten und der Milch dann in Drittel-Schritten hinzufügen, wie oben beschrieben.

Die Papierförmchen im vorbereiteten Muffin- bzw. Cupcake-Blech zu jeweils zwei Dritteln mit der Masse befüllen und im vorgeheizten Ofen 25 Minuten (große Cupcakes) bzw. 16 Minuten (Mini-Cupcakes) backen. Auf einem Kuchengitter abkühlen lassen.

BUTTERCREME Ei und Zucker in einer Schüssel über einem sanft köchelnden Wasserbad mit dem Schneebesen oder Handrührgerät aufschlagen, bis eine helle, schaumige Masse entstanden ist. Das Ausgangsvolumen der Masse sollte sich dabei verdoppeln. Vom Wasserbad nehmen und weiter aufschlagen, bis die Masse abgekühlt ist. Sobald sie sich nicht mehr warm anfühlt, kann die Butter schrittweise untergemischt werden. Es ist wichtig, dass die Masse dabei nicht mehr zu warm ist, sonst schmilzt die Butter. Entscheidend ist auch, dass die Butter weich ist, also Raumtemperatur hat, und nicht auf einmal hinzugefügt wird, denn sonst verbindet sie sich nicht richtig mit der Eiermasse. Nach dem Untermischen der Butter die Masse noch etwa 1 Minute länger aufschlagen und sie dann nach Belieben aromatisieren und färben.

Die fertige Buttercreme in einen mit Stern- oder Lochtülle ausgestatteten Spritzbeutel füllen und bis zum Garnieren der Cupcakes im Kühl-

Für die Vanille-Cupcakes

zusätzlich:
1 TL hochwertiges Vanilleextrakt

Für die Erdbeer-Cupcakes

zusätzlich:
12 frische Erdbeeren

4 EL Erdbeerpüree

Für die Rosenwasser-Cupcakes

zusätzlich:
1 EL Rosenwasser

schrank aufbewahren. Buttercreme kann eingefroren werden, muss vor der Verwendung aber nach dem Auftauen nochmals kräftig aufgeschlagen werden.

VANILLE-CUPCAKES Die Grundmasse wie oben beschrieben herstellen, dabei die Milch mit dem Vanilleextrakt vermischen und weiterverarbeiten. Mit beliebig aromatisierter und gefärbter Buttercreme und Topping nach Wahl (z. B. Zuckerperlen, kandierte Blüten etc.) fertigstellen.

ERDBEER-CUPCAKES Zunächst die Erdbeeren waschen, trocknen und längs halbieren (für Mini-Cupcakes vierteln). Die Grundmasse wie oben beschrieben herstellen, dabei die Milch mit dem Erdbeerpüree vermischen und weiterverarbeiten. Nach dem Befüllen der Förmchen jeweils eine halbe Erdbeere in die Masse stecken (bei Mini-Cupcakes ein Erdbeerviertel), dann nach Anleitung backen. Mit beliebig aromatisierter und gefärbter Buttercreme und Topping nach Wahl (z. B. Zuckerperlen, kandierte Blüten etc.) fertigstellen.

ROSENWASSER-CUPCAKES Die Grundmasse wie oben beschrieben herstellen, dabei die Milch mit dem Rosenwasser vermischen und weiterverarbeiten. Mit beliebig aromatisierter und gefärbter Buttercreme und Topping nach Wahl (z. B. Zuckerperlen, kandierte Blüten etc.) fertigstellen.

—

Ergibt 12 große oder 24 kleine Cupcakes, Vorbereitung: 20 Minuten, Garzeit: 25 Minuten für große, 16 Minuten für kleine Cupcakes

Buttercreme reicht für 12 Cupcakes, Vorbereitung: 20 Minuten, Garzeit: 10 Minuten

DESSERT

MINI-ZITRONENTARTELETTES MIT BAISERHAUBE

Für den Mürbeteig

95 g Butter, plus mehr für die Formen

30 g gemahlene Mandeln

50 g Kartoffelstärke

90 g Puderzucker

1 Prise Salz

1 Bio-Ei, leicht verquirlt

180 g Mehl (Typ 405)

Für die Zitronencreme

Abrieb von 2 Bio-Zitronen

200 g Zucker

4 Bio-Eier

160 ml frisch gepresster Zitronensaft (von etwa 3 Bio-Zitronen)

200 g weiche Butter

Französische Baisermasse

150 g Bio-Eiweiß (von etwa 5 Bio-Eiern)

125 g Zucker

125 g Puderzucker

essbare Blüten (z. B. Stiefmütterchen), zum Garnieren

MÜRBETEIG Die Butter in der Standküchenmaschine mit dem Rührelement bearbeiten, bis sie wirklich weich ist. Gemahlene Mandeln, Kartoffelstärke, Puderzucker und Salz zusammen in eine Schüssel sieben und dann sorgfältig mit dem Rührelement unter die Butter mischen. Ein Drittel des verquirlten Eies und ein Drittel des Mehls hinzufügen und ebenfalls sorgfältig unterrühren. Diesen Prozess noch zweimal wiederholen. Sobald die Zutaten vollständig untergemischt wurden und ein glatter Teig entstanden ist, diesen Teig zu einer Scheibe formen und in Frischhaltefolie gewickelt über Nacht im Kühlschrank ruhen lassen.

ZITRONENCREME Den frischen Zitronenabrieb mit dem Zucker in eine Schüssel geben, die Eier und den Zitronensaft mit dem Schneebesen unterrühren. In einer Schüssel über einem sanft köchelnden Wasserbad unter Rühren auf 84 °C erhitzen (mit einem Küchenthermometer prüfen). Die Mischung wird dabei andicken.

Die Schüssel vom Wasserbad nehmen und die Masse auf 35 °C abkühlen lassen. Die weiche Butter stückchenweise mithilfe des Pürierstabs untermischen. Die fertige Zitronencreme in einen mit Lochtülle ausgestatteten Spritzbeutel füllen und bis zum Fertigstellen der Tartelettes im Kühlschrank aufbewahren.

FRANZÖSISCHE BAISERMASSE Die Eiweiße locker aufschlagen. Dann den Zucker schrittweise untermischen und das Ganze weiter aufschlagen, bis ein fester und glänzender Eischnee entstanden ist. Nun den Puderzucker auf einmal hinzufügen und vorsichtig weiter aufschlagen, bis er vollständig untergemischt ist. Die Baisermasse in einen mit kleiner Lochtülle ausgestatteten Spritzbeutel füllen und bis zum Fertigstellen der Tartelettes im Kühlschrank aufbewahren.

ZUM FERTIGSTELLEN Den Backofen auf 175 °C (Umluft) vorheizen.

Den Mürbeteig etwa 5 mm dick ausrollen und mit einem runden Ausstecher (etwas größer als die Tartelette-Förmchen) Kreise herstellen. Die Tartelette-Förmchen leicht mit Butter fetten und dann mit den Teigkreisen auslegen. Den Teig mit den Fingerspitzen vorsichtig auf den Boden und an den Rand der Förmchen drücken. Die Teigböden mit einer Gabel mehrmals einstechen und die Tartelettes im vorgeheizten Ofen, mit Backerbsen beschwert, 15 Minuten blindbacken. Auf einem Kuchengitter vollständig abkühlen lassen, bevor sie aus den Förmchen gelöst werden.

Die abgekühlten Tartelettböden mit Zitronencreme füllen. Die Baisermasse auf die gefüllten Tartelettböden spritzen und die Oberfläche mit dem Flambierer leicht bräunen. Mit essbaren Blüten garnieren.

—

Ergibt 24 Tartelettes, Vorbereitung: 30 Minuten, Ruhezeit: 12 Stunden bzw. über Nacht, Garzeit: 30 Minuten

MENÜ 08

Exquisite Häppchen

Herzhafte Réligieuses
mit Spitzpaprika und Frischkäse

Parmesanplätzchen
mit Radieschendip

Vorspeise

Minestrone vom Wurzelgemüse
mit Parmesanhippen

Hauptspeise

Jakobsmuscheln mit Linsen,
knusprigem Parmaschinken
und Räucherspeckschaum

Frittierte Garnelen
mit Sauce Tatar

Süßsauer mariniertes Rindfleisch
auf Butternusskürbis in
Grapefruit-Orangen-Reduktion
mit Ingwer

Hähnchenbrustspieße
mit Kokosnuss, Kurkuma
und Kaffirlimette,
gegrillt über offener Flamme

Käse

Roquefort und Birne
auf Blätterteig

Süße Häppchen

Zweierlei Obst-Crumble
mit gerösteten Walnüssen

Saftige Schokoladenküchlein
mit Karamellfüllung

Financiers

Mini-Mont-Blancs

Sie haben viele Freunde für ein lockeres Beisammensein mit gemeinsamem Essen am Wochenende eingeladen, sind sich aber nicht sicher, wann genau die Gäste auftauchen werden, wie viele der Eingeladenen kommen und ob sie eventuell noch jemanden mitbringen werden? Sie würden auch gerne viel Zeit mit Ihren Gästen verbringen und möchten nicht den ganzen Abend in der Küche stehen?

Bei solchen Gelegenheiten serviere ich gerne eine Auswahl exquisiter Häppchen. Das folgende Menü habe ich so konzipiert, dass es eine komplette und ausgewogene Mahlzeit ergibt. Die unterschiedlichen Komponenten sollten in mehreren Etappen serviert werden. Während die Gäste eintrudeln, können die ersten Häppchen gereicht werden. Als nächstes kommt die warme Vorspeise, gefolgt von den vier Hauptgerichten. In Frankreich spielt der Käse-Gang immer eine sehr wichtige Rolle. In dieser Speisefolge wird der Käse warm und in einzelnen Portionen serviert. Und wenn dann all die herzhaften Köstlichkeiten verputzt wurden, ist es Zeit für die Desserts.

Alle Gerichte werden auf kleinen Tellerchen oder größeren Servierplatten präsentiert, so lassen sie sich ganz einfach genießen – und servieren. Jetzt müssen Sie es sich mit Ihren Gästen eigentlich nur noch vor dem Kamin oder um ein Lagerfeuer gemütlich machen und den Abend genießen.

EXQUISITE HÄPPCHEN

HERZHAFTE RÉLIGIEUSES MIT SPITZPAPRIKA UND FRISCHKÄSE

Für die Brandmasse (Pâte à Choux)

125 ml Vollmilch

100 g Butter

4 g Zucker

4 g Salz

125 g Mehl (Typ 405)

4 Bio-Eier

Für die Füllung

2 Pimientos del Piquillo (geröstete und geschälte rote Spitzpaprika)

200 g Frischkäse

50 g Schlagsahne

Salz und frisch gemahlener schwarzer Pfeffer

Dillspitzen und feine Paprikastreifen, zum Garnieren

BRANDMASSE Den Backofen auf 180 °C (Umluft) vorheizen und zwei Backbleche mit Backpapier auslegen.

Milch, Butter, Zucker und Salz mit 125 ml Wasser in einem Topf zum Kochen bringen. Dann sofort vom Herd nehmen, das Mehl in einem Schwung hinzufügen und kräftig mit einem Kunststoffteigschaber untermischen. Den Topf zurück auf den Herd stellen und die Masse unter Rühren weiter erhitzen, bis sie eine Kugel bildet und sich von den Seiten des Topfes löst. Das dauert etwa 5 Minuten. Die Masse in einer sauberen Schüssel leicht abkühlen lassen, bis sie sich nur noch warm anfühlt. Die verquirlten Eier in mehreren Portionen mit dem Teigschaber vollständig untermischen.

Spritzbeutel vorbereiten: Einen mit einer kleinen und den zweiten mit einer mittelgroßen Lochtülle. Die Brandmasse aufteilen und in die Spritzbeutel füllen. Mit der größeren Lochtülle Kuppeln vom Umfang einer kleinen Aprikose mit etwas Abstand auf eines der vorbereiteten Backbleche spritzen. Mit dem zweiten Spritzbeutel die gleiche Anzahl etwas kleinerer Kuppeln auf das andere Blech spritzen.

Die Choux im vorgeheizten Ofen 25–30 Minuten goldbraun backen.

FÜLLUNG Die Paprika abtropfen lassen und in Streifen schneiden. Zusammen mit Frischkäse und Sahne pürieren, bis eine glatte Masse entstanden ist. Mit Salz und Pfeffer abschmecken.

ZUM SERVIEREN Die Masse in einen Spritzbeutel mit Lochtülle füllen. Mit einer kleineren Sterntülle jeweils ein Loch in die Böden der abgekühlten Choux stechen und sie mit der Spitzpaprikacreme-Masse füllen. Auf die Mitte der größeren Choux je einen Tupfen der Creme spritzen und einen kleinen Choux daraufsetzen. Mit etwas Creme, einem Paprikastreifen und Dillspitzen garnieren.

—

Ergibt 12 Stück, Vorbereitung: 40 Minuten, Garzeit: 35 Minuten

EXQUISITE HÄPPCHEN

PARMESANPLÄTZCHEN MIT RADIESCHENDIP

Für den Radieschendip

1 Salatgurke

12 Radieschen

1 Bund Schnittlauch

1 Knoblauchzehe

500 g „Fromage Blanc" (alternativ griechischer Joghurt)

frisch gepresster Saft von ½ Zitrone

Für die Parmesanplätzchen

180 g Parmesan

120 g Butter

180 g Mehl (Typ 405)

½ TL Fleur de Sel

1 Bio-Ei

Salz und frisch gemahlener schwarzer Pfeffer

RADIESCHENDIP Die Gurke schälen, längs halbieren, mit einem kleinen Löffel die Samen herauskratzen und die Gurke dann in gleichmäßige kleine Würfel („Brunoise") schneiden. Die Radieschen waschen, sorgfältig trocknen und in feine Scheiben schneiden. Den Schnittlauch waschen, trocknen und in dünne Ringe schneiden. Den Knoblauch schälen und fein hacken. Gemüse, Schnittlauch und Knoblauch zusammen mit dem Zitronensaft unter den „Fromage Blanc" (bzw. den griechischen Joghurt) mischen und mit Salz und Pfeffer abschmecken. Bis zum Servieren im Kühlschrank aufbewahren.

PARMESANPLÄTZCHEN Den Parmesan frisch reiben und mit Butter, Mehl und Fleur de Sel in der Standküchenmaschine mithilfe des Rührelements vermengen. Dann das Ei zugeben und die Maschine weiterlaufen lassen, bis die Zutaten einen Teig bilden, der sich beim Rühren von den Seiten der Schüssel löst. Den Teig zu einer schmalen Rolle formen und in Frischhaltefolie gewickelt mindestens 1 Stunde im Kühlschrank ruhen lassen.

Den Backofen auf 180 °C (Umluft) vorheizen und ein Backblech mit Backpapier auslegen. Den geruhten Teig in 5 mm dicke Scheiben schneiden, diese mit etwas Abstand auf dem vorbereiteten Blech verteilen und im vorgeheizten Ofen etwa 8–10 Minuten backen, bis sie eine hellgoldene Farbe haben. Auf einem Kuchengitter abkühlen lassen.

Die Parmesanplätzchen zum Radieschendip servieren.

—

Ergibt etwa 30 Plätzchen, Vorbereitung: 30 Minuten, Ruhezeit: 1 Stunde, Garzeit: 8–10 Minuten

VORSPEISE

MINESTRONE VOM WURZELGEMÜSE MIT PARMESANHIPPEN

Für die Minestrone

2 Karotten

2 violette Karotten

2 Pastinaken

3 Zucchini

½ Kopf Blumenkohl

½ Kopf violetter Blumenkohl

3 EL Olivenöl

2 l frische Hühner- oder Gemüsebrühe

Salz

Für die Parmesanhippen

200 g Parmesan

—

Die Minestrone kann am Vortag zubereitet werden – sie schmeckt am nächsten Tag sowieso noch besser!

MINESTRONE Das Gemüse waschen. Karotten und Pastinaken schälen, dann alles in 3–4 mm große Würfel schneiden. Die Blumenkohlhälften in kleine Röschen aufteilen. Das Olivenöl in einem großen Topf erhitzen und das Gemüse darin etwa 5 Minuten andünsten. Leicht salzen und die Hühner- bzw. Gemüsebrühe angießen und zum Kochen bringen. Bei schwacher Hitze etwa 40 Minuten sanft köcheln lassen, bis das Gemüse gegart aber nicht zu weich ist. (Persönlich mag ich Minestrone mit reiner Gemüseeinlage am liebsten, wenn Sie möchten, können Sie aber auch gewürfelte Kartoffeln oder kleine Nudeln darin garen.) Die fertig gegarte Minestrone vom Herd nehmen und abkühlen lassen. Dabei kann das Gemüse darin ziehen und verleiht der Suppe einen besonders intensiven Geschmack. Zum Servieren wieder erhitzen.

PARMESANHIPPEN Den Backofen auf 180 °C (Umluft) vorheizen und ein Backblech mit einer Silikonmatte auslegen.

Den Parmesan frisch reiben, mit Abstand in kleinen Häufchen auf dem Backblech verteilen und im vorgeheizten Ofen 10–12 Minuten backen, bis der Käse geschmolzen ist und eine hellgoldene Farbe angenommen hat. Auf einem Gitterrost abkühlen lassen.

Die Parmesanhippen zur heißen Minestrone servieren.

—

Für 6 Portionen, Vorbereitung: 40 Minuten, Garzeit: 50 Minuten

HAUPTSPEISE

JAKOBSMUSCHELN

mit Linsen, knusprigem Parmaschinken und Räucherspeckschaum

Für die Linsen

1 Karotte

1 weiße Zwiebel

2 Stangensellerie

2 EL Olivenöl

300 g Puy-Linsen

2 l kaltes Wasser oder kalte Gemüsebrühe

Für den knusprigen Parmaschinken

6 Scheiben Parmaschinken

Für den Räucherspeckschaum

250 g Schlagsahne

50 g Räucherspeck

LINSEN Karotte und Zwiebel schälen und in kleine Würfel schneiden. Die Selleriestangen waschen, trocknen und ebenfalls in kleine Würfel schneiden. Das Olivenöl in einem großen Topf erhitzen und das gewürfelte Gemüse darin anschwitzen. Die Linsen zugeben und vorsichtig untermischen. Das kalte Wasser oder die Gemüsebrühe angießen und zum Kochen bringen. Dann bei schwacher Hitze etwa 25 Minuten sanft köcheln lassen, bis die Linsen bissfest gegart sind. Abseihen, die Linsen zurück in den Topf geben und mit Salz und Pfeffer abschmecken. Es ist wichtig, dass die Linsen nicht beim Kochen gesalzen werden, da sie sonst zäh werden.

KNUSPRIGER PARMASCHINKEN Den Backofen auf 180 °C (Umluft) vorheizen und ein Backblech mit Backpapier oder einer Silikonmatte auslegen. Die Schinkenscheiben auf dem vorbereiteten Blech ausbreiten, ohne dass sie überlappen. Mit einem zweiten Backpapier oder einer zweiten Silikonmatte abdecken und mit einem weiteren Backblech beschweren. Den Schinken im vorgeheizten Ofen etwa 15 Minuten backen, bis er trocken und knusprig ist. Durch den Verlust an Feuchtigkeit wird der natürlich salzige Geschmack des Schinkens betont.

RÄUCHERSPECKSCHAUM Schlagsahne und Räucherspeck zusammen in einem mittelgroßen Topf zum Kochen bringen. Dann sofort vom Herd nehmen und abgedeckt 30 Minuten ziehen lassen. Vor dem Servieren den Räucherspeck aus der Sahne nehmen und sie erneut erhitzen.

Für die Jakobsmuscheln

12 Jakobsmuscheln

2 EL Olivenöl

1 EL gesalzene Butter

Salz und frisch gemahlener schwarzer Pfeffer

—

Die Linsen für die Jakobsmuscheln können am Vortag zubereitet und vor dem Servieren dann sanft erhitzt werden.

JAKOBSMUSCHELN Die Jakobsmuscheln unter fließendem kalten Wasser abspülen und mit Küchenpapier trocken tupfen. Das Olivenöl in einer Pfanne mit dickem Boden fast bis zum Rauchpunkt erhitzen. Die Jakobsmuscheln von beiden Seiten salzen und im heißen Öl etwa 1 Minute scharf anbraten. Mit der Grillzange wenden und von der anderen Seite ebenfalls etwa 1 Minute anbraten. Die Butter zugeben, die Temperatur reduzieren und die Jakobsmuscheln noch etwa 1 Minute immer wieder mit dem heißen Fett begießen. Auf Küchenpapier abtropfen lassen und dann im auf 90 °C (Umluft) vorgewärmten Ofen warm halten.

ZUM SERVIEREN Die Linsen und die aromatisierte Sahne aufwärmen. Portionsweise auf vorgewärmten kleinen Tellern anrichten: Je einen Löffel der Linsen in die Mitte der Teller geben und jeweils eine Jakobsmuschel daraufsetzen. Die heiße Sahne mit dem Pürierstab aufschäumen und ein klein wenig Schaum auf die Jakobsmuscheln geben. Mit einem kleinen Stück knusprigem Parmaschinken garnieren.

—

Für 6 Portionen, Vorbereitung: 30 Minuten, Garzeit: 50 Minuten, Ruhezeit: 30 Minuten

HAUPTSPEISE

FRITTIERTE GARNELEN

mit Sauce Tatar

18 Garnelen, geschält

Für den Ausbackteig

100 g Mehl (Typ 405)

15 g Backpulver

50 g Maisstärke

1 Bio-Ei

75 g „Fromage Blanc" (alternativ griechischer Joghurt)

1 l Traubenkernöl zum Frittieren

Fleur de Sel

Für die Sauce Tatar

3 Cornichons

¼ weiße Zwiebel

¼ Bund glatte Petersilie

1 EL scharfer Senf

1 Bio-Eigelb

250 g Traubenkernöl

1 EL Kapern

1 EL weißer Balsamessig

Salz und frisch gemahlener schwarzer Pfeffer

Kapernbeeren, zum Garnieren

Die Garnelen mit einem spitzen Messer am Rücken leicht einschneiden und den Darmfaden entfernen. Im Kühlschrank aufbewahren.

AUSBACKTEIG Mehl, Backpulver und Maisstärke in eine Schüssel sieben. Das Ei mit dem Schneebesen unterrühren, gefolgt vom „Fromage Blanc". Schrittweise 125 ml kaltes Wasser untermischen, bis eine glatte Masse entstanden ist. Bis zur Verwendung kann der Ausbackteig bis zu 30 Minuten im Kühlschrank aufbewahrt werden.

Das Traubenkernöl in einem großen Topf mit dickem Boden auf 180 °C erhitzen. Die Garnelen mit dem Sieblöffel in den Ausbackteig tauchen und herausheben, sodass überschüssiger Teig abtropfen kann. Jeweils drei Garnelen auf einmal in das heiße Öl geben und frittieren, bis sie eine schöne goldbraune Farbe haben. Während des Frittierens mit dem Sieblöffel wenden, damit sie gleichmäßig bräunen. Auf Küchenpapier abtropfen lassen und etwas Fleur de Sel darüberstreuen.

SAUCE TATAR Bei der Zubereitung sollten alle Zutaten Raumtemperatur haben. Die Cornichons gut abtropfen lassen und in sehr kleine Würfel schneiden. Die Zwiebel schälen und fein hacken. Die Petersilie waschen, trocknen und die Blätter ebenfalls hacken.

Den Senf in einer großen Rührschüssel unter das Eigelb mischen und mit dem Handrührgerät aufschlagen. Das Traubenkernöl dabei allmählich in einem feinen Strahl einlaufen lassen, sodass eine helle und cremige Mayonnaise entsteht. Cornichons, Zwiebel, Petersilie und Kapern unterheben und mit Salz, Pfeffer und weißem Balsamessig würzen. Bis zum Anrichten abgedeckt im Kühlschrank aufbewahren.

ZUM SERVIEREN Die Sauce in Schüsselchen füllen und mit ein paar Kapern dekorieren. Auf vorgewärmte Teller stellen und die Garnelen darum arrangieren.

—

Für 6 Portionen, Vorbereitung: 40 Minuten, Garzeit: 8 Minuten

HAUPTSPEISE

SÜSSSAUER MARINIERTES RINDFLEISCH

auf Butternusskürbis in Grapefruit-Orangen-Reduktion mit Ingwer

1 Butternusskürbis

3 Pink Grapefruits

frisch gepresster Saft von 2 Orangen

10 g frischer Ingwer

250 ml Mirin (süßer Reiswein)

150 ml Reisessig

1 EL dunkle Misopaste

600 g Nierenzapfen vom Rind

2 EL Sesamöl

1 EL Olivenöl

essbare Blüten (z. B. Stiefmütterchen), zum Garnieren

—

Das gewürfelte Rindfleisch kann über Nacht in der Marinade ziehen. Der Essig in der Marinade bewirkt, dass es besonders zart wird und vor dem Servieren nur noch kurz scharf angebraten werden muss. Für die Hähnchenbrustspieße gilt das Gleiche – über Nacht marinieren lassen, dann schmecken sie noch besser!

Den Kürbis schälen und in 1 cm dicke Scheiben schneiden. Mit einem Ausstecher à 4 cm Durchmesser Kreise ausstechen.

Den Saft von zwei Grapefruits auspressen und mit Orangensaft und Ingwer in eine Pfanne geben. Die Kürbiskreise nebeneinander in den Saft legen, ohne dass sie überlappen. Bei mäßiger Hitze zum Kochen bringen und dann bei schwacher Hitze sanft köcheln und reduzieren lassen, bis der Saft vollständig verdampft ist und die Scheiben leicht kandiert sind. Nach Bedarf noch etwas Wasser zugeben und reduzieren lassen. Die dritte Grapefruit schälen und das weiße Mark sorgfältig vom Fruchtfleisch entfernen. Mit einem scharfen Messer die Fruchtfleischsegmente aus den Zwischenhäutchen lösen. Den dabei austretenden Saft in einer Schüssel auffangen und über die gegarten Kürbisscheiben träufeln. Das Fruchtfleisch beiseitelegen.

Mirin und Reisessig in einer kleinen Schüssel mit dem Schneebesen unter die Misopaste rühren. Das Rindfleisch in häppchengroße Stücke schneiden (à etwa 30 g) und in einer Auflaufform verteilen. Die Marinade darübergießen und das Fleisch 45 Minuten darin ziehen lassen.

Das Öl in einer Pfanne erhitzen. Das Fleisch aus der Marinade nehmen und auf Küchenpapier abtropfen lassen. Im heißen Öl von beiden Seiten scharf anbraten, dann die Temperatur leicht reduzieren und die Marinade zum Fleisch in die Pfanne geben. Sanft köcheln lassen, bis die Marinade zu einer sirupartigen Konsistenz reduziert ist. Das Fleisch mit einem Küchenpinsel mit der Marinade bestreichen.

ZUM SERVIEREN Jeweils ein Stück des warmen, mit der Marinade überzogenen Rindfleisches auf die Kürbisscheiben setzen. Jedes Häppchen mit einem Stück Grapefruit und einer essbaren Blüte garnieren.

—

Für 18 Portionen (à 3 Häppchen pro Person), Vorbereitung: 30 Minuten, Ruhezeit: 45 Minuten (in der Marinade), Garzeit: 25 Minuten

HAUPTSPEISE

HÄHNCHENBRUSTSPIESSE

mit Kokosnuss, Kurkuma und Kaffirlimette, gegrillt über offener Flamme

4 Hähnchenbrustfilets (aus Bio-Freilandhaltung)

Abrieb von 2 Kaffirlimetten

1 l Kokosmilch

2 TL Nuoc-Mam (vietnamesische Fischsauce)

6 g gemahlene Kurkuma

3 Kaffirlimetten-Blätter, zerstoßen

Die Hähnchenbrustfilets längs in Streifen schneiden. Den Kaffirlimetten-Abrieb mit der Kokosmilch, Nuoc Mam, Kurkuma und den Kaffirlimetten-Blättern zu einer würzigen Marinade vermischen. Die Hähnchenstreifen in einer Auflaufform verteilen und die Marinade darübergießen. Abgedeckt mit Frischhaltefolie 40 Minuten im Kühlschrank ziehen lassen.

Die marinierten Hähnchenstreifen einzeln auf Metall- oder Bambusspieße stecken und über einer offenen Flamme 8–10 Minuten goldbraun braten und vollständig garen. Vorsicht: Metallspieße können dabei sehr heiß werden – passen Sie auf, dass Sie sich nicht verbrennen!

Alternativ können die Spieße für die gleiche Zeit auf dem Grill oder in einer gut mit Öl gefetteten Grillpfanne gegart werden.

ZUM SERVIEREN Die heißen Hähnchenspieße auf einer vorgewärmten Servierplatte anrichten und mit etwas Marinade bestreichen. Nach Belieben frischen Kaffirlimetten-Abrieb daraufstreuen.

—

Für 12 Spieße, Vorbereitung: 20 Minuten, Ruhezeit: 40 Minuten, Garzeit: 8 Minuten

KÄSE

ROQUEFORT UND BIRNE AUF BLÄTTERTEIG

250 g Blätterteig

120 g Roquefort

3 Birnen

frisch gepresster Saft von 1 Zitrone

frisch gemahlener schwarzer Pfeffer

Den Backofen auf 200 °C (Umluft) vorheizen und ein Backblech mit Backpapier oder einer Silikonmatte auslegen.

Den Blätterteig 3 mm dick ausrollen und in rechteckige Stücke à 3 x 9 cm schneiden. Die Blätterteigstücke mit etwas Abstand auf das vorbereitete Backblech legen, mit Backpapier abdecken und mit einem zweiten Backblech beschweren. Durch das Backen des Blätterteigs zwischen zwei Blechen wird verhindert, dass er zu stark aufgeht und stattdessen dünn und knusprig wird. Den Teig im vorgeheizten Ofen 25 Minuten goldbraun backen. Die gebackenen Blätterteigstücke auf einem Kuchengitter abkühlen lassen.

Den Roquefort in dünne Scheiben schneiden. Die Birnen schälen, in feine Spalten schneiden und etwas Zitronensaft über die Spalten träufeln, damit sie nicht braun anlaufen.

VOR DEM SERVIEREN Je eine Scheibe Roquefort und ein bis zwei Birnenspalten auf die Blätterteigstücke legen und sie bei 180 °C (Umluft) im Ofen erhitzen, bis der Käse geschmolzen und leicht gebräunt ist. Abschließend ein wenig schwarzen Pfeffer frisch darübermahlen und die Häppchen warm servieren. Sie werden im Nu verschwunden sein!

—

Ergibt 12 Stück, Vorbereitung: 25 Minuten, Garzeit: 30 Minuten

SÜSSE HÄPPCHEN

ZWEIERLEI OBST-CRUMBLE

mit gerösteten Walnüssen

Variante 1

2 Birnen

3 rote Pflaumen

200 g rote Johannisbeeren

30 g gesalzene Butter

3 EL Muscovado-Zucker

12 Walnusskerne, geröstet und grob gehackt

2 EL gemahlener Ingwer

Variante 2

2 Äpfel

4 grüne Pflaumen

30 g gesalzene Butter

3 EL Muscovado-Zucker

12 Walnusskerne, geröstet und grob gehackt

2 TL gemahlener Ceylon-Zimt

Für die Streusel

200 g weiche gesalzene Butter

200 g brauner Zucker

200 g Weizenmehl (Typ 405)

100 g Haferflocken

KOMPOTT – VARIANTE 1 UND 2 Das Obst waschen, schälen und in 2–3 cm große Würfel schneiden. Die Früchte für die beiden Crumble-Varianten in zwei separaten Schüsseln beiseitestellen. In zwei Schwenkpfannen die gesalzene Butter zerlassen. Sobald die Butter beginnt zu schäumen, den Muscovado-Zucker zugeben und etwa 2 Minuten karamellisieren. Die Obst-Mischungen für die beiden Crumble-Varianten jeweils in eine der Pfannen geben und die Walnusskerne sowie jeweils Ingwer oder Zimt hinzufügen. Bei mäßiger Hitze 10–15 Minuten leicht einkochen und dann in separaten Schüsseln beiseitestellen.

STREUSEL Den Backofen auf 180 °C (Umluft) vorheizen und ein Backblech mit Backpapier oder einer Silikonmatte auslegen.

In einer mittelgroßen Schüssel die Butter mit den Fingerspitzen unter den Zucker reiben. Das Mehl hinzufügen und ebenfalls mit den Fingerspitzen einarbeiten. Abschließend die Haferflocken untermischen. Den Streuselteig soweit vermengen, dass haselnussgroße Stückchen entstehen. Die Streusel auf dem vorbereiteten Backblech verteilen und im vorgeheizten Ofen 20–25 Minuten goldbraun backen, dabei mehrmals durchmischen, damit die Streusel gleichmäßig bräunen.

ZUM SERVIEREN Die beiden Kompott-Varianten auf zwölf Keramikschüsselchen verteilen und die Oberfläche jeweils mit Streuseln bedecken. Bei 180 °C im Ofen etwa 5 Minuten aufwärmen und dann sofort servieren.

—

Für 12 Portionen, Vorbereitung: 40 Minuten, Garzeit: 45 Minuten

SÜSSE HÄPPCHEN

SAFTIGE SCHOKOLADENKÜCHLEIN

mit Karamellfüllung

Für die Salzkaramellfüllung

150 g Zucker

150 g Schlagsahne

180 g gesalzene Butter

Für den Schokoladenkuchen

100 g hochwertige Zartbitterschokolade (z. B. von Valrhona)

100 g Butter

2 Bio-Eier

50 g Zucker

30 g Mehl (Typ 405)

SALZKARAMELLFÜLLUNG Die Hälfte des Zuckers in einem mittelgroßen Topf mäßig erhitzen. Sobald er geschmolzen ist, den restlichen Zucker hinzufügen und weiter erhitzen, bis der Zucker vollständig geschmolzen und ein goldener Karamell entstanden ist. Der Zucker darf beim Schmelzen nicht umgerührt werden, da der Kochlöffel die Masse abkühlen würde, sodass der Zucker erneut kristallisieren und einen harten Block bilden würde. Während der Zucker karamellisiert, die Schlagsahne erwärmen. Den Topf mit dem Karamell vom Herd nehmen, sobald er die gewünschte goldene Farbe hat, und die warme Sahne hinzugießen. Vorsicht: Da die Sahne nicht ganz so heiß ist wie der Karamell, wird die Masse etwas spritzen. Den Topf zurück auf den Herd geben und die Sahne mit einem hitzebeständigen Teigschaber vollständig unter den Karamell mischen, sodass die Masse auf 108 °C abkühlt. Den Topf wieder vom Herd nehmen. Die Butter würfeln und stückchenweise untermischen. Die fertige Salzkaramellmasse im Kühlschrank 15 Minuten abkühlen lassen. Aus der abgekühlten Masse zwölf Kugeln mit jeweils etwa 1,5 cm Durchmesser formen und beiseitelegen.

SCHOKOLADENKUCHEN Schokolade und Butter zusammen in einer Schüssel über einem heißen Wasserbad schmelzen. Die Mischung leicht abkühlen lassen.

Eier und Zucker in einer mittelgroßen Schüssel schaumig schlagen. Das Mehl hinzufügen und vorsichtig untermischen, bis die Zutaten gerade eben zu einer Masse zusammenkommen. Die leicht abgekühlte Schokoladen-Butter-Mischung vorsichtig unterheben.

Diese Masse auf zwölf kleine Silikonförmchen verteilen, sodass sie zu jeweils drei Vierteln gefüllt sind. Jeweils eine Salzkaramellkugel in die Mitte der Kuchenmasse stecken und das Ganze mindestens 1 Stunde im Kühlschrank ruhen lassen. Die Kuchenmasse kann bis zu zwei Tage im Voraus zubereitet und dann in den Förmchen bis zum Backen im Kühlschrank aufbewahrt werden.

Den Backofen auf 180 °C (Umluft) vorheizen. Die Silikonförmchen mit der gekühlten Kuchenmasse auf ein Backblech stellen und im vorgeheizten Ofen 10–12 Minuten backen. Die Küchlein kurz abkühlen lassen, bevor sie aus den Förmchen gelöst werden, und dann auf einer hübschen Servierplatte arrangieren. Um zu zeigen, dass die Küchlein eine Salzkaramellfüllung haben, können ein paar Exemplare aufgeschnitten werden.

—

Ergibt 12 kleine Küchlein, Vorbereitung: 40 Minuten, Ruhezeit: 1 Stunde, Garzeit: 20 Minuten

SÜSSE HÄPPCHEN

FINANCIERS

340 g Butter

260 g Puderzucker

150 g gemahlene Haselnusskerne

80 g gemahlene Mandeln

100 g Mehl (Typ 405)

8 Eiweiß

40 g Nugat, fein gehackt

30 g Kakaobruch

Die Butter zerlassen und weiter erhitzen, bis sie haselnussbraun ist. Diese sogenannte „Beurre Noisette" durch ein feines Sieb filtern.

In einer großen Schüssel Puderzucker, gemahlene Haselnusskerne, Mandeln und Mehl mischen. Die Eiweiße hinzufügen und mit einem Teigschaber sorgfältig untermischen, gefolgt von der „Beurre Noisette". Die Masse in einen Spritzbeutel füllen und im Kühlschrank 1 Stunde ruhen lassen. Die Masse kann auch mehrere Tage im Voraus zubereitet und eingefroren werden.

Den Backofen auf 200 °C (Umluft) vorheizen. Die Masse in Silikonförmchen für Financiers spritzen. Eine Hälfte mit gehacktem Nugat, die zweite Hälfte mit Kakaobruch bestreuen.

Die Financiers im vorgeheizten Ofen 6–8 Minuten backen und dann auf einem Kuchengitter abkühlen lassen.

—

Ergibt 40 Mini-Financiers, Vorbereitung: 30 Minuten, Ruhezeit: 1 Stunde, Garzeit: 8 Minuten

SÜSSE HÄPPCHEN

MINI-MONT-BLANCS

Für die Maronencreme und Sahnekuppeln

40 g weiche Butter

150 g Maronenpüree, Raumtemperatur

1 TL brauner Rum

200 g Schlagsahne

Für die Teigböden

125 g weiche Butter

45 g Puderzucker, plus mehr zum Bestäuben

1 Prise Salz

115 g Mehl (Type 405)

—

Alle Desserts können im Voraus zubereitet werden. Die Mont Blancs eignen sich sogar zum Einfrieren.

30 Minuten vor dem Servieren aus dem Tiefkühlschrank nehmen.

MARONENCREME UND SAHNEKUPPELN Die Butter mit dem Handrührgerät schaumig schlagen. Das Maronenpüree in drei Etappen kräftig untermischen (dafür ist wichtig, dass es Raumtemperatur hat, sonst wird die Butter wieder hart und die Masse nicht cremig). Abschließend den Rum untermischen. Die Masse in einen mit sehr kleiner Lochtülle (2–3 mm) ausgestatteten Spritzbeutel füllen.

Vor dem Schlagen der Sahne den sauberen Schneebesen (bzw. den Rühraufsatz des Handrührgeräts), die Rührschüssel und die Sahne 15 Minuten im Gefrierschrank kühlen. Die Sahne im Anschluss steif schlagen und in einen mit kleiner Lochtülle ausgestatteten Spritzbeutel füllen. Bis zum Fertigstellen im Kühlschrank aufbewahren.

TEIGBÖDEN Den Backofen auf 170 °C (Umluft) vorheizen und ein Backblech mit einer Silikonmatte auslegen.

Die weiche Butter mit dem Puderzucker in der Standküchenmaschine mithilfe des Rührelements schaumig schlagen. Das Salz zugeben und das Mehl untermischen, bis ein glatter Teig entstanden ist. Den weichen Teig zwischen zwei Lagen Backpapier etwa 5 mm dick ausrollen. Den ausgerollten Teig mindestens 30 Minuten im Kühlschrank ruhen lassen, damit er sich leichter bearbeiten lässt.

Mit einem runden Ausstecher mit 4 cm Durchmesser Kreise aus dem Teig ausstechen und 10–12 Minuten leicht goldbraun backen. Auf einem Kuchengitter abkühlen lassen.

Die Sahne kuppelförmig auf die abgekühlten Teigböden spritzen, diese auf ein Kuchengitter stellen und die Maronencreme daraufspritzen, sodass die Oberfläche der Sahnekuppeln mit Fäden der Creme bedeckt wird.

ZUM SERVIEREN Die Mini-Mont-Blancs anrichten und mit etwas Puderzucker bestäuben. Bis zum Servieren im Kühlschrank aufbewahren.

—

Ergibt 24 Stück, Vorbereitung: 40 Minuten, Ruhezeit: 30 Minuten, Garzeit: 12 Minuten

M E N Ü   0 9

Amuse Gueule
Makrele in Fenchel-Chardonnay-Marinade

Vorspeise
Carpaccio vom Adlerfisch
mit Limettenvinaigrette und Quellerschaum

Hauptspeise
Madagaskar-Garnelen mit Kürbisgnocchi,
Eisenkraut-Garnelen-Schaum
und gebratenen Shiitakepilzen

Dessert
Geeiste Macarons mit frischer Mango

FISCH WIE IM STERNERESTAURANT

Manchmal muss es eben etwas ganz Besonderes sein – ganz egal, wie viel Zeit die Vorbereitung in Anspruch nimmt.

Aber gerade wenn der Aufwand etwas größer ist, braucht man kleine „Helferlein“, mit denen man ganz relaxt bleiben kann. Während meiner Jahre als Köchin habe ich unzählige Tricks gelernt, von denen Sie viele auch zu Hause nutzen können:

1) Skizzieren Sie Ihre Ideen zum Anrichten auf Papier, dann müssen Sie nicht erst darüber nachdenken, wenn die Gäste schon warten.

2) Verwenden Sie weiße Teller – das Essen spielt die Hauptrolle, nicht das Geschirr.

3) Geben Sie die Hauptkomponente des Gerichts als Erstes auf den Teller und richten Sie dann erst den Rest an. Reichen Sie die Sauce seperat in einer Sauciere.

4) Garnieren Sie die Teller zum Schluss mit frischen Kräutern, Sprossen oder essbaren Blüten, die die Aromen des Gerichts unterstreichen.

5) Achten Sie auf ungerade Zahlen beim Anrichten. 3, 5 oder 7 Elemente wirken visuell ausgeglichener als 2, 4 oder 6 Komponenten.

6) Laden Sie nicht zu viel auf den Teller. Ein randvoller Teller wirkt niemals appetitlich.

RICCADONNA
Prosecco

AMUSE GUEULE

MAKRELE IN FENCHEL-CHARDONNAY-MARINADE

Für die Makrelenfilets

4 sehr frische Atlantische Makrelen

Für die Marinade

2 junge Karotten

1 milde weiße Zwiebel

1 Fenchelknolle

1 Bio-Zitrone, plus einige Stückchen zum Garnieren

150 ml Olivenöl

4 Thymianzweige

1 Lorbeerblatt

75 ml Sherryessig

200 ml Chardonnay

10 Körner schwarzer Pfeffer

MAKRELENFILETS Die Makrelen mit einem scharfen Filetiermesser vorbereiten. Diese Fische sind leicht zu filetieren, da ihre Haut keine Schuppen hat und das Fleisch ziemlich weich ist. Die Bauchteile der Filets vorsichtig in einem leichtem Winkel abschneiden (sie sind recht fettig und würden auf den Tellern nicht hübsch aussehen). Die Filets mit Frischhaltefolie abdecken und bis zur Weiterverarbeitung im Kühlschrank aufbewahren.

KNUSPRIGE MAKRELENHAUT-CHIPS Den Backofen auf 180 °C (Umluft) vorheizen und ein Backblech mit Backpapier auslegen. Ein Filet mit der Hautseite nach unten auf ein Schneidebrett legen und das Filetiermesser am Schwanz zwischen Haut und Fleisch schieben. Die Haut vorsichtig mit einer sägenden Bewegung vom Fleisch trennen, dabei darauf achten, dass das Messer die ganze Zeit flach und parallel zum Schneidebrett gehalten wird. Die abgelöste Haut am Schwanzende aufnehmen und auf dem vorbereiteten Backblech ausbreiten. Den Vorgang mit den drei übrigen Filets wiederholen. Die Häute auf dem Blech mit einem weiteren Backpapier abdecken und mit einem zweiten Blech beschweren. Im vorgeheizten Ofen etwa 20 Minuten backen. Dank ihres natürlichen Fettgehalts werden die Häute schön knusprig gebraten. Auf einem Gitterrost abkühlen lassen.

MARINADE Die Karotten schälen und in 3 mm dicke Scheiben schneiden. Die Zwiebel ebenfalls schälen und in feine Ringe schneiden. Die Stiele der Fenchelknolle abschneiden, die Knolle längs halbieren und den Strunkansatz entfernen. Beide Knollenhälften in feine Streifen schneiden. Die Zitrone waschen und in 3 mm dicke Scheiben schneiden.

In einem großen Topf 3 EL des Olivenöls erhitzen. Thymian und Lorbeerblatt leicht darin erwärmen, dann das vorbereitete Gemüse und die

Zitronenscheiben hinzufügen und alles 2–3 Minuten anschwitzen. Dabei nach Bedarf etwas mehr Olivenöl hinzufügen, gefolgt von Essig und Chardonnay. Die Mischung zum Kochen bringen, damit der Alkohol verdampft. Das restliche Olivenöl zusammen mit 200 ml Wasser und den Pfefferkörnern zugeben und noch 10 Minuten sanft köcheln lassen.

Inzwischen die gekühlten Makrelenfilets auf einem sauberen Schneidebrett in etwa 3 cm große Rauten schneiden und mit der Hautseite nach unten nebeneinander in eine Auflaufform legen. Die heiße Marinade über die Filets gießen, sodass sie vollständig bedeckt sind. Die Auflaufform mit Frischhaltefolie abdecken und die Filets über Nacht im Kühlschrank in der Marinade ziehen lassen. So wird der Fisch nicht nur aromatisiert, Essig und Zitrone machen das Fleisch auch zarter.

Die Filets am folgenden Tag aus der Marinade nehmen und auf Küchenpapier abtropfen lassen. Die Marinade durch ein feines Sieb filtern, um Flüssigkeit und Gemüse zu trennen.

ZUM SERVIEREN Auf vier Vorspeisenteller jeweils einen der knusprigen Makrelenhaut-Chips legen, darauf ein mariniertes Filet platzieren und einen Löffel Marinade über die Filets träufeln. Nach Belieben mit ein paar Pfefferkörnern sowie einem Zitronenstückchen garnieren. Dazu passt trockener Weißwein, Champagner oder Prosecco hervorragend.

—

Für 4 Portionen, Vorbereitung: 30 Minuten, Garzeit: 35 Minuten, Ruhezeit: über Nacht

VORSPEISE

CARPACCIO VOM ADLERFISCH

mit Limettenvinaigrette und Quellerschaum

Für das Carpaccio

1 frischer Adlerfisch (etwa 1 kg)

Für den Quellerschaum

150 g frischer Queller, plus 4 Quellerspitzen zum Garnieren

300 g Schlagsahne

Für die Limettenvinaigrette

2 Bio-Limetten

3 EL Olivenöl

Fleur de Sel

4 Stängel Thai-Basilikum

Der in Frankreich sehr beliebte Adlerfisch erinnert vom Aussehen her an Wolfsbarsch. Sein weißes festes Fleisch hat einen angenehm milden Geschmack. Adlerfisch schmeckt in der Fangsaison wunderbar, kann in diesem Rezept aber auch durch anderen regionalen Fisch mit weißem, mildem Fleisch ersetzt werden.

Beim Queller (oder Glasschmalz) handelt es sich um kleine, fleischige Pflanzen mit salzig-süßem Aroma, die an Küsten oder in Salzgärten wachsen – nicht direkt im Meer, aber in seiner unmittelbaren Nähe.

CARPACCIO Den Fisch filetieren, entgräten und das Bauchfleisch entfernen. Die Filets für 10 Minuten in den Gefrierschrank legen, damit das Fleisch etwas fester wird und sich besser schneiden lässt. Runde Teller bereitstellen, auf denen die Speise später serviert werden soll. Auf vier Stücke Backpapier mit Bleistift jeweils einen gleichmäßigen Kreis aufzeichnen, halb so groß wie die Teller. Das vorbereitete Backpapier mit den aufgezeichneten Kreisen nach unten (damit sich der Bleistift nicht auf den Fisch überträgt) auf der Arbeitsfläche bereitlegen. Die gekühlten Filets aus dem Gefrierschrank nehmen und mit einem scharfen Messer in dünne Streifen schneiden. Das Messer dafür vom Schwanzende zum Kopf durch das Fleisch ziehen. Die feinen Filetstreifen vorsichtig kreisförmig nebeneinander auf den vorbereiteten Backpapierstücken verteilen. Überstehendes Fleisch mit einem scharfen Messer abschneiden. Jeweils mit einem zweiten Stück Backpapier abdecken und bis zum Anrichten im Kühlschrank aufbewahren.

QUELLERSCHAUM Den Queller sorgfältig unter fließendem klaren Wasser abspülen, trocknen und grob hacken. Zusammen mit der Schlagsahne in einem mittelgroßen Topf zum Kochen bringen, dann bei schwacher Hitze 10–12 Minuten sanft köcheln lassen. Abschließend pürieren und durch ein feines Sieb in einen kleinen Topf umfüllen.

LIMETTENVINAIGRETTE Die Limetten waschen und die Schale einer Limette fein abreiben. Den Saft beider Limetten frisch auspressen und abschließend das Olivenöl und Fleur de Sel nach Geschmack mit dem Schneebesen kräftig untermischen.

ZUM SERVIEREN Das vorbereitete Carpaccio auf den Backpapierstücken aus dem Kühlschrank nehmen. Das obere Backpapier jeweils vorsichtig entfernen und das Carpaccio dann behutsam auf die Teller stürzen, sodass der Kreis leicht versetzt von der Mitte darauf platziert wird. Die unteren Backpapierlagen (die nun oben liegen) vorsichtig abziehen. Mit dem Küchenpinsel etwas Vinaigrette auf das angerichtete Carpaccio streichen und einige Blättchen Thai-Basilikum darauf verteilen.

Die Quellersahne leicht erhitzen und mit dem Pürierstab aufschäumen. Je einen Löffel Quellerschaum neben das Carpaccio geben und mit einer Quellerspitze garnieren. Abschließend noch etwas Limettenabrieb und Fleur de Sel über jede Portion streuen.

—

Für 4 Portionen, Vorbereitung: 30 Minuten, Garzeit: 12 Minuten

HAUPTSPEISE

MADAGASKAR-GARNELEN MIT KÜRBISGNOCCHI

Eisenkraut-Garnelen-Schaum und gebratenen Shiitakepilzen

12 Madagaskar-Garnelen

2 EL Olivenöl

Für die Shiitakepilze

1,5 kg Shiitakepilze

2 EL Olivenöl

1 EL gesalzene Butter

Für die Kürbisgnocchi

250 g Riesenkürbis

grobes Meersalz für die Form

250 g vorwiegend mehligkochende Kartoffeln mit Haut, gewaschen

250 g Mehl (Typ 405)

1 Bio-Ei

1 Prise Muskatnuss, frisch gerieben

Maisstärke, für das Tablett

Butter, zum Warmhalten

GARNELEN (VORBEREITUNG) Die Garnelen schälen; Schalen und Köpfe für den Schaum beiseitelegen. Die Darmfäden am Rücken mit einem spitzen Messer entfernen und die Garnelen bis zur Weiterverarbeitung im Kühlschrank aufbewahren.

SHIITAKEPILZE (VORBEREITUNG) Die Pilze kurz unter fließendem kalten Wasser abspülen und zum Trocknen sofort auf einem sauberen Küchentuch verteilen. (Die Pilze dürfen auf keinen Fall im Wasser bleiben, sonst saugen sie sich voll und die Konsistenz wäre ruiniert.) Je nach Größe halbieren oder vierteln und beiseitestellen.

KÜRBISGNOCCHI (VORBEREITUNG) Den Backofen auf 180 °C (Umluft) vorheizen. Den Kürbis waschen, halbieren und die Kerne entfernen. Das Kürbisfleisch in große Spalten schneiden. Den Boden einer Auflaufform mit grobem Meersalz bedecken und die Kürbisspalten zusammen mit den Kartoffeln darin verteilen. Im vorgeheizten Ofen 20–25 Minuten backen. Durch das Backen trocknet das Fruchtfleisch etwas, sodass die Gnocchimasse sich besser bearbeiten lässt.

Kartoffeln und Kürbis schälen, wenn sie aus dem Ofen kommen. Die Kartoffeln durch die Passiermühle drehen und danach durch ein feines Sieb in eine Schüssel streichen. Das Kürbisfleisch pürieren und ebenfalls durch ein feines Sieb streichen. Die Pürees vermengen und abkühlen lassen.

Das Mehl mit den Händen unter die abgekühlte Masse mischen, gefolgt vom Ei. Mit Salz, Pfeffer und Muskatnuss abschmecken und die Masse zu vier Rollen mit je etwa 2 cm Durchmesser formen. In 2 cm lange Stücke schneiden und sie über die Zacken einer Gabel rollen, sodass kleine Rillen darin entstehen. So nehmen die Gnocchi später die Sauce besser auf.

Die Gnocchi auf einem mit Maisstärke bestäubten Tablett verteilen (die Stärke verhindert, dass sie zu viel Feuchtigkeit ziehen) und bis zur Fertigstellung im Kühlschrank aufbewahren. Sie können am Vortag vorbereitet und über Nacht im Kühlschrank aufbewahrt werden.

Für den Eisenkraut-Garnelen-Schaum

1 milde weiße Zwiebel

1 Karotte

2 Tomaten

1 Selleriestange

4–5 EL Olivenöl

Köpfe und Schalen der Garnelen (s.o.)

8 Blätter frisches Eisenkraut, plus einige zum Garnieren

150 ml trockener Weißwein

1 l Schlagsahne

2 EL Tomatenmark

Salz und frisch gemahlener schwarzer Pfeffer

EISENKRAUT-GARNELEN-SCHAUM (VORBEREITUNG) Zwiebel und Karotte schälen und in Scheiben schneiden. Die Tomaten waschen und vierteln. Sellerie waschen und in Scheiben schneiden.

Das Olivenöl in einem großen Topf erhitzen. Die Köpfe und Schalen der Garnelen zusammen mit der Hälfte der Eisenkrautblätter zugeben und bei mäßiger Hitze anschwitzen. Das Gemüse hinzufügen, sobald die Schalen der Garnelen rot sind, und unter Rühren noch 5–6 Minuten erhitzen. Dann die Temperatur erhöhen und die Mischung mit dem Weißwein ablöschen. Wenn der Alkohol verdampft ist, die Sahne und das Tomatenmark unterrühren. Zum Kochen bringen, die Temperatur reduzieren und die übrigen Eisenkrautblätter unterrühren. Bei schwacher Hitze 50–60 Minuten köcheln lassen, bis die Sahne um etwa die Hälfte reduziert ist. Die reduzierte Sahne durch ein feines Sieb in einen mittelgroßen Topf füllen und warm halten.

FERTIGSTELLUNG In einem großen Topf gesalzenes Wasser (10 g Salz pro Liter) zum Kochen bringen. Die Gnocchi in das kochende Wasser geben. Wenn sie wieder an die Oberfläche steigen, können sie mit dem Schaumlöffel aus dem Wasser genommen werden. Abtropfen lassen und in einer antihaftbeschichteten Pfanne mit zerlassener Butter warm halten.

In einer großen Pfanne das Olivenöl erhitzen. Die Pilze darin bei starker Hitze anbraten, bis kein Wasser mehr austritt und die Pfanne trocken ist. Die Temperatur reduzieren, die gesalzene Butter hinzufügen und die Pilze goldbraun anbraten. Mit Salz und Pfeffer abschmecken.

In einer Pfanne das Olivenöl erhitzen. Die Garnelen mit Salz und Pfeffer würzen und dann von beiden Seiten 3–4 Minuten bei mäßig starker Hitze anbraten. Auf Küchenpapier abtropfen lassen.

ZUM SERVIEREN Je drei Gnocchi nebeneinander auf vorgewärmte Teller legen und jeweils eine der Garnelen darauf platzieren. Die warme Garnelensahne mit dem Pürierstab aufschäumen und den Schaum großzügig über dem Gericht verteilen. Rundherum einige gebratene Shiitakepilze geben und mit Eisenkraut garnieren. Warm servieren.

—

Für 4 Portionen, Vorbereitung: 45 Minuten, Garzeit: 1 Stunde 40 Minuten

DESSERT

GEEISTE MACARONS MIT FRISCHER MANGO

Für die Macarons

100 g Puderzucker

100 g gemahlene Mandeln

90 g Bio-Eiweiß

100 g Zucker

orangefarbene Speisefarbenpaste

Für das Vanilleeis

1 Vanilleschote

300 g Vollmilch

200 g Schlagsahne

4 Bio-Eigelb

90 g Zucker

Für die Mangos

2 reife Mangos

Stiefmütterchenblüten, zum Garnieren

MACARONS Den Backofen auf 150 °C (Umluft) vorheizen.

Puderzucker und gemahlene Mandeln zusammen im Standmixer oder der Küchenmaschine auf der Impulsstufe zu feinem Pulver zerkleinern. Das darf nicht zu lange dauern, sonst werden die Mandeln zu warm und das natürlich darin enthaltene Öl tritt aus. Das Pulver in eine große Schüssel sieben.

Die Eiweiße aufschlagen, dabei den Zucker allmählich hinzufügen, bis ein lockerer Eischnee entstanden ist. Schrittweise ein paar Tropfen Speisefarbe untermischen, bis die gewünschte Farbe erreicht ist. Ich aromatisiere meine Macarons in der Regel nicht, damit der wunderbare Mandelgeschmack nicht übertönt wird.

Wenn die Eier drei Tage im Voraus getrennt werden, lässt sich das Eiweiß besonders gut aufschlagen. Die Eiweiße dafür in einem luftdicht verschlossenen Behälter im Kühlschrank aufbewahren. Die Eigelbe müssen allerdings gleich nach dem Trennen der Eier verarbeitet werden, z. B. für Crème Pâtissier, denn sie sind nicht so lange haltbar wie Eiweiß.

Einen großen Löffel des Eischnees sorgfältig mit der Mandel-Puderzucker-Mischung vermengen. Den Rest des Eischnees dann in drei Etappen vorsichtig mit einem Kunststoffteigschaber unterheben. Den Eischnee dafür von oben nach unten unter die Masse ziehen, also immer in eine Richtung arbeiten. Die fertige Macaronmasse soll glatt sein und gleichmäßig glänzen. Nimmt man etwas Masse auf, sollte sie in einem dicken Band vom Löffel zurück in die Schüssel laufen. Einen Spritzbeutel mit kleiner Lochtülle (etwa 10 mm) ausstatten und die Macaronmasse hineinfüllen.

Ein Backblech mit Backpapier auslegen und das Backpapier in jeder Ecke mit einem kleinen Tupfer der Masse am Blech fixieren. Gleichmäßig große Kuppeln (je etwa 5 cm Durchmesser) mit ausreichend Abstand in geraden Reihen auf das vorbereitete Blech spritzen. Das Blech dann leicht auf die Arbeitsfläche klopfen, um Luftbläschen zu entfernen und damit die Kuppeln etwas flacher werden. Die Macarons auf dem Blech etwa 15 Minuten antrocknen lassen, bis sich die Oberfläche

Das professionelle Anrichten von Speisen braucht vor allem eins: Übung!

Stellen Sie sich vor, der Löffel wäre ein Zeichenpinsel und probieren Sie mit einfachen Saucen ein paar Striche aus.

nicht mehr klebrig anfühlt, wenn man sie vorsichtig mit der Fingerspitze berührt. Dann im vorgeheizten Ofen 12–14 Minuten backen und im Anschluss mit dem Backpapier zum Abkühlen auf ein Kuchengitter gleiten lassen.

VANILLEEIS Die Vanilleschote längs halbieren und das Mark mit dem Messerrücken herauskratzen. Schote und Mark zusammen mit Milch und Sahne in einen mittelgroßen Topf geben und bis zum Siedepunkt erhitzen. Inzwischen die Eigelbe mit dem Zucker in einer mittelgroßen Schüssel schaumig schlagen. Die heiße Milch-Sahne-Mischung durch ein feines Sieb darübergießen und mit dem Schneebesen unterrühren. Alles zurück in den Topf füllen und unter Rühren mit einem Kochlöffel bis kurz unter den Siedepunkt erhitzen, sodass die Masse leicht andickt. Zum Abkühlen in eine saubere Schüssel füllen. Die abgekühlte Masse laut Herstellerangaben in der Eismaschine gefrieren und in einem verschlossenen Behälter bis zum Anrichten im Gefrierschrank aufbewahren.

FERTIGSTELLUNG Jeweils zwei von Größe und Form gut zueinander passende Macaronhälften mit der glatten Seite nach oben nebeneinander auf die saubere Arbeitsfläche legen. Das Vanilleeis in einen mit großer Lochtülle ausgestatteten Spritzbeutel füllen. Jeweils einen großzügigen Klecks Vanilleeis auf eine der Macaronhälften spritzen und die zweite Hälfte daraufsetzen. Bis zum Servieren im Gefrierschrank aufbewahren.

MANGOS Die Mangos schälen. Von einer Mango das Fruchtfleisch in dicken Scheiben abschneiden und dann gleichmäßig würfeln. Das Fruchtfleisch der zweiten Mango mit dem Pürierstab zu Mus verarbeiten.

ZUM SERVIEREN Mit einem Küchenpinsel etwas Mangomus auf runde Teller streichen. Je einen geeisten Macaron auf das Mus setzen, daneben eine ungerade Zahl Mangowürfel verteilen und das Dessert abschließend mit Stiefmütterchenblüten garnieren.

—

Ergibt 12 Stück, Vorbereitung: 30 Minuten, Ruhezeit: 15 Minuten, Garzeit: 18 Minuten

M E N Ü 1 0

Amuse Gueule
Portabella-Tarte
mit karamellisierten Zwiebeln und Pancetta

Vorspeise
Sanft gegarte Foie gras
mit leicht kandierten Zitrusfrüchten

Hauptspeise
Lammfiletbraten, Artischockenpüree
und Artischocken „à la barigoule“ mit Jus

Dessert
Schokoladentarte mit zweierlei Ganache

FLEISCH WIE IM
STERNERESTAURANT

Ich liebe dieses Menü! Foie gras, Lammfilet, Artischockenpüree und eine feine Lamm-Artischocken-Jus, ergänzt durch eine saftige Schokoladentarte, wie man sie sonst nur im französischen Sternerestaurant finden würde, machen dieses Menü zu etwas ganz Besonderem. Diese Gerichte zu Hause, in der eigenen Küche selbst zuzubereiten, mag auf den ersten Blick sehr ambitioniert klingen – aber keine Sorge, das schaffen Sie! Ja, es macht eine Menge Arbeit. Doch seit wann wird man belohnt, ohne etwas dafür getan zu haben?

Lesen Sie sich die Rezepte zunächst aufmerksam durch, schreiben Sie sich eine Einkaufsliste und machen Sie sich ein paar Notizen dazu, wie Sie die Zubereitung am besten organisieren. Auch über die Anzahl Ihrer Gäste sollten Sie sich Gedanken machen. Ideal sind fünf Ihrer Freunde zusammen mit Ihnen rund um den Esstisch. Jetzt brauchen Sie sich nur noch Ihre Lieblingsschürze überziehen, in bequeme Küchenschuhe schlüpfen und schon können Sie sich auf den Weg ins kulinarische Paradies machen. Was für ein Spaß!

WHO IS KURT

AMUSE GUEULE

PORTABELLA-TARTE

mit karamellisierten Zwiebeln und Pancetta

1 Packung Blätterteig (aus dem Kühlregal)

3 milde weiße Zwiebeln

3 EL gesalzene Butter

6–8 kleine Portabella-Pilze

4 EL Entenschmalz

6 dünne Scheiben Pancetta

Salz und frisch gemahlener schwarzer Pfeffer

frisches Beten-Grün, zum Garnieren

Den Backofen auf 200 °C (Umluft) vorheizen und ein Backblech mit Backpapier auslegen. Mit einem runden Ausstecher Kreise mit je 10 cm Durchmesser aus dem Blätterteig herstellen. Die Blätterteigkreise mit etwas Abstand auf das vorbereitete Backblech legen und im Kühlschrank ruhen lassen. Inzwischen die Zwiebeln schälen und in dünne Scheiben schneiden. Die Butter in einer antihaftbeschichteten Pfanne zerlassen und die Zwiebeln darin glasig andünsten (das dauert etwa 15 Minuten). Die gedünsteten Zwiebeln auf einem Teller abkühlen lassen.

Die gekühlten Blätterteigkreise mit einem weiteren Backpapier abdecken und mit einem zweiten Backblech beschweren. Im vorgeheizten Ofen etwa 20 Minuten goldbraun backen und dann abkühlen lassen.

Die Stiele der Portabella-Pilze, wenn nötig, mit einem Gemüsemesser säubern. Die Pilzhüte mit einer speziellen, angefeuchteten Pilzbürste oder einem feuchten Küchentuch putzen. Portabella-Pilze dürfen nicht in Wasser getaucht werden, da sie sich sonst vollsaugen und ihre Konsistenz ruiniert wird. Das untere Stielende entsorgen und den Rest der Stiele für eine andere Verwendung aufbewahren. Die Pilzhüte mit einem scharfen Messer in 5 mm dicke Scheiben schneiden.

In der Pfanne, in der die Zwiebeln angedünstet wurden, 2 EL des Entenschmalzes zerlassen und die Portabella-Pilze darin von beiden Seiten goldbraun anbraten. Mit Salz und Pfeffer abschmecken und auf Küchenpapier abtropfen lassen.

Auf den abgekühlten Blätterteigböden jeweils eine dünne Schicht der gedünsteten Zwiebeln verteilen und ein paar gebratene Portabellascheiben nebeneinander darauflegen, sodass sie leicht überlappen. Die Pancettascheiben längs halbieren, die beiden Hälften jeweils ineinander verdrehen und auf den Tartelettes arrangieren. Den Rest des Entenschmalzes ebenfalls zerlassen und mit einem Küchenpinsel auf die belegten Tartelettes streichen. Anschließend bei 180 °C im Backofen etwa 10 Minuten aufwärmen, bis der Pancetta knusprig ist. Mit Bete-Blättern garnieren und warm servieren.

—

Für 6 Portionen, Vorbereitung: 30 Minuten, Garzeit: 55 Minuten

VORSPEISE

SANFT GEGARTE FOIE GRAS

mit leicht kandierten Zitrusfrüchten

Für die Foie gras

1 rohe Entenstopfleber (à 500 g), am besten aus der französischen Region Landes

2,5 g weißer Pfeffer

0,5 g Piment

0,25 g Kardamom

5 g Salz

1 g Zucker

50 ml weißer Sherry

schwarzes Hawaii-Salz

Für die leicht kandierten Zitrusfrüchte

2 Bio-Zitronen

1 Bio-Limette

1 etwa 1 cm großes Stück frische Ingwerwurzel

100 g Zucker

100 g Reisessig

Die Entenstopfleber für dieses Rezept muss neun Tage vor dem Servieren vorbereitet und acht Tage zuvor pochiert werden. Die rohe Stopfleber sollte eine gleichmäßige, helle Farbe haben und keinerlei Druckstellen aufweisen. Auf sanften Druck mit einer Fingerspitze sollte sie nachgeben, dann aber wieder in ihre ursprüngliche Form zurückkommen.

FOIE GRAS Die Entenstopfleber 1 Stunde vor dem Würzen aus dem Kühlschrank nehmen. Die beiden Leberlappen vorsichtig auseinanderziehen und mit einem kleinen Messer die dicke Ader zwischen den beiden Lappen entfernen, ebenso wie alle anderen kleineren Äderchen, die auf der Oberfläche zu erkennen sind. Die Gewürze genau abwiegen. Die Mengenangaben sind hier sehr wichtig und müssen streng eingehalten werden. Pfeffer, Piment und Kardamom frisch in eine kleine Schüssel mahlen, dann Salz und Zucker untermischen. Die beiden Leberlappen nun rundherum vorsichtig mit der Würzmischung einreiben, in einen tiefen Teller legen und den Sherry darübergießen. Dann sorgfältig mit Frischhaltefolie abdecken und 24 Stunden im Kühlschrank ziehen lassen. Am folgenden Tag die Stopfleber vor dem Pochieren aus dem Kühlschrank nehmen und 30 Minuten bei Raumtemperatur stehen lassen.

Die beiden Leberlappen wieder zusammenlegen, sodass die Stopfleber in etwa ihre ursprüngliche Form bekommt. Zwei Lagen hitzebeständiger Frischhaltefolie übereinander auf der Arbeitsfläche ausbreiten. Die Stopfleber mittig kurz oberhalb des unteren Rands auf die Frischhaltefolie legen und fest darin einrollen, sodass eine Rolle mit etwa 6 cm Durchmesser entsteht. Die Rolle luftdicht verschließen, indem man die seitlichen Enden fest verknotet und die Rolle zusätzlich sorgfältig mit Alufolie umwickelt. Einen großen Topf mit Wasser füllen und es auf genau 66 °C erhitzen. Das präzise Einhalten der Temperatur ist wichtig, damit die Stopfleber sanft aber vollständig gegart wird. Die Temperatur des Wassers muss während des gesamten Garprozesses konstant bei 66 °C gehalten werden. Um dies zu gewährleisten, sollte man sie durchgängig mit einem Thermometer überwachen. Die gut verpackte Stopfleber-Rolle vorsichtig in das Wasser gleiten lassen und mit einem Teller beschweren,

Bereiten Sie ruhig mehrere Portionen der Stopfleber auf einmal zu. Sie ist so köstlich und passt zu festlichen Anlässen hervorragend als Amuse Gueule. Ich wickele Foie gras übrigens gerne in schöne Küchentücher ein – das perfekte Geschenk für gute Freunde.

der etwas kleiner ist, als der Topf, damit die Rolle unter der Wasseroberfläche bleibt. Dann 40 Minuten im erhitzten Wasser pochieren. Kurz vor dem Ende der Garzeit eine Schüssel mit Eiswasser vorbereiten und die gegarte Stopfleber-Rolle, sobald sie aus dem heißen Wasser kommt, in das eiskalte Wasser legen, um den Garprozess zu stoppen. Etwa 15 Minuten im Eiswasser abkühlen lassen. Die verpackte Stopfleber muss nun vor dem Servieren noch acht Tage im Kühlschrank ziehen. In dieser Zeit können sich die Aromen optimal entwickeln. Wenn nicht so viel Zeit ist und die Stopfleber nur wenige Tage ziehen kann, ist das auch in Ordnung. Da sie nicht pasteurisiert ist, darf sie allerdings nicht länger aufbewahrt werden.

LEICHT KANDIERTE ZITRUSFRÜCHTE Zitronen und Limette waschen und den Ingwer schälen. Die Zitronen in 5 mm dicke Scheiben schneiden. Die Schale der Limette fein abreiben, die Frucht dann halbieren und den Saft auspressen. Abrieb und Saft der Limette zusammen mit Zucker, Ingwer und Reisessig in einem großen Topf mäßig erhitzen, bis der Zucker sich aufgelöst hat. Die Zitronenscheiben nebeneinander in die Flüssigkeit legen, ohne dass sie überlappen. Die Flüssigkeit bei schwacher Hitze köcheln lassen, bis die Zitronenscheiben kandiert sind. Die kandierten Zitronen beiseitelegen und die Flüssigkeit weiter sanft köcheln lassen, bis sie deutlich reduziert ist.

FERTIGSTELLUNG Die Foie gras etwa 30 Minuten vor dem Servieren aus dem Kühlschrank nehmen und vorsichtig aus Alu- und Frischhaltefolie lösen. Die gelbliche Fettschicht, die sich an der Oberfläche der Stopfleber gesammelt hat, sorgfältig entfernen. Heben Sie dieses gute Fett auf und verwenden Sie es zum Beispiel für die Zubereitung von Bratkartoffeln – einfach köstlich!

ZUM SERVIEREN Ein Messer mit scharfer, dünner Klinge in warmes Wasser tauchen und die Foie gras in 1–1,5 cm dicke Scheiben schneiden. Zum Anrichten auf weißen Tellern mit einem Küchenpinsel jeweils einen Streifen der Zitrusreduktion auftragen und eine kandierte Zitrone in die Mitte legen. Pro Portion ein oder zwei Scheiben Foie gras auf der Zitronenscheibe arrangieren und mit schwarzem Pfeffer und Hawaii-Salz würzen. Foie gras wird in Frankreich traditionell mit frisch getoasteter Brioche serviert.

—

Für 10 Portionen, Vorbereitung: 30 Minuten, Garzeit: 40 Minuten, Ruhezeit: 9 Tage

HAUPTSPEISE

LAMMFILETBRATEN

Artischockenpüree und Artischocken „à la barigoule" mit Jus

Für das Artischockenpüree

6 große Artischocken

frisch gepresster Saft von 1 Bio-Zitrone

2 EL Olivenöl

200 ml Hühner- oder Gemüsebrühe

3 EL weiche gesalzene Butter

Für die jungen Artischocken „à la barigoule"

12 junge Artischocken

3 Schalotten

1 Karotte

2 Tomaten

½ Bund frischer Koriander

2 Bio-Zitronen

3 EL Olivenöl

1 TL Koriandersamen

250 ml trockener Weißwein

150 ml warme Gemüsebrühe

Butter, zum Warmhalten

ARTISCHOCKENPÜREE Die Stiele der Artischocken abbrechen. Etwa ein Viertel der Hüllblätter per Hand entfernen und die Artischocken mit einem scharfen Gemüsemesser bis auf das Herz schälen (tournieren). Das Messer dafür in leichtem Winkel seitlich rund um die Artischocke führen, sodass die Artischocke eine gleichmäßig runde Form behält. Das obere Drittel abschneiden und das Heu (die vielen kleinen Fasern) mit einem Löffel vom Blütenboden entfernen. Die Artischockenherzen in eine Schüssel mit kaltem Wasser und dem Saft einer Zitrone legen, damit sie nicht braun anlaufen.

Die Artischocken anschließend in einer Pfanne im Olivenöl anschwitzen. Mit Salz und frisch gemahlenem schwarzen Pfeffer würzen und die warme Brühe angießen. Etwa 15 Minuten köcheln lassen, bis die Artischockenherzen zart sind. Mit dem Schaumlöffel aus der Brühe heben, kurz abtropfen lassen und zusammen mit der weichen Butter fein pürieren. Mit Salz und Pfeffer abschmecken und das Püree in einem kleinen Topf warm halten.

JUNGE ARTISCHOCKEN „À LA BARIGOULE" Die jungen Artischocken tournieren, wie oben beschrieben. Das Heu ist zwar feiner und zarter, muss aber trotzdem entfernt werden. Die Artischockenherzen ebenfalls in Zitronenwasser legen, während die anderen vorbereitet werden. Schalotten und Karotte schälen und fein würfeln. Die Tomaten häuten, vierteln, die Samen entfernen und das Fruchtfleisch fein würfeln. Den Koriander waschen, trocknen und die Blätter hacken. Die Zitronen waschen und eine davon in feine Scheiben schneiden, von der zweiten die Schale abreiben. Das Olivenöl in einer Pfanne mit dickem Boden erhitzen. Koriandersamen und Schalotten darin anschwitzen, die Artischockenherzen hinzufügen und rundherum goldbraun anbraten. Mit dem Weißwein ablöschen und mit Salz und Pfeffer würzen. Karotten- und Tomatenwürfel, Zitronenabrieb, Koriander sowie Gemüsebrühe zugeben und bei schwacher Hitze köcheln lassen. Die Artischockenherzen aus der Brühe nehmen, sobald sie zart sind, und in einem Topf mit etwas zerlassener Butter warm halten. Die Brühe weiter köcheln lassen, bis sie um die Hälfte reduziert ist. Sie wird für die Zubereitung der Lamm-Jus benötigt.

Für die Lamm-Artischocken-Jus

1 weiße Zwiebel

½ Karotte

500 g Lammnacken

Rückenknochen vom Lamm (s. u.)

2 EL Olivenöl

1 EL gesalzene Butter, plus mehr nach Bedarf

150 ml trockener Weißwein

1 l Kalbsbrühe

Kochflüssigkeit von den jungen Artischocken

Für den Lammfiletbraten

1 Lammfilet, vorbereitet von Ihrem Metzger, bitten Sie den Metzger, Ihnen die Rückenknochen mitzugeben

3 EL Olivenöl

4 EL gesalzene Butter

1 Knoblauchzehe

2 Thymianzweige

1 Lorbeerblatt

Salz und frisch gemahlener schwarzer Pfeffer

Fleur de Sel

LAMM-ARTISCHOCKEN-JUS Zwiebel und Karotte schälen, dann würfeln. Lammnacken und Rückenknochen in einer Pfanne in Olivenöl rundherum bräunen. 1 EL gesalzene Butter hinzufügen und kurz weiter anbraten. Mit Weißwein ablöschen und dabei den Bratensatz mit dem Kochlöffel vom Pfannenboden lösen. Etwa 2 Minuten köcheln lassen, bis die Flüssigkeit fast verdampft ist, dann Zwiebel- und Karottenwürfel hinzufügen. Nach Bedarf etwas mehr Butter dazugeben, um das Gemüse rundherum gleichmäßig zu bräunen. Überschüssiges Fett abgießen, die Kalbsbrühe zu Fleisch, Knochen und Gemüse in den Topf geben und bei schwacher Hitze etwa 40 Minuten köcheln lassen. Währenddessen an die Oberfläche steigenden Schaum immer wieder abschöpfen. Die Brühe durch ein feines Sieb in einen kleineren Topf umfüllen, die Kochflüssigkeit der jungen Artischocken hinzufügen und köcheln lassen, bis die Flüssigkeit um die Hälfte reduziert ist.

LAMMFILETBRATEN Den Backofen auf 160 °C (Umluft) vorheizen. Das Lammfilet mindestens 30 Minuten vor der Zubereitung aus dem Kühlschrank nehmen.

Das Fleisch salzen und den Knoblauch schälen. Das Olivenöl in einer Pfanne erhitzen und das Fleisch darin zunächst von einer Seite bräunen, dann wenden. Butter, Knoblauch, Thymian und Lorbeer hinzufügen, die Temperatur reduzieren und das Fleisch auch von der anderen Seite bräunen. Das Fett immer wieder über das Fleisch gießen. Sobald die zweite Seite gebräunt ist, das Fleisch für 20 Minuten in den Ofen schieben. Den Braten mit Alufolie abdecken und die Temperatur auf 60 °C reduzieren. Die Ofentür etwa 1 Minute offen stehen lassen, damit die Temperatur abkühlt. Den Braten mindestens 10 Minuten im warmen Ofen ruhen lassen.

ZUM SERVIEREN Je einen Klecks Artischockenpüree auf vorgewärmte Teller setzen und mit dem Löffelrücken verstreichen. Die Artischocken längs halbieren und vier Hälften auf dem Püree anrichten. Gewürfelte Karotten und Tomaten rundherum verteilen.

Den Lammfiletbraten in 2 cm dicke Scheiben schneiden. Ein wenig Lamm-Artischocken-Jus neben die Artischocken gießen. Eine Scheibe Lammfiletbraten darauflegen und mit Fleur de Sel und Pfeffer würzen.

—

Für 6 Portionen, Vorbereitung: 60 Minuten, Garzeit: 1 Stunde 25 Minuten, Ruhezeit: 10 Minuten

DESSERT

SCHOKOLADENTARTE MIT ZWEIERLEI GANACHE

Schokoladentarte

125 g weiche Butter

75 g Puderzucker

25 g gemahlene Haselnusskerne

2,5 g gemahlener Zimt

1 Bio-Ei

200 g Mehl (Typ 405)

5 g Backpulver

5 g ungesüßtes Kakaopulver

Luftige Bitterschokoladenganache

200 g Schlagsahne

6 g Honig

100 g hochwertige Zartbitterschokolade

Luftige weiße Schokoladenganache

200 g Schlagsahne

6 g Honig

100 g hochwertige weiße Schokolade

2 reife Maracujas

SCHOKOLADENTARTE Butter, Puderzucker, Haselnusskerne und Zimt in der Standküchenmaschine vermengen, dann das Ei untermischen. Mehl, Backpulver sowie Kakaopulver darübersieben und unterziehen. Den Teig zu einer Scheibe formen und eingewickelt in Frischhaltefolie über Nacht im Kühlschrank ruhen lassen.

Am nächsten Tag den Backofen auf 160 °C (Umluft) vorheizen und ein Backblech mit Backpapier auslegen. Den Teig für die Tartes 5 mm dick ausrollen. Rechteckige Stücke à 3 x 10 cm ausschneiden und mit etwas Abstand auf das vorbereitete Backblech legen. Im vorgeheizten Ofen 15–20 Minuten backen und auf einem Kuchengitter abkühlen lassen.

LUFTIGE GANACHE Am Vortag 50 g der Schlagsahne für die Zartbitterganache mit dem Honig zum Kochen bringen. Inzwischen die Schokolade in eine Schüssel füllen. Die heiße Sahne-Honig-Mischung darübergießen und ein paar Minuten stehen lassen, bis die Schokolade geschmolzen ist. Mit dem Pürierstab glatt rühren. Dann die restliche Schlagsahne hinzufügen und ebenfalls mit dem Pürierstab untermengen. Über Nacht gut abgedeckt im Kühlschrank ziehen lassen. Die weiße Schokoladenganache ebenso zubereiten.

Die Schüssel der Standküchenmaschine und das Schneebesenelement oder eine Rührschüssel und die Aufsätze des Handrührgeräts 15 Minuten im Gefrierschrank kühlen. Beide Sorten Ganache nacheinander locker aufschlagen. Einen Spritzbeutel mit kleiner Lochtülle für die weiße Ganache und einen Spritzbeutel mit mittelgroßer Lochtülle für die Zartbitterganache ausstatten und die Ganaches hineinfüllen.

ZUM SERVIEREN Kleine Kuppeln der weißen Ganache und größere Kuppeln der dunklen Ganache nebeneinander in willkürlicher Reihenfolge auf die Schokoladenböden spritzen. Die Maracujas halbieren und die Fruchtpulpe mit einem Teelöffel herauskratzen. Die Schokoladentartes mit Pulpe und ein paar Tropfen Saft der Maracujas garnieren. Bis zum Servieren im Kühlschrank aufbewahren.

—

Für 6 Portionen, Vorbereitung: 45 Minuten, Ruhezeit: über Nacht, Garzeit: 15 Minuten

MENÜ 11

Amuse Gueule
Mini-Krebsfleischfrikadellen

Vorspeise
Clam Chowder – Cremesuppe
mit Venusmuscheln und neuen Kartoffeln

Hauptspeise
Hummer im Brötchen

Dessert
Cremiger Zitronen-Käsekuchen

FRANZÖSISCHES CAPE COD

Als ich dieses Menü für die Fotos zubereitet habe, konnte ich mit sehr frischen Zutaten kochen, das Essen kam sozusagen direkt vom Meer auf den Tisch. Ich hatte jedenfalls großen Spaß, was sicher auch daran lag, dass ich an einem meiner liebsten Orte überhaupt kochen konnte: auf der Île de Ré. Diese kleine Insel vor der französischen Westküste, die etwas mehr als anderthalb Seemeilen von der Hafenstadt La Rochelle entfernt liegt, ist ein wahres Juwel und erinnert mich so sehr an eine wohlbekannte Insel vor der Ostküste der USA, dass ich dieses Menü einfach Französisches Cape Cod nennen musste!

Die Rezepte sind technisch alle nicht übermäßig anspruchsvoll und auch nicht allzu zeitaufwendig. Das Wichtigste für das Gelingen ist es, möglichst frischen Fisch und Meeresfrüchte zu verwenden. Wie immer macht das den großen Unterschied.

Was mir an diesem Menü besonders gefällt, ist seine Vielseitigkeit: Es kann als köstliches Picknick am Strand zum Sonnenuntergang genossen werden oder auch bei einem gemütlichen Gartenfest. Eine angenehm dekadente Note bekommt es, wenn Sie Champagner dazu servieren. Auf jeden Fall bin ich mir sicher, dass Sie und Ihre Gäste dieses Menü lieben werden: Texturen von cremig bis knusprig, dazu buttrige Reichhaltigkeit und zitronige Frische – was für eine Kombination!

AMUSE GUEULE

MINI-KREBSFLEISCHFRIKADELLEN

Für die Mayonnaise

1 Bio-Eigelb

1 TL scharfer Senf

250 ml Traubenkernöl

frisch gepresster Saft von 1 Zitrone

Für das Krebsfleisch

1 EL grobes Meersalz

1 Thymianzweig

1 Lorbeerblatt

1 TL schwarze Pfefferkörner

12 Krebsscheren

Für die Frikadellen

65 g hausgemachte Mayonnaise (s. o.)

1 Bio-Ei

1 EL Senf

1 EL Worcestershiresauce

½ TL Tabasco

4 Frühlingszwiebeln

20 Kräcker (Salzgebäck)

450 g Krebsscherenfleisch

3 EL Olivenöl

Salz und frisch gemahlener schwarzer Pfeffer

Zitronenspalten, zum Servieren

MAYONNAISE Die Zutaten für die Mayonnaise müssen alle Raumtemperatur haben, wenn Sie mit der Zubereitung beginnen. Zuerst das Eigelb in eine trockene Schüssel geben und den Senf mit dem Schneebesen untermischen. Dann das Öl in einem feinen Strahl allmählich unter kräftigem Rühren mit dem Schneebesen einlaufen lassen, bis eine helle, cremige Masse entstanden ist. Mit Zitronensaft, Salz und Pfeffer abschmecken und die Mayonnaise dann bis zum Servieren abgedeckt im Kühlschrank aufbewahren.

KREBSFLEISCH VORBEREITEN In einem großen Topf Wasser mit grobem Meersalz, Thymian, dem Lorbeerblatt und den schwarzen Pfefferkörnern zum Kochen bringen. Die Krebsscheren hineingeben, sobald das Wasser beginnt zu sieden. Bis 15 zählen, dann die Krebsscheren sofort wieder aus dem Topf nehmen und mit kaltem Wasser abspülen, um den Garprozess zu stoppen. Die Scheren abkühlen lassen und anschließend mit einem Krebsmesser aufbrechen. Das Krebsfleisch vollständig auslösen und in eine mittelgroße Schüssel füllen.

KREBSFLEISCHFRIKADELLEN In einer kleinen Schüssel 65 g der selbst gemachten Mayonnaise mit Ei, Senf, Worcestershiresauce und Tabasco glatt rühren. Die Frühlingszwiebeln in feine Ringe schneiden, die Kräcker fein zerstoßen und beides unter das Krebsfleisch mischen. Die gewürzte Mayonnaise vorsichtig unterheben und die Masse abgedeckt mindestens 1 Stunde im Kühlschrank ruhen lassen.

Mit einem Löffel Kugeln aus der Masse ausstechen und zu Frikadellen formen. Das Öl in einer großen Pfanne erhitzen und die Krebsfleischfrikadellen darin von beiden Seiten goldbraun anbraten (dies dauert etwa 3 Minuten pro Seite). Auf individuellen Tellern anrichten und Zitronenspalten dazu servieren.

—

Für 6 Portionen, Vorbereitung: 40 Minuten, Garzeit: 15 Minuten, Ruhezeit: 1 Stunde

VORSPEISE

CLAM CHOWDER

Cremesuppe mit Venusmuscheln und neuen Kartoffeln

24 frische Venusmuscheln

2 EL Olivenöl

2 Knoblauchzehen

150 ml trockener Weißwein

4 Scheiben Speck

6 Frühlingszwiebeln

3 Selleriestangen

10 kleine neue Kartoffeln von der Île de Ré

3 Thymianzweige

3 Stängel Petersilie, plus mehr zum Garnieren

250 g Meeresfrüchtefond

¼ TL frisch gemahlener schwarzer Pfeffer

1 Lorbeerblatt

660 ml Vollmilch

250 g Schlagsahne

—

Warum Kartoffeln von der Île de Ré? Es liegt wohl am Erdboden und der frischen Meeresluft dieser 28 km langen Insel, dass die neuen Kartoffeln von dort so ein einzigartiges, nussiges Aroma haben. Anbau und Ernte unterliegen strengen Kontrollen und die Kartoffeln haben tatsächlich das AOC-Schutzsiegel (AOC steht für Appellation d'Origine Contrôlée, auf Deutsch bedeutet das kontrollierte Herkunftsbezeichnung).

Die Venusmuscheln unter fließendem kalten Wasser abspülen und mit Küchenpapier trocknen. Das Olivenöl in einer Pfanne mit dickem Boden stark erhitzen. Eine Knoblauchzehe schälen und zusammen mit den Venusmuscheln in das heiße Öl geben. Gut umrühren, sodass die Muscheln rundherum mit Öl benetzt sind. Mit dem Weißwein ablöschen und die Pfanne, sobald der Alkohol verdampft ist, mit einem Deckel verschließen. Bei mäßiger Hitze 4–5 Minuten köcheln lassen, bis die Muscheln sich öffnen. Die geöffneten Muscheln beiseitestellen (geschlossene Muscheln entsorgen) und die Kochflüssigkeit aufbewahren.

Den Speck in einem gusseisernen Bräter bei mäßig starker Hitze knusprig braten. Dann aus dem Bräter nehmen und zerkrümeln. Im Bräter sollten etwa 2 EL des ausgelassenen Fetts vom Speck zurückbleiben. Die Frühlingszwiebeln in feine Ringe und die Selleriestangen in feine Scheiben schneiden. Die zweite Knoblauchzehe schälen und zerdrücken. Das Gemüse im Bräter etwa 8 Minuten anschwitzen, bis es zart ist. Die Kartoffeln (mit Schale) putzen und in Scheiben schneiden, die Blätter von Thymian und Petersilie fein hacken. Meeresfrüchtefond, Kartoffelscheiben, Thymian, Petersilie, Pfeffer und Lorbeerblatt zu dem angeschwitzten Gemüse geben und das Ganze aufkochen. Abgedeckt bei schwacher Hitze etwa 15 Minuten köcheln lassen, bis die Kartoffeln zart sind. Inzwischen Milch und Sahne mischen und, sobald die Kartoffeln gar sind, zu den anderen Zutaten in den Bräter geben. Ohne Deckel noch etwas köcheln lassen, damit die Flüssigkeit leicht reduziert. Die vorbereiteten Venusmuscheln zugeben, die Temperatur reduzieren und das Ganze noch 5 Minuten sanft köcheln lassen. Im Anschluss das Lorbeerblatt entsorgen.

ZUM SERVIEREN Etwas zerkrümelten, knusprigen Speck auf die einzelnen Portionen der heißen Suppe streuen, mit etwas frisch gemahlenem schwarzen Pfeffer abschmecken und mit Petersilienblättern garnieren. Dazu schmeckt frisches Krustensauerteigbrot hervorragend.

—

Für 4 Portionen, Vorbereitung: 30 Minuten, Garzeit: 30 Minuten

HAUPTSPEISE

HUMMER IM BRÖTCHEN

Für die Mayonnaise

1 Bio-Eigelb

1 TL scharfer Senf

250 ml Traubenkernöl

1 TL Corail (gegarter Hummer-Rogen)

frisch gepresster Saft von 1 Zitrone

2 TL Weißweinessig

Für das Hummerfleisch

vorbereitetes, gekochtes Hummerfleisch zweier europäischer Hummer (à etwa 500 g Lebendgewicht)

2 Selleriestangen

8 Radieschen

2 EL frisch gepresster Zitronensaft, plus mehr zum Abschmecken

1 Prise Cayennepfeffer

½ Kopf Eisbergsalat

4 große Milchbrötchen

3 EL Butter, zerlassen

Salz und frisch gemahlener schwarzer Pfeffer

MAYONNAISE Die Zutaten für die Mayonnaise müssen alle Raumtemperatur haben, wenn Sie mit der Zubereitung beginnen. Das Eigelb in eine trockene Schüssel geben und den Senf mit dem Schneebesen untermischen. Das Öl in einem feinen Strahl allmählich unter kräftigem Rühren mit dem Schneebesen einlaufen lassen, bis eine helle, cremige Masse entstanden ist. Den Corail vorsichtig untermischen und mit Zitronensaft, Weißweinessig, Salz und Pfeffer abschmecken. Die Mayonnaise bis zum Servieren abgedeckt im Kühlschrank aufbewahren.

HUMMERFLEISCH Das Hummerfleisch aus den Schwänzen in 2 cm große Stücke schneiden, das Fleisch aus den Scheren halbieren. Beides getrennt in einem Sieb über einer Schüssel mindestens 1 Stunde im Kühlschrank ruhen lassen.

Die Selleriestangen waschen, trocknen und in kleine Würfel schneiden. Die Radieschen waschen, trocknen und in feine Scheiben schneiden. Die Mayonnaise in einer großen Schüssel vorsichtig unter das Hummerschwanzfleisch mischen, gefolgt von Sellerie und Radieschen. Mit Zitronensaft und Cayennepfeffer abschmecken.

ZUM SERVIEREN Den Backofen auf 180 °C (Umluft) vorheizen. Den Eisbergsalat waschen, trocknen und in feine Streifen schneiden oder in mundgerechte Stücke zupfen. Die Milchbrötchen in der Mitte einschneiden, sodass sie gefüllt werden können, mit der zerlassenen Butter bestreichen und im vorgeheizten Ofen rösten, bis sie eine hellgoldene Farbe haben. Die gerösteten Brötchen mit Eisbergsalat und angemachtem Hummerschwanzfleisch füllen, Scherenfleischstücke darauf verteilen und abschließend mit Zitronensaft und Pfeffer abschmecken. Sofort servieren.

—

Für 4 Portionen, Vorbereitung: 30 Minuten, Ruhezeit: 1 Stunde, Garzeit: 5 Minuten

DESSERT

CREMIGER ZITRONEN-KÄSEKUCHEN

Für den Boden

300 g Spekulatius

125 g Butter, zerlassen

weiche Butter, für die Backform

Für die Kuchenmasse

4 Blatt Gelatine

3 Bio-Eier

150 g Zucker

2 Bio-Zitronen

350 g Frischkäse (Doppelrahmstufe)

frischer Abrieb von 1 Bio-Zitrone

—

Der Zitronen-Käsekuchen kann bis zu 3 Tage im Voraus zubereitet und im Kühlschrank aufbewahrt werden. Dann schmeckt er immer noch wunderbar frisch.

BODEN Die Spekulatius in der Küchenmaschine oder im Standmixer zu grobem Pulver zerkleinern.

Ein Backblech mit Backpapier auslegen, einen Tortenring mit 20 cm Durchmesser darauf bereitstellen und mit Butter fetten.

Die fein zerkrümelten Spekulatius unter die zerlassene Butter mischen, gleichmäßig im Tortenring verteilen und fest andrücken, sodass ein etwa 2 cm dicker Boden entsteht. Im Kühlschrank fest werden lassen.

KUCHENMASSE Die Gelatine in eiskaltem Wasser einweichen (das dauert etwa 6 Minuten). Die Eier trennen und die Eigelbe mit dem Zucker schaumig schlagen. Die Schale der Zitronen fein abreiben und den Saft auspressen. Abrieb und Saft der Zitronen in einen kleinen Topf geben, die schaumige Eigelbmasse hinzufügen und auf mittlerer Stufe unter ständigem Rühren mit dem Schneebesen erhitzen, bis die Masse deutlich angedickt ist und in etwa die Konsistenz von Vanillecreme hat. Sie darf auf keinen Fall kochen, damit das Eigelb nicht gerinnt. Den Topf mit der angedickten Masse vom Herd nehmen, die eingeweichte Gelatine sorgfältig ausdrücken und in der warmen Masse auflösen. Etwas abkühlen lassen und anschließend den Frischkäse untermischen.

Die Eiweiße steif schlagen und unter die Frischkäse-Zitronen-Eigelb-Mischung heben. Die fertige Masse auf den gekühlten Boden im Tortenring gießen und mit der Winkelpalette gleichmäßig verteilen. Über Nacht im Kühlschrank gelieren lassen. Mit ein wenig frischem Zitronenabrieb garniert servieren. Gut dazu schmeckt selbst gemachte Limonade.

—

Für 6 Portionen, Vorbereitung: 30 Minuten, Garzeit: 8 Minuten, Ruhezeit: über Nacht

MENU 12

Amuse Gueule
Karamellisierte Hähnchenflügel
mit Roquefortdip

Vorspeise
Consommé vom Freilandhähnchen
mit Geflügelklößchen

Hauptspeise
Hähnchenschenkel
mit Ziegenkäse-Basilikum-Füllung,
dazu Quitten- und Selleriepüree und Hähnchenjus

Dessert
Milchreis mit karamellisierten Mandeln,
dazu Ingwer-Karamell-Sauce

HÄHNCHEN AUF FRANZÖSISCHE ART

Jeder liebt Hähnchenfleisch – vor allem die Franzosen!

Während meiner Ausbildung am kulinarischen Institut wurde der Unterricht einer kompletten Woche nur diesem einen Thema gewidmet. Wir lernten, Hähnchen auszunehmen und zu stopfen, das Geflügelfleisch zu dressieren und zu sautieren, Rouladen und Frikassee daraus zuzubereiten, und, und, und … Die Möglichkeiten sind schier endlos.

In diesem Menü bekommen alle Teile des Hähnchens die Aufmerksamkeit, die sie verdienen – von den Flügeln bis zu den Schenkeln (meinen persönlichen Favoriten). In jedem Fall sollten Sie nur Hähnchen aus Freilandhaltung verarbeiten, denn Geschmack und Textur des Geflügels aus Batteriehaltung sind nichts im Vergleich dazu, abgesehen davon, dass die Tiere einfach nur bedauernswert sind und man dies nicht unterstützen sollte.

Dies ist übrigens ein perfektes Menü für die ganze Familie, denn es ist wirklich für jeden etwas dabei.

AMUSE GUEULE

KARAMELLISIERTE HÄHNCHENFLÜGEL

mit Roquefortdip

Für die Hähnchenflügel

8 Hähnchenflügel (aus Bio-Freilandhaltung)

50 g Honig

50 ml Sojasauce

3 EL Bio-Ketchup

1 TL Ingwer, frisch gerieben

frisch gepresster Saft von 1 Zitrone

½ Bund Schnittlauch

Für den Roquefortdip

150 g Roquefort

75 g Schlagsahne

frisch gemahlener schwarzer Pfeffer

HÄNCHENFLÜGEL Den Backofen auf 200 °C (Umluft) vorheizen und ein Backblech mit Backpapier auslegen. Nach Belieben die Spitzen der Hähnchenflügel abschneiden.

Honig, Sojasauce, Ketchup, Ingwer und Zitronensaft in einer flachen Schale mischen und die Hähnchenflügel darin wenden, sodass sie rundherum vollständig benetzt sind. Auf dem vorbereiteten Backblech verteilen und im vorgeheizten Ofen etwa 25 Minuten backen, bis die Haut der Hähnchenflügel goldbraun karamellisiert ist. Die Hähnchenflügel während des Backens mehrmals wenden und immer wieder mit der restlichen Marinade bestreichen, damit sie rundherum gleichmäßig bräunen. Dann mit jeweils einem Schnittlauchhalm umwickeln.

ROQUEFORTDIP Den Roquefort in einer kleinen Schüssel mit der Gabel zerstoßen, die Schlagsahne zugeben und die Mischung mit dem Schneebesen glatt rühren. Der Dip sollte eine cremige Konsistenz aufweisen, bei Bedarf kann also noch etwas Schlagsahne hinzugefügt werden (dabei aber darauf achten, dass die Mischung nicht zu dünnflüssig wird). Mit frisch gemahlenem schwarzen Pfeffer abschmecken.

ZUM SERVIEREN Je einen Klecks des Roquefortdips auf Teller geben und einen karamellisierten Hähnchenflügel daraufsetzen.

—

Für 4 Portionen, Vorbereitung: 20 Minuten, Garzeit: 25 Minuten

VORSPEISE

CONSOMMÉ VOM FREILANDHÄHNCHEN

mit Geflügelklößchen

Für die Consommé

1 Hähnchen (aus Bio-Freilandhaltung), etwa 1,2 kg (die Brustfilets für die Zubereitung der Klößchen verwenden)

2 Karotten

1 weiße Zwiebel

1 Lauchstange

1 Selleriestange

6 schwarze Pfefferkörner

6 rosa Pfefferkörner

6 Stängel glatte Petersilie

1 Lorbeerblatt

4 Thymianzweige

1 EL grobes Meersalz

Für die Geflügelklößchen

Brustfilets von 1 Hähnchen (aus Bio-Freilandhaltung, s. o.)

100 g Eiweiß

50 ml Schlagsahne

Cayennepfeffer, zum Abschmecken

1 kleines Bund Schnittlauch

Salz und frisch gemahlener schwarzer Pfeffer

2 Frühlingszwiebelringe, zum Garnieren

frische Petersilie, zum Garnieren

CONSOMMÉ Die Brustfilets des Hähnchens auslösen und für die Zubereitung der Geflügelklößchen beiseitelegen. Den Rest des Hähnchens in einen großen Suppentopf legen und mit kaltem Wasser bedecken. Zum Kochen bringen und den Schaum abschöpfen. Inzwischen Karotten und Zwiebel schälen, Lauch und Sellerie waschen und das Gemüse in Würfel schneiden. Die Gemüsewürfel zusammen mit beiden Sorten Pfeffer, Petersilie, Lorbeerblatt, Thymian und grobem Meersalz zum Hähnchen geben. Bei mäßiger Hitze 2 Stunden sanft köcheln lassen und währenddessen immer wieder den Schaum abschöpfen.

Den Hähnchenfond durch ein feines Sieb filtern und in einem mittelgroßen Topf warm halten. Das gegarte Fleisch anderweitig verwenden.

GEFLÜGEL-KLÖSSCHEN Die Brustfilets in der Küchenmaschine oder dem Standmixer zerkleinern, das Eiweiß zugeben und mit der Impuls-Stufe untermischen. Im Anschluss die Schlagsahne unterrühren, bis eine cremige Masse entstanden ist. Mit Salz und Cayennepfeffer abschmecken, den Schnittlauch in feine Ringe schneiden und unterheben.

Mit zwei Esslöffeln gleichmäßige Nocken aus der Masse ausstechen. Die Löffel dafür zwischendurch immer wieder in heißes Wasser tauchen. Die fertigen Nocken im Kühlschrank aufbewahren.

Einen Teil der Consommé in einem Topf zum Sieden bringen und die Nocken vorsichtig hineingleiten lassen. Die Klößchen von einer Seite 10 Minuten sanft pochieren, dann mit einem Schaumlöffel vorsichtig wenden, damit sie auch von der anderen Seite 10 Minuten pochiert werden können.

ZUM SERVIEREN Die Consommé, in der keine Nocken gegart wurden, kurz aufkochen und erneut abschmecken. Pro Portion eine Nocke in vorgewärmte Suppenteller legen und etwas heiße Consommé darübergießen. Mit Frühlingszwiebelringen und etwas frischer Petersilie garnieren.

—

Für 8 Portionen, Vorbereitung: 40 Minuten, Garzeit: 2 Stunden 20 Minuten

Bild Seite 198

HAUPTSPEISE

HÄHNCHENSCHENKEL

mit Ziegenkäse-Basilikum-Füllung, dazu Quitten- und Selleriepüree und Hähnchenjus

Für die gefüllten Hähnchenschenkel

4 große Hähnchenschenkel (aus Bio-Freilandhaltung)

50 g Ziegenkäse

40 g Pinienkerne

1 Bund violettes Basilikum

15 g gesalzene Butter

2 EL Olivenöl

Für die Hähnchenjus

500 g Hähnchenflügel (aus Bio-Freilandhaltung)

Olivenöl, zum Braten

1 EL gesalzene Butter, plus mehr nach Bedarf

150 ml Weißwein

1 weiße Zwiebel

½ Karotte

1 l Kalbsbrühe

Für die beiden Pürees

2 große Quitten

1 Knollensellerie

1 Bio-Zitrone

50 g gesalzene Butter

250 g Gemüse- oder Hühnerbrühe

Salz und frisch gemahlener schwarzer Pfeffer

frische Koriandertriebe, zum Garnieren

GEFÜLLTE HÄHNCHENSCHENKEL Den Backofen auf 200 °C (Umluft) vorheizen.

Die Oberschenkelknochen der Hähnchenschenkel auslösen, ohne dabei die Haut zu beschädigen. Die langen weißen Sehnen in der Nähe der Keulen entfernen. Die Hähnchenschenkel mit der Hautseite nach unten auf einen Teller legen und bis zur Weiterverarbeitung in den Kühlschrank stellen.

Den Ziegenkäse in kleine Würfel schneiden. Die Pinienkerne in einer Bratpfanne ohne Fett goldbraun rösten. Das Basilikum waschen, trocknen und die Blätter fein hacken. Alle Zutaten in einer Schüssel vermengen. Die Fleischseite der Hähnchenschenkel mit Salz und Pfeffer würzen. Die Schenkel mit jeweils 1 EL der Masse füllen und die Hautlappen dann sorgfältig darüber zusammenfalten. Die Schenkel mit der Falte nach unten nebeneinander in eine Auflaufform legen. Die gefaltete Haut wird während des Backens zusammenschmelzen. Auf jeden Hähnchenschenkel ein kleines Stück gesalzene Butter geben, ein wenig Olivenöl darüberträufeln und alles leicht salzen. Im vorgeheizten Ofen 50 Minuten backen, dann abgedeckt mit Alufolie ruhen lassen.

HÄHNCHENJUS Die Hähnchenflügel in einer mittelgroßen Pfanne in Olivenöl goldbraun anbraten, 1 EL gesalzene Butter zugeben und weiter bräunen. Mit dem Weißwein ablöschen und den Bratensatz vom Boden der Pfanne lösen. Etwa 2 Minuten köcheln lassen, damit der Alkohol verdampfen kann. Zwiebel und Karotte schälen, in kleine Würfel schneiden und mit den Hähnchenflügeln in der Pfanne bräunen. Nach Bedarf etwas mehr Butter hinzufügen. Das gebräunte Gemüse zusammen mit den Hähnchenflügeln abseihen, um überschüssiges Fett zu entfernen.

Gemüse und Hähnchenfleisch zusammen mit dem warmen Kalbsfond in einen Topf geben, zum Kochen bringen und bei schwacher Hitze etwa 40 Minuten sanft köcheln lassen. Gegebenenfalls an die Oberfläche steigenden Schaum abschöpfen. Den Fond durch ein feines Sieb in einen kleinen Topf filtern und darin köcheln lassen, bis er um die Hälfte reduziert und zu einer Jus angedickt ist. Bis zum Servieren warm halten.

Die Hähnchenschenkel für die Hauptspeise können am Vortag gefüllt und dann im Kühlschrank aufbewahrt werden. Das Hähnchenfleisch wird die Aromen von Ziegenkäse und Basilikum aufnehmen und noch köstlicher schmecken.

QUITTEN- UND SELLERIEPÜREE Quitten und Knollensellerie schälen. Die Zitrone halbieren und mit der Schnittfläche über die geschälten Quitten reiben, damit sie nicht braun anlaufen. Sellerie und Quitten anschließend in große Würfel schneiden. In zwei mittelgroßen Töpfen jeweils 15 g Butter zerlassen. In einem Topf den Sellerie, im anderen die Quitten je 5 Minuten anschwitzen. Die warme Brühe auf beide Töpfe verteilen, zum Kochen bringen und dann bei mäßig schwacher Hitze etwa 30 Minuten sanft köcheln lassen, bis Sellerie- und Quittenwürfel zart sind. Beim Sellerie geht das deutlich schneller, als bei den Quitten. Das Gemüse bzw. Obst abseihen und die Kochflüssigkeit dabei aufbewahren. Sellerie und Quitten einzeln mit dem Pürierstab pürieren und jeweils etwas gesalzene Butter und Kochflüssigkeit nach Bedarf untermischen, bis zwei cremige Pürees entstanden sind. Nach Belieben abschmecken und warm halten.

ZUM SERVIEREN Die gefüllten Hähnchenschenkel in jeweils vier Scheiben schneiden. Auf eine Seite der vorgewärmten Teller etwas Selleriepüree in einem geschwungenen Streifen verteilen, auf der anderen Seite etwas Quittenpüree. Ein wenig Hähnchenjus dazwischengeben und die in Scheiben geschnittenen Hähnchenschenkel darauf arrangieren. Mit Koriandertrieben garnieren.

—

Für 4 Portionen, Vorbereitung: 45 Minuten, Garzeit: 1 Stunde 30 Minuten

Le Jardin
du Boréal

DESSERT

MILCHREIS

mit karamellisierten Mandeln, dazu Ingwer-Karamell-Sauce

Für den Milchreis

180 g Rundkornreis

1 Vanilleschote

1 l Vollmilch

100 g Zucker

Für die Ingwer-Karamell-Sauce

150 g Zucker

2 TL frischer Ingwer, gehackt

150 ml Schlagsahne

180 g Butter

Für die karamellisierten Mandeln

150 g Zucker

50 g geschälte Mandeln

300 g Schlagsahne

MILCHREIS Den Reis 3 Minuten in einem Topf mit kochendem Wasser blanchieren, dann abseihen. Die Vanilleschote längs halbieren und das Mark mit dem Messerrücken herauskratzen. Die Milch mit Vanilleschote und -mark zum Kochen bringen. Den Reis zugeben und bei schwacher Hitze 25 Minuten sanft köcheln lassen. Dann den Zucker hinzufügen und 5 Minuten köcheln lassen. Die Vanilleschote entfernen, den Milchreis in eine Schüssel füllen und abkühlen lassen.

INGWER-KARAMELL-SAUCE Die Hälfte des Zuckers in einem Topf bei mäßiger Hitze schmelzen. Dann den restlichen Zucker sowie den Ingwer hinzufügen und weiter erhitzen, bis der Zucker vollkommen geschmolzen und ein goldener Karamell entstanden ist. Den Zucker nicht umrühren! Den Karamell vom Herd nehmen. Die Sahne in einem separaten Topf erhitzen und dann langsam zum Karamell gießen. Da die Sahne nicht so heiß ist, wie der Karamell, wird die Masse spritzen! Den Topf bei mäßiger Hitze zurück auf den Herd geben und mit einem Teigschaber sorgfältig umrühren, bis sich Sahne und Karamell vollständig verbunden haben und die Temperatur auf etwa 108 °C zurückgegangen ist. Vom Herd nehmen und die Butter stückchenweise untermischen. Auf Raumtemperatur abkühlen lassen.

KARAMELLISIERTE MANDELN Den Zucker mit 3 EL Wasser in einem kleinen Topf erhitzen, bis er geschmolzen ist und eine Temperatur von 121 °C erreicht hat. Die Mandeln hinzufügen und gut umrühren. Dabei wird der Zucker weiß. Weiter mäßig erhitzen, bis er erneut schmilzt und karamellisiert. Die Mandeln auf einer Silikonbackmatte verteilen und abkühlen lassen. Abschließend grob hacken.

ZUM SERVIEREN Rührschüssel, Aufsatz des Handrührgerätes und Sahne 15 Minuten vor dem Schlagen in den Gefrierschrank stellen. Die Sahne steif schlagen und unter den Milchreis heben. Etwas Ingwer-Karamell-Sauce über den Reis träufeln und einige Mandeln darüberstreuen.

—

Für 6 Portionen, Vorbereitung: 20 Minuten, Garzeit: 30 Minuten

Alle im Buch angegebenen Backtemperaturen beziehen sich auf die Betriebsart Umluft und sind Empfehlungen. Die Angaben zur Temperatur und Backzeit können – je nach Ofen – variieren.

Achtung: Personen, für die eine Salmonelleninfektion ein besonderes Risiko darstellt (Ältere, Schwangere, kleine Kinder und Menschen mit einer Immunerkrankung), sollten möglichst keine rohen Eier oder Speisen, die rohes Ei enthalten, konsumieren.

© 2015 Verlag Georg D.W. Callwey GmbH & Co. KG
Streitfeldstraße 35, 81673 München
www.callwey.de
E-Mail: buch@callwey.de

Bibliografische Information der Deutschen Nationalbibliothek
Die Deutsche Nationalbibliothek verzeichnet diese Publikation in der Deutschen Nationalbibliografie; detaillierte bibliografische Daten sind im Internet über http://dnb.d-nb.de abrufbar.

ISBN 978-3-7667-2145-7

Das Werk einschließlich aller seiner Teile ist urheberrechtlich geschützt. Jede Verwertung außerhalb der engen Grenzen des Urheberrechtsgesetzes ist ohne Zustimmung des Verlages unzulässig und strafbar. Das gilt insbesondere für Vervielfältigungen, Übersetzungen, Mikroverfilmungen und die Einspeicherung und Verarbeitung in elektronischen Systemen.

Projektleitung: Tina Freitag
Übersetzung: Carla Gröppel-Wegener, Berlin
Lektorat: Julia Bauer, Berlin
Cover und Layout: Amanda Jane Jones, Chicago, IL
www.amandajanejones.com
Satz: Ngoc Le-Tümmers, Heike Wagner
Druck und Bindung: Offizin Andersen Nexö
Leipzig GmbH, Zwenkau

Printed in Germany